典藏版
Collector's
Edition

后宫

流潋紫——著

如懿傳

陆

作家出版社

流潋紫

浙江湖州人，中国作协会员，浙江省作协第八届主席团委员，杭州市作协第八届委员会委员、类型文学创委会副主任。代表作有长篇小说《后宫·甄嬛传》《后宫·如懿传》，编剧作品《甄嬛传》《如懿传》，散文集《久悦记》等，现为作家、编剧、自由撰稿人，被誉为80后作家群的领军人物之一。曾获浙江省"最美浙江人——2012青春领袖"、年度浙籍作家、"首届杭州文化人物"、第十三届"最美杭州人——十大杰出青年"、2017年"浙江十大杰出青年"、第五届湖州十大杰出青年等荣誉称号。

壹贰　133　雲去雲無蹤

壹叁　145　多事秋

壹肆　155　佛音驚纏心

壹伍　168　舊地

壹陆　180　花事艷

壹柒　193　離心

壹捌　204　雨相別

壹玖　217　春弭

貳拾　231　琪蕤

貳壹　242　鎖重門

貳貳　255　蘭因絮果

后记三　387　遇見

番外一　389　誰記年少青衫薄

番外二　411　凌霄

番外三　415　許顧

番外四　419　杭州

番外五　425　金蓮吐艷鏡光開

番外六　432　人在蓬萊第幾宮

番外七　437　萬壽長夜歲歲涼

附录　443　人物小傳

目次

壹　01　紅粉意

貳　14　木蘭情

叁　26　流言

肆　40　茂倩

伍　53　同林鳥

陆　65　分飛

柒　77　辱身

捌　88　竊心

玖　99　連禍

壹拾　111　驚疾

壹壹　121　末路

貳叁　268　無廢話凄涼

貳肆　278　櫻落

貳伍　292　決絕

貳陆　304　孤身

貳柒　316　莫須有

貳捌　331　空名

貳玖　346　幽夢

叁拾　357　落鎖

尾声　370　落鎖

后记一　380　一得

后记二　382　西湖

红粉意

　　如懿心下一凉，还来不及反应，一把雪亮长刀已然架在了永璂喉下，将永璂扯了过去。永璂吓得怔了，一张小脸雪白，张着嘴发不出声音。容珮不知被谁踢翻在地，一脸痛楚，挣扎着要向永璂爬来。

　　恂嫔怒目而视："是你带着豫妃来的？"

　　如懿连连摇头："本宫不知她为何跟在身后……"她的一颗心剧烈地蹦着，沉沉地撕扯着痛，"你先放了永璂！他还小，什么都不懂！"

　　说话间，有不少侍卫提足奔跑之声传近，隐隐有兵刃出鞘。恂嫔咬着唇，气若无状："阿诺达，来不及了！"

　　阿诺达持刀在后胁迫着永璂，沉着道："蓝曦，你别怕！我既然敢来见你，便料到有这一日！当日我不能留你在部族，又不能在战场护你父亲周全，今日无论如何，一定要带你逃离这里，免得深受其苦。"

　　如懿听他只言片语，便知是霍硕特部征战中活下来的人，又是霍硕特老王爷的亲信，心底陡然更寒了几分。恂嫔望着他，眸中情意沉沉，便有知心长相重。

她心急如焚，一壁喃喃安抚着永璂，生怕他一时大哭起来惹恼了阿诺达，一壁连声道："永璂，你别怕！不要哭！不要哭！"

永璂怔怔地瞪着一双乌沉沉的眼睛，眼泪滴溜溜汪了满眼，死死忍着泪点点头，轻轻唤道："额娘。"

如懿的心都快要绞碎了。她戚然求道："永璂只是个孩子，你挟持我，挟持我啊！放他过来，我是皇后，你挟持我他们或许能放了你。"

阿诺达迟疑片刻，恂嫔冷哼一声："你虽然是皇后，可在皇帝眼里，咱们这些女子都如草芥一般。你这个皇后又有什么用？"

阿诺达颔首，闷声道："不错！你们的皇帝出了名地薄情寡幸，他是怎么待蓝曦的，我都知道！你这个皇后也不过是个可怜虫！"

如懿仿佛被人当面狠狠掴了一掌，面皮火烧火燎着，这么多年，她也明白自己的可怜。至少还留着皇后虚尊的面，却从未有人敢当着她的面，这样清楚无误地挑明了出来，她不过也只是个可怜虫。

谁比谁低贱，谁又比谁高贵，都是一样的。

她顾不得这些，按捺着情急道："本宫告诉你，伤着永璂一丁点儿，你都会死。拿了他的命，对你一点好处也没有，对不对？你自己不想伤人的，你只是来和恂嫔见面！"

忽然，一个念头凛然划过，自从皇帝上回遇刺之后，木兰围场的禁卫森严，直如铁桶一般，阿诺达是如何混进来的！

她直觉地问："是谁带你进来的？"

阿诺达得意一笑，道："你们禁卫疏漏，我自己便能进来！"

是么？如懿心中来不及疑惑。只见灯火越逼越近，几乎照清了阿诺达与恂嫔阴郁的面孔。兵刃声铮然作响，却谁也不敢上前，生怕误伤了皇子。阿诺达有恃无恐，挟持着永璂向恂嫔使个眼色，恂嫔紧紧攥着他的衣角，二人慢慢向后退去。

彼时盛宴方才散去，蒙古王公们稀稀拉拉留着几个。皇帝虽然醉意迷蒙，很快也被惊动，立时赶了过来。

如懿见着永璂小小的面孔早已无人色，犹自倔强着不肯哭出来，一颗心早揉得稀碎。远远见得暗沉夜里灯火挑明之中皇帝的明黄一色急急赶来，不知怎的，心下便安稳了许多。

因着事态紧急，皇帝先自赶来，后头跟着几个胆大的嫔妃。

皇帝扫了阿诺达一眼，根本不看恂嫔，气定神闲："你也逃不出这里，不如放了朕的十二阿哥，你与恂嫔也自有个好下场。"

阿诺达鄙夷道："你们爱新觉罗家的人最会扯谎欺瞒。这些年来，你一直将我们霍硕特部的族人作为戈矛，清扫那些不肯驯服于你们大清的部落，也不派兵增援，耗尽了我部族精锐，连我父亲都折在了战事里。"

"古来征战自有伤亡。我大清将士平定四方无不如是。怎么你们霍硕特部便格外金贵些？"

阿诺达双眼血红，愤怒不已："明明是你不满老王爷曾同情你的敌人准噶尔部，才趁机剪除异己，捧了对你唯命是从的小王爷上位。可惜了我们霍硕特部的壮年，都为了你的阴谋私心枉死！"

皇帝斥道："为朝廷尽心，怎算枉死！凭你这句话，便可诛杀！"他肃然喝道，"来人！围住他们！"

恂嫔闻言，连忙护在阿诺达身前，喝道："谁敢动我们！"她扬起细长的眉，神色凛冽，指着永璂道，"除非皇上肯背上杀子之名，那咱们便是一同死了也不枉！"

她说罢，咯咯地笑着。那清脆的声音落在风里像某种野兽的嘶鸣。

如懿的瞳孔紧缩着，面庞惨白。海兰紧紧扶住她的手，想要安慰，分明也失却了往日的沉定。

前头皇帝的面色愈加难看，他紧紧抿着唇，手指的关节因为用力而微微泛白。他看向恂嫔的目色带了肃杀之意："婢子淫贱，脏了朕的后宫。"

恂嫔冷淡至极："我淫贱，还是宫里的人淫贱？我与阿诺达本是青梅竹马，为了保全霍硕特部我才不得不与他分离入宫。因为我们都知道，部族的利益永远高过自己。所以哪怕我一点儿都不喜欢你，我都会逼着自己面对你，侍奉你，对你恭顺。可是你是怎么对我们霍硕特部的？你害得我家破人亡，还蓄意隐瞒。那么我要离开这个地方，也是情理之中！"

"离开？"皇帝略含讽刺，"生是紫禁城的人，死是紫禁城的鬼。你入宫前，你的父亲没有教过你么？"

"我为什么不走？"她言辞激烈，有太多压抑让她不快乐，终于在此刻释放，"我活在宫里，和容嫔一样，没有一刻是快乐的。我都觉得喘不过气来。如今我失去了我的父亲、我的部族，还要和你这个虚伪的男人在一起，让我觉得恶心！"她看着被阿诺达挟持的永璂："用你儿子的性命，换我们的自由！"

皇帝缓和的语调中渗出丝丝阴郁："你永远要记得，你是朕的人。放了永璂，朕会给你留条生路。"

恂嫔连连冷笑："我是蒙古出身，好歹也是一族的公主。不比有些人，日日宣称是雍和宫出生，谁知是生在热河行宫里的。难怪年年秋狝，必得来这儿凭吊，略表孝心。这样表里不一的虚伪之人，我不愿与他相伴至死。"

众人听到此节，知她是暗指皇帝乃是热河行宫宫女李金桂所生。当年先帝误饮鹿血，一时情动临幸了卑贱宫女，才得了此子，为此还被圣祖康熙爷大为申斥。这一直是先帝生前羞事，更是皇帝最不能提的奇耻隐痛。宫中虽然人人暗知，却无人敢提，乃是禁中最大的忌讳。

嬿婉矍然变色，喝道："贱婢无知，岂敢拿皇上身世胡言乱语？"

皇帝眼底闪过一抹感激与动容，面部的肌肉却隐隐抽搐。

恂嫔仰天笑道："皇上，你还真当自己是与太后母慈子孝呢？这般天家母子，只为名分好看，底下的龌龊事还当旁人都是瞎子不知道么？皇帝若真要为天下仁孝的表率，那便追封李氏为圣母皇太后又如何？只不过怕天下人都耻笑自己是个宫女生的罢了。"

分明是猎猎秋风，拂上面却有彻骨的寒意。那一瞬间，如懿居然忘记了刀锋抵触在永璂喉头的冷厉锋锐，只觉得一颗心突突地狂跳着，噔一下，又噔一下，用力地牵扯着，每一下，都那么痛。她死死地盯着皇帝的面孔，看着他雪白中泛着铁青的面色，看着他脸颊的肌肉剧烈地搐动，她没来由地觉得害怕，比自己命悬一线更加害怕。

这样隐秘的事，陡然公之于众，皇帝该要如何自处？

她太知道了，许多事，不能碰，不能说。哪怕是高高在上的帝王，亦有他的底线与痛处。

皇帝脸色铁青，如懿从未见过他如此骇人的模样。一时不知该如何反应。然而，更怕的是，皇帝若一时暴怒，那永璂该如何是好？

她禁不住低唤："皇上息怒！不是该生气的时候。"

豫妃大喊道："大胆贼子，你挟持嫡子，就算皇上顾忌，被你逃出去又能如何！别妄自挣扎了！"

恂嫔稍一犹豫，阿诺达眼中一亮，手中刀锋逼得永璂更近，低声道："只要挟持了他，逃出去总容易些。"如懿狠狠盯一眼豫妃，嬿婉忙拉着豫妃缩了下去。

皇帝眼神一扫，永琪已然会意，悄悄退后两步。

恂嫔满腔激愤，未曾稍有消减："皇上不是一向自诩风流多情么？实则世间最无情之人，便是皇上你！豫妃年届三十，她父亲还一心希望她入宫，皇上嘴上说垂怜她，不计年纪纳她入宫，其实宠幸后就把她扔在宫中自生自灭，只是需要时才装点门面！皇上若是多情，就不会把那么多女人困在宫中名为雨露均沾实则当作棋子利用！皇上若真是多情，就不会利用我母族铲除他人，趁机灭我部族精锐！我看不惯你们满口仁义双手染血！今日你要多情，你就拿你自己的命来换你儿子的命吧！"

恂嫔激昂陈词，不知何时，永琪悄然掩身上前，以迅雷不及掩耳之势，将恂嫔挟持在手，以同样的姿势，举刀相向。

事出突然，根本无人反应过来。

永琪无比镇定："一个换一个，别说你犯险来见恂嫔，会连她的命也不顾。"

阿诺达矍然变色，厉声喝道："把蓝曦还给我！"

永琪甚是镇定："我要我的兄弟，你要这个女人，很公平。"

阿诺达的脸色变了又变，阴沉不定。恂嫔抵在永琪刀下，恋恋望向阿诺达，蚀骨相思如丝如缕，眉间心上，早已无计回避。

那电光石火的一瞬，如懿终于懂得了恂嫔的心，她从未这般看过皇帝，从来没有。难怪她一定要跟他走，便如那一曲苍凉缠绵的《朱色烈》，总要向着心爱的人奔去。

永琪不疾不徐："你冒险前来就是为了带恂嫔走，定然不舍得她死在我刀下。你细想想，只要你不肯，皇阿玛只是失去其中一个皇子，你却失去了唯一的爱侣，值不值得？"

恂嫔凄惶摇头，叫道："阿诺达！你顾着自己要紧。"

永琪笑而不语，只是挥手示意侍卫们退得更远，而自己挟着恂嫔跟随上前，手中的银刀却勒紧了些许，嵌入恂嫔雪白皮肉之中。阿诺达神色悲痛，挟着永璂缓缓向草原边缘退去。

夜色茫茫，如能吞噬一切。阿诺达眼见离得众人远些，喝道："我跟你换！"

永琪颔首，稍稍松开手。阿诺达见他如此，手臂一松，将永璂狠狠推开，便要伸手去拉永琪怀中的恂嫔。

永璂如逢大赦，才刚迈出两步，想是惊惶，吓得膝盖一软，扑倒在地。说时迟那时快，皇帝已然搭弓在手，拉了满弦，霍然射出一箭。阿诺达离永璂不过两步远，立时中箭，手臂尚能动。他双目瞪得通红，发出凄厉一声，举起匕首猛身便要扑向摔倒的永璂。

永璂吓得人都傻了，眼见得寒光扑来，哪里还能反应。海兰惊呼一声，如懿唯觉脑中一片白茫茫，像是下着纷纷扬扬的厉雪，将她整个人裹了进去，泪便滚滚落了下来。她几乎是本能一般，朝着永璂扑去，将他护在身下。

这是她唯一的孩子，哪怕拿了她的命去，也不能伤着永璂半分。

电光石火间，她已然看见，那匕首落下的银锐的尖，离自己不过数寸远。听着此起彼伏的惊呼声，她等待着不能逃脱的锋刃的刺入。却是有一股巨大的劲力盖在自己身后，以及，利器刺穿皮肉的闷响。

居然，没有一丝疼痛。

那么，那声音，从何而来？

转过身去，才发现阿诺达已然横倒于地。如懿从惊悸里抬起头，先去看怀中的永璂。永璂紧紧地拥着她的手臂，眼泪流了下来："额娘。"

她细细察看，一切无恙，除了受惊的模样，一点伤痕都没有。她飘落云外的心回来了一半，把永璂抱个不够。须臾，她终于回过神来，有高大的身影挡在她身前，让她看不见任何危险的痕迹。那暗沉的蓝色，是御前侍卫的服色。

她的心思定了又定，是凌云彻。她定神看去，才见他肩头血流汩汩，染红了半边袖子，自然而然沾到她身上。显然方才阿诺达那一刀，是他替他们母子挡了下来。

海兰与容珮急急赶上前来，侍卫们架着倒在地上的阿诺达将其拖开。海兰靠着她轻轻啜泣，容珮护着永璂。如懿的心一下一下重重地抽搐着，她的声调都在颤抖："要不要紧？"

凌云彻抿着嘴唇，沉默地摇摇头。他并无痛楚之色，从容而坦然，是天边皎洁的明月光。他低声道："你们平安就好。"

那一刻，永璂、如懿、凌云彻，他们三人彼此相依。心与心的距离，由天涯至彼端，如此遥远，又如此贴近。

天地孤清，生命亦渺小。但奋不顾身可以来相救的，唯有这个人。而那个名正言顺可以来救自己的、本该伴在自己身边的男子，仍是这般丰神俊朗，却是立在一群花容失色的嫔妃中间，遥遥望着自己，目光中有沉沉的急切。

飞身相救与一个急切的眼神，哪个更值得依靠？

她在清醒中，混沌地流下泪来。

可以真正在身边的，原来一直都不在。就如冷宫那一段煎熬的岁月，倚墙相靠的，也唯有一个凌云彻而已。

然而她未及多想，永琪已然上前，恭敬地请她："皇额娘与十二弟是否安好？赶紧请太医瞧瞧才是。"

如懿见他沉稳走来，转眸看去，却见恂嫔亦倒在地上。永琪见如懿注目，轻轻一笑，安慰道："解决了。儿臣不会容这般逆贼伤害皇额娘与十二弟。"

果然，恂嫔胸腔上有血液喷薄而出，溅了满地，如盛开的野芳。她尚有一口气在，芳钿委地，落红残碎。

永琪沉定如山，口吻却轻松："这种损害皇阿玛清誉的人，留不得。只是污了皇额娘的眼，可见她连死也有罪过。"

这样的淡然决绝，大抵是皇帝所欣赏的，也是她与海兰多年教导的期望。可是这一刻，她却觉得眼前的永琪如此陌生。

所有人都是陌生的，在素日的熟悉与了解之外。大概人在险境，才看得清另一面。

嬿婉的脸色难看到了极点："众目睽睽，这算什么！"

豫妃站在嬿婉近旁，立刻反应过来，扬声道："你一个侍卫，既然没事就起来，这般接近皇后娘娘算什么？"她走到皇帝身边，低声嘀咕，"一个皇后关心什么侍卫，太不知身份了。"

皇帝神色阴沉。

海兰立时警觉，不动声色地扶着如懿距离凌云彻远些，再远些，口中温婉而客气："凌大人护主有功，皇上自当奖赏。"

这一语，是泾渭分明的尊卑。

永琪旋即明白，接口道："皇阿玛，全赖凌侍卫拖住刺客，儿臣才能得手。"

李玉厌恶地看豫妃一眼，亦道："五阿哥与凌大人救十二阿哥有功，皇上与皇后娘娘合该重赏。"

凌云彻拱手，转身向皇帝屈膝："皇上，微臣护主不力，以致皇后娘娘与十二阿哥饱受惊吓，还请皇上恕罪。"

皇帝徐徐舒一口气，走到如懿母子跟前，先摸了摸永璂的头："没受伤就好。"

永璂依偎在皇帝身前，紧紧抱住他手臂："皇阿玛，儿臣吓坏了。"皇帝抬头，目光中的阴冷一扫而空，温和道："皇后饱受惊吓了。"

凌云彻躬身退至一边。海兰不动声色地扶着如懿离凌云彻再远些，皇帝立刻抱住了永璂，搂住如懿。

永琪关切道："皇额娘与十二弟是否安好，还是赶紧请太医瞧瞧才是。这儿有儿臣料理。"

凉风习习，几能透骨。她站在那里，居然一步也迈不开，似是牢牢定在了原地。她真希望自己只是长在这茫茫草原的一株细草，无知无觉到老。

海兰轻轻推了推她的手臂，她还是没法动弹一下，直到有挣扎爬行的声音，挑动她已然麻木的神经。

目光落定处，只见恂嫔的胸前汩汩流出鲜红的血液，如一眼红色的泉，流溢不断，将胸口锦衣重重染透。血腥气逐渐弥散。她气息微弱，身体一颤一颤抽动着，犹自睁大了双眼，死死盯着阿诺达的尸身，不肯移开半分。

她回眸轻轻一笑，将皇帝隐隐的怒意满意地收入眼底，瞟一眼凌云彻，缓缓道："皇上，你看你，在自己妻儿面前，还不如一个侍卫抵用。所以我哪怕死，也要离你远远的。"

她说着，吃力地挪动着身体，每动一寸，鲜血涌出更多，在浓绿的草叶上染下触目的痕迹。她艰难地挪到阿诺达身边，伸出手合上他望向自己的僵冷的眼皮。她的手势温柔极了，像爱护着毕生的珍宝。她的气息愈加无力，几近力竭。她微笑着，像一朵烈烈绽放的木棉，将自己的躯体依偎到阿诺达怀中，长长地舒了一口气，含笑逝去，再无牵挂。

皇帝默默看着眼前一切，额上青筋粗烈暴起，喝道："五马分尸！将此贱奴二人五马分尸！"

侍卫们响亮地答应着，伸手便去拖开二人。豫妃微翘着嘴唇，含了冰尖似的笑意："奸夫淫妇，死不足惜。"

皇帝也不看她："的确死不足惜。便是死上千遍，也难以泄恨。"他一顿，"吩咐下去，恂嫔霍硕特氏突发急病，卒于行在。"

他的语底是森森的杀意，嫣婉也不觉打了个寒噤，悄然退开了半分，一双烟波妙目，只定在凌云彻身上，眼见他面色白了又白，心中酸涩更浓。须臾间，皇帝的目光如冷箭一般幽幽扫着凌云彻："御前侍卫凌云彻救护皇后与皇子有功，赏黄马褂一件。毓瑚，永璂太胆小，怕是吓坏了，让太医开些宁神的药给他服下。"他轻声垂问："皇后，你和永璂还好吧？"

她的心底冷如万丈寒冰，彻头彻尾弥漫至四肢百骸的每一缝隙，偏偏还要维持着最得体端和的笑容，双眸低垂，轻声道："都好。"金步摇在鬓角上摇曳起粼粼的珠光，更显得一张脸剔透得仿佛在发着幽幽的光泽。可惜，那光泽是幽暗的阴沉，一如她此时的心境。

皇帝走近两步，挽过如懿的手："起风了，别站在这儿。回朕的大帐去。"

这是许久未曾有的亲近。

如懿的手被他握在掌心，是腻湿的冰凉。那是她手心的汗水，在惊惧无助的一刻所留的印迹，浑不如他的手心，温暖而干燥。她忍了又忍，轻轻地抽出自己的手，仰起脸低低道："幸得皇上果敢，相救永璂。"

这语气里有多少侥幸和担心，皇帝自然明白。他的目光由温热转凉。他携着她，继续目视前方："若是永琪和永琏，会比永璂机灵许多，更会自救。况且，你不该多谢凌云彻吗？比之朕，他可是舍身相护。"

这一语，有几多疑心和逼问。

还是永琪机警，赔笑道："皇阿玛，永璂才多大，能懂得与儿臣应和自救，已经很好了。"

李玉亦道："至于凌侍卫，奴才救主子是应分的。"

见皇帝神色不动，永琪立刻跪下道："今日之祸，都是儿臣不察。但请皇阿玛息怒，儿臣一定严加防范，再不许有此等惊扰圣驾之事。"

皇帝轻轻"唔"了一声，温和道："你是朕的好儿子。今日料理霍硕特氏，也是你当机立断。"

永琪谢恩起身，揽过满脸惊愕与委屈的永璂，道："十二弟年幼，未曾见过如此场面，难免受惊吓，儿臣会带十二弟回去加以劝慰。往后也会多带十二弟骑马射箭，不忘祖宗马上得天下。"

皇帝微微颔首。如懿见豫妃在身后不远，愈发厌恶。她未曾察觉自己语气的青锋锐气，蓦然盯着一壁快意的豫妃，呵斥道："有功该赏，有罪当罚！豫妃，你可知罪？"

豫妃面上闪过一丝心虚，很快仰一仰骄傲的头颅，娇声呖呖道："皇后娘娘，臣妾发现刺客，事先鸣警，护着皇上，有何罪过？"

如懿面色冷峻，一头乌黑的长发高髻绾起，横簪的一支凌空欲飞的九凤金步摇震颤不已，曳出迷离碎光："若不是你贸然出声，永璂怎会被挟持，险险丧命！你以皇家子嗣为赌注，不能沉住气定住神，若是刺客因你贸然疾呼暴起，伤了皇上，又该当何论？"

豫妃哪里肯服气，强辩道："皇上有天神护佑，万事平安！"

如懿冷然道："是么？天子安危，子嗣安危，岂可以你区区之身而犯险！恂嫔与阿诺达犯事在先，可一场泼天风波，终究由你而起。且阿诺达行刺之时，是你说'挟持嫡子，就算皇上顾忌，被你逃出去又能如何'！"她看向皇帝，"皇上，您觉得此话是警告刺客，还是暗示他挟持永璂出去？永璂若真被他带出围场，那真是死生未卜了。"

皇帝凝神片刻："是豫妃说完此话，刺客对永璂挟持更甚。"他若有所思，后头的话却不便当着众人的面说出来。豫妃身后可是与大清关系最密切的科尔沁部啊。若科尔沁都起了反心，蒙古各部都会生乱，这便是生了大乱了。

如懿越说越恨："皇上，豫妃禁足两年，一直对臣妾怀恨。多半为此才拿永璂的安危报复臣妾，也不顾永璂也是皇上的爱子。"皇帝望向豫妃眼神多了几丝凌厉，他旋即想通，若不责罚豫妃，那科尔沁部岂不更看轻了他。皇帝重重颔首："皇后发落便是。"

如懿沉声道："来人，给本宫狠狠掌她的嘴，务必要她记住今日教训。"

豫妃见皇帝如此吩咐，也生了怕意，登时跪下，呜咽着道："皇上，皇后娘娘曲解臣妾……"

皇帝哪里容她说完，右手微伸，已然扶住了颖妃手臂，道："朕倦得很，去你那儿。"颖妃欢喜着，忙拥着皇帝去了。只余呆若木鸡的豫妃留在当地，不知是悲是喜。

草原上风声猎猎，如懿紧紧抱着永璂，沉声道："动手。"

所谓的掌嘴有两种，一种是批颊打脸，是寻常责罚，另一种是用三寸长乌木板击打嘴唇。那乌木板质地坚实，打下去便会肿胀，重者皮肉破裂、牙齿脱落。容珮从未见如懿动过如此大怒，立即从三宝手中接过乌木板，卷起衣袖便开始动手。豫妃吓得魂飞魄散，挣扎着要求饶，两个小太监立时上去死死架住她，又防她痛呼乱骂，便拿白绸子勒住了嘴，容珮举手便打。

皇帝虽然离去，嫔妃们皆在，眼见乌木板与娇嫩的皮肉相触，溅起点点的血珠子。嬿婉不知含了哪门子怒气，亦僵着脸不肯求情。众人见皇后与令妃都没好脸色，又不喜豫妃从前的乔张做致，更无人肯求情。

豫妃扭动着躲避，可哪里避得过，容珮下手既狠又准，毫不留情，直打得血沫飞溅，一声闷响，竟是豫妃的门牙和着鲜血落了下来，嘣地坠在地上，又跳了两跳，血糊糊骨碌碌地滚了开去。

恪贵人胆小，吓得惊呼一声，躲到海兰身后。海兰温和地拍拍她的手，回首柔声道："规矩已经做了。皇后娘娘莫再动气。"

嬿婉面无表情："愉妃姐姐说得是。"她目视豫妃，如视尘芥般轻蔑，"牙齿倒易补上。不过豫妃也当记得，什么话该说，什么话不该说了。"

说罢，如懿先起身，众人径自离去，只丢下豫妃一人，又怒又怕，哀哀哭倒在地。

贰　木蘭情

　　嬿婉回到帐中，一张芙蓉秀面冷冷沉下，气息深长而压抑。春婵见得她神色不好，忙遣了众人出去，殷殷端上一碗樱桃酥酪来。那牛乳凝膏如雪，樱桃是今岁的末茬时鲜制成了干果，一粒粒便如鲜红珊瑚珠一般，仍不失甜美醇厚之味，惹人垂涎。

　　春婵小心觑着她脸色道："小主，喝碗酥酪润润喉咙吧。方才受了那场惊吓……"

　　嬿婉厉声道："是惊吓！本宫还没想到他不要命到这种地步！"她的声音尖厉，虽然极力压低，却像碎瓷片锋利地划过，拖起尖长的尾音，"都怪豫妃这个贱婢，生出这些事端！真是贱人是非多！"

　　嬿婉抄起春婵手上的酥酪盏，手高高举起，便欲向地下掼去。春婵吓得跪下，急道："小主，今夜风波太多，您别再惊了圣驾。"

　　这话极是有理。嬿婉已是数子之母，又有协理六宫之责，位高权重。一时惊动起来，便又是一场风波。她面上一搐，极力克制着慢慢放下来，若无其事地道："这酥酪凉了，撤了吧。"

她说罢，气犹未解："皇上如何这般心软了？豫妃那贱婢轻狂，知道阿诺达在旁窥伺了好几日，才让她阿爹特意松了蒙古那边警卫，放他进来与人私会，想借机踩死霍硕特部。又知道蒙古为宴饮设了帐篷，皇后会往哪边走，故意尾随皇后，随时可以惊动了野鸳鸯让他们挟持皇后，谁知挟持了十二阿哥，那也好。本宫有心纵容，就是知道她想要报复皇后，可她却这般无用，事情弄到这个地步，打死了才好！"

春婵劝道："豫妃是罪该万死，可小主这般生气，还是为了她这番行事害了凌云彻吧？"

嬿婉一怔，轻嘘道："凌云彻为了皇后这般不要性命，他……他是疯了么？"

嬿婉别过脸去，眼角闪烁一点晶亮，春婵正以为是今日敷面施妆所用的迎蝶粉里所研磨的珍珠过多，才这般妍亮。待定睛瞧去，才发觉是一滴晶莹的泪珠，薄薄垂在靥边，绵延坠落。

春婵吓得心惊肉跳，半晌不敢抬头去看，只是道："您这泪为谁流都不值当。"

也不知过了多久，嬿婉沉声道："本宫的妆匣呢？"

春婵利索去取来了，那是一个檀香木的双层小妆匣，贴着薄薄的合欢同喜的金箔花样，镶点着色色雪白的小米珠，极是精致华丽。因是夜深，帐中只点着数盏小小的油灯，昏暗暗照得双眼发涩。嬿婉纤手一扬，匣子开启，春婵只觉得满目珠光，哪里睁得开眼。那匣子里累累堆着数粒拇指大的祖母绿，玻璃莹翠。翡翠兼冰种与翠种二色，如静水沉沉，汪在匣中。珍珠之物更是散落其间，难计其数，只粒粒浑圆，金黄润泽，是海中所产的金珠。另有红、蓝宝石与双色西瓜碧玺散在那里，都是难得之物。

春婵知道嬿婉素来爱惜此等珍物，兼着她复宠之后连连生育，皇帝欣悦，又赏赐不少，加之她历年邀宠所有，实在不少。然而嬿婉的目光稍一留恋，打开最底下一个屉子，摸出一个暗格，取出一枚银戒指。

春婵眼尖，一眼瞧出上面的红宝石不过是用残碎的红宝石屑磨粉制成，虽然也是鲜艳的红色，但光华凋谢，毫无华彩，着实不值几个钱。便是放在这个匣中，也是玷污了那些名贵珠翠。哪里比得上那几块鸽子蛋大小的血红宝石，华彩熠熠，光色流转。

但是春婵是认得的，偶尔，极其难得的时候，嬿婉会取出这枚戒指，戴在指上。譬如，她刚侍候嬿婉侍寝的前一日；譬如，那一年凌云彻被唤进永寿宫的时候；譬如，嬿婉发觉凌云彻对皇后的眼神有异的时候。她不敢去想，也不愿去想那些隐秘而诡异的陈年秘事。那些匪夷所思的过往，恰如这枚戒指此刻被嬿婉戴在保养得如春葱般的纤纤手指上。

春婵终于忍不住道："小主，您看那块鸽血红的宝石，若是叫内务府制成戒指，衬着您肤色白皙，最能显出红宝石的光艳剔透来。"

嬿婉低着头，若有所思，轻轻抚着指上的暗红宝石戒指："有些东西起于微时，虽然粗鄙，戴一戴也无妨。也好提醒本宫别忘了旧时来路。"

春婵素来知道这位主子最忌讳旁人提她的宫人出身，罪臣之女。如今自己提起来，她也讪讪不好接口，只得委婉劝道："小主与凌大人有往日旧谊，小主心慈，自然怜悯凌大人今日险境。只是凌大人救皇后有功，自然平步青云，小主无须担心。"

嬿婉眼底一红，旋即别过头，攥着手里的绢子道："他是平步青云还是自毁前程？他为了皇后不惜一切那种神情，皇上要是看清了，会容下他的性命么？"

春婵机敏道："是啊！凌大人都不顾一切了，小主还顾什么呢？"嬿婉一怔，泪汪汪望着春婵，春婵低低柔声，"损了凌云彻一个，便可以彻底扳倒皇后。再不济，总也动摇了皇后的根本。小主可千万别忘了魏夫人临终前的叮咛啊。"

嬿婉静一静，凌云彻不顾一切护如懿的情形宛然又在眼前。她心头大痛，恨声道："他不顾本宫，本宫自然也顾不得他了。"

喧嚣已去，夜静到了深处，草原上虫声密密唧唧，清晰入耳。风拂幽凉，吹得帐幕微微鼓起，如起伏的浪潮。那灯光便又忽闪了几下。嬿婉沉默不言，一张清水面孔郁郁阴沉了下去。

永璂受了这般委屈惊吓，当晚便发起了高热，嘟囔着胡话，神志模糊。小小的人儿，烧得满脸通红，只是含糊不清地道："额娘！我不怕！不怕！"说着又胡乱挥手，"额娘！您别怪儿子！儿子没有给您争气！"

如懿眼看着璟兕与永璟夭折，如何还受得起这般折磨，一副柔肠都要挫磨碎了。好在海兰还镇定，一壁唤来太医，一壁命三宝去请皇帝。

深掩的帐帷挡住了幽咽风声，任它游走于月色如霜的荒野中。已是更深露重，如懿黯然道："皇上歇在颖妃那里，此时去请，只怕皇上不悦。"

海兰跺了跺脚，恼道："这个时候难道还顾着这些？永璂是嫡子，若是伤着什么，可如何是好？"她看一眼立在一旁的永琪，咬了咬牙道："三宝只是个奴才，只怕见不到皇上。若是碰上进忠那起子小人作祟，又是一场气受。永琪，便是你去！"

永琪有些不知所措，搓着手迟疑道："额娘！儿子是臣下，又是晚辈，去皇阿玛嫔妃帐外，似是不妥。"

海兰急道："再不妥，躺在这儿的是你亲弟弟，也是你皇阿玛唯一的嫡子。你不疼他护他，还能有谁？"

永琪的脸色微微一沉，但见生母与嫡母都慌了神，只得道："那儿子立刻就去。"

永琪才出去，江与彬已经掀了大帐的帘子进来，利索地请了个安，道："皇后娘娘万安，愉妃娘娘安。"

如懿焦灼不安："不必拘礼，先去看永璂！"她低首，见江与彬指尖犹有未洗净的血痕，旋即明白他从何处而来，便问，"凌云彻如何了？"

江与彬和缓道："皇后娘娘送去的金疮药已然用了。但凌大人伤在肩胛，伤重透骨，只怕伤愈以后，逢到寒湿天气，都会有隐痛。"

如懿鼻尖一酸，那酸楚的隐痛轻绵得没有着落处，纠缠到心腑五脏间去，牵绊出一缕难以言喻的柔软，柔软至无力。

她一直辗转于尘埃浑浊里，唯有他一心扑来，心地明净纯挚，许她一缕洁白干净的照耀。思绪起伏间，眼底隐然有泪光。海兰温然笑劝道："姐姐这是担心皇上了，方才姐姐还在说，若是身受这一刀的是皇上，那该如何是好？可怜姐姐身为皇后，又要为十二阿哥担忧，又为皇上忧心，还系着后宫的安宁，实在是为难。"

江与彬略一沉吟："如今是令妃协理后宫，门禁不严才惹来大祸。皇后娘娘一直静心避世，当然不干皇后娘娘的事。"

海兰投去一个赞许的目光，如懿颔首道："江太医的话发人深省，与医术一般高明。快请移步去瞧瞧永璂吧。"

此时皇帝虽在颖妃身边，却也毫无睡意，辗转反侧良久，疑惑不休："按理说前些年木兰秋狝出过事，守卫森严，而且蒙古王公都在，要动手也不会是这般人多的时候。"他思忖片刻，"如果守卫森严，刺客不是外头来的，那么选在蒙古王公众多之时，就是有人故意趁人多放进来的。"

颖妃出身蒙古，自然要护着蒙古说话，连忙道："皇上睿智。蒙古四十九部向来对皇上忠心耿耿，万不能让这个刺客坏了蒙古的名声，挑拨了蒙古与大清的关系。"

皇帝再睡不着，披衣起身，让李玉与永琪连夜去细查夜防之事。颖妃见皇帝出去，忙帮着伺候。皇帝终究是放心不下："朕去看看永璂。这孩子胆气弱，怕是吓着了。"颖妃也笑了："皇上嘴上说十二阿哥的不是，心里还是疼他。天下父母心，无不如此啊！"

皇帝握一握颖妃的手，便由进保伺候着去了。

江与彬搭了脉，看了舌苔，一番望闻问切，方才舒展了眉头，道："十二阿哥是惊风了。"

如懿未闻此名，急得攥紧了绢子："是什么症候？"

江与彬道："惊风乃外感时邪，暴受惊恐所致。小儿神气怯弱，元气未充，不耐意外刺激，若暴受惊恐，使神明受扰，肝风内动，便会有此症。微臣立即为阿哥开药方。"

如懿喉头一松，语调终复如常："有你这句话，本宫放心许多。"

江与彬又道："行在里应备着琥珀抱龙丸，有镇惊安神之效，可先用温水化了服下。微臣还会开些人参、甘草益气扶正；菖蒲、石决明息风开窍。不过此病可大可小，阿哥身边一定要有妥当之人细心照拂。"

如懿连连答应了，江与彬便叫跟着的小太监取了药丸来化了，亲眼见永璂服下。如懿才叫容珮跟着下去取药方，自己则守在永璂身边，握着他的手，细细为他擦拭额上汗水，潸然落下泪来："海兰，终究是我无用，护不住自己的孩子。"

海兰依在她身边，温柔道："姐姐别这样说。皇上不是不救您和十二阿哥，是凌侍卫比皇上更情急更在意您了。"她眸底乌沉，沉吟道，"我怕今夜之事，比起刺客，皇上更恨凌侍卫。因为，我和皇上，都看到了凌侍卫拼死揽住你时的不顾一切，还有他救你时的那种眼神，我知道他可以为了救你不惜一切。姐姐，我真是看得心惊肉跳。"

心底轰然一声，多少前情涌上心头。如懿只得道："我与他是患难之交。"

"患难之交无须这样为您赔上性命。就算是奴才对主子，那也过了。"

如懿含泪道："我明白你的意思。我这一世可以有的男子，可以依靠的男子，只有皇上一人。我所有的荣辱悲喜，都只在他一念之间。曾几何时，生儿育女也罢，争权夺利也罢，到头来只是希望在他身边可以长久些，更长久些。可是如今，我只羡慕恂嫔有离开这个地方的机会。"

似有若无的叹息，在一盏盏跳跃不定的烛火明灭中沉沉拂落。海兰压低了声音不无担忧："姐姐，难道你是羡慕恂嫔有阿诺达？"

如懿恻然摆首："今日初发现阿诺达与恂嫔时，我曾有一念姑息，希望他们可以逃出去。恂嫔的确胆大妄为，可她留在宫里又有什么意义？舍弃自己，舍弃青梅竹马的恋人想要求得族人的平安都不能。留在宫里，等待她的除了无宠的孤独和悲凉，还有什么？"

海兰眸光一凉，神色黯淡了下来："姐姐想去哪里？"

幽静的烛光浮漫在帐幕上，像是映在灰白的江水涟漪里，冷清出奇。灯笼的暖红化开了暗夜的沉寂与阴森，将一双身影长长曳在地上，愈加凄清。

如懿郁郁道："自进紫禁城，我早已无处可去。所以我总是忍不住想，离开了重重的守卫，外面的天是不是纯净的蓝色？不像我们在宫苑里所见的四四方方一块。外面的日子是怎么过的？油盐酱醋虽然琐碎，是否夫妻间日日平凡而温馨？孩子们可以平平安安出生，健健康康长大？"

言语间总是寂寥。若是这一生过得平安顺遂，何来这些小小的期盼，可以脱出自由身，得一息安乐。如此想着，海兰也沉默了。

不知过了多久，海兰仰起面来，忽然挤出两朵灿烂的笑靥，起身道："皇上。"

如懿转首看去，不知何时皇帝已然到来，立在帐边，无声地凝视着榻上的永璂。

如懿亦起身，与海兰一同请了安。皇帝挥了挥手："愉妃，你也累了，退下吧。"

海兰知道皇帝有意独自与如懿说话，递了个惴惴的眼神，忙离开了。

侍奉的人早被打发了下去，如懿便自己倒了热茶递上："都夜半了，皇上还过来。颖妃不是在侍奉皇上么？"

皇帝简短道："本不想来，但总还有些挂心。"他径自走到永璂身边坐下，抚着永璂的额头仔细端详道，"永璂这孩子，睡着了也还在害怕。今儿他是吓坏了。"

不是不心酸的。永璂的年纪正是半懂不懂的时候，这些日子被送在海兰身边抚养，眼看着自己受了皇帝的冷落，他如何不明白些许冷暖之情？小小年纪便要承受这些，却隐忍不能对人言，也是他享着泼天富贵之余不能负担的重荷吧。

皇帝的手指缓缓地抚摸着，循序至嘴角，忧声道："朕记得永琏小时候很爱笑，可是孝贤皇后重规矩，日日训导，永琏也不太活泼了。虽然稳重，但总有点老气横秋。永琮一生下来就多病痛，一半儿奶一半儿药喂养的，笑得更少。朕真的很希望，自己的孩子可以高兴些，再高兴些。"

他的语气很少这样柔和，是一种颓丧的柔和，让人酸楚，他继续说着："朕有过很多个皇子。去了的永琏和永琮，是朕最期盼的嫡子。可惜他们都天寿无延。永璜的野心太重，永璋懦弱无能，永珹被他额娘玉氏引到了邪路上，和永瑢一样只能出嗣。永璇已经伤了脚，永瑆一味贪玩。永璐和永琰尚是黄口小儿。朕将至知天命之年，膝下唯有永琪一个成器，还有永璂这个嫡子。"

如懿道："永琪文武双全，行事妥帖周全，是个难得的人才。"

皇帝感慨不已："是。永琪是很好，唯一所缺的只是一个嫡出的身份。因此朕更对永璂寄予厚望，希望他可以有永琪的天分与勤学，哪怕有一半也好。"

如懿哽咽难言，一口气抵在喉间，上不得，下不来。永琪固然是她的骄傲与心血，永璂也是她十月怀胎一朝痛楚所得的瑰宝。她极力平复着心绪，道："皇上所言，自然是对永璂有无限指望。臣妾想着，哪怕他不能担负皇上心中的重托，若是能以一己之力成为朝廷的栋梁，尽辅佐之力，也是好的。"

正说话间，容珮端了药进来，一见皇帝在此，忙行礼问安。皇帝道："汤药搁下，出去吧。"

容珮急忙退出，如懿端起汤药，轻轻吹着，细心喂到永璂唇边。药汁顺着他的口落至咽喉，并无呕吐的迹象。如懿稍稍心安，拿绢子擦拭了永璂唇边药迹，复又一点一点喂进。

皇帝看她无微不至，也不觉有几分心软，然而见永璂这般病弱，不觉又蹙眉："朕对永璂也算是悉心教导，这些日子来都亲自带在身边。可惜你的儿子天资有限，永琏在时……"

如懿硬生生忍着气喂着汤药，听得心头如刀绞一般，实在忍无可忍："臣妾的儿子？皇上，天资有别，永璂或许不如旁人，臣妾也无话可说，总之是辜负了您的心意。来日他若好，自然是爱新觉罗的子孙，便是不好，又能只把他归于乌拉那拉氏么？"

皇帝听她口气冷硬，丝毫不肯服软婉转，也不觉有气："永琏的好，自然是有孝贤皇后谆谆教导，费尽心力。至于永璂被挟持，朕何尝不心疼？可当着人前，他这般害怕无用，朕才忍不住拿他和永琏比了几句。"

如懿见一碗汤药喂到了底，那乌沉沉的药汁，搅起了底下的残渣，泛着辛苦的气息。她的口舌里全是这种辛辣苦涩，便跪下道："永璂不过九岁，还是懵懂稚子。于您心中，到底是孩子的平安康健要紧，还是人前的颜面要紧？是舐犊情深要紧，还是君臣颜面要紧？"如懿绷在面上的笑意渺漫如烟云，带着蒙蒙的雨气，"皇上，臣妾有时候真的不懂，您心中真正在意的，到底是什么？"

皇帝目光如剑，朗朗然掷地有声："朕要的不仅是一个皇子，更是帝国的继承者。"他的面上闪过一丝痛心与焦灼，"有能者非嫡出，嫡出者力不及，朕如何能不忧心忡忡！朕是皇帝！朕得先以一个皇帝的身份考虑。"

"皇上，稚子刚刚无辜受惊，且惧病在床，是否先安慰孩子紧要？且恶意行凶者是刺客，防卫不当者是驻守，最无辜的是永璂，永璂为何反而要受您的质疑和斥责？即便身为皇子，所受期望不同，您也不必把这些话当着孩子的面说。"

"你对朕的不满不也是在孩子面前直言么？朕为人父你不满意，为人夫是不是你更不满意？"皇帝沉默良久，"如懿，朕在你心里，是不是不算一个合格的人夫？那么你心里，谁更合适些？"

如懿紧紧地搂着怀中的永璂，心底的凉意一阵复重一阵："臣妾从一开始，认定的人就是您。皇上有别的儿子可以和永璂比，臣妾心里没有别的男子和皇上比。"

皇帝的神色渐渐缓和下来，他伸出手，想要抚摸如懿的脸。在指尖即将触碰的一瞬，她避开了。

他僵了片刻，很快干笑："皇后，朕让你静心思过，看来你还是未曾改了自己这等不知进退的过错。"

一颗狂跳至错乱的心静静定了下来，如懿叩首："皇上，臣妾知错。但臣妾一直以为，臣妾的直言是皇上所在意的。夫妻君臣，无不可直言。"

皇帝无声垂下眼睑，投出两弯深青色的阴影："皇后，朕是皇帝！"

如懿沉静相对："皇上，您是人父，也是人夫！"

"放肆！"他的呵斥声是累累的磐石，滚滚坠下，"别以为你是皇后！皇后也是奴才，你们都是朕的奴才！别妄想干涉朕，动摇朕！"

是什么东西，被无声地碾得粉碎。心中纠结的爱怨痴嗔，伴着一声复一声的刻漏从心上被残忍地镇压，再无重圆的可能。

她唇角挑起一丝冷笑，干涸的眼底有冷焰跳跃："皇上说得真好！金玉良言，臣妾受教了！"她深深拜下，"臣妾视皇上为夫君，皇上并不只是视臣妾为妻子。臣妾是皇后，皇后也不过是后宫一个品衔官位，和前朝的文臣武将没什么区别。孔夫子云：'吾日三省吾身。'说的就是要常思己过，知道自己的分寸。"

皇帝盯着她，似乎要迫到她的眼底心内："你懂得这个道理，那朕就再教一句话，这句话只有两个字，'顺服'。你是皇后，你顺服则是嫔妃顺服。朕立你为皇后，便是要你做后宫的表率，天下女子的表率。"

他说罢，再不顾如懿，拂袖离去。唯余她跪在坚冷的地上，寒意浸浸，蚀骨吞身。

翌晨永琪便查得，阿诺达溜进行在，竟是科尔沁那边布防松懈了的缘故。一早科尔沁的王爷便领着寨桑根敦一同来求见，直说是自己失职，才会误放入了刺客。那科尔沁王爷战战兢兢，冷汗满额，恨不能叩首请罪。

皇帝顾着科尔沁是多年姻亲，王爷又是和敬公主的公公，便格外地温言安慰，不与科尔沁相干。那根敦也是满面紫涨，他尚不知自己的女儿豫妃获罪，言语间颇有探听之意，皇帝越发含笑亲切，只说豫妃在陪皇后说话，不能出来见面，而他父女昨夜在宴饮上也算遥遥见过，根敦也不好再言语，直说新春若能入京觐见，再教导豫妃。皇帝说罢，照例又有赏赐，科尔沁王爷看着无事，才告退了。

二人方走，皇帝的笑容便冷了下来，永琪先道："科尔沁王爷是言辞真切，那根敦显然是言语有些闪烁。虽然认了是科尔沁防卫松懈，可说话间总是推在阿诺达窥探寻机，咱们想要重责也不能了。"

"根敦陪着科尔沁王爷来，就是要朕顾念姻亲之谊，他还说要新春入京教导女儿，就是要朕保着他女儿的性命。果然颇有心计。"他越发疑惑，"豫妃才到木兰围场不久，就有刺客行刺。而且……豫妃曾与宫外传递消息算计朕，才被朕与皇后禁足。她满心的盘算，能除了永璋，断了皇后的指望和依靠是一着；能借此乱了后宫争宠上位是二着。若是不能，豫妃父女也能保无碍，总之都推在刺客身上就是了。这个贱妇！朕就不该解了她的禁足。"

永琪见皇帝面色铁青，显然动了真怒，也怕皇帝伤了身子，少不得劝道："不过科尔沁王公首领都在，和敬姐姐与额驸也在，总不能太伤科尔沁的颜面。"

皇帝满意地看永琪一眼，大有赞赏之意："你确是成熟了，思虑周详。万事大不过前朝国事，后宫的事大可悄悄处置。这种惹是生非之人，送回宫每日抄经思过。等过了新年，豫妃平安见过科尔沁王公，朕再好好处置她。"

永琪心知皇帝这般打算，定是要表明和睦之后，寻个机会将豫妃发落去哪个行宫禁足终老，自生自灭。他想着昨夜那一幕，胆战心惊，总觉着这般处置总还是太便宜了豫妃，可他是人子，也不可在庶母的事上多言，便立刻出去，叫姑姑用布堵了豫妃的嘴，塞进马车先行送回了紫禁城。

连续几日皇帝都无行猎之心，草草让几个阿哥去与蒙古诸部宴饮，到了晚间，便至嬿婉或颖妃帐篷歇下，再少与如懿照面。

直至木兰秋狝回宫，直至永璂病愈，复被送至海兰身边养育，直至如懿再度避世于翊坤宫中，她与皇帝再没有一言的交集。心里反反复复念着的，是从前读过的一句诗，"及尔偕老，老使我怨"。年少时未曾期许过的，连失望时也未曾想过，原来他是这样自负，自负至凉薄的人。

恂嫔的死也无人再提起，迅速湮没于秋狝后盛宴举杯的欢浪里。左右她的生与死都逃不开紫禁城重重红墙的禁锢，依旧按着恂嫔的名位，草草下葬。

那仿佛也是她日后的收梢，永远看不见光明的尾巴。

偶尔的安慰是，在秋狝回銮的途中，遥遥望见凌云彻的背影，如远山巍峨，心里便定了又定。还好，还有他在。

并无说话的机会，也不欲在此点眼。凌云彻虽然救了他们母子，可皇帝并不那么喜欢，赏赐归赏赐，却连一句安慰褒奖的话也没有。可不是，谁喜欢用旁人的英勇气概来彰显自己的自私凉薄呢？

海兰亦常常陪在她身边，她更不喜凌云彻靠近。保持着刻意的距离，维持着尊卑的高低，除了眼神流转的交集，知道彼此都是无恙，便是最好的安慰了。

叁　流言

　　过了初秋便是深秋，连着初冬，京城的冷意总是来得迅疾且不动声色。画堂深锁，肌骨暗销，因着这料峭的寒意而显得合宜了许多。

　　这一日嬿婉照旧在养心殿陪伴皇帝，二人饮着奶茶，闲话宫中琐事。大约是炭火的气息让人有些发闷，纵然嬿婉丢了几根松柏枝叶和橘皮进去，皇帝仍有不适。进忠乖觉地打开长窗一隙透气，皇帝本与嬿婉说着什么，忽然停了言语，只看着窗外，面色阴郁。嬿婉顺着皇帝的目光望去，正是守卫在外的凌云彻。木兰行刺之后，凌云彻得了褒奖，依旧每日戍守皇帝左右，可有些东西，是不一样了。她忽然明白了皇帝的心不在焉，只觉得心中一阵阵发冷，想要再与皇帝说宝月楼添置东西之事，也是实在无心说起了。皇帝也无久留她之意，便打发她先走了。嬿婉出了养心殿，春婵便言："从木兰围场回来，皇上就有些怪怪的。奴婢看见皇上盯着凌大人的眼神，实在有些害怕。"

　　连她也察觉了呵。嬿婉满心寒意，嘴上却不肯饶过："一个人自己不懂得惜命，偏要作死，有什么办法呢？便是有人提醒，他也不会听的。"

　　皇帝不耐烦嬷婉在身边闲话，待到奶茶凉了，也只是默然。这般更无人敢留在身边伺候，唯有毓瑚进来，换了炉中的龙涎香，又烹了新茶，温言道："皇上从木兰围场回来就有心事。这小半年了，您和皇后娘娘疏远了。"

　　皇帝取过紫檀木盘中两颗核桃在手心慢慢搓着，双眉紧蹙："政事清明，家事乱心。朕与皇后彼此猜忌，皇后待朕不像从前了，朕也疑心一个人与皇后有私情。"

　　毓瑚也不言语，只是关上长窗，将凌云彻的背影隔绝在外。她的动作利索而轻盈，仿佛将那寒意也一并隔绝在了外头。"皇上的疑心没道理。当年安吉大师的事，已经伤过皇后的心了，您不能再疑心皇后娘娘了。"

　　那一对核桃在皇帝手心咯嘣作响，倒将皇帝轻默的语调遮去了三分："朕是男子，明白那种眼神，明白他揽着皇后时的那种情意。虽然没有证据，但朕还是不放心。"毓瑚心底一紧，只怕皇帝要做出什么事来，皇帝的眼神有些软了，"可是哪怕朕满心疑惑，许多事朕想做而不敢做，只怕真相和朕猜的一样。"

　　毓瑚这才敢劝道："皇上，疑心是根刺，不能扎在您心里，伤人伤己啊。"她见皇帝只是啜茶，又道，"皇上，凌侍卫救过皇后，救过孝贤皇后，更救过您。奴婢和凌大人打过交道，他是个正派人。而且皇后娘娘的心性，您是最清楚的。"

　　皇帝唇角多了几分苦笑："朕就怕那时候让如懿进了冷宫，几次三番都是凌云彻救的如懿。在如懿最需要朕的时候，是凌云彻在。朕从前不觉得怎样，这次木兰行刺之事后，朕想起冷宫的事就觉得心虚了。"他盯着毓瑚，"那么，你告诉朕，朕身边有几个人是待朕毫无私心的？"

　　毓瑚无奈地叹一声气，她还想再说什么，皇帝轻轻地摆了摆手，丢开了手中的核桃，便往书房去了。

　　到了黄昏时分，嬿婉去了宝华殿上香回来，正遇凌云彻要去接永璂下学，凌云彻有心要避，想想这般走开终归是无礼，只得依着规矩上前请了安，嬿婉正眼也不看他，只淡淡道："趁早离皇后远远的，她是不祥人！她克夫、克子，她会克死身边所有人！"

　　凌云彻愣了片刻，立刻蹙眉，强硬得不留余地："请令妃娘娘慎言，断不可对皇后娘娘这般冒犯。"说罢，便躬身离开了。嬿婉满心气恼，想起木兰围场他不顾一切救护如懿，已然是半点不将自己性命放在心上，更莫说一个魏嬿婉了。她沉思片刻，眼中已满了凛然寒霜之意，春婵看着她，不觉打了个冷战。嬿婉缓声道："叫进忠来，本宫有话吩咐他。"

　　凌云彻接了永璂回延禧宫时，海兰早已翘首候在廊下，每日如此，从不疲倦。她一直待永璂很好很好，悉心周到，更甚于亲生的永琪。见了永璂回来，海兰忙叫叶心带了进去喝早已熬煮好的红枣粥。凌云彻正要告退，抬首见海兰眉色微凝，知道她有话要说，便恭谨垂手立着。

　　海兰抚着皓腕上浓绿一汪玉镯，仿若无意道："凌大人最近可有见到皇后娘娘？"

　　凌云彻只道奉命每日将十二阿哥送到延禧宫，并未见过皇后。海兰面上挂着淡然笑意："不见也好，彼此相安。"她虽是笑着，口中却殊无温意，只以身份划开楚河汉界，"你救了皇后娘娘和十二阿哥，本宫谢你。但身份已定，如云泥之别。你离皇后娘娘越远，她越平安。"

　　凌云彻心中微微酸楚，却也明白，便坦然应允。海兰犹是不放心，盯着他面孔道："你上回为了救皇后娘娘不顾自己，以后还会这样么？"

　　凌云彻拱手："这是微臣的本分。"

　　海兰这才稍舒一口气："有你这句话就好，但是你要回护皇后娘娘，也别让皇上疑心了娘娘。"

凌云彻明白她语中分量，郑重叩首，这才离去。海兰盯着他的背影，眼中闪过一丝戒备，只听得身后永璂呼唤"愉娘娘"，方才换了笑容进去了。

初冬时节，御花园中的枫树叶缘已全然泛红，万叶千声，迎风作响。她岑寂独立，一袭寻常深浅二紫色缎袍，舒袖临风，卷起衣袂翩翩，湛然如谪仙。看得久了，那紫便融进了漫天的血红之中，浑然不见踪影。她就会想起那一夜的恂嫔，她胸前的血，阿诺达的血，似乎添了御苑枫色的一笔浓墨重彩。

这般想着，回首才见有人来，竟是香见。

她穿一身月白衣裙，披风也是浅浅的莲紫色，绲了一圈薄薄雪狐风毛。她的头发松松拿镏金扁方绾成横髻，珠钿疏疏却精致，缀着新鲜胭脂花，簪着一枚绞串珍珠银流苏长簪。恰如宫人所言，哪怕皇帝不如从前那般痴狂，待她到底是宠爱无俦。虽然她无心装扮，可素日所用无一不贵，哪怕随手用上一二，都是倾城之物。只那一支长簪，那流苏勾勒精心，丝丝如女子青丝纤细，绕成花鸟纹样，再纤纤坠下，非工匠耗目半岁不可得。明珠颗颗比拇指还大，泛着柔和的粉红色，乃是采珠女潜入深海所得，便是奉上万金也难求得。连身上衣衫，必是织造府倾心制成，最先供她挑选。

香见却不甚在意，她解下风帽，露出秋水空蒙的双眼。蛾眉照例是淡淡扫，朱唇也只是随意点就，是慵懒梳妆的模样。御苑中有四季不凋的常青树，亦有满天冉烈的红叶，她静静地立于其下，清艳不可移目。

香见不复从前倨傲，也学会了宫中礼仪，只是显得生疏："皇后万安。"

容珮惊诧得合不拢嘴，但见如懿目光扫来，立刻低眉敛容。

如懿颔首为礼，道："你难得出来。"

香见轻嗤："就算要被困死在这里一辈子，也得看看自己的牢笼是什么样子。皇后娘娘不也是这样么？"她抚着手臂，"你应该见过天上的鸟儿吧？被剪断了翅膀，哪里还能飞呢？到头来，我的勇气还不如恂嫔。"

如懿道："你也知道了？说来恂嫔的父亲惨死，族人凋零，无所牵挂才冒险犯大不韪。你终究不同，牵绊太多。"

"平日里看恂嫔闷声不响，倒做出这样惊天动地的事来。"香见满是钦慕，"不承想是她，做了我最想做的事。"

如懿看她一身宫装打扮，花盆底的鞋履款款走来也无不妥，便道："你仿佛适应了许多。"

初寒的风掠过，如秋水般冷冷爽爽，身上的衣裙被风鼓起，窸窸窣窣如悄声细语，是静夜里涌动的细浪。

"适应容嫔这个身份么？"她一笑，嫣然无双，"据说按着皇上如今的宠爱，我迟早会登临妃位，或者贵妃位，是么？"她笑色骤冷："我不怕告诉你，穿着这身衣裳，行着这些礼仪，我心里想着的，只有我愿意想的人。"

红叶的光泽浸染上如懿所穿的浅紫云纹大襟外衫，交织的艳色迸出华丽的质感，并且装点出一种温暖的假象。

如懿看着她："这样的话，你肯对本宫说？"

"有何不可？"她目光清澈，"因为这个地方，只有你真心劝我活下来，顾着我身后的族人。算来，你当年也是为了皇上才这般劝我，可到头来，这宫里唯一的一点真心，竟也是你给我的。"

日色正好，映得屋角脊兽流光溢彩，风里泛起了阵阵素菊香，红叶纷纷璀璨着含朱流金的光芒，又是太平年景里的晴好时光。谁理会，她们各自心事凋落。

驻足间，却见李玉陪着永璂自慈宁宫一带过来。永璂见了如懿，面露喜色，连忙唤道："额娘！"

如懿一把抱住他，喜得泪盈于睫："永璂，你胖了些。"

永璂点头，很是高兴："愉娘娘对我很好，额娘放心。"

如懿心头暖洋洋："有你愉娘娘在，额娘当然放心。"

李玉上前道："皇后娘娘，十二阿哥刚去向太后请安。太后听闻十二阿哥在木兰围场身受惊吓，也很是挂怀呢。"

年华滔滔而去，太后也成了垂垂老矣的白发妇人，守着膝下温婉孝顺的女儿平和度日，也越来越有一副老人家才有的软心肠，疼爱稚子晚辈，更怜永璂不得在如懿身边教养，所以格外照拂。

容嫔向来不喜人多，转身去了。如懿见只有李玉带着乳母嬷嬷陪侍，并有两名御前侍卫，不见素日常陪着的凌云彻，便道："仿佛许久不见凌大人了。"

李玉面色一沉，复又笑道："自从木兰秋狝凌大人救护有功，皇上便格外器重，总留在御前。"

永璂朗朗道："儿子也久不见凌侍卫了。皇阿玛说不必他再照顾我往来。"他想一想，迟疑着道，"其实儿子觉得凌侍卫性子温和，又能救儿子，实在是很好的。"

李玉嘴角微微垂落，似有苦衷，然而很快笑道："阿哥快别这么说了。凌侍卫是侍奉皇上的，若无皇上关切，凌侍卫怎能救您？到底还是皇上恩泽庇佑，您与皇后娘娘才能安然无恙啊。"

越是机巧地掩饰，越是有什么不可言说的秘密。有狐疑的荫翳蔽上心间，如懿温然道："永璂，额娘为你缝制了一件冬衣，你和容珮回翊坤宫试试。"永璂乖顺地答应，跟着容珮走了。

如懿定定望着李玉，沉声道："你也不大好过吧？否则陪着永璂往慈宁宫请安这等小事怎都是你一个御前大总管来做？"

李玉恭顺垂眸："做人有高有低，进忠年轻力健，嘴乖舌滑，又有令妃在身后，自然得意些。但十二阿哥是嫡子，奴才有幸侍奉，是奴才的福气。"

如懿郁郁不乐："永璂虽是嫡子，但与永琏和永琮在时相比，大为不如。木兰围场一事，皇上几度看轻永璂，要你侍奉，也是不尴不尬。"

她目光陡然锐利，"你且如此，凌云彻更是不好吧？"

"山高水低总是常有。凌大人救主有功是好事，但太过显眼，只怕皇上心里也未必乐意。"他连连摇头，"说来自从豫妃不必被禁足，每日在宫中闲荡，也是点眼。只怕皇上看凌大人，也是这个样子吧。"

心底的微凉如这个季节不期而至的清霜，她低低道："若是见到凌大人，请叮嘱他好好保重，韬光养晦。待得冬去春来，自然可以一切无恙。这句话，本宫也说与你听。"

李玉郑重颔首，拱手辞去。

寒衣一重重添上，暖炉也一个个生起。来不及叹"天凉好个秋"，便到了"晚来天欲雪"的时节。有时候闲来无事，听着窗外风涌叶落声，恍然间觉得自己是坐在江心一叶孤舟上，眼见江水东流，飘摇不定。

如懿与皇帝倒也常见到，只是典仪时分不必说话，他与她只需保持着庄重肃穆的模样，如供在殿上的神尊，宝相庄严，供人瞩目便可。私下间独自相见的机会略同于无，因为即便是言说内宫事宜，嬿婉也多是在的。于是，说的话也越发冠冕堂皇。所以，有时候连她自己也恍惚，在当年的当年，在遥不可及的日子里，那些动人的情话是怎样从同一张嘴里甜润地说出的呢？彼此有情的时候有说不完的话。如今说话或许还伤了彼此，不如相对无言的好。

帝后的冷淡间，关于如懿和凌云彻的流言，是在乾隆二十六年的初冬开始甚嚣尘上。人人都在传言，中宫皇后是如何和一个比她小一岁的侍卫眉目传情、私相授受了二十年。如懿一开始只装作不闻不问，也不愿理会这些无稽之谈。可是流言的传播，永远比最厉害的瘟疫传播得更快。很快，她就发觉，无论自己走到哪里，恭敬温顺的脸孔一背转过去，就是窥探、好奇、讥讽与笑话。

乌拉那拉氏高傲的血液流淌在四肢百骸里。如懿情愿被人狠狠地扇耳刮子，也受不了背后的阴毒流言。

那流言自进忠而起，嬿婉自然是一清二楚。进忠过来请安侍奉时，也笑言："要不是凌云彻拼死去救皇后和十二阿哥，也不会有流言啊。"

嬿婉弹了弹寸把长的赤金镂空护甲，厌烦道："侍卫救主子原本没错，可要挡了本宫的道儿，那就罪该万死。额娘是被皇后害死的，本宫的孩子一个个不能留在身边，都是皇后害的。凌云彻还拼死帮着皇后，那就是和本宫作对！"

进忠端详着嬿婉的面孔，眼见她剪水双眸间那分决断，自是越看越欢喜。若能看她亲手舍去凌云彻，那是肝脑涂地也会为她去行事。他一时高兴，也忘了分寸，忍不住将扶着嬿婉的手在她手心轻悠一转："除掉了皇后……奴才扶着您的手陪您走到中宫的宝座上去。您说，您不想母仪天下么？"

嬿婉机敏地将手一缩，抬手抚了抚蝉翼般的鬓角，微微黯然："那是不可能的。"

进忠往嬿婉身前一凑，闻着她云锦衣衫上幽幽散出的甜雅香气，几乎要醉死过去，口中也忘了忌惮，直道："只要皇后一死，愉妃和五阿哥一倒，宫里谁的位分有您高？谁的皇子有您多？皇后之位迟早是您的。谁要挡您的道儿，您都不能留他。"

嬿婉眼珠轻轻一转，拍了拍进忠的手背："你是聪明人，替本宫去永和宫走一趟。"

关于如懿和凌云彻的流言越传越盛，本有炽天之祸。然而，另一种新的流言覆盖了这种旧闻。新的流言便是，令妃魏嬿婉与御前侍卫凌云彻曾是私订终身的青梅竹马的恋人。这个传闻似乎比如懿的传闻更容易让人相信，毕竟，相对年轻貌美的宠妃比高高在上不苟言笑的皇后更适合香艳而扑朔迷离的故事。而这个故事，似乎证人更多，曾经冷宫的侍卫、四执库的嬷嬷，似乎都能说上一点有鼻子有眼的段子。

这一点让嬿婉很是气结，却又无可奈何。连她自己都不曾想到，那段尘封在紫禁城犄角旮旯里的未曾绽放完全的感情，会突然有眉有眼地跳到跟前来。

而当如懿在看到海兰教诲着四执库的嬷嬷怎样把关于嬿婉和凌云彻的故事讲得绘声绘色而又不把自己牵扯入内的时候，她终于难以抑制心头的怒火，传海兰入了翊坤宫道："你这样做虽然撇清了我，但对凌云彻而言，还不是一样要身陷流言！"

海兰的目光意味深长地在如懿身上探询："凌云彻成为磨心又怎样？他要下地狱又怎样？只要那个人不是姐姐，我就敢去做！何况魏嬿婉要害姐姐，我怎么会容许她得逞？以其人之道还施其人之身，是最好的办法！"

如懿心痛："那会害死凌云彻的！"

海兰快意地笑着："那又怎样？如果一个凌云彻能赔进一个令妃，我觉得划算极了。"她的目光中浮起深深的忧虑，"可是姐姐，怎么你舍不得一个凌云彻么？"

如懿断然以拒："凌云彻多次救助于我，他不该成为我和魏嬿婉之间彼此争斗的牺牲品。"她逼视着海兰，"海兰，你以前并不这样。"

"姐姐以前也不这样，我们都曾经温良恭俭让，柔弱无依等待保护，后来才发觉一切成空。"海兰满不在乎，"姐姐，每个人在这里都会发疯。我们若不跟着一起疯，迟早也逃不掉！"海兰忧心道："姐姐，我说句僭越的话，不要有自己在乎的人。不要！否则您在乎的人一定会成为您的软肋的。"

如懿盯着她道："你怕我在意凌云彻？"

海兰少有这般冷硬的语气："是。他不值得姐姐在意。"

如懿不言，只是紧紧抿住了双唇。

很快，连皇帝那里也耳闻了。那一日他闲闲画着一幅墨梅图，却连画了几张都不甚满意，随手丢在了一边，只嫌世事不能如水墨画这般黑白分明。他搁下画笔，看着毓瑚道："凌云彻和皇后有流言就罢了，干令妃什么事？"

毓瑚便将查得凌云彻与令妃的来历一一回禀，二人同是盛京一个庄子上的人，刚进宫的时候也有来往，彼此照拂，令妃还是宫女时也去冷宫找过凌云彻。之后就没有什么交集了。便是有一回令妃挨了太后的打趴在地上，凌云彻也没多理会，只叫人送了令妃回去。

皇帝听她说完，倒也不甚放在心上："这么说，皇后和凌云彻的交集来往多多了。"

毓瑚觑着皇帝的面色，小心翼翼道："皇后和凌云彻有来往也是寻常。毕竟在冷宫时，皇上安排人去暗中照料，奴婢找的就是凌云彻和赵九宵。"

皇帝冷笑一声，随手将蘸饱了墨汁的画笔一推，在满桌雪白的宣纸上洒开了一路淋漓，方道："那就是朕自作孽了？"

毓瑚纵然侍奉皇帝多年，也未曾见过他这般模样，可这话她若不说，旁人更无从劝起。她斟过一盏清茶，缓和道："皇上何必钻这个牛角尖儿？闲话就是闲话，不值当听。"

皇帝却只是摇头："空穴来风未必无因，朕一定得问问皇后。"毓瑚很知道这位自己一手带大的皇帝有些古怪性子，只能道："话问出口，便是伤人了。"

"伤人也比朕伤心好。"

毓瑚也有些急了："皇上不在意凌侍卫和令妃的闲话，只在乎他和皇后的闲话？"

皇帝哧地一笑，略有些鄙夷："令妃？她是朕一手调教出来的，之前她无知粗俗，比之皇后，凌云彻实在没什么可喜欢她的。之前既然不喜欢，后来也无交集，碰上都是冷淡，那想来更没有什么。不似凌云彻和皇后，在木兰时朕亲眼见到的。不过，朕还是想问问令妃，看她如何表示。"

进忠得了消息，便立刻往永寿宫去，恨不得替嬿婉下了决心，一一道："这件事您可别舍不得凌云彻，更不能坐以待毙。先去养心殿，把自己择干净。您与凌云彻的旧事，您得说得坦然，说得轻描淡写。若涉及皇上要处置凌云彻了，您就努力推一把，越狠心越好。"

嬿婉急得失了方寸，死死掐着手心道："光这样本宫救不了自己。"

进忠眼中闪过一丝狠意："那就找个熟悉凌云彻的人，把他所有的事儿有的没的都翻出来，只要能解了您的困局就好。"

嬿婉犹疑片刻，还是重重地点了点头。

隔日，皇帝的传召便来了。

因着新雪初降，殿中已经通了地龙，一室暖洋如春。阁中铺了新色锦毯，花梨罗汉床上设着明黄彩绣云龙吐珠并八寿联春的靠背引枕，一应的黄缎金龙缂丝垫上展着赤红火狐皮坐褥，陈设中华贵而不失新意。

皇帝一副轻描淡写的口吻："外头都在传你和侍卫凌云彻的流言，你自己可听说了？"

嬿婉一贯地低首垂眉，以恭敬婉顺的姿态在皇帝跟前："皇上，臣妾都听说了。臣妾出身寒微，与凌侍卫原是同乡，自幼相识。若说一句青梅竹马，臣妾也不敢驳回。"

皇帝幽然远望天际："你倒肯自己到朕跟前说这句实话。"

嬿婉见皇帝半是玩笑的神色，心中紧张不已，不觉含泪："皇上明鉴！臣妾问心无愧，所以敢言。臣妾为宫女时，因着同乡缘故得凌侍卫几回照应，结果惹了闲言闲语，臣妾为着彼此名誉便疏远了。直到凌侍卫救驾有功，侍奉皇上身边，大约是怨怪臣妾早年疏远，他也不大理会臣妾。同乡之谊自此成了陌路。"

这略略一席话，有多少前尘往事夹杂在风烟间扑面而来。皇帝斜倚在暖阁的软榻上，银盆中的红箩炭蕴着融融的暖意，和着炭盆中新折松枝的气味，让人酥沉中又有甘冽清新之意。皇帝穿得轻暖，一袭狐裘搭在膝上，只是盯着嬿婉不作声。

嬿婉粉面涨得血红，顺着皇帝手臂上丝滑锦袍倏地跪下，仰面含泪泣道："就算皇上要查，臣妾也不怕，更盼皇上查个分明，还臣妾清白。"

皇帝神色愈加和悦："凌云彻一个侍卫，惹你身陷流言，你觉得如何处置为好？"

皇帝靠得那样近，呼吸间温热的气息潮湿地拂在她的耳后。可是分明，那样的气息里和着脂粉旖旎的清甜，仿佛是芬芳的花朵，凝在他的口唇鼻息之间，嬿婉不知怎的，更畏惧了三分。她下意识地微微侧首，避过那香甜的侵袭，恭恭敬敬道："若能杀之而除流言，臣妾愿意。臣妾是皇上的妃子，绝不能因他人而污了自己清白，毁了皇上圣誉。"

皇帝微凉的指尖拂过她耳垂上碧玉桐叶垂珠坠，那碧玉有沁凉的触感，摇曳着轻轻触上脖间裸露的肌肤。他的手指所到之处，嬿婉不觉间起了一身鸡皮疙瘩。在她的悚然里，皇帝终于松缓了口气："你敢告诉朕昔日之事，可见心底坦荡。起来吧。"

正沉默处，忽听得外头喧闹声大作，似是李玉阻挡不住，豫妃急切的声音直传入内："皇上，臣妾有要事相见，皇上！"

皇帝久久不见她，闻她声音，很是不耐烦，深悔自己放了这等放肆无知的妇人入宫。正要出言打发，只见两扇朱漆填金殿门轰然而开。豫妃直冲了进来。

想是太过心急，豫妃云鬟微微蓬松，几缕鬓发黏在面颊上，越发显得脂粉光腻。她狠狠叩了个头道："皇上，臣妾叩见皇上！"

皇帝连看亦懒得看她，道："养心殿你也敢擅闯么？当真是糊涂透了！"

豫妃带了哭腔，狠狠磕了个头道："皇上，臣妾虽出身蒙古，但礼义廉耻、忠贞孝义还是知道的！臣妾擅闯养心殿，只为宫闱名誉，不得不冒死一见。"

嬿婉登时喝道："豫妃，皇家清誉，容得你这般放肆胡言么？"

皇帝脸色亦是难看："豫妃，你屡屡犯错，朕看在你母族的分儿上宽宥了你。你要再敢任意妄为，朕便废了你的位分！"

豫妃连声道："皇上，若不是铁证如山，臣妾怎敢舍出这条性命来说！"她膝行到皇帝跟前，紧紧扯着他的袍角，厉声喊道，"皇上，皇后娘娘与凌云彻有私，臣妾不敢隐瞒！确是有人证物证啊！"

嬿婉见皇帝着恼，忙收敛了唇边冷笑，只作关切："什么人证？"

豫妃冷着脸，毫不畏惧，目光灼灼："那人证便是侍卫凌云彻的枕边人，茂倩！"

皇帝一张面孔愈见冷峻："茂倩是朕赐婚于凌云彻的。"

嬿婉忽而生了微凉如雨的笑意，朗声道："若说是旁人，本宫还能信一二分。只是凌云彻，哪怕铁证如山，本宫也不相信！"

豫妃冷眼睨着嬿婉，气哼哼道："你倒知他？别以为他是皇上身边近侍，便如此奉承偏帮！"她咬着牙，面有得意之色，"皇上，那日木兰围场恂嫔谋刺，凌云彻不顾皇上先救皇后，臣妾已生疑惑。但念及茂倩乃凌云彻妻室，便派人将他奋不顾身之事告知茂倩，也安慰茂倩一切平安。谁知茂倩听闻之后不曾为凌云彻救皇后而喜，反而大哭大闹，语出怨怼。臣妾听闻后更加疑惑，回京后立刻召茂倩入宫细问原委，才知他夫妻二人不睦已久，只为凌云彻心有所属。"

皇帝越听眉头越紧，问道："茂倩何在？"

豫妃扬眉含笑，急急道："皇上莫急，臣妾为求万全，已带了茂倩入宫，在外候着了！"

皇帝默然片刻，那沉吟分明有山雨欲来之势，迫得殿内诸人大气亦不敢喘一声。还是嬿婉多着胆子婉言劝道："皇上，茂倩固然是满洲格格，但凌云彻也屡屡救驾有功。若要对质，不可光听茂倩一面之词。"

皇帝瞟了立在一旁的李玉一眼，漠然道："凌云彻何在？"

李玉正听得抓心挠肺，愁肠百结，忽听得这一句，忙不迭道："皇上，凌云彻今日当值，只还未到时辰，尚在庑房歇息！"

皇帝仰一仰脸，唤道："好。你去带茂倩进来。再去传皇后，让她也来听听。"

李玉巴不得这一句，忙忙出去。待到了门边，见茂倩一脸恨色，心中越发不祥，只得道："凌夫人，皇上唤您。您一进去，一言一行可是关乎您与凌大人两人。夫妻本该同心……"

茂倩轻哼一声："我既来了，便什么都想明白了。"

李玉不敢再逗留，便也匆匆去了。

肆 | 茂倩

茂倩因是满洲格格，打扮得格外体面。只见她一身荣蓝色新缎描银掐花缂丝出灰鼠毛褙子，蜜荷色缠枝团花马面裙，梳一个端端正正的小两把头，簪着红绒绒花朵，绾了一枚玳瑁镶珠石扁方，也不用流苏簪饰，倒显得落落大方。她显然刻意打扮过，一身颜色衣裳显得温和可亲，唯有一双吊梢眉，才有几分凌厉之气。

她行云流水般行礼叩了大安，也不起身，楚楚道："妾身蒙皇上赐婚，感恩不尽。今日未曾奉诏便擅自入宫。无论皇上等下如何责罚，都请受了妾身一片孝心。"说罢，又重重磕了三个头。

皇帝打量着她气色，虽然妆容精心描摹，细看之下仍可见她眼角眉梢的憔悴之色，当下便有些不豫："怎么？朕赐婚与你和凌云彻，你们夫妻却过得这般不好么？"

茂倩甫一见问，便咬住了唇，强笑道："皇上为妾身和凌云彻赐婚，自然是妾身的无上荣耀，一辈子的体面光辉。妾身嫁与凌云彻多年，他一不纳妾，二不拈花，可算一个正人君子。所有月例供奉，都交予妾身安家度日。于此事上，妾身没有怨言。"

嬿婉笑吟吟看着她，那笑却是冬日里的太阳，看着和暖，却毫无温度："既然夫君待你不薄，你为何还要面圣告状？"

茂倩倒也不惧，徐徐道："今日对着皇上与令妃娘娘，妾身也不敢有所欺瞒。凌云彻对外是一个极好的夫君，无人不赞。可到了屋里，虽然起初也对妾身装模作样嘘寒问暖，可他对妾身从不放在心上。"她面上微红，垂首道，"不瞒皇上，妾身与凌云彻成婚多年，做夫妻的日子不过十来日。"

嬿婉微吸一口冷气，极力缓和着道："你也糊涂，凌云彻侍奉皇上身边，多少要紧的大事得记着，微末小事忘了也是有的。他为着忠君而少陪你些，你也该多体谅。"

茂倩忍着羞涩，面色涨红道："起初妾身也极力开解自己，可渐渐久了，才看出些端倪。"她说到此节，又恨又恼，"他倒不是忠君……"她眼中迸出一丝冷光，"他所有心耳意神，倒是全记挂在了皇后娘娘身上。"

李玉赶到翊坤宫禀报时，如懿正坐在暖阁中，听着窗外微雪夹着雨声入耳动人，对琴抚着一曲《春雨》。

其实琴艺并非如懿最擅长的，若论抚琴，除了昔日的高晞月，如今宫中最擅长的，却是湄若。且皇帝一向对女子的才艺颇为挑剔，若非最能合他心意的，情愿不听不品。所以，她也只是在独处时，对着天寒雨冻、深长无望的冬日，盼一缕新春之意。

如懿随手拨动七弦琴，泠泠有声。那幽幽之声如寒冰下缓缓流动的溪水，与碎冰相触，清冷颤颤，这样的曲调，最适合弹奏清婉练达的词曲。她抚弦起声，清朗吟诵："怅卧新春白袷衣，白门寥落意多违。红楼隔雨相望冷，珠箔飘灯独自归。远路应悲春晼晚，残宵犹得梦依稀。玉珰缄札何由达，万里云罗一雁飞。"

这是李商隐的《春雨》。李商隐词曲秾丽，缠绵悱恻，是她素日偏爱。而皇帝所喜，多是"金戈铁马，气吞万里如虎"之势的词句。

李玉的猝然急进，划破了琴音的流畅婉转。他几乎是变了脸色："皇后娘娘，皇上为了流言之事正在问令妃的话，豫妃带了凌夫人茂倩来面圣，咬定了凌云彻大人和您有私。您得为自己分辩啊。"

有些微的怔忡，仿佛是不敢相信自己的耳朵。那些话明明已经余音散去，却砸在了耳边，嗡嗡地用力刮着耳膜。如懿在突如其来的惊惧中难忍诧异之色，但片刻，她便明白了什么，嘴角泛出一丝幽寂笑容："终于，还是来了。"

凌云彻才走到养心殿外，已听得茂倩聒噪之声，想着方才与赵九宵一起，自己赶来养心殿，让赵九宵紧着去请愉妃，不知是否顺利。他心知愉妃最是维护皇后，有她在，或许事儿还好处理些。正沉吟间，只听茂倩哭诉之声愈烈，他再按捺不住，大步跨进了养心殿。凌云彻入内，躬身一礼，向皇帝、嬿婉与厄音珠等人问安，方道："微臣不知妻房茂倩求见皇上，惊扰圣驾，微臣替她请罪。回去之后，微臣自会好生教导她，不许她再如此无礼。"

皇帝见他气喘吁吁进来，只是冷笑。

茂倩与凌云彻一照面，气不打一处来："赶得那么急，你是心虚吧，怕我见了皇上说出什么来？那我偏要告诉皇上，你那些见不得人的心思。"

凌云彻看着皇帝，恭谨道："皇上，微臣心思坦荡，并无见不得人的。茂倩不知规矩，还不回去？"

茂倩再不复方才极力克制的仪态，冷笑一声道："凌云彻，我还未将实情说出，你急着赶我走做什么？这分明是心虚！"

凌云彻隐隐含怒："我有什么可心虚的，是你欲加之罪！"

嬿婉未曾见过茂倩几回，但看她这般言辞犀利，咄咄逼人，也是不喜："皇上面前，你们夫妻二人也争执个没完，可见平日不睦！"

茂倩悲愤不已："令妃娘娘说得是。这些年妾身的夫君偶尔梦呓，心心念念的唯有皇后娘娘一人哪！妾身与他怎能和睦？"

凌云彻怔了片刻，正对上皇帝疑惑恼恨的眼，旋即避开，朝着茂倩气得目眦欲裂："皇上，微臣只知隔墙有耳须得防贼，却不想茂倩会拿梦呓之事来做文章，有辱皇上清听。"

"俗话说酒后吐真言，梦中话心声。若不是同枕共眠，怎知你心底龌龊隐事，竟这般日思夜想，梦中也不能忘。"她红了双眼啐道，"你也敢道我是贼！采花淫贼才恬不知耻！"

凌云彻急道："这是御前，你当是家里，任你疯癫胡言？"

茂倩泪光一闪，死命咬了牙，伸出长长的指甲戳着他面颊道："你还记得家里？不知多早晚才回来一趟，早忘光了吧？"

凌云彻气得脸色铁青，碍着在御前，索性别过头不理她。

茂倩见此，越发生了天大的委屈，抱屈道："那日豫妃娘娘遣人来报你平安，说到你奋不顾身去救皇后娘娘。人人道你忠勇，唯有我知道你那见不得人的心事。救驾一事，不过是你与皇后有私，才奸情流露而已。什么忠勇，呸！"

凌云彻本自隐忍不言，听她说得不堪，终究忍不住道："什么村话浑语，也敢污蔑皇后娘娘清誉！"

茂倩凑到他跟前，一双眼却斜斜飞着，愈显得凶悍泼辣，道："清誉？我倒要瞧瞧是什么清誉，勾得别人的男人神魂颠倒！连在梦中也口里心里放不下，一味唤着皇后娘娘闺名。"茂倩本就眉梢吊起，一恼恨起来那眉毛更是根根竖起，凌厉狰狞，恶狠狠道，"如懿，如懿，倒真是个吉祥如意一听难忘的好名字！"

皇帝恼怒到了极点，一掌重重击在案上："放肆！皇后闺名也是你可说的？"

凌云彻也顾不得在御前，反手便是一掌，方肃然叩首道："皇上，微臣不懂管束妻房，乃敢在御前无礼，惊了圣驾，微臣自甘领罪！"

皇帝冷哼一声，嬿婉厉声责道："打得好！是该好好管束！在御前这般忘了规矩，胡乱争执，打死也不为过。"

茂倩又气又恼，拼命砰砰磕头如山响，流着泪道："皇上，妾身今日一来，自知死罪，不过是拼个鱼死网破，好叫自己活个明白罢了。可是皇上，妾身怎会轻言皇后娘娘闺名，本是凌云彻提起在先。再者若非凌云彻梦中再三提起，妾身又怎会注意？这一而再再而三，妾身便记在了心里。"

嬿婉愈看愈是皱眉，喝止道："就算不是冤枉，你们在养心殿大闹，还以为脱得了罪责么？只凭你妄议主子，就该立时杖毙。"

豫妃护住茂倩在身后，委屈不已："令妃娘娘协理六宫，见不得这些腌臜事儿。但火烧眉毛，也别只顾着胳膊断了往袖子里藏，一味掩饰。多少脏的臭的，都污到中宫了！而且令妃身陷流言，也自顾不暇吧？也不知怎的，皇后之后就有流言扯上令妃，好像不肯放过令妃似的。"

皇帝的目光是悬崖上的冰，高处不胜寒，他缓缓扫了豫妃一眼，豫妃一时不敢作声了。

嬿婉气得流泪，一时说不出话来。

倒是茂倩分辩了几句："皇上，妾身不知凌云彻与令妃娘娘的流言从何传出，可妾身冷眼瞧了这些年，凌云彻对令妃娘娘毫无挂怀，全不似待皇后那般……"

皇帝淡淡地说："令妃坦然，你们不可妄言流言之事。"嬿婉提着的一颗心，此时才松了下来。

凌云彻抱拳膝行至皇帝跟前，凛然道："皇上，茂倩是对微臣怀恨在心才胡言乱语。茂倩御前无礼，污蔑中宫，微臣自甘领罪！但梦呓之事，茂倩一人口说而已，根本无法对质，如何当真？"

"不当真？"茂倩含了无限讽色，从怀中贴身处取出一枚小小荷包，摸出一张纸笺展开，念道："二十年四月二十，一次。二十年十二月二十二日，又一。二十五年九月十三，再一。一次还算偶然，五年间梦呓三次，我却不信了，到底是为了什么？你且别急。你在家中与我同床，虽不理我，要听你这些话也不难。你也无须怪我用尽心机，你对我这般冷落，我夜夜难眠，也是情理之中。为人妻子，被分宠不算什么，但夫君心中半分也无自己，你要我不怨不恨也难。"

皇帝本已烦躁，但听到日期，也是怔住了。

豫妃颇为扬扬自得，那笑容几乎要溢了出来："这些是什么日子，臣妾不知，但皇上应该都知道吧？"

如懿本已到了养心殿门口，听到殿内言语，只觉得字字都是尖锐的银针，针针戳心，绵绵密密无止无尽，心中郁闷压得透不过气来。索性她便进去了。天气尚寒，殿中铺着厚厚的春荣秋茂图的沉香红锦毯。毯沿两列打着万字不到头的金沙线，中间缀着浑圆的米珠，毯绒细软密实，便是落足亦无声。人在其上，总有落入云端的绵与厚。可此时此刻，荆棘丛中步步艰辛，她才体会何为如坐针毡。

可是，她不会怕。因为她是如懿，自幼浸淫深宫的如懿。多少惊涛骇浪，她都看过，都颠沛过，才一路艰难行来。

凌云彻并不敢与她目光相接，只是一味低头，愧疚、不安与担心。茂倩一双眼死死盯在她身上，几乎要喷出火来。皇帝见她进来，只是微微点头："方才所言凌云彻梦呓的日子，皇后可听见了？本来朕也觉得是无稽之谈，谁知这些日子的确特殊。"

如懿若有所思，很快镇定心神，徐徐道："二十年四月二十，是皇上与臣妾璟兕夭亡之日。二十年十二月二十二日，是永璟夭折的次日。二十五年九月十三，是皇上发觉容嫔不能生育深责臣妾之时。"

皇帝眸色如剑，锋锐几可见血："如此看来，凌云彻与皇后真是悲喜与共。"

如懿淡淡"哦"了一声，端然立起，福了福道："这些日子是与臣妾相关，却也同是皇上悲痛之时。"

茂倩登时激愤喊道："可凌云彻梦呓之时，唤的可是皇后娘娘的名字。"

皇帝恼怒而又警觉，他正待开口，如懿扬眸，声音微冷，轻轻道："如意。"

嬿婉微微失色，颤颤道："皇后娘娘说什么？"

如懿心中一定，从容道："本宫说的是如意，如意吉祥的如意。如何？难道你是以为本宫在唤自己闺名么？"她恻然望着皇帝，有破冰涌泉般的委屈，却硬生生忍了哽咽，"皇上，茂倩说凌云彻唤臣妾闺名，是不是听岔了尚未可知。便真是唤了，凌云彻是皇上的御前侍卫，日日侍奉跟前，忠心耿耿，眼见皇上这些日子伤心悲切，大约也是想祝祷皇上遂心如意，而说出'如意'二字。"

皇帝的面孔有须臾的松弛，旋即有天沉沉欲雨之色，看着茂倩道："怎的，你倒这般有心了？"

茂倩气苦不已，拿绢子拭泪道："皇上，妾身实不敢冤枉皇后，此事一而再再而三，妾身也心存疑虑，不敢确实。直到妾身发现了一样东西。"

豫妃会意，啪啪击掌两下，只见她的贴身宫女捧了一个桐木箱子上来。凌云彻矍然变色："茂倩，你怎么妄动我的箱子！"

那宫女利索打开。只见里头是一双极旧的乌布靴子，大约年头久了，布料褪了一层颜色，隐隐有些发白，料子也极酥，怕是一个不小心便会碎成片片。而那穿靴人想是也格外小心，东西虽旧，却没穿过几次，针脚犹新，显然只是遭岁月安静洗褪。如懿只觉得心头突突乱跳，她怎会不认识，这双靴子，便是她出冷宫前让蕊心为凌云彻所制。不想这些年过去，他却这般爱惜。

凌云彻的面孔白了又白，终于泛出一层死灰般的锈青："这双靴子，你怎翻了出来？"

茂倩也不废话，径自道："你素日的东西都爱如珍宝，收在自己的桐木箱子里锁着，一针一线一件破布衣衫都不许我妄动。我便奇怪，什么值钱东西，你便爱得跟眼珠子似的了。我几经小心，才用簪子撬了锁眼，在箱子底下翻腾出这么个稀罕物儿。"

她说罢，见嬿婉亦神色大变，越发生了勇气，捧出靴子一翻，各露出一枚如意云纹图案，冷笑道："这如意云纹既含了娘娘闺名谐音，也暗合了妾身愚夫的名字。"

豫妃笑一声，似墨色夜间栖在枝头的老鸹："如意云纹？茂倩，你若不说个明白，咱们都成了蒙在鼓里的糊涂人儿了！"

有一瞬的怔忡，记忆的尘灰拂面而来，带着昏黄的色调，陈旧而温暖。如懿骤然想起在冷宫的岁月，那种凄寒之苦，那种绝望之苦，如同阴冷潮湿的青苔，死死长在了骨子里。

她克制着情绪，摘下长而锐的镂银缀碎玉护甲，伸出素白的指尖，用微凉的皮肤细细感知着岁月重重轧过后的碾痕。

嬿婉的眼珠死死盯着如懿的动作，狐疑之色越来越浓，渐渐转成惶然之态，颤声道："皇后娘娘，您……"

豫妃抢在嬿婉身前，描得乌黑的眉高高挑起："皇后娘娘还真是认得这靴子，才一看见便这般动情了？"

豫妃的话太过不堪，听得茂倩眼内出火，恨声道："皇上，怨不得妾身背弃夫君，原来，原来他们——"她一手撑在地上，一手指着如懿，却又不十分敢，转而指向凌云彻，气得浑身战栗如打摆子一般。

如懿的伤怀凝成凄楚的郁叹："臣妾乍见此物，如何能不喟然伤感。当年在冷宫，臣妾与惢心身陷火海，幸得凌云彻相救，皇上也是知道的。后来惢心亲手缝制这双靴子，替我二人向凌云彻略做报答。哪想到今日再见此靴，它却被人说得如此污秽不堪。"她静静道，"这针脚分明是惢心的绣功，皇上若不信，只管比对。"

嬿婉紧绷的面容微微一松，道："是惢心？"她似乎不是很信，转头只觑着皇帝面色，不敢再出声。

豫妃吃了一惊，却很快嗤笑道："皇后娘娘拿这种话唬什么人呢？一有事儿就拿自己的心腹出来顶包，谁不知蕊心曾是您的贴身侍婢，宁可被打废了腿也不会说您半句不是的，您就妥妥儿叫她认了吧！"

如懿根本不屑与她分辩，只定定望着皇帝，眸中秋水静寒，若一池深潭："皇上衣衫上凡有用如意纹的，大多出自臣妾之手，以示贴心相伴。皇上若不信，大可取过来看，一比就知。"

豫妃犟嘴道："皇后娘娘，这靴子是十几年的东西了。您知道绣功这个东西日益精进，总会有所变化，只怕难以断定。"

如懿轻轻一笑："皇上穿过的衣物，便是数十年前的，都有存档。虽然费些工夫，但也好找。"

皇帝微微颔首："若问毓瑚，一问便知。"

如懿听他语中颇有安慰缓和之意，但见凌云彻在旁，不觉含了忿郁，朗朗道："臣妾不怕对质，只怕疑心生暗鬼，不明不白。"她说罢，转首微微侧目豫妃，顺手从镏金莲花苞纽子上解下杏色水绿绢子掷于地上，沉声道："皇上所用如意纹图样都是臣妾手绣，而臣妾所用的绢子自己顾不过来，又不耐烦内务府的绣工过于花哨繁复，一贯都是蕊心绣的，后来便是容珮学着。如今哪怕蕊心出嫁，有时惦记臣妾，在家时绣了令江与彬送进来的。其针脚纹理疏密大小不同，皇上一比可知。"便又吩咐，"茂倩，你拿起来给皇上细瞧瞧，自己也瞧清楚，也好叫本宫落个分明。"

皇帝细细看过，脸色微霁："二者有细微之差，但的确不同。"

如懿笑色幽幽："还请皇上取了旧日衣裳来，比个分明。"

皇帝摆手，呷了一口茶，淡笑道："不必。朕亲眼看过，自然明白。"

如懿向着凌云彻稍稍欠身："凌大人，你对本宫和蕊心有相救之恩，本宫和蕊心一直铭记于心。本宫不怕直说，这双靴子，合该本宫自己也做一双谢你。不过本宫虽然喜好刺绣，但纯属雅玩，自己人瞧个玩意儿也罢了，入不得外人之目。"

皇帝听见"自己人"三个字，颇有些动容。凌云彻眉心一沉，旋即明白她言下之意，已将自己与皇帝亲疏分得再明不过。他如何不会意，只得按下舌底一丝酸涩，应声道："皇后娘娘仁厚悯下，微臣感激不尽。"

茂情显然也是意外至极，一时呆若木鸡，不知该如何反应，却是豫妃先尖声喊了起来。她的声音本就尖细，现下声嘶力竭，更是如裂帛一般："皇上，就算如此，蕊心也是听命于皇后娘娘，凌云彻也是将这双靴子宝贝了这么多年，并不能证明凌云彻和皇后娘娘之间没有私情啊！"

如懿冷然道："在你们眼中，救命之恩便是阴私之情么？狭隘至此，真是闻所未闻！"

皇帝再无法忍耐，喝道："谁在外头？将豫妃拉出去清静！"

李玉慌忙垂手进来，身后跟着身强力壮的进忠和进保，恭恭敬敬道："奴才请旨，如何处置？"

皇帝冷然，断声喝道："将豫妃关入慎刑司，由着她自生自灭，非死不得出来！"

进忠呆了一呆："可是皇上，这几日蒙古王公进京，豫妃总要和科尔沁的寨桑根敦大人见面的……"

皇帝利落吩咐："若是有人问起，就说豫妃得了急病不能见人。"

豫妃瞪大了双眼，如何肯服，扯直了脖子呼道："皇上！皇上！臣妾对您一片赤诚，不忍心您被淫妇蒙蔽呀！皇上！您为何要凉了臣妾一腔忠心啊？"

李玉哪里容得她喊，使个眼色叫小太监们架住了，忙扯了布条塞住她的嘴。豫妃拼命挣扎着，嘴里呜呜有声，凄厉无比。

皇帝轻哼一声，冷冷淡淡道："你得多谢皇后，若无朕许诺皇后，宫中再无冷宫之地，只怕你要去皇后曾经待过的地方了此残生了。"

豫妃犹自挣扎，呜呜哀求，一壁含了阴毒目光，恨不得一口吞了如懿。如懿轻轻摇头，不屑道："豫妃，你去慎刑司并非因冒犯本宫，而是冒犯了皇上。你想污蔑本宫，却不知也是欺辱皇上，损了皇上圣誉。谁能容你！"她瞥一眼皇帝，似笑非笑，"皇上肯听你说那么多，不是因为皇上喜欢听，而是圣心宽容。只是你也把皇上的大度看得太过了。难道不知你告发的这些事，便是本宫真的如你所愿被废，你也要落不得好儿么？究竟是谁给了你这个糊涂脑袋，费尽心机自寻死路来？"

豫妃本还挣扎，听得此处，身子渐渐瘫在一边，眼神失了锐气，渐渐涣散。皇帝道一声："去吧！朕是瞧在科尔沁部的面上，一直留了你妃位安养至今，你既去了慎刑司，不管生前如何，死后哀荣朕也会一并给你，算是给你族人交代。"言毕，小太监们像拖着死狗一般将她拖出去了。

茂倩眼见事变如此，浑身栗栗发颤，匍匐于地，早没了方才的刚猛泼辣。

皇帝的靴尖有一下没一下地蹭着，闲闲道："茂倩，朕当日将你赐婚于凌云彻，谁知夫妻这般难谐，实在是错了你的姻缘了。"

茂倩如何禁得起皇帝这样的话，不禁泪流满面，伏地哭道："皇上恩泽深厚，本想为妾身寻一个好依靠，却不想汉军旗卑贱不通人事。妾身本想嫁鸡随鸡，委曲求全，却不想还是守着顽石一般。"

皇帝尚未出言，如懿已然听不下去。茂倩犹自不觉，喋喋不休，如懿沉下面孔道："茂倩，你虽然说自己严守妻子规矩，委曲求全，但言语间大有藐视夫君之意，本宫虽是第一次耳闻，也觉得难耐。何况凌云彻与你相守多年，男儿自要颜面，怎容得你日夜诋毁，实在太伤夫妻情分。而皇上自登基以来，一直讲求满汉一家，何况凌云彻也是八旗子弟，不过分属汉军旗，与你又有何分别？你怎就生了一双势利眼，高看自己！"

嬿婉听如懿出言斥责，心下大快，亦为凌云彻多年之苦生了怜意，亦道："本宫今日听你说话，真是牙尖嘴利。凌夫人，皇上恩待你，给你许了夫君。你却生了凌蔑之心，真真枉费皇上的好心。"

凌云彻怒目圆睁，顿首道："皇上，这些微臣都可容忍，但茂情跟豫妃同流合污，污蔑皇后，微臣实在不能忍耐。"

茂情本已软了，听得此节，咬着牙昂起身体，落泪冷笑道："凌云彻！我是拼着不要这条命了！我岂不知妻子悖逆丈夫是大罪，只不想一辈子做个糊涂鬼罢了。碰上豫妃是机缘巧合，若无她，我迟早也要闹个明白。"

凌云彻怆然摇头，且悲且怒："如今你可闹明白了？为着你的明白却要闹得宫中不宁，家中不安，自己夫君颜面不顾，连皇上和皇后的清誉都险险毁在你手中。茂情，你是皇上赐婚，我如何会不敬你？奈何你事事要强争先，一味要从身份地位上压倒我，试问我如何能爱你惜你？冰冻三尺非一日之寒，事到如今，我自然也有错。罢了，罢了。"

茂情听得泪如雨下，硬生生忍着道："你自然以为自己待我不差，天下薄情人哪个不这样以为？我纵然在家中掌权，但为人妻子，什么最最重要？难道只为钱财在手，夫君尊重么？岂不知尊重亦是疏远，轻怜蜜爱，真心体贴才是最难得。你嫌弃我言语轻蔑，何不努力上进挣个前程功名，又或者可以如旁人夫君一般，哄我让我，爱我容我？可你偏偏油盐不进，对我不理不睬，我如何能受你这般气？我若忍了你，也枉费自己在御前伺候那么多年了。"

如懿双耳再不忍听她聒噪，喟然叹道："须知夫妇之间，彼此厚待尊重，才有真心怜爱。你们这般做夫妻，也真难为了他。"

皇帝静静听她言毕，缓缓饮一口清茶，方摇首道："这番赐婚弄巧成拙，是朕将佳偶做了怨偶了。"他双目微斜，在如懿面上轻轻一旋，恍若无意般叹道，"须知臣奉君，子遵父，妻从夫，不可倒置也。妻子再强，也得以夫为天，何来自己的想法由头？你可是大错特错了。"

原本如懿说话，茂情只是梗着脖颈不肯言语，虽是默默听了，却不甚敬服。待到皇帝出言，她才有些害怕，叩首道："皇上，妾身不敢，可妾身真是委屈……"

皇帝摆摆手："好了。今日之事朕也不耐烦，发落了一个豫妃，当是求个清静。既然你与凌云彻不睦，既是朕赐婚，少不得也是朕来做个恶人。"他横一眼凌云彻，"夫妻不睦，但由头多在你身上。你的罪过，朕一一替你记着。"

凌云彻一凛，想看一眼如懿，却少不得生生收住了目光，低首道："是。"

皇帝的面色稍稍温和些许："也罢，覆水难收，今日回去，你们也再做不得夫妻。便由朕做主，你写一封放妻书与茂倩，二人就此别过吧。"

茂倩大惊失色，险险哭出声来，只得用力捂住了嘴，别过脸任由泪水潸潸而落。凌云彻深深叩首，俯仰三次，只是默然无言，拉着茂倩出去了。

皇帝看了看身侧哀哀弱弱的嬿婉，颇有几分怜惜意味："你也早些回去歇息。"

一语勾起嬿婉的伤心之色，她恹恹道："皇上，臣妾无用，平白有协理六宫之责，却不能为皇上皇后分忧，连自己也身陷流言之中，无力弹压。"

皇帝见她娇弱不胜之态，愈加怜惜："你资历终究浅些，昔日愉妃也掌过协理六宫的权责，不过如今孙子都有了，年纪渐长，难以分身罢了。你有事多问问她便好。"他微抬下颌，嬿婉明白，便道："多谢皇上指点，那臣妾先带茂倩回宫梳洗，再着人送出宫去。"

皇帝冷冷道："茂倩诬告皇后，只是和离，实在太过轻纵了。待她和离之后，你着人将她关到庄子里去，不许她再胡言乱语。"

嬿婉浑身一颤，忙忙答应了离去。

如懿起身，福了一福道："既然事了，臣妾先行告退。"

皇帝微微一笑："你坐下，朕和你有话说。"

同林鸟

　　须臾，人都退尽了。殿中静得若沉在深潭之底，想着方才的喧闹，竟像是遥遥望着另一重天际般可笑。外头的雪点子有些大了，落在琉璃瓦上有细微的沙沙声。如懿抬起眼望了望那窗格间的一隙，却是铅云低垂，要落大雪了。

　　如懿将剥下的新橙皮随手丢进象鼻三足夔沿镏金珐琅大火盆里，又顺手拿赤铜火夹子夹了几根松枝进去。那橙皮与松枝被火气一蒸，殿中浊气也变得清爽而甘甜。只是那清爽是渑了雪的冷冽，直冲头顶，冲得她心底一阵阵发酸，像是小时候一气吃多了未腌透的梅子，那酸气从口腔里直冲顶心，复又坠落五脏六腑，连一口气也透不过来。

　　皇帝缓缓行至她身边，伸手将她拉起，柔声道："地上冷，总蹲着不好。听太医说你这两年总睡不安枕，自己也要好生保养。"

　　如懿不说话，也不看他，取过一枚小银剪子，慢慢铰着手指上水葱似的指甲。皇帝笑了笑："对着朕这般没话说么，宁可铰指甲。"

　　如懿木然地扬了扬唇角，算是对着皇帝笑了："相见无好言，臣妾无话可说。"

皇帝的笑容薄薄的，像穿不透雾气的阳光："朕发落了豫妃和茂倩，皇后可好受些了？"

"旁人污蔑臣妾，自有皇上做主。皇上疑心臣妾，臣妾又该如何？"她的态度不卑不亢，虽是含了婉仪之态，却如皮肤下触手可摸的瘦嶙嶙的骨骼，有坚硬的棱角。

皇帝郁然一叹："嫔妃告发，朕总不能置之不理。"

如懿的唇角勾起一抹冷冽笑容，含着遥遥不可亲近的淡漠，语气却是说不出的恭顺温婉："皇上是不是信了豫妃和茂倩的告发？"

皇帝低首拨着拇指上浅浅寒绿色的翡翠扳指，那扳指是极难得的龙石种，唯岩洞中所生，有冬暖夏凉之效。那色泽更如丝绸般光滑细腻，温润之至，荧光四射，望之便生寒意，更映得皇帝神色淡淡的。他似乎要掩饰什么："自然没有。"

如懿浅浅一笑，似含了一丝通透："若是皇上不信，便不会唤臣妾来，平白听这场羞辱。也根本不会理会茂倩和豫妃的胡言乱语。"

皇帝的神色有种难以名状的邈远，像是有雾气氤氲，难以探知底下的情味："若她们真是胡言乱语也罢了，可那三个日子，不是茂倩能胡诌的。无论是凌云彻御妻不严，还是对你有非分之想，他无礼犯上，即刻发配宁古塔！"

如懿缓缓抚着手中的销金菱花手炉。金器装了小块的红箩炭本就烫手，所以得护着里外发烧的银鼠皮手笼。可是那烫却成了现下唯一的取暖之物。眼前的这些人、这些话，无一不是冷的，是冻住了的污水，一口口逼着人吞下去，冷得叫人恶心。

她淡淡睇皇帝一眼，似笑非笑道："皇上若真要处置凌云彻，早就私下处置或者刚刚发配了，非要当着臣妾一个人的面发作，是否要试探臣妾对凌云彻的心意？"

皇帝哑然无言。

如懿胸中郁闷难平："还是其实即便无豫妃与茂倩之事，皇上心中疑根深种，早难以拔去？臣妾真的很想知道，到底是因为什么，皇上会自认比不过小小侍卫在臣妾心目中的地位？"

皇帝眸色有一丝伤怀，更灼灼燃烧起愤怒："是，是，朕疑心了又如何？近些时日来，你与凌云彻的流言在宫中传得纷纷扰扰，朕也捶床捣枕，夜不能寐。朕是也想不听不扰，可它们却始终在朕耳边眼前挥之不去。为何偏就传你和他呢？且不说今日之事，那时在木兰围场，朕亲眼见他那般救你！他看你的眼神，分明不是一个奴才看主子的眼神。你还多次说他在冷宫舍命救你，是不是从那时起他便对你有了不轨之心？！"

如懿失望已极："皇上，凌云彻在冷宫屡次救臣妾，是受您之意，得毓瑚吩咐。而木兰围场一事，凌云彻是御前侍卫，舍身护主乃是忠心尽责，理所应当。难道皇上就要以此来疑心臣妾，疑心一个救护您妻子和嫡子的人么？"

皇帝恼羞成怒，高高举起手来。如懿分毫不退，只是冷笑。

有良久的寂静，仿佛所有东西都死透了，静静的没半点声响。已经在宝月楼挨过了一掌，还会怕第二次么？他立在离她一步的距离，右手疲软地垂下。

冷然相对而立。檐下吹来阵阵寒风，闪着零星的惨白雪子，疏疏散入殿内，把他赤色蟠龙夹银线坠玉珠雪狐长袍打得瑟瑟作响。雪光惨然，把阁中二人扫落的身影扯得悠悠长长，交叠在一起。数十年无所不谈，身形交融，到如今竟是相顾无言，唯有冷漠与隔阂。恰如地上的影，似是亲密不可分隔，却已经是愈行愈远，心已荒芜。

皇帝面有怫然之色，忍耐又忍耐："豫妃腹内草莽，昔日朕怜悯她年长入宫，又念她是蒙古格格，所以格外垂爱，谁知助长她骄横轻浮的个性。这些朕都不说了，今日她找到茂倩，也算是对你积怨已深，寻隙报复。朕可以不理会她，处置了她。"他眉心曲折愈深，如同如懿起伏悬坠的心思，"可凌云彻之事，到底是朕疑心，还是他犯上僭越？你还这般为他辩白说话？皇后，自从永璟夭折，容嫔入宫，你便与朕长日赌气，不加理会。你到底是因何会与朕离心离德至此，难道就是因为这个凌云彻的出现？"

如懿听他勾起旧事，仍是耿耿不能释怀，不禁气结："皇上如今怎会这般说？永璟夭折之后，难道不是因皇上相信钦天监所谓的天象之言，而对臣妾不加理会？臣妾当时痛失永璟，在那般悲痛之中，皇上却长日面都不露，从未陪过臣妾，还疑心臣妾克死了自己的孩子。皇上宁可相信钦天监的昏话，也不相信臣妾，不相信臣妾和永璟是为人所害。现在却又说臣妾与您赌气不加理会，还拿凌云彻来说话？"

皇帝气恼异常："永璟殇时朕便不心痛么？朕是皇帝，是你的夫君，你又明白、慰藉过朕的伤心么？至于天象之说，言传千古，代代相继，朕纵是相信了又如何？！"

心头如同针刺，刺得愈深，却不见血，唯知血肉间隔实实被冷硬利器分离剥开，痛得钻心刺骨。"您是皇上，您说什么都是对的。只是臣妾不知在皇上心中，夫君二字到底是何意。在臣妾心里，若是夫君，便应与妻房彼此信任爱护。皇上曾对臣妾说过'你放心'，可如今，臣妾却不知该如何再理解这三个字，又该将多年来与皇上的情意再放置何处。"

皇帝双眸血红，气得目眦欲裂，拂袖离她远些："你对朕的情意不知放置何处，难道是要放去凌云彻那里？朕不能让你放心，难道是凌云彻能让你放心，对你爱护？"

有一瞬的恍惚，她不知对着他，该说怎样的话才算是得体。仿佛每一句、每一字，都是将彼此推得更远，推到万劫不复的境地，再无转圜。"今日茂倩虽然对臣妾颇有指摘，但臣妾不怪她，也不怨她。因为比之豫妃寻机报复，茂倩实是太不甘心！她的怨怼，臣妾如何不懂。为人妻子，最重要的便是夫君。凌云彻与她并非两情相悦，难免有所疏忽，才惹来今番是非。可臣妾与您自少年相伴，几经风雨，如今却彼此猜疑，事事疑忌。臣妾实在难过。"

皇帝的脸色愈来愈难看，如绷得死死的弦，禁不住哪句话就要断裂。他神色如寒霜披雪，冷冽不可直视："朕以为冷淡你这些日子，你能静心思过，有所了悟。谁知皇后你真是越来越大胆了。"

"大胆么？"数年的冷漠相待，遥远的距离之后，却是难言的孤寂和孤寂里不肯退让的倔强、酸楚、粗涩，一点点磨砺着属于她的时光。那一瞬间，匆匆数载的幽寂与哀怨，凝成眼角一点冰雪般寒光："还是皇上身为人君，心胸却如芥子一末，容不下半点与己不合之事？"

静默间，她听得皇帝沉重的呼吸声。她再知道不过，他是动了真怒。曾几何时，他这样愤怒的时候，是自己伴随身边软语相劝。曾几何时，他的喜与怒她都紧紧系在心上，宁可自己百般委屈，也不肯添他一丝烦扰。而时至今日，她明知这些话会让他不快，让他激怒，却也不吐不快，忍不得，受不得。原来所谓夫妻，也不过如此，不过如此。

可是她已不是当年的她，他亦不复从前。自己固然是他的妻子，他是自己的夫君，可除了夫妻名分尚在，除了那依稀可寻的皮相，那个人，却脱胎换骨，早成了一具陌生的躯体。

皇帝并不喝止，只是摆首，冷淡若十二月的霜雪："你说的这些话，可见心魔深重，难以自拔。"

如懿神色凄然，楚楚道："臣妾固然心魔难去，皇上又何尝不是任凭心魔猖獗？若不是皇上将凌云彻舍命救臣妾母子的忠义视作男女之私，耿耿于怀，今日茂倩也好，豫妃也罢，哪里惹得出这番风波是非？一切一切，不过是因为皇上自己已然认定，才由得污浊之言肆虐宫中！"

皇帝并无言语，只是手掌翻覆间，重重落在紫檀木几上。那紫檀本就沉若磐石，这一掌用力极重，只闻得碎石飞溅之声，如懿下意识地用手去挡，只觉得手心一刺，有硬物刺入皮肉之感。她垂首望去，锦红色绒毯之上，分裂的绿玉碎碎零落。她心里一紧，下意识地先去看皇帝的手。他发白的拇指上，有暗红血珠缓缓滴落。她本能地伸出手想去抚摸那伤口，却在手指触到他微凉皮肤的一瞬，被他森冷的语调生生拦住："仔细你自个儿的手。"

她很难去探知，他话中的意味是嫌弃还是关切，只是木然翻过自己的手，瞧见一粒绿玉碎飞过，擦破了掌心肌肤，留下一道渗血红痕。心底一片幽凉，手上的刺痛不过微小一息，浑然未曾注意。才知苍茫痛楚之下，早忘却了皮肉之痛。

她看着殷红之上点点绿碎触目惊心，不觉茫然悲戚，轻轻道："所谓玉碎，原来如此。"

皇帝显然吃痛，眉心不适地扭曲着，眉梢挑起，俯视于她："理会这些小事做什么？"

她恍然醒悟："臣妾去唤太医。"

皇帝霍然摁住她的手腕："不必。这样急急召了太医来，若是传到外人耳中，成什么样子！"

如懿满心苦涩，如吞了一枚黄连在口中，连唇角的笑也勾起了那般苦冷意味。

皇帝的手抓得她太紧，压得伤口血液滴滴渗出，在苍白的皮肤上，显得触目惊心。皇帝怔了怔，显是发觉了她的痛楚，扯过她纽子上系着的杏色水绫绢子抹了几把，随手撂下道："回去悄悄叫江与彬替你瞧瞧，无须声张。"

如懿有恍惚的失神："是。"

皇帝不语，只以静默姿态，凝神望着窗外碎雪零星。如懿亦不作声，只是俯身拾起那块绢子，以极轻极柔的动作，敷上他拇指的伤口。皇帝定了定神，将满腔怒意泯成一声悠长叹息："令妃理事之才远不如你，无非温柔妥帖些，才能上下照应。等你好些，六宫之事还是交由你来打理吧。也少些闲言闲语，以为帝后离心，平生揣测。"

如懿愣了片刻，不想皇帝说出这番话来。不知怎的，她只觉得哀凉，却搜觅不出一丝温热的暖意。像是沉溺在水底湖藻中的人，看着远方结冰的湖水之上摇曳破碎的影，那些陈年旧事，如暴雪纷纷下坠，砸在冰面之上，晃动着她的世界。她缓缓起身，保持着行礼谢恩的姿态，以逐渐干涸的双目相望，静静道："皇上此意，若是对臣妾毫无疑心而起，臣妾自当感激于心。可若皇上只为平息六宫流言而施恩泽，人前授予臣妾权柄，人后却怀疑臣妾清白，那臣妾实不能坦然承受。"

皇帝的唇线越抿越紧，仿佛生怕决堤的情绪会一涌而出，他极力克制着道："皇后，你便这么不识抬举么？"

"或许臣妾不识抬举，但比之表面文章、虚与委蛇，真心相待不会那么累。"她起身再拜，"皇上，臣妾年长身倦，怕是不能将六宫之事料理周全。您属意于谁，便是谁吧。臣妾倦得很，先告退了。"

她扶着酸软的膝，缓缓前行几步，听得他的声音自后沉沉传来，无限怆然："皇后，你与朕一定要这样么？"

脚下一滞，如坠铅般沉重。她却不肯回头，怕去看他的面孔，那逐渐老去的却依旧棱角坚硬的面孔："从皇上疑心臣妾的那一刻，从臣妾认定皇上疑心的那一刻，好像我们，就再也走不到一块儿了。皇上，或许您有不是，臣妾也有不是。但这不是，想要消弭，似乎很难了。在臣妾被凌云彻所救的那一刻，皇上看着臣妾的眼神，不是为臣妾得救而欣喜，反而疑云丛生，臣妾的心便凉了。这些日子，臣妾一直在想，皇上会不会说出这些伤人之语，却原来还是逃不过。臣妾倦得很，先告退了。"

皇帝的沉郁中隐隐有激愤如雷霆逼近："从容嫔进宫之后，从你被凌云彻所救之后，你每每与朕言及你的倦怠，难道与朕一起，真的让你如此厌倦么？"

有滚烫的泪无声而落，烫得她一颗心骤然缩起，不是不觉得哀伤，只是哀伤之后，更多的是了然的绝望："臣妾所在意的从不是容嫔是否进宫，而是皇上不惜一切的执着，伤人伤己。甚至臣妾，其实是很喜欢容嫔的性子的，可皇上，却生生逼迫着她，也伤及后宫诸人。"

皇帝也有些难过与愧悔："容嫔之事，是朕伤到了你，但朕从未忘记与你初见之情。如懿……"

"皇上若还记得弘历与青樱的初见之情，若还记得'墙头马上遥相顾，一见知君即断肠'的相知相许，就不会不顾一切要得到容嫔，也不会因为凌云彻的救护就怀疑臣妾对您的心意。心既疏远，身何能从？皇上，臣妾无话可说了。"

她说罢，再不肯停留，唯有裙裾拂过金殿的转角，那沙沙的摩擦的微声，仿佛岁月无情的手，磨砺着他与她之间仅剩的脆薄如碎纸的情感。她明明知道的，那样脆弱的一点温情，是黄昏残留的夕照，眼睁睁看着它被黑夜的暗色一点点吞噬，却无能为力，只余满心悲怆！

永寿宫偏殿里烘着极暖的地龙，春婵脱去了大毛的衣裳，只一袭暗紫色宫女装束，手脚轻便地伺候着茂倩。茂倩换过一身衣裳，重又梳好发髻，坐在暖炕上哭得声噎气直，险险昏死过去。春婵蹲下身用沉甸甸的火筷子拨了拨大铜脚炉里的炭，让它烧得更烈些，在旁劝道："夫人不要这样，既然婚事不谐，早早了断了便好。夫人有满洲格格的身份，还愁什么好人儿不得。"

茂倩才匀了脸，又哭得满脸涕泪，恨声道："你知道什么？我拼着一口气，只为他不让我好过，我也不让他好过罢了。离了他，旁人不知道拿多少难听的话说我呢。"

春婵犯愁道："如今凌大人写了放妻书，他落了个自在，倒教您受闲话。"

茂倩掩面哭道："我原也想忍忍过下去便罢，奈何吞不下这口气罢了。干脆闹到御前，落实了他和皇后的罪名也好，省得我看着日夜烦心。谁知皇上不信，姓凌的也浑然无事，倒成了我小人之心诬告了。"

进忠跨步进来，道："皇上不信？那也未必。"

茂倩拿绢子拭了泪，诧异道："进忠公公，你怎知道？"

"豫妃嚼舌根犯是非，那是皇上一早便多嫌了她，如今正好有个由头发落而已。可凌夫人是举证的，豫妃不过领了你来。为何你平安无事，还脱了这遭罪的姻缘？你以为皇上真的半分没有信你？"

嬺婉亦道："本宫在皇上跟前多年，素知皇上许多心事是不肯说出来的，并非面上看着这般好相与。"

茂倩这才脸色好些："是了。当年皇上要我嫁与凌云彻那个混账，一是赐婚荣耀笼络着他，二也是因为凌云彻在御前伺候，不能有二心，才叫我嫁与他之后从旁看着。如今御赐的姻缘平白断了，皇上哪有不恼恨那混账的。"

春婵叹口气，拨了拨鬓边的点翠玛瑙珠绒花，道："皇上恼恨凌大人也罢了，终究不干咱们的事。可若恼了皇后，不知又要生出多少风浪。"

进忠连连点头："这些年皇上皇后渐渐离心，从前总不知为了什么缘故，凌夫人你一来，咱们都明白了，左不过是皇后心里有了别人了。"

茂倩复又哭道："皇后心里有凌云彻，凌云彻心里更有皇后。皇后说那如意云纹是蕊心绣的，说凌云彻梦里唤的不是她，打死我也不信。"

进忠伸手端了热茶给她，又亲手拧了热帕子给她抹脸，伺候得周周到到，温言劝道："别说你不信，这样牵强的话，我也不信哪。只怕皇上心里更不信。可没有办法啊，你一番心血拿出来的却都不是铁证，谁能信服啊！得，都是白费心血了。"

二人正说话，却听门外小太监恭恭敬敬唤道："凌夫人在里头么？奴才给您送东西来。"

茂倩因听人来，便端端正正坐了，春婵也退到一旁忙活着替茂倩整理换下来的衣裳，彼此隔得远远的。茂倩见那小太监进来，手里捧了一张银票并一雪白纸张，道："凌夫人，这是凌大人着奴才送来的银票。他说他多年积蓄大半给了夫人，想着夫人以后要一人度日难免辛苦，念在夫妻一场，他所余的都给夫人，也当好聚好散。另一封是凌大人的放妻书，凌大人托奴才交付与你。"

茂倩身子一凛，接过放妻书，只见上头白纸黑字写着：立书人凌云彻，系盛京人氏，指婚得萨克达氏为妻，岂期过门之后，两情不合，屡有争执。情愿立此，任从改嫁，永无争执。愿相离之后，解怨释结。恐后无凭，立此文约为照。

她双手剧烈地颤抖着："好！好！皇上一句吩咐而已，他就这么迫不及待要休了我！我偏不成全他！"

茂倩气得浑身乱颤，想要起身，一下子又跌坐了下去。春婵忙不迭去扶。进忠道："夫人，你该说的话没说到点子上，倒是成全了凌大人……"他瞥着嫣婉，"往后待在宫里一心一意看着他日夜思念之人。"

茂倩两眼直欲喷出火来，倚在春婵身上，发狠道："既到了这个地步，有桩事儿，我疑心久了，少不得一并告诉了令妃娘娘，请令妃娘娘替妾身做主。"

春婵向四处看了看道："我们小主也可怜夫人您，只碍着皇后娘娘厉害罢了。但若夫人说的真有其事，铁证如山，那我们小主为着宫规严谨，少不得也要替你主持公道。"

进忠道："只是你疑心的事，若还没个影儿呢，再被驳回来，你连命都没了！还是凡事想个万全才好。"

茂倩细细寻思了片刻，道："这件事细说起来，关系着前头淑嘉皇贵妃的八阿哥永璇坠马之事。"

春婵心下一紧，禁不住打了个哆嗦。茂倩不满地横她一眼："你胆子也忒小了，这话听着那么怕么？"

春婵忙赔笑道："这件事可大可小，说小了是八阿哥伤了腿成了跛子，往大了说，后来淑嘉皇贵妃报复皇后，放狗咬伤了五公主，又惊吓了遇喜的忻妃，牵连着六公主发病而死，后来淑嘉皇贵妃又活活气死了，干系着多少性命呢？"

茂倩抿着唇道："我何尝不知道个中厉害？那件事当年便是凌云彻亲自去查的。有回凌云彻和赵九宵喝醉了，凌云彻还说不想给皇后惹麻烦。虽不知详情如何，但我知道那事和两枚银针、一个马鞍有关。"

嬿婉听得心口突突乱跳，极力镇定道："你这话本宫不敢听，除非真有这些东西找来，本宫才敢为你做主。"

茂倩双手紧握，想了想道："那妾身赶紧回家，找了这些东西来。"

春婵陪了茂倩出去。嬿婉抬头，见进忠狐疑地盯着自己，一颗心差点没从喉咙里蹦出来。进忠越发看着她："令妃娘娘，一提八阿哥坠马，那个马鞍子和银针，您心慌了。"他不待嬿婉辩解，"奴才追随您多年，您一颦一笑奴才都记在心里，天天琢磨。说吧，八阿哥坠马是不是您做的？还有五公主、六公主的死，都得有个着落。"

嬿婉听他这般戳穿，脸色慢慢冷下来，索性道："那又怎样？"

进忠缓步上前，紧紧握住了嬿婉的手安抚："事迟早会抖出来，得有人顶锅。眼下茂倩认定了这事和皇后有关，那就正好。"

嬿婉不敢抖开他滑腻腻的手，只是冷冷道："当年为了追查五公主和六公主之死，皇后把王蟾都带进了慎刑司拷问，如今反咬皇后，皇上会信么？"

进忠的手攀上了她的云鬓，为她扶正青丝间摇摇欲坠的一支红宝金簪，想了想，还是拔下，在簪身上轻轻一嗅，这才道："皇上本就疑心凌云彻与皇后的私情，不管今日豫妃和茂倩所告是真是假，都会让皇上疑虑更深。而且只有反咬了皇后，才能让皇上相信当初皇后对您是污蔑和陷害，您才能真正脱身。"

嬿婉满心烦恶，然而事关重大，也只得由着进忠去："是。只有这样，本宫才能接回自己的孩子，才能继续往上爬。"

进忠细细地摸着细长的簪身，无比爱怜："奴才斗胆问一句，您和凌云彻有旧情，您信不信他和皇后有私情？"嬿婉狠毒的表情已然给了他答案，他笑了，"这就对了。您对凌云彻有情过，皇上对皇后也有情。

所以您信了，皇上更会信。而且皇后是什么脾气，受得了皇上这般猜疑？这情分自己生疏了，可怪不得旁人。"

嬿婉旋即懂得："是了。以皇上和皇后的情分，若不是自己断了这份情意，旁人是断不了的。"

进忠将金簪端端正正为嬿婉簪好，低低道："那就趁着这个机会，借八阿哥坠马的一串事儿把凌云彻和皇后填进去，您也安全了。您狠得下这心吧？"

嬿婉冷笑一声，扶着他的手稳稳立住："私情的事已经放手让豫妃和茂倩去做了，其他的锅一并让他们背了吧。"

分飞 陆

是夜，皇帝便往永寿宫中来，不过略看了看嬿婉，便要往宝月楼去。

嬿婉少不得笑语嫣然："晚膳时臣妾见有几样膳食精巧，想要送去宝月楼，才想起今儿是斋戒，容嫔妹妹断不肯吃这些东西，这才罢了。"

皇帝恍然醒觉："也是。既是斋戒之日，容嫔会彻夜诵读经文，不见外人，朕也不必去瞧她了。"

嬿婉抿唇一笑，温温软软道："皇上一向最将容嫔妹妹的事放在心上，今儿怎么浑忘了？臣妾可要为容嫔抱不平了。"

皇帝不置可否地一笑，牵过她的手一并坐下，摩挲着道："你待容嫔却好。"

嬿婉低着曲线优美的颈，柔顺道："容嫔妹妹远离家乡，孤身一人，承恩已久却膝下孤凉，臣妾也曾多年未育，很明白她的心境。由己及人，总忍不住对她好些。只是容嫔妹妹性子孤介，不太喜欢臣妾。所以臣妾有时想对她更好些，也不知该从何做起。"

皇帝脸色僵冷，直到听嬿婉说完，才怜惜地抚着她的手，温言道：

"她的性子素来如此，待朕也是一样。你心意到了就好。不过你也真是个难得的。朕这般宠容嫔，你毫无妒意。也不知是你太有德行，还是实在不把朕放在心上？"

嬿婉暗暗一惊，立刻跪下："皇上，臣妾就是太看重您，才把您的心意放在首要。只要皇上欢喜，臣妾可以为您做一切事。"

皇帝依旧是那似笑非笑的样子："是么？令妃，你一直对朕很是顺服，有时候朕真想知道，你的小性子小脾气，是不是在青梅竹马的时候都使完了？"

嬿婉愈加心惊，勉强镇定着赔笑："所谓青梅竹马，实在是年少无知。臣妾早年入宫为婢，自知出身罪臣之家，事事小心，额娘伏法后臣妾更不敢放任，只愿拿此身报答皇上天恩。"

皇帝伸手拉她一把："你别动辄就跪。你的心意朕都明白，起来吧。"

嬿婉惊魂未定，极力含笑。二人正说着话，澜翠端了茶水上来，笑吟吟道："这是今岁新贡的松阳银猴，小主吃着觉得很好，所以特意等皇上来了一起尝尝。"

皇帝笑道："你也喜欢这个？"

嬿婉笑容甘芳，让人有亲切的松弛："虽然不算名贵茶种，但臣妾喜欢它入口回甘，平实亲和，没有高高在上的疏远之感。仿佛邻家女儿，品之可亲。"她见皇帝只是沉思不语，又笑道，"臣妾掌管六宫之事，但见茶叶一项，每年便支用颇大。宫中素来以饮名茶为习，若是愿意多尝尝松阳银猴之类，所费不多，亦有新味，也是不错。"

皇帝沉吟片刻，伸手接过青玉金线茶盏抿了一口，淡淡笑道："皇后为皇贵妃主理六宫时，一度也引松阳银猴入宫，想是有旧例可循。你若愿意多看看典册掌故，想来可以安排。"

嬿婉闻言不禁有些讪讪，皇帝言下之意，便是觉她不熟悉宫中掌故了。她不觉羞赧："臣妾愚钝，还望皇上恕罪。"

皇帝拢过她的肩，安慰道："你虽身在妃位，但到底资历尚浅，便是嫔嫔与愉妃也比你久经世故，你难免有些稚嫩。但是你性子温婉，凡事上下融洽，不严苛冷峻，这是你的好处。"他停一停，"自然也是皇后的缘故，她身子不好，你得多担待些。"

嬿婉秀眉紧蹙，这才稍稍和缓些，含笑示意澜翠递过茶盏来。澜翠正捧过茶盏，手中陡地一滑，一盏滚烫茶水瞬时浇在了嬿婉手上，烫起一大片绯红颜色。

嬿婉连声呼痛，澜翠吓得傻了，跪跌在地上拼命磕头不已。宫人们忙乱着又是端冷水来给嬿婉浸手，又是取了清凉消肿的膏药涂抹，一壁又急急去召太医。嬿婉痛得满眼含泪，只咬着唇不说话。皇帝一时怒极，狠狠踹了澜翠一脚，喝道："混账东西，这等不小心。还不拉去责罚。"

春婵趁机抱怨："澜翠最刁钻惫懒，不是头一回这么冒失了，必得严惩。总说拉她去慎刑司，她也不怕！"皇帝便也顺口，将澜翠拉去了慎刑司发落。

王蟾忙答应着拉了浑身哆嗦的澜翠下去。皇帝又安慰了嬿婉许久，本欲留下，耐不住嬿婉苦苦劝道："皇上今夜便是留在臣妾这儿，也怕是担心臣妾的伤势，不能好好歇息，还不如回养心殿安寝。"皇帝如何肯允，嬿婉又道："皇上若实在不放心，大可留了李玉在这儿伺候。李玉本就细心周到，若有不妥，可及时禀告皇上。"

皇帝亦怕留在这儿，嬿婉事事亲力亲为服侍，反倒不得养息，叮嘱了几句，留下了李玉便起身去了。

这一夜养心殿中，皇帝便睡得不大安稳。本唤了婉嫔来侍寝，才一见面，见婉嫔打扮停当，却讷讷寡言，不觉又是恼又是笑："怎么？见了朕便这般怕么？话也不肯说了。"

婉嫔手足无措："臣妾……臣妾已经多年未曾侍寝，生怕自己不够妥当……"

皇帝苦笑道："罢了。朕召你来，不过是因为你乃潜邸旧人，可以夜话闲聊，你既这般局促，罢了，朕叫人送你回宫吧。"

婉嫔面皮赤红，只得无言告退。皇帝索然寡味，进忠在旁赔笑道："皇上，婉嫔本就年岁渐长，不宜侍寝。不若唤了别的小主来侍奉可好？"

皇帝摆手，不耐烦道："朕何愁谁来侍寝？不过是想找个人说说话罢了。"进忠欲言又止，皇帝横他一眼道，"平日里你鬼主意最多，有话便直说。"

进忠忙躬身道："皇上，其实有个人在外候着许久了，也有话要对皇上说。"

榻前一盏紫铜鹤形烛台孤然耸立，曳下瘦长的影子，越发显得凄惶难言。皇帝慵懒道："谁？"

进忠悄悄觑着皇帝脸色道："茂倩。"

皇帝陡然坐起，厌烦道："叫她早些出宫安分些，今日之事朕便不与她计较了。"

进忠赶紧趴下磕了个头道："皇上，茂倩说，此事她若不说与皇上知道，宁可一头碰死在养心殿前的石阶上。奴才见她情愿一死也要上禀天听，才不得不来禀告。"

皇帝静了片刻，缓缓道："唤她进来吧。"

海兰回到延禧宫中，已是中夜了。叶心服侍着她脱下半新松花色绣白玉兰花缎面狐毛大氅，接过她手中的珐琅透雕手炉，心疼道："小主今儿在皇后娘娘那儿留得晚，赶紧歇息吧。这手炉都凉了，奴婢去换上炭，给您再暖个汤婆子睡下。"

海兰叹道："姐姐受了这么大的委屈，只有我陪着她说说话开解开解罢了。"她想起一事，眉头一拧，便问，"永琪呢？本宫让他候在这里，他人去了哪儿？"

二人正说着话，却见永琪赔着笑从里头暖阁转了出来，迎上来请了安道："额娘总算回来了，外头天寒，儿子好是担心。"

海兰见了他，一时气不打一处来，只冷着脸不言语。

永琪自幼甚少见额娘如此，心中也是打鼓，勉强笑道："今儿外头送了好些紫貂皮子和人参来，所以儿子特意挑了好的，送来给额娘和皇额娘。"

海兰未听得"皇额娘"三字还罢，如今听见，那神色如寒天里冻住的雪花，闪着苍冷的雪白微光。永琪看着她，不自觉地后退两步，畏惧地低下头不敢言语。

海兰的声音没有丝毫温度："你跪下！"

永琪心中一阵发虚，当即顺从地跪下："额娘要责怪，儿子无话可说。"

海兰难得这般疾言厉色，此刻想到听五福所言，本来凌云彻托了赵九宵向自己求救，在皇帝逼问如懿时赶去维护，谁知赵九宵半路遇见永琪，自知进延禧宫不易，便托了永琪转告，而永琪竟敢私自瞒下，不来告诉，生生闹到帝后反目，自己却最后才知道，一直被蒙在鼓里。只消这一想，她便半分不肯容情了，叱责道："你当然无话可说。赵九宵来求我去养心殿护着皇后娘娘，你便自顾自拦下了，要不是我听五福说起，岂不被你蒙在鼓里？"

一席话说得永琪冷汗涟涟，忙叩首道："今日的情形太凶险，额娘实在不应前去养心殿。"

海兰瞥他一眼，语意清冷："就是因为凶险，我才更要去。我与你皇额娘多年姐妹，岂能让她孤立无援？你这孩子，实在好没情义。"

永琪含泪道："额娘教训，儿子不敢分辩，但今日之事，谁若在旁，来日都难免被波及。此事涉及宫闱秘辛，又事关皇阿玛与皇额娘声名，您若贸然前去，是为谁说话好呢？"

海兰不假思索道："自然是为你皇额娘。"

永琪深知自己这位额娘的脾气，为了皇额娘可以不惜一切，连性命都能丢得，愈加心疼："额娘若为皇额娘说话，固然出自真心，可这样的话语皇阿玛能否听得进？原本您可寻个机会缓缓劝说，如人在当场，皇阿玛激怒之下，不仅听不进额娘的话，若再有迁怒，还有谁能为额娘和皇额娘说话？"

海兰稍稍消气，但终究气怒难平："难道我便这样袖手旁观？"

"不是袖手旁观，而是伺机而动。额娘，您教过儿子要懂得明哲保身。您自己也是。这件事是赵九宵来告诉儿子的，赵九宵与凌云彻什么关系？皇阿玛要追究您如何得知，岂不您先理亏，坐实了与凌云彻来往密切之事，皇阿玛还怎会听您的？避开这种尴尬场合，来日才好开口说话，所以这个不孝的罪名宁可儿子担着。"

海兰见儿子如此思虑周密，想斥责也无从责起了，只得叹口气："你说得固然对，但没帮上皇后，额娘心里总是不安。"

永琪见无人在旁，踌躇片刻，低声道："这种风口浪尖上，身为男子最怕更多人知晓不誉之事。额娘，一动不如一静吧。"

"你这个想头固然不错。若不是你天资聪颖，又谨小慎微，也无今日的气候。"海兰面色微微一沉，有些不豫之色，"可如果没有你皇额娘，我们母子当年便死在了延禧宫里，你的眼睛哪里睁得开见见这人世？如果没有你皇额娘，你就是个失宠嫔妃的庶子，谁会来理你分毫？你能尚书房读书，能文能武，你能博你皇阿玛欢心，你能在那么多兄弟中脱颖而出，是谁为你筹谋？不为别的，只为你养在你皇额娘膝下，才有今日的荣华！便是你能写得一手好书法，都是你皇额娘亲手教你。她为你尽心挑选贤妻，为你成家立业。她为你费的心思，连她亲生的十二阿哥都比不上。你别今日得了尊贵，便忘了自己的来历！"

永琪哪里还敢接话，俯下颀长的身子连连叩头，扇着自己耳光道："儿子知错了，儿子一定事事维护皇额娘。"

海兰静静地凝视着他，拈过绢子，温柔地为他拭去额边冷汗，神色温柔而坚定得不可抗拒："永琪，你便是要辜负额娘，也断不能去辜负你的皇额娘！这句话，你牢牢地记住！"

永琪泣不成声。在他成长的记忆里，他很少哭，真的很少。这样无声地哽咽，肩膀用力地颤抖着。他伏在自己的臂弯里，背脊如黑夜里起伏的山脉。海兰的手沉稳地搁在他肩上，任由泪水静静滑落："永琪，额娘知道，你在宫里长大，兄弟不似兄弟，父子更似君臣。你疑心多些便可防范多些。但人生而不易，你若是再疑心曾对你有养育之恩的人，便是天诛地灭。额娘谁都不信，只信你皇额娘。你也一样，记得！"

永琪沉重而用力地点着头，仿佛只有这样，才能将海兰的教诲沉沉刻画在心中。

海兰半蹲着身子，伸手抚着他年轻的面庞，依稀分辨出皇帝俊逸倜傥的模样。"你和你皇阿玛年轻时长得真是像。只可惜，他心里从没有我，我心里也从没有他。额娘最心疼的人，是乌拉那拉·如懿，是爱新觉罗·永琪。额娘希望你明白，对你好的人，别去辜负她、背叛她。"她见永琪一味低头认错，亦是不忍，"地上湿寒，别尽跪着了。入冬后腿上的附骨疽更易发作，总是隐隐作痛，益发得小心些。"

永琪见海兰训斥完毕，神色缓和些许，心头也微微松弛。他下意识地摸了摸腿侧："太医总是那些套话，什么三阴不足，外邪过盛。左不过黄豆大小一颗，不痛不痒的，也没什么。"

海兰叹息道："你要强周全是好，但也别为求万全，什么事儿都自己忍着。年纪轻轻的，筹谋太过，也损心神。再说你素性要强，有什么头痛脑热也忍着不说，可自己身子总要当心。"她话锋一转，婉转道，"上回听你说起长了附骨疽，额娘急得什么似的，问了太医。说是先头的和怡亲王父子都得过，确是不大要紧。你精于骑射，风餐露宿、骑马射猎所致也未可知。"她说着，语调一沉，有些不大好意思，"不过，太医也说，冷浴后贪凉寒湿侵袭，或盖覆单薄，寒邪乘虚入里，也会成此疾。终究，你得当心自己的身子。"

永琪面上一红，旋即道："这个额娘大可放心。儿子的嫡福晋西林觉罗氏和侧福晋索绰罗氏都是皇阿玛、皇额娘和您亲自替儿子选的，她俩温良恭俭，实是贤妻。"

海兰看着他道："当着额娘的面心虚什么？额娘岂不知你对嫡福晋和侧福晋不过面上的情分，而索绰罗氏擅生养，你的几个儿子多是她所出，可你最心疼的还是格格胡氏。别的也就罢了，额娘只担心一个……"

永琪见海兰颇有责怪之意，忙不迭解释道："额娘所担心的不过是胡氏出身寒微，但她性子也算乖巧，安分守己，从不逾矩。"

海兰不禁摇头："额娘才说这一句，你便有这许多话替她分辩，可见偏心。当然，你的福晋都是老实的，额娘也希望你有贤内助。"她站起身，倦倦道，"额娘对你的叮嘱只能如此了。永琪，夫妻恩情是一，母子之情更要紧，好好想想明白吧。"

她缓缓站起身，唯留永琪疲倦地半靠在暖榻的踏脚上。寒夜冻雨，凄瑟敲窗，落在花梨木透雕藤萝松缠枝窗格上发出生硬单调的声音。天地寂寞，唯有以此簌簌相应。

天地寂寞，静夜无声。皇帝双眸微红，可见已困倦到了极处。他看着跪在眼前匍匐屈身的身影，沉肃的口吻中隐含着一丝不易察觉的沙哑："茂倩，你的话已经说完了，可朕还是不信。"

茂倩面色铁青，两颊泛着决绝的晕红，恭顺地匍匐在地："皇上，若说凌云彻梦吃之事不算铁证，可这两枚银针与这个马鞍，却真真是死证。若不是为了包庇皇后意图杀害八阿哥之事，这两枚银针凌云彻为何要藏着不告诉皇上？"

皇帝颇有玩味之色，眸中阴沉不定，举起那两枚银针在眼前，沉吟道："银针已有积垢，是积年旧物。针与马鞍底下的孔痕也相吻合，的确不是造假之物。但茂倩，你与凌云彻早是怨侣，如今积怨更深。哪怕是物证确然，朕也不能全信。"

茂倩垂首片刻，眼里闪过一丝怨毒恨色，举首道："物证已在，皇上所不能信的不过是奴婢这个人证。妾身已说过当日之事赵九宵也知情。眼下他人在宫中，皇上一问便知。"

皇帝并不看她，只专注于银针之上，冷冷道："还需你说？朕已经吩咐进保将他带了来。"他击掌两声，外头进保已经听得，领了赵九宵入内跪下。

皇帝扬一扬首，示意他出去，只冷眼瞧着瑟瑟缩缩的赵九宵道："唤你来所为何事，你自己也知道吧？"

赵九宵初次面圣，早已头昏脑涨如在梦中。及至了明彩辉煌的殿阁里，浑身软绵绵如同酒醉，吓得一跌倒地，连连叩首不已，大着舌头道："奴才愚昧，奴才不知。"

皇帝视他如目下尘芥，哪肯轻易费一词一句。还是茂倩乖觉，指着地上的东西道："赵九宵，这个马鞍你总认得吧？"

赵九宵一见那马鞍，心底一凛，猛然清醒了不少，连连摇头不已。

茂倩料得他不会轻易认了，不觉抱臂冷笑道："你与凌云彻那点勾当，皇上还会不知么？八阿哥马场坠伤之事皇上已经了然于胸，不过白问你一句，瞧你对大清忠不忠心罢了，你还敢蒙蔽圣上么？"

赵九宵吓得冷汗如浆，但见皇帝成竹在胸，以为皇帝早已知晓，慌不迭道："皇上，这个马鞍奴才知道，当年八阿哥坠马，凌云彻奉命去查，才知八阿哥坠马乃是因为马匹受惊。"

皇帝听他絮叨，不耐烦道："马匹受惊乃是两枚银针穿透马鞍底下的皮子，这些朕都知道。但凌云彻当初奉朕旨意追查，却未曾向朕回禀，这是为何？"

赵九宵瞠目结舌，呆呆道："皇上都知道了？那……那其他事，奴才不知。"

茂倩尖着嗓子，像生锈的刀片沙沙刮着耳膜："你会不知？你是他的手足兄弟，我不过是一件破衣烂衫。他什么事情你不知道？这些事他是替谁瞒下的？为了谁凌云彻那混账才敢连皇上都蒙蔽！你便招了吧！"

赵九宵骤然变色，却也不屑："鸡鸣狗盗的事儿做得那么熟，你以为偷了马鞍和银针出来，就能诬陷自己的夫君了么？也难怪这些年凌云彻看不上你！"他夯着胆子向皇帝道，"皇上，您一片好意赐婚，可这悍妇刁蛮醋妒，又小心眼儿，她说的话实在不能相信！"

皇帝也不看他，只伸手细细抚触那马鞍，细看上头的针孔："这马鞍是宫中马场用的样子，也有些年头了，上头的针孔也与这两枚银针一般无二。茂倩，你便这么有心，一早便存下心思陷害你的枕边人了么？"

这话虽是质问，但语中之意直逼赵九宵。赵九宵再不经事，也不免畏惧不已。

茂倩自以为得意，昂首道："皇上，妾身之所以到今日才向皇上告知此事，一则因为前事不明，怕有误会。今日见凌云彻百般维护皇后娘娘，倒落实了心头疑虑。当年八阿哥坠马致残一事，都纷传是五阿哥所害。凌云彻奉旨彻查却诸多隐瞒，他与愉妃娘娘并无来往，也不会为她隐瞒。能让他做出这般欺君犯上之事的，唯有是为了皇后娘娘。"她仰着脖子，眼底闪着恶毒的冷光，"妾身私心揣测，会否这件事连五阿哥也被蒙蔽，乃是皇后娘娘的一箭双雕之计？"

皇帝神色冷凝，映着窗外呼啸凛冽的风声，格外瘆人。他沉沉道："除了这些，你还想啰唆些什么？"

茂倩膝行两步上前，声音诡异而隐秘，像一条绷直的铁弦，死死缠绕上柔软的颈："皇后从前养育五阿哥是为了有个依靠。如今皇后娘娘自己有了儿子，五阿哥又天资聪颖，文武双全，皇后娘娘怎能不为自己的儿子打算！八阿哥坠马这件事，若是扯上了五阿哥的罪过，自然断绝了他的皇位之路。若是不然，八阿哥落下残疾，一是不能继承大业，二也报了皇后娘娘对淑嘉皇贵妃的旧仇，三则淑嘉皇贵妃痛心儿子，一定会报复五阿哥，最后得利的却是皇后，保证了她亲生儿子再无劲敌。结果此事没成，淑嘉皇贵妃心有不甘，最后五公主才会枉死。"

殿外，是伸手不见五指的黑夜，养心殿、翊坤宫、永寿宫，成百上千座殿宇楼阁，都冻成了阴霾里巍峨不动的影。明明殿内生着数十个火盆，和煦如春，可是皇帝立在那里，只觉得血液从脚底开始冰冷，缓缓凝滞，慢慢逼上胸腔，冷凝了喉舌。连手心逼出的汗意，也是寒冻的雨珠，冰冷地硌着。高处不胜寒，终究是高处不胜寒。

他的声音已经嘶哑了，眼底纵横着暗红的血丝："不许胡说！不许说朕的璟儿！"

茂倩的歇斯底里撕破了暗夜最后的宁谧，也撕破了皇帝心底最脆弱的伤口："是！五公主玉雪可爱，要不是有这样的额娘，皇上，您会看着五公主长大，长得亭亭玉立，成为大清最美丽的公主。您可以亲眼看着她出嫁，有一个好夫君，有一个美满的人生，而不是早早夭折，沦为后宫争宠的牺牲品！"

皇帝的泪汹涌而出，他跌跌撞撞几步，颓然坐倒在罗汉榻上，泣不成声地唤道："璟儿！朕的璟儿……"

赵九宵从未见过皇帝这般模样，吓得魂飞天外，半晌才回过神来，对着茂倩怒目而视："皇上，皇上您别这样伤心……"赵九宵急得满面通红，恨不得上前扯住她，"你这女人，血口喷人！你别胡说，皇后娘娘她不是这样的人！"

皇帝闻言凝神，只是冷笑。赵九宵看着害怕，又急又慌，拼命磕头道："皇上别多心！皇后娘娘与您多年夫妻，她信得过的人才敢送到皇上身边陪伴左右！您别误会了皇后娘娘一片真心呀！"

"真心？"皇帝的笑意酸楚而悲切，"从前朕真的觉得皇后对朕一片真心，如今看来，竟是连朕自己也不懂得了。若这真心之后藏着利刃，那朕真是避无可避了。"他挥一挥手："茂倩，今日你说的话够多了。比你伺候朕那么多年说的话都多。朕听够了，你先下去吧。朕有些话，还想再问问赵九宵。"

茂倩诺诺答应着，躬身告退。

皇帝看一眼垂手在旁的进忠，哑声道："进忠，你着人好好送茂倩出去，好好的，好好的。"那"好好的"三个字说得颇轻，像没有分量似的尾音飘飘。赵九宵不知怎的，却觉得如利剑般直刺过来，浑身战栗。他跪伏一边，正不知该如何应对，只见一个女子闪身进来，款步行至自己身边，跪下道："皇上万安，小主遣奴婢来向皇上请罪。"她磕了个头，战战兢兢道，"小主敷了药睡下了，谁知凌夫人跑来了养心殿见皇上。"

皇帝淡淡道："令妃烫伤了自顾不暇，哪里顾得上茂倩趁乱跑出来找朕。太医瞧了，令妃伤得要不要紧？"

春婵忙回禀道："皇上放心，太医说只要勤于上药，仔细照拂，也不打紧。说来也怪澜翠。"她的眼神往赵九宵身上一瞟，抱怨道，"澜翠也算伺候了小主多年，竟还这么不当心。"

皇帝嘴角一沉，没好气道："不是交给慎刑司了么？好好惩治就是。"

皇帝的话仿佛一阵寒气，直逼赵九宵身上，赵九宵打了个寒战，忽然想起方才宫门外候着时，进忠向着他皮笑肉不笑道："仔细点说话，你心上人的性命，还在令妃手里呢。"

他本还有些糊涂，听得此节，也再明白不过了。

春婵听皇帝动怒，连忙赔笑道："请皇上息怒，小主说看在澜翠多年伺候的分儿上，还请皇上宽恕澜翠。再不好，打发出宫也罢了。"

皇帝无心在此事上，随口道："令妃素来心软，澜翠如何处置，都交由她自己决定。"

春婵恭谨领命，看了跪在地上瑟瑟发抖的赵九宵一眼，默默退下了。

赵九宵一心记挂着澜翠，抬首才见皇帝静默无声，逼视着他。片刻，皇帝的声音铮然响起："你也不必留心扯谎，这里只有朕，不吐出真话来，谁也救不得你了。"

赵九宵惶惑地听着，不知怎的，他挺直的脊梁骨渐渐发软，终于像被抽去了全身的骨骼，流着泪趴倒在了地上。

辱身 ｜柒

夜已深沉，雪花敲在瓦檐上的声音扑棱扑棱的，像是谁撒着坚硬的小石子儿，一下一下惊着心肠。嬿婉并没睡好，睁着双眼拥着锦衾，静静听着风发出怪兽般阴沉的呼号，低声唤道："春婵。"

春婵抱着膝盖靠在床边打盹儿，听得嬿婉召唤，忙睁开蒙胧的眼，答应道："小主？"

嬿婉的声音在发飘，她极轻声地问："事情真的都过去了吗？"

春婵低柔道："进忠亲自来递过消息，赵九宵招了。虽然招得含糊其词，可也隐隐约约透露了皇后与凌云彻有私。他出了养心殿就求进忠救澜翠，说他为了澜翠连最违心的话都说了。真是一片痴情！"春婵虽然这么说，口中却满是讥讽，"他哪里知道，小主只是拿澜翠与他做戏。赵九宵与茂倩都被连夜带出宫外。听说茂倩出了永定门就被扔进了河沟里，不淹死也冻死了。赵九宵是流放之刑，罪名便是在坤宁宫有大不敬之举。"

嬿婉抓着枕上一把金线流苏，一双眼在漆黑的夜里闪着幽幽暗光：

"本宫早知道，皇上是不会放过茂倩的。"

春婵急道："皇上难道不信茂倩的话才这么做？"

那金线本就生硬，硌在手心里一阵阵发凉："皇上就是信了，才要灭口。茂倩恨毒了凌云彻，保不齐哪天就嚷嚷开来，皇上当然不能留着这个后患再生波澜。至于赵九宵，皇上还留着他，只怕哪一日还想挖出什么话来。"

春婵大松一口气，抚着心口道："皇上疑心重，奴婵还怕皇上不信呢。"

嬿婉凝神思忖："依着皇上的性子，想必不会全信。但人的疑心就像是无底幽洞，只消勾起一点，便会叫人如坠泥潭，越陷越深，哪怕是贮海积山也休想再填平分毫！"她缓着气息，慢慢道，"春婵，一个人但凡要布下局来，就得要多多的人来显得周全，万无一失。众口铄金自然容易积毁销骨，一旦撕开了口子，便什么都拦不住了。"

春婵担忧："能万无一失么？"

嬿婉伸着手指，在松软的锦被上一道一道慢慢划着，指甲划过娇嫩的蚕丝有轻微的沙沙声，她在黑沉沉的夜里睁着眼，发出骇人的光芒："世间事未必都周全到万无一失，但有三个字便够了。那三个字，便是'莫须有'。"

"莫须有？"

"对！莫须有，或许可能有。因为人的疑心胜过一切铁证如山。因为只要他坚信，便一切坚不可摧。但如有了疑心，疑心生暗鬼，哪怕无事也成了是非。历代以来，死在'莫须有'三字上的，还少么？"

春婵不解："小主这么说，只消那双如意云纹的靴子便可让皇后和凌云彻说不清道不明了，何必还扯出八阿哥的事！"

"皇上最恨有人在皇位之事上作祟。这些年皇上最看重五阿哥，眼看着一定会封为太子，若知道皇后这么多年对五阿哥都只是利用，又为了亲生儿子连五阿哥也算计，那么皇上会作何感想？这件事若传了出去，便能教五阿哥和皇后生分了母子之情。"

春婵会意，立即道："小主放心。再教芸角使劲在五阿哥耳边吹吹枕头风，皇后就连五阿哥这个依靠也没了。"

嬿婉倚靠在金线攒枝花枕上，含着轻快的笑意低低道："田嬷嬷和田俊虽然死了，但叫本宫找到了田嬷嬷与前夫生下的女儿，按着永琪的喜好悉心调教，不枉她得了永琪那么多的宠爱。"她正得意，忽地想到一事，不觉神色恻然，"对了，皇上如何处置凌云彻？"

春婵一愣，不知如何反应，只得如实回禀："凌云彻多半没有好下场，这件事皇上只交给了进忠公公去办，小主千万别心软，更别问他。否则他小心眼儿，一定会恼了您，他可知道八阿哥坠马的事儿了。"

嬿婉怔住，张口欲言。一瞬间，只有一种欲落泪的心疼，催得她怆然含悲："本宫知道不能心软。只是有时候想起来，本宫爹不疼娘不爱，兄弟不亲，主子不容，只有凌云彻真心待过本宫。"

春婵婉言劝道："小主走到这一步不容易。别说奴婢心狠，为了小主您和阿哥的前程荣光，便是让澜翠演一场苦肉计也没什么！"

嬿婉听她口气决断，少不得振作心气道："也罢！咱们借着澜翠逼迫赵九宵供出凌云彻，否则再难压倒皇后。赵九宵死罪可免，活罪难逃。只是留着这个活口，再要翻供教皇后借机东山再起，便不好了！"

"奴婢省得，一定会叫人在赵九宵流放途中料理干净！不留后患。"春婵稍一思索，连忙求情道，"至于澜翠年纪也大了，奴婢会着人送她还乡。"

嬿婉正犹豫，忽地咬了咬唇，冷道："既然要不留后患，那么澜翠也别留着了，一并干净。本宫已经让王蟾去办了。"

春婵与澜翠一同服侍嬿婉多年，心知澜翠虽不比自己与嬿婉亲近，却也一贯得力。竟不防嬿婉说出这番话来，当真是惊心动魄。她深知嬿婉心性坚定，劝无可劝，少不得忍泪答允了。

直到出了殿阁，春婵才觉得一阵阵后怕，天寒难忍，怎及心头寒冰。她正镇定心神，眼见王蟾进来，忙一把拉过他往角落里去，这才敢问："澜翠到底如何了？"

王蟾有些木然："澜翠按小主的吩咐，在帕子上洒了毒粉递给豫妃，豫妃已经死了。"

春婵忙道："我是问澜翠的生死。"

王蟾袖着手，一脸惧色："奉小主之命，送了澜翠上路了。"

春婵急道："怎么走的？"

王蟾连连摇头，很是伤感："一顿饭菜，都是有毒的，也算留了全尸。唉，我跟内务府报了澜翠得了绞肠痧，送去火场化了。"

春婵不禁含悲："我与澜翠一同服侍小主多年，澜翠一贯得力。小主的心怎么这么狠了？连自己人也不放过。澜翠可是一直忠心耿耿的呀。"

王蟾紧张地抓住春婵的袖子，四周张望了无人，才放下心来："我的好姐姐，甭管别人了。哪天一不留神，我和你就踏了澜翠的老路了。咱们呀，自求多福吧。"

春婵一想到嬿婉方才脸色，也是后怕，只得掩了口，将哭声咽了下去。

这一日天光到来时，一切都还是如常。仿佛所有事都没有发生过，紫禁城的一切都是那般安宁而庄重。皇帝下了朝，并无回养心殿的意思，只是在御花园散步。彼时梅花正盛，御苑中冷香四溢，几能醉人。皇帝漫无目的地走着，凌云彻护卫在侧，见李玉亦不在，唯独进忠跟随，心中便多了几分不安。皇帝并未看他，只是闲聊一般："解了你与茂倩的孽缘，高兴么？"

这种漫不经心的口吻更让他心中没底，只得恭恭敬敬道："是微臣自己不好，与妻房不谐，惹皇上烦心。"

皇帝随手撩拨一朵正盛开的梅花。那盈然五瓣，花瓣纤薄如玉，经不起皇帝手指的搓捻，很快委落散下。凌云彻微微有些心疼，却不敢阻止皇帝。皇帝淡淡地道："你无情，她无义，还是散了的好。"

凌云彻低首，看着冻土之上的落花，双足小心避过："微臣少年入宫侍奉，只知当差，实在不知该如何与女子相处。"

皇帝微微冷笑："你救了皇后，朕也得嘉奖你，不能让你再受家宅之苦。不过，救皇后……和永璂的时候，你在想什么？"

凌云彻心中一顿，知道他终于是问了。这个答案在那日救了如懿母子后，他便盘算准备了许久，此刻几乎是熟稔地答了出来："皇上，微臣什么也来不及想，只凭忠心，尽职责所在。"

"忠心？"倒是进忠嘎嘎地笑了，"你的意思是当日在场的所有侍卫，都没有你对皇后娘娘的这份忠心？"

皇帝回首看进忠一眼，进忠知道自己心急了，忙忙退后几步。凌云彻道："微臣上无父母，下无儿女，妻室疏离，形同孑然。旁人或有牵念不能舍身，微臣却没有。"说话间，一根梅枝横在前头，上头缀满的花朵香气几乎已盈然在鼻尖。他不愿用手拨开，惊落花朵，便一低头绕过。皇帝微微蹙眉："你与令妃自幼相识，也不算牵念？且按理说，你对令妃除了对主子的忠心，还有一分同乡之谊。那日木兰围场上，朕倒不见你回护令妃？"

凌云彻甚是坦然："与令妃娘娘相识是微臣的荣幸。为奴时各自忙着伺候，碰不到。后来令妃娘娘侍奉皇上左右，微臣哪敢高攀。再者说，令妃娘娘跟随皇上，有皇上庇护，理当无恙。"

"那么朕没有庇护皇后和永璂么？"皇帝立时转头，盯着他道，"还是说朕庇护得不够，你就非要舍身而上，抱着皇后不撒手？男女大防，你总知道？"

皇帝的目光太过犀利，凌云彻不敢直视，立刻屈膝道："微臣情急护主，一腔忠诚。未能避嫌确是微臣的过错。但当时乃是权变之计，出于无奈。请皇上恕罪。"

皇帝双手背在身后，握得青筋暴起，面上却是淡然无事："你与茂倩无情，又说对令妃无意，对皇后也是忠心。那朕问你一句，身为男子，你的情意寄付与谁？"

凌云彻越发低首，仿佛这般，就能完好地藏起自己所有的心意："微臣弩钝，并无有情意的女子。"

"岂有男子无爱慕之人？"皇帝轻轻一噱，却寒意凛然。他再懒怠多言，只觉得这个贱奴再在跟前，真是污了自己的双眼。他立刻打发他离了眼前："你滚吧。"凌云彻躬身告退。进忠眼见得凌云彻走远，暗暗含恨，忙不迭凑上来道："皇上，凌云彻说话显然是心虚了。"他见皇帝不言，愈加道，"皇上，凌云彻该死，您却一直没有发落。"

皇帝显然是心烦，冷面横眼不答。进忠赶紧低头请罪："是。奴才多口，惹皇上心烦。"

皇帝这才道："惹朕心烦的不是你。"他侧身，一枝梅枝横在耳侧，皇帝不耐烦，随手咔嚓折下，把玩着手里梅枝："进忠，你几岁进宫当差的？为什么进宫？"

进忠谨小慎微向前："奴才八岁进的宫。在街上饿得快死了，实在受不了，叫人拉了一刀，欠了刀子钱进宫当的差。"

"宫里为什么要留你这样的人伺候？"

进忠也有些伤心，道："不男不女，没了血性。又能留着忠心伺候主子。"

皇帝默不作声地看他一眼。进忠心下一亮，那点儿伤心往事全被抛到了九霄云外："凌云彻就交给奴才处置，保管妥妥当当，绝不会脏了您的贵手。"

人在兴头上的时候，日子是一条光滑的绮丽的绸，顺着它滑溜溜地游荡，荡得无边无际，如在云端之上。可不如意的时候，日子就成了发霉的蒜瓣，过一天就是一瓣儿，像是被硬塞进了喉咙里，辛辣、发涩、萎靡、霉烂，吞不下，吐不出，说不尽的酸涩苦辛。

这样的日子，过了三十六天。

如懿记得再清楚不过，整整三十六天。这三十六天里，皇帝没有再见过她，生活仿佛又回到了往常那种近乎决绝的隔断。在一条长街的两端，她与皇帝各自过着自己或绚烂或寂寞的岁月。

豫妃得了急病薨逝在慎刑司。内务府和礼部照例办了丧仪，还算隆重。也无人过问她为何而死，事情也便掩过去了。但皇帝总觉得科尔沁寨桑根敦教女不善，寻了由头，派他领兵去剿灭准噶尔余部。那可是个苦差事，若是限期内未曾剿清余部，定受重罚。幸好科尔沁王爷那儿，皇帝一直厚待，又有和敬公主的姻亲在，所以一直没人说什么。

至于凌云彻，也没人知道他的消息。他仿佛在人间彻底蒸发，无声无息。有人说，他与茂倩和离，触怒天威，被赶出宫外。有人说，他盗取宫中宝物，与他的兄弟赵九霄一同被流放边塞。还有人说，他气不过茂倩无礼无德，一怒之下出家做了和尚。

但任凭流言纷纷，不过是一个小小侍卫的故事，闲言两句，就如抛入湖心的小石子，晕开两圈涟漪也便无声无息了。只是任凭李玉与如懿用尽法子，也得不到凌云彻半点消息。

有时候，没有消息，比最坏的消息，更让人觉得可怕。

直到，直到那一日。大雪初停，满庭冰雪映着宫墙的暗红辉泽，折出一地惨然的银白。室内虽然燃着数个炭盆，但殿内不足以因此和暖，冷津津的。窗外刮着巨风，击打着窗棂，如野马奔腾嘶鸣，驰于浩浩原野。如懿伏在案边，用浅红的笔墨画上一瓣梅花，凑成"九九消寒图"，便又算熬过了一日。自从凌云彻消失后，她的心没有一刻得到安宁。而沉寂的翊坤宫，就如大雪冰封后的紫禁城，晶莹、璀璨，却是一座华美的没有生气的死地。

所以，当太监们的靴底踏破积雪的沉硬时，栖落在廊檐下啄食的乌鸦也被惊得飞起。映着这萧然落索的天气，散落一层层破碎的哀鸣。

进忠进了暖阁，向如懿恭恭敬敬施礼问安，笑吟吟道："皇上说，有一礼物要赐予皇后，请皇后欢喜笑纳。"

如懿连眼皮也不抬，淡淡道："是么？"

进忠皮笑肉不笑道："皇上口谕，赐凌云彻为翊坤宫太监。即日入侍皇后。"

没有人回应，只有悠长而乱了节拍的呼吸，在死寂的殿中闷闷响起。进忠略略定神，看见如懿平静的脸庞，宛如大雪过后的旷野，透露出死一般的震惊与痛惜。

她能清晰地听见自己的心跳，狠狠漏了一拍。几乎是喘不过气来，她真的忘记了呼吸是何物。

直到，直到进忠唤了凌云彻进来。

许是大伤初愈，他整张面孔苍白得近乎透明，人瘦成了一杆枯竹，被两个小太监半扶半拉扯着。进忠含了谦恭的笑意："小凌子，还不给主子请安。"

凌云彻望着她，艰难地弯下腰去："奴才六品太监凌云彻，给皇后娘娘请安。"

进忠浑然是教训的口吻，面上却是那种似笑非笑的神情："小凌子，从前你是伺候皇上的，如今伺候皇后娘娘。皇上与皇后一体同心，你可别生了轻慢之心，一定要好好伺候，做好奴才的本分。"

这话本无错，可如懿听在耳中，浑身如被针刺，胃中翻江倒海地恶心。

从未这般恶心过。

他说罢又看如懿："皇后娘娘，小凌子不太懂规矩，请您费心调教。宫里的太监可不比宫女尊贵，打死也没什么。"

这便连容珮也听不下去了："进忠，你这话说得违心，别忘了你也是个太监。"

偏偏进忠还笑："除了凌公公，皇上还赐皇后娘娘珍珠龙华十二领，甜白瓷葫芦瓶两对，玛瑙灵芝如意件一对，同心结一对，都是成双成对的好东西呢。"他又笑，"皇上还说，有些日子没见娘娘了，今晚会来与娘娘同进晚膳，请娘娘预备着。"说罢，便领了人将东西搁下，出去了。

容珮熟门熟路地将东西接下，便领了宫人退下收入库房，悄悄抹着泪，一并也掩上殿门，只余凌云彻与如懿二人。

相对间，唯有黯然。

她的喉间像是吞了一枚黄连，吐不出，咽不下，唯有她自己明白，那种苦涩的汁液是如何无可遏制地逼入心间，恣肆流溢。

她的舌头都在颤抖，字不成语："我没有想到，会到这种地步。"她恍惚，"凌云彻，我们怎么会到了这地步？"

如懿蹲下身来，以一种同等的姿态，凝望着他的眼睛。她分明从他漆黑的眼底，看到了自己的哀伤与歉意，还有那种无可言说的屈辱与痛心。

"皇上的疑心，已经毁了微臣……"他很快觉出自称上的不合宜，笨拙地改口，隐忍着巨大的屈辱，"毁了奴才，不能再毁了娘娘。"他想笑，那笑意却是惨然，"其实皇上，不算疑心错了。奴才是自作自受，若再牵连娘娘，是奴才万古难赦之罪。"

她穿着高高的花盆底，蹲在地上本就有些艰难。她双手撑在石青洒金晕锦毯上，因为过度地用力，指甲泛起暗朱色。那分明是鲜血的颜色，可是她觉得冷，无来由的彻骨的冷。殿内烧着地龙，燃着火盆，可是她感觉不到一丝暖意。仿佛有风，吹起她裙角的涟漪。可是窗门紧闭，并无漏进一丝风的可能。

凌云彻的指尖抵着她的指尖，是寒冰与寒冰的相触。他轻声说："娘娘，你在发抖。"

呵，她居然感觉不出自己在颤抖，就像自己满心的痛，眼底却干涸得发涩，没有一滴泪。

连眼泪，都不知从何流起。

她可以听见自己的声音，枯哑、艰涩，像发锈的铁皮："对不住。凌云彻，对不住。"

他的声音极轻，唯有她靠得这般近，才能听清那声音里的一丝战栗。"娘娘没有对不住我。这样也好，我终于可以名正言顺地陪伴在你身边，也可以结束一段痛苦的姻缘。于我，于茂倩，都是好事。"他忽然仰首，叩拜，"多谢皇后娘娘成全奴才。"

如懿沉重地摆首："不，你不是奴才。你明明可以有更好的前程，却因为我而成为低贱的奴才。"

云彻苦笑，那笑容底下隐隐有几分平静的痛楚："一等侍卫也好，太监也好，其实都不过是宫里的奴才，并无区别。如果皇上此举可以平息怒火，保全娘娘，那奴才甘之如饴。"

天地间宛然有雷声阵阵，风卷云彩疾聚疾散，悲悯与哀伤翻涌而上，不可遏止，泪水潸潸而下。她背着他，不愿让他瞧见自己的眼泪，连哽咽也沉没着吞入喉底。

可是她遏制不住，自己颤抖的双肩。

凌云彻仰起身，静静凝视如懿的身影。殿中声息全无，珠帘重重掩映，空余雪色残照。她的侧影与一枝瘦梅相似，有不胜之态。他黯然不已："皇后娘娘是为奴才难过？奴才低贱，不值得娘娘难过。"

"不是的，不是。"她的悲怆因为懂得而更显脆弱，"凌云彻，我在这个地方，我站在万千人中央，哪怕我笑着，也只有你看见我眼底的一点泪光。这半生里，我的荣耀或许未曾与你同享，但每一次落魄，都是你默默扶持。"

他轻轻笑，仿佛十五月夜流泻的月光，清澈而温暖："能如此，是奴才的福气。也多谢皇后娘娘终于肯告知，原来你只是假作不知。"

如懿的视线回避着，盯着不知名的某处，怆然道："可是凌云彻，如今你近在身旁，我却根本不知该如何与你相处。"

"皇后娘娘不必在意。你只当奴才是你宫里的一根柱子，一个摆设，无关痛痒，不加理会，这就是最好的相处。也唯有如此，皇上才会满意。"他顿一顿，语意幽沉，"皇上要奴才入翊坤宫侍奉，不就为了如此么？夜里皇上来用晚膳，娘娘万万要记得这个。"

凌云彻入侍翊坤宫的消息传到永寿宫时，嬿婉惊得立时落下泪来："我宁可他死了，真的。我什么都想到了，但没想到会是这样的惩罚。他这样活着，只有屈辱。他是一个男人啊。"凌云彻失去踪迹的日子里，她也害怕担忧，可万万没想到，会是这样的结果，"若知道他没有自尊地活着，本宫宁愿他死了。真的，真的……"

春婵在害怕，也得安慰她："小主，凌大人如今已不算个男人了。而且您不是想好了要牺牲凌云彻的么？而且进忠公公说他奉的是皇上的旨意。"

嬿婉咬牙切齿："是。本宫可以牺牲凌云彻，但进忠不能这么待他！进忠那个阉货，一定是他撺掇皇上的。本宫一定会要他不得好死！"

春婵从未见过嬿婉这般狠戾神色，不觉心下一突，浑身悚然。

进忠站在皇帝眼前，见皇帝静默如山，不觉悚然。他等着皇帝发问："你把凌云彻送去皇后那儿，皇后是什么表情？"

进忠一脸恭谨："奴才不敢看皇后娘娘，而且娘娘也不会当着奴才喜怒形于色呀。"

皇帝轻哼一声："你不敢看？那皇后根本就是神色不好。"

进忠话里有话："皇后娘娘一向这样子，何况乍然带进个成了太监的凌云彻。至于如何，左右凌云彻是要伺候皇后娘娘的，日久就都明白了。"

皇帝似乎也有些忧虑："要他变成这样子，似乎也太不堪了些。"

进忠一听这话，哪里还按捺得住："敢觊觎皇上的女人，就要他生不如死。"

皇帝看他一眼，再不言语，起身便往翊坤宫去。

捌 | 窃心

皇帝到得很快，日已将暮，烟霭沉沉，飞起的檐角在深红浅金的暮霞的底上渐渐变成暗色的剪影。寒冬斜阳深，星子挂在远远的天角，绽着冷冷的光，像冷峭的眉眼。

皇帝缓步进来，许多日子没来，他半点也不生疏，拣了旧日的位子坐下，便翻如懿抛在小几上常看的书。

皇帝拉过如懿的手顺势将她依在身侧，道："郎世宁新画了几幅好画，过两日朕带你去瞧。"

他的话有蜜的滋味，是惯常的熟与甜，亲昵在动静间自然流泻。

如懿索性靠着他坐下，睨一眼道："多谢皇上。听说外头送了几幅宋代王冕的梅花图到如意馆，什么时候皇上带臣妾细赏？"

他温柔极了："你若想去，什么时候都可以。朕好久没让郎世宁替咱们俩画画了。改日让郎世宁过来，替朕和你再画一幅。"他眼睛一扫，"对了，小凌子过来，伺候得好么？"

如懿觉得自己的牙齿一阵阵发寒冷战，她的舌头抵着牙齿，逼出温声细语："多谢皇上。小凌子是御前的人，臣妾不敢挑剔。"

皇帝的笑意无可挑剔，看她的眼神似乎很满意。他抚着她的手背："那就是会伺候。朕特意让御膳房做了你素日爱吃的菜，朕陪你一起。"

言毕，李玉低眉顺眼击掌两下，外头送菜的太监便流水价上来。

荔枝腰子、持炉珍珠鸡、芝鹿双寿、菇鹤齐福、奶房玉蕊羹、蛤蜊鲫鱼、五珍脍、虾鱼汤斋、酿冬菇盒、醋浸百合，还有一个热气腾腾的猴头蘑扒鱼翅锅子。

如懿扫了一眼，便已看清。那并不是她喜欢的菜色，尤其是腰子与蛤蜊，她从不肯吃。但他的意思，再明白不过。

不喜欢的，必得喜欢。不能接受的，也一定要接受。

她的笑是烟水照花颜，雾色蒙蒙："多谢皇上，果然是臣妾喜欢的。"

容珮命宫人们多多儿挑亮了烛火，二人对坐着，皇帝道："叫小凌子来伺候。"

凌云彻打了个千儿，恭恭敬敬道："奴才给皇上请安，皇上万安。"

他说得字正腔圆，如流水般自然。皇帝颔首："打发你来翊坤宫伺候，倒是合适。"他顿一顿，眼睛一瞟，"皇后爱吃荔枝腰子，你给添上。"

如懿本能地想要抗拒，可凌云彻浑然不知情，已经送到了如懿手边，她觉得乌银筷子握在手里发沉，屏息片刻，还是咬了下去。

软、滑、嫩，像咬着另一片舌头，可还是有腥气，那种令人不悦的腥臊。她极力克制着，还是忍不住蹙起了眉头。

皇帝冷然道："皇后一向爱吃这菜，可是伺候的人不好，败了你的兴致？"

凌云彻何等乖觉，立刻俯下身叩首："奴才有罪，奴才不懂伺候。还请皇上降罪。"

他这般配合，皇帝反倒无法发作。如懿忍着心底的酸涩，冷眼看着，徐徐道："自己出去领罚吧。"

凌云彻步行到廊下，举起手噼噼啪啪打起耳光。他下手极重，如懿与皇帝细细嚼着，听着那耳光声脆脆的一下，又一下，重重地打着。殿中宫女太监们个个垂下了头去。

一顿晚膳，吃得索然无味，如同嚼蜡。皇帝也匆匆停箸，道："罢了。"

凌云彻便又进来谢恩，他对自己下手极重，脸高高地肿起。"奴才多谢皇上皇后恩典。"

如懿看着他高大的身形卑躬屈膝下去，眼中不可抑制地漫上酸涩的微痛，辛辣之味亦哽上了喉头，沙沙地刺痒着。

她说不出一句话，也无话可说。

诸般喜忧，冷暖错杂，扰攘乱心。

皇帝的眼是一泊温和柔漾的水，分明又有些刺沉的意味："皇后不必为这等下人生气。今夜朕会留在这里陪你。"

如懿得体地表现出应有的欢喜："夜露风寒，皇上不宜出行。留在这儿，臣妾喜不自胜。"

照着皇帝临睡前的规矩，是要拿热水烫脚，再用药包浸泡活血。这一向是进忠的差事。皇帝坐着看书，如懿陪在一边，坐也不是，立也不是，皇帝只是有一搭没一搭地说着话，并没有让她离开的意思。如懿只得道："御药房给皇上备的是助眠消疲的药包，容珮，给皇上放进去。"

容珮一一解释道："这药包是江太医特意调配，有当归、红花、苏木、泽兰、桂枝，可活络筋脉。"进忠跪在地上给皇帝轻轻按揉着脚上穴位，凌云彻拎着铜壶在侧，忙伺候着倒入热水。皇帝瞟一眼凌云彻，进忠立刻明白，起身换了凌云彻跪下："你来伺候皇上，小心着些。"

凌云彻的手势很轻柔，小心再小心。皇帝也不理他，只是笑问如懿："皇后可要一同烫脚？"

如懿一怔，立刻明白皇帝用意，便道："臣妾不惯在旁人面前露脚。"

皇帝笑吟吟伸出手握住她手，亲昵道："皇后无须在意，小凌子又不算男人。"

如懿略有尴尬，忍耐着站起身："臣妾去寝殿焚香，准备皇上安歇。"她说罢，几乎是逃也似的进了寝殿。如懿站在捻金凤凰流苏帐前，用力想拧开镂金镂空香球点起安息香，然而手上却怎么也使不上劲儿，一下，又一下，直拧得手心一阵阵发痛，还是无济于事。还是容珮不放心跟过来，帮她打开香球，柔声道："娘娘别这样，日子还长着呢。"

如懿颤抖着双手点上一卷安息香，那熟悉的香气宁和袅袅溢出，有泪滴落下，溅起些微香灰："本宫知道。只是人人都这样做戏为生，实在难堪。"

容珮叹息一声，见外头凌云彻已用洁净白布将皇帝的脚包着擦干，起身去倒水，忙低声道："惯了就好。凌公公当了奴才，就不能把自个儿当人。当凳子当蜡烛当什么死物儿都好，看不见听不见才最安生。您呢，也得装着看不见听不见，才好受些。"

远黛空蒙，月华流盈，自深蓝高空漫无边际地铺洒下来，勾勒出翊坤宫柔和朦胧的轮廓。

烛火幽曳不定，皇帝平卧于如懿身侧，二人并肩躺着，双目紧闭，以此来抵触见到彼此的模样。

原来真会这样厌恶，厌恶到近在身旁也不愿一见。

如懿闭着眼睛，听着沉沉的心跳声："皇上，臣妾真是要谢凌云彻，没有他，您已经一年三个月二十四天没有走进翊坤宫了。"

皇帝说得悠而缓，轻飘得若一朵浮荡的云："朕来看你，不好么？"

如懿一字一字道："感激不尽，欢欣无尽。"

皇帝的声音幽幽响起："你猜，凌云彻在听什么？"

如懿明白他想说什么，依旧闭着眼，冷然道："他是上夜的太监，得听着寝殿里的动静。自然皇上做什么，他便听到什么。"

皇帝轻轻一嗤，那笑声在幽夜里格外刺耳，牵得七珍锦心流苏轻轻颤着。

如懿眼珠轻轻一转，触到眼皮，有微微的疼。她问："皇上希望凌云彻听到什么？"

皇帝的声音极平静，像暴风雨来临前平静的海面，汪蓝深沉："朕就想他明白，从前他有七情六欲，如今朕替他了了六根尘缘，他也该停了痴心妄想，得个安分。"

他用力抓着她的肩膀，他的手掌是热的，滚烫，像焚着一把野火，烘烘地烧。她看到他手腕露出的肌肤，凝霜似的白，这双手，曾抚过多少女子的身体和肌肤，娇嫩的，柔软的，雪白的，粉腻的，如今又在她的身上。

团花云纹蝉翼素帐蓬蓬地兜出一方天地，那是极好的冰纨，绣着浅紫的兰花与团团的小巧的蝶，那绣功精巧细致，非三十年功力不可得。那淡黄与粉青二色的蝶似欲振翅飞入浅白流云间，一双双腻着蝶翅，不离不散。里头满是丝线般滑腻而交织的纠缠，丝丝缕缕，难以分隔。他不说话，也不动，一双幽黑的眼睛直直地看着如懿，锋利得好像玻璃碎片，割着肌肤生疼。她睁开眼，定定地回视他，并无退缩之意。

皇帝哧地笑了："你很久没有这样看着朕了。"

如懿亦轻嗤，微凉的指尖上浅粉色的凤仙花汁像少女明媚的唇，一点一点轻啄着他的脸庞："皇上，你猜臣妾在你的眼睛里看到了什么？"

"当然是你。朕现在就看着你。"

"那臣妾在你眼里是什么样子呢？"她似乎是在梦呓，轻柔而含糊，"臣妾在你的眼里，有松弛的眼尾，微垂的唇角。嗯，臣妾的额头不复明亮，有细细的纹。"

皇帝的手停在她的脖颈处，停得略久，有点点潮湿，是沾了晚露的花叶。他倦怠下来，慵慵道："你一定要这么扫兴么？"他的唇角扬起来，轻轻地拍一拍她的脸，发出一点清脆的声响，"不过确实，比起新人，皇后自然是老了。"

笑影幽幽暗暗地开在她的眼角与眉梢："是啊。臣妾多谢皇上恩宠眷顾，长日不衰。"

她忽然想起来，这灯有个名字，叫暖雪灯，幽幽的焰火是雪后灯光映照的晕黄。她别过头，看得久了，那灯成了模糊的一团，像是烧颓了的香灰末子。

皇帝扬声道："谁在外头？"

如懿一凛，仰起身子："皇上要什么？"

皇帝丝毫不理会她。须臾，便有宫人答应着爬到了殿门口的窸窣声。是容珮，恭敬道："皇上，奴婢在。"

皇帝施施然，眼底甚至有一抹晶亮笑意："里头的水冷了，换一壶来。朕口干。"

容珮呵着手正要答应，皇帝又道："叫小凌子。朕喝的水要几分热，小凌子清楚。"

容珮面色为难，很快响亮地答应了一声。凌云彻便在她身后四五步远，皇帝刻意大声，他自然听得清楚。肩膀有难以察觉的一丝微颤，很快平和下来，转身拿水去。冬日的水凉得快，凌云彻手脚也快，不过片刻便抱了一个白铜仙鹤嘴莲瓣茶壶进来，低眉顺目，十足一个中年太监的温顺模样。

凌云彻侧身去倒茶。如懿低着头，掩在帘帐之后，拨着郁金色敷彩寝衣上的五瓣梅花纽子。一下，一下，洇着手汗滑腻腻的，把握不住。

凌云彻奉上茶水，皇帝泰然自若地饮了半杯，留了半杯送到如懿嘴边，叫如懿就着他的手喝了。凌云彻一直恭敬地半屈着身体，无声无息若木偶泥胎。

终于，凌云彻退下了，如懿半仰着身子，静静地望着皇帝，眼底有幽冷的光："皇上的面子全上了么？臣妾可做得足够？"

皇帝斜着眼睨她："你越来越放肆了。"

如懿眸中澄定："皇上要凌云彻净身入宫，岂不是因为心中疑根深种，认定臣妾与他有私么？如今看他非男非女，受尽折磨，皇上一定很高兴吧？"

皇帝漫不经心地抚着帐上的琉璃银鱼帐钩："他既忠心于你……"他瞟一眼如懿，缓缓道，"和朕，也无心于妻房家室，那么做个宦官，日夜侍奉于内，不是更好？"

如懿如何听不出他语中之意，手上一双碧玉翠色环颤得泠泠有声。但很快，这轻微的声响被如懿的笑声所湮没。

她轻轻地笑着，笑声越来越响亮，在深寂的夜里听来有悚然之意。她便这样沉醉地笑着，笑着，笑到眼泪流出来，似乎快乐得不知所以。

次日清晨起来，皇帝的沉默如山，压得人喘不过气。如懿起身要替他掩上龙袍的扣，他的手轻轻一推，将她推出千山万水的远。如懿便索性收了手，温温柔柔立在一旁。皇帝一言不发，由着李玉和容珮伺候了上朝去。

如懿松了一口气，浑身都松懈了下来，靠在床栏上。容珮低低道："娘娘昨夜没睡好吧？"

如懿只道："拿些消炎去肿的药酒给凌云彻，再拿煮熟了的鸡蛋替他揉。"

容珮难过道："奴婢都问过了，凌……小凌子不肯，他说只有自己肿着脸带着伤，皇上看了才能消气些。"

如懿无声地叹息："难为他了。"

这样的日子，只怕永远也没有尽头了。

她抬着眼，凝视着帐顶一只只欲飞未飞的蝴蝶，那么美，却是死的，永远也飞不起来，只是寻一个合适的位置，被钉在那里，供人瞻仰。

她有些怔怔的，直到三宝来禀报："令妃来了。"

如懿已经免了六宫请安很久了。除了必要的回禀事宜，嬿婉很少主动来翊坤宫，又是这样的清晨。回避并不是上策，她坦然道："请令妃进来。"

嬿婉着一身缠枝银丝杏子红缎袍，满头亮色的金珠翠玉，是她喜欢的喧哗热闹，灼灼夺目。她素来是温顺的，如江南杏花烟雨的颜色，可这一回，却是锋锐犀利："臣妾奉旨协理六宫，皇后娘娘这儿来了新伺候的奴才，臣妾放心不下，特来看看。"

果然是为了凌云彻。

如懿看她这副气怒攻心的样子，不知怎的，倒有了一丝活气。平日里的嬿婉，太过滴水不漏，太过没有自己，再完美，也像个精致的玩偶。

如懿淡淡地道："令妃，话不说出来，憋着烧你的心。看你的眼睛，昨夜没睡好吧？"

她叫起来："皇后，是你害了凌云彻，害得他成了这副鬼样子。"

"这话不是应该本宫来问你么？"她拂一拂深紫色绣银线白鹤的锦袍，"若没你背后怂恿，豫妃没那么大本事敢到皇上跟前诬告本宫和凌云彻有私情。你觉得自己清白无干，可以来向本宫兴师问罪了？"

当着中宫皇后的面，嬿婉几乎连规矩都要丢了，径自站起身来："若无皇后，凌云彻不会有今天这个下场！臣妾看着他成了公公，眼里心里跟扎了刺一般。与其如此，情愿他死。"

如懿瞟她一眼，忽而笑了："他若死了，谁提醒着你做下的孽事？"

她与她，从来没有这般剑拔弩张过。到头来，这般撕破了脸面，并不是为着那个她们共同的丈夫，那个九五之尊，而是一个凌云彻。

嬿婉的太阳穴突突地跳着，她正要反唇相讥，忽然开始剧烈地恶心。这么失态，尤其是在如懿面前，嬿婉觉得丢人。她是一个宠妃，一个被踩到谷底还能爬起来的宠妃，当着一个失宠已久的皇后，她有什么可怕的呢？

如懿目光冰冷，扫她一眼："你又有了？"

嬿婉下意识地按着肚子，脑中飞快地盘算着自己受宠幸的日子。或许，大概，真是有了。如懿安坐着，慢慢斟过一盏热茶啜饮，婉言劝说："要是怀了皇上的孩子，就别气怒攻心。回去养着吧。等生下了孩子，皇上自会送去请太妃照顾。"

她是存心不让自己把孩子留在身边了。嬿婉几乎要尖叫起来："从七公主开始，你一个个夺走臣妾的孩子，不许臣妾抚养。要不是十五阿哥侥幸，臣妾连一个儿子都没有在身边，是多么心痛。"

"心痛么？"如懿看着她，如同看着一堆尘芥，满是轻蔑与不屑，"你害起别人的孩子那么心狠，自己还想留着孩子？"

这么多年深宫的辛苦挣扎，受了无穷无尽的屈辱，才挣到这个地位，在如懿眼里，不过也就是个生儿育女的工具而已。"你好狠！"她盯着如懿，切齿道，"难道我没有感情么！"

"有你狠么？"如懿默然片刻，望向窗外的凌云彻，"连自己的青梅竹马都可以拿来牺牲。"

嬿婉的心绞痛起来，她咬着牙，强挤出一个笑容："只要能让皇后你痛彻心扉，臣妾做什么都情愿。"

那每一个字，都重重击在如懿心里。她们之间纠葛了那么多年，已经有多少人命折在了里头。凌云彻，便是一个最明白不过的牺牲。如懿恨到了极处，端然道："本宫与你之间缠斗不休，很知道对方的软肋和要害在哪里。若你一味要拿旁人做砝码和利器来伤害本宫，本宫也不会坐以待毙。"

嬿婉怒气难耐，盯着如懿，忽然退开一步做出柔顺的表情："皇后娘娘，臣妾怎么敢伤害您呢？天长日久，臣妾还要好好侍奉您与皇上，与您做伴呢。皇后娘娘，臣妾先告辞了。"

她并未再行礼，径自出了暖阁。庭院中寒意料峭，凌云彻正蹲在地上，用冰冷的清水一下一下用力擦洗着雕琢西番莲花的台阶。嬿婉又是恶心，又是心痛，又是气恼不舍，胸中如翻江倒海一般。凌云彻见她注目，忙起身行礼问安。嬿婉半靠在春婵身上，强撑着身子道："瞧你在翊坤宫这副奴才样儿。你这样留在她身边，恶心不恶心？"

凌云彻与她目光相接，甚是平静："奴才受罚不是如令妃娘娘所愿么？奴才来这儿也很好，近在咫尺地守护，总比遥不可及的心意好。"

嬿婉气得说不出话来，双手一阵阵发颤。凌云彻再不理会她，只是不停擦洗石阶。春婵眼看嬿婉要吐出来，赶紧扶着她的手离了翊坤宫。

海兰闻知消息时，已是近午时分。永璂一向乖巧，这回却难得地闹了脾气，非要跟着海兰去了翊坤宫。乍见凌云彻模样，海兰已是全然明白，皇帝是咽不下这口气。可比起这样活着，不如是死了清静。海兰无比担忧："凌云彻是废了，可这么放在姐姐宫里算什么呢？皇上自己见了也添堵啊。而且我觉着这事儿再耽搁下去，境况只会更坏。"

海兰说得都在理，如懿如何不明白，皇帝一心要惩罚的是自己和凌云彻。杀了他皇帝固然不甘心，只有放在如懿跟前让凌云彻备受折磨，他才舒服点儿。可若说这折磨，天长日久，皇帝到底也会厌烦，更会看了气上加气，那么凌云彻的命途会如何呢？她尚来不及忧心，已听得院中永璂的哭声，他一下一下打着凌云彻的肩膀，哭道："你为什么会成了公公？为什么？明明你是侍卫，会陪我下学，陪我摘梅花和迎春。你为什么……"凌云彻不敢躲避，低眉顺眼地承受，眼角已然有泪。永璂又是心疼，又是气恼："我听说了，他们说你和我额娘……可真要这样，为什么你还在翊坤宫当差？"他终究还是念着凌云彻曾经每日接送照顾的情谊，舍不得再打了，"为什么你们都变成了我不喜欢的样子？你成了公公，皇阿玛不理额娘，额娘总是不说话。为什么这里的人和以前都不一样了？"

凌云彻跪倒在地，紧紧抱住了呜咽的永璂。如懿泪眼蒙眬，孩子是何等天真，如何能明白成人世界的计较与谋算，她要明说，也无从说起。她只得问海兰："永璂知道了什么？"

海兰愧疚地低首："宫中风言风语，十二阿哥多少听到了一些。我想要瞒也瞒不了密不透风。是我无能。"

这不是海兰的错，宫里的言语如疾风透雨，海兰如何能替永璂抵挡住全部。这件事，终究是伤了自己，伤了凌云彻，更伤了孩子。

连祸 ｜ 玖

　　皇帝坐在养心殿内，批了一沓折子，下笔渐渐狂乱无章。他气馁地丢下笔，仰面无言。

　　十二扇青玉罗汉屏风后裙裾一闪，却是嬿婉捧着一盏银耳白果羹迤逦而出，盈盈唤道："皇上。"

　　她和婉的语调，恰到好处地安抚着皇帝枯涸毛躁的心思。他抬一抬手，勉强一笑："令妃，你来了。"

　　嬿婉袅袅婷婷立住，道："臣妾念着天寒，叫人给各宫的常在答应们都送了鹅羽斗篷并一件狐皮锦袍。虽说是位分低，到底也是伺候皇上的人，若太寒素冻着了，叫臣妾心里怎么过得去。"

　　皇帝握一握她的手："有你协理六宫，朕很放心。只是你这般厚待她们，宫里的银子怎么够？"

　　嬿婉抿唇一笑，嫣然百媚："臣妾儿女众多，份例也跟着多，加之太后疼爱孩子，难免有些赏赐。其实孩儿家的用什么呢，臣妾从哪里省一抿子，也够圆上姐妹间的面子了。"

皇帝微微一笑:"你温柔贤惠,朕心甚慰。"

嬿婉后退两步,如杨柳依依,轻盈拜倒:"皇上,臣妾初掌宫中事,许多事权衡不定,怕有错漏。毕竟皇后娘娘正位中宫,一向处事果敢决断,臣妾不敢妄行。"

"果敢决断,直爽无忌?那固然是皇后的好处。"皇帝笑容忽敛,神色间甚是冷峭,"皇后并非没有她的好处,只是那好处是她本就有的,朕初见之下觉得惊艳,长久相处,那惊艳却成了棱角,划破皮肉,鲜血淋漓,实不能忍耐。"

这样美的一个女子,说起话来更让人如沐春风:"臣妾自知出身寒微,见识俗陋,不堪与皇后娘娘相较。"

皇帝仔细端详:"是。一开始的你,的确不够风雅美好。但正因如此,你今日所有的好,都是因为朕而得到。看你盛放于朕掌心,朕很欣慰。"他的笑意骤然一冷,"对了,有件事朕须得告诉你一声。凌云彻,朕打发去翊坤宫当宫监了。"

心跳骤然漏跳了一拍。那瞬间的空白里,是谁在她心上狠狠捅了一刀,刀锋全没,却全然不见血色。明明她早就知道了这件事,可一旦再度被人提及,依旧觉得浑身血液逆流,痛不可当。可那样的痛楚里,她居然听见自己的声音纹丝不乱:"皇上容他一条性命,已经是圣恩浩荡。凌云彻有生之年,必当肝脑涂地,才能报皇上的宽仁恩德。"

皇帝浓墨色的眉轩然一挑:"凌云彻到底是你同乡,与你一同长大。你毫不在意?"

嬿婉低眉顺目,雪肤花貌在浅浅的樱色胭脂的晕染下,依然是贞静的模样。哪怕春事烂漫到难收难管,她依然是傍在身边的一株桃花,简单而温柔,临水花开。她深深拜倒,谦卑而渺小的身形,却迸发出斩钉截铁的力量:"臣妾毕生所挂怀之男子,天地间唯有皇上一人。便是臣妾的儿子,长大后自有自己的路要走,而臣妾是要一生一世侍奉皇上左右的。"

皇帝伸出手，握紧她细细一截皓腕，亲自扶她起身："好了。你的心思，朕都知晓。"他的声音像被蛀了一个洞，空茫茫的，"那么令妃，你相信凌云彻与皇后有私么？"

嬿婉怯怯道："臣妾不知。但臣妾想，皇上为何要将凌云彻送往翊坤宫为宫监？身体虽非男儿，心却未必改变。将凌云彻置于翊坤宫内，太过……"她怯怯地抬眼望着皇帝，不敢再说下去。

皇帝这才注意到她面色雪白："脸色这般难看，你怎么了？"

嬿婉这才娓娓道出："臣妾想是又遇喜了。"

皇帝并无多少喜色，像是听着一件无关紧要的事："哦，那是好事。"

嬿婉知道皇帝不会有多高兴，却也没料到是这般平淡。她正想说什么，外头李玉道："皇上，容嫔娘娘到。"

这是宫里不成文的规矩，容嫔面前，谁都是要退避三舍的。不为别的，只为皇帝昔日对她的轰烈的爱意。

嬿婉自然识趣，连忙告退。

香见缓步进来，恍若未见嬿婉。皇帝早早站起身来，声调软了七分："香见。"

只这一声轻柔的唤，嬿婉便知道，哪怕自己有妃位之尊，但比起香见这个小小的嫔位，在皇帝心里的分量，不知轻到何处去了。

嬿婉掩门而出，脸颊一阵发酸，心硬如铁。幸好，幸好香见不能生育，否则，自己的一辈子，是再无出头之日了。

香见打扮得素净，不饰珠翠，只以一枚无纹的青玉扁方绾起一头青丝。她静立在那里，便是铅云低垂之下一朵素白的雪花，从天空飘落，轻轻落在眼睫上，便是昏暗天空里最透亮的晶莹。

皇帝一扫倦乏之色，欣喜道："你难得肯来养心殿。"

这么多年，香见一直未曾学会拐弯抹角的说话方式，她直截了当："皇上不该如此对皇后娘娘。"

皇帝讶然："你为皇后才来养心殿？"

香见淡淡笑，那笑容芳香洁净，恬然自若："有何不可？"她敛容正色，"皇上不该疑心皇后，不该疑心皇后之余还如此不问皂白严厉处置凌侍卫，更不该将处置过的凌侍卫送进皇后宫中服侍。"

皇帝听她直言不讳，脸下的肌肤一层层烫起来，烫得他着恼："这不是你该过问之事。皇后害你不能生养，你还为她说话，你……"

香见盈然欠身，面无表情："不能生养，那是臣妾自己愿意的。皇上不肯恼臣妾，所以迁怒皇后罢了。"

皇帝轻声呵斥，对着她却实在凶不起来："你不要由着性子胡言乱语。皇后对你是大失分寸不辨进退，对着凌云彻却是情难自抑浑然忘我。她若明白自己的身份，就该亲自下令处死凌云彻，断了流言蜚语，也还了自己清白。"

"然后呢？"香见讥讽，"皇后的清白就该建立在牺牲一个无辜的男人上，然后心安理得地伴随皇上身边，浑然忘却一条人命？"她春山黛眉飞扬立起："皇上早知臣妾心中一直思念寒企，为何从来不怒不责？皇后之罪尚不能有定论，皇上就这般怒火中烧，失了理智么？"

皇帝拂袖："你牵挂与自己曾有婚约之人，乃是情理之中。皇后早年就嫁与朕，半道心意游荡，实不可恕！皇后乃是国母，如此行止有失，简直大伤体统！"

香见紧紧抿着唇，若有所思地细细打量着皇帝，不觉生出一缕温静的哀色与怜悯："皇上这般恼怒，到底是为了'体统'二字，还是颜面，更抑或是因为在意皇后，视皇后为亲近，才不容他人有敬慕之心？"

皇帝伸展手臂，将香见揽入怀中，低低道："不要说了，香见，不要说。"

香见呵地轻笑，长长地叹气："臣妾陪伴皇上之时颇多，冷眼看了良久，皇上要是与皇后娘娘彼此无情，怎会两相生疏？皇上便是在意，所以才会介怀。同样流言侵扰，怎么皇上对令妃就轻易放过了？"

皇帝冷然决绝："令妃算什么？是她愿意给朕生下皇嗣，是她不停讨好朕。她就是朕一手调教出来的一个东西。"

香见颔首："孰轻孰重,皇上心里很明白。"

她的鬓发柔软地拂在他的面颊上,像绵绵的春草,却萧瑟到无言。他不是不知晓,怀中的女子,哪怕依偎在他怀中,她的心一直是冰山巅的一朵雪莲,盛放或枯萎,从来与他遥遥隔绝,毫不相干。

他如此痴绝地仰望,不过是明白,无论他何等纵情,何等放任,那些立在身后的人,永远是不会离开的。

世间哀苦离散如秋草寒烟迷离,年年岁岁荣枯在他遥远的少年时代。可他一直愿意相信,哪怕世事无常,他到底有过一个忠心的孝贤皇后,一个诚挚的如懿,他的妻们。

可是如今,孝贤皇后已然尸骨萧寒。如懿,如懿的心,竟也会慢慢走向一个不起眼的低贱卑微的男子么?

他沉吟良久,任凭思绪苦缠,拉扯不断。

能够确定的,唯有当年,他们风华正盛的葱茏岁月。她于漫天夭秾的粉色樱花下转过头来,朝他拈花一笑。那无边无际的粉色烂漫不知春光短纵,开得肆无忌惮,拼却一生醉颜。却经不得一夕风拂,便落英如雨,轻红委地。那时的他们,哪里懂得这个。他所有的心思,都落在初见的她身上,轻拢的发丝间,犹有一瓣粉红轻悄停留。他忍不住走近,轻声唤她:"青樱。"

往昔的温柔无声撼动,让他有一丝难以言喻的酸楚。也不过一瞬的停留,他忽然想起凌云彻的脸,那张被他狠狠挫砺过的脸,居然还有那般克制的从容。他到底是把凌云彻送到了翊坤宫的檐下。连他自己的心也模糊了,究竟是为了什么,究竟想看到些什么?

他心意沉沉,转至坚决。他低低呢喃,似是自语:"香见,朕会想明白该怎么做。"

嬿婉这一胎的怀相并不好,她一直在呕吐晕眩,几乎起不来身。春婵看着便忧心："小主按理说也生产过几次了，应当顺顺当当才是啊。"

嬿婉一想到凌云彻在皇后身边，就恶心得紧，满心打算着让凌云彻出了翊坤宫，才好受些。春婵如何不知道嬿婉的心事，不觉叹息："说到底，小主还是在意他。"

嬿婉满腹心酸，她这辈子能在意的人也不多了。

嬿婉这般日夜劳心，海兰也是夜不能寐，趁着往来翊坤宫的空隙，遇见正捧着花枝细心挑拣的凌云彻。她虽是不满，也有些敬服："你又来给姐姐挑插瓶的花儿。这虽是粗活儿，却要心细。按着时气来，又要是姐姐喜欢的花儿。难为你有心了。"

凌云彻谢过了海兰夸赞，海兰见四下无外人，也道出心事："可是说句心里话，你在姐姐身边，再怎么细心，本宫总还是不放心。一个雷埋在那儿，哪天刮风下雨，就是雷滚九天的大灾祸。且你在翊坤宫一日，皇上对姐姐的戒心就放不下。"凌云彻抱着满怀腊梅，闻得那清冽香气满溢在鼻尖，苦苦笑道："奴才倒想自生自灭。"

海兰颔首："为了姐姐，是得给你这么个机会。"

机会一直没有来，日子却得这般日复一日地过下去。自从凌云彻到如懿身边侍奉，皇帝又重有了在漱芳斋听戏的兴致，点的也是皇帝与如懿昔日最爱的《墙头马上》。皇帝很喜欢当着凌云彻的面与如懿说起这是他们的定情之戏，又吩咐凌云彻："你可要好好听听，明白朕与皇后共同的喜好。"他见如懿眼观鼻鼻观心，便有些不悦："皇后一直不大喜欢这裴少俊。"

如懿微微颔首，手中慢慢剥着一只柑子："老父严逼几句，裴少俊就不敢保住为他生儿育女的李千金。早知他人品如此，空有个花花壳子，甜言蜜语，好没意思。不过臣妾也说不上多不喜欢，毕竟只是戏文而已，要他悲剧就可分离千里，彼此决绝；要他喜剧就可合家团圆，忘却旧事。"

皇帝带了几分戏谑的意味："人生如戏，也不是不可以。"如懿如何不解皇帝语中之意，他与她，不过是她如果愿意瞎了眼，蒙了心，将过往纷争通通忘记，也可以做一个强扭的欢喜与团圆结局。可若真把日子过成了戏文，任人茶余饭后谈论，那又成什么了呢？

皇帝见她不言语，越发和悦微笑："皇后听戏也累了，喝点暗香汤。皇后最喜欢的。"

台上唱词袅袅，水袖挥洒起人间喜乐悲伤。台下帝后间显得很亲密，凌云彻一直安分地垂着眼睛。皇帝看向如懿的目光颇为在意，如懿却未曾察觉，戏文唱成了什么样子，已经不要紧了。她的眼里只有无奈，心底皆是悲伤。她只觉得自己也是戏子，按着台本唱念做打，一字一句说完属于自己该说的话，粉墨上面地活下去。

几次之后，皇帝也觉得索然乏味了。便是去到翊坤宫，也是无言枯坐的时候多，如懿终于忍不住道："皇上，您不是真心想来翊坤宫，您对着臣妾的笑意里有太多伪作。皇上，这样虚与委蛇，彼此都损耗心力。"

皇帝无端地腻烦起来，这个把戏，实在糟透了，无趣极了。他的心在寂寂沉坠，他不能任由他与如懿的关系走入庞大而不见天日的暗淡中去。不能。他轻声道："皇后，看来朕走错了一步棋。"

如懿想说什么，只觉得唇舌涩然，许多话早已不能坦诚而言。皇帝也不愿再听，只是轻声道："天气冷，又是喝暗香汤的时候，你多喝一盏吧。"

这是一场数十年都未曾见过的大雪，纷纷扬扬，碎玉片绫。连活了半辈子的老宫人都搓着手道，从未见过这样大的雪。

视野里全是白茫茫一片，无数白雪如割碎了的白锦无休无止地往下撒着，仿佛谁的热泪，落到一半就被冻住，却淌也淌不完似的。

一个白日下来，地上早积了尺厚的雪，整座紫禁城早已是银装素裹，为了驱散这令人窒息的死白，一个个火红宫灯早早点燃，顺风摇曳于廊下与庭院，在漫地银白中投下一个个硕大的橘红的影，跳脱的，渺小的，带来暂时的一点温暖和安心。

凌云彻很安分，殿内的一应活计都交予三宝照应。他只守在殿外，与如懿保持着刻意的距离，谨守着尊卑的尺度，无可挑剔。唯一要紧的活计，是哪怕天再寒、雪再大，他都会去御花园中折来新鲜的腊梅花插在碎纹白瓷花瓻中，莹黄的花瓣薄而晶透，散着一缕若有若无的清幽香气。凌云彻全然把这当作一件大事来做，一丝不苟，亦不许旁人插手。

连容珮私下里亦喟然："凌云彻等闲不进内殿一步，守着距离。他受辱之后仍能如此严谨，实在是护着娘娘。且凌云彻面子上不说，心里苦得很。您看他的眼睛，都熬红了。"

如懿坐在那里，打量无名指上套的镂金护甲上嵌着梅花五瓣珊瑚珠子，那是密宗所贡的红珊瑚，饱满油润，殷红如血。呵，真是如血，看得久了，那血就像是沁到了眼底，叫人心生不安。她抚摸着半旧的里外发烧的银貂手笼，迟疑着道："容珮，你觉得这件事到这儿便完结了么？"

容珮深吸口气，瞪着眼道："凌云彻都成了……公公，还不算完么？"

如懿听着硬硌硌的雪密密敲打着瓦檐的簌簌声，摇一摇头："皇上圣心独断，本宫也不知道。"她静一静，"不说这个了。容珮，借你的手做件事。"

容珮忙忙点头。如懿缓缓道："挑了些晒干的杭白菊。你去掺上白芷、辛夷和苦荞麦皮给做个枕头，给用得上的人。他受了这么大的羞辱，血瘀在内，火热攻心，太伤身子。"

"奴婢明白了，一针一线，奴婢会亲自去做，不干娘娘的事儿。"她说罢，便转身出去，忙碌起来。

大雪两日后终于放晴。皇帝如常往翊坤宫来，他品茗片刻，忽而目光一扫，瞥到立在正殿外的凌云彻，便向如懿道："有件事朕得告诉你，你宫里有人手脚不大干净，得仔细查查。"

他说得慢条斯理，仿佛是一件不大要紧的事。如懿目光一烁："皇上指谁？"

皇帝轻嗅茶香，道："凌云彻。"

果然是他。

预料之中的祸事来得更早，如懿一颗心已然坠了下去，口气却淡，依旧低头绣着给海兰的一枚郁金色盘花籽香荷包，海蓝色的丝线绵绵不断地绣着兰萱忘忧的图纹，"皇上说这些，果然意在凌云彻。"

皇帝闲闲放下手中的脂玉夔龙茶盅："凌云彻盗走了朕在翊坤宫中的一件至宝，即时押入慎刑司，拷问不出，不得轻饶。"他托起如懿的下巴，"这么镇定，不向朕求情？"

如懿冷冷瞥他一眼："皇上认定他有错，旁人求情又有何用？臣妾不明白，皇上心怀天下，怎会在凌云彻之事上如此疑心，始终不肯放过？"

"你与他的种种，难道只是朕的疑心？这样的人留在你宫里，朕也不放心。"他唤道，"进忠！"

进忠响亮地答应了一声进来："皇上，奴才在。"

皇帝淡淡道："将小凌子带去洒扫处服役。"

如懿端坐于位上，看着众人将毫不反抗的凌云彻拖了出去。她看见他最后的眼神，那样平静，如一潭死水，平静得彻骨凄寒。

如懿缓缓道："皇上不在乎冤枉了凌云彻么？还是拿这个借口调走了凌云彻，与臣妾也好有个台阶下？"

皇帝的眸子定定地看着如懿，那水波柔和的双眸里隐着刺冷的光，好似殿外素色的雪。半晌，他才幽幽地轻叹一口气："这个台阶不给皇后搭上，皇后快憋闷死了吧？朕是好意。"

好意么？真是疯狂，所有的人都这样活着，营营役役，浑浑噩噩。真是疯狂。整个紫禁城，都是一群疯子的狂欢与哭号。

她这样想着，忽而笑出了声，清脆的，冷冽的，是冰珠落在坚石上的冷脆："臣妾多谢皇上的好意。"

皇帝古怪地看着她："你真是疯了。"

如懿笑了片刻，拈着银针对着光，慢慢地继续着手中的绣纹。连皇帝离开，也未起身相送。

殿中，唯有一缕梅香，幽幽动人。如懿浑然不觉，那银针何时戳进了肉里，沁出暗红的血。

殿外天寒地冻，殿内串着地龙，供着火盆。宫苑里人都不知跑哪里去了，暖阁里只有容珮蹲在地上，拿火筷子拨着火盆里烧得将熄的炭。她手势轻巧，眼看着炭火一芒一芒的红星渐渐褪成暗银色的灰烬，又翻出几点猩红的火星。

京城严寒，但从未有哪一日如今日这般冷过。雪化了又下，反反复复，一层冷意覆了另一层，将紫禁城内外冻了个透透的。窗外雪子飘得有些急。敲在冻住的瓦檐上，打出"嗞嗞"的微响。那声音虽轻，却乱，且汪洋一片，沙沙地烦心。如懿眉目间有几分神伤，听着那纷纷落落的声音出神。

容珮拨了炭净了手，端过一碗煨好的栗子薯蓉羹奉上："虽说天暖心冷，但娘娘也别自己泄了气。"如懿接过来尝了一口，温热的甜食让人在孤寂悲苦中稍稍有松弛的力量。可惜，她并没有胃口。

容珮也不多劝，只道："这些日子内务府拨了不少宫里的人走，说是伺候娘娘不周，却也不说什么时候再拨人来。"她看一眼如懿，"内务府不敢这样做，多半是皇上的意思。"

如懿缓缓道："皇上想怎么做，由得他去。"她口气虽闲，但到底幽怨太深。容珮知道此事于如懿伤得太深，想要释然也是不能。

如懿烦乱地摆弄着窗前长几上的蜜蜡琥珀攒花盆景，如真花一般的嫩黄，润泽鲜妍。那还是海兰送来的，告诉她蜜蜡可以宁神静气，定痛压惊。

她的惊与痛，还算少么？再好的蜜蜡，亦不过是外物，聊作安慰。

隐隐听得软帘掀动窸窣有声，她不必猜，也知道是谁来了。

自从那日皇帝离开，嫔妃中唯一肯来看望的，也唯有海兰了。然而对着海兰问询而关切的目光，她亦不知从何答起。

幸好，海兰亦不多问。

如懿闻声抬首，果然是海兰进来。叶心帮海兰解下杏子绿羽缎大毛斗篷，海兰便含笑迎上来："永琪和他福晋送了好些府里制的点心来，倒比宫里的新巧些，也不那么甜，便拿来与姐姐尝尝。"

如懿心神不定："永琪有心，时时送东西来。只是我这会儿吃不下，等下再尝吧。"

海兰虽然担忧，但始终还带着些欣慰："皇上终于把凌云彻调走了，姐姐还是没胃口？"

如懿看她一眼："皇上是寻了台阶把人调走了，却平白让他背上个偷盗的罪名。而且我总还有担心，皇上心底的疑云不除，这事儿也没法子真的过去。"

海兰捡过如懿手边的那只荷包，自从凌云彻离开，如懿也无心再绣。如何继续呢？兰萱忘忧，她根本深陷忧愁，不知如何脱离。海兰低首道："皇上如今是要看着凌云彻为奴受苦，才能泄愤，姐姐也不能做什么。"

"等过个一年半载，再把凌云彻送去哪个偏僻的行宫，终身不在皇上跟前，也能保全了性命。"

海兰语意沉沉："若能这样自然最好。但若真再有什么风吹草动，想保姐姐无虞，只怕凌云彻这条命不易保。"

日子过得飞快，是在凌云彻洒扫的竹丝笤帚间，扫过了春草萋萋，扫过了落花无痕，便到了御花园中凌霄花盛开的时节。那时候嬿婉的肚子已经很大了，偶尔散步路过御花园，看到凌霄花朵朵绽放，也不觉动容。不是不记得小时候的时光，那般无忧无虑，看花开花落，只想摘一朵在鬓边，留住那一时花艳。可抬眼，却是衣衫破旧、身躯佝偻的凌云彻。她心中恸动，口中却只能懒懒吩咐："凌霄花又开了，真好看。凌云彻，去给本宫折一枝来。"

凌云彻就那样跪在泥土尘埃中，身体却纹丝不动："奴才卑贱，不敢碰令妃娘娘喜欢的花儿，怕玷污了花儿。"

她明白他的拒绝，忽而湿了双眸，他早不是那个会为自己折花门前剧的少年哥哥了。她扶着腰肢，端着宠妃应有的姿态："罢了。本宫又不想折了。天气太热，从今儿起，宫里每人添一碗绿豆汤祛暑。免得有人中暑病死了，还说皇家不体恤。"

那恩典是协理六宫的她分施给后宫上下所有人等的，到末了，也会恩泽到卑贱如凌云彻那样的人手里。此时此刻，她再痛心不舍，能做的也唯有这般了。

容珮是在向晚时分在洒扫处的院落里找到凌云彻的，那小小窄窄的破落院子里，凌云彻蜷蹲在石阶上，掰着一个冷硬的馒头充饥。为首的太监叱责了几句，要他别误了夜来扫长街的活计，便骂骂咧咧出去了。凌云彻一脸木然，直到看见容珮的身影。她闪身进来，从手里捧着的一沓衣物里拿出一个枕头塞他怀里，语速很快："这个枕头我做了有些日子了，一直没找到机会给你。一针一线都是我的手脚，再没破绽的。你记着，这菊花枕是我做的。可里头塞的杭白菊，是皇后娘娘亲手挑的。你在这儿受苦，难免心火旺。"

凌云彻感动得几乎要落下泪来："我不过是受些体力劳苦，皇后娘娘是心里苦。都是我的罪过。自我走了，皇上对皇后娘娘可好些了？"

容珮只能道："面子上过得去。"

凌云彻愧悔无地，只是紧紧将枕头抱在怀中。

驚疾 壹拾

寒天再度来临时，凌云彻已经满手冻疮，人也苍老了不少。这一日永寿宫里哭叫不绝，很快又响起沸腾的欢喜声，那是嬿婉又生下了十六阿哥永珲。彼时如懿在太后身边陪着抄写佛经，太后闻知消息，只是笑笑："令妃倒是挺能生的，按规矩赏她吧。还有，照旧把十六阿哥送去寿康宫交由太妃抚养。"

倒是福珈有些犹豫："太后，令妃得宠，皇上未必肯吧？十五阿哥不也留下了吗？"如懿继续抄写佛经，充耳不闻，头也不抬。

太后看着如懿，满心怜悯，口气越发冷淡："十五阿哥留在永寿宫，是皇上为了容嫔和皇后赌气，令妃才这般侥幸。十六阿哥还是按前头的规矩来。否则令妃也太得意了。"福珈领命而去，太后也不免劝说："令妃接连生育，远胜于纯惠皇贵妃当年。你这个皇后膝下唯有一子，也太寂寞些。皇上做到你这个份儿上也是可怜。可自古有几个皇后不是熬着的，也只有孝贤皇后有福先去了，叫皇帝惦记了那么多年。"

其实生与死，真不知哪个才是运气了。如懿落笔微颤，终究还是抄歪了经文，只得丢开了一边。

嬿婉望着空空的摇篮，里头的樱红百子锦被上，仿佛还留着小儿温热的气息。

宠妃又如何，协理六宫又如何？生儿育女最多又如何？她到底只是个妾侍，正室要她如何便只能恭顺服从，连皇帝亦不会回护她半句。她呆呆地坐着，声音有些微颤："永琰可以留下来，永璨为什么不可以，还要被送去寿康宫？本宫以为皇后失宠至此，本宫的孩子们生下来，总可以都留在自己身边了。没想到还是不能。"她很快醒觉，"是本宫的日子太得意了，忘了她终究还是皇后，还能掣肘本宫。就算她不能，还能挑唆太后。不成！本宫非得把自己的孩子要回来！"

嬿婉情绪过于激动，又兼伤怀，这个月子便坐得不大圆满。本来怀相就不好，前头生七公主时又伤了身子，太医再三叮嘱不可急于遇喜。可为着荣宠恩遇，为着翻身再来，她一直拼上了自己的康健安稳，不停地生育。这一回十六阿哥落地，孩子一直体弱多病，便是养在寿康宫里，也是一直延医问药，不曾断过。寿康宫里孩儿难得，太妃们自然精心养护，爱若珍宝。可有上了年纪的太妃看着十六阿哥的样子，也是暗暗摇头，直说这孩儿难养。嬿婉知道，又添了一层气恼担忧，这月子足足坐了两个月，才能起身料理后宫事宜。

那已是新春将至的时候了。这一年的木兰秋狝，因着嬿婉有孕在身，皇帝并不曾带她去。嫔妃里头，只有颖妃、恪贵人与香见伴随，便是皇子，也只带了一个永琪。这样的宠遇，在皇子里头已经很是明显了。

进忠虑着嬿婉身子，只恨要随侍木兰，不能伴随嬿婉身边，这一回宫，便常来看望请安。彼时永琪已经受封贝勒。他如此年轻，便得皇帝器重，便是进忠也要和嬿婉来商议："五阿哥是得皇上器重，咱们已经留着一个后招了，也不怕。不过您得想好，五阿哥万一有事，皇后娘娘还有个亲生的十二阿哥呢。到时候真没人选的时候，皇上会先考虑十二阿哥的。"

嬿婉一壁喝着提神的黄芪参汤，一壁忧心忡忡。要除一个永琪已经费尽心思，筹谋排布了好些年。再要神不知鬼不觉除一个永璂，便是嬿婉也自问没这个本事。而且她的孩子们，永璐身子薄，永琰是聪明，但到底还很小，永玱更是多病，另有两个女儿，也是没什么指望的。

进忠见她满面忧虑，脸色黄黄儿的，连鬓发蓬了都顾不得，模样甚是可怜可爱。他心中不觉一软，忙接过参汤细细喂了她两口，宽慰道："母以子贵，子以母贵。皇后倒了，十二阿哥自然成不了太子。"

嬿婉想着自己的孩子唯有一个永琰在身边，再怎么生养，膝下总是空空，儿女不认自己，便是大恨："最好还是这个亲儿子置他额娘于死地，才能泄本宫心头之恨。"

天寒地冻的时节，永寿宫里燃足了炭盆，地龙也烧得热烘烘的，直如春日一般，烘得那宝珠山茶烈烈开放，若红宝璀璨一般。嬿婉体虚，还是有些畏冷，额头勒着一串珊瑚锦缀松石万字不到头的风毛勒子，拥着一床樱草色缂丝暖被。进忠接过空碗，替她掖一掖被子："咱们已经拖了凌云彻下水，却没将皇后拖到死地。若是哪一日皇后坐稳了位子反噬，您的苦心经营毁于一旦不说，您与几位阿哥公主的平安也是难保。"

嬿婉警觉起来，紧紧地攥着被角："你想说什么？"

"凌云彻留不得了。若是留着他只能碍眼，还不如死了，让皇后彻底失去皇上的怜惜。"

暖阁里的炭盆烘烘地燃着，像是燎原的火，烧得毛孔都焦了。她嗓子眼里一阵阵发疼，像沁着血，四肢百骸却是冰凉的，像整个人被人扔进了雪地里。她迟疑片刻："凌云彻不能就这么死了。"

进忠似笑非笑看着她："奴才只是那么一说，您要舍不得就算了。"

嬿婉知道进忠握着她的把柄，且凌云彻终究是留不得了吧。这样卑贱如虫豸般活着，不如送他一个清静了断。她很快自持："本宫没什么舍不得的，本宫……早就想让他死了。不过既然要他死，就得死得对咱们格外有利。"

进忠伸出手，轻轻握住她的手指。她的指尖是冰凉的，他的手却是腻湿，像水草绞缠着她。进忠笑意幽幽："您能这么想就好了。"嬿婉尴尬到了极处，这一刻，她无比盼着春婵在身边。是的，她若能在身边该多好。澜翠已经死了，王蟾不过个太监，而春婵，最机敏心腹不过，知道在她不敢抽出手的时候，怎么解了这样难堪的围。末了，少不得她自己说一句："本宫宫里出了白事，别这般拉拉扯扯的。春婵的姑母死了，本宫放她出宫去料理后事了。你若得空，也去宝华殿一趟，替本宫多多祝祷些。"进忠听她这话说得亲近，立时也便乐颠颠去了。

春婵回来已经是夜来时分，赶在宫门下钥前进了永寿宫。她在宫外本无亲人，唯有一个姑母一直来往。谁知这回她姑母贪新奇，叫人从南边捎来了干野蕈尝鲜，谁知那野蕈是有毒的，吃下后眼见迷幻之象，不慎跌落湖中，待捞上来，已经冻得救不回来了。嬿婉听得入神，不觉道："世间还有这样的东西？你姑母见了什么迷幻之象？"春婵面上微微一红："姑母早年守寡，服下这东西，听说眼见男女相悦。京城出了这样的事儿，那卖野蕈的人也被下了狱，身边带着大包的干野蕈无人敢留，奴婢一并去烧了才干净。"

嬿婉颇有兴趣，凝神片刻道："烧了做什么？怪可惜的，拿一丁点去，请进忠尝尝鲜。"

春婵惊得脸都白了："送去给进忠公公？"

嬿婉微微含笑："自然。一丁点儿就好，快去吧。"

永璜自到延禧宫居住，每日晨起先用早膳，然后至尚书房读书，在尚书房用完点心和晚膳，才回海兰身边，读书习字，喝粥饮汤，才歇下了。因着凌云彻成了太监后便不能再接送，永璜身边新添了四个随侍的小太监，有个叫小栗子的最是机灵，伺候永璜饮食也周到，甚得永璜喜欢。这日在尚书房用晚膳，小栗子伺候着夹菜添汤。永璜吃得没甚胃口，想了半日还是道："小栗子，额娘这个时候常去御花园赏花，咱们拐过弯去，我想见见额娘，陪她赏会儿花。"

小栗子忙忙笑道："哎，奴才知道您牵挂皇后娘娘。说来都怪那个小凌子，要不是他犯事，皇后娘娘怎会被牵连，害您母子也不能团聚。"

永璂没好气，瞥他一眼道："别提小凌子，我不喜欢他。"

小栗子连连点头，舀了一碗口蘑鸡汤放在永璂跟前，赔笑道："是。奴才知罪了。十二阿哥不喜欢小凌子，可是因为宫里说他和皇后娘娘的那些话……"

永璂有些不悦，瞪着小栗子道："这些话，我当然不信，你也不许胡说！"

小栗子忙不迭下跪请罪，又掌了嘴，永璂才平了神色，闷头吃饭不语。小栗子见永璂肯吃饭，殷勤地伺候着舀了几勺香蕈肉片，永璂不喜那肉片肥腻，只多吃了几口香蕈，便起身净手，又去习字不提。

如懿午睡醒来，用过了晚膳，便也起身往御花园去。这一年她已经很少出来走动，只是赏梅是少年时便养得的爱好，这一日天和日暖，便也出来走走。有时有兴致，便亲手折些松枝梅花、柏条竹叶插瓶，以作清供雅玩。且她素来最喜梅花，以韵胜，以格高。想着与其为外间污言浊语烦扰，不如与这天地清气相伴，倒也清雅宁心。容珮见她如此，也颇欢喜，出来散散心，总比整日闷在宫里强，也宽慰道："梅为天下春么，一切都会好起来的。"

二人正说着，已行到梅树底下。此时积雪初定，寒意清浅，琼瑶天地，暗香浮动，满园梅花正开得夭秾。除了寻常的腊梅、红梅和白梅，还新添了一种粉梅。那梅花在深深浅浅的粉色里带一抹紫痕，或浓或淡，有的近乎深红，开得特别繁盛，挤挤挨挨，几乎连枝条也不见。那香气也不似寻常梅花的清冷幽远，而极类桃杏，甜蜜温和。如懿便有些摇头："梅花便是梅花，不伦不类，好没意思。"

正言语间，却见凌云彻满面风霜，渐渐洒扫走近，又弯腰一一捡去地上被风吹出来的落叶杂草，身躯瘦弱伛偻。如懿转首，乍然见他，又是错愕又是愧疚，一时难过，半日才道："是你。"

这一语寂寥。虽然同在宫中，可这一年，几乎没有相见的时候。此时此刻，宫里的梅花盛开依旧，周遭也如常冷清。可这相望着的两个人，眉眼间都衔了无限伤怀与茫然。凌云彻微微有些哽咽，躬身请安，礼数周全之至。如懿不忍，忙嘱咐了他起身，便问："一切可还好？"

凌云彻大约也觉得自己如今体貌卑陋，很是自惭形秽，全然不敢抬眼，只是盯着自己的足尖，颇为激动："谢娘娘记挂，奴才都还好。"

一别经年，再见却似乎比往日更不堪。这般寒暄完，两人都有些不知从何说起。还是凌云彻先道："那日奴才匆匆被调离翊坤宫，都来不及向娘娘磕头辞行。今日见到娘娘一切都好，奴才就安心了。"

如懿想起他背着偷盗的罪名被拉出翊坤宫，便觉得难过不已："凌云彻，一直以来，都是本宫连累了你。本宫一直想跟你说一句，对不住，教你受苦了。"

凌云彻看着她眼底的悲伤和自责，微微搓着手，很是慌了手脚。他无从安慰起，只是忙不迭地分辩："奴才不苦。奴才唯愿皇后娘娘一切顺遂平安。"

嗯，很快就要新岁了。熬过了这一年，下一年不知是否会容易些。如懿仰面，轻声叹息："是啊。一年一年过得这般快，你我都岁岁平安才是。"

凌云彻环视四周清芬梅花，似是想起从前事，嘴角亦含笑："从前多是奴才为娘娘折枝清供，可否让奴才再为娘娘折一枝今年的梅花，祝佑娘娘。"

那是他做惯了的事，也很喜欢做，做得也细心。如懿默然含泪，觉得含泪也不适合，很快掩袖拂去，颔首答允。凌云彻喜不自胜，蹲下身用净雪擦拭双手，便仰头挑选梅枝。

永璂一心盼着寻母相见，如当年一般折花尽孝，出了尚书房便步履匆忙。他顾不得雪后路滑，脚下飞快，直到了御花园门口，便要独自进去寻如懿。小栗子紧跟了几步，道："十二阿哥您慢些，听说小凌子受了责罚后在宫里打扫……"他见永璂回头瞪着自己，忙改口道，"奴才是说，万一小凌子打扫到御花园这儿了，您碰到了也别理会他。"永璂再不理会，径自往里走去。大约是跑得急了，他稍稍有些晕眩，少年人哪里会在意这些，甩了甩头又继续向前走。

永璂走进御花园，忽见丛丛花树之后，凌云彻躬身和如懿说话，将一束梅枝交到如懿手中。永璂不意在此处看见两人距离颇近，不觉停了步。他只觉得晕眩，无数宫人的流言蜚语在脑中响起，他眼见着凌云彻离如懿越来越近，忽然紧紧拥住了如懿，而如懿，欲拒还迎，终于也倾倒于他怀抱之中。

永璂骇得手足无措，他嗓子眼里似有无数喊声要冲出来。他紧紧捂住了嘴，连连后退，逃也似的离开了御花园。

凌云彻将精心挑选的梅枝交到容珮手中，那是开了五分的梅花，小半尚在含苞，移到宫中，还有数日可赏。容珮接过，如懿亦不多言，转身离开。凌云彻目送如懿出去，复又恭敬打扫起来。

永璂一直跑到御花园外，终于忍不住胸腔中惊涛骇浪般的气怒讶异，死死捧着头大声吼道："啊！额娘怎么会和小凌子抱在一起！啊！为什么？"

小栗子见他这般，也是吓坏了，赶紧抱住了永璂，连声呼唤。永璂整个人剧烈地发抖，只觉得头痛难言，一把推开小栗子便发足狂奔。他大受打击之下，情绪激动，只觉得原来宫人们所言不虚，自己额娘真与凌云彻有私。他一个小小孩儿哪里受得住这些，世间莫大之事莫过于父母不合，而不合之因竟是因为一个奴才，他几乎是伤心欲裂，如同天地崩塌。他伤痛之下慌不择路，只沿着长街狂奔，也不知跑了多久，一头撞在一个明黄色的人身上，他双手拼命乱挥，两眼都已经直了，一句话也说不出来。还是嬿婉道："皇上，十二阿哥仿佛受了惊吓，眼睛都直了。"她见后头小栗子已经跑得最快跟上来，便问："你是跟着十二阿哥的，可出了什么事？"

皇帝见永璂如此，也有些着慌，忙叫进忠、进保抱住了永璂不提。小栗子跑得气喘吁吁，人都吓傻了，直愣愣道："奴才也不知道。十二阿哥本要去御花园摘早梅，谁知才进去，就吓得大叫起来，说皇后娘娘怎么和小凌子抱一块儿了，然后发了狂似的跑。"

嬿婉气急败坏，才要阻止，转首见皇帝眼神发冷，一把拉住了永璂喝问："永璂，你说，你看见什么了？"

永璂根本分不清眼前人是谁，只是拼命摇脑袋，语无伦次地喊："不会的！额娘怎么会和小凌子抱在一起！他们都疯了！额娘！额娘！小凌子你快撒开手啊！"

皇帝撒开抓着永璂的手，倒抽一口冷气，一张脸如冰雪一般，毫无颜色。他本能地抗拒这个消息的来源："不可能！皇后身边有那么多宫人，怎么会公然和一个奴才抱在一起？"

嬿婉忙低语："自从皇上裁撤翊坤宫宫人，皇后娘娘出入都只带着容珮。"

皇帝紧紧握拳，冷风幽咽，寒色恼人，几乎能听到他骨骼微微发响的声音："那就传容珮来。"

进忠小心翼翼道："皇上，容珮是皇后娘娘的心腹，又是个硬骨头，怎么也不会说对皇后娘娘不利之语。而且奴才听说，小凌子在翊坤宫伺候时，容珮也对他格外照顾。"皇帝极目望去，目尽处是无尽红色宫墙，如懿一身暗青衣衫，已然携着容珮转过长街一角，全然不知此处发生了何事。

嬿婉柔声道："十二阿哥到底是孩子话，不着边际。皇上可要传皇后娘娘过来问清楚？"

皇帝眼见只有容珮跟随如懿在侧,怀中又抱梅枝,果然是从御花园中来。他气得满额青筋暴起,怒极道:"好,好,旁人流言纷纷,朕还可以不信。皇后自己的儿子,总不能冤枉自己的亲额娘吧。"

永璂痴痴傻傻,不知如何答话。还是进忠道:"皇上,十二阿哥是被吓着了。这儿人多不便,前头就是永寿宫,奴才先带十二阿哥去永寿宫安置。免得这个样子送回延禧宫,愉妃娘娘也会被吓着。"

皇帝看着眼前的儿子,又是气恼又是怜惜,便道:"好。不要让他再说出什么胡话来。"进忠连连答应着,一把抱起了永璂往永寿宫去。皇帝直视前方,眼中闪着灼烈的火:"进保,你去看看御花园里是否有凌云彻在。查明他为何在此,再来回话。"

嬿婉带着春婵急匆匆跟进永寿宫中,吩咐王蟾将窗门紧闭,嬿婉亲手在鹤顶香炉里焚了一大把宁神百合香,春婵忙着端过一碗汤药,小心地喂到永璂口中:"好阿哥,您喝口水歇歇。"

永璂灌下汤药,神志有些迷糊,渐渐睡着。嬿婉紧张得满手冷汗,环顾四周,见无外人,还是不放心。进忠见她有些魂不守舍,忙笑道:"没事,这水里有安神药,十二阿哥睡一觉醒来,那野蕈的药性就过了。谁也查不出什么。至于小栗子,皇上这回定会嫌十二阿哥身边的人看顾不周,奴才都安排好了,让小栗子出宫,您放心吧。"

嬿婉微微松口气,见永璂熟睡之中仍然双眉紧皱,显然是受到了极大的刺激。进忠得意地拍了拍永璂的脸蛋儿,笑吟吟道:"亲生儿子坐实了皇后和凌云彻的奸情,看他们还怎么翻身。"嬿婉看着进忠的背影,眼底闪过一丝狠意,面上却是笑意盈然,亲手端了一盏茶递给进忠:"今儿辛苦你了。本宫去看看皇上,你们照顾好十二阿哥。"进忠喜不自胜,一口气把茶水喝了,如饮蜜一般,一滴也不剩,他望着嬿婉离去的身影,露出了心满意足的笑容。

嬿婉披了一件锦红色斗纹缂丝牡丹大氅,脚下露出一痕姹紫嫣红芍药绣金宫装,花盆底的鞋上缀有无数细碎的翡翠珠子流苏,行走间珠穗微漾，步步生花，只觉得灿烂夺目。

进忠看一眼，又一眼，舍不得挪开半寸视线。嬿婉才走到门边，只见包太医几乎是连滚带爬滑进了永寿宫，嬿婉知道包太医一直在寿康宫帮着照料十六阿哥，如今这般情急，亲自来报，定是十六阿哥出了大事。嬿婉瞬间变了神色，正要问，包太医已经快哭出来了："坏了，坏了。十六阿哥风寒，发了高热，十四阿哥也跟着染病，也是高热不退。微臣已经禀报了皇上，可皇上无心理会。令妃娘娘您赶紧去寿康宫看看吧。"

嬿婉惊得尖叫一声，有迅疾的北风掠过，如狂潮席卷，很快吞没了她的声音。

嬿婉连辇轿也来不及传，几乎是狂奔在长街上。方才她去了养心殿，为着如懿的事，皇帝刚从进保处得知凌云彻独自在御花园梅树下打扫，时间是对得上的。皇帝越发恼恨，如此才可见情深。是个太监都如此，当年不知道到了何种地步。皇帝一壁定心要杀了凌云彻，一壁又恨如懿配不得当皇后，哪里还顾得上嬿婉求恳诉说两位阿哥的病情，只允许她入寿康宫陪伴探望，并不曾应允她带回两位阿哥到永寿宫调养的请求。嬿婉深悔这件事时候不对，皇帝滔天大怒，定然不会答应自己的恳求，她又恨又悔，也实在无法，只能立刻赶到寿康宫去。

她跑得很快，心噔噔地跳着，每一下又重又沉，扯得心口一下疼过一下。春婵跟在后面连连劝慰："小主，小主您别急。两位阿哥一定会平安无事的。"孩子的身子如何，她这个为娘的最清楚不过，强行催孕生产，孩儿落地，多半有不足之症，而她，竟也不能亲自照顾陪伴。嬿婉大恨："皇上是为着皇后才把永璐和永琮送来寿康宫，不让本宫养也不让本宫见的，可如今皇上不是已经厌恨皇后了么？是不是只要她一日不被废后，她说的话便还能算数！"

春婵说不出什么，眼看着嬿婉迫不及待地闯进了寿康宫，忙忙跟了进去。

末路　壹壹

　　事情闹得那么大，永琪便是先知道了，忙回了延禧宫与海兰一同
从永寿宫接了尚在熟睡的永璂回来。永璂睡了良久，待到醒来，已是天
黑，他完全不记得发生了何事，只见永琪也乱了方寸，来回不安地踱
步："便是真看见了，你怎么会当众喊出来，全如神志丧失？我在宫里
问得清清楚楚，可除了你，真的再没人见到皇额娘和凌云彻……嘻！"
这兄弟俩相处时候多，颇为亲近，永琪顾着他是嫡出的弟弟，也格外照
顾，从未这般疾言厉色。海兰搂着永璂连连安慰，柔声道："永璂，是
不是你一直存了这样的疑心，才看到这样的场景，其实并无这种事？"
永璂用力回想，脑海中只是模糊一团，许多事都想不分明，只得嗫嚅
着道："我不知道，愉娘娘，我真不记得了。愉娘娘，是我害了皇额娘
么？我还要害死小凌子？"

　　永琪望着完全失了方寸的永璂，只能苦笑："永璂，你能迷乱中看
到这样的景象，是不是你对皇额娘和凌云彻的流言也上了心？"

　　永璂满面羞愧："我不想上心的，可宫里人人都这么说，我真是又

气又恨。"

海兰盯着儿子，忧虑不已："永琪，你说皇上会怎么办？"

永琪重重一拳砸在红木桌上，右手生疼，却也比不得心头焦灼。他摇头道："这下子，皇额娘的麻烦大了！凌云彻已经进了慎刑司，虽然一直没承认与皇额娘……可这事是十二弟亲口告发……唉！"

海兰已然明白，凌云彻是活不得了！可更怕的是，皇帝若起了废后的心思，那便更了不得了。她与永琪对视一眼，皆明白其中利害。可偏偏告发此事的，是如懿的亲生独子，这件事想要翻转，实在是难上加难。海兰见永璂泪流满面，已经吓得丢了三魂七魄，也不忍再责怪，只得紧紧搂住了他轻轻拍着。

好容易哄下了永璂，海兰便赶到翊坤宫来见如懿。殿中供着梅花，透过重重珠幔，暗香沁骨。如懿笑容惨然："居然是我的亲生儿子说出这样的话？根本没有这样的事，却是我的儿子喊了出来！"她连站着的力气也没有，只是骇色深深，"我们母子是生生被人算计了，拿儿子做了捅额娘心窝的刀子，还要把永璂的一辈子都给填进去了。"

海兰心知这事处处透着古怪。如懿一早让江与彬给永璂把了脉，永璂是有用过安神药的痕迹，其余却也没什么。她也让三宝和江与彬查了永璂今日的膳食和茶点，可是晚膳的几个菜都吃完了，茶点也没查出什么异样。

海兰也是一筹莫展："拿永璂闹出来，一是皇上一定会信，二是事情过后，姐姐母子疏离，真是好狠的招数。查是一时查不出什么了，但也得先处置眼前的事。眼下姐姐打算怎么办？"

凌云彻已然被皇帝送进了慎刑司，不死也得脱三层皮。永琪打听来的消息，凌云彻自然是什么都没招，但皇帝派了人日夜严刑拷打，是认定了这件事属实。海兰凝神片刻，终于下了狠心。她面色如窗外数九冷霜："姐姐，皇上若是认定了，凌云彻那儿想要活着出来怕是难了。若由皇上下手，那是一定要泄恨的；若是由姐姐下令，还能给凌云彻一个痛快，至少还能留他一个全尸。"

如懿拒绝得直截了当，毫无回旋的余地："这不可能。这件事，凌云彻与我是清白的。"

海兰情急难耐："我自然知道这件事姐姐和凌云彻是无辜的，但姐姐，眼下着急的已经不是这个。皇上对凌云彻这般狠厉，只怕姐姐的处境危险。我早就说过，再有风吹草动，要想保姐姐无虞，凌云彻的命不易保，也保不住。"

如懿望着那横斜的梅枝，默然不言。殿阁中虽燃着炭盆，但夜来寒意深重，那温度显然有些不足。窗外巨风肆意穿梭横行，啪一下，又一下，击打着窗格，叫人的心突突地惊着。

如懿沉吟片刻，冷静道："凌云彻的事我会再想法子。眼下要紧的还是永璂。他说看到我和凌云彻在一起，被皇上知道，这会是他一辈子的心病。我是他额娘，我不能看他被心病所惑。三宝，永璂说出这般糊涂话来，一定是身边的人作祟，你去查，看永璂身边伺候的人有谁不对劲。若是皇上已经将他们打发走了，那追出宫去也要查明白。若不方便，就再找上李玉。"

如懿这般雷厉风行，李玉也知道干系重大，天一亮就赶出宫去，一一查伺候永璂的人的下落。查到小栗子时，他已然悬梁自尽，死得透透儿的了。他和另几个伺候的小太监一般，都寻了死路。死人嘴里自然是问不出什么的，李玉不想这般紧着追查，还是这样结果，也是灰心。

然而宫里，皇帝亦知道了李玉奉命出宫，大为不悦。进忠见皇帝只是盯着自己与如懿的那卷帝后画像，却也不肯展开细观，知他心中愤懑，便道："皇后娘娘到了这个地步，还是想救小凌子，还在拼命追查。"他凑到了皇帝身边，隐秘而煽动，"奴才也想不明白，一个小凌子就那么要紧么？可见十二阿哥所言不虚啊。"

皇帝的视线落在某一点，纹丝不动。那声音冰冷得毫无温度："皇后就那么想凌云彻活下来？好，朕也可以成全她。可活着，也没那么痛快。"

进忠立刻道:"奴才每日会亲手对凌云彻行刑责打,一定让他生不如死。"

皇帝看着那幅原封不动的画卷,轻哼一声:"这画送回去吧,朕不想看。"

海兰在翊坤宫陪了一日一夜,寸步也不肯离开如懿。

她的口气发沉,带着寒霜气:"姐姐,小栗子的死的确可疑,可皇上怒火滔天,您告诉皇上也没用啊。姐姐以为这样查下去有用吗?"

如懿飞快地盘算着:"小栗子显然是被人灭口。他侍奉永璜用膳,那么问题就极有可能是出在膳食上。那日的膳本我已经拿来了,香蕈肉片,口蘑炖鸡……会不会这些有问题?"

"要解除困局,确保无虞,最好的法子,便是由姐姐要凌云彻死。"

如懿的目光一跳,几乎控制不住自己的情绪:"我做不到。你也知道,哪怕我这样做了,也只是暂保无虞。唯有查明真相!海兰,会有蛛丝马迹,一定可以查下去。"

海兰盯着她,死死抓着她的手,决绝道:"没有时间了。姐姐怎么不明白,皇上忌恨的根本是凌云彻的存在。凌云彻不除,您查到再多,皇上都会以为是您想救凌云彻而想的办法。您越查,皇上越不高兴,凌云彻可能越受罪,您也越危险。"

如懿极力克制着自己的声音,仿佛如此,才能克制住满心的伤痛:"你以为凌云彻的死可以解决一切么?"

"是。想要除掉皇上的疑心,只有彻底拔掉凌云彻这根刺。"海兰摇头,惋惜不已,"凌云彻没有错,姐姐也没有错。可只要皇上觉得你们有错,错也是错,无错也是错。但话说回来,皇上的心思其实很好猜。凌云彻对姐姐照拂,比照出他这个夫君的冷漠。凌云彻对姐姐的安慰,比照出他这个夫君的无情。无人可比，无情无义也不算明显，可有人比照，高下立见，皇上如何能忍？"

"如果凌云彻因我死了，我一辈子都不会安心。而且永璂也会认为是自己的缘故才让凌云彻死去。永璂的心病就永远都解不了。这孩子会一辈子自责痛苦。"她见海兰无言以对，越发坚定："海兰，总之我会查出来的，你不要轻举妄动。"

海兰无可奈何，只是仰脸沉沉地望着如懿。

如懿失意地笑："海兰，这些日子，我总梦到那些死去了的人，孝贤皇后、高晞月、金玉妍、白蕊姬。那些和我们斗了一辈子，斗得命都没了的，也不过是些可怜人。但是，谁来可怜可怜她们，谁来可怜可怜我们呢？"

海兰分明有一丝神伤："若说可怜，谁不可怜？谁叫我们是生在这里的人。姐姐，你若可怜他，那么你只会比他更可怜。"

身体的深处，有某种不知名的痛，剧烈地磨扯着她。如懿的手一颤："凌云彻，是一个好人。"

海兰的声音陡地尖锐，像划破苍穹的亮蓝色的电："凌云彻是很好。姐姐若不进宫，若不是皇后，嫁得这样一个夫君，门楣虽然低些，但这一生也不枉了！但世事不可扭转，姐姐既是皇后，就得保得住自己，也牺牲得了别人！"

如懿看着她难抑的激动，忽而明白了什么。她渐渐软弱下来，低低喃喃："海兰，什么时候我们才可以像宫外的人一样，平凡，普通，但是正常。不会在这个地方，日复一日地疯狂。"

海兰无声地哽咽，走近如懿，抚摸着她的头发。如懿的发髻上缀着碧玡瑶累珠花钿。那浓淡相宜的碧色上，雕琢着一对小巧精致的鸳鸯，交颈相缠，亲昵无俦，连那一尾尾羽毛，都清晰可见。她半拥着如懿，忽然想起哪里听来的一句诗：

合昏尚知时，鸳鸯不独宿。^①

她悲悯地看着怀中的如懿，心意更是定如磐石：一切都是为了姐姐，都是为了姐姐。

莲步轻移，小心避过满地的污秽霉烂之物，强忍着恶心，避忌着狱内阴腐霉臭的气味。是多久了，没有踏足过这样阴森冷寒的下贱地儿。而每一步，都会勾起她从前并不愉悦的记忆。

好容易站定，解下宫女所披的暗紫色碎花斗篷，将宫女腰牌收入怀里，向外朗声道："我奉小主之命前来探望，你们外头伺候就是。"

有人声远远诺诺在后，答应着殷勤道："姑姑您自己仔细着。"

凌云彻闻声，只是斜倒在草垫上纹丝不动。那女子步履盈盈，拿绢子在鼻尖轻轻扬了扬，放下手中厚棉包袱打开，露出一个红漆食盒，一屉屉卸了下来，取出一壶温好的黄酒，一碗热气腾腾的鸡丝汤面并口蘑肉片和一盘炒酸白菜。

她忍耐着不悦的气味，柔声道："云彻哥哥，是我。"

她是挣扎良久，才从寿康宫里抽身片刻时候出来。两位阿哥并没有起色，一直高热昏迷。嬿婉犹豫再犹豫，还是决定小小地离开片刻，来送一送这位命不久矣的故人。

没想到再见面，脱口而出的还是那句"云彻哥哥"。

旧日里熟悉的称呼唤起蒙昧而温柔的记忆。他心头微微一颤，很快被深切的酸楚与恨意浸染，强撑着痛楚的身体，一点一点缓缓直起身

---

① 出自杜甫《佳人》。全诗为：绝代有佳人，幽居在空谷。自云良家子，零落依草木。关中昔丧乱，兄弟遭杀戮。官高何足论，不得收骨肉。世情恶衰歇，万事随转烛。夫婿轻薄儿，新人美如玉。合昏尚知时，鸳鸯不独宿。但见新人笑，那闻旧人哭。在山泉水清，出山泉水浊。侍婢卖珠回，牵萝补茅屋。摘花不插发，采柏动盈掬。天寒翠袖薄，日暮倚修竹。这首诗是写一个在战乱时被遗弃的女子的不幸遭遇。

子来。

往日简单的动作对于伤后的凌云彻而言，无比艰难。他费了好大的力气，挣扎着坐正，望着来人，定神道："是你？"他冷然相望，"慎刑司苦地，令妃娘娘尊贵，怎可踏足？"

嬿婉的颈微微曲着，在灰暗的壁上投下柔美的弧度，轻柔道："云彻哥哥，我知道你受苦了。"她勉强微笑，"这地儿虽脏，可阿玛死后家道艰难，我又不是没见过这种境地。"

云彻的目光极淡，像是落在她面上霭霭薄薄的云影，无端就看得她低下了头。

嬿婉从袖中取出一个小小瓷瓶，递到他身旁，又迅疾缩回手，避免触碰到他衣下污浊的草垫，关切道："我知道你受了重刑，这是我托王蟾去要来的。用这个药可以止血止痛，让你走的时候没那么难受……"

她语气发涩，极力避免着语中对他痛处的触碰。她见云彻并不答话，也不看那瓶药，只得无话找话："你还是这么爱干净，都到这个境地了，还换了干净衣裳。"

云彻掸了掸身上的月蓝长衫，淡漠道："我是污秽的，可皇后娘娘清白，我与她并无私情，更没什么拥抱私会。你也知道的，是不是？"

嬿婉保持着温柔而恰到好处的笑容："我知道有什么用？皇上深信不疑，才叫你受了种种罪过。"她双手捧起面条，殷切道，"我亲自下厨做的小菜，都是你从前最喜欢的。快尝一尝吧。"

云彻打量她几眼，神色疏远："从前喜欢的，如今未必喜欢了。只是令妃娘娘深夜换了宫女装束，夜行而来，不会只为给我送些吃的来吧？还是断头菜肴，临终一别，你是送我来了？"

嬿婉闻言一怔，泪盈于睫："你倒是快人快语，不怕忌讳。"她倒了一盅黄酒，递到他唇边，云彻别过头不理，她也不在乎，一仰头自己喝了，红着眼睛道，"你犯了男人最不能犯的忌讳，是必死无疑了。昔日青梅竹马，今儿我便冒死来送一送你。当年进的紫禁城，开头是你陪着我的。如今你走到了末路，我便来送送你，也算圆了一场情意。"

"情意？"他轻轻一噎，乜斜着她道，"令妃娘娘高高在上，我已经沦为奴才里的奴才，怎敢攀附娘娘旧日情谊？"

嬿婉望着他，一滴泪在美眸里滚来滚去，险险要落下来："云彻哥哥，临了，你还这么恨我么？"

云彻笑得极恬淡，目光温煦得如四月的阳光："我为什么要恨娘娘？难不成娘娘认了是你害得我不人不鬼？"

嬿婉喉中一滞，心头一阵绞痛，愧得几乎抬不起头来："今日永璐和永琮病着，我都赶来送你。可你这么说，我也没脸留在这儿了。"

云彻的咳嗽声在狭小潮闷的室内，听来尤为惊心。那种咳嗽，是重刑之后无力的喘动，扯出胸腔沙沙的空响与难以为继的痛楚。他强自忍痛道："嬿婉，你等一等。"

嬿婉足下一滞，不知怎的便缓住了脚步，却不忍回头，去看他带伤憔悴的面庞。她有些心虚，连声音也虚浮，极力自持："还有什么话么？"

云彻咳中有笑："你我至此，本该无话可说。可是嬿婉，在我心里，总还记得你从前的模样。可惜，那个嬿婉，早已不在了。"

嬿婉眼中一酸，望出来的景物已蒙了一层泛白的莹光："既知不在，何必再挽留？或者嬿婉一直是那个嬿婉，从来不曾变过，只是你看不明白罢了。"

云彻怅然长叹："是啊！从前的嬿婉和如今并无二致。我所珍惜的，只是我心里的嬿婉。"一手按着胸口，一手扶着木栅，沉缓道，"有一样东西，是我送给心里的嬿婉的，你已不是她了，可否将那样东西还我？"

嬿婉心上紧紧一抽，不觉攥紧了手指，涩然道："什么？"

一响无言，昏暗幽闷的室内，苟延残喘的烛火下，嬿婉保养得宜的雪嫩指上，一枚红宝石戒指，闪着幽暗枯涩的微光。连它也自惭形秽，仿佛配不上那水葱似的手指的柔嫩尊贵。

云彻无言，只是慢慢地摊开双手："我此生所有，唯有此物。我当年虽然微薄，却倾尽全力相赠予我曾心爱的女子。如今物是人非，这枚戒指与她已不匹配，不如由我带走，相随黄土之下，也让我不致寂寞。"

嬿婉的泪，险险从眼眶里逼落。她仰着脸，望着霉湿的天花板，逼迫着自己，忍一忍，再忍一忍，将眼泪逼了回去。那戒指像是长在了她指上，一味发涩难以滑落。

她使劲地拔着，忍着气，忍着痛，忍着不舍，哑声道："这枚戒指，对你那么重要么？"

他眼底有深情相许："数十年沧桑，唯有此物不变，怎能不珍重再珍重！"

有那么一丝温情，在心底最柔软的地方轻轻蔓延。两小无猜的青涩，青梅竹马的甜蜜，都成了时光磨砺下不堪回首的过往，每一次想起，都是模糊的触痛。可只有她知道，那是怎样欢悦着滑过的日子，温柔地弹跳在她的心房。

她不肯回头，叫他看见自己的神伤不舍，只是拼命攥着戒指，看着后头燕子舞于云间的图案："云是凌云彻，燕儿是魏嬿婉。这份情意，我谢过你。"说罢，将戒指丢向身后。

凌云彻吃力地弯下腰，从霉烂的稻草堆里拾起那枚暗红戒指，含了一缕淡薄的笑意，郑重行礼："令妃娘娘成全，我可以无怨而死。凌云彻，在此谢过令妃娘娘大恩。"

他的话，终究成了一根根细碎而锐利的芒刺，生生扎进她偶尔柔软得会疼痛的心上。连她自己也不知道，在明知凌云彻会走向死亡的一刻，在她亲手推他坠落地狱万劫不复的一刻，她会这般心痛，痛得整颗心都像被放在刀锋上一寸一寸割过。

她扶着灰颓的墙壁，仿佛再度被扯回晦涩无光的少女时代。那样窘迫的家境，家徒四壁，偏偏还有对自己可有可无的额娘。她便那样瑟缩在墙角，看着阿玛冷青色的僵硬的尸身，茫然不知前路何处。

可这一刻，她是高高在上的令妃，获尽君王眷宠的目光，却对自己周身侵袭而来的伤心无可抵御。她回望慎刑司内一灯如豆，残焰摇曳，忍了又忍的泪，终于无声无息地汹涌而出。

嬿婉泪水潸潸，狭长的甬道内月色如霜，清冷冷地透骨刺入。她受不住似的打了个寒噤，紧了紧身上的暗紫色碎花斗篷，无声离去。

月色如霜似雪，静静落在庭院里，那凄白一片，像是天地为谁先下了悼亡的命令，提早起了哀声似的。

如懿有些受不住似的，关上了长窗。她坐着，弯腰捡着一把佛豆，可有为人延寿之意。李玉坐在小凳子上也帮忙捡着，道："奴才去查了。小栗子没有家人，家中一贫如洗，就算有钱财，怕也被人搜罗走了。"如懿凝神："那就查问宫中有谁和小栗子来往频繁，总能问出些话来。还有永璂那日的膳本，查下去可有发现什么问题？"

"奴才问过御膳房，也就十二阿哥用的那道香蕈肉片里的香蕈难得，其他没什么。而且十二阿哥的膳食都有人尝过，应该无毒啊。"

如懿怔了怔，手里的动作缓下来："香蕈当然无毒，可蕈菇种类繁多，本宫年轻时在南边，听说有人用了有毒的野蕈死了的。"

李玉讶异，赶紧道："御膳房保证，那些香蕈过了手都有人尝过无事才送去的。这种事，御膳房出不了错。"

那豆子圆圆地硌在手心，有些发滑。如懿总觉得不妥当，思虑着道："试菜的人顶多吃三筷，或许只吃一点无事，吃多了才有危害。你去问江与彬，哪些野蕈有毒？会有何种症状？"李玉知道如懿这般说，甚是看重，忙答应着去了。

门扇开合的瞬间有冷风呼啦漏进，透骨彻寒。如懿捡起一把佛豆，轻声许愿："宫里那么冷，谢谢你暖着我。这么多谢意，我都不能回报给你。凌云彻，我希望你能活下来。"

海兰携了三宝，静静望着嬿婉走过转角离去的背影，眼底闪过一丝阴鸷，疑惑道："仿佛是令妃，她的两个儿子都重病了，她怎么还打扮成这样出来？"

三宝满脸愤色："她一定是来害人的。"他想想还是不安，"愉妃娘娘，您的意思，皇后娘娘不是一直反对吗？"

海兰望着瓦檐积着的雪色寒霜，淡漠得没有一丝表情："姐姐不许我除去凌云彻，我只想问问凌云彻，他到底顾不顾姐姐？三宝，你要知道，我这一辈子都是为了姐姐。只要她无恙，我为她做什么都可以。"她身姿微扬，"走吧。"

夜风冻冷地掠过，泠泠清寒，仿佛一条死寂的停止的河流，将嬿婉淹没其中。唯有一盏残灯，如荒野鬼火，默然引她前行。有泪一滴一滴缓慢地落下，北方夜来滚滚的寒气将她脸上的泪水敛聚成冰。她不敢哭很久，怕叫人发觉，也怕给一双病中的孩子添了晦气。还是春婵懂得她，依偎着她，轻声地说着话："小主想起伤心事了？"

嬿婉一直不曾觉得自己有错，她活得那样艰难，如一株柔软的凌霄花，努力攀缘，才能挽住一息生存。可是这一刻，她也是自责难耐："是本宫亲手推他去死的。"

春婵了然："可他不死，小主难活。"

嬿婉泣不成声："可是他临死前，还记着昔日的情意。本宫以为他都忘了，以为他心里只有皇后。此时此刻，本宫心里真的很难过。"春婵才说"皇上……"二字，嬿婉已经厌恶地打断："别提皇上！皇上对本宫根本不是真心！本宫不过是他生儿育女的一个玩物罢了。再没有人会像凌云彻曾经一样待我好了，再没有了。"

春婵沉默地低头。横刺里，一只手忽而伸出来，半扶半抓住了嬿婉的手臂。嬿婉悚然一惊，回头见是进忠，一时连话也不会说了。进忠亲热地道："奴才怕您从慎刑司出来伤心得路都不会走了，特意来等着伺候您。"进忠五指在她纤纤玉指上一扣，察觉有些异样，"哟，送凌云彻最后一程，那枚红宝石戒指都没戴？"

春婵忙着解释："小主还他了。"

嬷婉怎肯在他面前伤心，强自镇定："了了旧事，你还有什么不放心的？"

进忠这下是真高兴了。他笑吟吟地从怀里掏出一枚金嵌红宝石戒指往嬷婉手指上套。那是枚赤金戒指，上头拇指大的红宝石流光暗转，几乎不比上用的差。嬷婉本能地想缩手，奈何进忠用的力气很大，抓得她手指都红了，仍是死命往里套着。嬷婉不觉吃痛，连春婵也慌乱地劝："进忠公公，您轻点儿，轻点儿。"

进忠顾不得那戒指小了，紧紧勒在嬷婉素日戴着凌云彻所赠戒指的手指上，细细端详着笑个不停："奴才早就想给您戴上这个戒指了。原本您要不伺候皇上，就该咱们俩对食，也该有个信物。如今也不晚。"

嬷婉厌憎不已，然而那戒指极紧，要摘下来，只怕也伤了手指。她的胸脯起伏着，很快平静下来笑了："好。那本宫留着，收你一片心意。"

进忠爱惜地抚摸着嬷婉白皙的手指，声音又软又腥，像咝咝吐着芯子的蛇："这戒指后头有个燕子，有个忠字，多好，就是咱们俩的名字，咱们俩的情分。您呀别嫌皇上对您不是真心，奴才呀可以为您掏出心来。"

海兰一行人方行至慎刑司门前，那犯困的两个守卫见了海兰却又不识，只见她这般华贵清丽，也唬了一跳，忙强打精神点头哈腰："您是……"

三宝朗声道："这是愉妃娘娘。"

那俩侍卫忙不迭请安道："请愉妃娘娘安。您贵步怎么到这腌臜地方？"

海兰垂着眼皮，捧着手里的镏金垂花手炉，淡淡道："凌云彻在么？"

一侍卫赔笑道："在！在！只今儿什么日子，刚永寿宫的宫女来瞧过他，也劳动愉妃娘娘尊驾了！"

一语未落，那侍卫脸上已经挨了一掌，三宝啐道："你什么身份，也敢过问愉妃娘娘的事儿！"

那侍卫挨了打，拼命哈着腰，苦着脸道："奴才不敢！奴才不敢！"

海兰眼皮微抬，金丝点翡翠护甲落在手炉上玎然有声，她的声音虽轻，却字字清晰入耳："本宫是奉皇后娘娘之命前来。牢牢记住了。"

那侍卫哪里还敢作声，忙让着海兰进去了。

狱中潮湿，海兰扶着三宝的手步步稳当，浑不在意地上秽物。凌云彻经了方才一番，已然牵动浑身伤处，正坐在草垛上歇息。

他的呼吸微长浊重，带着濒死的气息，让人心头发酸。须臾，他觉得眼前一亮，一个翠玉紫衫的女子满头珠光华耀，立在栏外静静不语。

他微微一怔，瞬目辨了片刻，似有些不敢相信："愉妃娘娘？"他很快淡然含笑，"愉妃娘娘甚少这般严妆丽服，夜行而来，只怕就为点眼些要人记得。"

海兰浅浅一笑："临死还不糊涂，也不枉我为你走这一遭。"她环视四周，"令妃肯为了你来这污秽之地，也算纡尊降贵，也是她对你的一份心。"

云彻支着身躯："愉妃娘娘所言，是为皇后娘娘抱不平。明明当年与我有私的是令妃，到头来却污了皇后娘娘清誉。"

海兰银牙微咬："清誉既污，哪怕不能洗去全部污言秽语，也要尽力一试，扫去大半。"她凝眸，望着凌云彻，"你懂么？"

云彻定定回望，坦然无惊："我懂。唯有我一死，皇后娘娘才能无恙。"

海兰轻轻吐出几字："算你聪明。原来我关切姐姐的心，你也是一样的。"

云彻苦笑："愉妃娘娘在皇上身边多年，深知皇上性情。这点，我与您一样。"

海兰的手轻柔一拂，怜悯道："所以了，你也知道的，你虽然必须死，却也不能自裁。鸩酒和匕首，我都给不了你。"

云彻嘴唇微微一颤，旋即淡然："我若自裁，便坐实了畏罪自杀的罪名。我若是畏罪，那么皇后娘娘的是非便洗脱不去了。"

海兰嘴角的笑意越来越浅："你很聪明。我此番来也想告诉你，姐姐一直追查到了小栗子可疑，可是小栗子已死，姐姐一心还要继续追查下去，证明自己和你的清白，解了十二阿哥的心病。你也是男人，你知道在皇上眼里，姐姐的追查意味着什么。"

云彻的神情有一瞬的凝滞："皇上会觉得皇后娘娘为了维护我救我性命才这么做。皇上会更恼恨皇后娘娘，娘娘的处境也就更危险。"

海兰微笑，也知道他在痛楚中尚保持神志清明："果然在御前待了这么久，你很能猜到皇上的心思。"

他端正容色："所以我必须得死，只有我立刻死了，这事情才能尽快了结。而且，还得借皇后娘娘的名义赐死我，才能让皇上消了心头恨，换得几分皇上对皇后娘娘的相信。"

海兰很是平静，缓缓说出早就想好的足以让皇帝泄愤又能保得凌云彻全尸的方法："那就赐你'贴加官'，一路好走。"

凌云彻拂袖起身，掸落月蓝长袍上的尘灰，尽量保持着清洁的身姿："凌云彻卑微之身，为皇后娘娘一死，义不容辞。只是云彻之死并非有罪，只为洗清自身孽障，报答皇后娘娘知遇之情。"

海兰颔首，如秋日的蜻蜓点落于水面的涟漪："这番话，我会明明白白转告皇上。你已经受尽尊严之辱，若能一死，皇上心头的气结散去，自然不会再迁怒姐姐了。"

云彻含笑淡然："那我死有所值。多谢愉妃娘娘成全。"

海兰的口吻极认真肃然："你要记得，是皇后娘娘成全你。"

云彻跪拜如仪："奴才多谢皇后娘娘恩典，甘愿受死。"

海兰仰一仰脸，示意三宝上前："动手吧，利落些，让凌云彻走得顺顺当当。"

三宝往前走了一步，手却不肯动，有些迟疑地望着海兰："愉妃娘娘，咱们这么做，皇后娘娘若知道了，怕是……"

云彻原本平静的面容微微一搐，像是冻结千年的寒冰，忽然被阳光拂至，有了碎裂的痕迹："皇后娘娘她不知道……"

海兰上前一步，以平静得近乎死寂的目光抑制住他神色的细微变化，轻缓道："无关紧要。你死，姐姐才会好。"

云彻垂下眼睑，微长的睫毛覆在憔悴而苍白的面颊上落下深重的阴影，他轻嘘一口气："其实真是很惋惜，我也很害怕结束自己的性命。因为一旦死去，多年来所记得的一切便会全然化为乌有。"他仰面，仿佛承接露水的荷叶，从污浊中扬起清怡的意态，"这些日子，在身体的伤痛之中，我一直想起皇后娘娘在冷宫时落魄而绝望的样子。所以，我再也不想娘娘回到那样困顿的境地中去。"

海兰的眼底闪过一抹不忍，温然道："世事凄寒，你多次救助姐姐，姐姐都是记得的。"

云彻的笑颜明亮得几能照亮慎刑司破落昏暗的囚房："那真好。我在想，我没有子嗣，父母早亡，兄弟弃义自尽，妻室又与我离绝，不过也万幸，因此而不会牵连更多的人。这世间能记得我最多的，唯有皇后娘娘了。"

三宝愈加不忍心，几乎要落下泪来，踌躇道："愉妃娘娘，要不咱们想想还有没有别的法子了？"

海兰深吸一口气，有罕见的断然和决绝，没有一丝犹疑，道："事已至此，早已没有回头路可走，更无半分回旋之地。"她抬起下颌，有冷然如冰雪的神情，不怒自威，"姐姐早就说过，我与她一体同心，我的意思就是姐姐的意思，都是一样的。"她横了三宝一眼，目光没有丝毫温度，冷冷道："三宝，你要记着，谁是你的主子，你要为谁尽心尽力。"

三宝凝神须臾，咬了咬牙，伸手扶住凌云彻的臂膀，含了一抹泪光，恭敬道："您请吧。"

云彻吃力地扬起唇角："愉妃娘娘，我方才说的话，并非是想避死，而是觉得死有所值。"他无比郑重，鞠身道，"愉妃娘娘，烦请将我临死之言，告知皇后娘娘。请皇后娘娘善自珍重，否则，这世间连唯一能记得我的人都没有了。这样，我才死得其所。"

海兰的嘴唇微微发颤，她死死咬住，许久，终于咬出一个深深的血红的印子，正色道："你这样的话若是落到皇上耳中，真是比真与姐姐有染更严重百倍。中宫的清誉怎能容你如此毁损？中宫的威仪尊贵，又如何会记得你这样的草芥之人？"她的话说得肃然，视线不自觉地避开云彻恳切而坦然的目光。她的指尖籁籁地颤动，凤仙花染就的纤纤素指泛起暗红的血滴似的摇曳。末了，她还是长叹一声："罢了，你的话我会一字不遗地传到。毕竟，我也和你一样，只希望姐姐安好无恙。"

云彻含着感激的笑意："多谢愉妃娘娘美意。"他慨然叹道，"云彻一生孤苦，几度遭难受屈。若非皇后娘娘将我起于污泥之地，我何曾能有一日畅意？唯今一死，一偿多年相知之意。"

他闲闲道来，谈笑之间，仿佛生死亦是轻于鸿毛之事。那种脉脉的温暖与他此刻清癯衰败的面容并不相符，然而海兰心底像被什么动物的细爪子一下一下地挠着，不重，却丝丝地痛。

积蓄多年的疑惑如荫蘙出岫，喷薄涌出，她知道他快死了，且必死无疑，这句话不问，只怕再也得不到答案，只会腐烂成为心底永远洗拔不清的淤积。她示意三宝等人退到门外，迫近于他，缓声道："其实我一直想问，你对姐姐，到底是何等情意？是真心思慕姐姐……"她犹豫片刻，"还是只把她当作魏嬿婉之后的第二人？"

他的目光清澈得能见到自己惶惑而不安的面容："嬿婉于我，是少年时的情意，如今已不堪回首。而皇后……"他忽然笑，"愉妃娘娘，你相信吗？有些感情会自男女相悦而起，却最终超越男女之情。"

海兰的脸上有不能掩饰的畏惧与回避："那是不是更可怕？"

云彻笑意淡淡："我不知道。但多年以来，我深觉我所得到的欢喜，比忧惧更多。所以，此生无憾。"

海兰素来心思沉敏，此刻亦有糊涂神色，甚是不解。片刻，她沉沉摇头："我不相信。"

云彻宽和一笑："我知道许多人都不信，但皇后娘娘懂得，便已足够。我只盼两相安好，哪怕隔得再远，哪怕只能偶然一见，能见她真心笑颜，我就心安了。如果不能，便以我性命，换她安好。"

海兰怔在原地，仿佛震动已极，久久痴痴不能语，似乎有万千思量，须得细细分辨。许久，她终于缓缓道："你说的我虽不是很懂，也不是很信，我总以为，男女之间并无这样的情感，但或许，你是真心的，也是对的。只为你这句话，还有什么未了的心事，我都会尽全力为你去办。"

云彻微微摇头，摸索着从袖口摸出一枚暗红宝石戒指摊在手心，定定道："这是我很多年前送给嬿婉的。"

海兰颇为意外，却很快镇定："见她戴过几次，还疑惑她怎么稀罕这么不值钱的东西。"

云彻深深望住海兰："我知道这次的事少不了嬿婉的嫌疑，这枚戒指，来日或许会有丁点用处。"

海兰若有所思地接过，看清戒指后头的花纹，不觉吸了一口冷气："你有这个物件，为何当日不拿出证明你与令妃流言是真？"

他凝神片刻："就算证明我与令妃流言是真，也不能解释我和皇后流言是虚。也是我当日心软，总觉得令妃原不是那样的心性。她的出身，她的额娘和弟弟，都逼迫着她……"

海兰大为不屑："世间多的是家世艰难、家人凉薄，不见得都和她一般变得心狠手毒。这是她自己的原因，与他人无干，不必为她寻借口推脱。"

他颇为难过："这我也明白。如今我快要死了，这枚戒指，便留给愉妃娘娘处置。"

海兰的眼死死盯着墙角某处，良久，她终于重重地点头，别过脸吩咐："三宝！快些！别夜长梦多！"

云彻十分配合，步履艰难地走到行刑的阔长凳上。那条长凳宽四尺、长七尺，正好躺下一个人。因是用了多年，留着不少污秽的痕迹，宫中不知多少宫人便死在这长凳上。海兰瞥了一眼，无端地便有些恶心，上面那些痕迹分明是一个个垂死的人留下的挣扎，汗液，尿迹，或是被绳子勒出的血痕。云彻并不在意，他平躺其上，如同卧于高榻，从容而闲和，仿佛告别了人世间所有的繁杂痛苦，终于能得一息歇息。

三宝吩咐跟随的小太监拿拇指粗的绳索连着长凳绑住凌云彻的身体，愧歉地在他耳边悄声道："对不住您了。往后奴才年年给您烧香叩头。"

云彻淡淡含笑："动手吧。我能为皇后娘娘做的事，唯此一件，往后便要你多尽心了。"

三宝答应一声，别过头去拿袖子擦了擦眼泪，回转脸来叮嘱小太监们道："动手吧，让凌大人走得痛快些！别磨磨蹭蹭地难受。"

小太监们利索地将黄纸盖在云彻面上，三宝含了一口清水正要往他脸上喷，恍惚有含糊的声音从云彻口中溢出，三宝忙掀开纸道："您还有什么未了的心愿，奴才一定替您办到。"

云彻的神色极为安然，轻嗅片刻，闭目凝神，含着一缕向往的醺然笑意，轻声道："好香！是外头的梅花开了吧？"

三宝点点头："头先进来时，是瞧见外头的腊梅开了几朵。"

"只可惜，天寒风雪时，我不能再为皇后娘娘折下一枝梅花相送了。"云彻满足地点头，"来年若来祭拜，只带一枝梅花就好。"他再无别言，任凭黄纸和着水黏腻地吸附上面颊。

有温热的泪凝在眼角，再忍不住，缓缓落下。再没人比海兰更明白，那枝梅花，是谁的孤鸿之影握在指间，暗香浮动，中意了一生。

急促的呼吸声如同拍岸的狂潮涌动，良久，终于没了声息。

海兰有些想哭，终究还是欣慰多一些，或许姐姐终能不被这个人拖累了。她想了想，嘱咐五福："明日让永琪去告诉皇上，是皇后娘娘亲自下令处死了凌云彻。"

五福伺候海兰多年，除了如懿与永琪，未见她为其他人这般伤神过，便抹干眼泪，觑着她的神色小心地问："您后悔了？"

海兰摇摇头，闻着窗外远远传来的梅香，镇定道："不后悔。这辈子不是没有人死在本宫手里，但这一回，本宫总觉得杀了不该杀的人。"

这件事办之前，不是没有和永琪商议过，儿子的声音犹在耳畔："额娘，行事别想着因果，看前头就好过了。"

或许，终究是年轻人更有决断。还是自己老了，变得心软了呢？

海兰转过头去，湿透的七重黄纸，死死地覆在凌云彻的面庞上，勾勒出他五官的轮廓。只是那轮廓，如暗夜无星的天光下远处山影沉浮的姿态，再无任何回应。

他终究，如自己所愿，死了。

有一瞬间的软弱，她却再没有力气，很快地去面对如懿的泪眼。

先知道凌云彻死讯的是皇帝。他从御案堆积如山的折子里抬起疲惫的眼，专注地听着永琪的回禀："皇额娘昨夜已经命人用'贴加官'处死凌云彻，凌云彻身后事一律交由儿臣来办。"

皇帝不想凌云彻这么快便死了，又是如懿亲自下令，用的是"贴加官"这般酷刑。他意外之余倒也松了口气："皇后到底处死了他，没教朕脏了手。记着，把凌云彻扔去乱葬岗。"

永琪连忙答应了，见皇帝此刻神情还好，也抓着机会为如懿进言："皇额娘的清誉被此人所玷污，皇额娘也恼得很。但儿臣说一句，御花园之事实在不可当真，事后连十二弟自己也不记得说了什么。"他见皇帝并无生气的模样，越发大了胆子，"儿臣僭越，本不该置喙宫中事，可也希望皇阿玛与皇额娘一体同心，不要因外人外事而生了误会，彼此离心。"

"要离心的人不是朕。"皇帝本有些不悦，但听永琪提及永璂，想起他那日受惊的模样，也是恋爱不忍，便温言叮咛："听说永璂一直病恹恹的，他见了皇后愧悔得很吧，让他无事少去翊坤宫，也给皇后留点儿颜面。"

永琪跪下，诚恳求道："皇额娘一生所靠，唯有皇阿玛。说实话，儿臣一直不信，哪怕是十二弟说看见了，儿臣也从未信过。"

皇帝沉默着，想着此事到底是如懿命人下了手，也算有自证清白之意，虽觉得凌云彻这般死了，总是便宜了他，但再要怪如懿，似乎也无道理了。他这般念想，摆摆手，便叫永琪下去了，自己则去了宝月楼。

如懿听到凌云彻的死讯时，并无太多情绪的起伏，一任海兰跪在她身前，缓缓述说来龙去脉。

海兰业已说完，极尽细致，一字不漏。她跪在地下，仰头看着如懿，意料之外的平静让她有些不安，只得轻声唤："姐姐。"她的声音大了些，"总之凌云彻死了，皇上也下令让永琪把他扔去了乱葬岗，事儿已经了了，再不会伤着姐姐了。我记得姐姐让我不要轻举妄动，可我一切都是为了姐姐。"

如懿只觉得嗓子眼里冲上一股腥甜的气味，她屏息，死死忍住那股气味的冲涌，眼神落在海兰的裙角上，她银蓝色的裙角上盛放着一朵一朵荼蘼花，那样雪白的香花，用银灰和淡白二色丝线细细绣成，开得那样簇拥，密密匝匝的，好像堆积着的燃尽了的烟灰。只是那热与烫还是在的，哪怕不见火星，仍是滚烫地抵在她的眉心眸底，让她清晰而分明地听见，自己皮肉焦煳时发出的细微的声音。

那种声音，只有她自己听得见。

她缓过一口气来，每吐出一个字，嗓子里都像是被锋利的细刃毛刺刺地割着，那样难受，居然也没有变了声调，还是那样雍容和婉："海兰，我早说过，你做的事，和我自己做，是一样的。"

她这样静和从容，海兰反倒生出怕来。她是想好了的，什么都想到了，她的叱责，她的眼泪，她的愤怒。那是应该的，是自己先自作主张，处死了一个一直对她那么好的人。可面对着如懿的平和，她居然害怕得无所适从。

海兰捧着她的手道："姐姐，我自问为了姐姐没有做错。可姐姐若不高兴，大可骂我，打我……可你真的觉得我做错了么？"

如懿黯然坐着，她发现自己的身体困住了一个不安分的兽。那兽在撕咬她，让她痛不可当。可是她不能动，不能哭，不能挣扎，只能凄然苦笑。

海兰切切唤道："是凌云彻明白时局，他愿意为姐姐死。他知道姐姐越追查，越容易惹恼皇上，令姐姐处境更危险。他不愿意姐姐的清誉因他污损，愿以自己一死，彻底解了姐姐的困境，换姐姐安好无恙。"

如懿不为所动，只是沉浸在自己的思绪里。

海兰脸上的忧色越来越重，惶然唤："不止如此。凌云彻还给了我这个。"她从袖中拿出戒指："姐姐看，这是凌云彻和魏嬿婉的定情信物，后面是燕舞云间的图案，合着二人的名字。凌云彻希望，这个戒指能对姐姐有所用处。姐姐把这个交给皇上，皇上会相信与凌云彻有私情的是魏嬿婉。"

如懿看着戒指，满心难受："我害死了他，他却至死为我着想……海兰，我已经查到是永璂所用的香薰可能出了问题，我可以查明白的，我查清楚，就可以还他清白了。你为什么一定要急着动手除了凌云彻？为什么？"

海兰神色楚楚，怕到了极点："姐姐……你别笑……你别……"她骇到了极处，惶惑地望着如懿，急切道，"姐姐，他都死了，你便实实在在告诉我一句话，你对他，到底是怎样的情分？"

如懿抚了抚自己的脸，她的手指僵硬得仿佛不是自己的了，缓缓地触碰到肌肤时，才觉得脸上的肉是软和的，她似是自言自语："我在笑么？我怎么不觉得？"她木然地转过脸，看着一脸急迫快要哭出来的海兰，唇边的笑意仿佛一朵风刀霜剑后凋残零落的暗红泛白的花，"可是在这红墙里边，在我寒冷彻骨的时候，让我觉得暖和的，是你，还有凌云彻。"

海兰的头无力地低垂下去:"姐姐,我与你多年的情分,原来在你心里,我不过和他一般。姐姐,我不知道我该高兴还是难过。他害得你清誉受损,几乎不能翻身。姐姐,他……"

海兰看着如懿苍白如雪的容色,不敢再说下去。如懿的眸底有近似于冰封般的平静,然而海兰却如见到了惊涛骇浪一般,惶惶失色。如懿的声音极轻:"你我多年依靠,我与凌云彻亦是彼此扶持,无关情爱,只有相知。海兰啊,我知道你这么做是为了我,可你不该这么做。你走吧。"

海兰的嘴唇颤颤地哆嗦,仿佛深秋枝头最后一片挣扎的枯叶,她泪光激滟的眸睁得大大的,几乎落泪潸潸:"姐姐,你要真难过,这里只有我和你,你哭出来,也没人知道。"她膝行两步上前,抱住如懿的腿,"姐姐,你别这样笑,我害怕得紧。"

如懿仿佛是在梦呓,带着迷蒙的笑色,轻轻道:"我没事,有什么可哭的。我只是倦得很。"她摆摆手,强撑着无知无觉的身体站起来,"我去歇一歇,你先回去吧。"

她起身,足下一跌,险险被地上寸许厚的锦绒密毯绊倒。她的手肘重重撞在花梨木鹤啸流云长桌上,那花梨木质地坚实,一撞之下痛不可言,却哪里抵得上海兰说的云彻的死,这般刮骨至深。

海兰尚来不及扶,如懿已然站起。她走得极缓,极缓,她湖色的裙角拂在地上,仿佛寒烟薄雾,迷蒙浮转。身后的重重珠影纱帘被她撞落,惊落重重涟漪,她完全不曾察觉,只觉得那样倦,那样倦,真要躺下来好好歇一歇。

海兰见她如此,本能地想起身追上去,然而足下一软,不免瘫倒在地。

如懿缓步走入内殿,单独唤过容珮:"你只去告诉永琪,为凌云彻寻个风水宝地好生安葬,旁的事都不用管。便是往后四时祭祀,只让江与彬与惢心知道便好。若这些事也叫永琪知道，反叫他为难。"容珮有些担心，却不能说什么，只能应承下来："娘娘是有情有义，您冒险这么做，对凌大人，就不算辜负了。"她说罢，连忙各自去安排。

他的情义，她不能有一点点回应，更回报不得半分。将他好生安葬，是自己唯一能做的事。不能看他暴尸荒野，连个全尸都没有。

如懿怆然坐于床榻之上，瞥见象牙妆台的铜镜里，自己失色的容颜映在天青色散珠梅花的锦帐之上，恍若堆雪。真的很想哭，因为身体深处的隐痛，依稀是身体某处的血肉被人生生剜下，可是她看不见，分明没有任何破损，可是她却能感觉，血液汩汩流出后四肢百骸逐渐变冷的僵硬。

可是她不能哭，亦没有泪。眼底如此干涸，干涸得几乎要裂开，却没有一滴泪溢出。只能将发颤的牙关死死咬紧，咬成一如既往的平静与漠然。

也不知过了多久，她才发觉自己的指尖有温热厚腻的触感，一点一滴，渐渐蔓延。她木然垂首，才见自己的衣襟指尖之上，已有鲜红的血滴点点散落。她分辨良久，才发觉原来那鲜血来自自己的嘴唇，却不知是何时被咬破。

是，她没有泪，也不能流泪，只能流血。

没有人知道，也未必有人明白，凌云彻之于她，并非年少时炙热的爱恋。他是生长于她身侧的一棵树，枝繁叶茂，翠色苍苍。为她遮风挡雨，让她停靠一时。然而，如今已经没有了，只余她曝露于茫茫天地之间，一任烈日焦烤，风雪欺身，冷雨飘零。

多事秋 壹叁

没有凌云彻的日子，也一样飞驰而去，不做丝毫停滞。日子静寂得与死亡没有半分区别。如懿一直试图去怀想，曾经没有凌云彻的日子，她是如何度过的。

那是许久许久以前了，久得就像一个古远的梦，让人辨不清它是否真实地存在过。潜邸的岁月里，她还年轻，和每一个青春少艾的女子并无不同，鲜红的唇，大大的眼睛，皮肤洁白得像新磨出的米浆，幼腻动人。她身边的男子，有和田美玉般的面容，寒夜星辰般的眼睛和蓬勃清朗的五陵少年的贵质风雅。

当然，他偶尔也有郁郁，譬如朝政上的不得意，譬如诸瑛的弃世，那种阴郁是欲雨的天气，让人想拥住他，心疼他，与他甘苦与共。

她一直是这样以为的，这个男子，是她的未来，她的终身，她的生死相依。却原来，甘美时他一直都在，凄苦时浑不见踪影。

所有的艰难苦辛，只有凌云彻在身后，默然相随。

那是她的半生，半生的姻缘里，她一直在皇帝身边，却未曾注目，身后，只有凌云彻，为了她，可以不顾一切。

他的情意，如懿早知道，却无法有一点点回应。哪怕她明明，已把他的好，刻于骨，铭于心。

孤寂的日子里，她开始害怕下雨。

晴日里的紫禁城并不那么阴森，甚至还有几分富丽辉煌的格局。可是一落雨，那是另一个世界。浩浩茫茫的雨水像是永远在冲刷着墙头如血的颜色。而细雨纷纷时，整个紫禁城都像一个哀哀的鬼魂，在雨水里戚戚地茕茕而立。

真的，年轻时无知无觉，什么都不怕。如今年华渐渐衰折了，反倒生出怕来。

她没有权势煊赫的母族，没有贴心的女儿，儿子也唯独只剩了一个，已然送去了海兰那里。夫君，早已是形同虚设。其实她何尝真正拥有过。曾经有的，不过是他的一点儿情意，这儿一点儿，那儿一点儿，从来没周全过。因着这样，皇后的名分也不过成了虚空，她倒成了孑然一身，孤零零一个儿。

有时想想，真是虚妄。一段执着数十年的情感，一朝跌宕断裂，竟是因着另一段情感。是他，亲自引着自己到热闹繁华锦绣簇拥里来，却也是他，亲手丢开了她，遗她在孤清里。

到头来，伴随手边的，唯有那一卷墨梅，不会随时气变化，盛开依然。

嬿婉的一双皇子，十四阿哥永璐和十六阿哥永琮是在凌云彻离世的后半夜薨逝的。因为持续的高热，突发惊风，连太医都来不及叫醒，便这么去了。因那日嬿婉看了凌云彻后回永寿宫更衣，再想去寿康宫已晚，想着天亮便去陪伴孩儿。谁知宫门一开，先是王蟾递来了凌云彻被处死的消息。嬿婉惊痛交加，更闻凌云彻离世时是心甘情愿受死，更恨他对如懿一腔痴情。她越想越是悲辛，从故乡的庄子辗转宫闱数十年，她一心所系，不过凌云彻一个，便是连他都背离了自己。她侧首看见指间进忠所赠那枚硕大的红宝石戒指，越是恶心，恨不能立时拔下才好。还是春婵拼命劝道："进忠公公常来常往，您要用他，总得安抚他些。"

安抚？她没忘记凌云彻是毁在谁手里。进忠毁了他的身体。还有皇后，是皇后最终彻彻底底毁了凌云彻的性命。要她余生，爱也无从寄，恨也无处托。也是那一刻，永璐和永琮薨逝的消息传到。孩子们离世的时辰与凌云彻相近，这让永寿宫上下无比恐惧。便是嬿婉，也总觉得那是老天爷在惩罚自己。

或许真的是自己错了吧？如果不去看望凌云彻，怎么着也能陪在孩儿们身边，陪他们走完最后一程。可偏偏那时候，她却在昔日情郎身边，丢下了自己的孩子。

真是母子缘薄，生时孩子不在身边，死时自己也不能守着孩儿。可这真的是自己的报应么？嬿婉伤心欲绝，几乎瘫倒在地，不，这报应该落在如懿身上，不该是自己啊！若不是孩子生下来就被送去寿康宫，从不认得自己这个生母，或许她陪着孩儿们的时候还能多些，再多些。

她全身的力气都被抽离了，再没有力气去拔下进忠所赠的戒指。留着吧，暂且留着吧，如果是有用的，能帮自己除掉如懿，要如懿惨死宫中，比自己眼下的境况凄惨百倍千倍！

这是她最后的念想了吧。

除了恨，几乎不知道该怎么在这个地方活下去。嬿婉颓然闭上眼睛，任凭眼泪淹没了自己。

嫔妃们对两位皇子早殇之事议论纷纷，多言嬿婉可怜，枉费这些年不停地生，终究还是一夜之间连丧两子。这时候，才有人想起当日太医和接生嬷嬷们的嘱咐，嬿婉生下七公主后便不能急着遇喜生子的，可再如何回想，如今都是来不及了。更多的则是疑心嬿婉做多了恶事报应，才会如此。

私下里，连皇帝都疑心两位皇子早殇是否另有原因，可查来查去，寿康宫的太妃们和太医院所有太医都可以作证，两位皇子真的是患了急惊风。太医院也有嬿婉的脉案，这么些年嬿婉接连生育，身子损伤，还落下了心悸之症，所以两位皇子都是胎里就弱，颇难养护。寿康宫太妃们都是前朝妃子，甚至有侍奉过圣祖康熙大帝的老人，所言自然不会偏颇。皇帝伤心无奈之下，只得晋封嬿婉为贵妃，从寿康宫接回九公主璟妸做伴。嬿婉再要求养育七公主璟妶，皇帝也有些不悦，只说璟妶是颖妃之女，再不多言了。嬿婉只得讪讪，从寿康宫接回了璟妶与永琰养在一块儿。

虽然嬿婉受封贵妃，可如今皇帝心烦时，越来越喜欢去的却是宝月楼。大约香见那样耿直的性子，是有点点像最初的如懿。哪怕没有床笫之欢，哪怕香见几乎不理他，皇帝亦喜欢对着她，那是宁静的。满宫里无人敢再提凌云彻，只有香见会问他："凌云彻死了那么久，你还没有解开心结么？"

皇帝简直听到这个名字就心烦意乱，气不打一处来："朕有什么心结？又不是朕让凌云彻死的。是皇后下的手，皇后要自证清白。"

皇帝的气恼在香见看来格外滑稽与可笑，她总是忍不住戳破真相："那是皇上拿着皇后娘娘的手逼死了凌云彻。"

皇帝瞪着她："容嫔，你进宫那么久，还听不懂朕的话！"

香见见皇帝这般气恼，连沙枣花茶都不愿喝一口了，越发觉得好笑。皇帝这么烦躁，拿话冲自己出气，倒是第一回。皇帝才呵斥完，自己也有些悔了，柔和了口气道："香见，朕不是要责备你的意思。"

香见眉目清冷，那种美丽是让人醒神的："说到底，皇上还是在意皇后。您越在意皇后，越是无所适从，皇后也是动辄得咎。您这个样子，是定要和皇后越走越远了。"

"回不到从前了么？"皇帝怔怔的，有些痴惘，"从前皇后还不是现在这个样子。如懿还叫青樱，总是会对着朕笑。她站在樱花树下嫣然含笑的样子，朕一辈子也忘不了。"

那少女的模样是他一生难忘。

香见毫不留情："从前皇上也一定不是如今这个样子。若那时的皇后知道您后来是这么一个多疑别扭、刚愎自用的人，她一定恨不得一脖子吊死在樱花树下。"

皇帝立时怔住了。没有人敢这么和他说话，连如懿也是。可他的心底，居然生了一丝害怕。如果香见说的是真的。如果，他真的会失去如懿。

他微微打了个寒噤，嘴上却是呵斥："你真是越来越没规矩。朕到哪里都没个安生。"

香见摆弄着衣襟上的沙枣花，唇际略含冷意："是啊，这话也就臣妾会说了。皇上不乐意听，一碗毒药赐死臣妾罢了。"她停一停，讥讽地望着皇帝，"皇上知道去了令贵妃那儿一定安生，可您为什么不愿意去？因为您也知道，敷衍谄媚的话，这个时候您不想听。"

皇帝默然无言，或许宝月楼是他最后能听到真话的地方了吧。如懿已经懒怠和他说，旁人是不敢说。而香见，因着不畏死，永远有什么说什么。

他不能再失去香见了，失去一个听见真话的地方，哪怕这个人对他毫无眷恋之意。

二十九年四月二十八日，久病的忻妃湄若弃世而去。如懿与海兰守在灵床前，看着年幼的八公主穿着雪白的孝服哭得惊天动地，心下凄怆，相顾无言。那一夜，除了风声，万籁俱寂。她想起刚入宫时的湄若，那样爱笑，如山花烂漫。最后离世的一刻，枯瘦一把，不盈一握。

不过十年，紫禁城中又添了一把红颜枯骨。她临去时没有一言，只是盯着幼小的八公主久久不肯闭上双眼。

还是如懿先明白过来，道："你放心，本宫与愉妃会照顾好璟妧。"

湄若艰难地点头，一缕芳魂终肯消散。

而彼时，皇帝又新纳了福常在、柏常在、武常在与宁常在，四人都是正当嘉年的少女，各擅其美，如四季开不败的花朵。总是花落花开，旧人去，新人来，从未寂寞过。

比起后宫，前朝的气象更为明朗。二十八年五月初五，九州清晏因雷暴失火，因是深夜，殿中唯有皇帝与和亲王下棋做伴，弘昼骤见火起，吓得夺路而逃。幸得住在侧殿的永琪发觉得早，立刻背起皇帝逃出生天。

自此，储位之事，便有分晓。

皇帝与如懿虽然不复亲密，但对着来日储位之事，倒也稍加言语。皇帝死里逃生，颇为感慨："危难之中见人心，朕唯一的兄弟弘昼，遇难只会夺路而逃，丝毫不顾及朕。倒是永琪这个孩子，真是有勇有孝，不负你与愉妃多年教导。朕冷眼看了多年，永琪在诸子中人品贵重，汉文、满文、蒙古语、马步骑射及天文算法等事，无不熟习，堪负大任。"

如懿见多年调教的爱子深得皇帝看重，亦是激动不已。她极力平复情绪，端正身姿恭请："臣妾明白，自从永璋离世，永珹出嗣，永琪就是长子。皇上顾全情义，一直在长子与嫡子间举棋不定。今日臣妾以中宫之名请皇上定夺，永琪，的的确确是难得的好孩子。"

如懿这般言说，便是以中宫身份割舍了自己的孩儿，举荐永琪。皇帝颇为感触，深深颔首，待得如懿离去，夜来卧枕，思来想去，又有些不妥。彼时毓瑚侍奉在侧，皇帝倒也直言："皇后这般为永琪打算，倒叫朕想起当年茂倩告发之事。茂倩曾说皇后在永璇的马鞍上做手脚，暗害永璇，陷害永琪，为自己亲生的永璂保住太子之位。可朕看皇后对永琪很是维护，难道都是惺惺作态？还是看朕心意已定，顺水推舟？"

毓瑚婉言道："皇后不是作态之人。茂倩告发的事儿多了，东一句西一句，也得皇上信才好。"

凌云彻已死，又是如懿下令处死，许多事皇帝要计较也计较不得了。但皇嗣之事，他却不能不斟酌思量，事事小心。何况这回失火之事，愈叫皇帝觉得夫妻情薄，手足情义也不可依靠。

毓瑚侍奉他多年，自然无一事不往好处劝和，便是太后，颐养宫中，见他和如懿一直冷冷淡淡，也借着永琪由贝勒加封郡王之事再来说和，总言皇帝太过多心了。许多事，皇帝已经不愿再念及，哪怕很多时候，其实凌云彻这个人、这个名字，还是会无孔不入地钻进他日复一日的生活里，搅动最灰色的记忆。

太后缓缓道："哀家只问一句，就算旁人对皇后有意，难道你也那么肯定皇后对他也有情？还是皇帝你本就问心有愧，觉着自己对皇后不够情深义重、满怀信任，所以一看见另有人对皇后奋不顾身，你便恼羞成怒了？"

太后这话是一针见血，便是皇帝想赔笑也敷衍不过去。太后哪里容得他分说，又道："哀家知道，从永璟早殇，你和皇后之间的心结就牢牢结下了。可是皇帝，心结未解，又生嫌隙，你与皇后的情分经得起多少回挫磨呀？"

太后说的是实情，皇帝亦是无言以对。太后也深知这个儿子的心性，极难劝动，只得道："这些年你和皇后怄气，都是彼此放不下的缘故。皇帝，罢手吧，为了个外人伤了彼此情分，实在不上算。"

皇帝与太后母子甚少这般推心置腹，如今说开了，母子情分也融洽不少。皇帝当下亦不回绝，只是拿着储位之事，与太后细细商议起来。

永琪获封郡王之事传到后宫时，嬿婉正抱着十五阿哥永琰玩耍。她的孩子们里，十四和十六阿哥早殇，七公主在颖妃身边养大，从不认她。九公主便是抱回来，也总是心心念念着寿康宫的太妃们，总说要回寿康宫去，虽然养得久了渐渐好些，但总不够亲近。唯有永琰，是她一手带大，爱逾性命，母子间又亲近，可倚为终身依靠。

可如今永琪骤然获封郡王，虽说是循序而进，可她心底到底不安。永琪年长，又得皇帝宠爱，极为干练，来日若成了太子，继位大宝，那如懿不是名正言顺的母后皇太后……自己便是一个任人宰割的太妃了。

每每想到此节，她便夜不能寐，心悸不安。春婵知道她的烦心事，便在殿内焚了大把的百合香宁神驱邪。嬿婉支着额头，赤金点翡翠护甲露着锐利的锋芒，在午后的暖阳下颇为刺目。

春婵掀开镏金夔纹祥兽炉的金纽盖子，撒了大把百合香，殿中弥漫浓郁香气，仿佛这样，就能把无限心事沉沉压下去。嬿婉背着人，才敢低语："皇上那儿是对五阿哥动了立储之心了。这不，又给五阿哥封了荣郡王。可本宫的孩子还那么小，怎么争这太子之位？"

春婵也是惧意颇深："五阿哥是中宫养子，您可得警醒着些。进忠说昨夜听皇上和毓瑚说起当年茂倩告发八阿哥坠马、五阿哥受诬陷之事，似乎动了疑心，怕皇上对皇后又有转圜，请您还得多留意。"

皇后位在中宫，哪里这么好对付，皇帝又多疑动摇。永琏生下来，也是被抱去寿康宫，足见自己在皇帝心中实在还算不得什么。嬿婉苦思许久，听得春婵絮絮说着从永琪府中打听得的事儿，不过是芸角说起永琪的附骨疽渐渐发作得厉害了，每回请太医入府，多半被她退阻了，太医常常连永琪的面也见不到，便是见着了，有她在侧，也不得仔细请脉，敷衍着开了药方便走了。

嬿婉忽而一笑，明媚万端："是啊。得了附骨疽不能劳累，更不能受寒。芸角会好好留意的。"话是这般说，可她也担心芸角的病症，"对了，芸角那儿得用药吊着她的性命，别大事未成，她先死了。"

春婵忙忙点头："知道。包太医的药一直给着，只是包太医从未见过芸角，也未搭脉细诊，不过是按她从前的脉案取药，所以要治也难。奴婢是担心，芸角的病是家里传下的，她没多少时日可为您所用了。"

嬿婉毫不放在心上，只是用护甲挑了一丝织锦桌布上勾出的丝头，拿起剪子一刀剪去，淡淡道："那就更得快了。"

待到冬雪初落的时节，皇室子弟出猎频繁，永琪除了忙于政事，闲来也常与子弟野猎于外，风霜不止。这一日，永琪从外头进来，抖落满身雪花，里头却热得汗湿重衣。他与福晋虽然尊重，但过夜多在芸角房中，这回兴冲冲进来，更是因为猎得了一头难得的红狐，剥了皮子专给芸角做了围脖与护手。芸角边伺候他更衣，边嗔道："这红狐皮子福晋们都没有，偏给了妾身。王爷可偏心太过了。"永琪轻轻握一握她的手，也不多言，只是眼底有无限情深怜惜。芸角见他如此情重，心头微微一颤，便取过帕子为他轻柔擦拭额头汗珠："大冷天去打猎，出了汗吹冷风，对身子无益。看您出了一头汗，要不要洗洗再睡。"她越发低头，温柔到了极处，"妾身知道，王爷都是用冷水沐浴浸洗的，已经都备下了。"

永琪见她知自己心意，一切准备妥当，甚是满意，便由着她为自己脱了衣衫擦洗服侍。芸角伺候极为周到，那冷水遇到他滚烫的身子，颇为解暑。芸角轻声道："王爷舒坦是好。只是太医嘱咐了，您体质虚寒，要沐浴须得备热水。何况您从木兰围场回来，腿上的附骨疽又发作了几次，那病症最不能受寒的。"

永琪最不耐烦听这些医家之言，只觉太医夸大其词，大不了也可让江与彬来看看。

芸角知他信重如懿身边之人，不觉叹了口气，劝道："王爷有些事也得小心，江太医毕竟是皇后娘娘的心腹。皇上摆明了器重您而不用十二阿哥这位嫡子。皇后娘娘身边的人，您也避忌些。"

芸角素来温婉柔情，甚少这般说话，永琪意外之余，也有些不悦："难不成你以为皇额娘会借江与彬对我下手？荒谬！"

芸角连忙拧了一把帕子，又替永琪擦身："那倒不是。只是避嫌些总是好的。毕竟身为皇子，您要讨皇上的喜欢，与后妃们的心腹，还是离远些好。"

这话若是旁人说，永琪多少也会有些迟疑。可偏是自己最心爱的女子这般恳切劝说，他更不好否决了。芸角见他默然，知道是听进去了，忙又道："再者，皇上正重用您，若是从太医口中知道您身子欠安，怕被有心之人借此动摇您的地位。"

这话，便是真正入心了。皇子之间名为兄弟，可那种种争权夺利的险恶之事，自永璜、永璋始，又至永珹，永琪真是看得多了。芸角这般叮咛，也真是为他思量。永琪正要说什么，但觉千言万语，都不及她陪伴在身边这般要紧，只是道："芸角，只有你事事为我考虑。"

芸角别过身，细细地揉搓着手中雪白的帕子，仿佛那是一件什么了不得的要紧事。永琪见她面色不好，连那脂粉都虚虚地浮在面上，像笼着一层薄薄的晚霞，红得不大真切，便有些担忧："这些年总看你有时候不大舒服。要你看大夫你也总不愿意，别熬成了大症候。"

芸角勉力一笑："妇人的病症，不值当王爷过问。额娘在时，也得过这个病。"

永琪最怕她提起家人："你才入府当差不久，胡家便生了火事，一门都没逃出来。也是我不好，再叫人去查时，事情已经过了许久，只能厚葬你家人。"

芸角靠在他肩头，示意他莫再说下去："妾身不想再听这伤心事。家人不在，妾身只有王爷一个了，会善自珍重，好好伺候王爷。至于大夫……妾身还不是怕大夫看出什么病症，被人小题大做，赶妾身离开您。"

永琪再不忍多言，只是自己穿上衣裳，叮嘱芸角先去歇息。芸角走到外间，实在有些支持不住。她强忍着身体深处蔓延而上的痛楚，挣扎着从香囊里掏出药丸，忙抓过茶盏囫囵用水吞下，大口大口地喘息着。她眼底滚出滚烫的眼泪，良久，连哭的力气也没有了。

外头的雪，绵绵无尽地落了下来。

壹肆

佛音惊缠心

　　冬雪下得久了，整个紫禁城便淹没在浩浩白雪之中。偶尔一场雨来，在雪化之后，更是凄寒冻骨。如懿久立于廊下，看着天地间雨水绵绵无尽，仿佛将地尽头的寒意一并催发而出。她微微打了个冷战，容珮心疼不已，为她披上深青色折枝五瓣梅风毛大氅，方才低声道："皇后娘娘，愉妃娘娘在外头等着，您还是不见么？"

　　她的沉默，在天地间的雨声里显得格外突兀。容珮只得劝道："娘娘，这些日子您精神都不大好，夜里睡得也不安稳，江太医说您气血不足，得仔细身子，咱们还是进去吧，别再着了水汽。"

　　如懿仰面，望着铁灰色的天空，只是不肯动。望得久了，她也有些疲倦，轻轻揉一揉酸涩的眼角，道："这些日子，我总是梦到凌云彻。我们走在长街上，他还是侍卫的打扮，像从前那般跟着我，不言不语地护着我。只要我回头，总能看到他，好像什么都没有变过一样。可当我回头问他他去哪儿的时候，他便不见了，我的梦也醒了。"

　　容珮知道凌云彻之死，于她是锥心彻肺之痛。这些日子与海兰的疏远，夜不能寐的虚弱，都是由此而起。可连容珮自己也说不出，海兰这样急着借皇后之名去杀了凌云彻，是对还是错。杀了他，皇后自然是安全了，也可以帝后转圜，可凌云彻是个好人，这样死了，岂不无辜？

这样的事，容珮也无从劝起。

如懿渺茫地浮起一个虚薄的笑容："容珮，凌云彻被本宫害成这个样子，你说他有没有往生安乐？"

容珮想了半日，只得安慰道："娘娘，您让五阿哥为他选了风水之地安葬，让江太医和蕊心也为他四时祭拜，他会安息的。"

如懿神色哀伤如被雨水打湿了翅膀的鸟儿，再也无法高飞远走。她是再清楚不过了，哪怕有这样身后事的弥补，可是她自己却也不能为他做什么。欠他的，这辈子终究无法还报了。

为着这样的心事，她再也没单独见过海兰。哪怕知道海兰常在翊坤宫外守候，希冀与她一见。唯有海兰带着永璂来时，两人一同坐着，看着天真的永璂，似乎还是往日的模样。

永璂坐在如懿跟前，一口一口贪恋地喝着暗香汤，又看看如懿和海兰，不明二人之间为何没了从前那般亲密无间。然而，他又不敢多问，只是低头专心地喝汤。如懿拿过帕子为他擦拭嘴角，爱怜地问："好喝么？什么时候想喝就来告诉额娘，额娘做给你喝。"

永璂连连点头，想了想还是问："额娘，您会跟皇阿玛一起去南巡么？"

新春才过，爆竹的烟火气尚未散尽，皇帝意欲再度南巡的消息隐隐在宫里传开，内务府也在准备。可这一回，皇帝并无带皇子出巡之意，永璂自然也是要留在宫里的。如懿便道："你留在宫里读书，额娘留下来陪你好不好？"

永璂摇头，怯怯地想了想，还是看着如懿，流露出恳求的意味："儿子想让额娘和皇阿玛一起去。"

如懿不想孩子是这般请求，或许在他眼里，只要父母如往常一般一同出游，便是相安无事的吧。她本能地想要拒绝，然而永璂是那样哀恳地看着她。这么些日子来，便是海兰有意隐瞒不说，如懿也知道，那回误喊了她与凌云彻相拥之事后，永璂是多么后悔和惊怕。他们母子之间，也多了许多难以言明的心结与伤处。永璂终日闷闷不乐，却极少跟人开口言说心事，便是海兰与永琪跟前，也是只字不提，越是如此，这孩子便越是沉闷，愁眉不展。

如懿一时不知该不该答允，永璂又求道："额娘，您和皇阿玛好久没见面了，都是儿子的错。儿子希望额娘和皇阿玛别因为儿子的缘故生分，能像从前一样和好……"

世间事若能这么简单分明就好了。成人的复杂心绪，孩子又能明了几多？如懿微微叹口气，换了温和笑颜："永璂，你别想这些。所有的事都与你无关。额娘希望你和从前一样，一直高高兴兴的。"

永璂见如懿未曾一口答应，撇了撇嘴，红了眼睛。海兰看着二人一句接一句地说着话，仿如自己是个外人一般。她在翊坤宫出出入入数十年，便如第二个主子一般，一直如同在自己屋苑之中，从未觉得有这般生疏不安过。她极力微笑着劝说："姐姐，你还是和皇上一起去南巡吧，这样永璂也能安心些。宫里一应人事都由我照应，姐姐可以放心的。"

如懿拈起白瓷碟里一块白玉霜方酥，交到永璂手里，并不理海兰的话茬儿。海兰颇有些尴尬，掩饰着吃了一口酥点，只觉得入口粉粉的，早无了往日那般香甜。如懿看永璂含泪，到底不忍，低语道："你若实在想额娘去，额娘会去的。"

永璂这才高兴起来，露了笑颜。容珮忙借机带了永璂出去，好留海兰与如懿说话。阁子里静静的，连外头雪化的声音都清晰可闻。檐下久久滴答一声，砸落积雪中，亦是沉沉入心。海兰见如懿只是饮茶不语，不觉探身向前，唤了声"姐姐"。如懿并不应承，那青玉茶盏握在手中，越发衬得手背如白玉一般。海兰心底暗暗惊动，不想她这些日子苍白瘦削如此，只得说下去："姐姐，我知道你为凌云彻的事怪我，这些日子也不想见我……"

如懿将茶盏轻轻撂在桌上，并无一点看海兰的意思，只是截住她的话头："愉妃，凌云彻之死，本宫没有什么能怪你的，只是能说的咱们都已经说过了。这件事也没什么可再提的了。"海兰还要言语，如懿已无心多说，"这段日子永璂心里苦，辛苦你照顾他了。这趟南巡，也再辛苦你照应宫里。不早了，你早点回去歇着吧。"

海兰与她多年同历风霜，什么惊涛骇浪不曾见过。可此刻却是千言万语，哽咽难言。她总以为自己是对的，一生一世，什么荣华富贵、恩宠子嗣都是云烟，连这条性命都可以是如懿的。为了她，做什么都可以，什么都对。可这一次，她分明觉得，自己的满腔好意，分明是伤了如懿。

可有什么好伤的呢？无数个午夜梦回，她都睁着眼睛，看着青绸帐顶团团密密的刺绣，漫天匝地，是团圆合欢的图案，她以为是这样的，她与如懿，便是这样密密地并在一起，谁也不能让她们分开。皇帝不能，夫君不能，任谁也不能。末了，竟是一个凌云彻，一个微不足道的侍卫，让如懿与她这般疏远了。她那样聪敏，不是不知道凌云彻对如懿的情意，可分明，如懿的眼里，从未对他有过如待皇帝一般的男女之情，那又为何为了这么一个该死之人，与自己生疏到如此境地？

海兰实在不明白，也不敢再问。她忍着鼻尖的酸楚和即将喷涌而出的眼泪，默默地退了下去。

乾隆三十年正月，皇帝正式昭告宫中，决意再度南巡。说起此事时，是皇帝的爱女和敬公主伴在身边。彼时父女二人立于孝贤皇后画像前，哀思难绝。

画像上的孝贤皇后仍是盛年绮貌，而皇帝却是半百之人，渐渐有了老态。自与皇后疏远之后，嫔御之间皇帝亦少流连，倒是在长春宫中枯坐更久。

皇帝轻抚画像，哀叹不已："'城上斜阳画角哀，沈园非复旧池台。伤心桥下春波绿，曾是惊鸿照影来。'朕前些日子读到陆游哀悼唐婉的诗，就很想念你。琅嬅，从前朕对不住你的地方不少，如今想要和你说说话，竟也不能了。"

和敬公主依偎在皇帝身边，露出几分少有的小女儿情态，依依道："皇阿玛，您想念额娘，额娘都是知道的。"

皇帝拍拍和敬的手："朕想着过了新年就再南巡。可每次想到你额娘在济南过世，朕便觉得济南是一座伤心之城，不肯一入。"

和敬看着皇帝的哀色，也是不忍，便劝慰道："这两年来宫里的动静闹得这么大，京城里虽还瞒得严实，儿臣却也知道了些许，只是不好开口。皇阿玛如此怀念额娘，一半是因为再无人可与额娘比肩，另一半，也是皇额娘处事有些太不像话了。如此，皇阿玛想去南巡散散心，也是好的。"

皇帝走了两步，到榻边坐下："皇后不大理宫中事，令贵妃也算是个能干的，容嫔固然也好……但都不能与你额娘相比。朕环顾六宫，竟也觉得空虚得很。"

这样的话，真是伤心之语了。皇帝自尊要强，最重颜面。此刻说出这般话语，连和敬也不免伤怀。这样的繁花锦绣，热闹簇拥，每至后宫，那些娇艳如花的容颜无不笑颜奉承，皇帝心里，最眷念的却还是旧时人、旧时情。

和敬不觉湿润了眼眶："儿臣知道，所以这些年哪怕令贵妃协理六宫得体，又连连生育，您到底也还没松了口给她皇贵妃的尊荣。"

皇帝淡淡道："前几位皇贵妃的尊荣，都是病重了才给的。皇后位居中宫，贸然给了魏氏皇贵妃之位，也损了皇后的体面。且朕瞧着，这几年你和魏氏也疏远了，不复从前亲密。"

"都是皇阿玛的后妃，儿臣身为公主，本不该过从太密。从前与令娘娘来往，也是因为她对庆佑有恩。可纵使如此，也有皇阿玛嘉奖令娘娘，儿臣与她太亲近也不合规矩呀。"

皇帝微露赞许之色："到底是孝贤皇后的女儿，处事公正，更是明理。"

和敬谦逊道："不管皇额娘如何，皇阿玛还是顾及她的。说来令贵妃出身小家子，到底也不配做主六宫事宜。对了皇阿玛，这回南巡，皇额娘可要去？"

皇帝倒也未曾迟疑："皇后自然要去的，留她在京中显得帝后不谐，徒惹人话柄。且皇后年少时在江南住过，也喜欢苏杭一带。"

这话到了末尾，连和敬都听出了皇帝语底的伤感。帝后不睦已是宫中尽人皆知之事，可皇帝到底还是顾念着与皇后的少年情分。或许人到垂老，当一切行将崩散之时，才更体味出年少情怀的美好吧。

定下出巡的那日，正是凌云彻的忌日。不便张扬，如懿便在清晨时分，前往宝华殿悄悄上一炷香。

宝华殿乃是宫中僧人祈福之所，一应洒扫杂役皆由宫人打理。这一日新雪初霁，晨光清冷如白露。如懿也不曾知会宝华殿众法师，只携了容珮前往，静静陈香礼佛，寄托哀思。

容珮备齐了一应物事，婉声道："皇后娘娘，今日是凌云彻的周年祭日，咱们悄悄去上炷香。"

如懿一脸温静："本来心香一炷也是虔诚，可昨晚梦到过世的永璟和璟儿，去趟宝华殿略表哀思也好。何况永璂这孩子自从那回之后，心事就很重，若佛祖能多庇佑就好。"

容珮颔首："只是皇后娘娘从前并不这般殷勤往宝华殿去。"

如懿恻然："从前总以为无所畏惧，如今才知自己有许多不能。人既微弱，便只能仰赖神佛。"

容珮听着，不免含恨，愤愤然道："神佛虽好，却不能为早殇的五公主和十三阿哥报仇。"

如懿定一定心神："这些事，自然得自己来做。哪怕再倦怠，永璟和璟儿的仇本宫没有忘记，永瑾的委屈，本宫也记在心里。"

如此这般，容珮也絮絮地说着旁事。自从永琪替凌云彻定下风水宝地之后，便再也不曾去过。倒是江与彬和蕊心，四时祭祀从不断缺。蕊心不仅焚了如懿做的旧枕，还每每在坟头祭洒雄黄酒，以记当日冷宫救命之恩。

彼时天色微亮，半钩弯月凄凄隐没于云翳。一众僧人未曾奉诏，便也不曾预备迎接。这般无拘无束，反倒落了清闲，由着如懿独自坐于佛台之下，仰之弥高。

宝华殿中的陈设看似简朴无华，却隐隐有着考究到了极致的堂皇。殿中分列着十数盏香灯，引着大卷的白檀木香，香气温润沉静，不动声色地按住了浮逸的心神。

容珮一一摆好香烛供品，如懿独自坐于佛台下，打开抄好的经文，细细诵读。待念过数遍经文，心中明净，好像佛祖听得见人心里的话。

容珮道："奴婢也喜欢来宝华殿。宫里安置这么个地方，不就是让大家有个放心事的地方。这一趟南巡出去，也希望佛祖保佑顺利。"

如懿心想，自己要表的哀思佛祖都知道了。有时候回头看，人去了也真干净，万千烦恼事都放下了。只是皇后做到今日，就算自己的一切都可放下，可被自己拖累殒了的那些性命，放得下吗？

心事这般辗转，起身踏出殿门时，已是天色明净如一方光华玉璧。庭中积雪不盈寸，唯余一片空明。唯有来时足印清晰落于雪上，明白无误地告知她来时路是如何步步走过。

心中不免郁郁，如果这一世为人，跌跌撞撞而过，都能这般步步稳当，知道前路如何，去往何处，该有多好。

她仰起头，静静立于檐下。因是独自前来礼佛，她也打扮得格外素净，一身莲青色衣衫，用金银二色丝线挑着落梅花朵。发髻梳得简净，只用青玉莲瓣扁方绾起，零星点缀数枚点翠嵌蓝珠花，横簪一支白玉长簪而已。

彼时朝霞初露，映照着雪光灿灿，空气中隐约有腊梅的气味遥遥传来，寒雪清浅，暗香浮动。天际有深蓝色的云霭，与流火般的霞色交叠如层层薄纱，似清非清，似见非见，朦胧迤逦如硕大的凤凰的翅。

仿佛是许多年前，他们都还年轻的时候，皇帝站在葱郁的花树之下，晚霞的辽阔绮丽是无澜的波影，与他璀璨的笑容融为人世间最美好的向往。那粉色的一天一地衬得他眉眼恋恋，在那里笑着看她。他的笑容是初霁后明媚的雪光，纵使天寒地冻，亦有温暖人的力量。

可，那真的是很久很久的以往了。

久得连她亦迷惘，那是不是纯粹是年少时模糊的影像，只能凭此慰藉逐渐老去的年华。

她这样想着，轻轻叹了口气。微闻身后有窸窣之声，她很快掩饰了黯然之色，如常般雍容清冷，转身目视后方，只见一垂垂老矣的青衣僧人手执半旧的竹帚，徐缓清扫阶下落雪。如懿凝眸片刻，轻声道："你是谁？"

那僧人微微抬眸，辨别她服色，不卑不亢行礼："皇后娘娘。"

如懿见他须发皆白，神色安宁，便也生了几分亲近，微微颔首。

那僧人舒袖敛容："皇后娘娘今日怎有兴驾临宝华殿？僧人不曾远迎，实在失礼。"

如懿清浅一笑，掩不住眼角悒悒的细纹与疲倦的暗青："本无心惊扰众人，只是昨夜梦见早夭的一双儿女，清晨想到很快就要随皇上出行，便来祈求心安，也来求得一路平安。"

那僧人道："皇上出行是不久后来日之事，但前事已过多年，皇后娘娘还是放不下亡人么？"

不知怎的，便有了倾诉的欲望。仿佛身染佛香的人，与之言语也能叫人心生平静。她徐徐道："幼女夭折于怀中，幼子尚不得见天日便弃父母而去。日夜思之，悬于心头。"

其实，她甚少对人说及璟儿与永璟之事。一任时光潺潺流去，只将哀思静埋于心头，郁积成破碎的碎石棱角，在不经意间刺穿柔软的心肺。

那是一个母亲的永伤。

如懿见那僧人面貌苍老，不觉好奇："从前未曾见过师父？"

那扫地僧人停了手中沙沙声，合十含笑："皇后娘娘每一次来我都记得。第一次，仿佛是先帝雍正年间，皇后娘娘随姑母前来。那时，皇后娘娘还是闺中格格。"

如懿想了想，前尘依稀如是。只是不知不觉，自己的半生，从莽莽撞撞的青涩少女，到步步警醒的嫔御岁月，而至今日的高处不胜寒，竟也点缀了旁人半世的眼眸。她这般想着，不觉松了心弦，徐徐道："那是数十年前的事了呢。"

那扫地僧人微笑淡淡："我在此修习半生，记得刚入宝华殿侍奉时，乃是康熙五十年。多年来我不过是宝华殿数百诵经僧人之一，皇后娘娘自然不曾留意。"

如懿鬓边的一支羊脂白玉如意点翠长簪上的海棠明珠坠被冷风摇曳起，纵是金玉华贵，凌风亦不过瑟瑟不能自已。她轻声感叹道："三朝繁华，师父尽收眼底。"她停一停，含了几分犹豫，"曾读佛经，有一句读来惊心动魄。言说'爱欲于人，犹如执炬，逆风而行，必有烧手之患'[①]。有时思来想去，真不知何为人世恩爱？"

那僧人含笑："心念前因，彼此不相欺瞒，得温存相待，乃是恩爱。"

如懿听了动容，却蓄意存了挑剔之心，道："师父是佛门中人，也懂得人世情爱？"

那僧人颇从容："佛祖怜悯苍生，人世情爱尽在眼中心底。不能涉入其中，却可以懂得。"他凝眉须臾，"我在宝华殿精心修习逾五十年，

---

① 出自《四十二章经》。

不过是在渺乱中求一方清净。有时冷眼旁观，只觉哪怕读通佛法万卷，亦难解心底疑惑。”

如懿扬眉轻笑：“师父也有疑惑？”

“红尘与清净不过一墙之隔，修为不足，自然有疑惑。”

“本宫愿闻其详。”

“世间事，争其能争，不争其不能争。但何谓能争？何谓不能争？而施主所问，是否也是欲争之事？那么得到恩爱，又要凭借恩爱争夺何物？纠纠缠缠，何处才是止境？”如懿一时被诘住，僧人轻敛袍袖，悠然道，“如果争来争去，争的却是虚无之象，拼上生死祸福，折尽一生欢悦，不过是镜花水月，那又是所为何来？”

宛如有九重惊雷滚滚，直贯入脑海，天地间汹涌云滚电翻，骤聚骤散。无数积郁的辛酸悲苦夹杂着重重的悲与喜翻腾而上，不可遏止。

多年来苦苦支撑，究竟是为了什么？她的家人已经有足够的安稳，凭着孝敬宪皇后的余恩，也足以平安一世。乌拉那拉氏并无太过出色的族人，皇帝亦无心格外提拔，许以要职。她这个皇后，其实无后顾之忧，亦是无可以依凭的母族靠山。她的永璂，唯一的儿子，并无永琪一般出色，来日若是可以做个富贵亲王，倒也清贵安闲。

可她依旧挣扎在后位上，永璂年弱，资质不算出类拔萃，不过中人而已。自幼娇养，性子又偏柔弱。上有诸位成年兄长，下有得宠的幼弟，来日若真在位上，当日圣祖康熙九王夺嫡的景象，她却也是听过的，如何不叫人心惊胆寒？她是个母亲，再了解不过的，凭着她没有母族可以倚仗的境况，永璂要站稳脚跟，实在也是千难万难。

她可以保护他到什么时候？从一开始，她便只希望他是富贵闲人，一生波澜无惊。

她不觉痴怔，喃喃轻语：“本宫在此纠缠一生，自己还好说，只不愿膝下爱子永璂再过与自己一样的日子。还有永璟和璟儿，是被本宫牵累早殇，就连身边许多人也为本宫殒命，性命相关，本宫欲得解脱，却也实难放下。"

"放不下的唯有争斗纠缠吗?"

"本宫想要夫妻恩情,那纵然是痴心妄想。便是想要一份不相欺不相负的信任,迁延退却,多年来亦难以得到。是否本宫想要得到的东西,在这红墙之内却根本不曾存在?既然如此,那是不是本宫错了?是本宫想在镜花水月之地求无根无存之物?"

"娘娘所求,本是世间人人想得之物。娘娘无错。只是您一路寻来,莫失了本来面目便好。"

如懿不甘,追问道:"既然无错,本宫怎会到此境地?"

那扫地僧手执竹帚,轻缓划过积雪的青石砖地:"您若还保留本心,没失了本来面目,那就无错。"他见如懿尚未明澈,缓缓吟道:"'一切有为法,如梦幻泡影,如露亦如电,应作如是观。'①"他悠悠漾漾轻叹一声,在空旷的天地间徘徊无已。他半旧的袍裾静拂残雪而过,口中的念诵声渐行渐远,"不在此岸,不在彼岸,不在中流,问君身在何处?无过去心,无将来心,无现在心,还汝本来面目!"

皑皑雪中,那僧人人影渺渺,去到他该去之地。

有温热的泪水终于潸潸而落,她的本来面目,如被尘埃玷污的雪迹,早已不知清明何处。

不知过了多久,容珮携了一袭天青色竹叶纹镶金线凤尾的大毛斗篷,那暗沉沉青色,是雨后的一丝明亮,却也不是那般灼艳,幸而容珮缠了一圈紫狐毛在领口,才增了几许华艳。只是那华艳亦是死气沉沉的,是生灵的血肉,点缀了她的清贵。容珮将斗篷披在她肩头,轻声关切:"天寒,皇后娘娘要保重自身。"

如懿痴立几许。

容珮低声道:"这几夜娘娘睡得并不好。夜来幽梦辗转,含糊提起

---

① 出自《金刚经》。

旧事。"

不必容珮说，如懿也记得那些梦境。梦里都是小儿女情态，她胭脂初嫁时，初入宫闱如履薄冰时，甫离冷宫缓步走向他时，还有，还有，他要她站到自己身旁之时。那些话，她都清晰地记得。

他总是说："你放心。"

可是这一生，她何曾放心过？不过是放掉了自己的心，再也回不来了。

梦里旧事如烟绮，醒来才更觉现实的坚冷，避无可避。

容珮迟疑着道："娘娘还惦着皇上当时说的话么？为什么人说过的话总是那么容易改变？九五之尊不应该是一言九鼎么？"

那是容珮的困惑，或许也是天下女心的困惑吧？

如懿惘然地想，冰雪琉璃让她的心境无比清明："不。或许每个人，当时所说的话都是真心的。但是却忘了，心意本来就是很容易改变的。彼时的话只是彼时的心境，若念念不忘信到往后，原是我轻信的过错。"

夜深时分，嬿婉站在檀香气息深重的宝华殿内，满心眷恋之意。那重重的暗黄帷幕上泼天泼地地满绣了粉白莲花碧绿莲叶纹样，以表极乐转生之意。凌云彻已经死了，她的心也灰了一半。便如今日是她成为贵妃，也并不欢快，因为这一日是凌云彻的忌日，也是永璐和永琮的忌日。

哪怕焚化了如山的金箔银钱，她仍觉得没什么可烧给他们的。唯有如懿，如懿死了，她才可稍稍心平。

春婵跪在一旁，一壁打着经幡，一壁悄声道："十二阿哥那里已经在下着东西了，奴婢很小心，让人放进去一会儿就拿出来扔掉，药性进去了，却连痕迹都找不着。"

"当真察觉不了？"

"奴婢亲眼看着试菜的小太监用银针试毒，并不变色，试菜的小太监吃得少，也无异样。东西用的量少，根本不显眼。慢慢儿一点一点下，一年半载是看不出什么的，天长日久，才会渐渐坏了五脏六腑，到最后人就跟病死了差不多。"

嬿婉深深叩首三拜，起身却是目光轻蔑，望着金身佛祖，淡淡道："那就好好用着。"

壹伍　舊地

时光迁延二月余，御驾于三十年闰二月抵杭州。艳羡江南，乘兴南游，于一位帝国的国君而言，并非难事。何况天下和靖，百业兴盛，是最富饶风流的年代。从辽阔的白山黑水、塞北风烟，到晴雨江南、明好云贵，他可蠲赋恩赏，观民察吏，亦可眺览山川之佳秀，民物之丰美，一览煌煌天朝下他所拥有的万里江山。

初到杭州的那一日，下着丝丝寒雨。江南二月已见薄薄春色，只是雨气湿冷胶着，远不如京中的风物干燥。可是立于龙舟之首，望着两岸冒雨跪伏的官员肃然无声，迎面是湿润的清风，足下是蜿蜒的运河碧水，天地间那样的温柔，仿佛回到第一次来杭州的时光。

杭州于嬿婉是福地，于庆嫔陆氏亦是。而皇帝此次除了陪伴太后，更携上了至爱的容嫔香见，一定要与她同来领略山水烟柔之美。

待得往行宫驻跸，皇帝便迫不及待往山水间去。行宫一带本近西湖与孤山，又因多梅花，孤山又名梅屿，乃是宋代林和靖隐居之所。皇帝见如懿一贯冷清，恰逢着那日是她生辰，嫔妃们也凑趣都在，便道：

"今日天气正好，最宜孤山赏梅。皇后，这儿的湘英、绿萼，都是你所喜欢的。上回咱们来，朕就陪你来走过。"

如懿颔首："那时梅影下徘徊，皇上与臣妾同走孤山路。"

皇帝又摇头："可惜了，叫孤山，名字听着不祥。"

皇帝最爱风雅，嬿婉便道："不若请皇上改个名儿也罢。"

皇帝仔细思忖，却又不喜："康熙爷来此也未改名，朕也不便改了。"

于是敛衣而行，往"西湖十八景"去。雍正年间李卫修缮西湖一带，景致尤美。湖上波光摇漾，岸边花叶锦绣。市井欢愉，佛寺天籁，处处是天堂好风光。

而如懿最爱的，便是蕉石鸣琴一带，奇石累累，泉出石间，泠泠含碧蓄凉，最宜与焦尾琴相和，意蕴天然，可忘却凡俗忧愁。

皇帝也颇属意，便向如懿道："朕住的地方原离这儿近，你若来此月夜弹琴，倒是甚好。"

庆嫔瞟了眼如懿，掩口笑道："这儿是好，又可赏梅，又可弹琴，还能看云。皇后娘娘对梅花情有独钟，所以爱在梅苑里逗留徘徊……"

皇帝眼底闪过一丝阴沉，嬿婉连忙打断："放肆！庆嫔，你又胡言乱语什么？"

庆嫔有些讪讪，却也不甘示弱："令贵妃，可不是我胡说，是十二阿哥眼见为实罢了。"

嬿婉肃然道："你再胡说，本宫定要责罚。"

这般一唱一和，如懿冷眼看着，只是不屑。

皇帝终于听不下去，冷冷道："好好的说这些做什么？简直没几日安宁。庆嫔，你言语也当谨慎。"

庆嫔这才有些惧怕之色："皇上，臣妾知错，臣妾也只是想起十二阿哥所言罢了。"

皇帝看着如懿，眼底俱是寒意。烟柳画桥、风帘翠幕的风流，市列珠玑、户盈罗绮的繁华，都未能让他忘却那一段旧事。

嬿婉见皇帝陡生不悦，便婉转劝道："素来也只是流言，皇上实在不必往心里去。何况，人都不在了，皇后娘娘听了，心里也不好受啊。"

皇帝心意惘然，盯着如懿，目光如锥："是么？朕还以为人没了，情总还在。"

宫人们举着罗伞，捧着栉巾、痰盂立在远处，虽然只有嫔妃在侧，如懿也受不了这无端而来的羞辱。人已逝去，有时她亦想忘怀，却禁不得皇帝这般三言两语地计较，更生凉薄。

天日正中，暖暖晴光洒落在人周身，犹带一丝温暖余情。香见难得地穿了一袭粉黛色长衫，密密绣了连绵不尽的枣花图样。那是杭绸中新制的一种皎月绸，一共才得了两匹，皇帝一匹奉与太后，一匹独赏了香见，供她裁制新衣。那皎月绸不啻寸缕寸金，清雅柔软，若新生儿肌理幼滑。一抹帛光盈然于举手投足间，便已觉清贵宠妃气咄咄逼人。

她站在二月漫天的花事盛开下，轻飘飘道："前日陪皇上往上天竺焚香顶礼以祝丰年，心里念着寒企一缕孤魂，也可长眠了吧。"她举眸，若寒星熠熠，"臣妾这般心思，皇上可会责怪？"

皇帝微怔，旋即含笑，无限宠溺怜惜："只要你高兴，什么都好。"

香见抿嘴一笑，轻诮道："是么？皇上连臣妾为寒企祝祷都可原谅，一个莫须有的凌云彻，皇上这几年眉间心上，就这般小气么？"

皇帝无言，如懿不动声色，只是唇角微挑，以表对香见解围的谢意。

嬿婉柔声道："容嫔妹妹，话可不是这般说。你与寒企毕竟有婚约在前，可皇后娘娘和凌云彻不过是尊卑之分。难道妹妹心里，觉得皇后娘娘与凌云彻便如你与寒企这般么？"她修长玉指按在心口，连连摇头，"这话姐姐我可不敢听。"

有不敢听，亦有不忍言。明明事关自己，她却无可分辩。才知疑心深种如情根深种一般，难以移除。

她亦没有力气，拔去他心底那根刺。因为那刺，是一条活生生的性命铸成，早已成了她心底不可磨灭的烙印。

初春的风如同绵软的女儿家的手掌，轻轻拂过她的面颊。她听见香见鄙夷的声音："令贵妃这般善于曲解，也算奇才。"她不必看，也猜得到嬿婉一定是一副娇柔怯弱不敢与之相争的模样。她也懒得去看，免得污了自己的眼睛。

如懿眉目清冷，淡淡道："原来皇上这般在意臣妾，真是臣妾无上福泽。"

皇帝便横目去睢嬿婉："不该你开口之事，无须多言。"

香见挑了挑唇角："天下的是非无非是多心才生出来的，皇上相信皇后娘娘，不就可以心思安宁了。"说罢，便引了如懿的手扶住，自顾自道："皇后娘娘，臣妾没见过孤山梅花，您带臣妾去走走可好？"

如懿站起身，香见便与她离开。

皇帝大是不悦："容嫔真是被朕宠坏了，没个分寸。"

嬿婉忙开解道："容嫔妹妹不能生养，难免性子古怪些，皇上别见怪。"

正言语间，已有太监来请："请皇上旨意，晚膳摆在何处？奴才得预备起来。"

皇帝兴味索然："晚膳在偏殿便是。扬州府送来的歌伎在何处？朕需佐以歌舞娱情。"

这般吩咐，便是不欲嫔妃侍奉在侧了。嬿婉只得告辞退却。

香见伴在如懿身边，一路花影簇簇，倒是有许多话说。香见是头一次下江南，南边的风物景致出奇清丽，与她平生所见不同，大为惊叹，便问："杭州是好，怎么这个地方叫孤山？名字怪不好听的。"

容珮笑道："容嫔娘娘有所不知，杭州有句话叫'孤山不孤，断桥不断'。"

如懿抚了抚鬓角被风吹乱的碎发，道："断桥不断，肝肠断。孤山不孤，君心孤。这样想想，是不大好听。"

容珮见她当着香见的面这般说话，生怕她说了什么落在嫔妃耳中见笑，忙拦着道："娘娘别说这样不吉利的话，其实这回南巡，皇上待您也算不错。上回您和皇上来杭州，也是情好如蜜。"

如懿悠悠抬首，望着天际："上回来杭州，那是多久以前了？本宫才刚成了皇后，和皇上南巡到了杭州，如民间夫妻一般闲逛。如今，是不会如此了。"

香见摆首道："我记得娘娘曾说过，皇上曾是你的少年郎。"

如懿定定望着碧蓝天际，颇为感慨："曾经是。"

香见诧异不已："真的？那为何如今变了？"

如懿幽幽道："情分总是会变的，不过有些人变得更深，有些人的情却被消磨殆尽了。"

彼时已到春来，孤山的梅花落了淡绯凝白之色，似要挽留春住。那香气又与御苑中不同，格外清芬幽远。一个穿着粗布蓝衣的宫女在花下忙碌，手势轻盈爽利，显然是做惯了这样培育花草的活计的。她边做边指点一个更年幼的宫女："手脚轻柔些，别看梅花开得繁盛，这花有清高气，怠慢不得。"

那小宫女诺诺的，如懿便颔首："这宫女不俗，倒懂得梅花。"

三宝明白，便唤了那宫女上前，一见之下，倒是众人都有些惊诧。香见藏不住话，便道："这女子好福气，长得倒有几分像皇后娘娘。"

那宫女也是惊呆了，忙伏地道："奴婢汪氏，杭州人氏。本是在西溪种梅的粗使丫头，因行宫缺人手，才被唤来莳弄梅花。不想惊动了皇后娘娘，是奴婢有罪。"

如懿见她乖觉，说话有条有理，也不讨厌，便道："本宫不曾怪你，起来便是。"说罢又赞叹，"这梅花种得不错。都是你莳弄的？"

那汪氏久在宫苑，如何不懂察言观色。"奴婢别的不敢说，打会说话就陪梅花住着，懂它们的习性。"她切切求道，"皇后娘娘若喜欢梅花，奴婢跟您回宫种去。奴婢祖上三代都是花匠，最会种梅花的。只是如今家人都老死行宫，只剩奴婢一人了。"

如懿见她如此求恳，想来小小宫人，在行宫难得见一回帝后嫔妃，也是有求上进之心，细看她眉目分明，颇有自己未出阁时的伶俐，便点点头，交代容珮："让汪氏先去圆明园种花学着规矩，若是好，再进宫不迟。"

容珮答应着，忙去安排。汪氏也连连谢恩不提。

虽然同行的嫔妃不少，又有香见这般得宠的，可皇帝的眼映入了江南的春意如许，亦觉新鲜，所以长夜歌舞，偶尔才宿于嫔妃阁中。

皇帝早先曾在淮扬的清江浦得到一个绝艳女伶，原是评弹的女先儿，名叫昭柔。昭柔弹亦佳，唱亦佳，一口软绵绵的吴侬软语。与她师姐上手持三弦，下手抱琵琶，用吴音评得一口好《隋唐》。尤其昭柔才二十出头的好年华，端的是一个尤物，与苏州的甜糯点心一般黏住了白牙哪里肯松口。两日评书下来，皇帝如何还舍得她离开，得空回行宫便带在身边，说完了《隋唐》，还有《描金凤》《白蛇传》《玉蜻蜓》和《珍珠塔》，一本又一本，唱得山光水影，如痴如醉。

或许皇帝，的确需要新鲜的活泼的安慰。

南巡时过济南城，城池依旧，惊鸿不再。皇帝触景生情，难免想起昔日孝贤皇后仙逝于济南，不觉挥泪黯然，写下一诗："济南四度不入城，恐防一入百悲生。春三月昔分偏剧，十七年过恨未平。"

随行南巡的和敬公主见到此诗，亦不觉动情，哭泣良久。倒是太后来安慰了几句："皇帝是个多情的性子。但一个人的情分就那么多，都分了点子去，难免就薄了。和敬，你额娘样样都好，如今的皇后就难免难堪。你是皇帝的长女，自然也盼望圣心和睦，是么？"

太后为和睦，已然这样劝慰。可也挡不住此诗流传，人人回忆皇帝与孝贤皇后的恩情。

当如懿看到这首诗时，已经没有太多的痛楚。因为当日的疑心和疏远，孝贤皇后抱屈而死。所以皇帝用他的后半生来追忆和悼念，寄托他的哀思与悔恨。

有时候想想，如懿竟会心生羡慕。原来天人永隔也是善事，可以泯去所有仇怨，得一息宽厚温存。反正也无非是如此，人人跟随皇帝的心意称颂孝贤皇后的德行，她这个失宠的皇后，更显鄙薄而已。

然而香见好奇不已："皇上为孝贤皇后写了那么多哀悼诗文，他或许真的很喜欢孝贤皇后吧。"

如懿不知从何答起，便道："皇上更喜欢你。"

香见绞着手里的绢子，百无聊赖道："我算是看得通透。皇上的喜欢便宜得很，今日来了明日去，给了这个给那个。人人都喜欢，个个都心疼，不过如此而已。说来我更是好奇，既然皇上这么喜爱孝贤皇后，怎么做到一壁追思，一壁又唤了歌女舞姬，寻欢作乐呢？"

香见所言，乃是地方官员有伺机取巧者，沿途至一行宫，便献上当地美人奉与艳姿。起初奉上的那些，是嬿婉悄悄过了目的，可送到皇帝跟前，皇帝只觉得官员们送来的一个个太闺阁气太拘谨，被规矩束缚着，呆板无趣。便是嬿婉选的，也是矫揉造作、庸脂俗粉。进忠见皇帝见惯了风情，为得恩宠，便进言道："修剪过的花儿是漂亮，但外头的花儿更有野趣。"

皇帝不言，进忠只得再到嬿婉跟前分说。这一来，连嬿婉都惊得从寝阁临窗下的蟾宫折桂绿檀贵妃榻上坐起，直了身子道："皇上真的动了这般心思？"

进忠见嬿婉这般吃惊，颇觉她大惊小怪，笑眯眯道："宫里要什么都好，皇上还南巡做什么？皇上不翻嫔妃们的牌子，也看不上官员们送进来的女子，是得给皇上找个大乐子了。"

到底此事干系重大，嬿婉哪里肯立刻答应，沉吟着道："此事若被太后和皇后知道……"

进忠伸出细长的手指，替她挽过耳垂上垂落的红宝金丝流苏，细声细气道："皇上遂愿，自然会念着您的好处，明白您的体贴。而且这种事，皇上自个儿都要捂严实了，怎么会走漏风声？谁也想不到是您安排的呀。这样的人出身下贱，皇上一时欢喜，未必会带回宫，就算安了别的身份带回去，也不会威胁您的地位。您这般聪慧，难道看不明白，谁能得皇上一世恩宠？都不过是一时的兴头罢了。"

进忠的话，字字句句都叩在嬿婉的软处。也是，这样伺候的女子，身份低贱，真要泄露，杀了也就杀了。便是留着，难不成还能替皇帝绵延子嗣，入宫争锋么？她细想片刻，搭住进忠手腕，沉声道："好。那人得你亲自挑选，一是得烟花妙部、风月名班里的人；二是必得不曾侍奉过人的；三则得让皇上知道本宫的好意。你可懂了？"

进忠一笑，立刻便去办了。

皇帝见惯了地方官送人之事，本是淡淡的，只听那昭柔弹唱为妙。但见接下来连日送来女子皆是纤丽翘楚，个个娇小玲珑，姿态柔弱，我见犹怜，远别于北地胭脂的修长身段，而那种柔弱却又熟媚之至，一颦一笑，皆是风情，也不免心动。嬿婉与进忠又想了新奇之术，命人驾御舟泛于西湖之上，歌伎舞姬齐集舟上，既清僻无人惊扰，更可自由无拘。

其中一个叫水玲珑的，于西湖月色之下着渔女衣衫，唱着渔歌"青箬笠，绿蓑衣，斜风细雨不须归"，引得皇帝注目，却又不愿上皇帝御船，只是撒网轻笑："姜太公钓鱼，愿者上钩。我是撒网网鱼，除非你先入我网里来。你愿不愿意？"

皇帝大为得趣，一把拽了渔女上来，按在自己怀里："那得看你是什么网？"

那水玲珑是风月场里出来的女子，妩媚清趣，天然得意，只以贝齿轻啮皇帝耳垂，笑语道："情网如何？笼不笼得住你？"

那一夜，皇帝便是斜风细雨不须归了。

次日天色未明，水玲珑便要起身离去。皇帝要留，她便犹豫不肯，只云"不是爱风尘，偏堕风尘中"。她越是这般推诿，生生引得皇帝起了救风尘之心，只盼风月一梦，夜夜欢娱。水玲珑倚仗恩宠，便夜夜留宿船上，或以铃铛系身起舞，或学异域女子媚态，深得皇帝欢心。这般身受皇恩，水玲珑收起艳帜，再不自甘风尘。趁着皇帝将手搭在她肩膀上的时候，求得皇帝允许自己在肩头衣衫上绣个龙纹作印记，如此，那些凡夫俗子也不敢再轻薄近身了，也是皇帝救了风尘的明证。皇帝见她这般痴心，求取恩典，自然应允。水玲珑又在手背常得皇帝抚摸处贴了花箔，乃是皇帝最爱的水仙，引以为无上荣宠。

进忠偶尔趁皇帝高兴问起，皇帝不免笑言："她如白玉扇坠儿一般，叫人爱不释手。"进忠这才敢告诉是嬿婉的安排，"令贵妃娘娘一心一意对待皇上，再没人比得上。在她心里，皇上高兴比什么都要紧。"皇帝心底欢喜，更是厚赏嬿婉不提。

李玉身为大总管，日夜伺候，这般情形越见越是惊心，不得不存了心思："若是皇上真有恩幸，遗珠民间，这可如何是好？到底是汉女，又出身低下，若真有此事，只怕皇上的圣誉……"他对着三宝捶胸顿足，"都怪有些人为博皇上欢心，连礼义廉耻都不要了。"

三宝也有耳闻，山外青山楼外楼，西湖歌舞几时休，暖风熏得游人醉，却不知游人心寄何处，是聪明换糊涂。三宝和李玉到底是奴才，哪敢多言，只得先死死瞒住了如懿与太后为上。

那边厢进忠亦悄悄告知了嬿婉，嬿婉倚在窗下绣榻上，看着架上织造府新贡的各色杭绸绫罗，那些光艳的锦缎如春日濯濯下泛着缠绵亮烈的鲜彩波澜。

嬿婉便问："上回跟着过来的女先儿昭柔，这几日怎不曾见？"

进忠舔着舌头低笑道："就是会唱评弹，还会什么新鲜招儿？皇上听得腻味了，叫人好生送回了扬州。"

嬿婉似信非信："真的丢到九霄云外去了？"

进忠不敢隐瞒："是命人用金宝嵌饰的锦幰钿车送回扬州，还赐予她一对玉如意、金瓶和绿玉簪，甚为厚待。"

嬿婉长舒一口气："只要皇上最近腻味了，便是赏赐丰厚些，也当是这些日子皇上取乐的花销了。"她慵懒笑道，"那个水玲珑很美么？"

进忠笑道："美是美，更要紧的是趣致。"

嬿婉白了进忠一眼，进忠忙笑道："不过谁也不能和娘娘您比，您是天仙，她顶多是个艳妖。秦楼楚馆里出来的货色，能算什么？"

进忠扶着嬿婉娇嫩如柔荑的手细看，情不自禁抚着她玉指上的戒指，爱惜不已："瞧您的手多白嫩，戴着奴才送的戒指多好看。这么好看的手，这么妙丽的人儿，皇上偏不怜惜。"

嬿婉贝齿轻咬，忍耐着抽回手，笑嗔道："有个奴才样儿。"

进忠这才收敛几分，嬉皮笑脸："是是。奴才是说村野俗女上不了台面，但胜在新鲜，皇上没见过。否则啊皇上能不怜惜您吗？"

嬿婉轻轻一嗔："便是这样的才好，既进不了宫里成气候，又在外头哄了皇上高兴。"

嬿婉取了一枚蜜渍樱桃放在口中，雪白细齿一咬，一点鲜红的汁子溅在进忠脸上。进忠涎着脸笑，也舍不得擦。嬿婉啐了他一口，正了正发髻上一枚九转碧玉赤金攒凤步摇，精巧繁复，金翠灿烂，凤口里衔出几缕细小的流苏穗，红璎珠珞缀着嫣红珊瑚细细垂在耳边，沙沙地摩挲着她保养嫩腻的脸颊。她坐起身，莞尔笑道："进忠，你在皇上跟前得宠，是因为比你师父李玉能干？不过是嘴甜心活，懂得讨皇上喜欢。本宫也是如此。这几年本宫被皇后打压得厉害，要不是皇上和皇后怄气，本宫借机顺着皇上的心意，也爬不上来。"

进忠眨巴着眼睛听着，捧道："能顺皇上的心意那就是天大的本事。"

嬿婉将绢子丢到进忠手里，示意他擦去面上的樱桃汁子，那指甲染成粉红色的春葱玉指戳在他额上："光水玲珑一个能哄皇上高兴么？多安排几个进来。"

进忠满脸堆笑应承着："是。有您暗中安排，皇上才觉得您大度宽和。"

她略含了几分矜持的得意："真正爱慕皇上的人怎会大度宽和？无非是无关紧要罢了。"

进忠连连称许："那才好啊。在意皇上的人迟早得惹了皇上厌烦，您这样啊才能扶摇直上呢。"

虽然有心隐瞒，但宫中何事不传到民间，尤其皇帝南巡，一言一行都引人瞩目。为了遮蔽湖上风情，每到夜间，傅恒都带人拿了黄布在湖边围起，偏水玲珑又是不知收敛之人，每每出行，衣衫肩头绣龙纹，手背贴水仙花箔，招摇过市，惹得百姓议论纷纷，又学着她打扮，效仿不止。

便是傅恒与李玉等人再三压着消息，还是传得街头巷尾，尽人皆知。

是夜水玲珑横躺在皇帝怀里，咬着手指咻咻地笑，眉目甚是张扬："从前我没侍奉过任何人，如今遇见皇上，我的身子可不能被外头那些臭男人沾染，便是隔着衣服碰一下，也是该死。只是外头都在传我侍奉了皇上，皇上怪我么？"

皇帝摸着她的手背，慢慢移到肩头，无限调笑轻薄："他们看到了这些？"

水玲珑一把捉住皇帝的手，娇笑着点头。皇帝居圣位数十年，哪里还在乎这些议论，当下也不在意。水玲珑不依不饶："我本章台柳，怕误圣明君。"

皇帝自诩风流，引水玲珑入怀，也是得意："柳永爱烟花，杜牧亦得青楼薄幸名。朕与你是风流雅事。"

水玲珑一笑，将皇帝手指含在唇齿间慢慢吸吮："既然是风雅事，明日我带几位妹妹来，一同仰慕皇上风采。"

皇帝哪里见过这般风情，咻地一笑，便与她卷入了红帐中。唯余烛泪缠绵，一任天明。

　　这般连日疲累，到了次日午后陪太后在暖阁听戏时，皇帝不免盹着了，是太后唤了几声才醒觉过来。太后很是关怀，还是嬿婉掩饰过去："太后娘娘，皇上昨夜翻看苏杭地方志，了解风土人情，所以倦怠了。"皇帝亦解释："儿子既然出来，总想多了解民情。"太后也不多问，倒是如懿多看了几眼。皇帝也不愿她多知晓，便起身先出去要歇息。嬿婉忙忙跟上服侍，待得人少，嬿婉殷勤道："皇上好好歇息，夜来才好尽兴，不枉臣妾一番安排。"皇帝安抚似的拍拍她的手臂，便匆匆离开。

傍晚时分，陪着太后听了半日的戏才散，如懿也有些倦了，只见前头傅恒一行人疾步离开，傅恒口中斥道："分明夜来湖上都有守卫，为何会传出'圣天子，爱风流。爱青楼，不知丑'的流言来，还取笑当年正德皇帝游龙戏凤，今有风流乾隆雨露青楼。这些人，统统都得抓起来。"

那侍卫忙忙分辩："傅恒大人，人是可以抓，可民间都效仿那皇上宠爱的青楼女子那般手贴水仙花箔，衣衫绣龙纹，又如何能禁呢？"

傅恒大怒："那就一一抓起来，免得伤了皇上的圣明。"

听得此节，如懿再有猜不到的，也都明白了。她登时含怒，眼中冷光扫去，三宝和容珮都吓得跪下了。再回到青梧阁中追查下去，事情便一一翻出，再瞒不住了。如懿又惊又怒，才知皇帝近来总是精神不济，竟是这般因由。

如懿气得双唇哆嗦："简直荒谬！皇上南巡是体察民意，怎能惹出这种艳闻，为臣下百姓所耻笑？！"

容珮从未见过她这般动气，递了热茶，好生劝慰道："娘娘，这种事民间议论归议论，只要官员们没上折子进谏，没上到台面上来，那都只能当是传闻，不能当真。"

如懿痛心至极，皇帝自登基以来，勤勤谨谨，才得了这盛世景象。如何能因如今风月之事，一朝毁了圣誉。她气怒攻心："如今闹得这般沸沸扬扬，官员们都不进谏劝阻皇上么？"

李玉最懂这些官场功夫，忙道："皇后娘娘，皇上天威，这种事，官员们轻易怕也不好说。说不好，惹了皇上盛怒，掉脑袋都是可能的。如今的皇上，不是刚登基的皇上了。"

李玉说的是真话，若非如此，怎会无人敢劝？这些年皇帝以武功治天下，四夷臣服，越发志得意满，盛世天子当久了，谁还敢忤逆分毫呢？这真不知是国家幸事还是不幸了。

如懿将盏中茶水一饮而尽，定了定神，方问道："御船上的事，近来都是谁在伺候？"

李玉将进忠伺候、自己近不得身的事回禀了，又道夜夜都是皇上喝醉了下船，自己才能过去。

容珮大为气愤，想起听戏时的情形，便提醒："进忠一向和令贵妃亲近。凭进忠自己，怕也没这样的胆量和本事。"

如懿细想听戏之时，嬿婉就在太后面前为皇帝掩饰辩白，多半她不只知道此事，怕还安排了此事。如懿越想越是懊悔，念着这些年留了嬿婉性命，到底被她生出这样的恶事来，真是痛悔不已。容珮早已是咬牙切齿："令贵妃为了博皇上欢心，若连皇上圣誉都不顾了，也实在下作。"

如懿默然不言，也无法明言。其身不正才会被媚惑。她的少年郎呵，怎会变得如此了？

是夜，水玲珑便带了姐妹上御船作胡旋舞，嬉闹整夜。如懿静坐宫中，听得三宝查探回禀，满心气血翻涌，几乎要呕出血来。

次日起来，依旧是在"蕉石鸣琴"用早膳。待到众妃齐坐，皇帝却久久未来。皇帝一向重视规矩，少有这般晚起的。

如懿缓缓目视在座的嬿婉、庆嫔、颖妃与香见，众人皆是面面相觑，其余诸位贵人、常在更是茫然无措。

颖妃最快人快语，耐不住问道："皇上这么晚还没来？"

嬿婉赔笑道："本该皇上先用膳咱们再吃的，可皇上说到了外头不拘规矩，一块用膳热闹，这不都等着皇上呢。"

庆嫔嘟囔着："皇后娘娘，皇上这些日子都未召幸嫔妃，若不是有这许一块儿用膳的恩典，臣妾等见都见不到皇上一面。"

如懿看着嬿婉，目中如寒冰蓄积。嬿婉微微缩了缩肩膀，很快挺胸道："皇后娘娘看着臣妾做什么，臣妾实在不知。"

"你不知？"如懿口气淡淡的，"看来诳语说惯，顺嘴就来了。"

嬿婉正要分辩，如懿也不看她，只道："皇上没来，那就再等。"

一直等到宝鼎香烟冷，皇帝才到了。众人饿得金星四起，少不得松了一口气起身请安。才一抬头如懿便怔住了，皇帝双目微红，眼下发青，面色无华，神色倦怠，显是一夜不得好眠。

皇帝许了众人落座，如懿已然猜到几分，奉上一碗新煨好的九丝汤，道："这是皇上喜欢的扬州九丝汤。这边的厨子学着用干丝外加火腿丝、笋丝、银鱼丝、木耳丝、口蘑丝、鸡丝烹调而成，又加了竹蛏调味，以增鲜香。皇上先尝尝，以解饥冷疲倦。"

皇帝呷了几口，颇有滋味，脸色缓和许多，众妃才依次动筷。

这一膳用得沉闷。皇帝的疲倦写在脸上，众人也不敢多问，唯如懿不动声色道："行宫临近西湖，水声带着丝竹弦乐，怕是扰了皇上清梦吧？臣妾今日便请令贵妃一同细查，何处乐声惊扰皇上，一并去了才好。"

嬿婉一惊，忙向如懿使眼色。如懿浑然不觉，只转头对香见道："容嫔，上回你跳的胡旋舞极好，回宫后也指点下宫中舞姬，可好？"

香见冷冷淡淡："宫中舞姬跳得再好，也不如外头野路子的招人爱。臣妾不费那个心思。"

皇帝有几分尴尬，打了个呵欠，掩饰道："朕久不来杭州，夜游西湖倦了。御舟上难免有歌舞雅兴，皇后不必计较。"

如懿取了银匙，缓缓搅着盏中的杏仁牛乳："皇上说得是。既是这般好歌乐，臣妾与诸位姐妹也愿一同观赏，还请皇上不吝恩赐。"

皇帝咳嗽几声，笑道："皇后的建议不错。若是有月明风清之日，一定邀人同赏。朕没胃口，你们自便吧。"说着，拿帕子擦了擦嘴，重重撂下，便回自己殿阁去。

如此，众人也便散了。如懿冷冷嘱咐一声："令贵妃，用膳匆忙，等下你来青梧阁补些。"

嬿婉悚然一惊，到底不敢拒绝，只得答允了。

如懿向太后请安后，陪着用了晚膳，才回到自己的青梧阁中。太后年迈，不耐久游，一直在自己的绛华馆中歇息，也不大出来与众人一同用膳，自享清静。便是听到些外头的风言风语，想着昔年为了容嫔不能生育之事，皇帝和自己已落下心结，如今更不肯管这些闲花野草之事。只盼皇帝看着女儿和敬公主在侧，可以收了任性。

如懿回到殿中，便有悒悒之色。到了黄昏时分，皇帝依旧没有翻牌子召嫔妃侍寝。这便意味着，泛舟湖上的艳事，会照旧而起。

彼时如懿正梳晚妆，小宫女取过白玉梳掠鬓，一一替她簪上沉甸甸的金嵌宝插梳、点翠云纹簪、金蔓枝攒心紫莹玉珠花、掐金象牙骨扇钗，最后是一支温腻厚润的白玉凤凰，尾羽上垂落一串串青玉碎和红宝石粒子。

容珮笑着奉上龙井来，道："地道的龙井，翁家山上采的，在杭州喝才最得宜，皇后娘娘尝尝，消消气。"她见如懿眉目怏怏，便道，"娘娘是怎么了？"

如懿勉强振作心绪，道："没什么，见了皇上忍不住说了几句。"

容珮黯然摇头，知道如懿就是这般脾性。

二人正言语，却是李玉带着人来，手中各捧了一个食盒。如懿一一瞧去，都是江南名点：千层油糕、双麻黏糕、翡翠烧卖、野鸭菜包、蟹黄蒸饺、鸡丝卷、四喜汤团。

容珮诧异，摸着鬓边的烧蓝串玛瑙珠花，道："这个时候晚膳才过，怎么送了点心来？"

李玉道："皇上说了，这几日皇后娘娘出游辛苦，便找些地方点心来请娘娘品尝，以慰辛劳。"

说罢，一行人放下东西，便出去了。

容珮细细看了一遍，为难道："不是甜的就是咸的，都是好吃又黏牙的东西。这么多可怎么吃得完呢？"

如懿苦笑道："你还不明白么？皇上在原不在吃东西的时候送来这些，只是为了提点本宫，紧紧堵着自己的嘴，不必多言。"

容珮心头一紧，试探着道："皇后娘娘问了昨夜笙歌之事？"

"你也听见了，那些隐隐传来的词调唱的是什么淫词艳曲？令贵妃昔日以昆曲博得宠幸，好歹那是雅乐。可皇上如今取乐的，都是什么？也太不知保重了。"

容珮正要婉转劝说，只听三宝通报"令贵妃来了"。容珮立时露出森寒面孔，肃立伺候在旁。嬿婉因着得了贵妃位分，举止打扮隐隐有嫔妃之首的意味，面容清媚，蛾眉高耸，满身金箔点翠，越发显得一双妙目顾盼流光。嬿婉固然倨傲，但礼数还是遵着，屈膝道："臣妾见过皇后娘娘，娘娘万安。"

"果然成了贵妃，气度也不相同。"如懿端坐于宝座之上，并未有让她起身之意。

嬿婉保持着恭敬的姿态，口中却颇为轻蔑："都云士别三日当刮目相看。臣妾在皇后娘娘手下战战兢兢活了这几年，也该有些长进。"

如懿微微一笑："难怪当日凌云彻舍不得你在四执库和花房，原来早知你非池中之物啊。"

听得"凌云彻"三字，嬿婉心头骤然刺痛，痛得她几乎变了脸色，极力忍耐着才道："不知皇后娘娘召臣妾来是有何事？"

如懿双唇紧闭，连开口都觉得污秽。还是容珮问道："皇上宠幸的风尘女子，是令贵妃安排的吧？"

嬿婉的目光与如懿短暂相接，含着一丝轻松的笑意："皇后娘娘说这个呀。天下男子无不风流，身为妻妾，讨夫君主子欢喜也是理所应当。何况皇上巡游，每到行宫必有地方官安排佳丽侍奉。"

她的轻松，是蓄意在挑动如懿压抑的怒意。

"外官送人也有挑选，绝不会让皇上与风尘女子搅在一起。从饮鹿血酒开始，你一而再再而三引诱皇上贪欢取乐，如今竟以秦楼楚馆中人媚上取宠，使得民间非议，损皇上清誉，坏宫闱纲纪。你协理六宫的职责又在哪里？"

嬿婉眼角一溜媚色如浮光羽翼掠过，含着浓浓的嘲讽之意："臣妾协理六宫，不过是希望有更合意的人伺候皇上，免得皇上出宫巡幸亦闷闷不乐。皇后娘娘不能为皇上解忧，也不许臣妾让皇上高兴么？再说了，皇上是天下之主，万人之上，何必在意升斗小民议论什么。再说若非皇上欢喜，臣妾如何能引诱得了？皇后娘娘此言，莫不是公然指责皇上？"

"只为让皇上高兴，便可肆意妄为吗？皇上固然有不正之嫌，但始作俑者，其无后乎？"

容珮极力压着怒火，挑起嬿婉的痛处："什么叫无后，令贵妃一夜之间痛失两子，自然明白。"

嬿婉几乎是矍然变了脸色，尖叫起来："皇后！"

如懿冷然吩咐："三宝，令贵妃罔顾礼义，献媚内宫，有失协理六宫之责。更累得皇上贪恋美色，圣躬疲累，有损清誉。来人，即刻关押令贵妃，等皇上发落。"

嬿婉再顾不得尊卑礼数，拖着早就屈得麻木的双腿，直起了腰身，毫不示弱地相对："臣妾是皇上亲封的贵妃！你敢？"

如懿慢慢悠悠道："那么，本宫是皇上亲封的皇后。"

如此要紧关头，嬿婉怎肯示弱低了气焰。正僵持间，进保悄悄进来，立在帘下。如懿一眼瞥见，问："还是昨夜的水玲珑么？"

进保的影子晃悠悠的，显然是有些慌乱。如懿起疑，平静道："你说就是。"

进保素知如懿心性，只得道："皇后娘娘，皇上回寿心殿睡了半日，又去了船上……水玲珑在御船上，还有，还有她的六个姐妹。奴才看着实在不像样，不敢隐瞒，只得来禀报皇后娘娘。"

如懿的声音因着惊怒而战栗："六个姐妹？谁陪着皇上去了御船上？"

进保哪敢隐瞒："是进忠陪着。皇后娘娘，水玲珑出身烟花，虽说是卖艺不卖身，但到底不清白。她的姐妹自然也是如此。"

如懿回眸，见到容珮错愕得难以置信的神情，想来自己也是如此。心口沉沉地跳跃着，她盯着嬿婉，眼底尽是凛然杀气。蛾眉犹带九秋霜，大约便是形容如懿眼下这般神情。若能化眼神为剑锋，那嬿婉早就被如懿戳了无数个窟窿。如懿站起身，居高临下道："这也是你做的好事了？看来不用关押令贵妃了，立刻绞杀。"

容珮立时答应，即刻取出一条雪白长绫来。

嬿婉便是久在宫闱，见多了责罚惩处，这时也彻底慌了手脚。她锐声道："皇后娘娘怎可随意处死嫔妃？臣妾是皇上的贵妃，皇子和公主的生母啊。"

如懿字字如金石，掷地有声："祸乱宫闱，可杀。败坏朝纲，可杀。进保，你大可去回皇上，说本宫执行宫规，处死令贵妃，保皇上声名。"

那每一句，几乎都是将嬿婉的锐气狠挫到底。她瘫倒在地，浑身乱颤，哑着嗓子嚷嚷道："皇后娘娘，您太跋扈了！来人，来人！"

春婵拥上来便要护主，容珮哪里容得她们生乱，一个眼色过去，菱枝、芸枝拖住了春婵。三宝在嬿婉的膝盖窝后面猛力一踹，嬿婉几乎是扑在了地上。嬿婉知道生死攸关，吓得魂飞魄散，一迭声乱叫道："谁敢！谁敢！皇后娘娘分明嫉恨臣妾得宠，才要冤枉臣妾，处死臣妾。"

嬿婉死命挣扎，奈何被容珮和三宝死死按住了。那白绫绕在颈间，越抽越紧。嬿婉越是挣扎，越是一身锦绣胡乱挣破，满头珠玉碎碎落了满地，如残红零落一般。如懿盯着她："本宫冤枉你？算计本宫，逼害凌云彻，更害得永璂郁郁抱病，这是家事！如今你更祸乱国政，桩桩件件，本宫哪件冤了你？要处死你，实不为过。"

嬿婉"哈"了一声，双手死死扯着脖子上的白绫，一张粉面扭曲不堪："凌云彻！终究是为了凌云彻！原来皇后娘娘是在这儿等着臣妾。你这分明是拿国政做幌子，污蔑臣妾，妄报私仇！"

容珮死死抽住白绫末端，手上一使劲，喝道："令贵妃！您别失了跟皇后娘娘说话的分寸！"

这一来，嬿婉被勒得眼珠子都瞪了出来。

春婵吓坏了，连连求饶："皇后娘娘饶命啊，我们小主知错，再不敢了，娘娘饶命啊。"

如懿看向春婵："你口称不敢，可是替令贵妃认了罪了？"

春婵吓得跪在地上不停叩首，嬿婉抵死叫嚣，又咳又喘："春婵！不必求她！"

进保站在一旁，劝也不是，拦也不是，实在吓得手足无措，只得道："皇后娘娘，眼下要紧的是皇上。您得劝皇上远离了那些烟花女子要紧，令贵妃关押起来，等禀报了太后和皇上再处置，也妥当些。"

如懿满心记挂着御船之上的纷乱，瞥了眼嬿婉。她听见自己的声音在寂寂夜里格外清晰而分明："你记着，你的一条命也抵不过皇上的一丝清誉。三宝，你去备船，本宫要上御船。你们看住令贵妃。"

三宝连声答应着小跑出去。容珮忙扶了如懿一并离开。殿中人走散了，春婵手忙脚乱将嬿婉脖子上的白绫扯下，那脖颈一节，已然被勒得通红。嬿婉摸着脖子，拼命粗声喘气，呼吸着这来之不易的空气。她软在春婵怀里，死里逃生，剧烈地颤抖不已。春婵吓得满脸是泪，不知如何是好。嬿婉死死抓住她的手腕，将支离破碎的声音拼凑在一起："快，快让王蟾去请和敬公主。"

和敬得知嬿婉求救的消息时，先是禁不住笑了。架不住王蟾再三恳求，她才秀眉微蹙，嫌他聒噪："令贵妃本事大得很呀，她又怎么了？"王蟾也顾不得了，扯着和敬的裙裾涕泪交加："皇后娘娘说我们小主进献佳丽，所以容不得小主，也要劝谏皇上。这不，皇后娘娘想绞死我们小主不成，赶去御船上顶撞皇上了。"

和敬拈着一朵初开的碧桃花打趣："哦。那令贵妃也挺该死呀。"

王蟾见和敬这副浑不放在心上的模样，实在是无计可施，哭道："可我们小主要薨了，皇后娘娘不是更不可一世，没个掣肘了么？小主知道您一直想为孝贤皇后报仇，这可是最好的机会呀。"

和敬冷笑一声，将手中的碧桃花狠狠掷在地上："令贵妃还能喘气儿么？带上令贵妃，我是为皇阿玛着想才去的。"

南地吹来的夜风凛凛，夹着湖上水汽，清冽而洁净，扶起了如懿的裙裾。傅恒带着侍卫过来，目送着如懿上了小舟，竟也不发一语，只是遥遥观望。到底是他身边的侍卫沉不住气，问道："大人，前头仿佛是皇后娘娘上了船，不会要找皇上吧？这御船上有……这可要坏事了。"

傅恒沉思片刻，断然道："咱们要防备的是刺客，又不是皇后娘娘。皇后娘娘找皇上是天经地义的，有什么可坏事的。走，咱们去那边守着。"

侍卫们唯唯诺诺，只得缄口不言。

三宝与容珮一脸惴惴相随，并不敢相劝。如懿抬起头，望着十八的月瓣。偶有轻风吹皱水上月华的倒影，涟漪澜澜。远处山如眉峰聚，在舟行的荡漾中拖曳开一道道触目惊心的墨色长影。

湖上静悄悄的，凉风习习拂面，隐约传来初开的花香。那是不知名的花气，浓郁而芬芳，几欲醉去。湖上传来的女子的歌声柔婉清亮，越来越清晰，引着她逐渐靠近御舟。近舟旁是一大株粉色的蘸水桃花，一半开在水上，一半开在水里，在夜风中袅袅摇动，偶有落花曳下，一点两点，随流水飘零。

如懿的猝然到来，让守御舟的侍卫猝不及防，却也不敢阻拦，眼睁睁看她下了小船上了御舟，连李玉与进忠也不敢劝阻。三宝盯着进忠，进忠心虚，但努力挺着神色。李玉担忧地望了如懿一眼，轻轻摇头。

如懿知道，李玉是在劝她。可是，来不及了。从她成为他妻子的那一刻，他的荣辱便与她紧紧相共。皇后在意皇上的圣誉，妻子在意夫君的身体。无论劝不劝得动，都只此一次。若不劝，她便不配为皇后，不配为人妻子。

方行至船阁中，浓郁的脂粉香气便扑面袭来。如懿从外面进来，觉得那和暖浓腻的香风如拳头一般兜头兜脸砸在脸上，击得她头晕眼花，半晌才定睛看清了眼前的景象。朱颜绿鬓，粉面含春，二八丽姝，窈窕绰约，宛如一片片彩云依在皇帝身边，不，彩云都露出了雪白轻绵的香肌，盈满御舟。其中一个偎着皇帝，指着肩头衣衫上一蓝云团龙纹，调笑道："皇上是天子，经您圣手触摸，妾身铭感五内，学着水姐姐一般，特意在上衣肩头绣上一条小团龙，以志皇上恩宠。"

还有歌女咿咿呀呀地唱着香艳曲调，惹得众人前仰后合，咬着丝绢哧哧地笑。如懿静静地掀起帘子观望，脑中翻腾着嘈杂的音调，宛如针刺一般。想着那最美的一个，大概便是水玲珑。的确是很美的女子，不似宫中女子的矜持，一个个可远观可亵玩，世俗得无比亲切。像章台绿柳，可以随意攀折。

不知是哪把娇媚女声"呀"地唤起，引着众人发觉了如懿的到来，齐齐望向了她。

如懿的声音如船檐下悬着的小小金铃，是凛冽的清脆："夜已深，皇上倦了。你们先行退下吧。"

众女燕燕莺莺之声戛然而止，毫无顾忌地打量着她，欲从服色妆容揣测她的身份。

水玲珑先笑了："哟，这是哪位娘娘？看着气质不凡。是来与我们姐妹同乐的么？"

容珮怒目："放肆！皇后面前，怎可如此言语轻薄！"

众人有些慌乱，不想如懿会夜深闯来，纷纷起身跪下请安。水玲珑依旧不动。皇帝有些尴尬起来，推开了水玲珑，强笑道："皇后怎么夜来有兴，到朕这里来了？"

如懿觉得肌肤上起了一个个鸡皮疙瘩，恶心不已。她保持面容的平静："臣妾深觉夜来劳碌，想起皇上还为民间之事烦忧，所以特来请皇上回寝殿安置。"

皇帝挠了挠头皮："皇后，朕只唤她们来唱些民间俚曲，了解地方风物，无谓什么流连享乐。"

如懿只是不言，看向水玲珑等人。水玲珑仍是不服，摆弄着肩膀上的团龙图案，颇有炫耀之意。

船阁中灯火皎皎耀耀，将这舱内的一人一物都映得清白分明，无处可躲。有女子敞着肩头，目色轻佻，望着她似笑非笑。未有一人肯动身。便有一小巧艳妩的女子衔着艳红丝绢一角，偏着头，晃得雪白耳垂上两枚翠玉嵌红宝石叶子耳坠滴答晃悠，无限娇媚。

心头便有怒气翻腾若奔，如懿强忍着烦恶，徐徐环视，侧身让出门口，冷淡道："出去。"

皇帝大为扫兴，又发作不得，只得挥手道："皇后命你们回去，便回去吧。"

为首的靓丽女子福身告退："那妾身等明日再来。"说罢，一个妩媚眼神抛去，便是如懿也心旌动摇，险险不能自持。

有女子擦肩而过，随手折下湖色冰纹瓶中一朵晕紫含笑簪在发间。那花朵只在野外开放，芳香幽幽，也不知是谁寻了来插瓶。花的颜色衬得面容娇艳欲滴，有种湿漉漉的滑柔。晕紫含笑浓郁的香气萦绕鼻端，一丝一缕，浸染五脏六腑，一副皮囊都似要被这香气渗得酥了。

如懿瞭了一眼，正是那肩头绣了团龙的女子。她低低唤一声："容珮。"

容珮即刻会意，取过瓶侧一把修剪花枝的剪子，二话不说便揪住那女子，死命压在身下，铰那团龙绣纹。

众人生来未见过容珮这般厉害角色，惊得目瞪口呆，连叫唤也不会了。容珮绷着一张脸，手劲极大，那女子也反抗不得，等到肩头冷飕飕，那团龙纹样已经被铰得干净。容珮闷哼一声道："天家龙纹，你也配用在肩上？"

那女子这才反应过来，朝着皇帝惊呼一声，嘤嘤啜泣。

皇帝有些进退两难，举首见如懿阴沉面孔，一时也发作不得，便道："上来便动手动脚做什么？"

如懿温和谦雅："皇上安心，臣妾不屑与她们动手。自有容珮料理。"她看一眼那号泣女子，连眉头也不肯为她而皱，"好好出去吧。难不成还想留着这团龙纹样向你那些恩客炫耀么？"

为首的水玲珑伸手冉冉扶起那吓哭的女子，清冷道："我们虽然卖艺，却不是烟花女子，皇后娘娘何必咄咄相逼？"

如懿和婉道："即使不是自甘风尘，但已在风尘里，尘灰所到之处，难免污及清明。记得切勿得意忘形或自视过高，来日寻个好人家，也是安稳。牵连皇家事，只会自陷是非中，烦恼无尽。"

那女子停了哭泣，躲在水玲珑身后，畏惧地看着如懿。如懿俯视足下轻媚女子，神态如常庄静。她露出了一缕恬淡笑容："好好回去，再不提这几日御舟之事，必可一生安然无虞。"

容珮向前两步，狠狠盯着水玲珑几人，示意水玲珑等出去。水玲珑等无奈，只得散得干净。人去，那脂粉滑腻的气息尚滞留其间。如懿也不作声，亲自推开船舱窗扇，任由凉风悠悠灌入。

唯余了二人相对，比人多时分更窘迫尴尬。皇帝只道："人也走了，皇后也回去吧。"

如懿哪肯这样离去，便问："皇上不回行宫？"

皇帝背转身不看她："朕缓些自会回去。"

如懿见他如此，索性挑破："皇上在跟臣妾生气。"

皇帝讥诮道："朕只是在想，今日让李玉给皇后送的点心，看来也无用。"

因是上了晚妆，不宜太浓艳，只是薄薄施朱，以粉罩之。如懿面上染了淡淡绯红的飞霞妆，晕浓化开，如桃花始芳。她的脸上没有一丝笑意，沿着额边青丝，以水晶、碧玺和金箔做成的五瓣绿梅花钿幽幽一明，愈显得冷艳逼人，竟隐隐生出凌霜傲意。

如懿淡淡一声："是臣妾不知趣，妨了皇上听曲的兴致。皇上说听她们唱些民间俚曲，臣妾以为皇上只喜欢听评弹唱《隋唐》。"

皇帝笑道："上次那个女先儿昭柔……朕喜听《隋唐》，不过是爱那一段唐太宗与长孙皇后的情深义重，感慰自己的寂寥之意罢了。"

如懿一双妙目澄澈通透："是么？怎么臣妾记得《隋唐》说得最多的便是'穷土木炀帝逞豪华，选秀女、建洛宫，惹得各府州县邑如同鼎沸'呢？"

皇帝矍然色变，厉声道："皇后明白自己在说什么吗？皇后胡言乱语，意将图谋不轨么？"

有轻鄙之意从心底蔓然延长，她反唇相问："皇上以为臣妾独自前来，会行如何不轨之事？"她微微笑，那眼珠却冷冷的，如两丸墨玉，"皇上的日子颇有致趣，每日赏女若赏花，春色无边，不只开在江南岸上。皇上却不怕这些邪花靡草来路不明，会行不轨么？"

皇帝睨着眼瞧她，轻轻笑道："说到致趣，朕瞧皇后这数年来悒悒不乐，便把皇后的这一份情致一起享了。"

夜色渐深渐浓，轻描着水色桃花的白纱灯罩下透出橘红的烛光，像是一抹水光，冷冷反射着淡淡的华晕。

如懿徐徐道："皇上一直尊崇孝贤皇后，百般思念。今年是闰二月，否则已是孝贤皇后崩逝之日。臣妾很想知道，若是今日孝贤皇后尚在，皇上是否肯听一言相劝，保全清誉？"

皇帝凝视着她，缓缓摇头："若是孝贤皇后在，就算要劝谏朕，她也会处处周全，既保皇家颜面考量，又安朕的龙体。一定不会如你一般顶撞冒犯朕，违逆朕。"

如懿长长地舒了一口气："是啊。若臣妾对皇上宠幸伶人之事不闻不问，皇上一定以为臣妾不在意皇上，无情才无心，便如当日质问臣妾见到您悼亡孝贤皇后之诗时的感触。可若臣妾为着皇家的颜面考量，为着皇上的龙体思虑，皇上又觉得臣妾倚仗皇后身份横加干涉，不如孝贤皇后恭顺和婉。如此两难，请皇上告知臣妾，臣妾该如何做才对？"

皇帝唇角微微挑起，颇有玩味："朕曾属意你做皇后，是觉得你是聪明女子，亦有才干。若在两难之地不能做到两全其美，朕要你做皇后做什么？"

她的心思从未这般软弱过，摇着头，绵绵诉说心曲："皇上，臣妾来不及去想，若是一个皇后该如何两下周全。臣妾只是一个妻子，不希望自己的夫君纵情一时，留下青楼薄幸之名。所以臣妾不去回禀太后，不敢惊动他人，只敢独自漏夜赶来，为皇上驱散这些会污及您圣名的艳女。您数次南巡，是要留下与圣祖康熙爷一般的英名，垂范人世。不能因为一时的兴之所至，而抱憾来日。"她俯下身，重重叩拜，"臣妾无状，但请皇上三思。"

皇帝长叹一声："皇后，朕这大半生都是在宫里度过，与你并无不同。甚至你都比朕幸运些，在未嫁时，在闺阁中，无拘无束地享受过。可朕从做皇子起，无一日不是严守法度，恪循规矩；无一日不是战战兢兢，如履薄冰。如今见宫外女子活色生香，致趣横生，朕才一时起兴而已。皇后偏要这般来闹，落得彼此尴尬，也毫不顾朕的脸面。"

瞧，这便是男人，永远也停不下猎艳的好奇与追逐。

如懿只觉得齿冷，然而亦深深叹息："皇上很想知道宫外的世界，便巡幸江南，觅香逐艳。可臣妾是来闹么？臣妾就是为了皇上的脸面和圣誉才过来的。刚刚出去的女子，身绣团龙纹，手背贴水仙花箔，都是皇上许的吧？"

皇帝静默如寒山，片刻方道："那又如何？"

那又如何？他简直问得出来！

如懿脑海里嗡嗡地响着，像下着嘈嘈切切的瓢泼大雨，她忍不住道："此女四处炫耀，如今城中风行效仿，人人议论皇上围湖与青楼女子取乐，传得不堪入耳。今日她还带了那么些姐妹同来，又是要做什么？她们这般不顾惜皇上的圣誉，皇上自己也不顾惜么？"

皇帝甚无颜面，大为憋气："纵是如此，朕这一生，平外患，定内乱，专心国事数十载，如何便连这一刻的松快也不能有？"

如懿郑重肃然："皇上不懈于治，才谋定如今盛世江山。为一时的兴致与松快，毁数十载的圣明，如何值得？臣妾身为中宫，恳请皇上勿再任性，请皇上爱护龙体，顾惜声名。"

皇帝恼了，霍然道："你以中宫之名恳求，朕就以天子之名告诉你，朕是皇帝，朕即是道理！哪怕你是朕的皇后，你也是朕的奴才，不可顶撞朕、违逆朕！你这般咄咄逼人，不仅不比孝贤皇后贤德，连令贵妃的柔顺都没有！"

如懿已是将皇后之责置于妻子之分上，听得皇帝拿自己与嬿婉相较，只觉得受了莫大的羞辱，难以忍受。她道："皇上不止一次提及臣妾不及孝贤皇后，臣妾无以再辩。可令贵妃奸邪妄为，与进忠一同引诱皇上恋风尘、失民望，全不顾皇上圣誉，皇上觉得她这是柔顺么？还拿她与臣妾相比？"

皇帝见她驳嘴，越发道："是！令贵妃顺服侍上，明白朕的心思，一心让朕高兴，你呢？朕就是要嘉奖厚赏她！如何？"

如懿失望到了极处："那皇上该知道，是令贵妃送来这些人损皇家颜面，伤皇上龙体，纵您为所欲为。"

皇帝挑眉笑道："令贵妃安排又如何？她体贴朕，她想让朕高兴。朕是天子。"

呵，原来他都是知道的。魏嬿婉确是媚上邀宠，可也要他欣然愿意受这份媚惑。如懿敛衣正色："臣妾以中宫之名，恳求皇上处死令贵妃。"

皇帝嘴角那丝戏谑若隐若现："你以中宫之名恳求，朕就以天子之名告诉你，朕断不会处置一个讨朕喜欢的女人。"

如懿气得狠了，一颗心直直地往下坠着，坠落到无边无际的无底深渊里。她的呼吸又慢又长，终于渐渐平静下来，绝望地看着皇帝。她的双眸，晶莹清澈，黑白分明，一如初见。他却有些受不住似的："别这样看着朕！朕这一生，少年丧母，中年丧妻失子，内有太后，外有朝政，朕有几日过得平安喜乐？如今朕稍稍畅快适意，你便诸多阻挠。你这般咄咄逼人，哪里有个皇后的样子！"

如懿轻蔑而绝望地笑了，像看一个陌生人。皇帝被笑得受不住，回避着这样锐利的她："你瞪着朕做什么？"

如懿不答。她望着他，像望着一个全然陌生的人，一颗心反而定了下来，有了落处。

她曾经那样思念他，思念她的弘历，在过往青葱狂热的岁月里。潜邸庭院深深深几许，她自清晨他离开便独坐西窗苦苦守候，直至黄昏。外头一直落着绵绵的春雨，不曾稍停。她知道的，那是天地间的思念，如她一般。等她终于听见了黄铜门环轻轻叩动，一颗心随着那扇门的开启，如那个进来的颀长的身影一般，盼来了天光明媚。

那是朝朝暮暮的平静与安乐，于风雨中，盼得君回。

可眼前人，早不是彼时人了。两两相望，唯余失望。

曾经深深眷恋，是因为心里会快乐；而今爱恋弥散，是因为这样才不那么痛苦。

她笑意里的否定和绝望再分明不过，皇帝看得明明白白，实在经受不住，如芒刺，如锋尖，如雷电。

皇帝也一时难说出话来，只是再忍不住，一把推开她："放肆！"

如懿不知道为何，会在这一刻平静地笑出来。原来人到了绝处，会是这样平静地无望。她被掀在地上，这一推实在是突如其来，她被掌风掀开，重重撞在红木镂雕长桌上。那红木质地坚实，一撞之下肋下痛得要裂开一样，眼前白点子乱飞。皇帝下手颇重，她的发髻散了大半，凌乱地垂落耳边。泪眼蒙眬里，望出一片雪色清寒。

皇帝弯下身来，俯视着她，似要从她面上探寻分辨出什么。他的气息温热地拂在脸上，是夏日雨后的潮腻："这几年来你一直不高兴，一直违逆朕。你对朕这般冷淡，到底是从你心里有了凌云彻开始，还是自凌云彻死后？"

皇帝凝视着她，伸出手轻轻抚着她的眼皮，轻声道："如懿，你看着朕的眼睛里全是寒气，冷冷的。朕这样被你看着，冷得受不住。"

他的手抚上她被岁月无声侵蚀的肌肤，他的眼底是疏星朗月般的微光："如懿，你多久没对着朕笑了？"

如懿无声地扯了扯嘴角，牵出一个看似圆满的笑窝："臣妾会笑。"

皇帝端详，不觉失望："你不是真心高兴，朕看得出来。你从前笑起来，不是这个样子。"

如懿仰着脸，看着他的眼睛。她曾最爱他的眼睛，黑白分明，仿佛会把她永远深深藏在眼底："皇上，已经没有从前了。岁月如大江东水，哪怕贵为天子，也不能追回。"

"那么往后呢？往后你还会不会像从前那么笑？"

"已经没有从前了，如何还能那般笑？皇上，那是我们人生里最美好的时候，可惜，永远都不会再有了。臣妾所有的，不过是守着永璂长大，看他娶妻生子，安乐终老。"

烛火一点点暗下去，累累垂落红珊瑚色的烛泪。夜色迷茫，一双眼里燃着两簇幽暗火苗，在暗夜里溅起幽幽火光。皇帝长嘘一声，无限哀清："你终究是为了他而怨恨朕。朕也实在不明白，他不过一个小小侍卫，为何会得你注目？他那般低贱，你若看向他，连着你自己也低贱了。"

"皇上，您错了。"如懿揽衣起身，端然自立，平视着他。他一直是一个俊美的男子，清癯的面庞、疏秀的双眉、温沉的眼眸和挺直的鼻梁，还有红润的嘴唇。她温柔地呢喃，是情意缠绵的低诉："臣妾这一生，只一心一意对过一个男子，从来都是。只可惜呵……"她叹息："臣妾这一生，已经寻不回他了。"她沉浸在自己的想念里，幽幽诉说，"臣妾最美好的年岁里，都是和他一起度过。臣妾与弘历有过最珍贵的从前，也以为凭着少年倾心、多年相随，总能与他抵抗深宫中的种种艰险。如今看得明白，再深的情意，都被皇上的多疑与彼此的消磨耗尽了。"

皇帝舌底沙哑，伤感不已："皇后，你又还是从前的青樱么？朕的青樱，也不会如你这般样子。朕的青樱与朕相知相惜，懂得朕，体恤朕；如今，你哪还有一点青樱的影子，朕与你早已形同陌路！"

如懿喟然长叹："是。青樱早已不在了。她和臣妾心里所盼望的那个人，大约会永远在一块儿，却再也寻不见了。但臣妾和皇上，终究是长久相处，彼此暴露得体无完肤，相看生厌。"她睁着眼眸，恬淡至空明，"如今做着皇上的皇后实在太累太倦了。"

皇帝羞恼不堪："皇后凭什么说累了倦了？你是朕亲封的皇后，朕一路把你拉到皇后的位子，让你站在高处，母仪天下，你凭什么说累？许多事睁一眼闭一眼便罢了，你却偏固执己见、一意孤行。你说朕屡次说你不如孝贤皇后，你确实不如她！"

她忽然转眸，静静道："这皇后是臣妾自己愿意当的么？皇上既然屡屡说起孝贤皇后，那臣妾也一并说了吧。孝贤皇后生前，身为中宫也算无可挑剔，对皇上百依百顺，从不忤逆，皇上不也总对她不满么？以致她总是难以心安。而孝贤皇后死后，您又百般追念，情深几许，可这里头又有几分情真？您更多是想以此让旁人觉得您情深义重吧？"

"你？！"

"不只孝贤皇后，这后宫里，有哪一个女人在您身边是真正安心过？臣妾一直在想，被皇上所追念的女子，难道一定是皇上所爱么？孝贤皇后也好，慧贤皇贵妃、哲悯皇贵妃也好，皇上真的爱惜她们么？便是容嫔，皇上曾经那般疯魔，又是真的爱惜她么？其实，您就如您最爱的水仙花，临水自照，只爱惜您自己罢了。不过是以此彰显自己情深而已。"

"放肆！"皇帝恼怒，又冷笑，脆弱而惶然，"朕一直孤独地站在这最高处，朕要治理万里江山，朕日日都是宵衣旰食、日不暇给，可在朕的后宫中，朕不爱惜自己，又有几个人爱惜朕？为了子嗣，为了宠爱，为了名位，你们也何尝不是无所不用其极？朕对着你们温柔婉顺的笑靥，常常在想，你们到底在想什么？图谋朕的什么？你便以为朕从来没有害怕过？人人对朕都只有谋求和算计，又有几个人对朕真心？"

她从未想到，他的口中终会说出如此言语。眼前这个人，他天生拥有着微微上翘的嘴角，白皙的肤色，好像对着谁都是那般温和多情。可是他的眼底里其实并无笑意。她曾经爱过的，就是这样一个人。

真是惘然。

心口一阵阵抽疼，疼得她喘不过气来。瞬息之间，震惊、伤心、苦涩、悔恨、愧疚、惊畏，齐齐涌了上来，翻涌五内。泪水滚烫地烧灼成一片，她的心灰到了极处。"皇上，是真的。臣妾在宫里的每一日，都在发疯，都在做着自己都觉得不可思议的疯狂的事。高晞月是，金玉妍是，苏绿筠是，白蕊姬是，厄音珠是，蓝曦是，您也是。我们每个人都在发疯，可臣妾分明记得，我们的起初，都不是这样的！为何到如今，却只有无休无止的猜疑争斗、谋算背叛？这确实让人厌烦。"

皇帝的呼吸声是渐近的潮水，他似乎极力克制着什么："你以为朕便不厌烦么？"

"那么皇上在这其中又全无算计么？舒妃真心恋慕皇上，皇上却从一开始便假借坐胎药防着舒妃有孕，以致十阿哥天生体弱，最后不治早夭，舒妃也跟着绝望自焚。纯惠皇贵妃是真心守着皇上的孩子，皇上却只因一支珠花，就从未断过对纯惠皇贵妃的疑心，最后因为皇上对容嫔的疯魔，断了永璋和皇贵妃两条性命。再说臣妾跟您一路走到今天，对您从来没有过谋求算计，皇上却始终对臣妾与凌云彻之间疑心不止，认定臣妾与凌云彻之间有私情，对凌云彻百般折磨，对臣妾也是极尽羞辱，您对臣妾哪里还有一丝一毫的信任？可这一切不过就只是您自己的疑心而已！"她疏懒地笑，退开两步，保持着与他的距离，"清白两个字，臣妾都说倦了！"

他冷冷地俯视她，哀伤如重重迷雾，弥漫渐深。"你还跟朕提凌云彻？永璂是你的儿子，连他都说看到你和凌云彻如此那般，你还想让朕怎么做？朕还留着他的性命，留着你的后位，已经够给你留颜面了！"

如懿微微颔首，不肯放低那骨子里的倔强："皇上哪里是给臣妾留颜面？皇上是给自己留颜面吧？您总有许多说辞，这样为自己辩解！"

皇帝几乎是气急败坏，高高扬起了手："你简直是藐视君上，毫无做皇后的本分！与其见你如此疯癫，还不如朕废了你！"

她轻轻一笑，引袖取过一把小小银剪，那凛冽的寒光在她指尖闪烁："不必皇上废了臣妾，臣妾这个皇后做得也早已是日日煎熬不愿再忍了。"

皇帝意外到无以复加："你拿着剪子做什么，放下！"

如懿拢住散乱的青丝："臣妾是要放下，断了念想，以寄昔人不再。"

她剪下三寸青丝，看它们纷纷垂落于地："皇上，咱们满人一向爱惜头发，以剪发表示爱侣亡去守身坚贞之意。"

皇帝震惊到无以复加："你别发疯！如懿！"

如懿摇头，却有清醒无比的坚定的眼神："臣妾发疯？今夜您能把秦楼楚馆的歌伎召上御舟，您不也疯了么？"她笑意迟迟，酸楚至极，"皇上，臣妾出身贵家，自幼看惯妻妾争宠的闹剧，便是臣妾的姑母为皇后之时，臣妾耳濡目染得还少么？及至嫁与您为侧福晋，臣妾哪怕爱慕着您，也不敢求您的一心一意，只希望您的心中有臣妾的分毫之地，臣妾可以凭着这一丝情意，与您偕老。可是伴随您越长久，臣妾越来越明白，其实您谁都不信，您缺父子之恩、母子之情，自幼孤立无援，所以对自己的儿子也是一般。这样的人，实在不能与之共处了。"

她手起剪刀落，再度剪下一缕发丝："皇上与臣妾曾经结发为夫妻，如今臣妾断发为祭，给去了的青樱和弘历。"

皇帝震惊到无可言语，忽然外头一阵响动，竟是嬿婉与和敬公主闯了进来。二人见此情景，不觉惊呆了。还是和敬先回转神来，大声道："皇额娘，您在做什么？"

嬿婉这才如梦方醒，跪下哀泣道："皇后娘娘，您怎么敢断发？我满人唯有大丧才可断发，皇上还健在，皇后娘娘怎么会做出这种大不敬之举啊？"

皇帝气得连连冷笑："你们来做什么？还觉得不够难堪么？"

和敬忙上前扶住了皇帝，连连抚胸道："皇阿玛，儿臣怕皇额娘冲撞了您，所以特意赶来。皇额娘，满人不可轻易断发，您这是大不敬！"她说着，便欲上前去抢如懿手中的剪刀，"皇额娘，您再如此，别怪儿臣不认您！"

如懿如何会让和敬抢到，她举起剪子在喉头，冷然道："和敬公主，你的额娘唯有孝贤皇后而已，又何必在意我呢？"

嬿婉连连叩首，拉住如懿裙角："皇后娘娘三思呀。您这一剪子下去，可是剪断了与皇上的情分了。"

如懿厌弃地踢开嬿婉，只是不语。

和敬只护着皇帝："皇阿玛保重！皇额娘是疯了，您可不能再气着了呀。"

皇帝喘着粗气，又喝一声："来人！"

外头的宫人们听得五内焦灼，只不敢进来，闻得这一声唤，忙不迭滚了进来。

皇帝眸中的郁火渐渐燃烧殆尽，成了冷寂的死灰。他决然摇首："朕的皇后，可以死，可以废，但绝不可出厌弃之语，藐视君上，失去做皇后的本分！"他一顿，语气更冽，"传朕口谕，皇后形迹疯迷，不堪承受中宫重责，命福隆安漏夜急送回宫中医治。无朕旨意，不得出翊坤宫半步。"

李玉哪敢多问，正要伸手去扶如懿，皇帝似想起什么，道："李玉，你身为御前总管，不知劝阻皇后，惊扰圣驾，日后不必在朕跟前伺候，去圆明园当差吧。"

李玉身形一晃，面色惨白，只得诺诺答允了，撒开了手。进保上前，扶住如懿手臂，缓步往外走去。

如懿轻轻一挣："皇上，这半世里，你对臣妾说过无数次要放心，可臣妾的心从未放下过。今日俗事已了，臣妾倒真可以放心了。"她俯身深拜，淡然自若，"今日一别，相见无期，皇上珍重。"

如懿出去，皇帝颓丧地坐着。嬿婉这才敢哭出声："皇后娘娘今日不知怎么了，怎会动了如此大怒？绞杀臣妾在前，断发在后……皇后娘娘可是被人蛊惑了？"

皇帝倦怠地问："什么绞杀？"

嬿婉垂泪不已："皇上，皇后娘娘误会臣妾献烟花女子损您圣誉，要绞杀臣妾。臣妾百口莫辩，实在不知该如何向皇后娘娘表明臣妾对皇上忠贞之意……更怕再也见不到皇上了……说到底，是凌云彻之事令皇后娘娘对臣妾误解颇深，咬定臣妾逼害凌云彻，害得十二阿哥郁郁抱病。可臣妾哪有这个本事？再说皇上与人说笑解闷本是寻常，被皇后娘娘这一闹，天下臣民又要怎么看待皇上！皇后娘娘就是对皇上太过在意，才会如此了。"

皇帝愈加不满："荒谬！朕是天子，她敢背着朕肆意要取你性命！"

和敬亦道："皇阿玛，您怎会召烟花女子在侧呢？"

皇帝当着爱女的面，少不得掩饰："朕自然没有。令贵妃，你今日受委屈了。朕看你一向温柔恭顺，就晋为皇贵妃，摄六宫事。"

说罢，也不愿再多言，径自离去。

如懿被半扶半持着带上小舟时，月已西斜。

湖中寂静，只有花开声与飞鸟声，远远近近传过来。那是晚归的夜鹭，在青芦深处发出聒聒深沉的叫声。皓月如霜，落下惨淡白光。

她在恍惚中有一丝错觉，她嫁与弘历的那夜，也是这般月色。他笑盈盈唤她：青樱妹妹。

她回首望去，来时之路与前面去路都茫然不见，天地间终是那片叫人绝望的茫茫水月之色。而唯一沉定的心意，是她明白，哪怕决绝至此，她的一生都会与他牵绊，忘不得他。

壹捌 | 两相别

次日便有两道旨意下来。一是皇后急病，送回宫中。二是贵妃魏嬿婉晋位皇贵妃，摄六宫事。

而暗地里，又说皇后曾让容珮和三宝处死进忠，不知怎的被皇贵妃与和敬公主撞见，是皇贵妃暂留了进忠性命，先关押了起来。而另一件，便是湖上终于清静了下来，所有身份成疑的女子，都被送进了尼庵了断一生。

这变故来得太大太突如其来，行在里登时慌乱起来，便想去御前探听。谁知总管大太监李玉已在一夜之间去了圆明园，更显诡谲。嬿婉虽然欢喜得不知所以，也知道即刻镇定下来，加以安抚。外有大臣傅恒主持，内有和敬公主与皇贵妃魏氏将一切流言死死压住，众人纵然揣测，也不敢多言。倒是嬿婉遇到傅恒的时候，仿若无心般问了一句："这一路山长水远，娘娘在路上总不会有意外吧？"

傅恒久在宫中，哪里听不出话中的深意，打个哈哈敷衍过去，嬿婉也是无奈。

行宫里嫔妃虽不少，但敢去相送的，唯有香见和颖妃。香见来送是意料中事，颖妃这般来却是意外。彼时如懿已在马车里，却被香见拦住。陪守的福隆安十分犹豫，颖妃道："你是和嘉公主的额驸，纯惠皇贵妃的女婿，你可还记得当年是谁冒雨去救了纯惠皇贵妃？你可要明白！"

福隆安只得躬身退到一边。香见到马车边，见到如懿，唯有一句："终于还是到了这一步。"

颖妃也是兔死狐悲："如今令贵妃成了皇贵妃，主六宫事，咱们蒙古嫔妃……"

香见不屑："那又如何？也不过是个皇贵妃，还能杀了我们不成？"

香见是古怪性子，天不怕地不怕，颖妃是素来与嬿婉有心结的，又得了嬿婉的七公主养着，自然不安。如懿安慰道："颖妃，你是蒙古嫔妃之首，身后有蒙古各部支持。容嫔身后有寒部，只要你们一心，谁也不必怕。便是皇贵妃想要从你这里夺回七公主，你也无须示弱。要知道，蒙古嫔妃们无子，七公主固然不能被带走，还要想法子养育皇嗣才好。"

颖妃拼命点头："臣妾知道，臣妾与蒙古嫔妃，绝不会向她低头。"

如懿微微颔首，也不敢再延误，只低声叮嘱香见："孤山带回来的汪芙芷你还记得么？替本宫看好了她，仔细照应。"

说罢，福隆安催促，车轮辘辘，碾山越水而去。

这日和敬陪了皇帝半日，劝得皇帝用了晚膳，这才出来。

江南的傍晚，炎夏亦有湿润气息。只是这行宫内外，因为突如其来的变故，才显阴沉莫名。连那暑气隐隐亦有黏稠的意味，缠得人透不过气来。

是该早些回京了吧。江南风物再好，又怎及京城呢？

和敬这样想着，举目正见傅恒走过来，便问安道："舅舅大安。"

舅甥俩亲近，傅恒便问："公主是否有空，一同走走？"

和敬回首看看殿内，颔首道："好。我也正有话对舅舅说。"

夜风习习，有栀子花和夜来香的气味幽幽传来。那雪白的香花气味太过甜郁，和敬素来不喜，不觉皱了皱眉头。

傅恒也未留意，只关切道："皇上还在生气？"

和敬叹道："被乌拉那拉氏气得狠了，一时转不过来，一直扬言要废后。舅舅，乌拉那拉氏如何了？"

"福隆安派人来回话，一路上安静得很，也没出什么大事。我只盼着平安回京，若在路上出了岔子……"

和敬看着傅恒担忧的面孔，断然道："那事情就闹大了。安静回了宫，出再大的事，紫禁城的墙那么高，什么也都捂住了。这事儿在杭州已经闹得够不堪了，可不能再传出什么有损圣誉的话来。"

傅恒沉着道："一切有我呢。只是公主，这几日令皇贵妃在皇上跟前很得脸吧？那日从西湖回来，皇贵妃还想让我在路上出些意外，除去皇后。"

和敬听得提及嬿婉的下作手段，便很是不屑："她还真把自己当主子了，要不是为了扳倒乌拉那拉氏给额娘报仇，我才不会去救她出来。"

傅恒遥望嬿婉住处方向，不觉摇头："皇贵妃位同副后，我也得敷衍她几句。魏氏抵位皇贵妃，野心勃勃，少不得还想借公主之力攀附荣华。"

和敬的面色阴沉得如黑云压城："她是什么人我清楚。由她再得意几日吧。"

傅恒闻言颔首："我是孝贤皇后的亲弟弟，富察氏的族人，自然明白姐姐当年不喜如今这位皇后之心。可是公主，身为人臣，眼见皇贵妃与进忠勾结，利用烟花女子媚好皇上，我也是打心眼里厌憎。这种人，公主不可与她亲近。"

和敬用力点头，握紧了手指："乌拉那拉氏继位皇后，已经不配。

皇贵妃心性狡诡，更是十足的贱婢。她想成为皇后与额娘比肩，那是痴心妄想。"

傅恒眼底微有晶莹之色："那就要看公主的了。"

和敬姣好的面孔闪过一丝狠意："等乌拉那拉氏彻底不能翻身了，迟早也得将皇贵妃除去，免得这样的祸害留在宫里，再生事端。"

傅恒轻轻拍着和敬的肩膀，平复着她的情绪，二人默然相对，心意了然，这才各自散去。

绛华馆里，太后的神色有些焦灼不安，手里光洁的白铜水烟杆显得一双手也有了岁月摩挲后苍老的痕迹。"皇后早上还在蕉石鸣琴用膳，晚上就疯迷了，你打量着满宫里都是傻子呢？皇后可一直没有失德之处，你突然送她回宫，旁人会怎么揣测？"

皇帝将要说的话已然说完："皇后自册立以来尚无失德，儿子此次奉皇额娘命巡幸江浙，正承欢洽庆之时，皇后性忽改常，于皇额娘前不能恪守孝道。昨夜举动尤乖正理，迹类疯迷。儿子只能先令其回京，在宫调摄。若再行事乖违，哪怕废黜了她也罢。"

"皇后如此必定事出有因。你夜夜游湖之事，哀家不提，你就真当哀家不知道了么？"

"御船上伺候的女子已经赶走了，听说都出家做了姑子。皇后非把好好的妙龄女子逼到这个份儿上才肯甘休，实在可恨。"

太后提高声音："皇后心慈留了她们性命。叫哀家说杀了她们挂在城墙上示众也不为过，才好堵了百姓们的嘴。"

有一瞬间的感怀，有风清凉拂上了眼角，带了湿润的气息。他蓦然想起孤绝的少年时代，人人冷落他忽视他的时节，眼前这个女人曾经给予过他的关怀与照拂。那时节，他们是真心相待的母子，哪怕没有血缘关系，亦彼此扶持着走了许多年。只是后来，他终于成了皇帝，她亦成了太后，彼此之间反而多了算计。

算计着，算计着，这么多年了呵，这么精明而美貌的女人，原来也会老，也会着急，也会失了分寸与笃定。

这样的念头如春藤缠绕上他的心间，他不自觉地走近了两步，如年少时般依恋，跪俯在了太后跟前，一腔子暖意和软弱填满了心上的缝隙，唤了一声："额娘。"

太后许久未曾听得皇帝这般动情呼唤，握着烟杆的手颤了一颤，凝神伤感道："皇额娘你倒是天天叫，但这么个叫法儿，哀家真是许久没听过了。"太后有些出神，仿佛沉浸在对往事遥远而无法停止的追忆中，"你小时候，每日下了学，就急匆匆往哀家宫里赶，一见了哀家就这么唤一声'额娘'，然后跟在哀家身边，总舍不得离开。那时候哀家真觉得，你就是哀家的亲生儿子。"

皇帝声音低低的，带着雾水般的潮湿："在儿子心里，您就是儿子的额娘。"

太后的叹息带了悠长的尾音，有无限唏嘘："有皇帝这句话，哀家就敢说话了。"她顿一顿，沉声道，"皇帝，你真的想废后？"

皇帝无言，闭目叹息，手毫无意识地蜷缩着。他沉默片刻，轻轻颔首。

太后久久郁然："废后乃是失德之举，于国祚更是不祥。想世祖皇帝一生，最为人诟病的并非独宠董鄂妃，而是废了第一位博尔济吉特皇后。大清开国百年，废后的唯有这一次，皇上可不能步世祖皇帝的后尘啊！"

皇帝的口气有些强硬，别过脸道："失德的是皇后，不是朕！皇后生性不驯，屡屡冒犯于朕。还敢不顾国之大忌，亲手断发，朕实在忍无可忍。"

太后懊丧地摆首，重重地敲了敲水烟杆。那水烟杆本是白铜铸成，极有分量，此刻敲在紫檀桌上，发出闷闷的声响，像远处云后有闷雷盘旋。"满人断发，一为国丧，二为夫丧。皇后出身大家，这件事的确是做得太没有分寸了！可她为何如此，你想过没有？皇帝，你逼皇后太甚了。"

皇帝隐忍的怒意骤然爆发，手里捧着的茶盏一个不稳，茶水险险泼了出来："皇后如此狂悖，朕如何还能容忍！"

福珈伺候多年，何曾见过皇帝这副模样，不觉骇得脸色都白了，忙走到皇帝身边，为他拂衣敛袖，手势轻巧，示意他安静下来。

殿中静得只听得衣衫簌簌的声音。太后沉默片刻，静静道："夫妻本为一体，若要废后则天下臣民不安。如今又才出了游湖的艳闻，这个节骨眼上你废了皇后，会让天下人怎么揣测？"

皇帝的神色阴郁难定："游湖的事是进忠怂恿，儿子轻率了。儿子知错，已经让皇贵妃去处置了进忠。"

太后冷道："既然处置进忠，那就是皇后无错。民间休妻尚要有七出之条，皇帝你要如何昭告天下废后的因由？"

"皇后言行狂悖，冒犯君上，亦是言皇额娘教子无方，等同不顺父母，也失口多言。皇后正位中宫，驯御嫔妃过于严苛，则是嫉妒。七出之条皇后犯了三条，仿如皇阿玛在世时景仁宫无德，儿子还不能动废后之念么？"

太后念及旧事，不觉深吸一口凉气："你皇阿玛动了废后之念，但到底也没有废后啊！"她缓一缓，"而且如懿继位中宫，御下严谨，皇帝之前并无指责，那么就不能作为今时废后的理由。废后是失德之事，天下臣民言之凿凿，为君上者，如何能不忌讳？"

"皇额娘从前不喜如懿，亦不赞同儿子立如懿为后。如今儿子要废后，皇额娘怎倒不允许了？"

太后的神气渐渐平和，似是极力克制着自己，目光却如明镜，深照着皇帝衰颓愤懑的面孔。"哀家的确曾经不喜欢如懿，也是因为她姑母景仁宫的缘故。当年哀家不赞同立如懿为后是为了皇帝，今日哀家不赞同废后，为的也是皇帝。皇帝当年那般坚持立如懿为后，如今又怎倒不喜了？等闲变却故人心，皇帝就不怕人议论你对皇后是色衰爱弛的缘故么？"

皇帝额头的青筋跳了一跳，鼻翼微微张合："变的是皇后，不是儿子。"

太后合目不语，左手缓缓捻着一串十八子凤眼缀千叶莲华佛珠。那凤眼菩提本在酥油中浸润，温润油亮，在太后苍老温暖的手中辗转轮回，摩挲成这沉沉殿宇内唯一一痕温和的枣红亮色。"便是如此，相伴数十载的情分，皇帝都不顾念了么？"

皇帝静静地听着，心思缓缓游逸。思绪盘结无定，他只觉得倦意深重，再也无法负担与她的过往。一度，他也以为，凌云彻死了，一切事端都会成为紫禁城红墙深埋下不值一提的尘埃。可是每一次见她，见到日复一日深重的沉默和眼底哀伤的阴影，都会在心里不自觉地衡量与她之间的距离，像在茫茫大雪中渐行渐远的人，他不知道她要去的方向。连那曾经无比接近的仿佛触手可及的距离，也禁不起轻轻的触碰，如水中幻影流离，一探即碎。

何况，何况他才知道，她背着自己，做过那样多的事。

水烟杆上以翡翠镶嵌九只雄狮模样，那深沉的翠色嵌在白铜之上，华光灼目，更兼雕工细腻，栩栩如生，九狮扬爪怒目，几欲跳下身来。皇帝一眼落在那翡翠狮子上，心底便有些厌恶："内务府的奴才越来越不懂事了，奉送皇额娘的东西该用鸾凤模样，或是雕些温驯的猫儿图样也罢了，怎么用这么耀武扬威的狮子，戾气太重，不宜皇额娘所用。"

太后瞟了一眼，随口道："这不是内务府进奉的，是恒媞在外头看了好玩，说花样新奇，才给哀家的。"她话音刚落，旋即明白皇帝心底的不悦，无奈地笑了笑，"怎么？皇帝看了这狮子，想起皇后的言行跟这狮子的爪子利齿一样让你不舒坦了？"

皇帝垂下眼睑，躲避着太后洞察一切的目光。"皇额娘说笑了。"他想一想，语中带了不满的怒意，"皇后一味纵情任性，言行不像一个国母，甚至连温顺二字都难言。她还背着朕做过见不得人的事。"

"一个不够温顺、不肯装糊涂的女人，自然是不讨男人喜欢的。那么皇帝所言，皇后那些见不得人的事，可是因为那个凌云彻？"

皇帝厌恶已极："儿子不想听见这个名字。"

她轻轻一唾，笑意渺然："这件事牵涉太多，哀家都觉得是你的疑心过重了，以致把事情逼到不可转圜的地步。"

皇帝硬着声气道："如懿是儿子亲自选的皇后，儿子才会如此。"

太后微微一笑："皇帝你若不在意皇后，自然也能装糊涂下去，顶多一辈子不闻不问罢了。你们彼此都活得这么清醒，分分寸寸都不肯让步，无非还是彼此太在意的缘故了。因为在意而废后，皇帝你自己觉得值当不值当？且废了乌拉那拉氏，还有谁可以继位为皇后？难不成是皇贵妃？你贸然晋封魏氏为皇贵妃，哀家都觉得不满，别说要废后立她。哀家头一个不许！"她的唇抿得意蕴深深，"令皇贵妃足够婉顺清媚，但皇帝难道忘记了她是宫女出身？"

皇帝双眉挑起，赫然冷笑："怎么宫女便做不得皇后么？若是令皇贵妃识趣，儿子抬举她也是应该的。"

太后一震，蓦然想起，原来他的生母便是一个卑贱的宫女。这样想来，怕也无可无不可吧。

"皇帝如此说，是真的要废弃皇后了？但愿皇帝你能明白自己的心意，每一步都不会有让来日后悔之举。"太后望着他，意味深长，"若要废后，伤的不只是皇帝你的圣名，也是你自己的心。哀家的意思已经说明白了，言尽于此，你自己慢慢思量吧。"

皇帝静了静神："儿子无非看皇后不驯，才封了魏氏为皇贵妃料理六宫之事。当然儿子明白，魏氏可以生子，可以处事，但绝不配为皇后。便是废后，若无可以继位皇后的人选，空留着后位也罢。"

太后斜倚着身子，望着皇帝起身欲去的背影，声音沙哑低沉，缓缓地道："皇帝，当日来面见哀家执意要立如懿为后的人是你，今日今时执意要废弃她的人也是你。其实哀家身为女子，也真的很想知道，怎么从前喜欢的，如今却那么不喜欢了呢？"

皇帝眼光有一瞬的迷离，仿佛透过了庭院中烂漫盛放的春桃，看到了遥远的地方："皇额娘，儿子也不知道。就如儿子不明白，为何曾经如懿可以对儿子一往情深，为儿子承受种种委屈，如今却这般暴烈狂悖了呢？"他自嘲地摇摇头，身影在花事繁盛里显得单薄清瘦，"大约，人都会变的吧。"

太后目中微澜，泛着淡淡温情："既然你与如懿都是，那又何必执着废弃她呢？你与她的龃龉疏离，都是彼此在意的缘故。皇帝，彼此留一线，不是为了别的，只为真正废弃她之后，你会后悔，会发现自己对她的在意，那时便真的追悔莫及了。"

"不！"皇帝断然决绝，"儿子不在意。这个女人，皇后不像皇后，妻子不像妻子，奴才也不像奴才。她搁在哪里都不合宜。儿子厌恶这样不合宜的女子。"

太后目光如水，澄澈通透："若说像皇后，像妻子，莫过于孝贤皇后。若说像奴才，你宫里多的是。可是那时，你又未必喜欢了。当年孝贤皇后在世，你也曾不喜欢她恪守规矩、古板无情趣。待她死后，才觉出她种种好处。也许来日，如懿死了，你才会想起她曾有过的好处。"

晴光落在他面上，有照不亮的阴影。皇帝不复一言，缓身退去。

嬿婉虽然留下了进忠，但太后的意思里，进忠是必死无疑的了。因为甚少在行宫处置奴才，所谓的行宫牢房，不过是一座废弃的旧屋，布满蛛网尘灰罢了。进忠在里头被关了两日两夜，滴水未沾，更别提饭食，早就头昏眼花，困顿欲死。这一下见了嬿婉带着王蟾与春婵进来，当真是喜出望外，又得知嬿婉成了摄六宫事的皇贵妃，真是欢喜得又是流泪又是笑。他顾不得还有旁人在眼前，忘乎所以一般紧紧抓着嬿婉的手，与她十指交握："等皇上废了皇后，后宫便是咱们的了。奴才一定扶着您走到中宫的宝座上去。"嬿婉笑吟吟的，无比婉媚，并无半点拒绝他的意思，那柔腻的手指在他松软的手心轻溜一划："本宫自然会登位后座。"进忠从未有如此之喜，几乎是泣不成声，连连点头。

她眼波横流，示意王蟾递过水壶："你么……在这儿关了那么久口渴吧？要不要喝点儿水？"

进忠接过王蟾递过的水壶，一口气喝完："哎。奴才渴得很，但这儿送来的吃食，奴才都不敢碰。"

春婵笑嗔："进忠公公，您也太小心了。"

进忠抖抖身上的尘灰："奴才可以出去了吧？"

嬿婉也不多言，只是道："那也罢。本宫这就带你走。"进忠哪里舍得放开嬿婉的手，上前要扶着，嬿婉似是有些不好意思，轻轻一推，"做什么？后头跟着去！"

进忠看看左右故意扭开头的王蟾与春婵，连忙做出奴才的样子，跟在后头。才没走两步，脚下忽地一软，摔倒在地，他以为是自己在这里困得久了乏力，再要爬起身，却怎么也挣扎不起来。进忠急起来，嘟囔道："怎么手脚都发软？关在这地儿够伤身的。"他抬手都觉得吃力，"王蟾，还不快扶我一把。"

王蟾哪里敢动，跟块木雕似的，戳在原地。嬿婉立在窗边，光线里无数金色的尘灰摇曳飞舞，像是无数的小虫子，绕着一个艳女，那场面又新奇又诡异，让人觉得恐怖，却又忍不住去看。

嬿婉的声音脆泠泠的，在空屋里敲出层层的回响："王蟾可不敢扶你。皇上要你死，本宫只好奉旨。"

进忠变了脸色，不可置信地盯着她："皇贵妃娘娘，您说什么？"

嬿婉半边面孔落在光里，是雪白的明艳，另半边落在暗影里，是罗刹一般的凶恶："主子要奴才死，你就乖乖儿受死呗。王蟾，春婵，给本宫绞杀了他。"

进忠还以为嬿婉是受皇帝之命，不得不如此，连连摆手："这……

这是做什么？令小主，您得向皇上求情，您得救奴才啊。"

嬿婉含着笑意，口气却是森然可怖："本宫为什么要救你？本宫比任何人都想你死。"

说着，王蟾利索地解下了腰带绕在了进忠脖子上。进忠吓得魂飞天外，尚不知为何，凄然道："皇贵妃，奴才一心一意为您啊，您这是怎么了？您……"

那贮海积山般的恨意喷薄而出，再难掩抑。嬿婉恶心极了，迫不及待地摘下进忠送的那枚硕大的戒指，狠狠扔在地上："你害得凌云彻成了和你一样的阉奴，你逼得他人不人鬼不鬼。你说本宫会不会放过你？你还想给本宫戴个戒指，替代凌云彻送的那个？你怎么配？"

真的，是恨得太久太久了。这么多年，恨着进忠，厌恶进忠，却不得不倚靠着他、讨好着他，连她自己都恶心自己。尤其是在凌云彻死后，所有对凌云彻的爱意与不舍，都已化作尖锐的利齿毒牙，衍生出无限流毒恨意，只为给那些害死他的人致命一击。她的情绪过于激动，整个身体都如波涛般微微颤动，冲淡着橘红衣衫上喜鹊登临杏花枝头绣纹的欢喜之气。

进忠全然明白过来，只觉得多年情意都付了枉然，不觉气急败坏："明明是你要他死，要用他来污蔑皇后，你！嬿婉！"

嬿婉啐了一口，将唾沫吐在他面上："本宫的名字岂是你叫得的？这世间只有凌云彻可以叫本宫的名字，叫本宫嬿婉。是，本宫可以要凌云彻死，你却不能逼害凌云彻。他永远是本宫的人，你不配动他！"

王蟾手上用劲，进忠挣扎起来，瞪得双眼血红，死命叫起来："你好！你好！我喜欢了你一辈子，对你忠心耿耿，什么都为你做了，你居然要我死！"

"你只会让本宫作呕！"她见进忠这般盯着自己，像要吃人一般，也有些胆寒，"你我之间彼此利用便罢了，敢对本宫痴心妄想，那就是死有余辜。"

进忠气怒到了极点，更是伤心不甘："好！好！你这般忘恩负义！我做鬼也不会放过你！"

"那也要你做个有本事的鬼才行！"嬿婉讥讽地一笑，退开半步。

人到临死，都有求生之意，进忠拼命挣扎，王蟾勒着腰带，有些难按住他。春婵不满，伸手上前一同帮忙："怎么喝了药酒还那么大力气？"二人互看一眼，四手拼命使劲，一边一个勒住了进忠。进忠满头青筋暴起，拼命翻白眼，呵呵叫着："放手，放手！你们以为替她办事，会有什么好下场！"

不知怎的，春婵忽地想起了早死的澜翠，手中不由自主一抖，差点松开。嬿婉瞪她一眼，春婵吓得一哆嗦，赶紧死命勒住。

嬿婉看他垂死挣扎，不住冷笑："本宫原想毒死了你，可想想不能那么便宜你。非要你受尽折磨，才能泄本宫心头之恨。"

进忠的手无力地拉着脖子上的腰带，又垂落下来。嬿婉拔下簪子，在进忠的手腕上狠狠刺下去。春婵吓得闭上了眼睛。"每次你的两个爪子碰到本宫，本宫恶心得恨不得立刻砍下来。"

进忠被勒得快断气了，无力地指着嬿婉："不得好死。你……不得好死。"

"不得好死的是你，本宫可好好儿活着。"

进忠的两脚在地上不断蹭着，蹭出无数肮脏的污痕。很快，随着他的失禁，他的性命也彻底断了。王蟾探了探他鼻息，确认他的确死去，方才松口气甩甩手："皇上亲近烟花女子的事总要有人抵命，否则太后那一关也过不去。"

嬿婉冷漠地看着进忠的尸体："人是进忠找的，也是进忠带进来的。就是他蓄意媚上，和咱们都无关。本宫是秉公执法，除了这个祸害。"她眼里闪过一丝欣慰，"云彻哥哥，我终于替你报仇了。你要记得，这个世上只有我对你好。只有我。"她说完，已是泪流满面。好一阵，嬿婉情绪渐渐平复，见春婵仍瘫在地上，两眼发直，不觉皱眉："愣着做什么？还不起来。"

春婵生怕她不满，赶紧起身，又听嬷婉吩咐："王蟾，拖他出去，找个有凌霄花的地方，埋了他做花肥。春婵，把这儿收拾收拾。本宫先去向皇上复命。"

二人连忙答应着，见嬷婉出去，春婵拉了两下进忠的尸身，实在是拉不动，几乎要哭出来了。她无比恐惧地看着王蟾，低低道："王蟾，澜翠死了，进忠也死了。会不会我们也逃不了？"

王蟾咬牙拖起进忠的尸体往外拉，累得满头是汗："想这些做什么？仔细被小主知道了，今儿个就是个死。"

王蟾拖着进忠的尸体吃力地出去，春婵无助地趴在地上，角落里，一个硕大的戒指微微地闪着光芒。春婵不自禁地爬过去，捡起，悄悄藏在了怀里。

春弭 | 壹玖

　　如懿是在一个漆黑的深夜回到翊坤宫的。宫里安静得近乎诡异，空气里顿然失去了江南杏雨烟柳的暖与润，触鼻是清冷的寒意。

　　她打了个寒噤，身上的素青色云纹折枝莲花大氅显得格外单薄，在夜风里颤颤地抖动。如懿望着熟悉的甬道上一盏一盏亮着的昏黄灯火，仿佛照着自己早已看不清的昏昧前路。

　　海兰本没有跟着南巡，她一早得了消息，急得嘴角都上了火，便领着人候在了翊坤宫外。

　　因着帝后离宫，宫中的烛火都停了一半，黑沉沉的夜里，月色惨淡。青釉色的月光下只见重重金色脊兽安静伏定，冷冷仰天瞪着，呐喊无言。四下里寂然无声，唯听见一乘青帷辂车的车轮轧过古旧的雕花石板路，惊起檐上的宿鸟呱一声扑棱着翅膀飞远了。翊坤宫似一只沉默怪异的兽，潜伏在暗色之中，唯有宫门口两个斗大的水红色薄绸灯笼，被风曳得晃晃悠悠，如两只不能合上的眼。

　　宫车辘辘而定，容珮扶了如懿下车，海兰已然带着叶心候在了门外。她陡然见了如懿，看她身着碧水色无绣缎服，桓字髻上簪着几支素净的犀玉扁簪，脸色是病态的苍白。她哪里还按捺得住满腹的凄惶，喊道："皇后娘娘——"

话到唇边戛然而止，福隆安小跑着上来，请了安道："愉妃娘娘，这一句皇后娘娘还不知叫得叫不得。您，还是跟奴才一样，先叫一声主子吧，也不算得罪了。"

名分未定，总是落在尴尬地里。

海兰看了看福隆安，温言道："一路辛苦，有劳福大人了。"

福隆安这一路悉心照顾，风尘仆仆，闻言忙道："主子娘娘曾对纯惠皇贵妃百般照顾，奴才身为和嘉公主的额驸，也该尽心。"

二人叙过，福隆安不便久留内宫，便也告辞。

海兰走到如懿身前，依足规矩施了一礼，轻轻唤："姐姐。"她仰起清定的眸子，温声道，"姐姐。自得了消息，我就心慌得很。究竟怎么了？不过，姐姐回来就好。"

如懿淡淡道："有劳愉妃一应打点。"

海兰的掌心是湿的。这一路候着如懿的消息，海兰是何等焦急失措。她原是静惯了的人，无欲无求，波澜不惊，却为了如懿，这般心惊。可末了，这一声称呼，让海兰从头凉到了底："姐姐，难道你此时还……"

还是毓瑚上来解围，笑意温沉："愉妃娘娘，主子娘娘得赶紧进翊坤宫去。春寒料峭的，还是进了里头才好歇息。"

海兰忙问道："毓瑚姑姑，皇上身边是李玉当差么？"

毓瑚叹一声道："进忠死了，李玉被打发去了圆明园，皇上身边是进保跟着。"她见海兰还要垂问，便道，"皇上说了，主子娘娘一回宫就得进翊坤宫，一应服侍的人都得撤去。除了三宝一个太监，只留容珮、菱枝和芸枝三人，免得闲杂人等扰了主子娘娘静思己过。"

海兰见如懿面色平静无波，心下更是酸涩。她才想跟进去照顾，毓瑚拦着道："皇上说了，主子娘娘进了翊坤宫就不必出来了。愉妃娘娘，您还是别跟着进去了。十二阿哥还有劳您照顾。"

海兰深知如懿这一进去，再见不知是何期，哪里舍得。正依依不舍，却听一串脚步响，却是永璂的哭叫声传来："额娘！额娘！"如懿听得爱子声音，如何还能迈得动步子？永璂一下扑到她怀里，满脸是泪。

太监嬷嬷们在后面追得气喘吁吁。海兰急起来："十二阿哥，不是让您睡下了吗？怎么还跑出来？"永璂一壁哭一壁抓着如懿的袖子："我知道额娘回来了。额娘，您看看儿子。"

如懿再忍不住，落下泪来。永璂显然是受了莫大的惊吓，连连追问："额娘，怎么会这样？宫里的人想瞒着儿子，可儿子还是听见她们议论了，皇阿玛要废了您是不是？您为什么要断发？"

孩子说得伤心，连毓瑚都忍不住转脸过去抹泪。

如懿捧着他的脸道："永璂，额娘与你皇阿玛恩断义绝，但你始终是你皇阿玛的孩儿，不要害怕担忧。你好生跟着愉妃和太后，学着心性坚强。"

永璂哭得抽气，万分自责："额娘！一定是儿子害了您。上回是儿子迷了心性，胡说八道。"

如懿好生安慰道："永璂，她们害你，也是要害额娘。额娘告诉你，不要过于自责，平平安安活下去，来日可以仰仗和辅佐你五哥。没了额娘，你再也不会为人陷害设计了。嬷嬷，快带永璂回去，免得皇上知道又要怪罪。"永璂哪里肯走，到底是如懿狠狠心，示意嬷嬷们将他抱走了。

良久，永璂的哭喊声才在长街尽头散去。风露中宵，天寒哪及心寒。

冷风涌动，在甬道间呼啸穿梭，鬓边一支白玉莲簪子缀着的一绺红璎珠流苏，沙沙地打着耳际，是冰冷的疼。海兰眼底泪光一闪，见如懿瘦削的身影隐然风中，越发显得蝉肩柳腰，不胜赢弱。海兰忙解下自己身上的织金南薯字纹贡缎大氅披在如懿肩上，那大氅的领口袖口皆围有白狐腋子毛，十分和暖。如懿侧身微微一让，海兰眼底皆是泪，强忍着道："臣妾已经极力安排，但内务府已得皇上旨意，裁撤了布置，哪怕臣妾在后宫主持事宜，也不能阻止。里头……里头不比往日，请娘娘顾好自己要紧。"

如懿也不作声，步下匆匆，转入宫中。容珮和毓瑚忙陪着。身后两扇宫门相合，发出沉闷悠长的声音，似将一副绵软心肠，狠狠夹断。

海兰看着她的背影，目送她踏着宫灯倾流而下的一泊光亮缓步走进，泪水潸然而落。

叶心见自己主子这般被冷落，少不得劝道："小主，我们回去吧。"

海兰只见宫墙高耸，将自己与如懿隔离内外，不由得心如刀绞一般。

片刻，容珮出来，见海兰还在，松了口气道："愉妃娘娘，娘娘说了，烦请您照顾十二阿哥，令他不要多思忧心。还有五阿哥有附骨疽的旧症，虽是小病痛，也要上心，得空让江太医去看看。"

海兰忙忙颔首，只盼如懿有一二言语关系自己。然而容珮说完，转身便进去。

海兰无奈，正要挪步，只觉得足下有窸窣之声，正是如懿素日间不离的一枚金累丝嵌珍珠绿松石蝶舞梅花香囊。那香囊本是她所赠，原是一对，一人留着一个。那香囊皆以细金丝累累缀起梅花十二朵，花蕊处均嵌白色珍珠一颗，以绿松石琢成蝴蝶模样，内侧镶金，阴刻梅花十九朵，朵朵如生。囊内存着如懿最爱的沉水香，香气幽然，犹自沾染她衣袂之间。

海兰心底一酸，弯身拾起，紧紧攥在手心。

叶心心疼道："您对主子娘娘也太痴心了，她却连您的大氅也不愿意披上，还将您送的香囊还您，也太狠心了。"

海兰握着手里的梅花香囊，神色坚定："不许你这般误会姐姐。姐姐不理我，与我冷淡，定是为了我好，要护着我。我知道，姐姐始终是惦念我的。"

如懿行至殿内，才知海兰的不得已是为何。连菱枝也禁不住发出惊呼，来感慨殿内天翻地覆的变化。

灯烛被减至两盏，昏黄暗淡。她渐也适应了昏暗，熟悉了周遭物事的轮廓与错落。容珮端起莲形铜灯，小心护着灯芯，替她照亮察看。

自如懿出冷宫，翊坤宫便是她的居所，多年来精心布置，无一不典雅华贵，早已融进一桌一椅之中。此时却乍然见到宫中略微值钱的东西一应都被撤去，连床帷帐帘所用，都换成了宫人所用的青灰布幔。

菱枝双唇哆嗦着道："内务府的人怎么可以如此待娘娘？皇上尚未废后，他们便迫不及待了么？"

如懿摆摆手，示意她不必多言。

废后之意昭然若揭，内务府最通上意，如何不知？如懿步进佛堂，见青灯依旧，佛尊含笑，一如从前。芸枝再开柜子，四季衣衫还算周全，连暖阁里如懿的一副绣花架子，各色丝线都还不缺。便知海兰所能极力打点的，便是如此了。

如懿安然盘坐于青绒布蒲团上，拈起一串佛珠，对着拈花慈悲的佛像，念出佛语三千。

她的唇角，绽开郁郁笑色，也好，这便是往后所有的日子了。

春日迟迟，卉木萋萋。翊坤宫外是艳阳如织花事锦簇，而翊坤宫内是青灯古佛寂然终日。

皇帝回宫后不久，便下令将后宫所有事宜交予新晋的皇贵妃魏嬿婉处置。永寿宫中气焰更盛，众人日日奉承簇拥，将永寿宫捧到了高处。连偶尔出入的和敬闻得喧闹的笑声，也不觉蹙眉："新封了皇贵妃，摄六宫事。只差一步，就是皇后之位了。难怪人人都奉承永寿宫。皇贵妃这种出身做派，也就讨皇阿玛喜欢罢了。有几个女人是瞧得上她的？"

和敬所言不差，纵使庆嫔、晋嫔领着低等嫔妃如瑞贵人、揆常在、平常在、宁常在之流在永寿宫里热闹，但愉妃、婉嫔、蒙古嫔妃们请安都是略坐坐就走了。容嫔更是一次都没进过永寿宫，只当宫里没这个皇贵妃一般。嬿婉嫔妃之首的位子尚未坐稳，自然不悦，却也少不得忍耐。另则佐禄去了边地服役之后，嬿婉虽然也送钱送粮，但架不住佐禄难耐边地苦寒，总求着要回来给额娘修坟叩头，也是不胜其烦。

懊恼之余，没过多久，嬿婉便让人带走了三宝和芸枝，只剩了容珮和菱枝在身边。美其名曰，娘娘静心思过，不必太多人打扰。

菱枝气得直哭，拉着容珮的手道："这算什么？皇上到底没有废黜娘娘，为何只剩了咱们两人伺候？宫里的常在小主才只有两个宫女呢。不，常在还有太监伺候，娘娘却连这点体面也没了。"

容珮只得安慰道："别哭，别哭。三宝去伺候十二阿哥了，芸枝去了婉嫔小主那里当差，也不算坏。"

如懿只作听不见。她独自留在佛堂内，擦净铜灯上的乌迹，添油点亮，置于佛尊前。天色一分分暗下去，烛光中的佛尊眉目慈蔼，浑不知人间疾苦。她只是奇怪，与其如此麻烦，他为何不直接废黜自己？也省得这些零碎折磨。想不通，不愿想，她便孤坐于蒲团之上，翻阅着那些艰难晦涩的梵文。

这一调人，旁人不曾如何，香见是第一个不能忍受的，立时到了养心殿求见皇帝。恰逢永琪才为着永璟之事求恳皇帝善待如懿，皇帝不置可否。香见又来，更是一脸没好气："原来当皇贵妃这般体面得意，可以自专自断，调走中宫身边的人手，不用多问皇上一句。皇上，您可被瞒得真好。"

永琪甚少为人求情，这回又以兄弟母子情分开口，只求皇帝切勿薄待如懿。皇帝虽然要他少理后宫之事，但心中总是烦恼。如今香见提起，他只得摆手："罢了。皇贵妃摄六宫事，不必事事回禀。"

香见哪里会顾皇帝的颜面，自顾自饮了一盏沙枣花茶，鄙夷道："皇上这么回护皇贵妃，可是因为游船取乐的事并非进忠怂恿，而是皇贵妃蓄意讨好？"

皇帝被戳到痛处，脸色沉了下来，才呵斥一句"胡说"，香见便回嘴："臣妾哪里胡说？皇贵妃若是和进忠毫无牵连，为何在进忠死时下手那么狠？且皇贵妃行事一向刻薄下作，如今待皇后娘娘这个主子如此，来日对十二阿哥还不知怎样薄待呢。"她见皇帝神气松下来，也温和许多，恳切道："皇贵妃要撤了翊坤宫的人手也罢，但撤了的人交去延禧宫伺候十二阿哥总不过分吧。生母受罪，再吓着孩子，那成了什么了？皇上很该去安慰十二阿哥。"

皇帝默然瞅了她半晌，却是无限感慨："容嫔，你这么耿直，像极了从前的如懿。"

这话里，多少是有些情意的。香见却全然不领情，拨弄着衣襟上绣的簇簇沙枣花，淡淡道："是么？那要不了多久皇上就该像厌弃皇后娘娘一样厌弃臣妾了。"

皇帝简直不知该说香见什么好，闷了片刻，才叫进保去传旨，晋容嫔为容妃，庆嫔为庆妃，恪贵人为恪嫔。另则，颖妃与愉妃享贵妃份例。

这一下，分明是擢升与嬿婉不睦的嫔妃与之分庭抗礼了。嬿婉再气不过，少不得也忍气吞声，含笑去办了册封礼。

如此热闹过后，已是七八月间，这一日午后，皇帝正斜靠在榻上吃着冰碗消暑。那冰碗是切碎的蜜瓜、甜瓜、杏子，浇着酸甜的梅汁，佐以碎冰，入口甜蜜清凉，甚是惬意。毓瑚坐在皇帝下首，轻轻为皇帝捶着小腿，闲闲地道："听说皇贵妃是用簪子扎了进忠的手，叫人活活儿勒死了他，然后胡乱埋了。"

皇帝听得直皱眉头，他素来知道嬿婉心有九窍，人又婉媚，为达目的，怎样都肯做小伏低，却不想她有如此狠辣之事。便是进忠真的蛊惑自己与歌伎亲近，处死也罢了，何必死得如此可怜？他撂下手里的冰碗道："皇贵妃下手这么狠？她和进忠有何仇怨？"

毓瑚像是说着没要紧的闲话："还不是众说纷纭。有说杭州游船之事，是皇贵妃指使进忠，怕受牵连。有说当年凌云彻被严惩是进忠的主意，皇贵妃不高兴。"

皇帝心中一凛，只觉雪白日光从长窗洒落，刺得眼睛生疼。他阴沉着脸不语，毓瑚小心觑着他神色，继续道："不过进忠死后宫里人人称快，可见他也是不得人心。皇贵妃的处置也不算错。"

皇帝沉思片刻："皇贵妃如今在后宫情势如何？"

毓瑚道："自从您封了皇贵妃，皇贵妃说不出哪里有错处，可总不能让人敬重。蒙古妃嫔们尤其不服。如今您抬举了别的嫔妃晋封，那皇贵妃自然是不自在的。"

皇帝微微颔首："由着她们不服皇贵妃罢，也让皇贵妃别忘形了。"他坐起身来，取过象牙扇子轻轻扇着，"午睡醒来还这般闷热，今儿是什么日子？"

毓瑚抬了抬眼皮，仍旧噤声不敢言。皇帝蓦地一怔，转念想起，是八月初二，是自己封如懿为皇后的日子，也是如懿入潜邸为侧福晋的日子。

毓瑚见皇帝神情，知他黯然，便道："皇上，愉妃娘娘求了半年了，想进翊坤宫看顾娘娘。您看……"

皇帝微微颔首，起身离去。

夏末秋初的夜格外气闷。宫烛焰火摇曳，牵得她身影幽长，漫成孤清一道。到了八月，夜里的凉意渐渐迫近。她穿着青素衬衣，想起曾在这个日子穿着喜服嫁进王府，也曾在这个日子换上皇后朝服走到皇帝身边，谁料到，曾经那些锦衣玉冠下的欢喜都消磨完了，如今只在这一身荆钗布裙里才稍得自在。

有脚步声走近，她以为是容珮，也未抬头。那双足停在自己身前，分明是一双梅紫色松叶长青缕金鞋。

那人弯下身，轻轻拥住她，温柔道："姐姐，是我。"

这样的声音，入耳安心。除了海兰，再无旁人。

如懿诧异："你怎么进得来？"

海兰道："姐姐，永琪和永璜帮姐姐说了话，容妃也帮腔，我才能进来。姐姐，你受苦了。"

如懿用一枚素银镶珍珠扁方绾着髻，梳燕尾后横贯一枚银箔珠花，雨过天青色衬衣，深绿镶边，暗紫如意襟，显得格外清瘦、简静。

海兰的泪便滚滚而落。如懿道："你真是不大哭的人，却每每都为了我哭。"

海兰用绢子抹了泪："我让叶心带了些四季穿戴的衣裳和几床被褥，都交予容珮了。姐姐放心，你的贴身衣衫都是我亲手做的，一应无碍。"她又道，"永璂也好。除了去书房便跟着臣妾，或是在太后眼前，太后也对永璂很好。"

如懿神色一直淡淡的，听到永璂才念了句佛："可怜我的永璂，太后若能怜悯，我也安心些。永琪腿上的附骨疽如何了？虽是小病痛，也要上心，得空叫江与彬去看看。"

海兰忍泪道："如今永琪帮着皇上处理政务，没日没夜的，问他也总说是小事，嫌我忧心太过。"

如懿翻着一沓经书，并无十分在意海兰的样子，只道："永琪虽然大了，也娶妻生子，可身子的事大意不得。你还是多叮嘱永琪保养要紧。"

海兰见如懿这般，满心酸涩，转到她跟前道："姐姐，我知道你并不是全然不理我的。"她见如懿不应，索性掏出那个梅花香囊，放在如懿手边，切切道，"这是姐姐那日归来时，不小心遗落，我捡起来收着的。这枚香囊，与我的那只是一对。姐姐的香囊上，沉水香香气沉郁，姐姐一直把这枚香囊挂在身上的。若是姐姐对我怨到极处，再不想理睬，便不会再挂着它，是不是？我就知道你并不是全然不理我的，而是怕你如今的处境牵连我。姐姐，因为那件事……我知道你怪我行事偏激，对我有埋怨。但再有怨，你对我也不会决绝至此。姐姐若对我有怨，训我说我便好了。"

她忍不住抽噎，那啜泣声在幽闭的室内听来格外凄恻。海兰，分明是那样刚强的一个人呵。

如懿再舍不得，望住她轻声道："你既都懂得，却偏还是要进来。"

这么多年，姐妹知情，彼此偎依，怎会轻易割舍？海兰眸中一亮，紧紧握住了如懿的手。凌云彻死后，如懿渐次与她疏远，她又何尝不是活得魂不附体，如行尸走肉一般。直到此刻，听到如懿这番话，那活气才又回到身上来。她泣不成声，欢喜道："姐姐这个样子，我不见一眼，实在难安心。姐姐，我不怕牵连，只怕姐姐与我隔心……"

如懿帮海兰拭了眼泪："这么多年了，怎么会说这样的话？"

海兰眸中清泪闪烁，歉疚无比："那件事，我知道我让姐姐难过了……"

已无太多悲伤，如懿的眉间凝着几许温默与疲倦："海兰，如果以许多人在这宫里的生存，也许我也不能说你做错了，甚至我也同人讲过，活在这宫里，每个人都无从选择。但我总以为，我们不必都同旁人一样，可以尽我们的所能选择自己认为对的路。凌云彻终究是一条命，没有谁的命是应当为了旁人牺牲的，何况还是为了你明知虚妄错误的事。"

海兰还欲再说，如懿拦住了话头："好了，无论如何，事情终究过去，往后我们都不再说了。我如今这个样子，你们总是避着些好，这次见了，往后不要再想着进来了。不过这回，你既然进来，必有要事说与我听。"

海兰从袖中取出一枚暗红宝石的戒指，无比郑重地放在如懿跟前："这是凌云彻去世前交给我的那枚戒指，姐姐当年觉得用不上，如今总可以了吧。"海兰将戒指对着熠熠烛光，那镀金戒面的里侧，分明刻着燕舞云间的图样。

如懿眼神一跳："你打算如何？"

海兰急切道："凌云彻已死，我知道姐姐一直不忍心动一个死去之人，让他不安。可姐姐细想想，凌云彻临死一定要把戒指托付给我，为的就是希望自己不要白死，可以为姐姐再做一些事。魏嬿婉如日中天，一旦登上后位，姐姐就万劫不复。若要东山再起，扳倒魏嬿婉，这是最好的法子了。"

海兰放下戒指，那暗沉沉的戒指在黄杨木桌上闪着微弱的光芒。如懿看着，却是不肯动手去碰。

海兰盯着她，殷殷切切："姐姐，我知道你有许多的不甘心。你说得对，嫁了这样一个男人，身膺荣华，可是又能得到些什么呢？但是你想想，你还有我，有永璂，有永琪。姐姐，我看得出来，凌云彻是真心为你，不惜自己的性命。既然如此，再用他一回又如何？他如果看你过得好，九泉之下也会含笑的。"

海兰说得太急，几乎被自己呛到。她伸手取过如懿常用的茶盏正要喝，才发现里头连一片茶叶也无，只是冰凉的白水而已。连盛着水的茶盏，亦缺了一角，露出粉白的底子。她愈加凄然，执着如懿的手，不肯放开。

大约是寒气侵体，如懿咳了几声，缓缓沉声："凌云彻身受污名而死，我不愿他死后不得安宁，再受一重侮辱。且光凭一枚戒指，未必能动摇魏嬿婉的地位。海兰，罢了吧。"

她眸中晶亮，有不可更改的执拗，让海兰有些怕，然而一想到如懿所受的苦楚，海兰如何能依："不能罢休！我只要想到姐姐所受的痛苦和侮辱，我便闭不上眼睛不能入睡。姐姐，你被关在翊坤宫里，我在延禧宫又何尝好受？姐姐，我们搏一次，好不好？"

"皇上早知道凌云彻与魏嬿婉的旧情，这一枚戒指，只能证明旧情罢了。"如懿目光微凉，"我与皇上积重难返，并非只用一枚戒指就能东山再起。"

海兰大为失望："那就没用了吗？"

"不是没用，而是不够有用。若是魏嬿婉在宫中与他人另有私情，也有这样类似的信物，皇上见了，才能以秽乱后宫处死魏嬿婉。"

海兰踌躇道："魏嬿婉还会与谁有私情？这实在也难。"

如懿见海兰这般求恳，心念微微一动，将那枚戒指收于怀中。"那我就先留着这枚戒指。或许哪一日我死了，它又有了用处。"如懿说罢，咳声愈频。

如懿的话铮铮然，如锋刃直中海兰心间。海兰分明震了一下，眸中惊痛不已。她嘴唇微张，却什么也说不出来，颓然低首。她喃喃："姐姐，我不知你竟灰心到这种地步。今日的话，便当我没有说过吧。"她将金累丝嵌珍珠绿松石蝶舞梅花香囊握在手中，"姐姐喜欢珍珠，定要记着珍珠所成，乃是母蚌受尽苦楚所得。姐姐万万保重，忍耐一时。"

珍珠本是如懿喜爱之物，所以每有首饰，大多点缀。她正欲答应，忽而掩袖咳嗽两声，面上泛起几许虚弱的红，似为不施粉黛的她添了一痕新润的蔷薇色胭脂。海兰关切道："怎么好好的咳嗽起来？不如请江与彬来看看。"

如懿连连摆手："不要紧。若有不适，我自会找江与彬。"

海兰忧心忡忡，嘴上答应了，却还放心不下。如懿道："不用管我，好好顾着永琪和永璂。"

海兰应承着，心疼道："姐姐还不知道永琪的脾气？讳疾忌医，也总不当回事。总怕自己弱些，别人就拿住了话柄。如今帮着皇上处理政务，也没日没夜的。叫他换个太医，也总说瞧着原来那个就好，不必费事。"

海兰殷殷叮嘱几句，也不敢多留，唯有环佩相撞之声，玎玲而去。

如懿静静坐着，任由天光昏暗，逐渐坠落。

那一晚，深碧暗红的帐幕低垂，如懿居然梦见她的姑母——先帝的乌拉那拉皇后。

梦中的姑母未再老去，或者说，她的心已老，相貌也不再重要。她的青丝中夹杂白发，一身皇后凤妆，气势凛然，不减当年。

身畔已无至亲，与姑母梦中相见，也足以让如懿热泪盈眶。她刚唤了一声"姑母"，乌拉那拉皇后却殊无笑意，肃然凝望着她："青樱，你的皇后凤冠呢？"

她无言，只能沉默以对。

姑母却冷笑连连："无用！当真是无用！戴在头上的凤冠，也会被人生生夺去。你我姑侄，便是这般无用么？连自己的男人都守不住，生生看着人为刀俎，我为鱼肉！生生地成了一个个弃妇！你记得我当年跟你说的话么？我跟你说过，乌拉那拉氏不能再出第二个弃妇了。"

如懿跪在乌拉那拉皇后跟前，惨然笑道："姑母，这个世上有没有抓不住的姻缘？我想我就是吧，哪怕是他的女人，是他的妻子，他却总是带给我一重又一重的失望。我们的姻缘，只是有姻无缘。我曾经很爱这个男人，如今却觉得陪伴他身侧，耗尽我所有的尊严与心力。姑母，我真的很累。"

乌拉那拉皇后厉声呵斥："累？一个失败的人，有什么资格说自己累？无非就是做得还不够好！你曾深陷情爱之中不能自拔，优柔寡断不能决绝，所以你才落得这般地步！"

"姑母，既然我与他都已不是彼此心中的那个人，那么放弃又如何？"她仰头望着声色俱厉的姑母，"姑母！情爱和权欲固然是魔障，但清醒更让人寒冷，让我们百死不能超脱的，难道只是皇上么？儿女离散，夫妻背心，皇上也未必好到哪里去！"

姑母的嗓音凄厉划过，是恨铁不成钢的无奈："便是皇帝让你失望又如何？终究只有一个皇帝，抓住了他，便抓住了一辈子的指望。"

"曾经我也这样想，我曾把一生托付于他，渴望得到安稳的人生，可是等待我的，是一次又一次的失望。"如懿渐渐平静，从容道来，"姑母，我以为只有这个男人会让我失望，后来我才知道，真正让我失望的，是我过了几十年的这样的日子。我不想再这样了。姑母，我想问问您，您活着的日子，有哪一日是真正的平安喜乐、顺遂无忧？"

乌拉那拉皇后黯然："我是没有一日欢喜。可在这里，欢喜从来都不是重要的事。重要的是……"

如懿似是问姑母，也是问自己："既然不曾欢喜，为何还要逼迫自己？"

乌拉那拉皇后甚是凄楚："可你是乌拉那拉氏的女人，乌拉那拉氏的女人必须做一个能够延续家族荣光的皇后。在家族荣光面前，其他什么都不重要。"

如懿坦然摇头："家族荣光……乌拉那拉氏的女人世世代代都好像被这四个字拖住了。姑母，我们不要再如此了。"她是肺腑之言，"我只希望，从今往后，乌拉那拉氏的女人都不要再进深宫，都能过自己想过的日子。"

乌拉那拉皇后看着如懿，眼底有复杂难辨的情绪，终于默然离去，归于鸿冥大荒。

如懿自惊悸中醒来，抹去额上冷汗，一颗提着的心却放了下来。自此，对谁再无愧欠了。

琪蕶 ◇贰◇拾◇

日子渐渐过成了一口井，抬头望得见庭院上空四方的透蓝的天，却再也走不出去。翊坤宫外总是静得出奇，任谁走过都会不自觉地缓下脚步，怕沾染上什么不祥的东西。大多人与事都改变了方向，唯有游荡于宫巷的风不会，它依旧会在某个静夜，忠诚地传来宫苑里丝竹笑语之声。朝喧弦管，暮列笙琶，那是另一重醉生梦死的繁华，与她无关。

永夜里，她很少能安然入睡，亦不太流泪。大约这一生，已经为了不值得的人不值得的事伤怀太多，以致晚来伤心，却不知该如何泪流。

她只是一径思念着，思念着永璜、海兰、永琪与惢心。

永琪的病是在入秋时分加重的，许是朔方骤然到来的寒气，许是为皇帝分忧担劳，引发了病气。最先知道消息的，是芸角和嬿婉。因为永琪怕病情引来不必要的揣测，动摇他在皇帝心中日渐牢固的储君地位，直至毒气深沉，脓疡深发，每夜都要芸角换了药帖，都不肯告诉皇帝与海兰。嬿婉悄然问了芸角，才知太医说过，若是静静养着不再受寒，尚有三分可治。可太医是多么谨慎的脾性，报喜不报忧，说有三分可治，那就是强弩之末了。

嬿婉欣然："五阿哥如此，也是你事情做得好，你额娘的仇终于快报了。"

然而芸角并不那么高兴，只是痴痴的："额娘的仇……是啊，妾身要为额娘报仇。可妾身有时也忍不住想，王爷若不是仇人的儿子，那该多好。"

嬿婉心中一寒，知她侍奉永琪多年，深得宠爱，怕是多少有些动了真心了。她暗暗嗤笑，世间的女儿心啊，为了情爱二字，都是那么容易动摇。

芸角大是不舍，犹犹豫豫着道："五阿哥对妾身真的好。任何一个女子，能得王爷那般情意，都是三生有幸。可妾身却对王爷的情意无以为报。王爷说遗憾没能和妾身有一个孩子，妾身也多么希望能和王爷有一个孩子啊，可我却连这一点都做不到……"

"有一个孩子？就算你做到了，又如何？"嬿婉笑意冷冷，"五阿哥终将不久于世，而你也命不久矣。"

芸角怔了片刻，不由落泪。嬿婉起身到她跟前，挽起她手细细摩挲："本宫知道，每一个女人，都期盼在这世间能遇到有情之人，然后两情相依，相守到老。这可能是一个女人一辈子最大的幸运。可是所谓幸运，本来就不是人人能有的。芸角，你没有多少来日了。"她说到芸角的伤心处，芸角果然愈加伤怀，嬿婉又劝，"你曾跟本宫说你额娘是世上最好的额娘，要为她报仇尽孝。那你要不要继续做下去，在你不多的时日里，完成为额娘报仇的最后一步？"

芸角满脸是泪："妾身自然想为额娘报仇。妾身撑着身子活到现在，靠的无非就是这点心愿。可是……可是为额娘报仇，为什么一定是要王爷的命……"

嬿婉的手缓缓抚上她的面颊，无比怜惜："本宫知道你痛。可你既没有本事伤到皇后和愉妃，就只能让她们更痛。在这世上，尤其是在这宫里，谁不是痛到极处，舍了至爱，才能完成哪怕一点点心愿。若不想痛，便只有将那心愿舍了，那便什么都不用做了。"她取出一个精巧的珐琅香粉盒子，悄悄交到芸角手中，"这是春婵从宫外帮你弄来的。只要一点点，撒到五阿哥的伤处，不出几日，他就会毒气溃发而亡。而这粉，不会有任何人能察觉。"

芸角直愣愣地盯着盒子，那绚烂五彩的颜色，仿佛是有刺一般，教她不敢轻易触碰。

嬿婉的口气里充满了诱惑："旁的本宫也不再多说了。一切本就是你自己的事，这东西，要不要、用不用，也全在你自己拿主意。本宫不过是心疼你额娘，心疼你，才多了这些事罢了。"

芸角哭得不能自已，伏下身来。

永琪的病情，瞒着海兰，自然如懿也不知。前朝里，为着如懿被禁足之事，也有大臣进言，说要废后的被皇上贬斥了，说要解了皇后禁足的也被罚俸降职了。如今前朝一片安静，干脆连个说话的声音都没有。这一来后宫也没了看清局势的方向，纵然嬿婉得意，也是心中没个着落。还是太后见事明白，私下对福珈道："皇帝是等着皇后先低头认错呢。"然而如懿是不会与皇帝主动认错的，她的日子，不过是每日抄写《心经》，安宁度日。可到了月光轻拂紫禁城周遭时，她却是一夜一夜地睡不着，一闭上眼睛，老是梦见亡故之人，永璟、璟兕、忻妃、舒妃，甚至孝贤皇后。与其如此，不如以经文宁神，换得片刻安心。

内务府的供应早已是断断续续，四季衣裳的周全都是凭旧衣度日，或者是太后惦记，遣人传递些东西进来。幸得容珮生性坚强，一切都尽力安排。而有两样东西，却是一直未曾断过的。

大约知道如懿每日素衣简髻，于佛龛前静心念经，也当作忏悔之道。每隔三日必有新鲜花卉送进礼佛，春日的玉兰，夏日的凌霄，秋日的素菊，冬日的梅花，四季相续，不曾断绝，也将死气沉沉的殿阁略略添置几分鲜活生气。另一则是檀香，虽不是最名贵那种，但也洁净无烟，每月月中，必定送进。于是佛龛前紫檀雕西番莲流云纹平头案正中摆着一只青瓷香炉，左右设了一对天青玉净瓶，供了四时鲜花。

这样的眷顾，不过是因为永琪的惦念。他深得皇帝爱重，到了三十年十一月，已被封为荣亲王。皇帝诸子之中，唯有永琪最先封亲王，皇帝又对其深寄重望。如此形势，便是登临太子之位，也是指日可待。私底下，皇帝也对太后道："顾我诸子，唯有永琪出色。儿子也别无选择。"

这般荣宠恩深，便是关在翊坤宫内，亦能从喜乐声中探知一二。菱枝喜极而泣："若是五阿哥继承大统，娘娘离开此处也有望了。"她掰着指头，"五阿哥颇具孝心，若是肯尊重娘娘，等来日，娘娘还可以是母后皇太后呢。"

容珮却摇头："菱枝，你不可胡言乱语，为娘娘招来祸患。"她换好清水，仔细供好新送来的白菊。那菊花香气甘冽，隐有清苦气息。她隐然有忧色："娘娘，若是五阿哥对您关切如初，那么可以送来日常所用的定会是五阿哥，而不是如今不太理宫中事的太后。"

如懿对着日光翻过一页经文，停下来道："你想说什么，便说吧。"

容珮道："娘娘，五阿哥送来花卉与檀香，可见他足有能力照顾您日常。可他避而取其轻，大约是因为送花卉、檀香，既可让娘娘潜心礼佛，又向皇上表明态度。"

如懿道："如此折中，也算两全其美。"

容珮道："是两全其美，既尽了些微孝心，也让皇上知道，他是力赞娘娘静心思过的。"

如懿清眸扬起："有时候做事不是只凭孝心情义，而是仔细周全。永琪自小争气，费尽多少辛苦才得皇上器重，成为皇子中封亲王的第一人。"如懿笑得欣慰，"你可知道，皇上当年就是皇子中第一个封亲王的，这等同于是立为太子了。此时若是因为我而牵连他，那万万不可。"

容珮不敢再言，其实她的抱怨并非无谓。十二月天寒地冻，太后送来的炭火并不多，前后不继，每日仅能点一个小小的火盆度日，便是将大毛衣裳都裹在身上，也根本不能驱走严寒。只得容珮和菱枝辛劳，烧了热水灌汤婆子，三人围坐着，冻得瑟瑟发抖。比起夏日，这又还不算差了。因为京中的酷热，殿阁中没有冰供，也无艾草熏房，热得痱子四起，蚊虫嗡嗡。那痱子本易冒尖，隔着衣衫磨破，又加之汗液，实在痛痒难当。这样想来，冬日尚能加衣，夏日却不可剥皮了。

倒是菱枝笑着上来凑趣："皇上封了五阿哥为荣亲王，荣耀显赫，真是个好封号呢。"

如懿正欲笑，心中咯噔一声，莫名觉得不祥，那笑便僵在了脸上。

荣亲王，荣亲王，这个称谓怎的这般耳熟。她蓦然心惊，曾经顺治爷的董鄂皇贵妃，所生的四阿哥深受荣宠，顺治爷一意欲立他为太子，先封荣亲王。啊，那个孩子，便是在受封亲王之后，夭折于襁褓之中了。

纷杂的记忆纷至沓来，逼得她心惊肉跳，手中一松，佛珠便从指间跳脱，散了满地。她急忙遏制住满心杂念，伏在地上一颗一颗捡起散落的佛珠，道："容珮，去点上檀香，我要为永琪祈福。"

到了三十一年春天，香花与檀香都停了供奉。如懿深觉不安，还是容珮向守门的侍卫打听了，才知荣亲王永琪旧疾发作，顾不上这些了。

自从封了亲王，皇帝要永琪历练政事，更是日夜劳碌，便是附骨疽发作，永琪也多半隐忍不言。到了冬日里，永琪已不能如常狩猎，闲暇时，都是芸角陪着，冒着寒气往京郊岫云寺祈福求安康。这几次来往，想是着了冷，便越发不好了。起初，永琪还强忍不言，到了入春几回倒春寒，便发了高热。因着芸角得宠，白日里福晋与侧福晋还侍奉在侧一二时间，到了夜间，都是芸角亲自照拂。永琪的附骨疽创口颇大，不断有脓液渗出，也都是芸角仔细擦拭，防人知晓。嬿婉给的香粉盒子芸角日夜带在身旁，也不是没有机会下手，可几次三番，都是狠不下心肠。到了末了，不过是将香粉倒了，只留一个盒子，随手塞在了屉子底下。

到了三月初一入慈宁宫拜见太后，永琪便是再难受，也少不得强忍了入宫，谁知在长街一跤滑倒，便再难起身。自此，永琪便养在了重华宫里，太医随侍左右。

皇帝为皇子时，曾在毓庆宫居住，婚后移居在此。自从皇帝登基，作为肇祥之地升为宫，定名重华。皇帝将永琪安置此处养病，一来方便生母愉妃看顾，二来亦可见皇帝对永琪的重视。

江与彬这时候才知永琪的病已经深入骨髓，便是身在壮年，也经不起如此虚耗，只能凭天命而行。闻得消息，皇帝与海兰都如被掏了心肝一般，海兰还能勉强支撑着照顾永琪，皇帝却是连日避在养心殿内，借酒浇愁，连已有了身孕的嫭婉都不肯一见，倒是永琰送汤送水，还能安慰皇帝几句。

这一来，便是宫人们聚在一起，私下也议论不已："翊坤宫已经没用了，这不必说。除非五阿哥爬起来继承了皇位，那她就还是母后皇太后。小主们里头容妃自然最得宠，可没皇子就是没依靠。皇贵妃呢除了身边养着的十五阿哥，肚子里还怀着一个呢。另外呢，四阿哥和六阿哥出嗣，八阿哥和十一阿哥是淑嘉皇贵妃生的，屁股都别想安到皇位上去。十二阿哥是翊坤宫的儿子，人呢病恹恹的也不成。这万一五阿哥要没了，皇上要再选太子，也就年幼的十五阿哥还有点指望。"

而这样的传言，是传不到心急如焚的海兰耳边的。永琪病得迷迷糊糊，偶然醒来，除了自云不孝，感叹自己一心要强，却强不过命数，唯恳请海兰好生看顾芸角。

那日幽闭许久的翊坤宫的门开启。菱枝惊惶不定，以为厄运再度来到翊坤宫。而她们，真的再经不起什么了。进来的却是三宝和海兰身边的叶心。叶心泣不成声："娘娘，小主伤心得晕厥过去了。荣亲王……荣亲王快不成了。"

三宝在旁道:"荣亲王沉疴已重,愉妃小主哭求了皇上很久,皇上才允许娘娘去见荣亲王最后一面。"

如懿只觉得足下发软,险险跌倒,她失声呼道:"怎么会?怎么会?永琪还这般年轻⋯⋯"

她的心底像是被钢刀绞刮,舌头一阵阵打结,连句完整的话都说不出来。

幸好软轿已经备下了,三宝与叶心半扶半搀将她挪了上去,急急奔往重华宫中。如懿心急如焚,轿外熟悉的红墙绿芜、琼林玉殿,都成了流水里的倒影,匆匆掠过。

如懿恓恓惶惶踏进西殿,永琪躺在床上,已然枯瘦如柴、昏迷不醒。殿中有浓烈的肌肉腐烂的气味,夹杂着脓血的腥气和草药气味,熏人欲倒。还是侍奉的妾室乖觉,焚起熏香细细,一丝一缕,沁入心腑。帘幔低垂,春寒侵入。泪意蒙眬间,恍然还是风姿秀致、英挺如松的少年郎,唤她"皇额娘"。

如懿的泪便落了下来,抓住永琪的手。一年不见,不想他已然瘦弱至此。太医们已然退下了,唯有芸角还留在身边照拂。如懿见她长得清丽动人,我见犹怜,不免多看了一眼,问道:"永琪何至于此?"

芸角跪下身道:"娘娘有所不知,王爷为了替皇上分忧操持国事,常常是夜以继日劳碌。自从得了附骨疽,他怕耽误国事,一直忍痛不肯言,或是找太医开些方子潦草对付,以致毒气深沉,气血耗尽。"

如懿斥道:"你既此时还留在永琪身边,必是素日得宠。既然王爷病得厉害,为何不告知福晋,上报愉妃,请太医好好救治?我也曾叮嘱愉妃,太医院的江与彬素擅此道,为何不请?"

那女子掩袖惊惶:"江太医?什么江太医?妾身从未听过。"她凄然惨笑,神色古怪,"这是命!娘娘,这都是命!作下的孽在这里,报不到自己便是报在儿女身上,真是可怜。"她痴痴笑着,状若癫狂,旁边的侍女忙拉住了她,"芸格格,您可别伤心坏了说胡话。"说罢,半拉半扯地将她带了出去。

如懿看着永琪颧骨凸出，面色赤黄，瘦脱不成人形，她内心大恸，也不知永琪何时会醒来，不禁悲从中来，泪水潸然而落。

永琪在昏迷中含糊地抓住她的手，呼道："额娘！额娘！我对不住皇额娘……"

如懿痛至锥心，惨声道："永琪！皇额娘在这里，永琪！"

永琪额上青筋暴出，拼命摇着头，吃力地睁开眼来。他定睛看是如懿，先是惊惶，继而羞愧，掩面道："皇额娘，是您来看我。"

如懿惊痛满怀，哭道："傻孩子，为什么这般要强，讳疾忌医！若是早些请江太医来看，也不会如此。"

永琪目中一点焰火骤然亮起，他沉痛难耐："皇额娘，是我没有听您的话。"他的眼角沁出一滴浑浊的泪，"皇额娘，我知错了，我真的知错了。"

如懿握住他的手，柔声道："好孩子，你是皇额娘一手抚养长大，你我母子，何来错不错这样的话？"

永琪的泪汹涌而出："我落到今日，全因不肯全信皇额娘。选择明哲保身，是我最大的错处。"

殿中添的大约是苏合香，那香气浓郁经久，有芳香除秽之效。香烟袅袅，自芙蓉翠叶白玉炉里飘出。那香气太过沉郁，夹杂着满殿药气，熏得人满眼晕眩。

她逐渐忆起，自从永璋长大，自从永璋得皇帝亲自教导，永琪望着自己的眼神，便再无幼时那般清澈。

永琪满面是泪："我知道自己做得不对，皇额娘困在翊坤宫受苦，我未曾尽力照拂，更不敢为皇额娘进言。"他喃喃，望着湛青蓝帐顶上绣的百蝠晖春图，最吉利的花样，讨着好口彩。富丽热闹的团花用密密实实的彩线绣成，比着永琪的枯黄委顿，越发眼花缭乱。

如懿痛心难言，连忙安慰道："你护着自己，并不算错。是额娘错了，额娘一直教你审时度势、韬光养晦，是额娘一直教你谨言慎行，不要强出头，都是额娘不好。"

"我这段日子病着，总想起昔日在皇额娘膝下的日子，过得安心踏实。皇额娘，我再不能护着您了……"他眼中的火焰逐渐冷却，悲伤中含着无尽的怔忡与茫然，仿佛是迷路的孩童。

她的泪，滚烫地灼烧着脸庞："永琪，永琪。江与彬呢！江与彬！"

他死死地盯着帐顶，重重地喘着气："是我不肯听从皇额娘所言用江与彬医治，以致回天无力……皇额娘，我……我真的很想、很想带您出翊坤宫，很想……"

他的手渐渐凉下去，像冬雪融尽后的冰凉，即将消弭在初春的黄昏。榻前供着十数火盆，三月初的天气，还是寒浸浸的。盆中小小的火苗，一簇簇跳跃着，如幽蓝阴魅的舌，舐蚀不定，晃出一团团暗红的光晕，却没有丝毫的暖意。

那种冷，从骨缝里咝咝冒着，难以抵御。

如懿捧着他的脸，轻轻抵住他的额头："永琪，你若能安安心心，何至于今日……"

永琪攀着如懿的手臂，保持着如幼时一般依偎着她的姿势，他的气息渐渐微弱下去，微弱下去，死水一般毫无波澜，终至令人惶恐的平静。

窗外，满眼新绿，染遍林梢。而怀中年轻的生命，已然停止了呼吸。

她静静地抱着永琪，浑然不觉得室中浑浊难忍的气息在逐渐淡去，就如怀中的身体，在逐渐变轻。

那是生命，在缓缓剥离。

也不知过了多久，黄昏的夕阳如溶了的血水，肆意布满了整个天空。余晖斜斜地照进内室，勾勒着花梨木床架上一痕一痕璎珞的影子，床棱与顶架上的雕花都是用金粉一笔笔描成的，是花正好月正圆和合长久的故事，燕是双飞燕，人是照花人。一花一叶，一蝶一莺，花香脉脉，碧枝如丝，在微光里像浮涌的金浪，迷得人睁不开眼睛。

她别过头，才见皇帝站在琉璃帘内，不知何时进来的。他的身后是廊下一排轻红纸灯，不过很快，都要被换成素白了。

皇帝眉头紧蹙，脸上全然是萧瑟的哀恸，双手轻轻颤抖。

如懿乍见他，还来不及起身，泪已落下："皇上，永琪没了。"

海兰被三宝和叶心扶着，跌跌撞撞地进来，哭得嗓子都哑了："永琪啊永琪，你怎么走在了额娘前头！"

皇帝的身形是僵死的，一点一点挪进来，他的声音没有一丝温度："永琪临终的话，朕听见了。"

足有一年不见了呵。

这样慌促的相遇，是在巨大的悲痛里。她在依稀的茫然中辨别着他的样子。她清楚地记得，脑海里的，那最后一次相见时，他的模样。他有一点点老，虽然才一年，衰老却如黄昏的阴影，不可抗拒地到来。

她一直以为，那样的憔悴支离，是她一个人的事。却不想，他也在经历。

真的，真的很想忘记。可在佛音的静谧里，才发觉刻意地忘记是一件很困难的事。那些藏在波澜不惊的浮沉往事之下的，一阕诗词，一种声音，清晨的白露，红樱的绽放，细枝末节，零碎琐屑，都会在对着他的时候汹涌而出。

他颤声道："你逼得永琪连你身边的太医都不敢用。你说，你对他做了什么？"

她静静道："皇上，您知道的，臣妾从未向您求取过永璂的前程，从来没有。"

"你嘴上保举永琪，暗地里却阴谋诡害！"他骇然惊痛，热泪纵横，"永琪是朕最出色的儿子啊！"

皇帝正说着话，外头福晋们的哭声嘤嘤响起。芸角不知从何处冲出来，跪倒在皇帝身前连连叩首不已，厉声道："皇上，王爷走得冤屈，乃是皇后娘娘所害！"

永琪的福晋厉声道："芸角，王爷生前虽然疼你，你也别信口开河！"

有侍卫上前拉她，她哭号难抑，如何肯去？皇帝问："你是谁？"

还是福晋答道："回皇阿玛的话，她是荣亲王府的格格，王爷生前最宠爱的侍妾胡芸角。自从王爷卧病，也是胡氏侍奉最勤。"

皇帝盯着芸角，森然道："你为何说皇后害了永琪？"

芸角看看众人，还是昂着脖子道："王爷他不敢用皇后娘娘身边的江太医，不过是想避嫌罢了。"

皇帝瞑目："为何避嫌？"

"只为当年太监凌云彻之死乃是额娘背着皇后娘娘所为，惹得皇后娘娘痛心怨恨，与额娘不和疏远。"

贰壹　鎖重門

　　四下里格外地静。所有人的心绪，在听到"凌云彻"三个字时，彻底安静了下来。

　　如懿怔怔的，逃不过的，原来还是为了凌云彻。

　　海兰倚在叶心身上，锐声道："你别血口喷人！赐死凌云彻就是皇后娘娘吩咐我做的，皇后娘娘怎会与我疏远？"

　　芸角犹在告发，字字句句都有依凭似的："如何没有疏远？额娘，皇后娘娘禁足之前您有多久没去翊坤宫了？除了带十二阿哥去问安，皇后娘娘都不会见您。这些事，问一问翊坤宫和延禧宫的宫人，应该都知道吧。"

　　海兰气得噎住。芸角趁着海兰不能驳回的间隙，继续道："王爷还跟妾身说，皇后娘娘根本舍不得凌云彻死，才怨恨额娘擅作主张。王爷夹在中间难以做人。"

　　皇帝总以为凌云彻之死是如懿的主张，意在撇清干系，向自己低头。不想里头竟有如此文章，皇帝已然听得呆了，他勉强镇定着情绪，却忍不住声音发颤："你是说永琪知道凌云彻之死，不是皇后命愉妃做的？"

芸角万分肯定，连连点头："是。否则皇后娘娘与额娘交好多年，王爷又是皇后娘娘养大，王爷何至于避讳疏远至此？"

菱枝跟在如懿身后，一直怯怯地默不作声，此刻也忍不住了，出言道："荣亲王哪里疏远皇后娘娘了？皇后娘娘禁足，荣亲王每隔三日送来香花檀香。"

芸角的目光在菱枝身上一剜，冷笑道："王爷若敢与皇后娘娘亲近，怎会不照顾翊坤宫日常所需，反而只送去香花檀香？王爷这么做就是盼望皇后娘娘可以清心寡欲，了却情缘！"

菱枝哑口无言，气结难言。她还要分辩，容珮看如懿神色，忙忙拉住菱枝，示意她不要多言，免得再被芸角反咬。

皇帝听得"了却情缘"四字，直如万箭穿心一般，气得人都怔住了，也不顾如懿，只盯着芸角，眼角泛出红丝："你是说永琪知道凌云彻死后，皇后还对他念念不忘？"

海兰最恨旁人提如懿与凌云彻有情之事，恨声道："一派胡言！姐姐如何对凌云彻念念不忘！"

芸角哭得双目通红，此刻盯着如懿，如要噬人一般。她咬着牙，迸出了全身的力气："若非念念不忘，皇后娘娘为何还要交代王爷寻了风水宝地，好生安葬了凌云彻？"

几乎是在同一瞬间，如懿与容珮对视一眼，彼此都明了，当时之事只有自己二人知道，一定不会外泄，那么芸角的确是从永琪处得知？永琪真的是对这个爱妾知无不言言无不尽？

皇帝握得手中湘妃竹扇柄咯吱作响，忍耐着问："什么风水宝地？朕分明要永琪把凌云彻扔去乱葬岗的！"

"王爷起初是按皇上吩咐办的，但皇后娘娘不忍心凌云彻弃尸荒野，才对王爷另有交代。为此王爷也左右为难了好一阵子，最后还是见皇后娘娘为凌云彻太过伤心，又屡次被皇后娘娘逼迫，实在无奈，只得违背了皇上旨意。"如懿的心凉到了极处，是永琪告诉她的，否则，怎会连这些细枝末节她都清楚。如懿的喉头像是被什么东西扼住了，一阵阵透不过气来。芸角尖厉的嗓音似乎从极远处传来，渺渺的，回响在她嗡嗡作响的耳际外："除了这个，皇后娘娘还叫王爷为凌云彻四时祭拜，十分周到。"

她的心忽然在颠簸里找到了定处。不对！不对！这话有漏洞。她强按捺着狂跳的心，控制着自己不露出疑惑的神色。皇帝气得双肩微微颤抖，想要举起扇子责打，手却无力地垂落下去。半响，他只得恨恨道："乌拉那拉氏，你好大的胆子！"

海兰因着丧子之痛，早已心力交瘁，难以支持，但见如懿这般受辱，再也顾不得自己，跪下抓住皇帝的玄色袍角，落泪不已："皇上，要永琪违背皇命，好生安葬凌云彻是臣妾的意思，皇后娘娘毫不知情，是臣妾叫永琪这样做的。皇上要怪就怪臣妾吧！"

皇帝虽然也为爱子离世痛心，但他深知海兰一生都与如懿彼此相依，要紧关头自然要出来维护，他哪里肯信："你做的？你做这些是为了什么？"海兰悲痛欲绝，一时哪里扯得出辩驳之语，皇帝越发逼问，"你既说是皇后要你处死凌云彻，你又怎会背着皇后厚葬了他？除非皇后根本没有要他死，是你擅作主张，才心中有愧？"

海兰死死抓着皇帝的袍角不肯放手："皇上知道臣妾胆小，虽然是奉皇后娘娘之命处死凌云彻，可心中总是不安，才想着要悄悄让永琪厚葬了他。"

皇帝居高临下地看着她，只见她满头青丝，一夜之间白了好些，两鬓微霜之态，实在让人可怜。皇帝缓了语气："好。那你将凌云彻葬在了哪里？"

海兰哪里知道这些，咬牙道："臣妾不知，臣妾只是吩咐了永琪去做。想来永琪定会做好。"

皇帝实在明白海兰是为如懿扛下这一切，然而海兰越是如此，他越是认定了如懿与凌云彻真有私情。他只觉得胸腔里翻江倒海一般，又是恶心又是痛楚，腾地他脑中似烧着一把燎原的野火。他一掌推开海兰，怒道："还在狡辩？你们一个个的……如何对得住朕？"他迫视着如懿，"朕问你，凌云彻到底是不是你命愉妃处死的？凌云彻的后事到底是谁的主意？"

海兰知道当下如懿说什么，皇帝都不会谅解，只会疑心愈深。她挡在如懿跟前，哀切道："皇上，一切的确如臣妾所言！您要相信臣妾！"

芸角嘴角衔着一丝浓烈的恨意，积蓄多年的恨意终于喷薄而出。她凄厉喊道："皇上，您看皇后娘娘根本答不出来，她就是心虚！皇后娘娘为一己私情害死了王爷，妾身实在为王爷抱屈！这样的人怎配为人母？怎配为国母？王爷也告诉过妾身，皇后娘娘最在意的是凌云彻！有这样的嫡母，他深以为耻！"

海兰看着芸角，深知今日是非一切由她而起。永琪一死，她便突然挺身告发如懿，必有许多阴私。而这样的女子，居然能留在永琪身边多年，自己见过也总以为她纯良不争，真是悔恨自己瞎了眼睛。她气悔交加，再按捺不住性子，朝着芸角劈面就是两掌："贱妇胡说！我永琪走了，还要被你利用，羞辱嫡母！"

如懿眼底的波澜归于平静，她口吻镇定："我虽不知你是什么来历，但你口口声声说着的永琪，也是我抚养多年的爱子。永琪什么性子，你清楚，我更清楚。他会说出这样的话来？如今永琪就躺在这里，你敢对着他再说一遍你方才的说辞？"

芸角一颤，眼里闪过一丝不忍与愧对，不觉缩了缩身子。如懿见她这般，上前一步，厉声道："你再说一遍！"

芸角强撑着身子，倔强道："是！这都是王爷告诉妾身的。"

如懿心中越发有数，她疼惜了一辈子的永琪，一定不是这样的人。便是他真将厚葬凌云彻之事告诉芸角，也断不会在背后数落诋毁。她的永琪，绝对不会。她反问道："他告诉你是我屡次逼迫他为凌云彻安葬？他告诉你我要他四时祭拜？他告诉你以我这个嫡母为耻？"

芸角怔了怔，也觉得言多必失，自己或是哪里说漏了嘴。她是再清楚不过的，若不是永琪已死，她哪敢说这些事？所谓寻得风水宝地，原也不是永琪告诉，是她私下留意，问了数次，永琪才说了几句。不，不能再多说了。芸角拼着这口气，早知道自己活不了几日，不过是每日忍着病痛苟延残喘而已。这条残命，若不是为了孝义拼死拖到今日，老早不知道香消何处。更何况，全了孝义，却对不住永琪待她多年情分，失了恩义，活着还能如何？

芸角满目是泪，呜咽道："妾身伺候王爷多年，二人情笃。今日妾身冒死为王爷喊冤，还被害死您的人逼迫，妾身也不打算独活。"她哭得声嘶力竭，"王爷，您别丢下妾身，妾身这便跟着您去了！"

她说罢，举起剪纱布的剪刀，一把戳在了自己的脖子上，飞血四溅，似开了一树艳艳桃花，香消玉殒。

皇帝连连冷笑："朕问你的你避而不答，永琪尸骨未寒，你却逼死了他的爱妾？！"

海兰虽见芸角死在当场，死状惨烈，也惊得不知如何是好，但听皇帝这般重责，依旧维护如懿："皇上，您不能这么说皇后娘娘，纵使胡氏是永琪爱妾，您也不能听信她一面之词。"

皇帝本就晕眩不已，眼前金星乱冒，听得海兰依旧这般，愈加手足冰凉："愉妃，她害死的可是你的亲生儿子，朕最出色的皇子永琪，你还在这里替她说话？"他再不看急于分辩的海兰，只盯着如懿，"皇后，豫妃和茂倩告发你与凌云彻，朕还可以不信。如今连永琪都明白你们俩的私情，好！好！你如何再配做朕的皇后！"

是否配做他的皇后？同样的话，眼前这个男人在杭州时便已问过，她也在那时便已答过，自己也并不想再做他的皇后。如今再问，不过也是同样的答案罢了。

皇帝气怒攻心，忽地扬起手中一柄打开的湘妃竹洒金折扇，狠狠从她的耳畔直劈到了颧上："这是朕最后一次打你。"

那折扇原是消暑用的东西，玲珑小巧一把，皇帝常自携在身边，自取清凉。此刻他落手极重，来得又急又狠，居然连洒金扇面都刮破了几折。如懿倒伏在地上，听得有无数细虫在她头颅里死命扎着，耳边嗡嗡乱响，颊上只是发木。她没有反应过来，只是盯着他微白的双鬓，呵，那颜色，像极了除夕夜中纷碎的落雪，像未亡人的眼睛，淡白，死沉。她老了，他也老了，都经不得这样沉重的伤痛，而且，是最优秀的孩子。

脸颊上剧烈地肿痛，他却连用手打她亦不肯。

她的错处，大概是数不胜数。所以并不辩白，只是定定望住他，一双眼眸格外地黑。皇帝见她不言，便道："那朕便成全你。进保，带乌拉那拉氏走，收回她的皇后册宝！朕不想再见她。愉妃立刻去圆明园为永琪安排祝祷之事。格格胡氏殉主，以侧福晋之礼好好葬了。"

海兰被毓瑚带人半扶半拖着走了。他没有再理会如懿，任由她孤零零站着。没有人驱赶她，也没有人理会，只是远远地避开她，哭天抢地着开始忙碌起来。她是一个孤清的影子，那有什么要紧？

永琪是她多少年的心血煎熬，只落得如此下场。

她欲哭无泪，立在那里，看着红色的宫灯被粗暴地扯落，换上白纸灯笼。素白的雪色一点一点蔓延开来，渐渐成了堆雪天地。

她迟钝地被挪上了软轿，叶心一壁哭一壁陪在身侧。如懿听见自己的牙齿在发抖："告诉愉妃，荣亲王格格胡氏言语蹊跷，仔细去查她的所有底细，一点都不能放过。"

叶心讶异："胡格格的家世，内务府都有记载呀。"

如懿道："你告诉愉妃，她自会去荣亲王府查。还有，叮嘱愉妃保重身子，她还有绵亿这个孙儿呢。"

叶心忙乱地点着头，来不及说什么，软轿便已将如懿送了出去。

如懿是在长街上挣扎着下来的。

她的手心全是潮湿的冷汗，涔涔地洇湿了掌心的每一条细纹。她的膝盖酸软如绵，她半倚着危危红墙，那种虚脱的无力感排山倒海吞袭而来。

不，她一点也不想靠着这堵临渊般的红墙。她泪流满面，说不出一句话，一掌，又一掌，重重地拍在墙上，以掌心的刺痛，软弱的力量，来撼动这一切。她想出去，想出去。她这一生，从未如此刻，发疯般地想要出去。

她心爱的孩子，心爱的男子，她的青春，她的来日，全部折堕在了这里，成了红墙之下的暗沉的余灰，琉璃瓦上点缀的浮光。

那是她的半生呵！

她精疲力竭地倒下，无声地哽咽。末了，还是叶心强扶了她进了翊坤宫，再度重门深闭，不见来路。

皇帝在永琪新丧的当日便下令收回如懿手中的四份册宝，皇后一份，皇贵妃一份，娴贵妃一份，娴妃一份。册宝交出的那一刻，她心底没有一分戚然。只是看着那些曾经属于她的东西，又失去了一分。不要紧，这一路与他风雨同来，不过是得到一些、失去一些。

那是他与她来时的路。从娴妃起，以皇后终，还是走不到天长地久的尽头，终是毁在了他的疑心上。

接下来的日子，皇帝查得凌云彻坟地确实有墓碑，也是风水宝穴，确是永琪生前经手办的，更认定了如懿与凌云彻之事，忧愤伤心之下，大病了一场。待得稍稍好些，他总在翻阅先帝留下的《朱竹图》时想到当日"竹苞松茂、日月悠长"的传承之意，更伤心自己最出色的儿子就这么弃了自己而去，养到他二十五岁，眼看着他成器，却走在自己前头，要白发人送黑发人。

这些日子，皇帝唯一的安慰，便是嬿婉日益高隆的肚腹。嬿婉总是拣皇帝喜欢的，说说腹中胎儿的律动，说说永琰小时候的趣事，让皇帝稍稍欣慰。

偶尔太后来看望皇帝，知晓旁人不敢言说此事，她却是有些话如鲠在喉，不得不说的。册宝收回之后，本该送去内务府销毁，皇帝却迟迟未有此举。太后愈加明白："永琪薨了，你就收了皇后册宝。不是哀家说你，你太心急了。你的病，就是从急怒攻心上起的。可是只有一个胡氏告发，证供不足，如今又死无对证，似乎总有些不妥当。"她见皇帝不言，便道，"哀家问过那日在重华宫的人，胡氏既然能情深到殉死，又怎会在永琪刚薨逝的时候便能那般冷静，振振有词地这么说出那么一大篇话，而且都是冲着如懿一个人去的？哀家总觉得于情于理不大合吧。尤其是胡氏说永琪曾对她说出以嫡母为耻这种话。可有人听见永琪临终与如懿最后几句话，显然母子情分仍在，不至于如此。皇帝啊，所谓枕畔私言，也可以是枕畔虚言。这个胡氏口中的永琪和咱们平日所知的不大一样啊。而且听说胡氏拿凌云彻说事，分明是要戳皇帝你的软肋。欲盖弥彰，太实则虚啊。"

皇帝本就是多心之人，听得这些，自然意动，抬眼看了看毓瑚，向太后道："皇额娘放心。儿子还是会派人去查一查的。"

太后又说了几句愉妃去圆明园后，永璂就去撷芳殿居住，一一都安排了，才起身离去。

如懿的额娘年迈多病，自从她断发便长居府中调养。皇帝收走册宝本就是生了废后之意，王蟾得了嬿婉吩咐，私下出宫亲自禀告了一回，将如懿害死永琪被夺册宝之事都一一说了。如懿的额娘病中大恸，哪里受得住这样的消息，熬不过两日便撒手去了。嬿婉知晓，不过一笑："本宫只是行皇贵妃的职责，是那夫人自己命薄吓死了，怪不得谁。"说罢，自去宝华殿为凌云彻焚香祭拜。

皇帝得知如懿额娘之死，也颇是叹息了一番。夫妻情绝，对这位岳母皇帝还是顾惜，吩咐了毓瑚出宫安排后事，一并又查访胡芸角的底细。然而毓瑚在荣亲王府与胡氏娘家几番查问，也只能查到胡氏家人早因失火惨死，一个不留，她也无甚钱财留下，并未受人要挟收买。而芸角在王府一直深得永琪宠爱，病中也片刻不离身旁，永琪附骨疽加重，多半也有她怂恿常年用冷水沐浴，饮食起居贪凉所致。至于如懿，则是与胡氏从未往来，更无怨仇。这般查无可查，皇帝也是懊恼，只得让人将如懿额娘之死缓缓告诉，也教如懿知晓才罢。

乌铜油灯幽幽地微亮，跳跃的烟气散发出飘忽无定的光芒。那灯火望得久了，像是在遥远的地府传来，没有一丝热气似的。噩耗如同汪洋的咸波将她淹没，她沉溺其中，不得解脱。舌尖似有血液的咸与涩，每一口呼吸都从鼻尖痛到喉底，几乎致命。她跪在佛堂里，佛像高高在上，阴影里菩萨慈悲的面孔看得并不分明，不过是晦暗的模糊的一团，仿佛悲悯不已地注视匍匐于莲座下的她。

良久，还是容珮端着清水进来请她饮下："娘娘，您在这儿跪了一夜了，再跪下去，人会熬不住的。您好歹喝点儿水吧。"如懿木然地跪着，容珮忧心不已，"娘娘，老夫人虽然去了，但说皇上已经准了给老夫人厚葬，老夫人会入土为安的。"她很是无措，"您伤心就哭出来吧……"

会么？额娘真的可以入土为安了么？如懿抹去腮边的苦泪。她身边亲近的人，姑母、阿玛、璟兕、永璟、凌云彻、永琪，一个个离她而去，如今额娘也走了，上穷碧落下黄泉，幽冥浩瀚，她却连他们是不是入土为安了都不知道。容珮让她哭，她真的哭不出来。

是的，没有眼泪了。流的泪再多，终究是无济于事。残躯留在世间，总得有些用处吧。

香见坐在轿辇上，心急如焚，一味催促着抬轿的太监："快些！快些！"她素来性子冷淡，又不屑与宫中嫔妃来往，今日如此急促，连伺候她多年的喜珀都暗暗纳罕。

喜珀赔笑道："小主好歹说句话，您急着要去哪里？"

香见直视前方："翊坤宫。"

喜珀吓了一跳，连忙跪下拦在轿辇前："小主三思，翊坤宫去不得。"

香见简短道："去得。"

喜珀仰脸看着她："皇上说了，去不得。谁去了就陪皇后在里面待着，再出不来了。"

"可翊坤宫娘娘的额娘没了，我不能不闻不问。"香见看也不看她，示意小太监们放下轿辇，自己走了下来便往前去。喜珀登时吓得呆了，愣了一愣才醒过神来追上去。

香见足下极快，匆匆到了翊坤宫门口，便见门庭紧闭，尘灰满地，心中不由一酸，便伸手去推门。喜珀忙劝道："小主，没用的。您忘了，这翊坤宫的门是从里头锁住的。"

话音未落，却听"吱呀"一声，沉重的大门发出锈涩的声音，竟开了细细一条缝。

香见意外之余也顾不得那么多，径自推门而入。喜珀犹豫片刻，忙闪身跟进去，慌慌张张关了大门。香见走进翊坤宫，只见院子里草木茂盛，倒依稀还是旧日的样子。只是四下里寂静异常，在这春日底下，倒显得格外冷僻。香见心里担忧，便直直往里走，到了殿前，却突然怔住了。原来殿前的石阶下，却是海兰直挺挺跪在那里。

海兰也不知跪了多久，身上都被汗湿透了，整个人摇摇欲坠，却只是咬着唇硬挺着。香见是知道的，海兰很快要离开紫禁城去圆明园，明为为荣亲王丧仪主持，实则是皇帝不喜她与如懿再有往来。这回能进来，怕是之前海兰在养心殿跪了一天一夜，数度晕厥，皇帝才允准她进翊坤宫与如懿隔窗相见，禀告对那夫人后事的安排。

香见有些不忍，屈膝请了一安道："愉妃，你一直伤心，再这样跪着，当心身子。"

海兰略略点了点头，眼睛却只望着门口，半分也不肯挪开。她哀哀泣道："姐姐，我求了皇上可以与你相见，却没法子求皇上放您出来。哪怕我马上要去圆明园了，我也一定会再去求皇上的。"

许久，才见如懿走到窗边，微开一缝，与海兰盈盈相望。如懿的声音听来尚算平静："海兰，你要去圆明园为永琪主持祝祷超度之事，皇上本就带着责罚之意，是受我连累。你别再为我求情了。倒是你去了圆明园，永璂怎么办？"

海兰听到问永璂的事，连忙道："皇上留了十二阿哥在撷芳殿居住，姐姐暂且可以放心。"

香见不忍小孩儿家受苦，虽不懂得怎么照料孩子，也是自告奋勇："娘娘放心，我也会帮着看顾十二阿哥。有我在，无人敢欺负他。"

如懿嗟叹："容妃，多谢你。"

海兰似有备而来，许多事缓缓说起，要紧的头一件便是胡芸角。永琪去后，海兰便将福晋与侧福晋、管家、侍婢等唤来一一细问，才知胡芸角自进了永琪府邸，从不回娘家省亲，和外头也没什么来往，除了偶尔几次进宫向自己问安，整日和永琪守在一起，看不出谁能指使她。若说进宫问安有何异样，芸角也不过一个格格，身份低微，便是见了海兰也无多少话可说，待一会儿就走了。倒是下人们说她每常进宫都要大半日，也不知是去了御花园闲逛还是做了什么。再问起芸角与永琪的相处，海兰愈发生气，方知每回永琪在福晋处都是用热水沐浴，偏和胡芸角在一块儿时，胡芸角便纵着他冷水沐浴衣着单薄，有时还与永琪饮食寒凉之物。

如懿越听越是心惊，永琪的病最怕受寒劳累，胡芸角这样伺候永琪，由着永琪的性子来，永琪身子怎么会好？这不如同催了他的命吗？

海兰恨恨不已，从袖子里取出薄薄一张药方，香见看着上头鬼画符似的写着各色药材名称，也不大懂。海兰从窗隙递进去，恨声道："姐姐，我在王府翻看胡芸角遗物时，还在她房中的首饰盒子底下翻到这么一张药方。可胡芸角这些年在永琪府里都没怎么看过大夫，怎么会有这么张药方留着？我觉着奇怪，便带来给姐姐了。"

如懿正想什么药方值得这般珍视，却看上头没名没姓，看着却有些年头了，确实古怪。很快又将药方还出，叮咛道："寻常药方都是写名写姓，这个是有些蹊跷。你去圆明园前，将它交给江与彬细瞧。还有，胡芸角的遗物都不要动，一样一样找人细查过，看还有什么痕迹。"她寻思片刻，将多日疑惑缓缓道出，"当日胡芸角告发我屡次逼迫永琪安葬凌云彻，还叫永琪为凌云彻四时祭拜，但你知我不可能逼迫永琪。且我确实让永琪为凌云彻寻了墓地，但四时祭拜之事，我知永琪身份不便，所以只托了江与彬与蕊心，这事是连永琪都不知道的。"

香见心思简单，脱口而出："既然如此，当日娘娘为何不说明白？"

个中难处，还是海兰明白。她无限凄苦："祭拜之事干系江与彬夫妇，当时皇上怒火之下，姐姐便是说出来，未必能自证清白，还得害他们夫妇被牵连进来。那姐姐定是不愿意的。"她哀叹，"姐姐为他人思虑，只是委屈了自己。但凌云彻坟墓之事，我都不知，祭祀之事，听姐姐一说更是连永琪都不知道了，那胡氏都是怎么知道？"

海兰一语才出，如懿与她都是凛然。如懿沉吟着道："这些事，她能听说，逃不出是和我们一样在意凌云彻身后事的人。"

香见虽然久在宫中，但一直深得皇帝宠爱，无人与她争风，她也不屑与人计较，所以许多事她不了解，也不愿了解。如今听来，才知惊心动魄，原来这里头，有这么多心机纷争，波诡云谲。她几乎是不假思索，低呼一句："皇贵妃！"

是了。这般在意凌云彻的，这世间唯有一个魏嬿婉了。

如懿的声音沉稳而坚定："除了查胡芸角之事，我还有几件事交代你和容妃一并去办了。"

海兰与香见互望一眼，重重点头。

走下翊坤宫院落的台阶时，海兰犹自一步三回头，依依不舍。窗扇已然紧闭合拢。里头寂寂片刻，终于，如懿的声音远了些许，温婉而脆薄："海兰，往后的日子，见与不见，只要你善自保重，彼此就是心安。"

海兰忍泪啜泣，良久萧萧。

香见抬头，一小方碧澄的蓝天，被四围宫墙隔出。天上的白云大片大片被朗风吹着，消散得无影无踪，单空余一片孤零零的天空，蓝得空旷而孤独。日影在暗红色的檐下转移，庭院内寂静无声，偶有连绵不绝的咳声响起。

香见黯然地想，这个与她说起过少年郎的女子，是宫里唯一肯对她真心相待的人。

兰因絮果

贰贰

海兰去了圆明园不久，如懿便添了一种症候，起初只是声嘎咽痒，烦梦不宁，时常梦见亡故之人，渐渐惊悸咳逆，偶见血痕。香见在那日听得咳声后便不放心，向皇帝进言延请了太医进来。

江与彬好不容易才进来一趟，自然将这些日子海兰交代他药方之事一一查问告知，原来那方子上字迹他熟，是侍奉嬿婉的包太医所写。只是他试探过包太医，包太医说不出是为谁写的。他翻看记档，也知道包太医没去荣亲王府医治过，应该和胡芸角没有来往啊。且那方子似是针对某种少见的血液之症的，江与彬翻看医书，知道得了那病症的，一般都难以医治，人也难活过壮年。而方子上开的药材是一般人难用得起的名贵之物，也非医治所用，而更像是止痛续命暂时用。

如懿质疑："包太医是常为魏嬿婉医治的，是否魏嬿婉与胡芸角有干系？难道胡芸角得了这种病症？魏嬿婉就是用那方子控住了她？因为身染恶疾，她就不要命地来咬本宫？"

江与彬不言，另取出一个珐琅香粉盒子打开，里头早已空空，只残留些微白色粉末。他极小心地用衣袖捧着，不愿有任何肌肤的沾染："微臣从愉妃娘娘送来的胡格格几件遗物中，还发现一样不妥，便是这个香粉盒子。这是荣亲王福晋在荣亲王床头的屉子里找到的，说是胡格格的东西。"如懿见江与彬这般小心，立时知道不妥，也稍稍侧身避开。江与彬道："有些剩余的粉末，微臣验看了，是一种白色无味的毒粉，应该是用一种晒干的毒菇研磨而成，用在伤口上，只要一点点，就可致命。"

如懿惊得几乎要跳起来，一颗心狂乱不止："她是要对永琪用的？那永琪不是病薨……"

江与彬连连摇头，断然否决："荣亲王薨逝时微臣在侧，绝无中毒的痕迹。"

"虽然不知是来不及下手还是怎的，她还未对永琪下毒，但备着这样的东西，定是冲着永琪去的。否则平白无故的，这东西会放在永琪的床头？这样细细想来，永琪的死，也未必是我们看的那个样子。她素日那般置永琪的病忌于不顾，也是蓄意加重他的病情，永琪才落得如此下场。"

江与彬心有余悸，小心地收起香粉盒子包好。如懿寻思着道："这珐琅香粉盒子做工精巧，外头做不出来，定是出于内廷……胡氏每常进宫拜见愉妃，不过是坐坐便走，却都要进宫大半日。原来她在内廷之中，确是还有旁人往来啊。她们沆瀣一气的，要害的不只是我，还有永琪，甚至都不只永琪……"她越说越是惊怕，"不是我多心，这毒物定是魏嬿婉给她的，要她害永琪……只是她如此得永琪宠爱，放着大好前程不要，这般害永琪，这背后的缘故一定不浅。江与彬……"

她话未说完，已经咳得浑身哆嗦。江与彬一搭脉，不觉惊愕。

如懿见他如此，已然知道不好，平静道："你说便是。"

江与彬的声音有些发抖，似乎在极力克制着："您的咳疾深重，已经转入肺里，成了痨症，实在凶险，务必得好好医治。"

"有多凶险？"

江与彬红了眼睛："已入膏肓……这症候最怕忧思伤神，药力虽下去了，却耐不得您自身造出病根。您万勿再这般耗神了。"

如懿淡然一笑，浑不在意："尽人事，听天命吧。你只需告诉我，我还能活多久？"

江与彬难过不已，他寻思片刻，道："若您能安生静养，不劳心费神，微臣拼尽医术，可保您半年无虞。"

"若像活死人一般躺着，又有何趣？"她双眸微抬，眼中澄澈无波，"你给我服药，吊住我的精神，能多久？"

江与彬为难不已："最多三个月吧。"

"够了。"如懿悠然望着远处，"你要记着，不能将我的真实病症告诉旁人，只能说我是伤心抱病。我命在垂危，有自己务必要做的事。你尽力帮我一把就好。"

江与彬无言相答，只得含泪答应。

天渐渐热起来，江与彬每回进来，只说她丧母丧子，伤心过度，来请平安脉，私下里悄悄送药进来，为她吊住精神。那汤药让她在病中咳得没那么厉害，肺部也不再隐隐作痛。暂得的平静里，她总在寂寂的光阴里想起永琪曾经天真无邪的笑靥，他在她膝下长成的每一件细微琐事。那是她未能保全的他的纯真，毕生的大憾。而永璂，不知他的来日，又是如何。庭院深锁，再无人轻易打扰，连鸟雀亦知趣，不来打搅这沉寂深宫。佛堂外的日影每一日朝升暮落，循环往复。虽然单调，却也让人觉得安稳。这般日复一日，光阴迅疾，飞曳无声，走得清冷、寂静又有条不紊。

到了六月里，紫禁城的暑气一浪接着一浪。如懿与海兰，一个在翊坤宫抱病，一个在圆明园苦守丧礼，各自支离，奈何总是不方便互通消息。香见派人去了寒部家乡，令人四处搜寻一个在边地受苦服役之人，便是得了一二消息，也苦于不得入翊坤宫，只能让江与彬传递一二。闲时，她便往御花园走走，看宫人莳弄梅树，打发时光。

待到更热的七月，太阳一出来，过不了一个时辰地皮儿都烫了。这时节连御花园的花花草草都晒得蔫蔫的，唯有永寿宫里的石榴开得如火，仿佛碧绿的湖水上燃着殷红的云彩，几乎要迷了人的眼睛。而十七阿哥永璘的出生，更添了这无限热闹喜气。

一溜儿的廊檐底下，碧水琉璃瓦映着金砖墁地，纤尘不染，唯觉金灿灿的日光洒下，连永寿宫的每一条砖缝都透着金迷绚丽的气息。

嬿婉坐在西暖阁的榻上，一屋子莺莺燕燕围着，极是热闹。虽是刚产下十七阿哥不久，嬿婉倒丝毫不见肥腴，反而神光明艳，更甚于一班新入宫的年轻嫔妃。她见众人只是围着自己，略略咳了一声，轻笑道："天气这么热，难为了妹妹们还晨昏过来请安，倒叫本宫生受不起。"

她一说话，众人都静了下来。为首的庆妃资历最长，便先笑道："皇贵妃主理六宫，位同副后，咱们来请安本是应该的。何况皇贵妃刚诞育了十七阿哥，咱们姐妹怎么说也要来给皇贵妃道喜的。"

晋嫔亦道："天气热怕什么，规矩总是要守的。再说，咱们也想看看十七阿哥呢。"

庆妃满脸艳羡："听说皇上隆恩，准许皇贵妃亲自养育十七阿哥不说，还定是每日都要来看十七阿哥的。"

晋嫔笑着抚了抚鬓边的珠翠，斜睨了庆妃一眼："皇贵妃荣宠，自然是旁人不能比的。"

嬿婉恬然微笑："晋嫔妹妹说笑了。皇上许本宫亲自抚养十七阿哥，不过是因为本宫除了料理后宫琐事外也是闲着，所以让本宫带着孩子打发时间罢了。"

晋嫔忙笑道："皇贵妃执掌六宫每日辛苦，哪里会闲着？到底是皇上体恤娘娘和十七阿哥母子情深，不忍叫娘娘母子分离罢了。"

几位贵人亦笑："可不是？听说十七阿哥十分可爱，皇上都喜欢得不得了呢，口里心里都是念着。"

嬿婉微笑："乳娘，既然各位小主都来了，把十七阿哥抱出来，见见各位吧。"

一时乳母抱了十七阿哥出来，十七阿哥犹自睡着，大红夹银丝薄被裹着小小白胖的身子，一身小衣裳上用金线绣着富贵长命连身纹案，蹬了双虎头鞋。小阿哥胎发间凑出两个可爱的旋涡，粉嘟嘟的小脸泛着娇红，睡得正香。

庆妃将一枚金镶玉锁放在婴儿胸前，笑道："这块金镶玉锁还是妹妹入宫的时候最贵重的陪嫁，妹妹想着，这样的爱物儿总是要给最有福气的孩子才好。妹妹看十七阿哥天庭饱满，地阁方圆，最是有福气的，若皇贵妃不嫌弃，就收下妹妹一点心意。"

嬿婉满脸含笑："既是妹妹的心意，本宫却之不恭了。"

庆妃见嬿婉收下，笑得如花朵儿一般。颖妃坐在一旁，冷冷道："皇贵妃的孩子自然是有福气的。只是皇上的嫡子十二阿哥在，谁的福气都是比不上的。"

嬿婉正得意间，一瓢冷水兜头浇下，微微不豫。只碍着颖妃出身高贵，身后有蒙古撑腰，连皇帝也格外厚待，故而含笑不语。

晋嫔却不服气，冷笑了一声道："乌拉那拉氏既然断发被囚，被皇上褫夺了一切封号、册书，形同废后，她的儿子怎么还能算嫡子？放着从前已故的两位太子爷不说，自然是皇贵妃的阿哥最贵重最有福气了。"

颖妃也不恼，笑眉笑眼的，缓缓道："你也知道是形同被废，那就是还没有废后了。皇上一日没下废后的诏书，翊坤宫主子就一日还是皇后，十二阿哥也是名正言顺的嫡子。"

晋嫔撇了撇嘴："说起来翊坤宫那儿皇后册宝都收走了这么久，怎么皇上还不废后啊？不会是还看在十二阿哥的分儿上吧？"

庆妃也笑："十二阿哥能算什么呀！皇上这废后的心思是定了，只是看什么时候颁诏罢了。这后位接下来定是皇贵妃娘娘的了。"

嬿婉心中一抽，面上不动声色，只温言道："好了，空口白舌说这些话，本宫可受不起，也不敢听。若是传到了皇上耳中，还以为后宫妄议，只怕要怪罪，妹妹们还是别说了。"

颖妃霍地站起，蹲了一蹲便算是告退，径自带了蒙古嫔妃们走了。

庆妃皱眉道："瞧颖妃的样子，只是享了贵妃份例，还没真正封贵妃呢，就半点都不把皇贵妃放在眼里。"

嬿婉虽然不悦，面上却依旧微笑温婉："皇上一向都厚待蒙古嫔妃，颖妃又是蒙古嫔妃之首，骄矜一些，也怪不得她。"

晋嫔轻哼一声："她以为有蒙古撑腰就可以为所欲为了么？膝下无子便是没福，便是养着您的七公主，到底也不是亲生的。"

嬿婉想到七公主与自己不亲，胸口一闷，想要说什么，到底忍耐了下去，换作温柔笑意："颖妃替本宫养育七公主，着实辛苦。"

众人言笑晏晏，再不提此事。嬿婉看着雪白粉糯的孩子，那样天真的笑脸，也抹不去心中的不快。与自己言语对答的不过是蒙古嫔妃中的小小贵人，亦无多少谦卑神色。她们所仰仗的，无非是颖妃。而颖妃为蒙古嫔妃之首，多年来不与自己亲近，对翊坤宫也不过礼数而已，所仗的，不过是蒙古诸部的势力，才能隐隐与自己分庭抗礼，才能以无子之身居妃位，养公主。

而这家世，正是嬿婉所最缺憾的。

嬿婉轻轻握住了拳头，乌拉那拉氏早已落魄，她这个皇贵妃，必得牢牢握住这后宫权柄，压制诸人，才得安生。她轻轻吐一口气，千辛万苦得来的，怎可再被轻易动摇呢？

妃嫔们散去后，倒是内务府来禀告，永琪的丧期已满百日，按理是要在宝华殿举行百日祭礼，可永琪的生母愉妃一直还在圆明园，回不回宫主持百日祭礼，也要问过皇帝的意思。嬿婉想了想，更衣梳妆，亲手拉着永琰，着乳母抱着永璘，往养心殿问安。

殿中冷浸浸的，青花大瓮里满满地供着硕大的冰山，上头雕镂人物仙山，是另一重神仙境界。嬿婉推门而进，一入便是清凉天地。她到底产后不久，微微打了个寒战，很快如常，笑着请安。皇帝病了一场，虽然早已起身料理政务，可精神一直不大好，见了永璐和永琰倒颇高兴，招招手示意他们过来。彼时永璂也立在皇帝身边，正专心致志画着一幅竹苞图，他的神情怯生生的，远不如比他年幼的永琰这般舒展爽朗。嬿婉见永璂长日留在皇帝身边，心中不喜，但想着来日，少不得忍耐一时，于是便笑："十二阿哥在皇上身边，有您疼爱调教，越发出息了。这画画得真不错。"她这般温厚慈爱，皇帝尚不觉得，倒是立在门边的毓瑚狐疑，瞟了她一眼，很快又垂手立着。嬿婉又婉言道："不过皇上，您再关切，又有乳母照顾，孩子总是离不开亲娘。您看永琰和永璐在臣妾身边，到底比在撷芳殿好些。而且紧接着是荣亲王的百日祭礼，翊坤宫娘娘到底是荣亲王的嫡母，是不是要让她出来主持？"

"嫡母？"皇帝愀然不乐，转念又狠心，"永琪薨逝与她脱不了干系，她能出来主持什么？"

嬿婉等的便是这句话，又见永璂颇受打击，她悄然微笑，很快若无其事："那愉妃娘娘是荣亲王生母，皇上就算生气她当日为翊坤宫娘娘顶罪，也该消气了。不如请她主持祭礼？"

皇帝虽然不满海兰一直为如懿说话，但到底怜悯她唯有永琪一子，中年失孤，实在可怜，便也道："愉妃是生母，回来参加祭礼就是，稍作主持便是。"

嬿婉领命而去，自然好一番忙碌安排，待到黄昏，已是腰酸背痛，但满心还是欣喜。她思来想去，还是叮嘱春婵："如今皇上还算看重十二阿哥，那咱们之前的安排没错。永璂的饮食，你还是得留意着。那东西一点点下着，不必心急。天长日久，必有效用。"

春婵唯唯诺诺答应着去了。

黄昏的天光幽幽沉沉，暗红熏紫一带，染满了天际。翊坤宫中烛火不足，越发幽暗，冷冷地蹲在后宫中，像是一头闷声无力的怪兽。江与彬才坐了片刻，就觉得汗湿重衣，闷热难耐。显然太后虽有照应，但翊坤宫里供冰不足，殿宇在烈日下曝晒一日，此刻地气上扬，越发逼人。菱枝在廊下烧着艾草驱赶蚊蝇，四下里都是呛人的烟气，江与彬越发压低了声音说话："娘娘嘱咐微臣去为十二阿哥诊脉，十二阿哥并无异样。只是因为过于思念娘娘，心气郁结。"

如懿的手抵在胸口，似有十分不适，她很不安心："永琪已薨，她定是会对永璂下手。就算你诊脉永璂无异样，可也不知她暗地里做了什么。江太医，你得多替我看顾着永璂。"

江与彬微微颔首，看着她服下汤药，神色渐渐缓和过来，才告辞离开。容珮知道如懿爱子忧心，少不得劝道："娘娘，江太医是杏林圣手，他若觉得十二阿哥无恙，那定当是无恙的。江太医和容妃娘娘，也一定都会尽全力看顾十二阿哥。再者如今十二阿哥常在皇上身边，您还有什么不放心的？"

所谓母子连心，如懿总在漫漫长夜里不安惊醒。而且魏嬿婉太过心机深沉，防不胜防，她一时也实在无头绪去做些什么。片刻，她胸中的窒闷渐渐散去，眼眸微微清亮："容珮，马上就是永琪薨逝百日的祭祀了，你想法子传话去养心殿，说我请求在永琪薨逝百日那日，在宝华殿为他上香守灵一日。"

容珮见她如此有把握，忙答允着去了。

宝华殿中香烟缭绕，钟磬盈耳，诵经祝祷之声盘旋于紫禁城上空，如哀鸣一般。嫔妃们行过祭礼落了泪，便也尽到礼数，各自散去。因着毓瑚帮腔，太后与香见也出声，如懿到底能出了翊坤宫一日，为永琪烧纸焚香，守灵一日。皇帝因着芥蒂，始终不肯让她与其余嫔妃见面，只在人后独自祭守。如懿一身素衣，毫无妆饰，如幽魂一般缥缈立在永琪灵前，早已是欲哭无泪。海兰顾不得皇帝的叮嘱，只身而来。她憔悴了很多，瘦骨嶙峋，一张脸早脱了形状，小小的莲瓣似的雪白一片，连头上白银扁方绾就的发髻也撑不住似的。因在丧期，她只在发髻后簪了一朵黑绸绢花。她与如懿并肩而立，都被哀痛击打得不能自持。良久，海兰无言地看着如懿，仿佛看不够似的："姐姐瘦了，憔悴了好多。"

这话正是她要对海兰说的，不想海兰先说了出来。她只得柔声道："我没事。"

海兰泪眼相望："无论有事没事，我都该在姐姐身边，守着姐姐。我知道姐姐觉得我在圆明园好，可以不必身在险境。可永琪不在了，只有我和姐姐一生一世守在一起了。"

如懿颔首："永琪丧仪将毕，你不会留在圆明园很久了。"她焚香一炷，敬到永琪灵前，"永琪，你要保佑咱们一切顺遂，明你冤屈。"

海兰泪流满面，如懿却不肯再与她多言，为免皇帝责怪，连忙催促着她离去了。如懿遣了众人离开，只余自己在殿中，将从前抄好的《心经》一一焚化。幽蓝的火舌明明灭灭地吞噬着一个一个的字迹，那是她对永琪的无尽哀思。沉寂的哀伤间，一只略显苍老的手扬起一张薄薄的纸页，上头昭然是"毒心"二字。纸页落在火盆中，火焰忽地蹿起老高，将它瞬间吞没。

是太后。

她着一袭菘蓝色锦袍，不着一丝纹绣，沉静地立着，越发显得硬朗而威严："永琪是个好孩子，那时候永琪总在慈宁宫陪着哀家抄佛经，如今却是要烧了经文给他了。"太后凝视着她，带着不容置疑的沉稳，"上回见着你还在杭州行宫，断发一别都这么久了，如今见你竟是在这里。"

如懿恭敬地俯下身，恪守儿媳之礼："儿臣叫皇额娘担心了。"

太后不置可否，笑意中却流露出一丝难掩的疲惫与黯然："比起担心，哀家更感慨，没想到你姑侄二人做皇后，最后都是禁足在自己宫里，与夫君离心。"

凉意如水，再度卷上心头。乌拉那拉家的女儿，看来不适合做皇后。

太后幽幽地道:"当日皇帝执意选你为嫡福晋,先帝与哀家就和他说过,你与皇帝性子不谐,反增苦恼。"

如懿无从答起,只得道:"皇额娘有先见之明。"

太后无奈地摆首,看看如懿,遗下一束疑惑的目光:"就算哀家当日有先见之明,如今却看不懂你这'毒心'二字是什么意思?"

尘封已久的往事,在心底轰然扬起无数尘埃。"姑母临终感慨,在这宫里行事,不为毒身,只为毒心。儿臣就是无能,做不到,才会丧母丧子,落到如此境况。"她调匀呼吸,亦将心底的凄然忍下,极力振作,对太后一笑,"儿臣是个无用之人。为皇后时,便保不住自己的永璟和璟儿,连成年的永琪都断送了,如今膝下唯有一个永璂。可儿臣困在翊坤宫,被拿走册宝,苟延残喘,实在不知该如何护着自己的儿子。只能恳求皇额娘,帮儿臣保住永璂,保住乌拉那拉氏和爱新觉罗氏最后一点共同的骨血。"

她郑重伏拜,行三跪九叩之礼。那是至高的礼数,也是她最深的恳求。太后静静地看她施完礼,良久,留给她一个冰凉的背脊,缓步离去。

落日西坠,娇娜的霞光弥散褪去,天色还延续着那种灼热的亮白,与大地上蒸腾的沉闷气息交缠。佛像的金身在宝华殿内发着暗光,檀香悠悠地燃着,仿佛与殿外的世界隔了千重万重远。春婵被捆得似粽子一般,蜷缩在偏殿里。她恐惧地睁大了双眼,看着不远处跪地祝祷的如懿,口里发不出一点声音。她计算着时间,被三宝和叶心绑来了那么久,嬿婉一定在找她了。也不知自己被这样拖进宝华殿,嬿婉是否知道?若是知道,或许该来救她了。她忽然打了个寒噤,可嬿婉若是知道,说不定是会疑心她的吧?她是知道嬿婉的心思的,那样防备,进忠和澜翠,都是死在了她的防备上。如懿并没有和她说话,许久许久,只当没她这个人一般。她倒是盼着如懿来问她什么,她什么都想到了,永琪的死，胡芸角的来历，甚至更久远之前的那些人。可偏偏如懿什么都不问。春婵觉得自己是忠心耿耿的，嬿婉也该知道她的忠心可昭日月……的吧？

她不敢再想下去，嬿婉会怎么看待她呢？

夜更加昏沉了。如懿一眼也不顾她，起身离去。还是三宝忍不住问："娘娘要回去，那春婵呢？"

"我们走了，便放了她。"她淡淡的，仿佛春婵是个完全不要紧的人一般，衣袂翩然，出了宝华殿。

三宝很是顺从，立刻放了春婵。春婵受了这番惊吓，一路没命地跑着，像丢了魂似的进了永寿宫。嬿婉正在对镜梳着晚妆。茉莉香粉甜美的气息带着一丝熟悉而宁和的意味，让她找到了方向一般。她是有数的，这般走丢了半日，嬿婉不会不派人去寻她，她索性自己说了："小主，奴婢没一点儿防备就被带到宝华殿扣了半日，可翊坤宫娘娘什么也没问，什么也没说。"

嬿婉慢条斯理地拿着胭脂轻扫面庞，越发显得一张面孔红是红、白是白，娇艳得像戏台上人儿一般。"乌拉那拉氏满心的疑惑，找了你去，会什么也不问？"

这的确是不合情理的，可偏偏如懿真的什么也没说。

春婵极力剖白："小主，都是真的。翊坤宫娘娘什么也没问，奴婢也真的什么都没说。若是说了，奴婢自己也没命了。"

嬿婉将信将疑地笑了。春婵猛一抬眼，只觉得那笑容浮在妖艳的妆容底下，实在有些恐怖。她吓得低下了头，再要表白。嬿婉只是温和地道："行了，本宫自然信你。时候不早，你也去歇息吧。"

春婵揉了揉跪得发酸的膝盖，艰难地爬了起来。

如懿撑着跪得发酸的膝盖，扶着容珮的手，缓缓地走着。很久没有出来走一走，双脚落在长街的石板上，陌生而熟悉。

紫禁城的夜来，墨蓝的天空是无比旷远而悲壮的沉色。所有的繁华与壮丽在那一刻都显得格外地温柔而沉静。被禁锢得久了，她慢慢地走着，感受着难得的一点自由。

翊坤宫的飞檐已近在眼前，在昏黄的灯光下，像一只不得挣出囚笼的飞鸟，被死死抓住了翅膀，只能艰难地伸长了脖颈，期望多接近一点天空也好。她静静地望着朱红斑驳的宫门，上头的铜钉，似钉着她的四肢百骸一般。她不知道还能活多久，但活着的一日，总要做一点自己想做的事。

她伫立片刻，任由微光将自己的影子拖得老长老长。她的身后，长街的转角处，皇帝孤身而立，望着她的身影，不愿靠近，也不肯退远。或许这样的无言凝望，才最适合此刻彼此伤怀的他们。似是有感应一般，容珮微微侧首，已见那明黄一色半掩在暗红的墙后。她极力控制着自己不叫出声，只得轻轻唤了一句："娘娘，皇上就在后头。"

她沉默如山，回头又如何？相见，不如不见。

容珮叹口气："奴婢是亲眼看着您封后的。您与皇上，怎会走到了如此境地？"

她不作声，这些日子的寂静里，她总是想起有句话：兰因絮果。意指男女姻缘，初时美好，最终离散。

她与他，便是兰因未忘，絮果已现。

她再不犹豫，举步跨进翊坤宫中，重重的大门再度掩上，也隔断了外头探询的目光。皇帝幽然独立，任凭夜风吹动他的凉衫广袖，一颗心幽凉如霜。他蓦地想起从前读过一本《虞初新志》，有一篇《小青传》。旁的都有些记得模糊了，只有八个字，如烙印在脑里一般：兰因絮果，现业谁深。

其实收走皇后册宝之后，几乎无人敢劝。除了太后，唯有皇室的另一位长辈，諴亲王福晋。那是他小叔叔諴亲王的嫡福晋乌雅氏，儿女双全，资历甚深。曾经他与如懿的封后之夜，也是她送上子孙饽饽与合卺酒，为他们祝福。来见他，定是諴亲王福晋也看不下去了："皇上，妾身不敢置喙宫闱之事。只是当日翊坤宫娘娘册封为皇后，是妾身陪伴在侧，看着她与您许下白头之约的。更早之前，您为了立翊坤宫娘娘为嫡福晋，不惜违抗先帝与太后的心意。当时妾身就想，这宫闱内难得有一份真情意。如今妾身更想问一句，那样的心意您都没了么？"

他无言以对，或许并不是那样的心意都没了，而是隔了那么多人的生死，那心意也继续不得了。

贰叁 無廢話淒涼

曙光再度降临的时候，太后亲自从撷芳殿接走了永璂。永璂有些好奇："容娘娘告诉儿臣，愉娘娘就快回来再不去圆明园了，儿臣为什么还要挪去慈宁宫跟皇祖母住？"

太后握着永璂冰凉的小手，笑吟吟地说："你啊跟着皇祖母安安稳稳住一段，咱们祖孙俩在一块儿。"

知道消息，最惊愕的莫过于魏嬿婉，再三寻思，并无什么露了马脚处，会让太后骤然有此行。她将目光狐疑地落在正在照看永璐的春婵身上。春婵本就如惊弓之鸟，如何不明白，忙解释道："小主安心，或许太后只是可怜十二阿哥罢了。"

"那御膳房那儿……"

春婵踌躇不安："慈宁宫有小厨房，御膳房自然不能再送饭菜到十二阿哥跟前。咱们也无能为力啊。"

嬿婉登时恼怒："无用的东西！好容易排布了这么久，突然便不能动他的饮食了，岂不是前功尽弃？"虽然愤恨，却也是无奈。那东西本是天长日久才起效用的，如今突然被打断，的确乱了安排。不过太后年迈，想来也不能照顾永璂多久，总是有机会的。她按捺住怒火，便吩咐春婵去停了御膳房的布置。那永璂饮食里的东西，本是在尚书房读书时用早膳和晚膳才落些，夜来回了延禧宫或撷芳殿用点心，便胃口不大，宫人也不察觉。但到了慈宁宫中，太后一应饮食起居都要过问，早膳晚膳与点心都留在自己身边用，眼见永璂膳食不香，不过是碍于自己威严扒几口。起初只是以为小厨房的膳食不合永璂口味，连着换了几个厨子，又换了皇帝的御膳，反倒惹得永璂起了脾性，直嘟囔没有在尚书房时的好吃。这一来太后也起了疑惑，慈宁宫小厨房也罢了，都是御膳房做的菜，怎么永璂非惦记在尚书房吃的那些？甚至一直温文怯懦的孩子，突然也敢顶嘴，实在大违本性。太后便派了福珈去御膳房细查。

嬿婉身为皇贵妃，自然知晓太后查御膳房之事，却不知太后为何如此的原因。她一壁着王蟾去看着御膳房举动，一壁审视春婵："太后为什么会突然去查御膳房曾经给十二阿哥料理饮食的人？而且你不是说那东西下在饮食里，多了会生幻象，少则慢慢损伤五脏六腑，本宫怎么听说是会让十二阿哥在太后面前无状才闹了此事的？"

春婵急欲分辩，有些结结巴巴地说："这……奴婢也不知啊。毕竟这是家乡毒物，奴婢没有亲身试过。再说了，太后真要查也查不出什么，那东西本来就是熬汤的时候放进去煮一会儿就扔掉了的，根本没留痕迹。小主放心。"

嬿婉恼将起来，喝道："混账！你这是故意要害本宫！是不是你在宝华殿说漏了什么？才叫太后带走了十二阿哥，又如此防范。"

春婵吓得跪下，连连称"不敢"。嬿婉死命按捺住怒火，克制着道："盯着御膳房那儿不许露马脚，过了这段时日，立刻找机会打发伺候过十二阿哥膳食的人出宫，了断干净。再生事，本宫活剐了你。"

春婵吓得一激灵，忙忙答允了。

过了几日，便是历年都要行的木兰秋狝。皇帝只携了容妃前往，显然是欲得个清静。皇帝一走，加之太后那里也查不出什么，宫里便越发安静了。

如懿眼见窗外四壁，薜萝凌霄自由无拘地爬了满墙，荫荫含翠。庭院中松桧盆景因着无人修剪，越发茂盛恣意。夹杂着十数建兰，翠紫芸草，青葱郁然。僻冷之地，也有天机活泼。也好，人已无生气，草木生机也是好的。

苍苔深浓，踏足的却是皇贵妃魏嬿婉。她并未带许多人，只有贴身的春婵，手里捧着一支儿臂粗的雪参，以红锦裹住，供在红纹木盒中。

嬿婉径自在暖阁榻上坐下，匆匆敷衍一句："听说姐姐从宝华殿回来，定是想起荣亲王伤心。我叫人找了支上好的人参来，给姐姐补身。"

嬿婉说话间，一展春水罗翠色的百子缂丝对襟云锦袍。浅金桃红二色流云纹绲边，每一绲都夹了玫瑰金丝线，行动间闪闪熠熠，如艳阳高照下灼烈艳艳的金色葵花，炫目动人。她盈盈坐着，鞋尖点着地面，晃着鞋面上拇指大的琥珀，以细细米珠围成日月山川之形。比之足上的华丽，嬿婉严妆而来，云鬓高鬓以碧玺、碎玉累金丝缠成连绵不断的点翠牡丹花钿，映着日光耀目生辉，两侧横一支攒心翡翠七尾凤钗，凤嘴里衔下长长一串珍珠红宝流苏，更显得无比尊贵艳丽。

如此清艳华贵，却神色急切，可见这位宠冠六宫的皇贵妃是如何乱了心神。

嬿婉也不多废话，只是摊开手心，露出一张薄薄的帖子，上头画着燕舞云间的图案，正是凌云彻送她那枚定情戒指后的纹样。她急切地问："你怎么知道这个图案？那戒指……到底是落在了你手里？"

如懿抱病已久，懒怠说话。那痨症又是极耗人的，磨得她身形消瘦，不施脂粉的容颜平淡至憔悴。但她还是未失仪容，云鬓低绾，一丝不乱，佩素金扁方，五瓣梅花银步摇，发髻上缀以明珠数颗，着玉版白暗纹熟罗袍，绣着一色莲青菱花镶边。她有着沉沉的大眼睛，唇色微紫，眉眼轻扬，目光平和。

她并不介怀嬿婉入内以来并未施礼，也的确，她如今的尴尬身份，用什么礼数都不太妥。她面前放着一把白玉酒壶，一对白璧酒盏，倒了酒道："着急忙慌的做什么？坐吧。咱们斗了这么些年，也从未好好坐下喝杯知心酒。"

嬿婉看着她并不因名分的差落而轻慢自己，心底微涩，无端气馁了三分。她振作神气，不知怎的，嘴上便尖刻了三分："你我有什么酒好喝的！"

如懿定定看她一眼，忽而浅浅笑道："当然有的喝，我们跟随同一个男人，又在意另一个男人。这宫里还有谁比我们俩更有话说？"

一股暗火腾地跃上心间，她跟随的男人是皇帝，在意的就未必是皇帝了。

这话分明是挑衅。

如懿淡淡"呵"一声，将酒盏推到嬿婉跟前："说来也要恭喜你啊，从一个小宫女到皇贵妃，这一路不易，你都成了。"

嬿婉见如懿如此，心绪万千繁复，不觉有些黯然："人人都只见我的风光，只有你知道我多不容易。这么说来，你倒是我的知己了。那么你用这张帖子要我来，到底所为何事？"

如懿目不转睛，道："咱们斗了这么些年，也从未好好坐下喝杯知心酒。今日我们对饮，我说几件事，说对了，你喝；说错了，我喝。"

嬿婉情知她要问自己何事，心中笃定，眉梢一挑，不觉掩袖遮住红唇娇滴滴笑。

如懿正色："胡芸角是你的人吧？是你派她去害了永琪，临死还要污蔑于我？"

嬿婉丝毫不惧，舒袖举起酒盏轻轻啜饮一口。如懿明知如此，但见她饮酒，心中还是一沉。

嬿婉笑道："姐姐很想知道胡芸角的来历么？可惜了，那个女孩子的来历已经被我抹得一干二净。她是良家子出身，清白无可挑剔。若不是做得这般干净，凭愉妃的心思，早就疑心了。可是对于姐姐，芸角也算是故人之后了。她要为母报仇，我便给芸角指了条捷径，断送了永琪和姐姐的母子之情，断送了姐姐的指望。芸角也真是个懂事的孩子，说完了该说的就死了，死无对证。既全了孝心，也全了忠义。"

"她是谁？"如懿极力思索。

"左右我是不会告诉姐姐的。"

恨到极处，身体内的病痛被牵动。如懿剧烈地咳嗽起来，拿绢子掩住，也掩住那咳出的点滴红色的血沫。她喘息着，渐渐定下心神，继续问："我的永璟是你买通田嬷嬷所害，还要拿你额娘顶罪，便是舒妃母子的死，也是你所害，是不是？"

嬿婉笑意款款，眉目濯濯，又喝了一口。

如懿眸色发暗："我的璟儿、忻妃的六公主根本不是金玉妍放了'富贵儿'害死，而是你栽赃嫁祸，就是连永璇坠马，都是你安排，挑唆金玉妍对我怀恨在心？"

嬿婉得意地又喝了一口，笑吟吟凑近，一张面孔凝脂般白滑，晃悠在眼前，嘴角衔着诡秘而冶艳的笑意，将喝干的杯底给如懿看。

如懿怒极，转瞬颜色清淡沉静，一字字清如碎冰："永璂见到我与凌云彻的幻象，是不是你们给他吃了什么？还有，你是不会好好地为永璂说话，你们到底对永璂又做了什么？"

嬿婉自己斟了一杯酒仰头喝尽。她托着粉杏色的腮，唇红齿白间缓缓吐出："无论你说得对与不对，我都喝了。这些都是春婵告诉你的？"

呵，如懿笑意轻浅："你在怀疑你身边最信任的人。"

嬿婉神色颜厉："是不是春婵说的？"

如懿抬了抬眼皮，懒懒道："她很忠心你，什么都没说。"

"那你如何知道这些？"她丝毫不信，很快又笑，"不过，也不要紧。你没有铁证，永远扳不倒我。很伤心，很气恼，又无可奈何，痛彻心扉，对不对？"

如懿舒一口气，抬起头静静凝视着嬿婉："无可奈何又痛彻心扉的人是你。你爬到皇贵妃的位子，出卖了你的额娘，牺牲了你的挚爱，最后也不过就是得到一个皇贵妃的地位。我知道你还想往上爬，你想做皇后，还想做太后。"

嬿婉端坐着，嘴边衔着一丝似是而非的笑意，从容地打量着如懿："你真的很知道我所求。若你哪天不在了，我会很寂寞的。"

如懿和缓微笑，目色澄澈："想做皇后，但皇上不废后，你只能等着我死。你想做太后，要么母凭子贵，儿子成了太子，和如今的太后一样，由妃而至圣母皇太后；要么从皇后而至母后皇太后。可真被你得到了又如何？走到了万人之巅，就要面对万丈深渊。这一路走来，你真的高兴么？"

嬿婉气定神闲："高不高兴有什么要紧，只要走得到就好。"

夏光灿灿，正值凌霄花季，庭院台阶下的角落不知何时长出了如斯多嫣红浅橘的花朵，婉转攀缘，生出大片大片凝红深翠，如深沉花海，点缀着楼台的寂寞。热烘烘的风熏然而过，长长的花枝轻轻摇曳，那细微的声音，像是春日檐下缠绵的雨。如懿看向窗外，花影密密幢幢，明媚相欢，唯有自己的一颗心，虚了。到底是无情之人，看得通透。

于是如懿便道："你想去的地方，我一直待着。待在这儿，滋味并不好受。我知道你不只想做皇后，更想成为太后，也想你的儿子成为太子。好，我让你。你就不必再算计永璂了。"

嬿婉笑语亲切温婉："你都把永璂送进了慈宁宫，我还能算计他什么？"

如懿的眼皮轻轻一跳，方道："所以你到底是算计过永璂的。"

嬿婉咯咯地笑起来，笑得欢悦而清脆："我算计他，还不是你这个做额娘的作孽。"

嬿婉说着，环视萧索冷落的翊坤宫，不觉畅快。曾经六宫之主的宫苑，如今冷清衰败至此。哪怕是晴明天气，也充斥着从墙皮和廊柱底下散发出的陈腐气息，上好的紫檀、花梨和桃花芯木搁置久了，都有那种尘灰寥寥的朽木气味。还有门环上兽首的铜气，若无人手抚摩，铜器的气味会近乎血腥气，令人窒闷。

可她是欢喜的，欢喜里又有疑惧。自己千辛万苦所得的一切，若不能在失败者前炫耀，岂不是衣锦夜行，无人衬托她的快乐？

她笑容忽敛，冷冷道："别说这些废话了。戒指呢？戒指在哪里？"

如懿也不拖延，从袖中拿出戒指，珍重地放在桌上。

嬿婉一直以为这枚戒指随着凌云彻到了地下，再不见天日，不想骤然见到，如同失而复得，鼻尖不觉酸楚。她凄厉道："这戒指为何会在你手里？"

如懿坦悠悠地笑："你说呢？"

嬿婉的眸子变得尖锐，连呼吸也急促了："是他给你的是不是？"

如懿微笑，举起酒盏缓缓喝了一口酒。她的心底是痛楚的，再不愿动凌云彻的主意，到了今时今日，还是又动了他一回。她是没有办法了，命在旦夕，许多事再不做就来不及了。她终究，还是用了他留下的戒指，戳中了嬿婉最软弱的地方。

嬿婉再不愿掩饰恨意："你……你和他之间到底如何？"

如懿沉声道："无论我怎么说，你都认定了我与凌云彻有私情。我与凌云彻彼此扶持，是一生的知己。"

"就凭这个？"嬿婉凄声，拼命压抑着呼之欲出的尖叫，"云彻哥哥会到死都要护着你？会在临死前要走与我定情的戒指又转送给你？在他心里，难道你才是配拥有这个戒指的人？"

这样荒谬的念头，也只有钻进了情天恨海里的人才想得出吧。她摇首。嬿婉更加愤怒："我和云彻哥哥青梅竹马，他一心对我好，比谁都对我好！为什么到最后他的心意改变，会对你念念不忘？明明我比你年轻，我比你认识他早得多！为什么啊？"

　　光阴凝在檐角，迟迟不肯流去。嬿婉恨意难解，如懿轻声地戳着她最痛的心事："当年是你为了荣华富贵，抛弃了那个真心待你好的人。"

　　"那又怎样？我有苦衷，我额娘不停索要钱财却对我毫不在意，我只想争气，凭自己过好日子，我哪里错了！"嬿婉轻轻"啊哟"一声，捂着心口，死死压住心悸的痛楚，"而且，而且我一直忘不了他，可是他的眼睛却只看向你了。"

　　如懿郑重无比，肃然道："那么，我就明白告诉你，我与他是生死之交，你和他是男女之情。"

　　"生死之交？"嬿婉不解，"你明明是在向我炫耀，他可以为了你做任何事，甚至为了你死！"

　　如懿目光沉静，归于宁和："看来你真是过于执着，不肯放下。你对情如此，对权位何尝不是如此？万般痴嗔只因贪求。"

　　嬿婉一双纤细的手紧紧地抓着丝罗绣金线的帕子，白皙的手背上青筋如小蛇暴起。她倔强地昂着头："你想指点我什么？我的路我自己走，不用你说。"

　　如懿微微一笑："每个人的路当然都由自己选，自己走。"

　　嬿婉清媚的面容微微有些扭曲，唇角凝着一抹如冰笑意："但你无路可走了。如今我也算看透了。孝贤皇后对着皇上事事谦和忍让，从不顶撞，结果皇上却觉得她过于端方而失情趣，偏就喜欢姐姐你的直率敢言。可是等你成了皇后，直率敢言的好处便成了对皇上的不知恭敬，事事冒犯。所以皇上便喜欢我的温柔妩媚、恭顺婉约。连您的闺阁气度、知书通文都比不上我得皇上点拨后才一知半解的温顺机慧。果然妻不如妾妾不如偷了。当然了，我也明白，再怎么得皇上宠爱，都是比不过容嫔的。我心服口服。可容嫔再怎么得宠，也无一儿半女。女人呢，年岁渐长，孩子越多，到底也是依傍。"她笑语凌厉，"而且啊，你看你多蠢，有了荣宠想要尊位，有了情爱还奢求尊严和底线。你要知道，身为皇上的女人，身体发肤荣辱生死都是皇上的，你求得越多，想要守护的越多，便越是告诉旁人，你的软肋有多少。如今你的软肋都被我拿了刺了你的心窝，你还有路可走么？"

如懿静默地坐着，那笑意渺漫如天际烟霭，冷冷的清绝疏离。

嬿婉说得有些倦了："不过虽然无路可走，姐姐，你可千万别死。人活一世，才能看着那些污糟恶心的事儿一件一件应在自己身上，饱受痛心折磨，永远也没个完。活着才好呢，妹妹我盼着您寿比南山哪！"

"活得长久就是福气么？生不如死更是难受。皇贵妃，你也未必赢到了最后，你说是不是？"

嬿婉得意："这个妹妹明白。这个世上唯一能赢了你的，不是我，不是香见，也不是孝贤皇后。我们都不是，唯有皇上。要你生，要你死，全在于他。"

如懿明了，亦承认："是。辗转于一人手心，生死悲喜全由他。当然，你也一样。"

嬿婉唇角笑意顿生："是呀，都是皇上定了算的。我赢不了姐姐，可我能借着皇上活得比你久、比你好就成了。我呀，就满足了。"

她说着，笑得花枝轻颤，牵动鬓上花钿，金翠明灭。

也不知笑了多久，嬿婉终于累了。如懿还是那般沉静清澈，宛如花叶上闪着阳光的露水。"你的笑声真好听。魏嬿婉，我真盼着你可以笑得久一些。"

嬿婉颇为无趣："若得空，我再来看姐姐。非得看着你身陷绝望一生一世受苦，才能稍解我满腔恨意。"她看看桌上的戒指，到底舍不得，一把抓过，拂衣起身。

如懿再支撑不住，伏在桌上久久地喘息着。药力已经过去了，她太知道自己的身体，日复一日的咳喘，几乎已经耗尽了她所有的健康与精气，仿佛一张薄而脆的蛛网，再经不起一点点的风吹雨淋。

待出得宫门，嬿婉才觉出自己犹有心悸，一下一下突突地难受。春婵迎上来要搀扶她，她下意识地避开，冷冷剜一眼春婵，径自离去。

嬿婉步履匆匆，却未见长街转角处，颖妃与七公主牵手而立，深深蹙眉，厌恶不已。

七公主轻轻晃了晃颖妃的手："额娘，您这几日身子不适，为何还要来看皇额娘？"

颖妃弯下身，低柔道："她毕竟还是你的皇额娘，紫禁城的皇后，额娘只是觉得她可怜，才想来看看。"

七公主信任地点点头，依偎在她身边。颖妃揽着她，心底却闪过一丝疑惑。如懿辗转让人托话，请她今日至翊坤宫外，难道只是为了目睹魏嬿婉的得意？

嬿婉的离去，带来一重又一重宫门深锁之声。

如懿立起身，走到古旧的樟木箱子边，起开触手生凉的铜锁，取出小小的墨梅图和花信图。她并无犹豫，在白昼点亮了蜡烛，将它们焚上。火舌卷得很快，一下一下蹿上来，舔着绵软的纸卷，很快化作灰烬。

如懿的面色平静如澄蓝湖水："凌云彻，我这一生，能谢你的，也唯有如此。愿你来生相知，去一处平安喜乐的境地，福泽一世。"

容珮淡然看她烧完，将灰烬用紫铜屉子拢起，走到庭院中，扬手撒去。

如懿听见自己的声音，清晰而决绝，催促容珮："快！"

容珮没有哭，将一把小小的匕首从怀袖中取出，交予如懿手中。她举起匕首对着窗外的日光一照，锋刃上闪着幽蓝光芒，的确是一把利刃。

她无言，轻轻微笑，恬然自若。她很快要去找自己的永璟和璟兕，希望找到他们时，一切仇怨都了结了。

她望着容珮，低声道："我一死，你便可以离开此屋。容珮，你留下，尽我未尽之事，了我未了之愿。"

容珮重重点头："奴婢伺候您上路。"她不舍，啜泣，"娘娘，其实您何苦让自己受罪？总是有别的办法的。"

如懿恬静微笑，粲若丹芝："姑母说过，皇额娘下药，不为毒身，只为毒心。她要我好好学着。"她眸光轻转，落在绣架上只绣了一半的花样上，那是开了一半的青色樱花，在雪白轻纱上无忧无虑地盛放。还有，还有翻了一半的《墙头马上》，一出唱不完的悲欢离合。"这些都是我最好的时候，都留下了吧。"

容珮难过到了极处："您看您，还戴着当年皇上送您的簪子。您的心，一直都没变。"

如懿静静地笑着，爱了一辈子，恨了一辈子，争了一辈子，所求的情爱与信任，在此间始终求不得。其实最后，她和皇帝都没变过。

渺远的记忆忽而变得清晰无比。

还是皇子的弘历在叹息："有一天，我可以什么都不在意，做我想做的事就好了。"

还是格格的青樱憧憬不已："有一天，我可以不做我不想做的事就好了。"

那时的两个人，有相通的懂得。

而正是因为这样的性子都未变过，才会走到如今的地步吧。到了今时今日，她最不想做的便是自己的儿子成了太子，做了皇帝，一生一世被束缚在皇位上，不得快乐；她不想乌拉那拉氏再有女子入宫挣扎，辗转求存。

永璂，想到永璂无辜的面庞，她便心痛不已，只得指着桌上一封信道："容珮，记得来日交给永璂。"

容珮点头，神色坚定而安宁。

如懿微微一笑，再无留恋。她举刀向胸，刃没至柄。动作很快，手起刀落，只觉得胸口深凉，并无太多鲜血溅出。

如懿仰起脸，窗外日光正盛，一朵，一朵，如盛开的大片木棉，灼热甜香。她在痛楚的蔓延滋生里，忽然忆起一点从前。

晴朗的日光下，满是浓荫翠翠，新开的樱花是漫天的粉红，散落清甜滋味。他置身于花叶下，清隽容颜上有明耀笑容，等着她，缓缓走近。

她浑然不记得那是什么时候的事，是真切的往事，还是缥缈的虚幻？

但，那一定是他和她的最初。她爱着的，始终只是当年那个弘历。

曾经的思念如漫天清寒的冰雪，深入骨髓，可天明日光照耀，只能看着它混同尘埃，污浊地化去，一无所有。

那个曾经想与之生同衾死同穴的人早已不见了，如今的她，如何还能与眼前的皇帝，那个已经不爱的男人生死相依呢。他收走了皇后册宝，却始终没有废后，唯有自戕，才能解了这个困局，避免来日与他死同穴的结局。

其实她并不喜欢宫中的生活，但知道自己喜欢他，就去了他的身边，就嫁了他。凭着这一份喜欢，就什么也顾不得了。那时一个顾不得啊，便一路到了今天，以为凭着情爱什么都可以熬得过，可是末了，一生都困在这红墙宫闱中，过着自己并不适合的生活。

如今，终于可以自己选择一回了。

如懿轻轻笑着，在碎裂般的痛楚中，停止了呼吸。

容珮一直跪在如懿身边，面上无一丝悲伤之情。她见如懿微微仰首，向着殿外风生帘动之处，笑意柔和。她半眯着眼睛，不知是在回避七月流金的日光，还是在享受它热情的不会因人而异的照拂。

那一刻，翊坤宫内真是安静，从圆明园归来的海兰匆匆推门而来，切切呼唤着："姐姐，等等我。往后我都陪着你，咱们再不分开了。"

嬿婉抓着戒指一口气急匆匆走进永寿宫暖阁，一颗心狂跳不止。春婵不敢劝也不知该如何劝，直到嬿婉松开紧握的手。春婵看到那枚从她指缝落下的暗红宝石戒指，大惊不已："小主，这枚戒指怎么会在您手里？不是当日给了凌云彻了么？"

嬿婉将茶盏中的清茶饮尽，稍稍平复气息："你说呢？"

春婵揣摩着道："您刚从翊坤宫回来，是翊坤宫娘娘给您的？可凌云彻临死前翊坤宫娘娘又没去见过他。是了。是愉妃去处死凌云彻的，定是凌云彻让她转交给翊坤宫娘娘的。"她说罢，便去看嬿婉的脸色，生怕哪里说错了。

嬿婉冷笑一声："乌拉那拉氏可不是这般说的，她说是你告诉了她许多内情，包括这枚戒指如何是本宫与凌云彻的定情之物。"

春婵唬得魂都丢了，忙不迭跪下辩白："奴婢不知，也实在没有泄露过一字半句。翊坤宫娘娘这般说，就是要挑拨奴婢与小主的情分。"

嬿婉抿唇想了片刻，故意哄道："你若真忠心，一字不漏，她也挑拨不了。你细想想，可是自己无心说漏了什么？"

春婵急得眼睛都红了："奴婢并不曾说漏过。翊坤宫娘娘若知道什么，也定是从别处知道，且查无实据，否则上回也不用绑了奴婢去问。"

嬿婉打量了春婵片刻，终究还是有些心软："罢了，你先起来吧。去，拿个火盆来。"

春婵如逢大赦，赶紧出去烧了个火盆进来。嬿婉攥着戒指怔怔不言，春婵哪里敢多待，忙退到门外。嬿婉孤身坐了片刻，只觉得无限酸楚无从说起，逼得自己生生落下泪来："凌云彻！你竟敢将我们的定情信物随意送人！你……你负了我……"她心头发狠，正欲将戒指往火盆里一扔，蓦然有些舍不得，仍是死死抓在手里。她无端地软弱起来，她与他之间只有这枚戒指了，她实在舍不得连它都没有了。嬿婉寻思片刻，终于起身，珍重地将它放进了床头的屉子里。

外头，王蟾慌了方寸的呼叫声骤然敲碎了她的伤感。他分明在喊：

"翊坤宫娘娘崩了！"

如懿的死讯传到木兰围场内，皇帝午睡乍醒。新晋的嫔妃笑靥如花，温顺妥帖地伺候着他起身。他摸了摸那个女人的脸，却想不起她的名字。

不要紧，只要是年轻的、新鲜的、柔嫩的身体，都能抚慰他对于衰老将至的恐惧。何况这些女子，都有着丰盛的笑意，永远只对他绽放，任他轻易采撷。

是进保进来回禀的，他小心翼翼地说："皇上，翊坤宫娘娘崩了。"

不知怎的，皇帝一直记得进保那时的语调，尖尖的，细细的，像划破光滑锦缎的旧剪子，一划，又一划，钝钝的，带着锈迹，会给人疼痛的感觉。他整个人都像是冻住了："什么？她怎会突然……"

"是自裁。愉妃娘娘和颖妃娘娘、七公主赶进去时，翊坤宫娘娘已经崩逝了，心口有一把匕首。"

身边的女子依偎着他，娇声惊呼："啊呀！死也不好好选个日子，偏在中元节的前一日，真是死了也不让人安宁。"

因是皇帝跟前的新宠，进保赔笑道："小主说得是，得请宝华殿好好做场法事才好呢。"

皇帝无言，脑海里、心尖上有一阵深邃的痛楚，只盘旋着无数个念头：她死了？她真的死了？就这样，走在他的前头，没有半分留恋，还是，宁死，她都不愿与他再生活在同一座紫禁城里？

这样的念头刺着他，又锐又痛。他心烦意躁，却难掩心底一重重失望和那根本无从躲避的痛楚。

那女子还在嘤嘤抱怨，进保道："皇上，请旨，该如何处置？"

他答非所问："乌拉那拉氏为何自裁？"

进保微微迟疑，还是道："奴才实在不知。容珮侍奉翊坤宫娘娘到崩逝，或许知晓。"

身边的女子语气轻诮，鄙薄之意昭然若揭："乌拉那拉氏举动疯迷，病势日剧，骤然离世，实在福分浅薄。皇上切勿为她伤心。"

伤心么？当然是，可他不惯在面上表现出来。

进保走近一步，恭敬请示："皇上，翊坤宫娘娘身份未定，丧仪不知如何处置？"

那女子还在喋喋不休，大约是仗着皇帝宠幸，愈加放肆："皇上，嫔妃自裁可是大罪，这是乌拉那拉氏公然羞辱您啊。"

皇帝再也忍耐不住，低喝道："滚出去！"

那女子怔了怔，还未反应过来，眉眼触及皇帝的冷然，才生了惧意，也不敢哭出声，赶紧缩着身子出去了。

这一番倒是意外，连进保也不曾想到，他只能更低眉顺眼，听皇帝吩咐。

皇帝凝神片刻，再睁开眼时，眼底已经发红："朕本意予以废黜，终存其位号，已格外优容。可是她宁愿自裁，宁愿这样离弃朕，决绝如此……"

进保小心翼翼："皇上，翊坤宫娘娘生前公然断发，顶撞皇上，是否还要按皇后丧仪来办？"

皇帝的声音有太多不甘与伤神，竟有几分嘶哑了："乌拉那拉氏……她一定很不愿意做朕的皇后。"皇帝的眼神不知停在何处，"罢了，丧仪就按皇贵妃之例办吧。丧葬事宜，一切从简。永璂呢？让永璂回去视丧，陪她最后一程。"他想一想，"她生前与纯惠皇贵妃交好，也不必麻烦，置于一处便好。"

进保答应着，正要离开。皇帝忽然唤住他："翊坤宫之人自裁前，见过什么人？"

进保踟蹰片刻，赔笑道："皇上，皇贵妃去看过翊坤宫娘娘，送去一些补身之物。其余再没别的了。"

皇帝不作声，却分明看清了进保眼底的那丝犹豫："朕知道了。愉妃与乌拉那拉氏亲厚，丧仪的一切事宜由她安排就是。"

进保思忖着道："是。只是愉妃娘娘刚刚丧子不久，又逢翊坤宫娘娘离世，伤心过甚，立刻管事怕是力不从心。"

皇帝似乎不耐烦："愉妃若是不成，还有颖妃和容妃呢，也可以帮衬。"

进保连连答应着退出去办差事了。

灵堂就设在翊坤宫里，要不是宫门口的一溜白纱灯笼，真看不出里头正在办丧仪。皇帝吩咐了一切从简，如懿生前又极尽失势，再加之十七阿哥初生，嬿婉反复叮嘱不可有哀乐吓着了他，如此，就算有颖妃和香见帮衬，海兰能在丧仪上所做的主，也实在不多。

不过，人少也好。于海兰而言，更能清清静静地陪着如懿多一些时候。

海兰这般沉默跪守在灵前，烧着纸钱元宝等物。火舌贪婪地吞着那金纸银纸的元宝，也照亮着海兰苍白至极的面孔。丧子之痛已经夺去了她半条性命，相伴数十年的姐妹离世，更是将她折磨成了行尸走肉。

海兰烧完手里最后一把元宝，凄惶道："姐姐，说好了要等我回来的，你怎么说了不算话？明明答应了的，一句话、一个字都要当真。你却食言了。"

没有人回应她，可以回应的那个人，早已躺在了棺木中，生气全无。巨大的悲痛将她击打得无法起身，匍匐在地，发出呜咽的悲泣。

良久，有人缓步进来，伸手扶住了她："愉妃姐姐，你要节哀。"

是婉嫔的声音，海兰缓了片刻，才能说话："哀莫大于心死，还如何节哀？"

婉嫔素来心善，环顾四周，轻轻叹气："你瞧这宫里的人情冷暖，翊坤宫娘娘到底还没被废后呢，居然只有我和你来。"

海兰淡漠道："颖妃在外头主持大局，容妃去陪着十二阿哥了。恪嫔胆子小，来转了转就走了。其他人都碍着皇贵妃的面子和皇上的震怒不敢来。"

婉嫔怯怯地点头，她疑惑："愉妃姐姐，翊坤宫娘娘丧仪，皇上下令是按皇贵妃之例办，还昭告天下翊坤宫娘娘薨。皇上这意思，是不把娘娘当皇后看了吗？"

海兰的神色若冰雪一般："能来的都是对姐姐真心的，我不会忘。姐姐离世之前，皇贵妃进过翊坤宫，皇贵妃一离开翊坤宫，姐姐就离世了，这我也绝不会忘。"她看一眼婉茵，"婉嫔你素日最胆小，怎么也来了？"

婉嫔低首，像是被触动了不堪回首的往事，含着羞愧与不安，膝行上前，磕头三下："我欠了娘娘的，只怕这辈子都还不了了。"

窗外风声呜咽如泣，海兰出神片刻，自言自语道："要还，总是能还的。"

翊坤宫如白雪堆就一般，皇帝立了片刻，只觉得眼中落满了雪点子一般，生生地疼。从木兰围场匆忙折返后，他一直不敢面对如懿的丧仪，不闻不问是他惯用的办法。便是经过，也情愿视而不见，不敢踏足半步。如懿留给永璂的信，他是先看到了，信中所言，不过是一个病中母亲再日常不过的嘱托，盼望心爱的孩子平安顺遂，得到自在，可以只做自己想做的事，更可以不必做自己不想做的事。

那并不像是一封临终的遗书。如懿的死，始终是他心中不灭的疑惑。为何突然她就这般去了？江与彬来请罪过，说起如懿已得痨症，但一直不许他告诉任何人自己的病情。江与彬也说一直在调治，难道这样，她便不愿再活下去了？

窗外风声呜咽如泣，皇帝失神地坐着，也不知过了多久。天光明亮得很，可皇帝还是觉得身上寒浸浸的，明明是夏日炎炎啊，七月盛暑，怎会有凉意袭人呢？大约，大约真是殿内的冰供得多了些。皇帝伸出手，摸着眼前一支玫瑰簪子。

那是一件旧物了，戴着它的人一定很是爱惜，常在青丝间摩擦，才会有这般光润。

进保递上一盏清茶："皇上，您看了这簪子很久了。"

皇帝点点头："她走的时候，唯一的佩饰就是这支簪子。这，是朕很久以前送她的。"

进保轻声唤："皇上。"

皇帝似乎没有听见，仍是摸着簪子把玩："她这是什么意思呢？对朕怨恨已极，却还戴着这支簪子。"

皇帝的眉心曲折渐深，那疑惑盘旋在他心头，甚是难解。进保不知该如何去劝。翊坤宫丧仪，皇帝没有踏足一步，颖妃主持宝华殿超度之事，皇帝也不过问。按理说，他该是厌弃极了乌拉那拉如懿。可为何，却偏偏拿着这支簪子，不言不语，不饮不食？

进保自知劝不得，只能兀自焦急，直到外头小太监通报皇贵妃到来，他才轻轻舒一口气。或许皇帝，愿意听一听皇贵妃的劝说。

嬿婉进来时，已不见皇帝手中把玩的簪子。她的脚步轻快，全然不像一个刚生育的女子，反而像是一只游荡花丛的蝴蝶，以最美的姿态翩跹。也是，如懿的薨逝，让她觉得紫禁城从未这般天地开阔过，终于可以舒展心胸。哪怕，她也曾有过一丝不安，自己离开后如懿便自裁，皇帝是否会怀疑自己？可是皇帝自回来后，便未提及过如懿一句，她也稍稍安心了。

嬿婉轻盈请安，皇帝微笑着吩咐她起身，早已没了方才的愁云惨淡。

嬿婉侍候多年，与皇帝也是亲近，便在榻边坐下，傍着皇帝的手臂絮絮诉说。不过是宫里的一些琐事，皇帝兴致不大，有一耳朵没一耳朵地听着，嘴上应付："你是皇贵妃，后宫的事你自可做主。"

嬿婉得了这一句，心思稍定，这才露出几分关心情切之意："刚去宝华殿看过了，颖妃头一回主持这样的大事，实在有些紧张。"

皇帝何等精明，只等着她说下头的话，便也淡淡的："那你可教导她些。"

嬿婉伸手在皇帝肩上轻轻捶着，甚是体贴。等皇帝舒坦些许，方才柔声细语道："臣妾也是心疼颖妃妹妹，既要主持丧仪，还要回去照顾璟妧，实在辛苦。"

皇帝倒是心疼嬿婉，闭目养神，口中应着："那也没有你辛苦。这几年接连产子，又要亲自照顾。"

这一语倒惹起了嬿婉的伤心事。她手中动作一缓，顺势伏在了皇帝膝上，哀叹不已："皇上，臣妾想着，孩子们都在臣妾身边了，唯有一个璟妧从小养在颖妃膝下，自幼不曾和弟妹相处。如今璟妧也大了，为免手足情谊淡漠……不如让璟妧在臣妾那儿住一段，也好彼此亲近些。"

若不提，这些都是旧事了。可个中缘由，皇帝是再清楚不过的。嬿婉生育七公主璟妧之时，正是生母惨死、自己地位不保之际，所以这个女儿一直养在颖妃膝下。而颖妃虽然是养母，但一直不曾生养，对这个养女爱得跟眼珠子似的，照顾得无微不至。且颖妃的性子素来不与嬿婉来往，只与自己一般出身蒙古的嫔妃亲近，将七公主护得极紧，连生母都甚少见到，更无半分母女之情。

今日嬿婉的话说得如此明白，皇帝也知道了："你想接璟妧回去？"

嬿婉也不掩饰心迹，倒是一副慈母的关切情怀："皇上，璟妧到底是臣妾亲生的，臣妾实在挂念。而且永璐才出生，若是能与姐姐在一块儿亲近，该有多好。"

这话她没有再多说，因为皇帝也知道，接走七公主，等于剜了颖妃的心头肉，她是断断不肯的。然而嬿婉的泪已经涌了出来，啜泣不已。

或许解铃还须系铃人吧。皇帝心中本牵挂别事，不耐烦道："好了，好了。璟妧愿意就去你那里小住，否则不要勉强她。"

嬿婉大喜过望，忙忙周全了礼数便退出了养心殿。她一壁吩咐了王蟾去咸福宫接七公主，一壁打发宫女回去将永寿宫的侧殿整理出来，供七公主居住。

春婵忙捧着奉承道："等七公主一回来，几位阿哥公主都养在小主膝下，那可真是团圆了。"

嬿婉微微得意："为了璟妧的事本宫求了皇上多年，难得皇上今日竟痛快答允了。"

春婵奉承道："乌拉那拉氏一死，您就是后宫第一人，皇上自然尊重您的意思了。如今七公主就要回到小主身边，小主事事圆满，再没有不顺心的了。"

嬿婉面上的得意一闪而过，却未肯说出来。斗了那么多年，最后乌拉那拉如懿竟是自裁死了，真是无趣。这般无用的敌手，为她枉费多年，真是冤哉冤哉。不过她一死，这后宫便真是自己的了吧。

数十年光阴流转，谁能想到曾经全无家世的小小宫女，竟会成为宫中位同副后的皇贵妃呢。自然，没有正后，副后亦是等同于皇后了。等三年丧期满，安知坐于凤座之上的人不是她呢？

心思懵懂间，仿佛已是身着凤袍的自己立于万人中央，接受如山朝拜。然而眼前几个人走过，却只是草草行礼，毫无尊敬之意。

这种冷漠，让嬿婉无法承受，即刻变了容色："站住！见到本宫怎不行礼？"

为首的正是集万千宠爱于一身的香见，她冷然道："我是我行我素惯了，向来没规矩的。"

嬿婉气结，看着香见身后两个蒙古嫔妃，恪嫔与恭贵人，喝道："那你们呢？"

二人互相看了一眼，大约觉得的确失礼了，才道："咱们跟着容妃娘娘走得快，所以……"

嬿婉冷笑："所以行礼草草，果真眼里没有本宫了。"

恪嫔与恭贵人有些尴尬，香见拦在前头道："咱们赶着去翊坤宫给主子娘娘磕头，顾不上对皇贵妃的礼仪，也不必见怪。"

嬿婉似乎不相信地重复了一句："主子娘娘？"

香见正色道："皇上并不曾真正下诏废后，翊坤宫娘娘自然就是咱们嫔妃们的主子娘娘。"

这下连春婵都忍不住了，忙为主子出头，回嘴道："荒唐！她不过以皇贵妃礼下葬，连她的死皇上也只称薨，显见是把她当嫔妃看待。那算得什么主子娘娘？"

香见见主仆这般色变，反而气定神闲地笑了。她的目光如清冷碎冰，滑过脸庞时嬿婉都能察觉那种森森寒意。香见一字一句道："就算如此，那也是我们心里的主子娘娘。皇贵妃，你可不是。"

香见话音已落，两位蒙古贵人也无半分劝阻之意，显然在她们心底，是认同这句话的。嬿婉心底的怒火已经嗞嗞烧了上来。她知道香见的性子执拗，皇帝都少悖她意思，便挑两个贵人说话："容妃无礼，你们也要效仿么？"

恭贵人重施了一礼，不卑不亢："颖妃娘娘主持主子娘娘丧仪，我等蒙古嫔妃自然追随。告退了。"

众人再不言语，低首告退。

嬿婉气得发怔。她几乎不敢相信，这是她人生最得意的时候，多年劲敌已死，她揽权后宫，居然被一个有宠无子的嫔妃顶撞不算，连主位都算不上的贵人都敢不将她尊若神明。真是要反了！

春婵见她转瞬间脸色数变，知道是气恼到了极点，忙忙劝说道："小主，小主，您别生气。看来这些蒙古嫔妃都追随颖妃，您夺回七公主是对的，正好挫挫颖妃的锐气，叫她们知道谁才是真正的后宫之主。"

是了，这才是症结所在。嬿婉沉住气，一言不发，径自往永寿宫去。

算着时辰，颖妃忙碌于宝华殿和翊坤宫两头，自然无暇顾及七公主，而区区宫人，拦不住王蟾势必为她接回女儿的气势。待得颖妃知道，早就木已成舟了。

嬿婉这么盘算着，已到了永寿宫外，一进宫门，便听到了七公主的吵嚷声。到底是亲生女儿，这么多年分离，嬿婉心疼不已，上前就搂住了七公主，唤道："璟妧，璟妧。"

璟妧乍见她来了，吓了一跳，勉强叫了一声"令娘娘"，便又挣扎着道："我要回去，我要回去！我住在咸福宫，不是永寿宫。"

小小一个人儿已经半大，力气不小。嬿婉珠翠满头，绫罗丝滑，一时有些抱不住她。

嬿婉满口价哄着："好孩子，我是你额娘，听额娘的话，额娘疼你。"

璟妧怔了片刻，细细打量着她，深吸了一口气。嬿婉以为孩子心思转动，正要再柔声劝说，不想璟妧肃然朗声："不，我要回去。我额娘是颖妃，不是你。"

春婵在一旁忙不迭地劝着哄着："七公主，小主才是您的亲生额娘啊。"

璟妧的面色渐渐冷下来，略带稚气的白嫩脸庞上露出与年龄不符的沉着与冷静，她的口吻是决断的，不容置疑的："不是，不是，我是颖妃的女儿。"

若是璟妧撒气撒泼，嬿婉都不会在意，小孩儿嘛，哄哄吓唬几回便好了。可是偏偏，这孩子的神情明白无误地告诉了她，她都知道，都明白。

有寒意从骨血里沁了出来，这个孩子，已经在截断她试图联系起来的母女血脉之情。

真的是来不及了么？后宫尚未完全驯服，连亲生女儿都要远离自己、背叛自己。

这个念头瞬间点燃了她的血液，那燃起的火焰几乎烧噬着她身体的每一寸，让她焦灼、痛苦，以致怒不可遏。

嬿婉的手离开了怀中的女儿，居高临下一般，冷然道："这孩子，这般不服管教。"

春婵被她的神色吓到，赶紧道："七公主还小，又一直没在小主身边，慢慢就好了。"

嬿婉不耐烦在宫人们面前露出下风，便顺水推舟道："也罢，先安顿她住下，和弟妹们亲近亲近，也好让她知道，她是从谁的肚子里出来的。"

当下，王蟾赶紧拉过了璟妧，殷勤道："对对，七公主的屋子收拾好了，奴才带您去瞧瞧。"

贰伍　决绝

七月中旬的风，带着酷热的暑气扫上了面庞。轻飘的裙角被傍晚的风轻浮地拂起，嬿婉深深吸了口气，将那如血残阳，留在了身后。

颖妃得知消息时，已是掌灯时分。她从翊坤宫回到咸福宫，正要梳洗更衣来抵去一日的辛苦，却立刻被心急如焚的宫人们围住，告知她七公主被接去永寿宫的消息。

颖妃心底最软弱处被人一刀刺中，几乎是瞬间失了方寸，喝道："为什么不早来禀告？"

宫人们吓得跪了满地，抖抖瑟瑟。颖妃看着众人畏惧不已，才稍稍恢复了几分理智。是啊，一有皇帝的准许，二有皇贵妃之尊，三则也是最重要的，自己在翊坤宫主持丧仪，一旦如此刻般乱了方寸，要承受失礼之罪的也只有她自己了。

可是璟妧，她怎能夺走璟妧？

没有人知道这个孩子对于颖妃是多么重要。从她抱回婴孩开始，从璟妧软软的小身体、红通通的面孔在她怀里那一刻开始，她就把这个孩子视作了自己的亲生骨肉。

大约是天意不许，虽然得宠多年，颖妃从未有过自己的亲生孩儿。便是一同出身蒙古的妃子，也无人有生育之能。对于一个有宠无子的女子而言，自小养大的孩子，是多么重要。一句心头肉，也不为过。

真的，不是为了权势依靠，而是她真心爱着那个孩子，那个在空落落的紫禁城与她相依相伴的孩子。

是了！就算嬿婉是璟妧的生母又如何？嬿婉素来看重儿子，璟妧的出生又未能为她挽回彼时颓势，她又怎会如自己这般爱惜？璟妧的第一次笑，第一次牙牙学语，第一次学步，第一次风寒发热，都是她陪伴在侧，一一照顾。那个亲娘又在做什么呢？谋算？毒害？媚宠？不，这些都叫她看不起。

她亲手养大的孩子，怎可回到那样的生母身边去？

颖妃的思绪疯狂地旋转着，脚下已经跌跌撞撞奔了出去。花盆底碍事，被她一脚踢开，只着白袜奔跑。此时一众蒙古嫔妃都得到了消息，赶来慰问。见她这般失态奔出，为首的恪嫔、恭贵人吓得不知所措，只好本能地拦住了颖妃。

颖妃眼里哪有她们，径自喊着："我的璟妧，璟妧啊！"宫女们苦苦哀求，恪嫔先劝道："有皇上允准，娘娘哪里能带回公主？"

恭贵人见事倒明白，立刻指出症结所在："定是皇贵妃忌恨娘娘为翊坤宫娘娘主持丧仪，才要夺走七公主。"

颖妃发狠道："那又如何？就是本宫与咱们这些蒙古姐妹在翊坤宫娘娘与皇贵妃之间从不偏私结党，皇上才格外器重，又怎会因此怪罪？"

恪嫔怯怯道："总不是因为翊坤宫娘娘自裁，皇上气昏头了吧？"

颖妃气得连连顿足，忽而心念一转，厉声喝道："皇上是生气还是伤心，谁知道呢？再说翊坤宫娘娘是不是自裁还是两说呢，谁知道是不是被那位所杀？翊坤宫娘娘死前可是见过那位的！"

一众蒙古嫔妃都惊呆了，不觉面面相觑。不知谁轻声嘀咕："啊！

这话可不敢胡说啊。"

怎么会是胡说？

当日的情形再度浮现于眼前。

颖妃执着璟妧小小的手，看着嬿婉得意而出，而那不久，便得到了翊坤宫乌拉那拉氏自裁的消息。

模糊的念头随着心痛越来越清晰。是了，一定是魏嬿婉杀了乌拉那拉氏。便不是亲手所为，也一定是她所逼杀的。一定是！

到底是恭贵人心思细些，低声道："这话也未必是胡说，我已听到不少风言风语。"

颖妃被夺女之痛烧得容颜扭曲，厉声道："我带着璟妧进的翊坤宫，翊坤宫娘娘刚气绝不久，而皇贵妃前脚刚离开！"

恪嫔一张俏脸雪白："娘娘，就算我们有蒙古诸部做靠山，您这样公然诋毁皇贵妃，也是不成的呀！"

颖妃满脸是泪，挣扎着道："本宫不管！本宫只要自己的女儿！"

这一声哭，众人都静了下来。蒙古诸嫔妃只有颖妃养了一个女儿，这位公主对她们干系极大，嬿婉这般夺女而去，不只昭显她在宫中的权势如日中天，更是不将蒙古放在眼里。而这一切倚仗，不过是皇帝的宠爱、儿女的依靠罢了。

正僵持间，一个纤瘦的身影缓步蹚进。她的语调低沉而柔微，却掷地有声："诋毁？这些话宫里好多人都在传呢。"

众人忙行礼道："愉妃娘娘。"

海兰柔声道："都起来吧。"她走近颖妃，贴近她耳边低语呢喃，"知道你的孩子被抢走了，我是来帮你的。"

恪嫔面上闪过一丝不信，海兰失了曾经皇后的依傍，失子，无宠，她还有什么？

海兰似乎是猜到了诸人的心思，轻声道："在这个节骨眼上带走七公主，是打击颖妃的良机，也是将你们一众蒙古嫔妃压倒，让她称雄后宫的良机。"

她的话语极轻，却足以让在场所有人震动。

恭贵人旋即明白过来："有了七公主在手，颖妃娘娘顾及多年母女情谊，势必要向她低头。"她轻哼一声，"咱们蒙古女子，不会欺人，但也不会由着他人欺辱。"

暑气夹杂在晚风里，裹得人浑身每一个毛孔都窒闷不堪。那种感觉，像极了踩进泥淖深潭。不可自救，只能眼睁睁看着自己陷入绝望，无可奈何。

颖妃在泪眼迷蒙里仰起头，软弱和伤心并未将这个蒙古女子血液里的坚韧打碎。她紧紧握住了海兰的手，低声道："我看见了，璟妧也看见了。"

数日来皇帝都是心绪不佳，饮食上多是被退了出来，只说皇帝胃口不佳，绿头牌更是彻底被闲置了。御膳房和敬事房便是着急，也是无可奈何。御前是进保守着，他口风极紧，谁也不知养心殿中的那位至尊到底是怎么了。

太后实在放心不下，便去养心殿看望皇帝。皇帝照例是对太后恭敬有加，问安道："皇额娘今日怎么来？"

太后在榻上斜坐下，打量着皇帝："你自然知道哀家是为什么来。"

太后语中之意，皇帝如何不明。他似乎不愿继续这个话题，一手拨着黄花梨案上的白玉莲花炉，那氤氲散开的香烟混着殿内冰座上散开的沁凉微润的水汽，那香气仿似也变得雾沉沉的，丝丝缕缕黏在身上，缠绵着不肯离去。

太后见皇帝不开口，索性挑破了话头："皇帝昭告天下乌拉那拉氏薨，宫里宫外议论纷纷，旁人不敢来，哀家来问，皇帝到底是什么意思？"

皇帝无言以对。太后又道："如懿是皇后，可你给她的丧仪只有皇贵妃仪制，还对外称她为乌拉那拉氏，昭告她'薨'，不用皇后所用的'崩'，你这可是废后的意思？"

皇帝似乎怨怼颇深，语调平静得毫无起伏波澜："当年在杭州行宫，皇额娘曾告诫过儿子废后是失德之举，儿臣不会这样做。但乌拉那拉氏在儿子不在的时候自裁，足见不想见儿子，生前都不见儿子的面，将来自然也不会愿意与儿子合葬。那儿子何必让她死后还要厌憎不安？儿子也是成全了她。"

太后轻轻一嗤："这话就是赌气了。且按旧例，凡葬在妃园寝内的，都各自为券，而乌拉那拉氏却被塞进了纯惠皇贵妃的地宫，堂堂皇后反成了皇贵妃的附属。这也说不过去呀！"

皇帝眉心一动，有无限心事被挑动。他嘴唇微微张合，犹豫良久，方才低声道："她在世时，几个皇贵妃里也只与纯惠皇贵妃合得来，在一块儿也好。免得地下寂寞，连个说话的人也没有。"

太后晓得皇帝的难堪，叹道："皇帝……"

熏香燃得有些快，重重渺渺地散在二人中间，好似一道纱雾屏风，朦朦胧胧。太后年纪大了，眼目不如从前清亮，竟有几分看不出皇帝的神色微动。

心上柔软处似被什么东西狠狠撞了一下，那种抽痛牵起鼻中的酸楚。皇帝很有些委顿，露出几分难得的软弱："皇额娘不要说了。皇额娘想说的，所有人会说的，儿子都知道。可朕是皇帝，朕也得有朕的考量。如懿公然断发，几次三番违背朕、忤逆朕，置朕的颜面于何地？朕以礼法治天下，她虽在后宫，却也是一个样子，要是人人都像她这般，朕还如何辖治前朝后宫，如何辖治天下人？"

太后幽幽一叹："皇帝啊，你又何必如此决绝？"

皇帝极力硬着心肠，冷然道："皇额娘也说过，后位也好，恩宠也好，权势也好，如懿都不放在眼里，那朕又何必对她强求？也许，她本就不该是这宫里的人。"

太后默不作声，只是定定望着皇帝，那目中尽是了然与惋惜："哀家明白了。其实如懿真正想要什么，皇帝你都是知道的。可是皇帝啊，越需要用力抹去的，往往越是不敢面对的。可越是想要忘记的，却往往又是最难忘记的。是不是？"

这番对谈似乎抽去了皇帝所有撑持着的力气。他还想说什么，然后眼底微沁的泪光已经阻止了他的言语。再开口，必定是哽咽，何必在此露了心防？

是啊，无数的时光匆匆奔涌而去，谁也不复少年时光，他所留恋的青樱，何尝不也是自己放不下的弘历时代？

翩翩少年郎已然垂暮，心头牵念不已的少女，也情绝意断。谁还记得当年，墙头马上遥相顾，一见知君即断肠。或许便是曾经有多在乎，如今就有多么心痛吧。而不想心痛，能做的，便是不在乎，便是厌弃，才能麻木。

末了，还是太后道："乌拉那拉氏过世，最伤心的还是永璂。永璂就在哀家身边，等往后愉妃过了哀痛的劲儿，再带回延禧宫吧。"

这样的安排，自然是最妥当不过的。皇帝也记挂着永璂："皇额娘，那孩子还得你费心关照些。"

太后微微颔首，父母不和，决绝至此，永璂如何不知？素来父母未能情好的，最吃苦的便是孩子。永璂性格沉闷软弱，多半也是因为如此。皇帝大约也是知道此节，怕永璂心中有怨，所以才请托了太后照顾。也唯有太后照顾，才镇得住与如懿不睦的嬿婉吧。

太后轻轻叹息，天家尊荣，享得泼天富贵，却亲情不保，又有何趣味呢？或许真要活到了自己这斑白年纪，才能懂得个中滋味吧。

皇帝这般不乐，嬿婉照例是要领着嫔妃们去请安的。然而这几日她也实在是无心他顾，璟妧到了永寿宫里，不肯吃饭，竟是断了饮食。起初嬿婉也不着急，永寿宫的小厨房手艺远胜于御膳房，什么苏杭点心珍馐美食，但凡小孩子爱吃的，一溜儿流水样供到璟妧面前，便不信她一个孩子扛得住这般诱惑。

然而奇怪的是，璟妧那孩子是出奇的镇静与倔强，死咬着不开口。若是给水便喝，食物一点也不碰，铁了心地要回咸福宫。

嬿婉原打算着颖妃要来闹一闹，便可趁势炫耀自己皇贵妃的威仪，好好训斥她一番，打压气焰。偏偏颖妃不来，她满腔气焰无处可发，想着颖妃是骨子里怕了她，便转怒为喜了。可谁知一个孩子便闹腾得她头痛不堪，再好的气性也忍耐不住。只为璟妧来来去去就是几句："我要回咸福宫，我要回额娘身边。"

嬿婉气结："我才是你的额娘。"

璟妧慢吞吞道："不是。你不是。不回咸福宫，我宁可不吃饭。"

嬿婉气急了便道："好，你就算饿死，也是我的女儿。"

璟妧不哭也不闹，稚嫩的脸庞上竟是冷笑："你真的很喜欢看别人死，是不是？"

那目光中的寒意，逼迫得嬿婉忍不住要发抖。她怕什么？风里浪里，刀剑相逼，熬不过这些，如何坐得上皇贵妃的位子？可那目光居然是来自亲生女儿，让她毫无抵抗之力。就算是输，也不知输在了哪里。

嬿婉恨恨地想，是了，一定是颖妃教坏了孩子，一定是。

她想一想，几乎是带着奔逃的姿态，想去看一看永璨、永琰和九公主。这些她一手带大的孩子，绝不会如璟妧待她，绝对不会。至少她还拥有那些孩子的依恋与笑脸，她什么都不用怕，不用怕。

回到紫禁城不久，皇帝便下旨召回了李玉。李玉到底是宫里的老人儿了，听闻皇帝召唤，一声也不言语，也不问缘由，便打点好了一切，奉茶上前。

他进到养心殿暖阁，恭敬端上茶水。皇帝抿了一口，回味悠长："三月的龙井新茶，七分烫，茶香满口。也唯有你沏得出这一碗恰到好处的茶来。"

李玉跪下道："皇上不嫌弃奴才年老眼花，奴才感恩不尽。"

皇帝徐徐道："你回来，要孝敬的必定不止一盏茶。"

李玉恭声道："奴才已去翊坤宫给娘娘上了香，也带了容珮来。"

皇帝的语声远远的，似从天际缥缈而来，沉沉砸入他耳里："如懿到底是如何死的？"

李玉心下一坠，果然，果然皇帝是疑心的。他微微压低声音："翊坤宫娘娘自裁前，令皇贵妃刚刚离开。随后进去的，还有愉妃、颖妃和七公主。"

李玉几乎以为自己耳朵不清了，他居然清楚地听见皇帝的嗓音微微一颤："真是自裁？"

李玉如何不知皇帝的疑惑，忙道："奴才查验过，自裁倒确是自裁。只是奴才不解，翊坤宫娘娘抱病已久是真，但为何早不自裁晚不自裁，偏在令皇贵妃走后自裁？若说是病中绝望，也不大通啊。"

皇帝深吸一口气，将心底呼之欲出的质问按捺下去，只以淡然之色相询："你的意思，是令皇贵妃说了什么，抑或做了什么？"

李玉缓缓摇首，老成持重："奴才能查问到的，是显而易见的东西。至于底下是什么，因由是什么，奴才不过是奴才，不懂得查看人心，也不知情由所在。"他一顿，"奴才适才前往翊坤宫，看到了一些东西，特意拿来给皇上细看。"

皇帝默然颔首，李玉击掌两下，有两个小宫女捧了东西进来，那是曾经侍奉过如懿的菱枝和芸枝，她们捧了大幅雪白的锦缎在手，款步走进。容珮伴随在侧，哀伤却自持。

容珮沉声道："娘娘废居一年余来，无事时只着意于刺绣与诵经。所绣之物无他，只有一二花色。请皇上一顾。"

芸枝和菱枝捧着洁白如霜雪的皎云轻纱，徐徐铺开。皇帝注目片刻，不觉微湿了眼眶。

真的只有二色图样。

青色樱花盛开如蓬云，红荔鲜艳。绮丽之外，其余素白一片。上头的针功细致沉腻，每一朵花瓣不知刺了多少万针，才费尽一瞬一瞬之时，挪万象情感于绢布之上。

眼底的热意越来越烫，几乎有刺痛。他转眸，仰起脸，再仰一仰，生生把泪水逼落下去。他听得自己无波无澜的平静音调："她身边还留着什么？"

李玉恭谨道："一幅未曾绣完的绣样，与这些并无二致。另则，娘娘身边还留着一本看了一半的书，是白朴的《墙头马上》。"

他刻意维持着平稳的心跳陡然失去了韵律。那是他与她同听的第一出戏。记忆里的人呵，还是华章子弟、豆蔻梢头的好年岁。

她还是念着的，念着的。念着他们的初初相遇。遥遥相顾，一见倾心。

偏偏，那诗里是这样说的，墙头马上遥相顾，一见知君即断肠。

她与他的最末，终究只是天人永隔，一世断肠。

皇帝似是自语："绣样留了一半，书也看了一半，便这般弃世了？"

皇帝的沉默是压在坚冷雪山之巅的寒云，压迫得人透不过气。也不知过了多久，端起茶水轻抿："进保虽然得你真传，很会服侍，但他到底是你的徒弟，不比你稳重练达。譬如这一盏茶，也不如你端来温热适口。日后就让进保去热河行宫，你留在朕身边好好伺候。"

李玉答应着，垂手立于一旁。皇帝复又提起饱蘸了墨汁的笔，不疾不徐，批阅奏折。

也不知过了多久，更漏泠泠，墁地金砖上投着一帘一帘幽篁细影，令人昏昏欲睡。京中想来暑热，七月更是流火欲燃。殿中供着金盘，上头奉着硕大的冰块，雕刻成花好月圆蝶鸟成双的图案，将殿中涸得蕴静清凉。皇帝跟前的奏折渐渐薄下去，冰块亦渐渐融化，那鸟儿失去了翅膀，蝴蝶亦飞不起来，花已残，月已缺，化成细小水珠滴落在盘中。再美再好，也不过浮华一瞬，再也寻不回来。

外头起风了，蓦然间水青底绣浅粉樱花纹影色帘翻飞，如一色青粉的裙流连而过。恍惚里，是皇帝的声音，轻轻唤了一声，含糊得一如风中掠过的蝴蝶，带起一缕花叶的涟漪。

李玉分明听见，皇帝唤了一声："青樱。"

呵，李玉恍然想起，从前的从前，他们都还年轻的时候，青樱最爱穿的，便是这一色花叶生生的衣裙。只是，这世间的青樱，早已不在了。连如懿，也魂魄归去。

皇帝眉心微曲，郁然长叹："她去得好么？"

李玉如何敢说，想了半日，还是道："翊坤宫娘娘面带笑意，去得安和。"

"她情愿死，也不愿再留在这里。李玉，她不该来这宫里。若是去了外头，海阔天空，她的一生，不致如此。"

李玉喉头一阵阵发酸："皇上，她苦，您也苦。若是翊坤宫娘娘还活着，哪怕您与她不再相见，奴才知道，您心里便不会那么苦。"

皇帝并不答他的话，只是负手起身，从寝殿榻上的屉子里，取出一方丝绢，青樱，红荔。岁月更长，人已渐老，但那丝绢，却簇新如旧。他握着那方丝绢在手，久久无言，静静问："你猜，令皇贵妃对如懿说了什么？"不必说了，已经什么都不必说了。疑根深种，只等长枝蔓叶，开花结果。他眼中隐隐含泪，难抑心底一丝激动。只凭这一棵疑根，嬿婉的日子，也不会那么安稳了。

李玉紧紧地闭着双唇，片刻方道："奴才不知。"

皇帝伤感不已："不过，无论是否有人逼迫，如懿到底是自裁。宫中后妃自戕是大罪，她是要告诉朕，她生不再与朕同衾、死后也不与朕同穴的心思。如懿，她好狠的心。"

他来不及伤心很久，如意馆很快来报，画师郎世宁病危，已近弥留。郎世宁至大清已有五十一载，受三朝天子恩宠，更得皇帝厚待。皇帝自然前往如意馆探望。

　　纵使天子来临，郎世宁勉力挣扎，还是起不来身，只得侧躺在床上，连连叩头谢恩。皇帝见他老病如此，寿数难继，也是伤怀。君臣二人默然良久，还是郎世宁先觉出了皇帝的异样："皇上可是心绪不佳？从前翊坤宫娘娘要进冷宫了，皇上也是心绪不佳，来和臣说话。一晃数十年过去了，您还是为翊坤宫娘娘而难受么？"

　　他见皇帝只是不言，吃力地探身从床头竹架上取出一卷画卷，徐徐展开。画卷上写着"心写治平"四字，卷上佳人如斯，分别是孝贤皇后琅嬅、慧贤皇贵妃晞月、纯嫔绿筠、嘉妃玉妍、舒妃意欢、庆嫔陆氏、颖妃巴林氏和令妃嬿婉，一个个都是端静之姿，正襟危坐。唯有当时还是娴妃的如懿，笑得明朗清澈。

　　画上的人，许多都是斯人已去，音容不在。前尘旧事涌上心头，皇帝也是慨然。幸好丹青留笔，记录下她们曾经最美好的时光。

　　郎世宁靠在榻上，缓缓地道："臣从皇上初登基为皇上画第一幅圣像，再为皇上先后画十位后妃画像，到如今已经三十一年了。臣知自己时日无多，擅自将这些画像连成长卷，也算是为皇上留个念想。"

　　当初皇帝让他画的时候，只是闲来雅玩。却没想到如今，竟是画比人长久。

　　郎世宁见皇帝看得出神，也微微含笑："皇上可知臣最喜欢哪一张？"

　　皇帝思忖片刻，合上画卷："卷中的如懿的确与众不同，但未必就是你最得意的。朕不知你喜欢哪张，但朕最喜欢的，是你为朕和如懿画的帝后画像，彼此情深。"

　　郎世宁颇为动容，掩面掩去哀伤之色："皇上说的真是臣心中所想。臣在宫中数十年，亲眼见皇上与皇后一路走来，如今这般，臣也很难过。当日为皇上与皇后画帝后之像，那是微臣画过的最好的一张画。因为画上娘娘的笑。皇上，臣在宫里画了那么多画，画得好的画得坏的都有，可从没画过皇后娘娘那么美的笑。"

　　皇帝神色凄迷，无限惘然："是啊，如懿这样的笑，朕很久都没有见过了。"

"臣画画时，娘娘一直在笑。臣当时还问娘娘，一直这么笑着，不累么？娘娘说，想起与皇上年少深情，一路走来，觉满心欢悦。臣一生在大清画了那么多画，唯有这幅画中见过真情意。皇上，臣如今临死，只想问一问，这样的真情意，都没有了么？"

皇帝立在原地，久久无言，只是在背身时，悄悄拭去泪痕。

贰陆　孤身

郎世宁并未撑多久，很快便离世，皇帝下旨厚葬。而他身边缺了可以说话之人，李玉的回宫，恰到好处地解了皇帝的寂寞。

李玉回来的消息一阵风似的传遍了后宫，嬿婉是害怕的。李玉与如懿交往颇密，如今如懿新死，李玉又回来，莫不是皇帝动了对如懿的怜悯之情？那便不好办了。

午后的紫禁城，静得少有人声。日光无遮无拦地洒落，逼起红墙金瓦之上一阵阵白腾腾的暑热。虽说八月了，京城早晚渐凉，但午后酷热，却是半点也未减。这般昏昏欲睡的时节，凝神细听去，才能听到戏乐之声悠悠传来。春婵有些奇怪："这个时候，谁在传戏呢？"

王蟾苦笑："是漱芳斋那儿的声音，这不，一定是皇上在听戏呢。"

春婵摇摇头："翊坤宫娘娘才过世不久，皇上就听戏，也太无情了些。"

戏台上的戏子们水袖轻扬，七情六欲都在面上格外浓重。曲调伴着丝竹悠扬起落，是谁在诉说着柔肠衷情："你道是情词寄与谁，我道来新诗权做媒。我映丽日墙头望，他怎肯袖春风马上归。"

皇帝坐在漱芳斋里，日常所余的爱好，仿佛便只剩了听这一出《墙头马上》。宫人们垂手而立，静若泥胎木偶，无人敢打扰皇帝这份静逸。唯有李玉轻手轻脚侍奉在侧，斟茶递水，打扇轻摇。外头传来一声不合时宜的哭声，扰了乐曲里的情意宛然。"皇上，皇上，您救救璟妧吧。"

李玉侧耳："是颖妃的声音。"

皇帝听得是颖妃，即将要升起的怒意压了下去，吩咐了宫人们让了颖妃进来。颖妃一路梨花带雨进来，哭得几乎噎住："皇上，皇上，听说璟妧倔强，回到永寿宫一直不肯进食，这可怎么好？"

皇帝虽是训斥，口气却柔缓得很，足见素日对颖妃的客气："胡说！皇贵妃是璟妧的亲娘，怎会饿着她？"

颖妃性子刚强，极少在皇帝面前哭，撒娇落泪更是罕见。皇帝见她情状，已然纳罕，偏颖妃不接受他的劝说，哭得更凶："璟妧自小在臣妾身边长大，与皇贵妃的母女情分一时转圜不过来，彼此倔着。这璟妧饿坏了身子可怎么好啊？皇上，求您让臣妾接璟妧回来用顿饭吧。"

皇帝一怔，无可奈何："唉。都是倔性子，哪里像你，更不像她亲额娘。"

颖妃嘴快："璟妧喜欢她皇额娘，这刚强脾气像足了翊坤宫娘娘。"

话一说完，李玉都变了神色，不知该如何接口。颖妃自知失言，慌得一颗心怦怦乱跳，几乎要跳出腔子来，心中暗怪海兰乱出主意，非要她提这一句。

皇帝面色如常，浑然没有听见这句犯忌讳的话，只是温和道："朕也饿了。你去带璟妧来养心殿，陪朕用饭吧。"

颖妃欣喜，如一只欢跃的鸟儿，立刻飞了出去。

那边厢嬿婉吩咐着选秀的事宜，让乳母带了九公主璟妶、十五阿哥永琰去陪着璟妧，想着孩子们在一起，总是好说话好玩闹，也便能哄得璟妧吃饭了。璟妧对着弟妹们倒不像对嬿婉那般排斥，也肯说几句话，乳母们便退远了，由着他们在一块儿。

璟妶只比璟妧小一些，已经很明理了。因为和弟弟们一起长大，所受重视不多，所以比起璟妧独受宠爱长大的性子，璟妶要温柔许多，很有几分嬿婉还是宫女时的模样，她劝道："七姐姐，你快吃饭吧，别惹额娘生气了。"

璟妧冷淡道："她不是我额娘。"

永琰年纪虽小，却一下明白了其中的关节，只说："额娘是我们的亲额娘，七姐姐是我们的亲姐姐。"

虽然不说是亲母女，却强调了彼此的血统和自己不可分割，这下纵然是璟妧也辩驳不得。

璟妧别过头，露出傲然不屑之色："皇贵妃才不是我额娘，她是坏女人，她害死了皇额娘！"

璟妶一下子急了："姐姐胡说！额娘不是坏女人！"

当时翊坤宫外的情景历历在目，确是嬿婉出来之后，便得到了翊坤宫皇后的死讯。璟妧记得清清楚楚，此刻道来也是理直气壮："她就是坏女人！皇贵妃见了皇额娘，皇额娘才死的。就是皇贵妃害死了皇额娘，我和额娘都看见的。"

嬿婉听说孩子们在一起相处不错，正为自己的妙计得意，赶来享受这绕膝之乐。哪知才到门边，就听得这句锥心之语，霎时变了脸色，连声呵斥："你说什么？你这孩子，胡说八道什么？"

璟妧被这突如其来的怒喝吓了一跳。待回头见是嬿婉，又露出素日的冷淡鄙薄的神气，转头看着别处。嬿婉气不打一处来，喝道："果然是颖妃教坏了你，我自会去找她算账。"

璟妧听得她要为难颖妃，果然慌了神色，嘴上却尖厉："你就是坏女人，你害死了皇额娘。你一定还做过许多坏事，所以十四弟、十六弟死了，这是报应！"

嬿婉的心彻底凉了。这就是自己的女儿，心心念念要夺回来打击颖妃的女儿，她的心完全不向着自己。嬿婉心口一阵疼痛，太阳穴突突地跳着，激起锐利的刺痛，挑起青筋根根暴出。嬿婉顺手抓起桌上一把戒尺，拉过璟妧的手狠狠打下去："我不是坏女人！这话是谁说的？是颖妃是不是？"

璟妧想躲开，却被嬿婉死死抓住，不得逃离半分。璟妧手心被打得通红，死死忍着不肯求饶，咬着牙道："你就是坏女人，谁都不喜欢你！我不喜欢你，我讨厌你！额娘，额娘，快来救我啊！"

璟妘和永琰何曾见过嬿婉这番暴怒模样，早就吓得呆了。璟妘缩在墙角，紧紧捂着嘴什么也不敢说，永琰连反应的能力都没有了，只是喃喃："别打姐姐，别打姐姐……"

嬿婉盛怒之中，哪里会理会永琰的话，见璟妧不肯求饶，一味嘴硬，下手又凶又快，一下接着一下："我才是你的额娘，我要好好管教你！"

这般乱糟糟的，乳母们吓得昏头，只晓得赶紧上前抱走璟妘和永琰，不让他们多看。璟妧何等机灵，趁着乳母们一窝蜂上来，立刻挣脱了嬿婉的手，向外跑去。

嬿婉哭得伏倒在地，连起身的力气也无："我不是坏女人，我不是啊。我都是为了你们，我不是坏女人！啊，我的女儿，为什么要这么待我！"

还是春婵警醒，和王蟾架起了嬿婉，慌不迭道："小主，咱们快追七公主回来。这么跑出去太危险了。"

嬿婉立刻醒过神来，吩咐着去追，自己也跟了出去。

璟妧好容易逃脱出来，奈何饿了几日，腿脚着实不快，而且永寿宫一带她着实少来，也实在辨不清方向，只知道沿着红墙根跑离永寿宫，离得越远越好。

眼看着乳母、宫人们追了出来，嬿婉气急败坏地跟着，璟妧再也忍不住，哭喊道："额娘，救我啊！额娘！"

这一喊太过凄厉，颖妃本快步往永寿宫来，听得声音，几乎人都站不住了，一转角循声过来，抱住了璟妧，母女俩抱头痛哭。璟妧受了多日的委屈，见了颖妃才宣泄出来，紧紧抱住她手臂不放："额娘，你终于来了。璟妧好想你啊。"

颖妃仔仔细细看着璟妧，立即发现她手心的红肿。这个女儿虽非亲生，但一直爱如珍宝，哪里受过这般委屈？颖妃心痛得直落泪，连声追问："怎么了？你的手怎么了？"

璟妧叫道："皇贵妃害死了皇额娘，我不喜欢她！皇贵妃就打我！"

嬿婉听得她在人前大呼，登时脸色惨白。颖妃巴不得这一句，连忙道："璟妧说得没错。当日我带着璟妧进的翊坤宫，翊坤宫娘娘刚气绝不久，而你前脚刚离开！还说不是你害死翊坤宫娘娘？"

说话间嬿婉赶到了眼前。见了颖妃，嬿婉的慌张伤心旋即被掩饰不见，恢复了皇贵妃的尊荣高傲，清冷道："本宫的女儿，不用旁人管教。"

颖妃不肯示弱，一把将璟妧拦在身后护住："我是璟妧的养母，怎么不能护着她？"

嬿婉的唇角含着讥诮之意，居高临下看着颖妃："不过是养母，皇上已经将璟妧交回本宫抚养。"

璟妧躲在颖妃身后，咸福宫的宫人将她团团护住，不让永寿宫的人接触。璟妧声色更壮："不，我是额娘的女儿，不是皇贵妃的女儿！"

颖妃微微一笑，打心底里觉得欣慰，面对嬿婉，也更不畏惧："看来，璟妧并不认你。"

嬿婉一腔怒火无处可泄，便也不顾及颖妃的身份，作色道："都是你教坏了璟妧！"

颖妃也不生气，眸中清冷之色愈加浓烈："我并无教坏孩子，孩子懂得是非，她不喜欢你的为人。其实何止是孩子，即便你位同副后，权倾后宫，至少咱们蒙古这些嫔妃就不服你，不服你这种用龌龊手段上位的女人!"

自从嬿婉封皇贵妃,宫中奉承无数,她哪里受得住这样的气!一时间心血翻涌,气得几乎要呕出血来。春婵在后,轻轻扯了下嬿婉的袖子,低声道:"您是皇贵妃,您教训谁都是应该的。"

是呢。皇贵妃之尊,与这般寻常嫔妃闲言什么,教训便是。且不说这宫里大了一级就足以压死人,嬿婉有子,颖妃无子,就是尊卑之分。

嬿婉的怒色冷却少许,肃然道:"早知道你不服!本宫就教你个乖,教你什么是心服口服!来人,颖妃犯上不敬,给本宫带下去杖责!"

杖责是重刑,何况嬿婉未说杖责多少,便是要挫颖妃的锐气。咸福宫的宫女们,几个胆小的早就冒了冷汗,颖妃根本无所畏惧,只是打量着嬿婉:"我虽然是妃位,但我的背后是蒙古各部。你是皇贵妃,却毫无根基,风雨飘摇。"她含笑逼近,"许多事,不在位分,不在儿女多少,而在前朝后宫,势力交错。这一点,你比不上我。"

嬿婉气得发颤。她们就这般肆无忌惮么?仗着家世,仗着母族,不将她这宠妃放在眼里,还要任意击打她的弱点。

是可忍,孰不可忍。事到如今,撕破脸都不够了。

嬿婉索性下令:"还干看着做什么?给本宫打这个不知天高地厚的人!"

宫人们面面相觑,一时无人敢对颖妃下手。

立刻有宫人跪下求情:"皇贵妃娘娘息怒,皇贵妃娘娘息怒。"

这是真真儿忌惮颖妃的母族势力了!嬿婉眼前一阵晕眩,立刻鼓足了气势再要喝令。却听得一个沉稳女声道:"吵吵嚷嚷做什么?哀家去看了永璂回来,都不得清静。"

太后积威多年,无人不服,当下所有人都跪下了:"太后娘娘万安。"

太后一身青金色锦袍,一头花白头发以翡翠扁方绾住,略略点缀几件金器凤簪,不怒自威。

"哀家刚从宝华殿给如懿诵经超度回来,就听得你们喧闹。"太后目光扫过嬿婉，将她看得如水晶玻璃人一般，"当了皇贵妃日子也不短了，还不能令嫔妃信服，看来哀家是得好好教导你。颖妃，你到底位分低些，也该懂得尊卑上下。有什么事不许当着奴才丢份儿，你们到慈宁宫来吧。"

嬿婉哪敢吭气，只得诺诺答允了。颖妃正要揽住璟妧起身，太后伸出手，和颜悦色地拉住了璟妧，笑吟吟走到前头去了。

进了慈宁宫，众人一时无话。嬿婉纵然声气再高，不知怎的，在慈宁宫里，一盆火焰被冰水泼灭一般，就不敢言语了。

太后将璟妧拉在身边，吩咐了福珈为伤口上药。璟妧也争气，一句也不言痛，即便药粉刺痛伤处，也只是一缩手，很快咬牙忍耐。

太后不急不缓地开了口，声音是珠帘深锁下的一抹轻烟徐徐："再动气也得顾着体面，当众争执，不怕奴才们笑话？往后还怎么服众？嫔妃和睦，才是后宫祥瑞之兆。"

二人规规矩矩答了"是"。

太后便温然看着嬿婉："尤其是你，皇贵妃。你身负皇帝重望，主理六宫事宜，更当稳重。"

嬿婉哪敢回嘴，立刻认错。

太后又看颖妃："颖妃你出身蒙古，又年轻些，但也得自重身份，不可当众顶撞。"

颖妃何等乖觉，立刻俯首认错，然后道："原是臣妾见了璟妧大哭，心疼不已，所以情急犯上，顶撞了皇贵妃。"

璟妧适时站出，为养母辩白："皇祖母，皇贵妃打孙女，孙女手痛。"

太后听得璟妧的称呼，便有些许不满："皇贵妃到底是你额娘，你即便是在颖妃膝下长大，不叫皇贵妃额娘，也得称呼一声令娘娘。"

璟妧顾不得福珈阻拦，上前拉住颖妃的手，情真意切："皇祖母，这才是儿臣额娘。"

太后怜惜璟妧，也不肯为难她，慈爱道："你这孩子，虽然没规矩，但也足见颖妃一直疼你。罢了，既然如此，七公主还是交由颖妃抚养吧。”

嬿婉见太后这般轻描淡写就将璟妧交给颖妃，这一番心思岂非付诸东流？忙含泪道：“太后，颖妃年轻，难免对孩子骄纵宠溺，璟妧脾气野性子大，断不能再由旁人教养，臣妾自己的孩子，自己来养吧。”

太后见她情急，也不斥责，只温和道：“你身边已有几个孩子，再带七公主怕也顾不过来。有颖妃为你分忧也是好事。”

颖妃听嬿婉说璟妧的不是，哪里按捺得住：“璟妧好好的，并非皇贵妃所言那么不堪，否则怎会那么得皇上疼惜？”

嬿婉一双妙目圆睁，瞪住了颖妃，气势凛然：“颖妃说得轻巧。璟妧到底不是你亲生，养娘怎如生娘亲？养娘怎会真心待孩儿好？”

猝不及防的一言，慈宁宫中旋即陷入了死一般的寂静。福珈波澜不惊，太后的唇角依然笑意温然，可双眸中尖锐的忧惧一闪，已将嬿婉钉死在了原地。太后蔼然微笑，但那眸子里的星火，分明灼得嬿婉双膝发软，匍匐跪倒在地。

太后轻轻道：“是么？”

这两个字，几乎压得嬿婉粉身碎骨。她已经匍匐在地，不知该如何再显示自己的卑微与无措。巨大的惊惶让她冷汗淋淋，拼命称罪：“臣妾失言，臣妾知错。是，是生娘不如养娘亲，养育之恩大过天。”

太后身坐重重玉绣锦茵之中，背脊挺直，凝神端详着嬿婉：“什么生娘养娘的，皇贵妃的心思可真多。哀家没你想得繁复，孩子是谁养大的，愿意跟谁走，那就是谁的孩子。璟妧，你要跟着谁，你自己说。”

璟妧紧紧攥着颖妃的手不放，依恋而郑重：“皇祖母，孙女自小到大都是额娘照顾，生病是额娘喂药，天寒是额娘添衣。额娘最疼孙女。”

颖妃激动不已，一把搂住了璟妧，连声道“好孩子，好孩子”。话音未落，已然满面泪痕。

太后冷眼看着嬿婉：“孩子什么都懂。这是她自己选的，你也细想想，自己的言行配不配当孩子的额娘！她病了冷了的时候，你正忙着争宠吧，可有照顾分毫？"

这话已经是极厉害的了，嬿婉除了瑟瑟发抖，只能请罪不已。太后浑不理会，只叮嘱颖妃："好好照顾璟妧，她明白是非恩怨。记着，孩子和谁亲，谁就是她的亲额娘。"

颖妃感激涕零，哪里还能说什么，只拉住了璟妧一同重重叩首谢恩。

太后道："你不用谢哀家，要谢就谢皇贵妃自己做下的好事，如懿之死……"她呵一声轻笑，"要是连一个孩子都认为是你害死了如懿，你可怎么分说呢？"

嬿婉不知道自己是怎么出的慈宁宫。她深知方才的情急之语戳痛了太后的心，什么养母生母，最为太后所忌讳。她也明白，从此，她再不会得到太后的任何偏帮与支持了。更刺心的是，仿佛谁都认定了如懿是她所杀。连辩白，她都无从辩白起。

很快，皇帝也知道了此事。因着太后震怒，是福珈亲自来禀报此事。而最让皇帝震惊且意外的是，连嬿婉的亲生女儿都说如懿是被她害死的。他尚未回过神来，福珈又道："皇贵妃一时情急，言辞上得罪了太后。太后那儿还递话过来，说当年十二阿哥疑心亲娘您查了，七公主疑心亲娘，问您怎么办？"

事情的起因，不过是嬿婉急着带走了七公主，蒙古嫔妃不满嬿婉已久，又牵扯了如懿薨逝之事，这才闹了起来。可太后的态度是再明白不过了，这个皇贵妃她是打心眼里拒绝的。他请福珈好生安慰着太后，正要将一捋思绪，外头颖妃便带着蒙古嫔妃们进来了。她几乎是梨花带雨一般哭诉："璟妧虽然回到臣妾身边，可皇贵妃这般欺凌，来日臣妾真不知该如何自处。不如您就下旨，等您千秋之时，让臣妾等蒙古嫔妃殉葬就是，免得再受皇贵妃欺辱。"

颖妃等人出身高贵，性子傲然，甚少有这般软弱哭泣的时候。如今这般惶然，皇帝也有些怜悯。恪嫔亦道："皇上，皇贵妃对我蒙古嫔妃不满已久，今日就要借机责打颖妃娘娘。"

颖妃一脸倔强，抹去泪痕："而且翊坤宫娘娘之薨，璟妃都说皇贵妃嫌疑深重，其实宫中早有传言，是皇贵妃害了翊坤宫娘娘。臣妾等不愿受这样的人管束。"

说罢，众人便连连叩首。皇帝知道她们名为恳求，实则是对嬿婉不满到了极处。他也深悔当日与如懿争执，一时气急强扶了嬿婉为皇贵妃，结果不但不能管束后宫，反而人心溃散，心中也是厌烦，便道："朕可以免你们每日请安之礼，也可让颖妃独理蒙古嫔妃之事。但明面上，你们不可再与皇贵妃公然争执，伤了皇家体面。"

这样已然是很给蒙古颜面了。颖妃果然欣喜，又求道："皇上，皇贵妃以兄弟姐妹不亲为由夺走璟妡，其实若要兄妹亲近，不如让十五阿哥到臣妾宫中养育。"一时间，恪嫔请求抚养十七阿哥。恭贵人、禧贵人也以膝下无儿女为由，要求一同抚养九公主。

皇帝怔住了。

次日一早，皇帝便以嬿婉对太后的冒犯为由，索性下旨将永寿宫中嬿婉养育的子女一一送走，九公主璟妡归了恭、禧两位贵人，永璐归了恪嫔抚养，而永琰则略为特殊，送至寿康宫请太妃们养育。这一来比将孩子们送去撷芳殿还可怜，撷芳殿探视，素来是半月一回。皇帝此举，无疑是断了嬿婉与孩子们的亲近。

永琰被进保带走前，只有一句话："额娘，你昨日的样子好可怕。"

嬿婉不知道他所说的可怕是什么，几乎是脱口而出："不是我害死乌拉那拉如懿的！不是我！我不是坏女人，是她自己作死，与我无关！永琰，你要相信额娘。乌拉那拉如懿才是坏女人！"她恍然大悟，"我知道了。是乌拉那拉氏设的局。她故意引我相见，然后自裁，好让别人都以为是我杀了她。这个贱人！"

嬿婉的印象里，永琰很少违逆自己，但他还是用很小很小的声音说："您别这样说皇额娘！"

嬿婉紧紧搂着永琰："你是我的亲儿子，你怎么帮着外人说话！记着，你只能帮额娘！"

永琰害怕地看着嬿婉，还来不及说什么，就被进保一把抱走了。

嬿婉已经是欲哭无泪，想要追出去再说什么，李玉伸手恭敬地拦住："皇贵妃娘娘，您知道皇上的脾气，最不喜欢旁人违逆圣意。您想想去了的翊坤宫娘娘吧。"

死了的乌拉那拉如懿，想起那个女人，她不该快活大笑么？怎么如懿反而成了她头顶的金箍儿，拘束着她往后的每一步了？

永璘还小，乍然被抱离生母身边，哭得撕心裂肺。嬿婉揪心痛楚，低声啜泣："孩子，还我的孩子……"

一行人早就去得远了。嬿婉哭得不能自已："你为什么要这样待我？为什么要带走我的孩子？为什么啊？"

可是她连去求皇帝也不敢，千辛万苦求来的皇贵妃的尊荣，不能不要。除了忍耐，似乎已经没有别的办法。左右是自己亲生的孩子，以后会亲近自己的吧。可是自己，究竟算什么呢？嬿婉仰起脸，望着灰蒙蒙的天空，尘沙从远处卷来，不见天日。她悲楚地想，于这个庞大的皇室而言，她不过是个生孩子的工具吧？

嬿婉这样想着，眼角的泪也干涸了。无泪可流，是更深的苦涩吧。

然而当着皇帝，嬿婉到底什么也没说。皇帝心情稍稍平复之后，照常与她见面说话。

有时候皇帝半是调笑："孩子不在身边，清静许多吧？"

嬿婉一怔，赶紧露出惯常的温顺笑意："是清静。臣妾可以专心为皇上打理后宫事宜。"

皇帝对她的回答很是满意，捏捏她的下巴，头也不回地走了。

嬿婉轻轻地笑："皇上的心思本宫越发看不透了，在皇上眼里，本宫是不是就是一个料理后宫事务的工具，一个生孩子的工具？"

春婵连忙劝慰："您老这么揣摩皇上的心思，太累了。"

　　嬿婉不言，她真是害怕皇帝，多年承恩，她其实并不知他心里怎么想。一度承恩承宠，看着乌拉那拉氏落败，她几乎舒了一口气，以为胜券在握，可是眼下，却连皇帝有没有为乌拉那拉氏之死疑心自己都不知道。每日活在这样的揣测里，能不如履薄冰，战战兢兢？可是有什么办法，路是她自己选的，已然到了这一步，除了硬着头皮走下去，哪里还有退路？

贰柒 ｜ 莫須有

京城的秋来得很快，转眼就是落叶萧索之际。西风叹息着穿过红墙深影的重重宫阙，掠过残花衰草，凝成霜冷气韵，将这宫苑覆上薄寒。如懿去世已经数月，无人再提起她，宫闱内苑，在嬿婉的操持下，也并未有差错。偶尔得闲，皇帝便与嬿婉在御花园闲步，若是哪日香见肯作陪，皇帝的心情便又好些。

那一日天青云淡，天际是碧清瓦蓝的颜色，远远眺望，更见万物清明。御花园内一列高大枫木已经泛红，万叶千声，迎风作响，似无数火焰瑟瑟跳动。皇帝着一袭家常暗青团纹长袍，明黄带子一系，衣袂当风，风骨闲适。香见容颜无瑕，如芝兰玉树，令人难以移目。嬿婉素知香见在皇帝心中的地位，又是不能生育之身，所以从来宽忍之至。当着皇帝的面，更是妹妹长妹妹短，无比客气。香见对谁都淡淡的，有一句没一句地应着。

远处几个小宫女踢着绣球，笑声朗朗传来，如银铃铛般清脆。香见好奇地瞥一眼，皇帝便察觉，示意她一同上前观赏。

那是三个十六七岁的宫女，五彩的绣球在她们纤细的足尖似有了生命一般，轻巧地飞来飞去。为首的青衣宫女最是灵巧，踢起绣球时发髻上的粉色花朵娇柔颤动，衬得她清秀的容颜也似云霞一般绚丽动人。

皇帝一时看住了，颇有几分神往之情。嬿婉微微沉下脸，王蟾知趣，立刻道："哪儿的宫女那么没眼色，没见皇上和娘娘来了么？"

宫女们吓得停住，慌不迭跪下请安："奴婢给皇上、皇贵妃娘娘、容妃娘娘请安。"

嬿婉吩咐了众人起身，香见便撇嘴："狐假虎威，她们踢得好好的，非要打断！"

皇帝看香见很喜欢那绣球游戏，便温言道："你喜欢，等下朕叫她们踢给你看。"

香见笑意冷清："人家本是自己玩儿，等要踢给我们看，多么胆战心惊的，哪里还踢得好看呢？"

嬿婉笑吟吟打趣："容妃这话说的，好像咱们多么吓人似的。"

香见美眸微转，似笑非笑地看着嬿婉："有的是蛇蝎心肠的人。哎，那小宫女不就被吓着了么？畏畏缩缩的。"

皇帝指着那青衣宫女，笑言道："容妃说你呢，别吓着了。"

那青衣宫女立即上前，语意玲珑："多谢皇上关怀。奴婢等自己踢绣球玩儿，不想打扰了皇上和娘娘，但请恕罪。"

她这一番话既撇清了香见和嬿婉的言辞交锋，又谢了皇帝的好意，最是圆滑不过，连皇帝也瞩目于她："口齿好伶俐，抬起头给朕瞧瞧。"

这一瞧不打紧，一双水波潋滟的星眸盈盈望向皇帝，分外清定，仿佛两丸乌墨水晶微微折射出慑人的光芒，让人心神摇曳，不可宁定。皇帝怔了怔，便看向了嬿婉。嬿婉迎着皇帝的目光，再去看那小宫女，笑容有些勉强："这丫头倒有几分像……臣妾年轻的时候。"

那宫女无比乖觉："能有几分像皇贵妃，那可真是奴婢的福气了。"

皇帝细细打量她的装扮："宫女都穿青衣，你的衣裳绣着梅花，倒是别致。"

青衣宫女盈然一笑，十分娇俏："回皇上的话，奴婢衣衫上绣的是樱花。樱花虽然绚烂却短暂，梅花暗香却受苦寒，奴婢绣这些花，不过是在故乡杭州时常见到，所以记挂罢了。"

嬿婉心下不喜："你是说皇上错了？"

青衣宫女全然不怕，笑吟吟道："皇上因奴婢而错，奴婢愿为皇上讲解御苑新品梅花抵过。"

"口齿伶俐，人也大胆。只是从前没见过你。"

青衣宫女俏生生地："奴婢原是在孤山伺候梅树的，后来机缘巧合进了宫。"

孤山，那是他与如懿在杭州最好的时光。曾经的他们，在孤山赏梅，携手漫步。如今这女孩子，也是从孤山来。他心底蓦然一软，越发和颜悦色。

皇帝再问她姓名差事，她也答得流利："奴婢汪氏，名芙芷，在御花园当差，照料花草。皇上瞧，那几株老梅树，就是奴婢专司照料的。可惜，现下不是开花的时候。"

长得有几分肖似，又是莳弄梅花的宫女，嬿婉猜到了几分，一颗心便直直地往下坠去。

皇帝凝神看着那几株尚未开花的老梅，颇为感慨："一朵花，未必要到开的时候才最美。早早移个适合它的地儿，等着含苞待放才好。"

嬿婉觉得脸颊都笑得僵住了："皇上，一个小宫女，在御花园照顾花草挺好的。"

香见的话便不肯饶人了："哦？皇贵妃不喜欢她伺候皇上？"

嬿婉强笑着："本宫并无此意，只是觉得此女乃是种花的宫女，身份过于低微。"

皇帝笑着看嬿婉："朕仿佛记得，当年你也是花房宫人出身啊。"

嬿婉只觉得足下生刺，站也站不安稳了。谁不知道她是宫女出身，一路艰辛才走到这皇贵妃之位。这份身世来历，素来为嬿婉所忌惮。只为宫里的妃嫔，几乎每一个都在家世上胜她许多，不是官宦之女，便是豪族之后。而她，若是出身再好些，何至于如此辛苦，失去那么多，才踩到这万人之上的地位？

于是嬿婉便低了头，温言婉顺："皇上好记性。臣妾记得永和宫还有屋子空着。"

皇帝并不接她的话茬儿，只是望着西六宫方向道："翊坤宫的庭院空着有些日子了吧？"

嬿婉的心口剧烈一跳，正要说什么，皇帝已经吩咐道："汪氏封为惇常在，挪去翊坤宫吧。"

皇帝点点头，便携了香见的手往前走。那汪芙芷何等聪慧，不消皇帝嘱咐，便跟在了身后。

皇帝走了几步，回首见芙芷跟随，有些好笑："你怎么跟着朕来？"

芙芷脆生生道："皇上既然封了臣妾为常在，臣妾自然要常常在您身边伴随，才算遵从了圣旨呀。"

皇帝忍俊不禁，笑着伸手点了点芙芷的额头："不错，不错。"

如此这般，连香见也忍不住笑了。皇帝难得见香见高兴，益发开怀，如此，芙芷的青云之路，便更顺畅了。

待得芙芷从惇常在晋封为惇贵人时，已然是深寒天气。宫中的日子过得轻忽，春夏秋冬的流转也格外迅疾。海兰久驻深宫，除了必不可少的节庆宴饮，从来都是足不出户。这一日大雪将至，香见送了些日常物用，也不急着回去。

延禧宫本就偏僻，除了香见和婉茵，极少有人来往。那种雨打梨花深闭门的幽静，几可将人沉溺其中。海兰闲来无事，仔细擦拭着如懿生前喜欢的一个摆设，香见陪在一旁看了半日，便道："惇贵人很得皇上喜欢。翊坤宫娘娘看中的人，果然不错。"

海兰笑笑："有她在，我便知道皇上没有放下姐姐。而如今最难受的，便是魏嬿婉了吧？"

香见不假思索："有了惇贵人，皇上连到宝月楼看我也少了，我正好落得清净。"

海兰颔首："容貌肖似姐姐，那股子天不怕地不怕的劲儿，也很像姐姐年轻的时候。而且一得宠就住进翊坤宫，可见前途无量。"

"我不知道翊坤宫娘娘年轻时是什么样子，我只知道，她后来的样子，皇上已经不喜欢了。"

"无论姐姐犯下什么大错，她年轻时的样子，是皇上最留恋最喜欢的。"她注目于香见，"你知道么？贤良淑德、循规蹈矩的女人固然适合这宫闱生活，可皇上最喜欢的，是跳脱于规矩之外自由自在的天性。这是你得宠的原因，也是姐姐让皇上念念不忘的原因。"

香见沉默片刻，看着海兰的动作："你把翊坤宫娘娘的遗物都挪来延禧宫了？"

海兰轻轻摇头："姐姐曾在延禧宫与我同住，我这儿一直保持着姐姐还在时的样子。就好像，她还活着。"

心底难过汹涌而至，香见湿了眼眶："她真的已经死了。"

海兰微微一笑，恬静如一枝静静绽放的白梅："不，姐姐只是去御花园赏花了。她很快就会回来。"

香见喉头哽咽，什么话也说不出来。良久，才微微点头。

海兰看着她，似乎想起什么事，便问："这个时辰是去给皇贵妃请安的时候了，你自然是不会去的吧？"

香见颇有倨傲之色："我自然不会去。不过惇贵人也不会去吧。"

合宫嫔妃请安是宫中对女眷至尊的敬意。如懿死后，享受这份尊荣的自然只有一人之下的皇贵妃嬿婉。然而此时此刻，她的心绪颇不宁静。一众嫔妃行礼之后便默然无言，令得气氛尴尬而无趣，而更尴尬的，是长久以来空着的几个座位，那是属于惇贵人汪芙芷和容妃香见，还有颖妃等人的。

晋嬷是嬿婉的亲信，最是不满："都这个时辰了，惇贵人还没来。咱们合宫向皇贵妃请安，容妃桀骜不驯，颖妃她们是得了皇上准许不用致礼的，怎么惇贵人也得了旨意吗？"

庆妃笑道："惇贵人起初还是迟来，如今索性不来了。这个脾气，定是皇上纵出来的。"

庆妃嘴上似是责怪惇贵人的恃宠生骄，可那背后的意思，也是知道嬿婉不敢去动皇恩深厚的惇贵人罢了。

嬿婉只得息事宁人，免得她们说出更难听的话来："惇贵人得宠未久，难免不懂规矩，以后慢慢教导吧。"

庆妃便笑："那也要惇贵人受皇贵妃的教才好啊。只怕她不听劝呢。"

嬿婉不想继续这个话题，便另起了话头："眼下就快腊八了，宫中自然是要过腊八节的，不知诸位姐妹觉得如何办好？本宫虽然受命掌六宫事，也要听听姐妹们的意思。"

众人默不作声，都各自看着别处。或是拨弄手绢，或是看花出神。

既然无人答话，嬿婉便按着自己的意思往下说："既然诸位姐妹都无想头，那本宫以为……"

话未说完，还是海兰道："我倒以为，一切节庆都有先头翊坤宫娘娘掌管后宫时的成例可以遵循，何必再出主意？"

嬿婉被截断话头，心中大为不喜，但定睛看是海兰，便低头抿了抿茶，不动声色地抿去了唇角的愤慨之意："愉妃方才说要援引翊坤宫娘娘昔日旧例，只怕皇上会介怀。"

海兰不疾不徐道："是皇贵妃自己满心主意，只想施展吧？只是皇贵妃又有一定把握，你的意思皇上就很喜欢么？"

婉嫔的性子谨慎，想了想便道："因循守旧也并非不好，至少当年翊坤宫娘娘主持节庆，皇上和太后都很满意。"

海兰冷冷淡淡道："皇贵妃大可推陈出新，只是万一太后不喜，皇上不喜，那可怎么说？"

嬿婉深吸一口气，将那笑容撑得更加饱满："年节下的安排，正月里的赏赐，本宫都想添一倍……"

海兰照旧打断她："翊坤宫娘娘从前怎么做，皇贵妃最好也怎么做。"

那语气里毫无尊重之意，晋嫔实在气不过："怎么皇贵妃娘娘还拿不得自己的主意么？乌拉那拉氏早已为皇上厌弃，为何要遵循她留下的旧例？"

海兰摇头道："晋嫔你大概是忘了，翊坤宫娘娘的旧例多是遵循从前孝贤皇后所留下的规矩。孝贤皇后与你都是出身富察氏，你如今要改，岂不是驳了同族的颜面？"

这一来婉嫔更是忧心忡忡："是啊，皇上最尊重孝贤皇后，这些规矩改不得。还是翊坤宫娘娘那时候怎么办，咱们也怎么办吧。"

婉嫔虽然无宠无子，但是潜邸旧人，皇帝对她也十分客气。她这般言语，众人更不会有异议。嬿婉一肚子气发作不得，只得看着其余人等，再三追问意见。

海兰见众人不言，徐徐道："若是皇贵妃此刻得太后万分钟爱，顺太后心意略作更改也无妨。但若失了太后欢心，一做即错，那就不好了。"

谁不知自从七公主被送回颖妃身边，嬿婉便彻底失了太后的欢心。慈宁宫请安觐见，甚少有她的份。便是每回去了，太后也总有理由推说不见，或是与命妇福晋们聊天，将她撂在外头，一候就是一两个时辰。

嬿婉满腹气苦，只得道："既然大家都这么看，那就一切遵循旧例吧。"

这一仗铩羽而归，嫔妃们得意的得意，怕招惹是非的也不愿多留，也便散了。

嬿婉于人后更是气不过："你瞧瞧这些人，变着法子给本宫添堵，从未真心顺从本宫！"

王蟾替她捶着肩，好言劝慰道："小主别急，凭她们怎样，您都是六宫第一人，地位最尊的皇贵妃。"

嬿婉抚着心口，将一阵抽痛忍下，缓过一口气道："就因为本宫只是皇贵妃，也是嫔妃，颖妃、容妃她们眼里才没有本宫，就连小小一个惇贵人都敢藐视本宫。若本宫是皇后……"

这念头不过一转，她便死死地捂住了口。

宫里的日子是慢悠悠的，一天一天数着过的。可要是快起来，也是悠悠一荡，就从夏末滑到了初冬。也是，京城的秋总是特别地短暂，叶儿一夜之间便黄了，黄叶一夜之间便落尽了。

嬿婉虽然理着后宫中事，可皇帝不来，儿女不在身边，那日子也是索然无味。好容易寻着永琰下学回寿康宫的间隙，她守在长街边，才等到了最心爱的孩子。

数月不见，永琰看嬿婉的眼神已经有些拘谨了。嬿婉嗔怪了一番乳母们教导不善，让母子之间失了亲热，便哄着抱着永琰。

因着皇十四子、皇十六子早夭，这个懵懂年纪的十五阿哥永琰，便更为珍贵。且十七阿哥虽好，到底还在襁褓之中，而永琰生性乖巧懂事，很得皇帝的喜爱。这一来，更让嬿婉看到了未来光明的希冀。

嬿婉将爱子抱在怀中，左右端详。永琰有些不好意思："额娘，我都读书开蒙了，不可这般亲昵，师傅教诲过的。"

嬿婉笑着轻斥，吻着儿子光洁的额头："胡说！你是额娘的孩子，额娘身上掉下的肉。"

永琰一脸天真："可皇阿玛说，我得听师傅的。"

童言无忌，而幼小的孩子，最容易在心中记下亲近之人的教诲。嬿婉用心叮嘱："你在尚书房可以听师傅的，但你心里得明白，你什么都得听额娘的。"嬿婉郑重了神色，紧握住儿子的双手，"永琰，额娘不在你和永璘身边，但你要记着，我们是母子，血浓于水，你们的心只可以向着额娘。将来无论什么时候，你都得向着额娘。知道么？"

嬿婉声声逼迫，永琰乖乖地点头。嬿婉这才放心，将儿子搂在怀里亲个不够。浑然未察觉长街转角处，一个瘦小的身影悄悄挪了出去。

皇帝听完来自和敬身边崔嬷嬷的禀报，目光冲和，面色平静，眉头眼角皆沉静如水，不着喜怒之态。他只专注在一幅施工草图上，研究半日，又慎重添上一笔。李玉伺候皇帝日久，知道越是如此，皇帝越是动了真怒。他暗暗咋舌，天家最忌讳母子过分亲近，来日外戚专权，皇贵妃这般私下接近皇子已是大错，还这般教导，实在是其心可诛了。

崔嬷嬷回禀完毕，又垂手退了下去，只留了和敬与皇帝说体己话。"崔嬷嬷亲耳听见，儿臣不敢欺瞒皇阿玛。看来您将永琰挪去寿康宫是对的，毕竟永琰还小，留在生母身边太容易受影响。毕竟近朱者赤自然好，就怕也会近墨者黑。"

皇帝也有些动容："璟瑟，有些话，皇阿玛只能和你说说了。永琪薨逝，顾我宫中，能继承皇位的皇子只有永璂和永琰了。永璂虽然年长，但这孩子经了些风波，性情沉闷。如今跟着你皇祖母，但也不知性子能否改过来。永琰呢虽然机灵，但年纪尚小，将来如何也不好说。"

和敬蹙眉不已："可翊坤宫娘娘自裁，就意味着永璂失去了继位的可能。将来若他继位，人人都会说他额娘是一个自裁的罪妇。"

皇帝也是无可奈何："朕知道。何况如懿曾留下信给永璂，只盼他自在平安。若要自在平安，那就不能登临大宝了。璟瑟，皇阿玛能选的，便只有皇贵妃所出的永琰了。可永琰实在还小。"

和敬思量着道："小有小的好处，如一张白纸，可以任意描画。离了令娘娘，自然由皇阿玛好生教导。可令娘娘若总悄悄去见永琰，那就白费了您的心血了。"

皇帝听得入耳："爱新觉罗家的皇子，难道一心为她么？李玉，去告诉皇贵妃，要她跪在寿康宫外掌嘴。还有，再不许她与儿女私下相见。"

李玉知道皇帝动怒，但不想会这么公然地责罚，落嬿婉的脸面，忙问道："皇上，这是不是太点眼了？那可是皇贵妃啊。"

皇帝冷笑："皇贵妃和答应有什么不同？都是朕的女人，不可违逆朕的心意。"

李玉应承了。皇帝又吩咐："朕要在养心殿里设一座梅坞,里头所用必得都是梅花图案,周遭还要遍植梅花,你将这草图送去内务府,看看何处还需改动。"

皇帝这些日子心思全在建梅坞上头,李玉不敢怠慢,忙接过草图去了。

和敬觑着皇帝神色,漫不经心地说："儿臣前几日遇见舅舅,还听舅舅说起一件行宫里的旧事。"

皇帝这才在意,便问："什么事?"

和敬坐到皇帝身边,一副女儿家亲昵之色,毫不讳言:"舅舅说起翊坤宫娘娘触怒皇阿玛回京那日,令娘娘还问过舅舅,路上山长水远,会不会有意外。您说好好的,令娘娘问这个做什么?"

皇帝"哦"了一声,疑心更重:"皇贵妃难道是盼着如懿有意外?"

和敬颔首道:"这就只有令娘娘自己知道了。不过儿臣记得,翊坤宫娘娘和皇阿玛闹起来,令娘娘急急来扯儿臣同去劝说,这才撞见了翊坤宫娘娘断发这一幕。唉,其实皇阿玛与翊坤宫娘娘也是夫妻,争执也是常情。可这样难堪的事落在儿臣与嫔妃面前,又有奴才们在,这才难以挽回了。"

皇帝眸中漫起阴郁的焰火:"皇贵妃……倒是做了许多朕不知道的事。"

和敬微笑:"令娘娘能得皇阿玛多年宠爱,自然心思过人了。"

殿中静到了极处,皇帝揉一揉疲倦的双眼,坐于锦绣软枕之中,听着窗外风声簌簌,如泣如诉。无边的孤寂如水浸满,将他沉溺到了底处。偌大一个深宫,竟然无人能解他心底事。这样的寂寞,几可噬骨。半晌,他才听见外头进保的叩门声。

他忽然想起,半个时辰前,他曾派进保去接了惇贵人来。那个任情恣意的女子,自然是比不上昔日如懿的慧心玲珑。可那样天真无拘无束的女子，才比那些背负着野心与规矩束缚的女子，可爱许多。

皇帝想了想，还是让和敬先回去，自己则见见惇贵人。这样的天真无知，让他觉得安全。

嬿婉才见了永琰回永寿宫，暖轿便被李玉恭敬地拦住了。他三言两语将皇帝的旨意说得分明，浑然不顾那位尊贵的皇贵妃已然面色惨然。她根本连出了何事都不知道，就要接受在寿康宫外掌嘴的重责。

李玉连唤了几声，嬿婉才回过神来："皇上为何要这般责罚本宫？"

李玉似笑非笑："那得问您呀，您都教了十五阿哥些什么呀？"

嬿婉脑中轰隆一声，不觉看向王蟾和春婵，心中立刻有了怀疑。春婵被她的眼神看得浑身发毛，不自觉地缩了缩身体，嬿婉越发起疑。

李玉躬身退下："您呀还是赶紧去受罚吧。奴才赶着去内务府交代梅坞建造之事，先告退了。"

嬿婉喃喃："梅坞？什么梅坞？"

李玉含笑道："没什么，不过是皇上喜欢梅花，所以打算在养心殿建一小憩之所，遍用梅花图案而已。"

说罢，他匆匆告退。嬿婉呆呆地望着那冬日灰白的天色，含混暧昧的天际，一丸落阳惨淡，带着昏黄的毛边，白晕晕一团。风声凄冷，那风是越刮越大了，吹得她几乎站不住脚。有泪滚烫地落下，灼得她措手不及。落日渐坠，心也一分分沉寂下去，周遭的一切陷入庞大而无边际的暗淡与昏沉中，无声无息将她浸没于阴影底下。

嬿婉似哭似笑，十分惶惑："皇上果然还念着她，一个惇贵人还不够，皇上还要建一个梅坞！"王蟾待要劝慰，嬿婉却是认死了，"皇上什么都不说，什么都不过问，可是他心里明明就是放不下。乌拉那拉氏，她好狠，她拼着一死，就是让皇上忘不了放不下她，还让所有人都以为是我杀了她。她……她算计得我好苦啊！"

人死不能复生，活人又怎么和已逝之人争去？万般苦楚在心头，春婵只能劝："小主，人死万事消，咱们做不得什么了。"

春婵不说还罢，嬿婉忽然想起什么，甩了春婵一个耳光："皇上怎么会知道本宫对永琰说了什么？你这个贱婢，吃里爬外，一定是你去说的！皇上才会再不让本宫与孩子们相见！"

春婵自被绑去宝华殿，日子便过得不安生。此刻只能苦苦哀求："奴婢一直为小主筹谋，怎么会吃里爬外呢？奴婢跟随娘娘多年，对娘娘忠心耿耿啊。"

嬿婉没头没脑地打了几下，春婵也不敢避，只是一味地哭。嬿婉还欲再打，王蟾忙拦着："小主仔细手疼。春婵最是忠心，不会背叛小主。小主，皇上的旨意不敢违背，您还是先去寿康宫吧。"

嬿婉气得泪流满面，寿康宫自然是要去的，可她的孩子们断不能见了啊。她什么也顾不得了，便往养心殿去。

养心殿里正在上灯，烛火通明如流水倾泻，照亮美人的明眸星灿。

芙芷抹着皇帝喜爱的海棠色胭脂，微垂蛴首，一弯累丝凤的金珠颤颤垂到鬓旁。她依偎在皇帝身边，软语低声："皇上不是刚画了一幅梅坞的草图送去内务府了么？怎的又画了？"

皇帝左看右看还是不满意，继续专注于此。

芙芷略感无趣，还是尽量寻了话头来说："皇上很喜欢梅花么，所以要建梅坞？臣妾曾在御花园种植梅花，来日梅坞的梅花，可否由臣妾照料？"

皇帝颔首道："你若愿意，自然是好。"

芙芷立刻捕捉住皇帝语中的淡淡喜悦，更靠近皇帝几分："那臣妾可以在梅坞陪伴皇上么？"

皇帝笑笑，挽住她的纤细柔荑："等朕改好这个再说，咱们先去漱芳斋听戏。"

二人正说笑着出了养心殿，却见嬿婉扑上台阶，满面是泪，连连叩首不已："皇上，臣妾什么责罚都愿意受！但求您把永琰还给臣妾。臣妾的十四阿哥和十六阿哥便是都夭折在寿康宫，臣妾实在不忍啊。"皇帝淡淡地道："咦？皇贵妃糊涂了，怎么好好的咒起自己的孩子来？还是怪责太妃们照顾不周？"

嬿婉落泪凄楚，还要哀求。皇帝道："永琰有太妃们照料，你放心就是。往后你也不必去看他，免得扰了太妃们的清静。若你好好掌事，每到年下，朕自会让永琰去给你叩头。"

这分明是要断了她与永琰的母子之情。

嬿婉凄厉地喊道："皇上！"

这一声皇帝也意外，他举眸看她脂粉过于浓重的面孔。为了显出皇贵妃的尊贵，她云鬓高髻点满了珠翠琳琅，精心修饰的容颜用浓腻厚重的脂粉紧紧绷住，不见一丝细纹，却也让人看不出本来面目。她喜用百合香，房中大把大把地燃着，连衣裳上都沾满浓郁香气，直冲得他睁不开眼睛。

皇帝并没有给她开口的机会，径自说道："你既为朕的皇贵妃，一切要以后宫诸事为要，旁事切勿挂怀，免得分心劳神，如慧贤皇贵妃、淑嘉皇贵妃那般憔悴伤身。"

语气是关切的，仿佛他在意着她。可强烈的恐惧紧紧攫住了她的心。慧贤皇贵妃、淑嘉皇贵妃是怎么死的，她再清楚不过。

芙芷还在那儿火上浇油："慧贤皇贵妃、淑嘉皇贵妃都颇有家世，还有亲人照顾探望，送来名贵药材，令皇贵妃仿佛不是吧？"

皇帝温和地扶住嬿婉："所以皇贵妃，你更得善自保养，无须为儿女事劳心了。好了，别跪着了，起来吧。"

嬿婉的手臂被皇帝触碰着，无端起了密密的一层鸡皮疙瘩。她在颤抖，可她没有办法，再恐惧，她也不得逃离。末了，她狠狠地咬着牙关，才能使出最后的力气，强撑着道："臣妾闻得皇上口谕，赏赐掌嘴，特来……特来谢恩。"

皇帝微笑，眼里闪过一丝冷意，携着惇贵人离去了。嬿婉身子一软，几乎是被王蟾和春婵扶到了寿康宫外，一下一下用力打着自己的嘴。她不敢敷衍，不敢不用力，生怕皇帝气恼起来，又有别的重责。她听着风声呜咽如泣，实在不知道自己的明天会是什么样子。

她跪在寿康宫外，分明听得太妃们在里头拉住了为她担心的永琰，那声音清晰可闻："十五阿哥，你额娘定是做错了事才受皇上责罚，你莫要理会。""你若和她一样，往后也没指望了。"

她在巨大的羞辱里，心痛晕厥过去。

醒来时已是四更。冬日天亮得晚，外头黑蒙蒙的，连星子也不见半粒。她就着残烛的灯火，摸索着披衣起身。那响动很快惊醒了守夜的春婵，虽则前一日才挨了打，她照例是勤勤恳恳守着，一壁打水进来伺候嬿婉净面，一壁为她更衣梳头。

嬿婉的气色并不好看，因着心悸症接连发作，包太医开的药里多少有安神的药物，喝下后人便没那么精神。为了掩盖嬿婉苍白的面色，春婵加重了磨夷花与石榴花汁子研成的胭脂，以羊毫轻扫，染上绯红。她又为嬿婉涂上玫瑰花瓣染就的口脂，那口脂是冬日所用，添过羊脂，可润泽唇瓣，又略带清凉气息的甘松香，可稍稍作提神之用。因她在病中，懒得艳妆重饰，春婵只梳了低低的两把头，簪一朵盛放的宝珠山茶，横两支云纹金簪便了。

嬿婉梳妆已毕，人也看着精神许多。春婵正要命人去备燕窝羹服侍嬿婉饮下，嬿婉轻轻拉住她衣袖，推心置腹地叹道："昨儿本宫气糊涂了，一时下了重手，你疼不疼？"

春婵许久不见嬿婉这般亲切，念着几十年主仆情分，也湿了眼眶，连忙道："不疼。奴婢没事，劳小主挂心了。"

嬿婉端详她片刻："你为了本宫一直在宫中侍奉，这么多年了也没成个家，也是可怜。本宫不该这般疑你，伤了这么多年的情分。"

春婵忙道："奴婢自四执库起便与小主做伴，断不会背叛小主的。"

嬷婉微微一笑，替她撩起耳际碎发，随手取过一枚烧蓝珠花簪插在她发髻上。"你的心本宫都明白。"她从屉子里取出一个珐琅掐丝口脂盒，一打开里头是浓郁的茉莉香气。她温和道："看你嘴唇发白。来，补点儿口脂，气色好些。也才显出本宫身边当差的体面。"

春婵细细看去，那口脂的颜色不似嬷婉素日所用那般浓艳欲滴，是淡淡的山茱萸色，正合她宫人的身份。春婵心下感激，忙取出在嘴唇上轻轻一蘸。嬷婉嫌她涂得薄，又摁了几下，足了颜色，方道："真好看。对了，自从佐禄被发配，许久无人去给额娘上坟了。你早些出宫，替本宫去把坟头野草拔掉些。"

春婵素知嬷婉对额娘是有孝心的，当下准备了祭品，便出宫去了。

这一去，到了第二日，春婵都没有回来。嬷婉派人出宫四处去寻，也不见踪影。嬷婉到了皇帝跟前哭哭啼啼，说心腹宫女活不见人死不见尸，皇帝也不放在心上，只说："你身边不能没个懂伺候的人。春婵去了，自有更好的伺候你。"说罢就叫李玉带了菱枝和芸枝进来，"她们两个是伺候过乌拉那拉氏的，乌拉那拉氏也是打皇贵妃过来，她们俩伺候你最合适。"

嬷婉蓦然变色："皇上！她们伺候过翊坤宫娘娘，如何能对臣妾忠心？"

李玉赔着笑脸道："哪个奴才没伺候过几位主子，她们会忠心的。"说罢，一边一个，强扶了嬷婉出去。

空名 | 贰捌

再见到皇帝的时候，已是十一月里。身为皇贵妃，年下自然有无数要事忙碌，而手下的奴才们办事并不利索，状况频出，几乎让她焦头烂额。好容易应付了过去，缓过神来，人却憔悴了许多。白日里辛苦操劳，夜里思子情切，连心口的疼痛也日复一日加剧了。

夜来无聊，嬿婉正无趣地闷坐着，想着红颜未老恩先断的哀伤，却是敬事房的徐安来传旨宣她侍寝。

嬿婉颇有些意外，自从汪氏得宠，皇帝几乎只召幸她与香见，偶尔想起旁人，也不过是颖妃、恪嫔之流。细算着她也有小半年不曾承宠了。

菱枝冷着一张脸，一壁替她上妆更衣，一壁嘟囔："皇上对小主是旧情难忘嘛。"

嬿婉看见她与芸枝的面孔就蹙眉："叫你去外头伺候，你老在本宫身边做什么？"

菱枝根本不在意她的喜恶，永远是那样冷冷淡淡的："奴婢是皇上指来伺候皇贵妃的，不敢疏忽。"

嬿婉闭上眼睛，再不愿和她说话，自去更衣不提。

因着难得地侍寝，嬿婉强打了精神，打算在床笫间百般迎合讨好，可皇帝并无那样的心思，只是嘱咐她睡下，便侧身熟睡了过去。嬿婉莫名其妙，心中惴惴，这一夜自然睡不安稳。到了三更时分，窗外风声更重，犹如在耳畔呜咽。嬿婉心念一突，想着这心痛症该传太医来瞧瞧了。这样蒙眬睁开眼来，正对上乌沉沉一对眼珠，吓得她"呀"一声惊呼，倏然缩到了床角。

那人一言不发，只是盯着她。嬿婉慌乱了半晌，才发觉那是皇帝冷漠的眼，她惶恐地缩起身体："皇上怎么这样看着臣妾？"

烛火燃了半夜，垂下累累珊瑚般的烛泪，火焰子跳了一跳，照得皇帝的面庞阴晴不定。皇帝淡淡道："没什么。只是想起了旧事睡不着。"他似沉浸在某种思绪中难以自拔，"那一年朕巡幸杭州，是二月十八，如懿上了龙舟与朕争执，一气之下断发。"

恐惧的情绪狼奔豕突，占据了她的心与身。嬿婉口干舌燥，言语连自己听了都觉乏力："这么久的事了，皇上别再为此生气了。"

皇帝微笑："朕不是生气，朕只是好奇。如懿断发回京，你怕她路上有意外。其实自如懿与朕渐渐离心，中间有许多意外之事，你可做过些什么？"

嬿婉张口结舌："臣妾……什么都没做过。"

"是么？"皇帝兴致不减，"那如懿死前你去见她，你们说了什么？"

嬿婉不敢去想皇帝为何要问这些，连话都说不全了："臣妾……臣妾……"

那声音比哭还难听。皇帝根本毫无兴趣，他翻身躺下，恍若无事人一般："哦。说不出来，那就别说了。睡吧。"

嬿婉怎么敢睡，她害怕地睁大了眼睛，强自镇定着。四下阒然，有腊梅的花味入夜弥香。她痛恨这种气味，深入骨髓。她知道，他是故意将这花供在殿内。他的心底有森然寒韵，那是怀疑、冷漠和疏离。

而她，无计可施，只能活在他的这种情绪之中。因为她太过明白，只要他疑心起，任何人都逃脱不得，翻转不得。任谁都是。

皇帝闭着眼睛，却知晓她的木然与慌张，慢悠悠道："怎么？睡不着了？要是睡不着，让李玉早些送你回去。"

她简直如逢大赦，迅速地起身穿衣，逃也似的离开了这牢笼般的养心殿。

窗外风雪蒙蒙，那雪朵夹着檐下吹落的冰碴儿，沙沙地飞舞。天空和大地是融为一体的昏黑与茫然，只有远远近近几盏昏黄的灯笼，像是鬼魅的眼睛。有几点冰碴儿飞落在嬿婉脸上，粗粝的冰冷让刚从温暖中出来的她凛然一颤，刚想将那冰冷掸去时，那冰碴儿迅速化得只剩下一抹凉意。

嬿婉再清楚不过，此生此世，她都要活在这冰凉凄冷之中。紫禁城的夜怎么那么黑，那么长？谁来真心地陪陪她呢？那个这辈子唯一真心待她的人，早就已经死了。

是啊，她赢到了什么？璟妃的厌恶，永琰、永璘和璟妘的离开。那个汪氏，简直就是乌拉那拉如懿的阴魂，颖妃、容妃、愉妃，她们个个恨不得吃了自己！太后，太后也不是善茬儿！还有皇帝，他的疑心永远不会散去。而她所余的，居然只有一个皇贵妃的头衔，虚空的名位。

嬿婉虚弱到了极处，一口气上不来，那种绞痛再度袭上心头。她昏昏沉沉，仓皇离开。

皇帝闭着眼，却无法沉睡。殿内火烛燃到了尽处，摇摇晃晃，终于熄灭。外头风雪渐歇，檐下灯笼晃动的声音清晰可闻，只让人愈觉清冷。皇帝轻轻叹息，想起白日里尚书房师傅禀报永琰素日的功课，那可算是一个争气的孩子。暂且留着嬿婉，也不过是看在她还是永琰和永璘的生母。一旦嬿婉被废弃，若再想看重永琰，这孩子只怕终身都要背负着生母带来的屈辱，没有任何登上大宝的机会了吧。

细想来，他似乎也没有比永琰更出色的儿子了。

皇帝忍耐片刻，终于平复下气息，摸出了枕下一方绢子，轻轻握在了手中。

那一回过后，嬿婉的心悸之症便加重了许多。皇帝顺理成章地晋封了颖妃为颖贵妃，为嬿婉协理六宫事。这些日子，皇帝只与她维持着面子上的客气，私底下的冷淡，她比谁都清楚。皇帝专宠的，唯有容妃寒香见与惇嫔汪芙芷。再者甚得六宫尊重与皇帝爱宠的，便是颖贵妃。除了养育七公主，联姻蒙古，颖贵妃所得的尊荣，早已不下于皇贵妃所有，隐隐有夺其锋芒之意。

据说那日芙芷在翊坤宫赏花时闻言，对着宫女们便是一声冷笑："如此说来，皇贵妃不过是个紫禁城后宫的管家罢了。"

芙芷这般不将皇贵妃放在眼里，自然是恩宠深厚的缘故。然而言辞锋芒锐利，也是看出了嬿婉对后宫之事的力不从心，便是位同副后又如何？颖贵妃所领的蒙古妃嫔自然是不屑于嬿婉，自成一派，事事以颖贵妃马首是瞻，公然与她冷然相对。容妃独领盛宠多年，我行我素惯了，便是愉妃、婉嫔等少伴君侧的妃嫔，也是安静度日，几乎不去应酬她。

这一切，她只能含恨吞下屈辱。这皇贵妃的虚名是拼了一切得回来的，就算拿不稳，也不可轻易弃了。

日子再难熬，总还是有盼头的。便是圣宠大不如前，到底也是唯一的皇贵妃，摄六宫事。皇后之位，她是没有指望了，她也不指望。可是慈宁宫的太后宝座，却是可以的。母凭子贵，当日太后不也如此才能立于不败之地么。只要天长地久地熬下去，总是有希望的。她苦心保全了自己半世，若真有那一天，也算能松一口气了。为了这个，她便是知道皇帝已经在议璟妧的婚事，但一切只与颖贵妃商量，许嫁蒙古，银牙咬碎暗吞恨，她也只字不提，只要这婚事对永琰来日成为太子有益。她能忍，都能忍。

　　海兰跪坐在佛像跟前，久久地，一下，又一下，缓缓拨动着手中的碧玺佛珠。若不是这样滞缓的动作，提示着她还有一丝活人的气息，那么一身暗蓝色绣银线折枝五瓣梅半旧宫装的她，与一株枯朽的草木全无分别。

　　婉嫔示意宫女退下，缓缓步至海兰身边，轻声道："愉妃姐姐，我的日子过得和你没有两样，叫我来瞧瞧你，跟瞧我自己有什么不同呢？"

　　海兰慢慢地睁开眼，逆着光吃力地分辨着婉嫔昏暗而模糊的容颜，莞尔轻笑："宫里的老姐妹没几个了，打潜邸里一起出来的，也唯有我和婉嫔妹妹你了吧？"

　　这一句，便勾起了婉嫔积郁的伤心，叹息如秋风："这么多年，也就姐姐还肯惦记着我。旁人眼里，咱们俩喘着气和不喘气了是一个样儿的吧？"

　　海兰蓄得长长的指甲剥剥地触在古旧的青石砖地上，发出枯哑的涩涩声。那声音在静得可怖的殿里，有着茫远而细微的回声，听得久了，便也没那么寂寞了。她淡淡道："这么多年，你啊，一直画着皇上的画像度日，便打算一直如此么？"

　　婉嫔默然掰着枯瘦的手指，暗金色的戒指在暗寂的殿内闪着昏而淡的光芒，她艰难而苦涩地笑了笑："是啊，我还能如何呢？我这一辈子都这么过了，倒也算了。"

　　海兰瞥她一眼，笑容幽淡如幽夜的昙花："真这样想？"

　　婉嫔有些伤感，只是默然。

　　海兰支着地上的软垫蒲团起身，点燃一束香高举于额头前，淡淡道："乌拉那拉如懿既死，活着的珂里叶特海兰也不过是一具行尸走肉。要不是念着翊坤宫娘娘曾嘱咐我不得轻生，要不是为了永琪留下的遗孤绵亿，我活着，还有什么意思？"

　　婉嫔羡慕地看着海兰，扶过她一起在长窗下的锦榻边坐下。那锦榻虽说是锦绣堆砌而成，却也不知是用了多少年了，边角都起了毛毛的絮儿，映着昏黄的天光，露出白惨惨的模样。海兰浑不在意，亲自取过一把用旧了的白玉青梅五瓣茶壶斟了一盏清茶递与婉嫔手中，和声道："尝尝，是皇上年下新赏的茶，说是给我和绵亿尝尝新的。"

婉嫔啜了一口，打量着殿中的器具，叹道："茶是上好的，可见皇上还是记挂着姐姐和绵亿，年下的赏赐也是不少。说起来，皇孙辈里，皇上最疼的也是绵亿了。"她柔缓道，"既然如此，姐姐何必这么苦了自己？这些东西用着，也太寒碜。"

海兰爱惜地抚摸着那白玉青梅五瓣茶壶："我宫里所有的这些东西，都是姐姐在时赏赐下来的。人啊，用着用着生了感情，怎么也舍不得丢了。"

婉嫔懂得地摇头："满宫里，也唯有姐姐还念着翊坤宫娘娘的好儿。"

海兰气定神闲地抿了一口茶："今日与妹妹一席话，才知妹妹多年在宫中不言不语，却也装了满腔心事的。"她摸着花白的鬓角，轻声道，"赏赐归赏赐，供养归供养。皇上顾着颜面，咱们哪一日也没有被慢待。可是，生了皱纹，白了青丝，有谁正眼看过一眼呢？活在这儿的每一日，又有哪一刻是为自己活的？这口气、这条命呢，都是白白来这世间走了一遭么？"

婉嫔似乎有些害怕，发出嘤嘤的细小的声音，像是墙角苟且偷生的蝼蚁一般："愉妃姐姐，我活着唯唯诺诺了一辈子，哪怕慧贤皇贵妃在的时候，孝贤皇后活着的时候，还有翊坤宫娘娘，我什么人也不得罪，什么话也没乱说。我已经平平安安活了半辈子了。我什么也不求了。"

"人活着没有一点儿声响，人死了更没半分动静，这样活着，和蝼蚁有什么区别？做了几十年的婉嫔，最后一次侍寝还是乾隆二十五年吧。那时候，若不是魏嬿婉利用你集齐皇上悼亡孝贤皇后的诗文，利用你动摇姐姐的地位，你又如何能有那几日的恩宠？可是呢，到头来也是

徒劳。"海兰慢悠悠道，"将来死后，你会怎么被记下来？婉嫔陈氏，事
乾隆潜邸。乾隆间，自答应累进婉嫔。这几个字，费不了史官多少事
儿，连哪年死的都未必会写下来。嗯，来日葬在哪里呢？咱们倒是能就
一辈子的伴儿，皇上在乾隆十七年就为自己建好了裕陵，二十七年妃园
寝也已建成，总有咱们的一席之地，冷冰冰地就个伴儿。"

婉嫔畏惧地打量着笑容平静的海兰，怯生生地伸长了脖子，有些按
捺不住的好奇："你想我说些什么话？"

海兰从袖中慢慢抖出一卷薄薄的布帛，扔在她跟前："这些年令皇
贵妃做过的事，都在这儿了。你照着说就是。"

那布帛仿似断了翅的鸟儿，轻悄悄扑在婉嫔身前，溅起蓬勃的浅金
色的尘灰，旋在低低的空中，自由地扬起。海兰盯着她，徐徐地带着蛊
惑的意味："看一眼吧，很多事你一定也很想知道。那就看看，看一眼
也不会出什么大事。"

婉嫔像是被无形的绳索牢牢缚着，僵直地缩着身体，一动也不敢
动，一双眼珠子瞪得老大，仿佛要将那布帛给瞪得化了似的。海兰浑不
理会，只是拣了串碧玺佛珠在手，一下一下缓慢地拨动着，以指尖与佛
珠冰凉的相触声，来抵御此时此刻呼吸的绵远悠长。

也不知过了多久，婉嫔终于忍不住伸出手，哆嗦地抖开了布帛，一
字一字看下去。她的鼻息越来越重，嘴唇无声地张开，如同濒死的苟延
残喘的涸辙之鲋。她陡然扬起手中的布帛，压抑着尖声道："跟皇上说
这些话，我是活腻了。要说你自己说去！"她惊恐地看着海兰，战栗着
道，"皇贵妃做的下作事再多，干我什么事呢！我才不去！"

海兰薄薄的唇勾起一抹娇柔笑意，伸手亲昵地抚了抚婉嫔身上的
藕荷色茧绸绣米珠团福绣球的锦袍，那领口出着细细的风毛，如它的主
人一般经不得半点惊吓似的。"就算你活腻了，我还没有呢。姐姐死了，
永琪死了，我还活着。不只为了永琪留下的这一点儿骨血绵亿，还有一
件更要紧的事。那便是只有我自己明白，我要是死了，谁还记得皇后

姐姐活在这尘世上的一点一滴呢？姐姐人不在了，可我们一起度过的日子，一天天都在我脑子过一遍，我什么都记得。"

婉嫔一脸的震惊与不可置信，一只手将那布帛团抓在手心，双眼怔怔地盯着海兰灰败而憔悴的面容，痴痴道："你便这样……这样惦记着翊坤宫娘娘？"

海兰凝视着佛像前冰纹青瓷瓶里供着的一束绿梅，那雪白如蚕丝般的冰裂细纹，如同敲碎在她心上，清晰地蔓延。她甚至能听到那纹裂时刺耳的声音，绵延不断、痛彻心扉。无数的往事夹着如懿清澈的笑容纷纷扬扬如雪花落下，晶莹而冷彻骨髓。

眼底有温热的湿润，阴影里佛祖宽悯慈悲的脸容晦暗得毫不分明。她只觉得荒唐，荒唐得不可理喻。世情的混沌翻覆里，唯有如懿记得她，可是偏偏连如懿，也再不能在身边。她嘶哑着喉咙，任凭泪水潸潸而落："我不惦记着皇后，我怎能不惦记着皇后？这一生一世，除了我的孩子，唯一惦记着我念着我的人只有皇后姐姐。婉嫔，你是最清楚的，人活一世，不过是图一个记得。有人记得你，牵挂你，念着你，才不是孤零零地来世间走一遭，不是么？"

婉嫔的眼底闪着晶莹的泪光，那泪光里燃着阴阴的火。她身子扭曲着，几乎要夺门出去，可她的脚却定定地长在地上，跟生了根似的。她低低地压抑地叫着："你要记得，就自己说去便是！扯上我做什么！"

海兰不疾不徐地迫近她，任由泪水肆意，口气温柔得几乎要化了："我去？我去皇上会信么？这辈子，我就是和姐姐最要好了，任谁都知道。皇上不会信我的话，他不会信任何一个与人结党交好的人的话。前朝是这样，后宫也是。"

"可那是不成的！"婉嫔几欲泫然，紧紧地攥着海兰的袖子，靠近着她，"令皇贵妃有儿有女，每次失宠都有本事翻身，翊坤宫娘娘死后她更是独揽六宫大权！我算什么？我就是一个小小的嫔位，连大声说话都没人听见的小小嫔位。"

"旁人听不见不要紧，只要皇上听见。"海兰意味深长地凝视着她，眼底有深海玄冰般的冷光，"这样的事，只有你能试一试。"她轻轻一嗤，伸手抹去腮边的泪痕，端然收回身体坐直，"别以为皇贵妃有多么大的万千荣宠，这些年熬下来，她早已不堪一击。只要出拳的那个人是皇上，那便是谁也抗不过的。"

婉嫔仍是抗拒："不！为什么不让惇嫔去？她那么得宠，皇上会听她的！"

海兰微笑，那笑意轻飘飘的："惇嫔？她不过就是姐姐的一个影子。她的存在，是时时刻刻提醒着皇贵妃，姐姐并未离开这里，她依旧在皇上心上。"

婉嫔将信将疑地盯着她，呆了片刻，沉声道："可是，我会死的。"

海兰屏声静气，端端正正地坐在榻上角落的阴影里，酸枝木榻上铺着一色半旧的灰绿茵绒褥子，越发映得她像长在潮湿墙角里的青苔，阴绵绵的没有生气。看得久了，仿佛人也成了木头，呆滞而僵硬。外头响着连绵的爆竹声，噼啪，噼啪，是火药气息的热烈与绽放。那热闹是属于别人的，与她们并不相干。海兰冷笑了一声："你这样活着，或者死了，在旁人眼里有区别么？明明你还在喘气，多少人眼里，你就是死的！行尸走肉！和我一样！你听外头的鞭炮，那么短促还得响一声，落个动静呢。你呢，谁记得你？"

婉嫔怔怔地听着，也不知过了多久，爆竹喧嚣的气味散得尽了，她软弱地伏下身体，倚在海兰膝边，一下一下，死死绞着手里素绢巾子。"已经几十年了，我伺候皇上已经几十年了。这几十年里，我受过的恩宠，掰着手指也数得出来。皇上给了我位分，给了我恩养，他算不得辜负我。可是这一辈子，他有那么多女人，那么多宠妃，他从来都不会记得我吧？"她低低地呻吟一声，像是自嘲的笑，又像是悲戚的哭，"于皇上而言，我和寝殿里的一个枕头、一床被子有什么两样？用过便也用过了，抛之脑后。海兰姐姐，我只想要皇上记得我，我不想成为妃陵小小的墓穴里一个无声无息的亡魂。人人都有过恩宠，只有我是捡来的运气。我只是潜邸里小小一个侍女，偶尔被皇上宠幸了，我才能活到这宫里来。我知道自己卑微，我知道自己受了不该受的福分，可我也是女人，我也会发梦，也会痴想我活得能被人记住一次，一次就好。"

海兰静静地坐着，听着她呜咽的哭声，缓缓落下泪来。

那一夜，无人知道青衣简妆的婉嫔，随着李玉悄然步入养心殿，对皇帝说了什么。

红烛长照，明彻一夜。

婉嫔只是在天明时分疲倦地坐上小轿，见到等候在自己宫中的海兰，轻轻道："我这一辈子都没对着皇上说过那么多话。可是皇上，他居然愿意听我说了那么久。"

海兰揽过她，轻声笑道："那是因为你说的话都很好听，皇上喜欢听。"

婉嫔倦倦地将头抵在海兰肩头："这些话都是你逼我说的。可是这样被你逼迫一次，真是痛快。我从来没有那么痛快过，我喜欢谁，讨厌谁，我都说完了。哪怕立刻被皇上拖出去砍了脑袋，我也不后悔！"

海兰沉静地抚摸着她的脸，神色从容："你说话的声音真好听。满宫里只有你能对皇上说出那样好听的话来。皇上喜欢听你说。"

婉嫔闭着眼睛，眼皮有轻微的颤抖，扇起睫毛如将欲飞翔的翅膀。她的妆容在晨光里有些许模糊地融化了，容颜却异常宁和。"我知道，因为我无争无斗活了半辈子，我谁也不依附，谁也不得罪，我活得连一粒尘芥都不如。可是，我说了那么久，连我自己都不记得自己说了什么。"

海兰温柔地微笑着："嗯。人活一口气，那话便是随着气就散了的。你不记得也好。只是皇上呢，皇上记得什么？"

婉嫔的眼皮倏地一跳："你教的我说过便都忘记了，自己的那句，却记得牢牢的。"

海兰苍老的眉心有不安的褶皱:"你自己?你自己说了什么?"

婉嫔郁郁叹息:"话再多,皇上难免不信。他问我,他看着我的眼睛问我,这些事,我如何知道得这般清楚?我便说,皇上,您不在意我,旁人也小瞧我,却不知越是如此,越多事我便悄悄地看得更清楚。皇上半信半疑,便问我,那你为什么偏要到了这时候才来告诉朕?"

海兰的语气温柔得如三月檐下细软夹着花雨的风,眼神却死死地盯着婉嫔的颈,如锐利的针,几乎要穿透她疲倦的身躯:"你说什么了呢?你的委屈别藏在心里,都丢给皇上去。叫他好好看看,他冷落了数十年的女人,流的都是血泪。"

暂时的静默,几乎逼得人透不过气来。海兰的指抚在婉嫔的肩上,有两滴温热的液体倏地坠下,从掌心湿润地擦过。她觉察到那液体的灼热,心底蓦然勾起了几丝震颤。许多年前,她也是这样依靠着另一个人,以为这样彼此扶持着,便能度完这喧嚣而无趣的一生。却原来,她们连一生的收梢都不知零落何处,望也望不见。

婉嫔闭着眼,像是怕到了极处,蜷缩在她怀里,蓦地睁开眼,直直地看着海兰,硬声道:"是。我告诉了皇上,可是我晓得,我的委屈不重要,皇上听了一时怜悯,过去便过去了。我知道皇上最怕什么,我知道。"她压低了嗓子,如吐着芯子的蛇,嘶嘶地道,"我看着皇上,我说,皇上,臣妾从前不敢说,可如今十五阿哥大了,出落得俊秀勇毅,是咱们大清未来的栋梁。臣妾拼死,也不敢不说了。"她咬了咬牙,下了死劲一般,"我说,皇上,若来日十五阿哥成了大器,有皇贵妃这样的额娘在,我们大清江山便要落入谁家了?"

海兰震惊到了极处:"你说了这样的话?"

婉嫔重重地点了点头,有着难掩的惶惑,牵着她的衣袖依依道:"我知道的,今日我既开口说了这些,若不能将皇贵妃置于死地,来日还有我的活路么?与江山相比,数十载恩情算得什么?虽然这些年我从未赢过，但事已至此，我也绝不能输了。"

海兰极力安定下自己有些紊乱的鼻息，骤然松了口气，轻轻抚着婉嫔花白蓬松的鬓发，了然笑道："怎么？你也恨毒了皇贵妃么？"

"我原本，只是为了争一口气，才说出了你教我的那些话，也当是为我，为你，为仙逝了的翊坤宫娘娘出一口恶气。因为这么多年，我做什么像什么样子，做底下的侍女有侍女的样子，做格格有格格的样子，做嫔妃有嫔妃的样子，可浑不像个人的样子，不敢说，不敢做，不敢动。如今我说得越多，才越知道，这数十年来，我心里的恨原来那么多。因为我最寂寞的年岁里，是她在皇上的温柔与缠绵里绽放得如火如荼。"

海兰的声音柔和得叫人沉醉："皇上最忌讳的，哪里是她害了多少人，而是如何专权恣肆，目无君上。当年她害姐姐的，不也是如此么？"

婉嫔微微出神，眯了双眼："可是哪怕我这般说了，皇上也未必会信。"

海兰轻轻一笑："你在这宫里最与世无争，皇上会相信的。江与彬告诉我，另一个人证，已经快来了。"

婉嫔攥着海兰的青筋凸起的枯瘦的手："海兰姐姐，如今我知道翊坤宫娘娘为什么喜欢和你一块儿了。你的手真暖和，你的话让人听着舒服。你别走，你在这儿陪陪我，咱们姐妹，就个伴儿。"

海兰看着窗外渐渐明亮的天色，好像一张女人涂得粉白的绝望的面孔，流下赤红色的眼泪。这样一日日孤独地看着日出日落，真是寂寞。

寂寞彻骨。

可是身边的半老女子，何尝不是如此？自己，至少曾经有过如懿，有过永琪，有永琪的血脉而延续的子孙代代，有过皇帝短暂却远比婉嫔长久得多的恩宠。所以她有念想，有回忆，支撑着度过每一个相似又乏味的日子。所以，她懂得婉嫔的寂寞，那种无声的寂寞，会把人慢慢地腐蚀，腐蚀成一个个蛀洞，然后风化成幽幽深宫里一缕被风吹过的尘沙。

皇帝再度见到海兰的时候，是在梅坞。这些年皇帝虽然关心永琪遗子绵亿的起居，也对海兰颇为厚待，但二人这般面对面说话，已经许久都不曾有了。梅坞建成后，海兰还是头一回来，她细细打量着梅坞内的每一样布置，已然泪盈双睫。

皇帝拍拍她的肩，很是看重她的意见："看看，喜欢这儿么？"

海兰舍不得移开目光："梅坞，都是梅花。臣妾很喜欢。"

皇帝听完这一句，很是心满意足。他又提起绵亿的近况，唏嘘不已。末了，皇帝忽来兴致，取出一斛南洋明珠赐予海兰，那明珠颗颗有鸽子蛋大小，华泽莹然。纵使海兰曾经跟着如懿见过色色珍奇，亦是暗暗惊叹。

皇帝示意李玉将那一斛明珠捧至海兰跟前，海兰只淡淡扫了一眼，含笑谢恩，不惊不喜。

皇帝道："听说你成日吃斋念佛，闭门不出。延禧宫原本寒湿，不宜幽居，不如常来与朕闲话。算来潜邸里过来的人，也唯有你和婉嫔了。"

海兰笑着辞过："臣妾年老迟钝，怕答不上皇上的话。这一斛明珠……"她若有所思，"姐姐在时，喜爱珍珠。可惜再名贵的珍珠也有珠黄之时。"

皇帝了然："你想说'长门自是无梳洗，何必珍珠慰寂寥'？"

海兰浅浅微笑："不，皇上恩泽六宫，臣妾感激不尽。听闻皇上新赐了皇贵妃一方西瓜碧玺，大若手掌。"

皇帝笑笑："朕已命人雕琢成皇贵妃喜欢的水莲，让她拿在手中把玩。"

海兰想笑，还是矜持地抿住了嘴唇，皇帝久不曾有如此厚赏，那位皇贵妃一定很感动吧。

然而皇帝并无兴趣继续关于皇贵妃的话题，这个时节御花园里的春梅更得他的好感。海兰会意，便陪着皇帝出去。

皇帝轻轻挽过她的手："愉妃，陪朕往御花园走一走。"李玉明白，忙带着宫人们退后十步，远远跟着。

初春晴寒，天色湛蓝一碧。皇帝微微叹息："已经有数十年了吧，你没有和朕一起走一走了。"

海兰浅浅笑，简短道："是。"

皇帝略有歉意："永琪英年早逝，你膝下寂寞，朕没有能多陪陪你。"

海兰恭敬而自然："皇上为天下人操心，不必挂怀臣妾区区之身。"

皇帝驻足，静静凝视："你仿佛从不为得宠失宠而在意。"海兰的眼睛望着地下，那连理并蒂的青石板镂刻沟壑处，积着一痕痕寒冰。天长地久，花开并蒂，也不过是僵死的冻痕，没有活气的期许。

皇帝见她只是无言，不自在地咳嗽一声："朕知道，你不喜欢珍珠。喜欢珍珠的人，是如懿。"

他这般猝然提起这个名字，让海兰有些意外。她陡然抬起脸，牵动鬓边烧蓝晶石珠花沥沥颤动。她很快镇定下来："因为所有的珠宝之中，唯有珍珠和生命有关，让人觉得软弱。所以，皇上也不喜欢珍珠。"

皇帝颔首："人老珠黄，有生命的东西，总是容易消逝萎败。朕也会老，所以海兰，朕喜欢长久地光耀的东西，可以提醒着，至少有不变的东西。"他停一停，"朕赏赐珍珠给你，是觉得，如懿喜欢的东西，你总该会喜欢。"

海兰无谓地笑了笑："也不一定。比如姐姐喜欢皇上，臣妾却不是。"

这样大胆而无谓的言语，连皇帝也不觉变了变色，颇不自在。海兰温然欠身，眸色澄净："臣妾敬慕皇上，姐姐喜欢皇上。这是最大的不同。"

皇帝凝神须臾，轻轻一嗤，叹然道："是。如懿如果懂得自下而上的敬慕，而不只是喜欢，或许她与朕也不致如此。"

长街的风吹得海兰半边脸发僵，她紧了紧身上软糯温实的大氅，紫貂的毛尖上出着银毫，软软地拂在面上，像曾经，她温柔地扶持着自己的手。

那一刻，她几乎要落下泪来，却惊诧地发现，她原来并不惯于在这个男人面前落泪。她微微哽咽："臣妾以为皇上永远不会想起姐姐，永远那么憎恶她。可皇上却没想过，当年您喜欢姐姐，也是因为姐姐喜欢您。"

"朕，并不憎恶如懿。"他的声音极轻，在自由穿越的风声里有些模糊难辨，"朕只是不能接受，到了最末，朕与如懿，都改变了最初的模样。"他抚一抚她的肩膀，"海兰，谢谢你一直为她。所以那斛珍珠，你便留着，就当为她。"

海兰轻声谢恩。皇帝微笑，展臂替她兜上自己的明黄色披风，柔和地笑了笑："回去吧。朕也走了，这儿过去，还能顺道看看婉嫔，朕也许久没见她了。"

这是难得的温柔，也算某种难以言喻的释然，她恭谨地目送皇帝离去，左手蜷在袖中，死死抓着一枚金累丝嵌珍珠绿松石蝶舞梅花香囊。许久，她才骤然想起，皇帝忘记从她身上取走那件披风。

海兰这般想着，忽而念及婉茵，她最想见的人，已经来了呢。

钟粹宫自纯惠皇贵妃过身，唯有婉嫔寄身其中。数十载光阴匆匆，她安静而寂寞地活着，活得长久而不被打扰，如同这里的一草一木，都沾染上了尘埃苍旧的气息。

皇帝缓步走进来时，婉茵正在专心致志地伏案画画。直到同样老迈的侍女顺心转身去添水，才看见了在门边含笑而立的帝王。顺心久未见皇帝来此，一时未曾反应过来，不觉惊惶行礼："皇上……怎么是皇上……"

婉茵心无旁骛，细细描摹着笔下男子的侧颜，连眉毛也未曾抬起，只是轻声细语："顺心不要胡说，皇上很多年没来钟粹宫了。"

顺心连忙道："小主，小主，真是皇上。皇上来看您了。"

婉茵吃惊地抬起头，手中的画笔一落，墨汁染花了柔软的宣纸。婉茵喜极而泣："皇上，怎么会是您？"

皇帝含笑踱步而进，温言道："朕说了，得空会来瞧你。婉嫔，这么些年，你就躲在这儿画画？"

婉茵大为不好意思，想要伸手去掩那画像，可那厚厚一沓纸张，哪里掩得住？倒是皇帝手快，已经细细翻阅起来，越是翻看，越是触动："画的都是朕，年轻的，年老的。婉嫔，你画得真像。"

这一句话，几乎勾落了婉茵的眼泪。她眼底泪花如雪，轻声道："画了一辈子了，熟能生巧。"

皇帝放下手中画像，不觉长叹："婉嫔啊婉嫔，这么多年，朕没有顾及你，实在是有负于你。从今往后，朕会好好待你的。"

婉茵身子一震，不觉热泪长流，一时竟说不出一句话来。

皇帝笑着抚过她的脸颊："怎么，朕吓着你了？"

婉茵自知失礼，连连摇头，脸上笑意渐浓，泪却止不住落下，显得狼狈不已。好容易安静下来，婉茵才小心翼翼道："皇上，臣妾有一个请求，您能不能坐在臣妾跟前，让臣妾画一画您？"

皇帝诧异："朕都来了，你还要画么？"

婉茵痴痴地望着皇帝："皇上，臣妾第一回离您那么近地画您，不是凭自己的印象和记忆来画……"

一语未完，皇帝亦动容，眼见殿阁内一应朴素，便往那榻上端坐，牵过婉茵的手，沉沉道："好，朕让你好好画。以后都让你好好画吧。"

婉茵心头激动，想要说什么，却不自觉地深拜下去，倚靠在皇帝膝上，再不肯放手。

皇帝摸了摸她装点素净的发髻，轻声道："婉嫔，你最远离是非，朕一直没想到，会是你如此留心，告诉朕这一切。"

婉茵的眼底有热泪涌动，她歉然道："昔年臣妾曾被皇贵妃恣惠，使得翊坤宫娘娘伤心。这是臣妾欠了她的，臣妾要还。"

皇帝笑意酸涩："欠了如懿？呵，欠她最多的人是……"

婉茵仰起头，不再年轻的脸庞满是泪水："皇上，皇上，臣妾自知卑微，能得您一幸是一生最大的幸事。臣妾一直盼望着，您能回头看见臣妾，只要一眼，一眼就好。"

皇帝心底蓦地一软，柔声道："会的。婉嫔，你与朕都已老去，咱们会相携到老的。"

婉茵想说什么，喉头一热，化作一声低低的呜咽，轻散在风中。

这一夜皇帝歇在钟粹宫中，人人诧异。嬿婉闻言只是暗笑，若婉嫔都有复宠这一日，她儿女双全，还有什么可畏惧的？她照例处理了宫中琐事，便预备着要去宝华殿祈福拜求。王蟾一早吩咐了宝华殿预备好祈福所用，一壁让送来晚膳。皇贵妃的膳食本就充裕，不过这一日因有祈福之事，所以也都是简单几道素食，还有一道皇帝那里送来的清炖鸡汤。嬿婉一见桌上有道炒双菇，便立刻皱眉："本宫不是让御膳房不要上什么菇啊香蕈的，本宫不爱吃这个，立刻撤了。"王蟾诺诺，即刻撤下。菱枝为她添了鸡汤，徐徐道："别的菜也罢了。这道鸡汤是皇上赏的，您还是多喝几碗，这是皇上的恩典呀。"

嬿婉见那一碗整鸡熬就，金黄的汤色，倒也不坏胃口。她当下无言，喝了两碗鸡汤，用了点素食，便往宝华殿去。

祈福之事很是顺利，如今她也惯了，每到初一十五，必焚香祝祷，祈求皇帝信任自己，放过自己，让自己平平安安成为大清未来的皇太后。

人都是如此，自身之力不够，便寄望满天神佛。许是跪得有些久了，嬿婉起来便有些恍惚。她扶着菱枝的手走到廊下，渴盼穿梭而过的风可以带来一丝清醒，降低脑中盘旋的晕眩。其实也算不得晕眩，天地间似蒙着朦胧的光，晃悠的，一切的人与物都那么远。嬿婉走到院落里，门口戍守的侍卫仿佛是凌云彻和赵九宵。她有些恍惚，那分明是离世已久的人了。可那个人，分明是自己日思夜想，不能放下的。她已然热泪盈眶，脱口唤道："云彻哥哥，云彻哥哥。"赵九宵的身影旋即不见，仿佛是一个青衣宫女，拉着凌云彻的手渐行渐远。她心急如焚，挣脱菱枝的手，追了几步："云彻哥哥，你等等我。我是嬿婉，云彻哥哥，你是不是怪我？我已经杀了进忠替你报仇了。云彻哥哥，你念在我对你一片真心，莫要怪我。我，我一直很想你。"

几乎是在同一刻，容珮扶着如懿端然走近。菱枝忙不迭请安："娘娘万安。"嬿婉吓得面无人色，连连退了几步。可菱枝都站在如懿身边，她的周遭连一个人都没有。嬿婉尖叫起来："你？你不是死了么？"她极力镇定着自己。对了，是青天白日，不是夜里，怎么会有鬼呢？可眼前的人，活生生的便是如懿呵，连容珮都在她身边，断断是没有错的。她喝道："难不成你成了鬼还想来找我？呵，活着的时候儿女的性命都断送在我手里，难道死了和你的孩子团聚，便能成了厉鬼报复于我？"

芙芷看看容珮，又看看菱枝，嫌恶地退远一步："皇贵妃胡言乱语，莫不是疯了？"

嬿婉听她这般说话，混沌的神志稍稍清醒些许："你是谁？"

芙芷傲然相对："看来皇贵妃真是疯魔了，我是皇上新封的惇嫔啊。"

嬿婉怔了片刻，细细望去，那打扮，那神色，无一不是如懿宛然在眼前。她怎肯相信，狰狞了面孔喊道："不是！你不是惇嫔！你是如懿！如懿死了，她的魂魄附在你身上，留在宫里与我纠缠！我不怕你！如懿斗不过我，她附体在你身上，就能斗过我了？"

她的话音未落，毓瑚冷笑着进来："来人，皇贵妃疯癫，还不制住了送去皇上那儿。"

三宝和李玉立刻上来，架着她便往外拖。

容珮轻轻一笑，看着菱枝道："还是愉妃娘娘的主意好，她不喜欢吃蕈菇，那就藏在鸡肚子里炖上一两个时辰，管她吃肉喝汤，总逃不脱就是了。"

时值春寒，暗云冥冥。

嬿婉已然清醒过来，像一只惊魂未定的小兽，伏在皇帝身前，连连告罪："皇上，臣妾是糊涂了，不知怎的胡乱言语，失了行状。臣妾有罪，臣妾有罪。"

皇帝盯着她看了须臾，那双眼睛冰冷无比，嘴角逸出一丝同样冰冷的笑意，始终未发一言。海兰早已忍无可忍，指着嬿婉道："皇上，臣妾已经查知，就是她一早收买安排了胡芸角，放到永琪身边。不仅指使胡芸角污蔑姐姐，还安排了胡芸角对永琪下手，害死了永琪。"

嬿婉早知如懿生前便在查芸角之事，可如懿能查出什么？海兰能查出什么？芸角的亲母早就死了，养父一家也都死于火海，谁能查出什么来？便是查到包太医开过一张方子，可包太医都没见过芸角，能问出什么？她丝毫不惧："皇上！臣妾不认识胡芸角，更遑论害死荣亲王。愉妃，你是因荣亲王之薨伤心坏了，才这般污蔑于我？"

事关永琪，皇帝自然关切："愉妃，兹事体大，你可有证据？"

一幛白象牙嵌玻璃画描金花鸟大屏风后人影一闪，是许久不见的春婵跪倒在地。她穿着一件民间女子的衣衫，十分朴素，头上也只草草绾了个发髻。她似是大病初愈，整个人并无太多的气力，只是支撑着跪着，一一问安。嬿婉如同见了鬼魅一般，睁大了双眼，呵呵出声："春婵，你怎么……"

春婵垂着眼皮，看也不看她："皇贵妃见奴婢没死，很惊慌吧？"她向皇帝叩首，带着后怕之色，"皇上，奴婢当日所用的口脂中定是被皇贵妃下了毒，才会在离宫上坟时昏厥。江太医说奴婢所中的毒是鹤顶红与乌头掺在一起，一时不会毒发，为的就是要奴婢死在宫外，无人查问。而那口脂是皇贵妃所给，分明是皇贵妃要灭口奴婢。皇上，皇贵妃杀了澜翠、进忠，也不肯放过奴婢。如今奴婢死里逃生，愿向皇上认罪，并将所知皇贵妃罪行一并告知皇上。"

嬿婉的心沉沉地跳着，春婵知道了，她都知道了。那口脂本是留着以备不时之需，杀人于无形。而那些毒药的分量斟酌过，一时也死不得人，可以拖上一二时辰，可江与彬居然会鬼使神差救了她！她忽地想到，难道春婵的举止早落在海兰等人眼中，又有可以出入宫闱的江与彬跟随，所以才能留下了春婵的性命？可无论如何，她是不能认的，她温言道："春婵，你能活着回来，本宫很是欣慰，"她旋即严厉，"但你——"

春婵面朝皇帝，正色道："皇上，奴婢绝无胡言。皇贵妃说她不认识胡芸角，但其实，胡芸角本是田嬷嬷的女儿田云儿。是皇贵妃让奴婢在田嬷嬷死后，去乡间寻了田云儿暗中照应三四年，后来让她顶了胡笔帖式女儿的名，送进荣亲王府的。目的就是想通过田云儿近身暗害荣亲王，并伺机栽赃害愉妃和翊坤宫娘娘。"

嬿婉是本能地辩驳，痛喝道："你胡说！"

"她胡说？"海兰切齿道，"春婵，你告诉皇上，皇贵妃对本宫的永琪做了什么？"

"皇上，胡芸角是被皇贵妃指使，放到了荣亲王身边，蓄意谋害荣亲王。胡芸角利用荣亲王的附骨疽，故意让荣亲王受寒受累，加重病情，更哄着荣亲王不好好医病，才会如此。甚至皇贵妃曾给胡芸角毒物，要对荣亲王下毒。"

皇帝重重一掌击在花梨木桌上，震得一应器物瑟瑟跳起作响。"永琪是朕的太子之选，是大清未来的指望！你这个贱人！"他缓一缓，"那胡芸角为何会受她指使，连我大清的亲王都敢谋害？"

春婵毫不隐瞒："皇贵妃教唆田云儿，说翊坤宫娘娘害死了她额娘，要她为母报仇。但其实田嬷嬷也是被皇贵妃拿她自幼有病的女儿要挟，用钱财和一张所谓的吊命药方收买为她效命。皇贵妃让田嬷嬷害了舒妃母子，又谋害十三阿哥，最后还被皇贵妃用她一双儿女的命相逼，因皇贵妃而死。而且当年事发时，皇贵妃为求脱身，又用亲额娘顶罪。"

皇帝勃然大怒："你害了朕的永琪，还害了朕的永璟？连你的亲额娘也不放过，如此恶毒，猪狗不如。"

嬿婉不自禁地打着冷战，像是有漫天飞雪要将她湮没一般。她的十指死死地抓着厚厚的朱红锦毯，像溺水之人抓着救命的浮木一般。她用力地吞咽着口水，每一下，都让自己镇定一些。"皇上，额娘之事已经定罪，证据确凿。春婵又拿此事反咬臣妾，可见是蓄意污蔑。"她斜乜着皇帝身边的海兰，很是鄙夷而怀疑，"皇上，这些日子在宫外，也不知春婵见了什么人，受了什么人的唆摆，才会这般诬告臣妾？您也知道，愉妃与臣妾的侍婢本无来往，突然带着她一同来告发，臣妾也不明白愉妃居心何在？"

海兰早知她有这番说辞，不觉冷笑："丧子之人能有何居心？只是希望自己的孩子不要冤死，更不要有别的沉冤不雪。皇贵妃，你的侍婢会冤枉你，难道你的另一个人也会冤枉你么？"她屈膝向皇帝，"皇上，臣妾知道魏氏定会狡辩，除了春婵臣妾还有另一人证。但请皇上恕罪，因事涉冤案，臣妾未经皇上允准先擅自着人将他从流放边地带回来了。"

皇帝微微颔首，毓瑚已然带着佐禄进来。十数年不见，昔日吊儿郎当的佐禄早已是满面尘霜，如一个垂老之人一般。看来边地的风沙让他吃足了苦头。

嬿婉认了片刻，直到佐禄叩首自陈身份，嬿婉才知道是亲弟弟佐禄。她错愕难当，不知佐禄怎的会千里迢迢从边地回来，要知服苦役之人辗转四处，居无定所，海兰的手再长也伸不到那里去。除非……除非本就是生活于边地之人。她脑中蓦然清晰……是香见，她出身边地，只要传话回去，自然有族人为她尽力。她恨得牙根发酸，只知香见得宠多年，只是不理会自己罢了，谁知她会这般为了如懿费尽心思。可眼下已经来不及了，她只能求救一般看着佐禄，只盼他念在姐弟情分，什么都不要说，不要说。

佐禄也细细打量着她，这个姐姐金尊玉贵了数十年，位极皇贵妃，居后宫之首，虽然也送钱粮，可一直不肯拉拔自己回京，一直指望不上。连他想回来给额娘叩头都不成，他实在是恨极了，膝行到皇帝跟前："皇上，奴才此来是为了告发魏嬿婉谋害皇嗣，又让奴才额娘填命之事。"

嬷婉早知这个弟弟不中用，却不想这般不中用。她闭上眼睛，流下泪来，凄厉道："佐禄，你胡说什么！我是你的亲姐姐！"

佐禄双手捶地，如见仇敌，恨恨道："你是我亲姐姐，有这般亲姐姐害亲弟弟的么？当日难道不是你与田嬷嬷勾结对十三阿哥下手？难道不是你让我给扎齐送银票陷害愉妃娘娘？难道不是你想夺皇后之位？"

佐禄的每一句，都让嬷婉的心更凉了一分。额娘已死，兄弟背叛，儿女离散，亲缘断绝，老天爷果然是要绝她魏嬷婉的生路。不，就算所有人都要害她，她也不能这么死了。

嬷婉秀致的眉目透出一抹微暗的晦色，她抹去腮边泪痕，做出痛心疾首的样子，道："皇上，臣妾的弟弟佐禄自小游手好闲，吃喝嫖赌无一不作。臣妾无能，身为长姐未能教导好弟弟，以致他被流放边地服役。如今又陷害亲姐。佐禄，我且问你，谁费尽心思找你来？谁教你这么污蔑我的？"

佐禄微微一滞，实在也不能否认嬷婉说的有一半是真，年少无赖已是事实，又没有嬷婉这般狡诡善辩，在这般险地都能反咬一口。他气得昏了头，也顾不得在御前，便喊道："没人教我，是我碰到了春婵，才知当年额娘为你顶罪的缘由。魏嬷婉，我在边地受苦不要紧，但你害死额娘，我忍不得！当年，就是你拿我的性命威胁额娘，额娘才会舍命替你顶罪！额娘根本连害翊坤宫娘娘的田嬷嬷是谁都不认得！魏嬷婉，你有没有良心，连自己的弟弟和额娘都可以算计！"

他气咻咻地说完，呼呼地喘着粗气。常年在边地的人，衣衫不洁，都散发着异味。纵然在到御前之前已经草草梳洗，可那种被生活长久挫磨的粗鄙却是改不掉的。皇帝很是不喜他举止粗鲁，这般大呼小叫，只不过为了知晓真相，才稍稍忍耐。海兰察觉了皇帝的不喜，使个眼色，示意佐禄稍稍退后。却是春婵佐证，讲嬷婉如何为了保自己的儿子登基谋害皇嗣，害死十三阿哥、十阿哥，又在荣亲王死后，安排自己对十二阿哥下过有毒的蕈菇，那蕈菇在汤中煮过便捞起，毒性虽在，却不见形迹，以期十二阿哥来日毙命也无人察觉，十五阿哥好顺利继承大统。她轻抚胸口，颇为忏悔："幸而太后亲自养育十二阿哥，察觉异样，皇贵妃才不方便再下手。而当年五公主、六公主之死，也是皇贵妃所为。那时皇贵妃的目标也并不是五公主、六公主，而是意在谋害还年幼的十二阿哥。这件事，当年被皇贵妃安排去偷'富贵儿'和训练'富贵儿'的王蟾最为清楚。"

她这一番陈词，皇帝听得也呆了。皇帝良久不能作声，海兰也不言语，只听得更漏声声，每一下都沉重得坠得心头一阵阵疼。也不知过了多久，皇帝才沙哑着喉咙问："'富贵儿'闹事，五公主、六公主夭折，那不是淑嘉皇贵妃怀恨在心所为吗？"

佐禄等得急了，猛地推一把王蟾："你都知道的，是不是？还不告诉皇上？"

王蟾一直伏在仙鹤衔紫芝铜灯的阴影底下，微小得像一颗不起眼的尘埃。嬿婉看了看王蟾，她是放心的，王蟾进过慎刑司都不曾说这样的事，如今为何会说了？定然是不会的。王蟾瑟缩着身子，一直不敢抬头，只是声如蚊细："皇上，奴才有罪。春婵说得一字不假，是小主对淑嘉皇贵妃记恨，要奴才在马鞍底下扎了针，害得八阿哥坠马，落了残疾，又嫁祸五阿哥，一箭双雕。"

嬿婉耳中嗡嗡的，似有无数的惊雷炸响。怎么会呢？他怎么会说呢？是不要命了吗？她猛身扑上去便要撕扯着王蟾问一问为什么。她不甘心，为什么连王蟾都要背叛她，为什么呢？

王蟾还在絮絮叨叨地嘟囔："皇上，奴才真的是害怕了。自从春婵失踪，奴才就知道一定是皇贵妃下的手灭口。之前澜翠、赵九霄和进忠都是这样，奴才怕皇贵妃迟早也要除了奴才。"他的语调里全是惊恐与惴惴，也不知他在这恐惧里煎熬了多久。嬿婉忽然有些悔了，如果她没有对春婵动手，或许就不会有今日了吧？可是如何能不处置春婵呢？她知道得太多不怕，怕的是她泄露这些秘事啊。或者，应该是连王蟾也都杀了，那才是真正安全了。

　　她正胡思乱想着，那纷乱的思绪和恐惧一起死死攫住了她的心，一个碧玉十八子迎面落来，砸得她额头一阵剧痛，有腥气的鲜血滑落，迷住了眼睛。那十八子重重地落在锦毯上，上头沾着的血很快融进了毯里，融成了那花团锦簇里的一捧，增了些许艳丽。她不敢去擦眼皮上的血，只觉得伤处的疼痛很快弥漫了整个脑海，她痛得思考不及，只听得海兰的声音里全是肃杀之气："如此贱妇，实在可杀。"佐禄也不想她狠毒如此，惊恐地瞪着眼看着她，下意识地退后。

　　皇帝的语气从来没有那样冰冷过，每个字都冻得她颤抖一下："朕知道你出身卑贱，却不想狠毒至此。朕的孩子，你一个个都不肯放过。"

　　她喃喃地辩白："臣妾真的没有做过……皇上……臣妾没有……他们合起伙来要冤死臣妾……"鲜血落到她口中，是咸腥的。她的心狂跳不已，不，不能让自己的血在这里流尽了。她惶然顾左右，并无一个可以依靠之人，她只能挣扎着继续辩白，"皇上，臣妾真的是冤枉。有皇上的恩宠，臣妾为什么要做这些事啊？五公主、六公主和十三阿哥死时，臣妾根本连自己的孩子都没有……"

　　春婵的脸在旋转，唯有那讥讽冷厉的笑不曾变："因为皇贵妃不仅想让十五阿哥成为太子，更想自己做太后！除此之外，她更对翊坤宫娘娘有恨。因为真正对凌云彻旧情难忘的，是皇贵妃自己。"

　　皇帝霎时变色，灼烈的怒意浮上眉间，熊熊地燃烧着。他整个脸色都变了："所以，乌拉那拉氏是魏氏杀的？"

　　这一件事，春婵是否认的："没有，皇贵妃没有亲手杀翊坤宫娘娘，但却是她逼死了翊坤宫娘娘。皇贵妃觉得凌云彻对翊坤宫娘娘有情，就巴不得翊坤宫娘娘痛苦，更几次三番借凌云彻之事，栽赃诬陷翊坤宫娘娘。"

　　皇帝如置身于冰天雪地之中，双唇微微发颤，满心满肺痛得几要裂开，却淌不出泪来。他木然地点头，示意春婵继续说下去："皇上，当年茂倩与豫妃告发，是皇贵妃蓄意安排。十二阿哥所见翊坤宫娘娘与凌云彻相拥，实是因皇贵妃给十二阿哥的饮食加了蕈菇，所见的幻象。便是胡芸角死前告发之言，也是皇贵妃让她蓄意构陷。为的就是要皇上与翊坤宫娘娘离心，继而废后。"她瞟一眼嬿婉，稍稍解恨，"皇上，那蕈菇的效力您已经看到了，的确迷幻人心，以为所见即是真相。否则今日皇贵妃怎会自己喊出自己的罪过来！真是报应不爽！"

海兰看一眼王蟾，王蟾战战兢兢从怀里摸出一个戒指，奉到皇帝跟前。皇帝才瞟了一眼，便觉得眼熟，才想起几次见嬿婉戴过这枚戒指。他正疑心这戒指的出处，春婵已然禀明："皇上，这是凌云彻还在冷宫当差时，送给皇贵妃的定情信物。"王蟾顺势将戒指转过，露出里头燕舞云间的纹样。皇帝骇然而笑，果然，这是她和凌云彻的名字，再无作假。嬿婉死死地盯着那枚戒指，是了，定是王蟾趁她不在宫中的时候偷盗出来的。她恨得心头滴血，这个王蟾，真是小觑他了。

皇帝弯下腰，将她的神情尽收眼底，她是多么在意这枚戒指。皇帝大为恶心，春婵又道："皇上，皇贵妃成为您的嫔妃后，凌云彻与她再无私情。可皇贵妃并非如此。甚至皇贵妃当年久久无子时，还曾用迷香勾引凌云彻，想向他……"皇帝隐约猜到了背后的污秽，春婵还在说下去，"皇贵妃意图勾引凌云彻生子夺宠，幸好凌云彻坚决不肯，这才罢休。"

他气得喉头一阵阵发紧，混乱皇家血脉的念头魏氏都敢动？果然死不足惜！

N

杀身之恨未了，春婵犹嫌不足，那笑容里的嘲讽之意像锥子一般无遮无挡地落下。嬿婉根本不知道她下一句会说出什么来，根本也无可抵挡，只能眼睁睁地看着她双唇张合不止："凌云彻不愿与皇贵妃有私，真正与皇贵妃有私情的是太监进忠。"

皇帝大出意外，不可置信地看看海兰，又看王蟾，简直不能相信春婵说的是真的。进忠？他是个太监呵！嬿婉是在那一瞬间真正暴怒起来，是，是怒意超过恨意。她什么都忍得，什么都可以辩白，唯有这件事，连辩白她都觉得恶心。嬿婉再顾不得御前的礼数，几乎是扑过去，狠狠扇了春婵两个耳光："你胡说！你胡说！本宫怎么会和一个阉人有私情？"

春婵不躲也不避，生生受了她两掌，两颊高高肿起，还是那样笑吟吟的："皇贵妃，当年你为了引诱皇上，与进忠勾结，答应他若是失败，便私下结为对食。奴婢记得，皇上可是禁绝对食之事的呀。"

嬿婉狂怒地喊，恨不得撕碎了春婵才好："本宫是皇上的妃子，并未与他对食！"

春婵不疾不徐地一一历数："进忠为了你做了这许多事，若无私情，他这般费心费力做什么？他临死前亲口说一心喜欢你，这是奴婢与王蟾都听到的。"她从贴身的香囊中取出一个小小的红宝石戒指，显然，那戒指比凌云彻送她那个大了许多，连宝石都熠熠生辉，是难得的上品。嬿婉几乎是绝望了，她认得的，那是她最厌恶的、进忠送她的戒指。"皇上，这枚戒指是进忠死后奴婢捡来的。您细看戒指后面，也是一个燕子图案，还有一个小小的忠字。"

皇帝根本不需细看，他一阵阵地恶心，忍不住要呕吐出来。那是一个卑贱的阉人。他骤然有些明白了，为何进忠会那样撺掇自己对凌云彻酷刑以待，他分明是被那个阉人给利用了，去成全私心。

春婵的话语跟锋利的刀子一样，生生地刮着嬿婉的皮肉、嬿婉的骨头。"皇上明鉴啊，皇贵妃身心都背叛皇上，身依进忠，心属凌云彻。不过皇上，皇贵妃与进忠有私情是真，但这般私情只是利用。无非是皇贵妃为了利用进忠，舍出了自己罢了。"

目光若能为利剑，春婵身上应该被她捅了无数个透明窟窿。"春婵，本宫真该多下点儿药，彻彻底底毒死了你。"

春婵丝毫不惧，反唇相讥："您到底是认了对奴婢下毒吧？只是下毒，算是对奴婢留情了。当日进忠被您下令绞杀，您扔了这个戒指，嫌他不能和凌云彻相提并论，更将进忠埋于凌霄花下做花肥。哈，您那么喜欢凌霄花，是因为凌云彻；您让进忠死得那么惨，也是为了凌云彻。若您对凌云彻真心，奴婢也敬服。可为了害皇后，您连心爱之人都可以践踏割舍。为达目的，和一个太监都可以有苟且私情。最后，他们都还死在了您的手里。"

皇帝终于忍不住呕出了几口清水，海兰冷冷看他一眼，强忍着厌恶递过茶水，很快闪开。皇帝看见那两枚戒指，便觉得刺目，伸手挥落。凌云彻所赠那戒指在锦毯上滚了几圈，停在了嬿婉脚边，散出幽暗光芒。额上几要迸裂的青筋明白无误地昭示了皇帝不可遏制的杀心。嬿婉跟随他多年，如何不知他心思？她不能不拼死自救了。"皇上，臣妾知道臣妾现在说什么您都不会信，但他们真的是欺负冤枉臣妾，臣妾百口莫辩。春婵，你说你死里逃生，这些日子你都是和谁在一起，谁教了你这些话？佐禄，你一向好吃懒做贪财好色，他们这次是给了你多少好处？王蟾，你又为何突然背主？愉妃，你到底为什么编派这么一出大戏来陷害本宫？"

皇帝听到最后，全然面无表情，半点也不肯理会嬿婉，只是看着春婵道："你倒肯说得那么清楚，难为皇贵妃一直看重你。"

春婵重重叩首："若非皇贵妃对奴婢下毒，奴婢便是受尽慎刑司刑罚也不会张口。可惜奴婢忠心了一辈子，却差点死在自己主子手里。奴婢后悔莫及。奴婢自知有罪，任皇上责罚。"

嬿婉怎肯放过春婵等人。她将脸上的狰狞死死压下，换了不胜哀弱之态："皇上，这些人个个有罪，您都别放过！春婵她教唆了臣妾许多，要臣妾争宠为恶。臣妾就是知道错了，才要杀了她以作惩处。王蟾也是，都是他们怂恿臣妾，臣妾才会一时糊涂！便是佐禄，他自小和额娘逼迫臣妾，臣妾才会学得不择手段！皇上，皇上，便是臣妾死罪，他们也逃不得干系啊。"

佐禄气得大叫："这个时候你还要害我！你这个……"他见皇帝冷着面孔，吓得匍匐了下去。

海兰连连摇头："春婵和王蟾是你的人，自然奉命行事。难道所有事都是他们出的主意擅自做的么？"

皇帝并不愿在此刻多作发落，只是道："朕自会给你们一个处置。"他微微颔首，李玉忙示意春婵与王蟾、佐禄出去。海兰心中有数，也悄然退下。

幽深旷寂的宫室内，屏风一侧镂金花鸟香炉的镂空间隙中袅袅升起辛夷香，木香特异，略带辛味。香似乎已经燃了大半，满室都是袅袅的香，带着肃杀的气息，叫人心生绝望。

嬿婉犹自垂死挣扎，她抓着皇帝的足下的紫檀脚踏，狼狈而卑怯地叩首："皇上，臣妾错了，臣妾真的知错了。但请皇上开恩，饶了臣妾的命吧。请您好歹念在……念在臣妾和您的孩子们的分儿上，饶过臣妾这回吧。"

皇帝并没有说话，深切的恐惧像釉面上细细的冰裂一样，在一瞬间浅淡地布满了嬿婉全身。

皇帝静静看着她："他们所言，都没有冤枉你吧？"

嬿婉眼睛发直，喉咙干涩到了极处，还是忍着痛发出破碎的音节："皇上，皇上，所有的事情都是臣妾做的。但臣妾为什么会这么做呢？臣妾一生下来也是天真纯稚，并非如此作恶之人。事到如今，您就算怪罪，也不能只怪臣妾呀。"

皇帝轻蔑："你作恶多端，还怪得了别人？"

嬿婉不敢看端坐着的那个目如深潭的沉默的男子。她的双膝如同跪于荆棘之上，痛得如要滴血。"若非阿玛丢官，家道中落，臣妾也不会不读诗书不受教化；若非额娘偏心，只看重弟弟佐禄轻视臣妾，臣妾也不会无奈入宫挣个出路；若非额娘索要无度，臣妾也不会拼命寻个出路奉养家人供他们挥霍。臣妾入宫后，被淑嘉皇贵妃欺辱折磨数年，万幸得皇上宠爱，救了臣妾，臣妾怎能不费尽心思牢牢抓住您的宠爱，求得在宫中立足？还有进忠，他为了上位，屡次引臣妾作恶，臣妾才蒙了心窍。皇上，臣妾不敢不认自己做了这些伤天害理的事，可臣妾也是为人所害啊。"

皇帝沉默片刻，冷然道："肉腐出虫，鱼枯生蠹。路是你自己选的，若非自己怀私心、存恶念，谁能害你？"

皇帝厌恶不已，扬声向外："毓瑚。"

毓瑚早就准备在外，端着药恭恭敬敬进来。

皇帝连多说一个字都觉得恶心，只道："给她！"

那一碗汤药如墨汁般浓黑，热气氤氲，散发着魅惑般的甜香。这种突兀的香气不像是寻常药材所有，她惊惧地别过脸，不想去面对。

毓瑚轻声道："这一碗牵机药是皇上为小主您准备的，服下后剧痛不已，头足相就，如牵机状，乃是毒中之王。"

求生的意志剥夺了她方才的勇气，嬛婉本能地抗拒："不！"

毓瑚端着药凑近："奴才按皇上吩咐，取来此物。是因为所有毒物之中，牵机药服下最为痛苦，合皇贵妃娘娘所用。"嬛婉还要躲避挣扎，她膝行至皇帝身边，拉着他袍角哭泣："不！不！皇上，臣妾知错了，臣妾知错了。"

皇帝一脚将她踢开，就像踢开足尖的污秽。宫人们挟持着她，压得她筋骨酥软，不能再作抵抗，毓瑚按住了她的下巴，一口一口喂她喝下汤药，一滴不漏。

汤药入口，如利剑直剖肠腹。她知道，是很烈的毒药，药性很快就会发作。

这是没有退路了。

嬛婉畏惧到了极点，忽然满心舒展开来，她冷冷抬眼，索性豁了出去："臣妾最初是得皇上恩典，从宫女侍奉了皇上，若不是皇上一路扶持，一手调教，臣妾也走不到今天。臣妾落到今日这个地步，真不知是皇上自己看错了人，还是臣妾跟皇上学得不够好？"

皇帝含恨森然："贱妇，这个时候，你还编派起朕了？！"

"臣妾说得有错么？而且哪里就是臣妾了，这后宫里明里暗里伤天害理、做尽恶事的，就只有臣妾一人么？"这句话，嬛婉说得坦然而气足，"后宫里谋害皇嗣的不止我一个女人。若非你贪新厌旧，视我们如玩物，谁会愿意这般心狠手毒？这些恶事，不都是你造成的？是你逼我的，是你！是了，这宫里疑心深重的是你，刚愎自用的是你，心胸狭隘的是你，贪欢好色的也是你。说我害死了那么多人，其实他们都是死于你手。"

那是她椎心泣血的申诉，皇帝浑然不在意，只是语调凉薄："你们都说自己是被逼迫，淑嘉皇贵妃是，你也是。好像你们有了这个理由，做任何伤天害理的事都情有可原了是不是？"

嬿婉蔑视于他："皇上不也是一有不如意事，便怨天怨地怨身世？"

"你倒真不怕死。"

"臣妾只有一条命，您已经给臣妾灌了毒药了，还能如何？其实这么些年，臣妾知道，皇上也不过是把臣妾当成一件玩物、一个生孩子的工具，对臣妾未曾有过半分真心。不过也没什么，您身为男子，身为夫君，也从来没有得到过臣妾的心。"嬿婉晓得自己在皇帝眼里不过是一只被戏弄的小鼠，这数年的拨弄戏谑，齿爪间的苟延残喘，把她拖得求生不得，求死不能。既然如此，也不过是一死。"不只是臣妾，身为男子，身为夫君，你可从来没有得到过多少真心。便是你身边人，有几个是真心待你？哈哈，也是，待你真心的那些女人，不都毁在了你手里么？孝贤皇后、舒妃，还有如懿。你一个个逼死了她们的真心，比要了她们的命还狠毒。"

皇帝将她踢翻在地："你这个毒妇！朕要杀了你，朕……"

"杀我？好啊！但你还能杀了永琰，杀了我们的孩子么？皇上，多少皇子死在你这个阿玛手里了。你已经那么老了，要动了永琰，连个继承皇位的出色孩子都没有了。当然，你也可以给别的儿子，瘸了的永璇、胡作非为的永瑆，还有那个生母都和你断发离心的永璂……哈哈，小心这万里江山，都被他们给败光了！"

皇帝忽而平静下来，像疾风暴雨的海面突然归于平静。他向她招手，如往日一般。嬿婉冷汗涔涔，挣扎着退后。皇帝也不作声，缓缓起身，走近嬿婉。他的指尖冰凉，全无一点暖意，抬起嬿婉的脸，凝望片刻。他呵呵一笑，骤然发作，连扇了数十下耳光。嬿婉眼前一片金星闪烁，脑中又酸又涨，好像口鼻都浸泡在一缸陈醋里。耳朵里做着水陆道场，嗡嗡的铙声锣鼓声喇叭声，远远近近地喧腾着。她的脑袋有千百斤重，根本抬不起来，唯有温热的液体滚落在手背上、衣袖上。她眯着眼睛看了半日，才看清楚那是自己的血。

那么多的血，从鼻腔、口角滴落而下。嬿婉呜咽着，像一只受伤的兽，垂死挣扎，可她却想笑："皇上，你是不是很痛心？看你这么痛心，臣妾忽然觉得好痛快！数年如履薄冰，夜不能寐，这会子真正可以痛快了。"

皇帝被她的话激得失了仅剩的平和。他目光如剑，恨不得在她身体上剜出几个洞来。他深恶痛绝："你这个毒妇！"

嬿婉森然一笑，雪白的牙齿沾染红色的血液，如要噬人："我毒？哈哈，皇上，我能害的，无非是如懿的身子，要不是您，谁伤得了如懿的心呢？谁能与她生死长离，再不能回头呢？"

皇帝哪里受得住这般刺心之语？狂热的恼恨之后，悔意冰凉袭上心头，他喃喃凄楚："如懿，是朕对不住如懿……"

嬿婉击掌而笑："痛快，真痛快。"

皇帝迫视着她："你真的痛快么？害死了凌云彻，逼死了自己的额娘，女儿不认你，儿子也不和你亲近，你还有什么？"

嬿婉悄然将皇帝掷在地上的红宝石戒指抓在手里，对着皇帝嗤之以鼻："我是众叛亲离，你何尝不是孤家寡人？你不觉得我们俩才是天造地设的一对儿吗？"

夜间北风大作，红肿着双眼的嬿婉跪在金砖地上，任朔风寒气将她脸上的泪水敛聚成冰，她的身躯早已经麻木，膝盖上的痛楚浑然不觉，只是以眼中的嘲讽，仰望着烛火红焰侧的垂暮天子。

皇帝冷冷道："带她走，别让她死在这里，污了朕的梅坞。"

嬿婉惨然微笑，紧握着手，她死死地抓着手心中那枚小小的指环，任由它硌在手心里，冰凉，坚硬。她像是找到了永生永世的寄慰，再不肯放开，被毓瑚和进保搀扶着塞进了轿子。

梅坞又恢复了那种恍若深潭静水般寂寂无声。从无人敢来这里打扰年迈的皇帝。满殿纷碎的梅花图样装点，催落了皇帝的泪："如懿，如懿，朕曾经得到你的真心，也给过你真心，可是天人永隔，朕还是失去了你。朕还误会了你和凌云彻，一定很伤你的心……如懿……朕还能去哪里找一个真心对朕的人呢？"

四下里无声，前尘旧影恍至心头。

轻拈纨扇的少女，身边有三五蝴蝶施施然展翅，围着她翩翩翻飞，她唇角一痕笑意相映，一双清水般的眸子含情相望。韶光缓然垂下，无数浅粉色樱花在她身后开得纷纷烈烈。

那是豆蔻初成的青樱，盈盈等待着，少年皇子弘历，在她身边并肩相依。

夜幕笼罩了整个帝京，女子的胭脂香，宫阙的沉寂，昔日的温柔，一如皇帝对于往事的记忆，一同沉了下去。

药性发作得很厉害，嬿婉孤身一人卧在永寿宫的寝殿里。人人只道她去过了养心殿向皇帝问安，又悄然而回。宫人们被毓瑚远远打发到外头伺候，所以无人知晓寝殿内的情形。地上悉铺织金厚毯，其软如绵。嬿婉如僵死之虫，全身抽搐，头和足几乎接触，喉间发出不似人声的呻吟。

毓瑚并不肯走，看着她的惨状，恭谨垂首而立。她的眼底有幽深的恨意："皇贵妃，李玉告诉了奴婢，咱们的私心，都是想看着你药性发作，受尽苦楚。"她缓缓道来，"皇上选了牵机药，而非鹤顶红，就是不想你死得太痛快。奴婢呢，就特意和江太医商议，调整了药性，你要受尽痛苦三个时辰后，待到天明时分，才会断了气息。"

嬿婉痛得蜷缩成一团，看着身体机械般抽搐，哑声道："你好狠……"

明纸糊得厚厚的，将窗外凛冽的北风隔绝得无声无息，庭院的树影不停摇动，在毓瑚身后投下斑驳摇移的阴影："比起你对翊坤宫娘娘的手段，比起你谋害皇嗣的手段，这实在不算什么。"她转头看看滴漏，

"天亮之后，你的大限要到了。"

五脏六腑被毒药腐蚀了一层又一层，从每一寸骨节，到每一个毛孔，都痛得不可遏制。

她只是急切地盼望着，怎么还不死？怎么还不死？

可出现在眼帘里的，居然是海兰和江与彬。她快要死了，他们都要看着自己死么？

毓瑚也是一样的错愕。海兰面色沉静，似乎已有准备，她仰一仰脸，江与彬立刻会意，将手中一包黄纸包着的粉末，利索地抖入嬿婉的口中。嬿婉根本连抵抗的力气都没有。

她也不再怕了。已经服了牵机药，这世间还能有比这更毒的药，让她受更多的苦么？

毓瑚赶紧要拦，却被海兰一手拦住："皇上要魏嬿婉死，可本宫要她生不如死。皇上那里，本宫自会回话。"

毓瑚素来见海兰温言细语惯了，鲜少这般斩钉截铁，知道她自有主张说服皇帝，也不多言语了。

天色微微亮起，皇帝坐在太后跟前，亲热地递上一盏参茶："皇额娘，您得格外保重身子。"

太后年纪很大了，越发慈祥，看着皇帝笑意吟吟。这些年来，太后早已不管后宫中事，前朝之事更是听也不肯多听一句，只是赏花养鸟，游园听戏，每日逍遥度日，十分安闲。这一来，皇帝也更放心，二人逐渐亲近，母子情分倒渐渐浓厚起来。再加之皇帝有补报之心，对太后极尽恩养，每逢大寿更是加尊号、奉厚礼，操办隆重，天下同喜。这些功夫下来，彼此更见和睦。

此刻太后眯着眼听皇帝说完，也颇为叹息："纵然是魏氏挑拨生事，祸害宫闱，可皇帝，你难道没有错么？你与如懿离心，轻信是过，多疑是过。"

皇帝眉间有懊悔之色："儿子是有错，可如懿也太倔强了些。"

太后默然片刻，叹道："被深爱的夫君屡次怀疑，她才冷了心吧。"太后这话一针见血，甚是戳心。

皇帝垂首良久，也是感伤："如懿已去，儿子很想好好待永璂，甚至立他为嗣。可这孩子一直闷闷的，心思太重……儿子实在……而且如懿也希望他得个自在，并不想他继承皇位。"他想一想，还是问，"皇额娘，儿子正好想问您，若是做额娘的实在卑劣，而儿女辈却出色，该如何处置？"

"你是说永琰吧？这孩子虽然年幼，但很可一观。毕竟除了永璂，你还得有其他可选立的皇子。"太后打量皇帝一眼，"当初汉武帝欲立刘弗陵为帝，弗陵之母钩弋夫人年少多媚。汉武帝怕子少而母壮，再现吕氏之祸，下令去母留子。"

皇帝这才微现松弛之色："皇额娘说得是。儿子也是这个意思。"

太后眼底有太多沉重的复杂，伸手拨弄着瓶中一枝晚梅，似叹非叹："魏氏作恶多端，皇帝是该处死。可去母留子，也得看看时机。"

皇帝伸手抚摸着那枝条遒劲的花朵："皇额娘觉得太急了些？儿子已经赐了她牵机药。可毓瑚方才来禀告，愉妃给了魏氏解药。"

太后微微颔首："愉妃做得没错。你也实在太急了些，不如略等几年，到时候说是病薨，对外掩人口舌。"她顿一顿，"魏氏再怎么不好，别伤着了永琰和永璘的体面。毕竟皇帝你膝下的皇嗣已经不多了，两个孩子还小，也不懂什么。别像永璂似的，看额娘不体面，孩子心性也变了。"

皇帝很是不甘，太后又劝："哀家活到这个岁数，什么都看淡了。人活一世，享过享不尽的荣华，受过咬碎牙根的委屈，还有什么等不得的？"

皇帝缓一口气，沉声道："那儿子让李玉去看看。"

皇帝行至慈宁宫外，正待吩咐李玉，却见海兰恭谨候在殿外，似有所禀："臣妾知道皇上要问臣妾擅作主张留下魏嬿婉性命之事，特来禀明。"

皇帝见她面色沉静如水，便问："你不是很厌憎魏氏么？寻来那么多人证，便是要她受死。"

海兰雪白的面孔微微抬起，尽是凛然之色："就是因为如此，臣妾才不愿看一个害死皇嗣害了姐姐之人痛快死了。以其人之道还治其人之身才好。"她见皇帝斜觑着自己，缓缓道，"姐姐已去，十二阿哥却在，魏氏怎么对十二阿哥的，那滋味她也该尝尝。"

皇帝探询着她眸底的深意，渐次明白过来。他唇角一抹若有若无的笑意，神色却犀冷如锋："从未想过朕与世无争温柔敦厚的愉妃这般有谋算。好，那就让魏氏生不如死吧。"

后来的日子啊，便跟落了灰似的，扑簌簌落下，压得人抬不起眉眼。春婵和王蟾照旧回了永寿宫侍奉，所谓的侍奉，是每日看着嬿婉喝下一碗碗蕈菇汤，于幻境里挣扎求存。很多时候，她会见到那些死去的人，舒妃、豫妃，那些她都是不怕的，活着都斗不过她，死后痴缠也是无用。

有时候，嬿婉会见到最想见的人，那于她是如地狱般的日子里难得的温情。还是在少女之时，青葱岁月，与凌云彻都尚未进宫，彼此相伴，看着夏日的凌霄花烈烈开放。她与他便依偎在一起，细数着将来，生儿育女，白首一生。可那样的美梦总是短暂，很多次她在侧首时都会发觉，那个轻拥着自己的人并非凌云彻，而是她最厌憎的进忠。进忠还是那样涎着脸，一脸色相，对她纠缠不已。真的，哪怕他变成了鬼魂，都不肯放过嬿婉。

何止是进忠，还有澜翠、赵九宵，都来追魂索命。澜翠对永寿宫最是熟悉，嬿婉怎么奔跑都不能逃脱，澜翠都能找到她，逼问她为何要杀了自己。连赵九宵都能取笑她，永远都得不到自己最爱的人。还有额娘，她对额娘又爱又恨，可幻觉里的额娘还是如活着时那般，责骂她无用，怪她不能护着佐禄。

其实她更想见到如懿，问问她为何设下这个死局来逼死她。可是许多年过去，连这样一见都不可得，愈加逼得她难受得紧。

嬿婉老得很快，并非薰菇汤的作用，而是当年为着催孕，让包太医使的药力渐渐发作。不过一两年间，她皮肤皱起，头发花白，宛然如垂老妇人。

且那薰菇汤喝得久了，渐渐会成瘾，一日不喝便念想着。嬿婉终于知道那日为何太后会对永璂的饮食起了疑心，那薰菇汤想喝而不得的时候，的确是会难受的。

因着这个缘故，海兰与江与彬给的薰菇汤也是有一日没一日的，非得她对着王蟾和春婵苦苦哀求，春婵才会将薰菇汤倒在了地上，任她舔食。这何止是生不如死，简直是活得如禽兽一般。

而药性发作的时候，她便连冷热晴雨都不知了，常常衣衫褴褛，赤足在永寿宫四下奔窜。很快，皇帝便将永寿宫封了起来。

偶然太后经过，望着如鬼宫一般的永寿宫，也是摇头不止："永寿宫成了鬼宫，魏氏永远活在幻象里，生不如死。"

福珈伴在一边，良久只能道："那是皇上英明。虽然还留着魏氏皇贵妃名位，却是让她饱受折磨，也算惩戒。"

太后默然不言，哪里是皇帝英明，而是如懿生前的种种排布环环相扣，她从来不为毒身，只为毒心。这样的如懿，可比当年的景仁宫高明多了。她总是想起那日在宝华殿为永琪百日祭礼，如懿就那样伏在她身前。身为婆母，她是知道的，是皇帝对不住如懿，他们之间种种，若不是皇帝自己多疑，十个魏氏也挑唆不得。她也并非没有劝如懿，若是皇帝肯浪子回头，也算千金不换。

可如懿是怎么答她的呢？"浪子回头甚是难得，可儿臣不一定见他回头就要喜不自胜，热泪盈眶。更不一定就苦守原地，等他回头。"

太后久历深宫，也是第一回听女子这样说，不觉震惊："你这孩子，天下女子不是只要等到夫君回头就可阖家欢喜么？换作是你姑母，当日在景仁宫禁足若得到先帝这般恩遇，一定死而无憾。"

如懿神色从容，她缓缓道来的旧事里，那年与皇帝在漱芳斋听戏，那一出《墙头马上》是她擅自更改了结局。她是不喜欢那样的，无论裴少俊做了什么，只要他肯回头来求，李千金就得看在孩儿面上原谅他所为种种，做那强扭的团圆。如懿又说起自己的姑母，更是惊世骇俗之言："先帝对我姑母死生不复相见，我也可以选择和皇上死生不复相见。为什么我们永远要等着被决定自己的命数？我也可以不做我不想做的事。"

太后几乎是无言以对，却能够明白和懂得。岁月不仅教会了她心机谋算，给了她女人在世间最至高无上的地位，也让她看透了世情，变得豁达了然。"有句话哀家当年一直没说，如今终于可以说了。当年你和皇帝在漱芳斋听戏，不喜欢《墙头马上》的大团圆结局，硬是改戏改了《白头吟》，哀家很欣赏。"

是啊，白头吟，伤离别。锦水汤汤，只为闻君有两意，才要与君长诀。

那么，便由得如懿，自己去做一个选择吧。

尾声

　　日子过得很快，转眼便是数年之后。已然晋为惇妃的芙芷生下了一个女儿，序列为十，人称十公主。

　　皇帝听得喜讯时，正在梅坞听着戏子们唱《墙头马上》。音韵袅袅，挑动前尘往事里的桃红心事，倒叫这日渐老去的天子动了温柔心肠。

　　真的，声音是不会老去的，就像曲子里的情事，少年的眉梢眼角，都是藏不住的情意。不像壁上挂着的那幅《湖心亭看雪》的绣样，就算爱护已极，都有了微微泛黄的痕迹。更别说绣这幅画的女子，早已过世许多年了。

　　自永璘出生，紫禁城九年间未曾闻儿啼，皇帝六十五岁上又得了这个公主，且是盛宠不衰的翊坤宫惇妃所生，真是爱得不知该如何是好。几日几夜逗留在翊坤宫内，抱着不肯放手。一切封赏都按皇后所生的固伦公主之例安排，倒是惹得海兰感叹不已，这情状倒是像极了当年翊坤宫皇后生五公主时的盛况。

　　这些年里，七公主璟妧嫁至颖贵妃母族，从此满蒙联姻更深，颖贵妃在宫中的地位更是稳若泰山。宫中闻此喜事，都向颖贵妃道喜，似乎忘却了永寿宫中那位名位尚存的皇贵妃才是七公主的生母。七公主眼里从未有这个亲娘，自然不来问候，额驸更不会问起一句。

其实皇帝对嬿婉的儿女们还是很不错的。七公主成婚前封为和硕和静公主，嫁了蒙古亲王拉旺多尔济。然而这份体面，足足是给了颖贵妃的，既是全了她养育七公主多年的情分，又全了蒙古的面子。满蒙联姻，是颖贵妃圣宠十数年不衰的维系，皇帝这番安排，是要将七公主与养母的恩情更重几分，也是对蒙古诸部的看重。而九公主璟妧出嫁前封为和硕和恪公主，嫁的是兆惠将军的儿子札兰泰。兆惠是朝廷里举足轻重的臣子，武功昭昭，九公主的养母恪妃也是满心欢喜。而两位姐姐的好姻缘，是给十五阿哥永琰铺好了太子之路。这位少年皇子，如同冉冉而升的朝阳，赢得了皇帝的注目与关爱。

是呢，前头的皇子们死的死，出嗣的出嗣，十五岁的永琰，怎么看都是皇子里最出色的选择。去岁永琰也有了许婚的指望，未来的福晋喜塔腊氏也是皇帝亲定，是贤良淑德的女子。

永琰从养心殿请安出来，难得见到九姐璟妧，便多说几句话。璟妧自从出嫁，见到弟弟的机会便少，这一日同来为父皇请安，倒能闲谈几句。提起刚走的七公主，九公主便有些埋怨："晌午我去永寿宫外，听额娘声音，似又在胡乱叫喊。其实额娘可怜，我们说不上什么，原该七姐姐出头。可七姐姐每回进宫都不去拜见额娘，只当自己是颖贵妃生的。"

永琰很能体谅七公主的难处，温言分辩道："也难怪七姐姐，自幼不在额娘身边。便是我们，见得额娘少了，也是生疏。"

璟妧略略点头，算是能接受这一说法。当日七公主璟妧大闹永寿宫，她是记得清楚分明的。甚至许多年后，她都记得七公主对生母的评价——她是个坏女人，她与皇额娘的死有扯不清的干系。

幼年的她，并未将这话放在心里，甚至深为抵触。可是这些年，生母被囚，形同疯癫，使她不得不去揣想那背后真正的原因。那些晦暗的念头如蛛网蒙上心头，叫她烦恼，只得换了话头，挑些喜事来说："等你成婚，趁皇阿玛高兴，找人治一治额娘的疯病也好。"

永琰却苦笑："我是不敢。这些年寿康宫太妃们不许我有一字提额娘，生怕开罪了皇阿玛。九姐姐，别看皇阿玛疼我，有着这样的生母，我不敢行差踏错。"

璟妡这般韶龄女子的心境，并不如嫔妃一般辗转求存，一心博宠，何况她天性温和，自以为天之骄女，自然不喜那些小心翼翼的心思。听得生母的事，她也只是摇头："你要自保，我也不能说什么。到底是自己的前程要紧。咱们额娘，也是不争气了些。"

儿女不言父母是非，璟妡这番话，其实有些重了。永琰很明了她的处境，璟妡以和硕公主身份嫁入兆惠府中，自然要风得风要雨得雨，尊贵无匹。可这些年，谁不在私下说一句，这样好的女孩儿，若是出自颖贵妃的肚子，前途更是不可限量了。

璟妡说完，也有些黯然。她一身浅紫云纹折枝桃花笑春风的锦袍，衬得面容如晨间凝露的青莲，明媚恬静，不可方物。永琰暗暗想，其实他们的生母很少有这般恬和的容颜。太多的欲望，自然让母亲的面庞明艳无匹。可那样多的欲望，任何人都不会喜欢的吧。

永琰抬头望着宫苑冬日暗沉沉的天空，默然叹了口气。

永寿宫被封了这么多年，无人打扫修葺，早就破败不堪。嬿婉的整头青丝都成了白发，她脸上全是细而深的皱纹，如镂刻一般，将她的面孔划得破碎。她整个人如同朽木一般，呆滞地坐在地上。一只老鼠从她脚背上爬过，她一动不动，完全没有察觉。

蕈菇汤喝得太久，毒性已深，加之心悸的症候，早就将她的健康全部摧毁。她行动迟缓，常常很久才挪动一下，也失去了说话的能力。春婵和王蟾喂她什么，她都照吃，若不喂，一整日不饮不食也无所谓。其实她还是有思想的，就好像她一直很深刻地记着，她也是早没有父母垂爱之人，也无儿女夫君可依。

躯体早已麻木，心还沉沉地跳跃着，每一下都带着抽搐的悸痛。这种痛，这些年，她也熟悉了，习惯了。心痛之下是最深的失意，兄弟不成兄弟，儿女不像儿女，而自己也活得人不人鬼不鬼。她这般想着，瑟缩着身体往角落里钻去，希冀得到一点温暖。殿内虽然燃着数个炭盆，但她久病孱弱，还是觉得冷，那种冷，是骨头缝里都透着冰寒结着霜。窗外已经刮起了朔风，击打着暗红的窗格，嘶鸣于幽长复幽长的宫墙。那风声，和数十年前并无两样。那时候，哪怕自己再卑微，也有人真心怜惜，只是这辈子唯一对自己真心的那个人，已经死了。被自己亲手害死了。

嬿婉怔怔地想着，两行清泪，无声蜿蜒而下。

春婵悄无声息地进来，手里照例端着一碗汤。嬿婉早就不会反抗了。春婵送到她嘴边，她便乖觉地喝下。她的吞咽已经有些困难了，但还是喝得一滴不剩。

喝完，春婵才皮笑肉不笑道："哎呀，奴婢忘记说了。这可不是什么蕈菇汤，而是一碗鹤顶红。皇上说了，十五阿哥大了，额娘这个样子总归不好看。事情也总得有个了断。"

终于还是到了这一日了么？

嬿婉痴痴地笑起来。比上一回好，牵机药太痛苦。鹤顶红呢，药性烈，一下子就能死过去。思绪频转的瞬间，腹中已然如万刃搅动，一刀一刀迅疾地割着。她连呼救的声音也发不出来，只睁大了眼睛，嬿婉看着日光涂亮了窗纸，雪白的窗纸上还留着那年贴的簇簇艳红的窗花，开得热烈至极，终究都被风吹雨打褪了色。终其一生，那都是她喜欢的繁华与热闹，但都和她一般凋零了。

滴漏单调的响声蚕食着她最后的生命。嬿婉大口大口地吐出腔子里的血，眼见它们飞溅得老高，像是一颗不肯认命的心，死也要死在高枝上。架子上还挂着旧年那件明黄的皇贵妃袍服，她再没有机会穿过，只能看它笔挺地悬着，五彩的凤凰，丰艳的牡丹，盘旋成吉祥如意的口彩，那原本该是她完满的人生。

可这一刻，她什么也不求了。

嬿婉松开紧握的手心，露出一枚暗红宝石戒指。她忍着撕裂般的痛楚，颤巍巍将那枚戒指往手指上套。这个小小的动作耗尽了她最后的力气，却也换来她生命最末的一息恬静。"云彻哥哥，我这一辈子唯一对不住的只有你。你等我，我来了，我来找你了。"

视线因着发作的毒性变得模糊不堪。嬿婉恍惚看见年轻的自己，穿着一身宫女装束，欢快地奔向长街那一头等候的凌云彻。

嬿婉心头微甜，那也许是她一生中，最值得纪念的时光。可惜那以后的自己，再未懂得珍惜。

那枚戒指在指尖轻轻发颤，随着汗水滑下，骨碌碌滚了老远。嬿婉睁大了眼睛，却再无半分力气，去寻回那枚戒指。

她带着无限遗憾，停止了气息。

乾隆四十年正月二十九的清晨时分，嬿婉全身僵成怪异可怖的姿势，断了气息。七窍间流下的乌黑血迹是在意料之中。春婵冷静地抹去那些类似破绽的血痕，然后以悲伤的哭音告知众人，皇贵妃因心悸之症遽然离世。

皇帝自然是悲痛逾常。令皇贵妃自宫女始，荣至皇贵妃，位同副后，更为皇帝生下四子二女，宠遇一生，足见恩幸之隆。皇帝伤心不已，丧仪格外隆重，又钦定追谥嬿婉"令懿"二字为封号，以皇贵妃之仪风光下葬，更将新成的水莲碧玺奉与她身侧，以托哀思。

在众人的悲声号泣里，唯有一点疑云难以抹去，为何隆宠一生的皇贵妃，却偏以皇帝最不喜的女子之名为追谥？终于有一日，年幼的十七阿哥永璘冲口而出，连一旁连连使眼色的永琰也阻止不住。

皇帝闻言，不觉勾起满腔伤怀，更抚额痛哭，对膝下皇子连称"懿"字乃嘉言懿行、德行美好之称，永璘只得诺诺退下，只余永琰伴随身侧，安慰老父伤怀。而在宫人们私下的纷言里，那是羞辱皇贵妃，要她连死都逃不开翊坤宫娘娘的影子。那，也是令懿皇贵妃在世时最忌讳不过的了。只是前尘往事，二人俱已芳魂离散，喧嚣一阵后便也无人再提了。倒是嬿婉入棺那一日，李玉奉皇帝之命，将当年进忠所赠的那枚戒指，放在嬿婉手边，与她一起在棺中了。

而到了那一日，等待许久的容珮也自裁殉主，终于安心追随如懿去了。

令懿皇贵妃离世后，侍奉她多年的春婵和王蟾无处可去，皇帝也格外抚慰，赐了两人一所三进的宅子，又拨了婢女伺候，准他们出宫结伴安居。说起来这也是做了一辈子奴才难以企盼来的福泽，一时间人人皆赞皇帝厚待嫔御，恩泽宫人，情深义重。

而唯有李玉知道，被小轿抬着离开的春婵和王蟾，除了惊恐地发出啊啊之声，再不能言。一边看守他们的嬷嬷便道："皇上宽厚，看在你们供出那人多年罪行的分儿上，留了性命给你们，还要我守你们终老。否则你们以为只是一碗哑药这么简单么？好好惜福吧。"

王蟾早已呆了，只有春婵无力地点头，每个人都要为自己犯下的错承担，王蟾是，她也是。

彼时皇十五子永琰尚是十五岁的少年，再居寿康宫不便，底下更年幼的弟弟永璘在恭、禧两位贵人老病后也缺人看顾，皇帝便指了婉嫔陈氏亲自照拂，并主理永琰的婚事。这在宫中也算是件不小的事，因为婉嫔陈氏虽然久在宫中，资历既深，但到底无宠了许久，又是极默默无闻之人。而想来婉嫔乍然受此重托，大约也实在是因为她是个勤谨安分之人吧。皇帝便也格外青眼相看，虽然仍无召幸，但素日里便按着贵妃的份例供养，也算怜她照拂两位皇子的辛苦。

但到底，皇帝给了婉嫔如此恩遇，却也未晋她位分。直到乾隆五十九年，才晋了婉妃之分，算是与皇帝一同安居共老了。

自然，这也是后话了。

后来那些年，皇帝的闲暇时光，多半是在长春宫思念孝贤皇后中度过。偶尔在梅坞，他也会听着戏子们唱着《墙头马上》，握着一方绢子出神。

戏子们悠然唱着情词婉转："帘卷虾须，冷清清绿窗朱户，闷杀我独自离居。落可便想金枷，思玉锁，风流的牢狱。"

孤清长又长，在这禁城中悠悠荡荡。

在这孤清里，皇帝也是倦了。郎世宁离世时留下的帝后画像，二人青樱弘历年代的小像，如懿赠他的《湖心亭看雪绣样》，连着如懿去世时留下的半本《墙头马上》，半幅绣图，都被他一并烧了。

他终于明白了她的心思，他曾经的青樱，只希望与心爱之人相守。

或许那时候便是他错了，不该要她来这宫里，不该要她成为自己的皇后，到这山巅上来陪着自己。若是去了外头，海阔天空，她的一生，不致如此。

他最珍视的青樱，终究是毁在了他的手里。

他已是须发皆白的老人，怆然独坐，颓颓无语，只在浑浊的眼中漾满疲惫与伤感。他右腕微微使力，一顿一转，笔锋强健有力，于黄笺之上郑重写下"传位于皇十五子永琰"。

他手指上的细纹，是被风霜与孤寒重重侵蚀后无声的痕迹。他的手势沉重却无迟疑，将手中黄笺细细叠好，存于锦匣之中，以蜡密封。

他知道的，如懿不想永璂成为太子、成为皇帝。她不想做的事，就不做吧。如今魏氏死了，他也可以放心传给永琰。

能做的，也唯有如此了吧。

李玉远远站在苏绫蟠龙帷帘之外，见皇帝一应完成，才敢捧着茶走近，恭声道："皇上饮茶，润润喉吧。"

那锦匣似有千斤重，皇帝略略一掂，苦笑道："朕从未做过这般事，不想，却做得如此流畅而熟稔，仿佛已经做过许多次一般。"

李玉哪敢抬头，弯着腰身愈发显得佝偻而恭谨："储位之事关系江山命脉，皇上日夜悬心，没有一刻放松，自然熟稔。"

皇帝轻嘘一声，缓缓抚摩着锦盒上缂丝双龙出云的纹理，沉声道："不知皇阿玛当年，是否也如朕今日一般，如释重负，又惴惴不安？"

李玉俯身郑重叩首："先帝乃千古明君，才选定皇上承掌天下。皇上青出于蓝，一定会为天下苍生定一位仁君。"

皇帝望着他，眸光里闪过一丝模糊的软弱与伤痛："朕属意的皇子不能留存于世间，以致朕行将老迈，却不得不定下幼主。朕斟酌思量，考究再三，也唯有如此了。"他淡淡嘱咐，"入夜之后，你陪朕往乾清宫，朕要亲自放于正大光明匾额之后。"

李玉垂首咬着牙，抿出一丝最诚恳恭顺的笑容："奴才遵旨。奴才明白，皇上一切都是为了大清江山。如汉武唐宗，名垂千古。"

皇帝微微出神，笑意如微凉秋霜："汉武帝晚年思念戾太子，忆及卫氏皇后与戾太子死得不明，更为防主少母壮，杀了钩弋夫人赵氏，才立幼子。朕所作所为，倒是真有几分像汉武帝。"

"奴才虽然愚钝，却也听过戏文。武帝雄才大略，为求江山安稳，且将私情搁置一边。唐太宗若无玄武门惊魂，何来太平盛世？且有皇上悉心调教，何愁幼主不成明君？大清江山万年，一切有赖皇上。"李玉说得恳切，眼中隐有老泪闪动，似是十分动情。他忽然一惊，似是知道自己说得不当，立刻反手抽了一巴掌，惶恐道，"皇上恕罪，奴才妄议朝政，合该立即打死！"

皇帝摆摆手："算了。你只是论戏文，也不是旁的。"他长叹无声，"李玉，朕年将迟暮，身边能说说话的老人也唯有你一个了，别动辄有罪该死，朕听了烦心。"

李玉忙忙起身，赔笑道："皇上这是什么话，您有那么多皇子公主，有三宫六院无数，您十全武功，福泽滔天，连老天爷也眼红呢！"

皇帝唇角的苦涩笑意越隐越淡，终于化为一抹悲怆的无助："不是苍天嫉妒，是朕自己，把自己逼成了孤家寡人。"

李玉唬得抖个不住，连忙道："皇上坐拥四海，皇上……"

皇帝愀然不乐，打断他道："朕让你往乌拉那拉氏……如懿灵前祭酒，你去了么？"

李玉垂着手，动容道："回皇上，奴才已经去了。也将令懿皇贵妃之事说与乌拉那拉娘娘知道，希望她在天之灵有所安慰。"他微微迟疑，还是含了畏惧道，"皇上，请恕奴才死罪。其实乌拉那拉娘娘弃世后，奴才与江太医夫妇，并不曾停了四时供奉祭祀。"

皇帝身子微微一栗，面上却无一丝喜悲，只是缓缓道："若在从前，朕会怪你隐瞒之罪。但从婉嫔夜见那回后，朕会谢你，李玉。"他眸底如骤雨初歇后暮霭沉沉，"如懿一直怪朕，觉得朕没有视她为妻，不似民间夫妇，彼此珍爱关照，才渐行渐远，再不复昔年。"

李玉满脸哀戚："皇上，乌拉那拉娘娘纵有千般不是，可您一直未许她附葬裕陵，也未单建陵寝，只葬在了妃园寝内，甚至没有自己的宝券。不设神牌，死后也无祭享。如今皇上知道许多事乌拉那拉娘娘也属冤屈，何不许她死后颜面，略加厚待？"

皇帝怔忡的瞬间，忽然想起曾经的自己与青樱，是那样万般期许。青樱要的是有一天，可以不做自己不想做的事就好了。而他，只盼着有一天，可以什么都不在意，做自己想做的事就好了。

如今，总算可以做了吧。

皇帝半日才仰天弥叹："她盼着可以不做自己不想做的事。做朕的皇后，她并不快活，那就让她做一个不与朕死同穴之人吧。李玉，传旨下去，自朕以后，后妃之选，再不必有乌拉那拉氏族女，且让她们后人，都得一个平凡夫妻的终老，不必如她一般终身不得自在。"

李玉小心翼翼道："皇上是要成全了翊坤宫娘娘的一点愿心。"

皇帝的叹息是潮湿的哀凉："朕想着，若是设了神牌，追封谥号，留下后妃画像，史书载下她只字片语，那么她生生世世只能是困在紫禁城的一缕孤魂，魂魄为红墙所拘，不得游荡去她想去的地方。"他叹惜不已，语意微凉，"朕用名分留了她一生，却给不了她要的情感与尊重。弃她，是想放了她。"

李玉颔首答应，俯身三次跪拜："翊坤宫娘娘若是明白，也会感念皇上的。"

长久的沉默里，唯有夜风游荡，吹开苏绫如水的波漾，在烛光摇映之下，恍若蘸水桃花点点红晕。

那样的暗红，望得久了，仿佛雪地里孤清冷傲的红梅，晃得刺疼了眼。皇帝看着周遭粉壁涂彩，金灼玉辉，仿佛自己成了博古架上那只描金珐琅粉彩梅花瓶，孤零零地架在高处，虚弱得没有着落。他凄然不已："朕这一世，想做的事没有做到。夫妻恩情，嫔御恭顺，儿女之福，父母之恩，朕已失却大半。朕，终究不过是天地间一介寡人。"

没有人应答，也无人敢应答一个帝王最后的寂寞。

夜风缓缓拂来，帘影姗姗。唯余两个垂垂老矣之人，身影幽长，复幽长。

后记一　一得

有时候会想，为什么要写小说呢？一个虚构的故事，无数真实的人生。

还有，为什么要写剧本？和写小说的自由不拘比，写剧本会枯燥无趣一点。

大约，是因为喜欢记录下脑洞的胡思乱想，是因为喜欢看白纸黑字里那个面目模糊的女子，慢慢有了血与肉，慢慢变得清晰，会哭会笑，会融入演员自己的感情，演绎出超越文字的力量。

这大概就是一个写作者、一个编剧小小的愿心。

时间当然是长又长的。

《后宫·甄嬛传》之后，差不多好几年，才有了《后宫·如懿传》。

我是一个慢腾腾的写作者，速度堪比蜗牛。

因为和写字相比，生活里有更多更美好可爱的事。比如，和身边有趣的人聊天，旅行，种花。

和《后宫·甄嬛传》相比，《后宫·如懿传》又格外地慢一点。无论是筹备的时间，还是拍摄的时长，连我这个创作者都觉得有点儿难耐。可是，心里又是珍惜的，在敲字的每一个瞬间，在剧组的每一个日子，都因为知道也许结束会很快到来，所以莫名地舍不得。

谁也不会知道缘分会何时来、何时走，此刻的一言一行，是如何牵动未来，牵着那个人的到来。

我想，每一本书，每一部电视剧，都有它自己的命运，会有人关注，有人喜欢，有人不喜欢。我能做的，就是此时此刻的尽心尽意，和往后的日子，静静地看着它。于我而言，它会不会受更多人的喜爱与认可，已经不重要了。它会走到哪里去，也不重要了。

重要的是，在这 264 天的拍摄中，在漫长又漫长的写小说或剧本的日子里，我所得到的适意与满足，秘密的、窃喜的、无人知晓的小快乐。

那就是一个创作它的人，最开心的所得了。

第一次知道她的平生，唯觉悲凉。

据说她断发绝情，是在杭州。

这是个温情脉脉的城市，我在这里一居近十年，甚少听说过有什么凄厉故事、惨烈传闻。它是人间俗世、烟火之地，也是天堂美景、惬乐之所。

人在忙碌里久了，到了杭州会心定，气闲，慢慢悠悠。所有的爱情故事到了这里，都会自带一种烟雨温润的好处。譬如，万松书院同窗共读，断桥重逢夫妻执手，陌上花开缓缓归来。

怎会到了她，就是夫妻离心，此生再无相见？

她，唯有一个姓氏，乌拉那拉。

没有名字，哪怕身为一个皇后，在史书上留下颇为引人猜测的平生，也无人记下她的名字。我相信，她活着的那些岁月里，在没有出阁的青梅时光，或者与爱人并头私语之时，没人会用那样冷冰冰的姓氏称呼她。

她一定有个名字吧。

不知是什么，我只好冒昧为她定了一个，如懿。

来由你们都知道，《后汉书》里说"林虑懿德，非礼不处"。懿，意为美好安静。

百年之后，有一个名震大清的女子出现，生下皇子，封号为懿，为贵妃，再为圣母皇太后，就是后来的慈禧。那是另一个那拉氏，叶赫那拉。

自然，她和我们的主人公毫无干系。不过闲笔一句。

乌拉那拉氏，如懿。

是我第二本书《后宫·如懿传》的主人公。

似乎，很少有人写过她。也对，怎么看，她都是一个失败的女子。为嫔妃时长久无子，少有记载。同期的慧贤皇贵妃高氏因有父亲高斌，因有求"贤"字为谥号，多少有些笔墨可寻。为皇后，她又很不如以节俭贤德闻名的孝贤皇后。连她的夫君，也有实实在在的记录，"岂必新琴终不及，究输旧剑久相投"。

这样的比较，来自枕畔相守之人，想来也是心酸。

继位皇后，终于生子，有女，却是幼子与女儿都早早夭折。一个皇十二子养大，二十岁余，也寂寞病故。

人到中年，夫君是生性风流的天子，一生有太多艳闻。除开那些艳闻，他的后宫人数之庞大，在清代历史上也是算得上的。一直到成了太上皇，仍有少艾娇女陪伴在侧。

而她呢？在那一回南巡到了杭州时，与他决裂，承受他的怒火幽闭深宫，直到病死，二人再无相见。苟活的最后时光，她的日子过得不如小小贵人。身死之后，她也失去了皇后的待遇，她那位夫君的所作所为，算得上是薄待。

没有人说过她断发的真正原因。哪怕众说纷纭，揣测无定，史书上也没有任何记载，是什么事导致她潦倒的收梢。连她的夫君，那位天子，也是含糊其词，说当年并非爱选色升，今日也非色衰爱弛，而是她形迹疯迷，尤乖正理。

真奇怪，一个皇后，前一日还好好的受了赏赐，说疯迷就疯迷了。

当然，历史上这样的谜团太多。后宫的故事尤其波诡云谲，谁猜得透内里？不过是敷衍胡猜，我也是如此而已。

写这个故事的时候，才开头，大家就已知道是悲剧的结尾。也有人说，甄嬛是胜利者的故事，为何要写如懿这样失败者的故事？

嗯，如懿的确是宫廷皇权下的失败者，而甄嬛也是。一个得到了权位，失去了挚爱密友，失去了本心原性的女子，怎可算是胜利者？她的余生，也不过是在那个黄金铸就的金笼子里，戴着金玉枷锁，凭回忆过活，孤苦一世。

如懿呢？这一辈子，少年为亲王侧福晋，成年为嫔妃，中年为皇后。守着深宫半生啊，在规矩与礼仪的约束下活着，唯有断发那一刻，是真正听从了自己的心意，痛痛快快地剪了一剪子吧！

断发，是断情。断了一生痴爱，自己选择放手。

那时的男人，尤其是皇帝，大约没见过这样的女人吧？算是大逆不道，所以代价尤为凄烈。

凄烈到我们选女演员出演的时候，的确会有人说，啊，是悲剧，我不演！

幸好，最后的她，是认同女人可以悲剧的，认同当情意断绝时女人可以提出先走的。自始至终，她没有和我提过一个字说，把结局改一改吧，改成死的是别人，她依旧活着，依旧得到皇帝永远不变的爱。改成她与他从来没有纷争过，或者，她得到了更多男人的爱情。

是。失败的女人，会让人难以接受一些。如懿也没有别的爱人，一生一世，她只爱着那个年轻时与她"墙头马上遥相顾，一见知君即断肠"的翩翩男子。

她爱着的，是理想中的自己与对方。

偏偏那是禁锢的宫廷，容不下太美好的理想。最终，两个人都变了。

就像蛛儿说的，不识张郎是张郎。

更悲剧的是，她在被自己的夫君厌弃、薄待，死后失去一切皇后和妻子的待遇后，是都不能说，也没有人听。

坚冷的男权之下，抛弃妻子有七出之条。那么对男子呢？一个女人如果想离开，没有礼法支持，还会受尽冷眼与唾弃吧。

如懿，只是那个想先离开的人，没有人知道她为什么要离开，也没有人在意她被那样对待。没有发声的渠道，更没有发声的权利，她就那样死去。只留下一个"形迹疯迷"的说法，而已。

很多人怒其不争，为什么不忍耐着过下去呢？忍耐着，夫妻再离心，到底还是皇后啊，来日说不定还成了皇太后呢。日子总能过下去的，不然，也得顾着孩子吧。他是皇帝啊，离了她难道还想再嫁？嫁得到更好的吗？

嗯，古今或许还是有点相通的吧？

女人要离开，总有人劝，将就着把日子过下去吧，谁家不这样呢？偏你不能忍，啊？为了孩子么，总要过下去的。离了这个男人，还能找到更好的？

有时候离开，只是无法忍耐，宁愿一个人寂寞又清净吧。

如懿，真是太有反骨。这样的人，算是不识时务不顾大局，多半是悲剧收场。

我笔下如懿的一生，当然是敷衍的。

整个清宫史上，有三位乌拉那拉氏的皇后。太祖努尔哈赤的孝烈武皇后，阿巴亥（好奇怪，她居然留下了名字）。世宗雍正的孝敬宪皇后。还有高宗乾隆的皇后，如懿。

自此之后，再无乌拉那拉氏的皇后，也少乌拉那拉氏的嫔妃。

整个清宫史上，有比她更惨的女子。世祖顺治的第一任博尔济吉特氏皇后，被废，降为静妃，养在宫中。不过孝庄太后是她的亲姑母，继任的皇后是她的亲眷，同为博尔济吉特女子，想来日子不会太难过。还有德宗光绪的珍妃，他他拉氏，据说被慈禧派人扔进井里惨死，可她到底得到了光绪唯一的经久未改的爱情。

所以，最没落不过如懿。

我坚持，坚持如懿的悲剧，她的在世人眼中全盘失败的结局。

哪怕很多人会不接受，这没有什么成功可学，我只是想，哪怕一个失败的女人，也有被文字写下的可能。

西湖水悠悠，激滟千年。那是一个有太多传奇的湖。有苏小小的清冷幽艳，魂魄含香；有苏东坡的风流洒脱，诗情豪意；更有断桥相逢、雷峰塔倒的许仙与白娘子；长桥问心、化蝶成双的梁山伯与祝英台。

那一夜西湖水清寒彻骨，谁还记得她与曾经的爱人争执决裂到不可挽回，那断发的决绝，再不相见的悲楚，在历史茫茫浩浩的尘烟里，再寻不见。

后
记
三

遇
见

看《大明宫词》看到第九集的时候，戛然而止，不愿再看下去。

镜头停止处，小小的太平刚刚长成，伸手揭开昆仑奴狰狞的面具。

面具下，是一张明媚胜过春光的脸。

长安月下，一壶清酒，一束桃花。我遇见你。

是谁说，懂事之前，情动以后，长不过一天？

温润的男子，和煦如春风，为自己打开一扇关于情爱的不可预知的大门。

太平的眼神，瞬间明亮起来，胜过满天绚烂的火树银花。

这是整部《大明宫词》中最鲜妍明丽的时刻。

一切的美好与崇敬，欢乐与期待，达到顶峰。

爱情，这样猝不及防地到来，惊动少女的心。

元宵的灯火，昆仑奴的面具，爱情的萌动。

这样美好的相遇，却不知这相遇的路一直走下去，竟会走到鲜血淋漓支离破碎的那一天。

一切终将无可挽回。

爱上的那一瞬间，竟不晓得已是穷途末路。

所以，接下来的一切，我不忍再看。

薛绍和太平，都是曼妙的人物。可是他们越接近，伤害越深刻越凄厉。

长相守，是谁的贪婪？谁的执着？

终成了云烟。

整部《大明宫词》已经看过了无数次。

让心悸动的，唯有这一次相遇，本该是错误的相遇，却美丽如斯。

相遇，多么美好的字眼，不仅是眼睛看见了你，心更看见了你。

每天在路上看见那么多人，是相遇么？那些人掠过视线，也就掠过了。

真正的相遇，是在时间无垠无尽的洪荒大漠里，你打开我心的泉眼，牢牢看住你，记得你。

那一次的遇见，是太平。

这一次的遇见，是如懿。

兜兜转转，周迅成了我笔下的如懿。

断发的皇后，西湖的情绝。在烟波渺茫里回头看去，谁还记得当年《墙头马上》的昆曲袅袅里，有人一见知君即断肠。

也曾是青梅如豆，两情相许。深深以为，彼此的遇见，是人生最华美乐章的开端，往后，便是情深无俦。

谁知道携手走过了风雨春秋，最后还是她，放开了那双已经微凉的手。

她是主动放手的那个人，却将最美好的遇见，永远刻在了心底。

见过那般美好的人，如何能忍受数十年岁月中渐生的疏离、猜疑与冷漠？走不下去，那便不要走了吧。

有时候我也想，见过那样灵气逼人的太平，不知会遇见怎样的如懿。

那么，就让我们也期待，或许不久的将来在荧屏上遇见周迅的如懿，那，也是一场美好的遇见。

誰記年少青衫薄

紫禁城里很少种樱花，不像南边，到了春日里，樱花如粉霞艳锦铺满了整个天地。那是一种容易凋零的花朵，繁盛一时，芳菲万千，一场春雨，便能让它一夜之间零落委地。春日的御花园里多的是芍药、牡丹、棠棣、锦李、月季、绯桃，还有一品素白的太平花，一捧一捧雪似的，美得叫人心颤。倒是有一株樱花，开在御花园的墙角，迅疾地开，迅疾地凋零，美也是稍纵即逝的。

青樱是在樱花开前在皇三子弘时选福晋的典仪上落选的。

再硬着头皮去选皇四子弘历的福晋，是皇后姑母一力决定的。青樱并没有什么反驳的余地，哪怕她很大声地对着姑母说"我不要！"姑母只是轻描淡写地问："要与不要是你说了算的么？"

好像，她说了是不算。

乌拉那拉家的女儿，和任何一个满洲大姓家的女儿并无两样。削尖了脑袋进宫，为妃嫔，为福晋，再不济为个闲散皇室的妾侍格格，再拼命生子，延续家族的荣耀。真的，每一个适龄的女孩子，只要有机会，都会成为家族的棋子。就譬如男子在前朝争功，女子在后宫夺荣，并无二致。

姑母的急切是有原因的。乌拉那拉氏到了这一代，并无前朝的重臣。而后宫的女人，虽然在孝敬皇后死后，又有姑母继任为皇后，可是人到中年的皇帝对这位皇后的冷落尽人皆知，有时候，甚至连最基本的体面都不给了。帝后夫妇，早已无恩情可言。而乌拉那拉的少女们，长成的唯有青樱一个，难怪姑母会心急火燎地要她为皇子福晋。

青樱的意愿如何，已经是不要紧了，在姑母眼里，她被自己的养子三阿哥拒婚是颜面扫地，可眼看着三阿哥失势，那么四阿哥也是好的。何况皇帝前些日子亲口褒奖了四阿哥恪慎温恭的，那是对他十分看重了。所以哪怕四阿哥的养母熹贵妃是自己的宿敌，她都能忍得。因为一切的一切，都没有乌拉那拉氏的荣耀重要。

青樱是有数的，四阿哥弘历少年后从圆明园挪进宫成为熹贵妃养子，熹贵妃有两女，却无亲生子，一直对这个养子颇为疼爱倚仗，选福晋也格外郑重。备选的富察琅嬅，她的阿玛察哈尔总管李荣保，她的伯父更不得了，是太子太保、大学士马齐，家里一门子高官显贵。富察氏又是满洲八大姓之一，皇帝素来倚重的。另一个备选的女子高晞月也出身新贵之家，她的阿玛高斌刚从苏州织造升了两淮盐运使，那是个肥缺，可见高斌正得皇帝重用。熹贵妃为弘历以这样的女子为福晋之选，可见有心要借前朝助力将这养子托入青云。

所以，姑母硬要借着自己仅剩的一点皇后的余威，将青樱送去选弘历的福晋，既打乱了熹贵妃的如意算盘，又能为自己的家族争得四阿哥这个依凭。

青樱被乌拉那拉皇后硬按着梳妆打扮了一番。上回选三阿哥福晋的衣衫首饰统统被换掉，因为太不吉利了。这回的打扮完全是和上回反着来的，上回着明红，这回便是松绿；上回用贵重的金饰，这回便是俏丽的绢花。淡扫胭脂，轻点绛唇，将扮作一朵盈盈的春叶，托出一张如樱花般清丽的面庞。

青樱很不耐烦，可她犟不过姑母的期望。是的，那种满眼的沉重的殷切的期望里夹杂着一丝哀弱的乞求，她根本不能拒绝。

去便去吧。

本来就是一个意外的人选，她到漱芳斋也迟了。本是选福晋，但熹贵妃贴心，希望四阿哥先与各家的格格们见一见，也算不是盲选哑中了，这般，便有了四阿哥和格格们先到漱芳斋听戏这一出。青樱被姑母送了出来，先去南府走了一圈，到了漱芳斋时，已见富察琅嬅和高晞月都在了。按着位次，最中间是留给四阿哥弘历的，富察琅嬅的位子与弘历的空位并列，高晞月的略靠后一些。这分明是已有了安排，嫡福晋之选是富察琅嬅，高晞月多半是侧福晋。

这也是，且不说高晞月家是新贵得宠，不及富察琅嬅是勋旧之家。青樱多少也听说过，熹贵妃亲生的端淑公主远嫁准噶尔，便是高晞月的阿玛高斌的主张。这么看，高晞月能来选福晋，已是熹贵妃胸襟格外宽大了。这个晞月自己也是知道的，所以对着琅嬅尤其谦卑讨好。

青樱入内时，陪坐的福晋命妇们有了一阵小小的骚动。青樱是第一回如此直接地感受到姑母的失势，因为那些长舌妇居然敢当着青樱的面就议论起来，那些话语，无非是说，她落选了三阿哥的福晋还敢来四阿哥的地儿。这些奚落，青樱隐隐约约听了不少，可这样当面议论，无非是连姑母的面子她们都不顾了。

那么，奚落就奚落吧。

为她解了为难的，是四阿哥。他的到来，令所有人立时噤声。他见了青樱是很客气的，到底常在宫中，四阿哥与她也算见过。哪怕往日并没有这么近距离的说话，但温文尔雅的四阿哥，还是立时察觉了她的窘境，立刻命小太监在自己的空位旁添了一把椅子。晞月又被挪后了一个位次，她忍不住地噘嘴，很快被自家的侍女拉住，只得勉强笑着。

青樱自顾自地坐下，反正自小出入宫禁，她随意惯了。她知道的，只要将背后揣测和鄙夷的目光置之不理，其余的，并没什么可怕的。

于是落座，弘历居中，青樱与琅嬅一左一右，晞月则居青樱之左。比之上回弘时选福晋的隆重，这回来参选的格格并不多，也就她们三人。青樱悄悄打量，富察家的琅嬅格格是一张清水面孔，脂粉浅淡，乌油油一头青丝简单挽就，一丝乱发也没有，最简单的小两把头，只以白玉朵儿花点缀，并一对浅粉绢花，举止温和有度，一看便是闺秀气韵，恪守礼仪。晞月的身量看着高大些，神情却颇稚嫩娇气，粉白饱满的额头上还有细细碎碎的头发蓬着；她梳着一个简单的圆髻，发饰点缀虽小，但都是赤金花草虫儿，红宝蓝宝的花蕊，星星点点的有着夺目的璀璨，当然，更夺目的是一朵巴掌大的艳红绒花，跟她巴掌似的脸儿一般大，一红一粉，倒是让人想不多看一眼也难。

戏台上粉墨开锣，唱的是昆山调的《墙头马上》。宫里向来喜欢悲欢离合曲折热闹的戏文，又有个大团圆的结局。

戏子们唱得很动情：只一个卓王孙气量卷江湖，卓文君美貌无如。他一时窃听求凰曲，异日同乘驷马车，也是他前生福。怎将我墙头马上……

青樱在漱芳斋听戏多了，那戏文早就熟稔于心，便有些顾盼，心不在焉似的。晞月见青樱不似琅嬅这般正襟危坐，便有些看不惯，讥道："青樱格格常来宫中，熟不拘礼，不像我们战战兢兢。"

青樱见晞月这般先声夺人的装扮，早就满腹好笑："听戏而已，需要这么郑重其事么？"

晞月远远地瞟着弘历，面上微微一红："谁不知道今儿明着是听戏，其实是给四阿哥选福晋。"

青樱忍不住笑了："难怪你这么在意，原来是看上福晋之位了。"

晞月有点拉不下面子，也知道她虽是皇后的侄女，但到底也只是个失宠皇后的侄女，便嘟囔着道："知道您去选过三阿哥的福晋了，可惜选上了三阿哥也没要您。这不您也上赶着来这儿了么？"

青樱浑不在意地撇嘴："非要叫我去选福晋，我没有选择的权利，但我总有不被选上的权利吧。"

正好戏子们这一句声音低回下去，青樱和晞月的耳语声便有些大，琅嬅面上有些过不去，她迅速地看了弘历一眼，立刻又是眼观鼻鼻观心的模样。听什么戏是不要紧的，要紧的是自己才是台上真正的主角，这个，琅嬅是最清楚不过的。

晞月眼见弘历看过来，也实在有些局促，深以为是上了青樱的当。青樱只是不在乎地笑笑，眼睛只盯在台上。

此时弘历身边的大太监王钦笑道："这出《墙头马上》，四阿哥最喜欢的就是结局大团圆这一场。"

晞月一凛，旋即不理青樱，专注看着戏，只怕弘历问起，也能说出个一二门道，博得弘历喜欢。青樱是知道这戏的，讲的是尚书之子裴少俊与总管之女李千金一见钟情，私订终身。李千金育有一双儿女，却被裴少俊之父所不容，被弃归家。说是《墙头马上》，最早的出处是白居易的《井底引银瓶》，这样悲伤决绝的结局，到了戏文里，却要安上一个团圆锦簇的结局，让裴少俊考取功名，重新求娶李千金，夫妻终于团圆。

青樱想，何必呢？一段情事了了便了了，非要强扭出个欢喜团圆，人心既死，哪里有那么容易转圜呀。

大约是觉得这样静默听戏太尴尬了，弘历拈了颗酸甜梅子吃了，温言道："三位格格觉得这戏如何？"

琅嬅微微颔首，那颔首的幅度也略同于无："甚好。若换个讲忠孝礼义的更佳。"晞月忙不迭凑上去道："花好月圆人团聚，挺感人的。"青樱抓着一把瓜子在手里，果子青的绣鞋上浅一色的流苏丝丝地晃悠，她欢快地嗑着瓜子，雪白的牙齿利索地嗑出甜脆的瓜子肉，她笑着说："好戏在后头呢。"

她的话才说完，只听得台上曲调陡然一变，旦角已然甩开了小生的手，决然唱道：朱弦断，明镜缺，朝露晞，芳时歇，白头吟，伤离别，努力加餐勿念妾，锦水汤汤，与君长诀！

众人登时愕然，都不知该如何反应。这唱熟了的戏文，已然都到了结尾这一出夫妻团圆了，怎会成了卓文君不要司马相如的《白头吟》。

晞月第一个开口："咦，串戏了？南府戏班不会演戏啊。"

琅嬅是不肯多言一句的，只是默不作声看向弘历。青樱低着头，手里握着瓜子，露出得逞的笑容。弘历大为不悦，手中的茶盏一放，声响有些大了，后头的福晋们都不敢作声。还是王钦喊停了戏，急急唤来了南府管事儿的。

那南府管事儿的忙不迭上前行了礼。弘历压着怒气道："戏错了。"

王钦一脸丧气："好好的《墙头马上》夫妻团圆，怎么成了卓文君恨司马相如薄情要分离了？这可是四阿哥最喜欢的戏，你们也敢乱改？"

南府管事一脸惊讶，看了看青樱，又看了看弘历："这戏是四阿哥吩咐要改的呀。"

弘历正要呵斥，见他看向青樱，陡然明白过来。青樱已经站起身来，挡在管事的跟前，欠身道："四阿哥，这是臣女改的。臣女不喜欢这出戏的结尾，又怕南府的人不肯改，所以假借了四阿哥的名义。南府总管不知青樱撒谎，无知者无罪。四阿哥若要责怪，怪青樱便是。"

这一来，哪怕弘历不喜，后头的命妇们也哄一声议论起来，像是滚热的浪涌来涌去。弘历到底年纪轻，面子上有些挂不住。琅嬅纵然宽和沉静，也不由皱了皱眉头。

晞月冷笑道："你假传四阿哥的意思，还这么理直气壮的，果然是皇后娘娘的侄女儿。"

福晋里有年长的先不乐意了，连连摇头："这也太无礼了。难怪三阿哥要拒婚，这么个自作主张的脾气谁受得了。"

青樱欠身行了个礼："臣女本来就来得鲁莽，在这儿是扰了您听戏的雅兴了。臣女先告退了。"她起身便走，弘历有些惊愕地看着青樱的背影。

老福晋更是不喜："原本就被拒过婚，皇后娘娘塞过来顶多就当个侧福晋。这下好了，只怕连阿哥身边最末等的格格也没戏了。"

晞月捂着嘴偷偷地笑了笑，王钦比个手势，南府总管赶紧爬起来，一头冷汗地把戏续上。锣鼓丝竹又响了起来，弘历站起身："天儿闷，我先去更衣。"

青樱脚步轻快地走着，衣裙翩翩地飞起来，像一只粉蝶儿。跟着的侍女阿箬脸都白了，如丧考妣，不停地嘟囔着："格格，您这是怎么了？好好儿的您改戏，要是被皇后娘娘知道了可怎么好？"

青樱一点儿也不在乎："顶多挨姑母一顿责骂。那结尾我听得气闷，今儿终于改了，痛快极了。"

阿箬都快要哭了："您是痛快了，可等下绛雪轩选福晋就又是白去了。"

白去又如何？选不上又如何？青樱想，姑母这是拿自己当赌注呢，三阿哥不成就换四阿哥。可如果要靠婚事延续家族荣耀，那乌拉那拉氏的女子岂不是代代都不得自由？而且今日这般多好，便是选不上福晋，那也是她做了自己想做的事，自己愿意选不上的。

她才走几步，却听得身后有人唤"青樱妹妹"。从来无人这般唤她的，人人都称她"青樱格格"。她有些好奇地转头，追出来的却是弘历。青樱以为他是来兴师问罪的，不觉握了握拳头，摆出一副小刺猬的模样。弘历有些局促，很快笑道："我追出来是安慰妹妹。晞月格格出言鲁莽，怕刺痛妹妹心头伤。"

他的笑是很好看的，跟春日的阳光一样，带着风和花的香味。青樱一愣，不自觉地软下了声音："什么心头伤？四阿哥是说臣女被三阿哥拒婚的事？"

弘历犹豫地点点头，好看的眉尾有点垂下来，不高兴似的："人云亦云，恐怕有损妹妹清誉。"

青樱笑了笑，雪白的牙齿露出了一排，一点都没有淑女笑不露齿的样子。弘历有些诧异："你不在乎？"

青樱点点头："许多事不是臣女自己可以选择的，譬如婚事，譬如出身。但至少臣女可以选择就算在这些事中被人轻视嘲讽，也可以坦然面对，不入心，不在意。"

弘历神色一黯，似乎是有些被打动。他喃喃："出身……"但他并没有说下去，只是浅浅地笑，"《墙头马上》这场是我亲挑的，妹妹为什么不喜欢这个结局，非要改了？妾弄青梅凭短墙，君骑白马傍垂杨。才子佳人一见倾心，不好么？"

那当然是很好很好的，可是……

青樱不假思索道："墙头马上遥相顾，一见知君即断肠。这戏波澜迭起，哪儿都极好，谁知到了后面竟是这般强扭的团圆、硬做的欢喜，臣女实在不喜欢。"

弘历并没有不满，只是缓步与她并肩走着，慢声细语道："破镜重圆，夫妻和好不好么？"

"李千金被裴父羞辱，裴少俊护不得爱妻，眼见她离去也不敢阻拦，全忘了昔日钟情，这等唯唯诺诺薄情寡义之徒，为何还要与他重做夫妻？"

她的声音很好听，清脆的，入耳却是酥酥的，融着自己的心。哪怕意见不合，他也很愿意和她说话，引她多说几句。

"花好月圆人长久，古来求之。难道裴少俊愿意回头，李千金还不原谅？"

青樱甩着手里的绢子："男子有错，女子就非得原谅？那岂不纵容男子犯错，左右不管错到何处，都会逼着女人原谅。"

弘历叹息："女子应当温柔侍上，顺从夫君。忍一忍便是欢好团聚。"

他们慢慢走着，从长街拐进了御花园。脚下由青石板落成了芳草地，每一步都是融融的春意，肆意茂盛地滋长。青樱很坚决地道："要辛苦忍耐，便不算好姻缘。已恩断义绝，就宁死不肯回头，这才是我心目中的李千金。"

"若不回头，难道孤苦终老？谁都有情非得已的时候，李千金该体谅裴少俊的难处。"

阿箬听得汗都要下来了。这个格格，就没一句肯退让些的。她伸手扯扯青樱的衣袖，青樱一把拉过自己的袖子，继续道："世人谁没有难处。女子得体谅男子的不得已，男子就不能体谅女子被弃的痛苦？"

真是个有气性的女子。弘历想。可是话到了嘴边，他却笑吟吟的，似是对小妹妹一般的口吻："青樱妹妹说得也太倔强了。"

青樱点点头，表示认可他说自己的倔强，越发道："宁可孤苦终老，何必与薄情人强行白头？他日无事还好，一旦有波折，李千金还是要被抛弃。江山易改本性难移，说的就是这个道理。"

弘历倒是很惋惜似的以表不赞同："女子以柔顺事上，不肯委曲求全，苦的是自己。"

在一旁的阿箬已经彻底绝望了，这个格格，半点都不肯讨好人么。她回头看见跟着的王钦，王钦也在连连吐舌头，表示没见过这个阵势。阿箬无奈地抠着手指，几乎是绝望了一般听着青樱又道："要委屈才能求一个假装圆满，那不要也罢。"

弘历错愕："毕竟是墙头马上一见钟情，难道都可以忘记了？"

青樱的足尖踩过满地落花，一步一捧盈盈。她看着弘历的眼睛问：

"既然没有忘记，裴少俊为何不肯护李千金，难道他不看重这份初见动心之情？"

弘历张口结舌，忽然没有了辩论下去的勇气。他柔声道："妹妹牙尖嘴利，我说不过你。"

青樱得意一笑，弘历走近一步，那声音沙沙的，如春日里落下的绵绵的雨："妹妹能说那么多，定是喜欢这出《墙头马上》，不如我们回去，重新听过。"

青樱有些踌躇，这般出来再回去，很是没有面子。可是弘历的眼神那样殷切，叫她很难拒绝。弘历又道："我先回去，换了好茶等妹妹过来。"

他用了一个"等"字，好像她不来，他就会一直等下去似的。她心里一软，不自觉地便点下头去。

弘历见她点头，悬着的一颗心立时轻飘飘了起来。他心底发甜，好像小时候第一回偷喝了一口酒，嘴里甜甜的，人像踩在棉花里，醺醺然地快活。他走了几步，回首见青樱一身青衫站在漫天粉色樱花之下，整个人像镶着樱色的边，是那样地华彩明亮。

他有些痴痴的："你站在樱花底下很好看，你的名字又叫青樱。"

话一出口，他自己也觉得傻气。真的，自小的教养礼数，他又是隐忍谨慎的脾气，怎么会说出这样傻里傻气的话？青樱眼睛笑得弯弯的，全是盛不住的甜意。阿箬看得眼睛都瞪起来了，不觉"咕"地一笑。

青樱才觉着自己有些失态，她掩饰着转身，伸出纤白的手接住几朵飘零的粉红樱花，道："这花开得盛极一时，凋谢得也过于迅速，总觉得美得太过惊心动魄。"

弘历看着她的背影，少女的背影都是纤瘦的，偏她最是好看。红颜盛，繁花茂，还有什么比这春华一刻更好。他由衷地感叹着："能得一时之美也是极好的。"

青樱在欢喜里生出些许忧愁："绚烂却太过短暂，才最叫人难过。"

弘历不忍见她有轻愁薄怨，似是安慰她一般："那就尽量美得久一点，留得久一点，哪怕有一日凋零委地，也会永久难忘。"他沉吟片刻，郑重其事地叮咛，"青樱妹妹，我在漱芳斋等你。"

青樱立在原地，樱花如雨般落下，每一片落地，都是震动的声响。她的心尖儿颤了又颤，把那短短一句话在唇齿间嚼了又嚼，才信了是真的。是他的声音，他的言语，他的无限期许。她的脸腾地烧起来，心里的野火啊，照亮了整片原野。

　　熹贵妃到漱芳斋时，青樱和弘历都已回了座位。戏台上还在咿咿呀呀地唱，曲还是那首曲，人的心思却不一样了。他与她挨着坐着，偶然地，衣袖会摩擦到，丝缎沙沙的声响，都是柔得能化作春风的细雨。

　　戏子们悲悲切切地唱着"坏了咱墙头上传情简帖，拆开咱柳阴中莺燕蜂蝶"。青樱不曾入戏，只是怜悯，呀，裴少俊与李千金是多么可怜，不似自己，能与喜爱的人坐在一块儿。她是觉着弘历在瞧她的，递瓜子的时候，拈姜丝梅的时候，甚至端起茶盏抿一口的时候，眼风都在她身上。直到熹贵妃，那个风华出众、占尽紫禁城六宫恩宠的女子进来，他才迎了上去。

　　熹贵妃见了众人，只是微微颔首，在弘历耳边低低一句："弘时结党营私，你皇阿玛知道了大怒，弘时怕是不成了。"

　　熹贵妃的声音虽低，却并不避讳近在旁边的青樱、晞月与琅嬅。弘历面色一凛，转首见琅嬅面色淡然，仿若无事一般，也是赞叹她的定力，然而转念一想，他却明白了。弘时结党，皇阿玛怎会知道，必是有人上奏，这上奏之人多半是琅嬅身后的富察氏一族。他登时知道了，琅嬅为何会出现在漱芳斋。若是高晞月的到来，是熹贵妃表明自己的大度，那么琅嬅的母族，怕是已与熹贵妃彼此倚靠了。那么自己的婚事……他紧张地看了青樱一眼，见青樱微微蹙眉，想是为姑母的养子发愁。

　　他脑中正盘旋着各种念头，晞月早就喜形于色，脱口说道："恭喜……"

　　熹贵妃看向晞月的眼神已然含了一丝厉色。弘历几乎是绝望地想，这位格格的心思也太藏不住了。

　　自然，谁都是知道的，皇三子弘时不保，皇五子弘昼是顽劣不堪的脾性，那么皇帝成年的皇子只剩了四子弘历一个。那意味着什么，谁都是清楚的。

　　他连不满之色也不愿掩藏："兄长被责，我这个做弟弟的有什么可喜的？"

晞月立时也察觉自己说错了话，慌忙解释道："臣女失言，臣女是说宫里……宫里出了这样的事，真是闻者伤心。"

弘历懒得理会晞月，只和熹贵妃道："儿子去劝劝皇阿玛。"

熹贵妃温声温气道："皇上在气头上，正和皇后说弘时的事呢，没你的事儿。"熹贵妃说到"皇后"二字，客客气气地朝着青樱笑了笑，丝毫没有一点儿意外之色，只是问弘历，"戏听得如何？"

晞月正悔方才说错了话，忙抢着抹泪道："四阿哥选的是《墙头马上》，曲韵婉转。臣女看到结局二人破镜重圆，真是感人。四阿哥用心良苦，只盼天下人人和睦，人人团圆。臣女钦佩不已。倒是青樱格格不喜欢，还硬改了结局。"

熹贵妃柔和的面色微微一凝，倒是好奇："哦？青樱格格改了什么？"

青樱见熹贵妃发问，也无愧色，只是守着规矩答："臣女不喜欢强作美满的结局，所以方才冒四阿哥之名，改成了卓文君的《白头吟》。"

熹贵妃深深地看了她一眼，眼中颇有玩味之色，也不置可否，只是走到帘后坐下，继续听戏。晞月露出一丝得色，很快随着众人坐下。

福珈陪在熹贵妃身边，笑吟吟地看着前头小儿女，道："您呀，还是忍不住来看儿媳妇了。只是那位青樱格格可是皇后今日硬塞过来的。"

熹贵妃望着青樱的背影，似是赞许："这孩子喜欢卓文君的《白头吟》，倒是个有气性的。锦水汤汤，与君长绝。本宫年轻时也喜欢。"她话锋一转，已多了几分肃然，"可惜啊，本宫和皇后斗了半辈子，青樱除了皇后这个姑母，家世也没什么可称道的，这个青樱就算和本宫有几分气性相投，本宫也不敢要。"

福珈微笑："三阿哥若倒了，咱们四阿哥的地位就不一样了。一个是老臣之后，一个是新宠之女，您给四阿哥安排的两位格格，对四阿哥是最有助益的，四阿哥一定明白您的恩德。"

熹贵妃低首，望着弘历，露出几分期许的笑容。

接下来的戏便听得有些心不在焉的。许是三阿哥出事的情况来得太突然，每个人都添了几分心事，便是晞月也少了很多话。青樱更是不放心姑母，怕她又因着弘时之事，落个教养不善的罪名被皇帝斥责。

待到曲终，人人都有些累了。女眷们自然要去更衣补妆，绛雪轩那边也来催促，选福晋的吉时将至。

熹贵妃先行，晞月赶忙扶着熹贵妃，满脸笑容地陪着。众人亦跟着纷纷出去。弘历心中牵念，脚步一斜，便往着养心殿方向去。琅嬅眼见不对，紧随一步，低声道："您要去为三阿哥求情？"

琅嬅是大家闺秀，言行有度，这般说话，已是失了闺阁的礼数。她急得面色发红，十分窘迫。她瞧着周遭无人，忍不住提醒："您在意手足之情，可是去也没用。这是历代君王最忌讳的事，您要去说，那就是连您也被牵连进去了。今日皇上要您去绛雪轩所为何事？"

弘历怔了怔，道："选福晋。"

琅嬅正色敛容："君父在上，无所不从，才是一个皇子和臣子最该做的。"

弘历慌乱无定的心跟着她的言语稍稍安稳了一些，像是漂泊的船有了行进的方向。他露出感激之色："琅嬅格格出身大家，见事明白。"

琅嬅浅浅一笑，退开一步："臣女无知，不过是听伯父与阿玛谈过几句皇上的性情喜好而已。"说罢，再不耽搁，行礼离开。

弘历立在原地，细细品味着琅嬅的话。世代官宦家的女儿，说话到底是有见地的。他想，如果没有和青樱那样说过话，琅嬅的确是一个福晋最佳的选择。

可是啊，偏偏早了那么一刻，他与青樱有了这般交心。他有些犯愁，那愁是层层叠叠的，有对父皇动怒的担忧，有对三哥前程的担忧，也有对自己来日的担忧。

直到青樱的声音响在耳畔："四阿哥可要听琅嬅格格劝告？琅嬅格格说的其实是在理的。"

原来她是听见了。弘历有些不安，像是被她窥见了什么不该窥见的事似的。他有些口不择言，要来掩住此刻的尴尬："你也阻止我去为三哥求情，可是因为他曾拒婚于你，你怀恨在心？"

青樱不想他会这样问，呆了呆，很快自如："臣女根本不在乎三阿哥是否拒绝婚事，何来恨意。臣女是觉得皇上最重孝悌之情。膝下唯有您、三阿哥与皇上相处多些，您若能为三阿哥求情，皇上一定更看重您的仁义。"

弘历很有些不好意思。在她面前，他是失了风度的。真是奇怪，这些年，他很少行差踏错，不该说的时候不说，该说的时候也只说好话。今日是怎么了？

他挠了挠没有头发的头皮，挠得重了，头皮都有些疼。他因着疼痛，心思清明了许多："青樱妹妹心慈。到底也是看在三哥是你姑母养子的分儿上吧。"

青樱有些叹惋："乌拉那拉氏族人亲眷不多，臣女总希望至亲间情分长在。其实您不也一样，宫里那么多人，但血脉至亲只有那么几个，您一定也是看重的。"

弘历心底的最深处蓦然软和了下去。血脉至亲，他的血脉至亲，虽然不能说、不可提，却是一日也不曾忘记的。他郑重地颔首："以德行仁者王。天家皇室也是有慈爱仁心的。青樱妹妹说得很是。我先按皇阿玛说的，了了漱芳斋之事，再为三哥求情也不迟。"

青樱一笑，分花拂柳而去。弘历望着她的背影，便有些痴，还是王钦提醒："您该走了。方才熹贵妃娘娘的提醒，您可记着了？得选个有家世有权势的好福晋。"

弘历笑而不语，家世固然有助益，但更重要的得是个重情义的人。三哥的地位已然颓倒，便是自己真去求情，怕也只能在皇阿玛的冷眼中过一辈子了吧。若为此故，自己真能有个什么前程，凡事也可多做主些。

绛雪轩在御花园东南角，小小一座殿阁，以斑竹纹彩绘，荫绿渐稠，令人如置竹海之中。这样的碧意深沉里，柔亮的是轩前植有的海棠树，那树木已逾百年，枝干壮大，此时满树花开若流锦，比之园中的浅粉樱花，更是热烈深沉，娇红腻胭脂，映着浩浩明媚的蓝天，仿若朝霞轻举。这样美的花，偏偏一点香气也无，毫不招摇炫耀，只是自静自美，连底下几蓬牡丹，都显得艳丽得过于用力，端庄得失了气韵了。

弘历想，大约是世人久不见海棠，才觉得牡丹美。

他的走神，是被熹贵妃轻声唤回的。他二人坐在廊下，琅嬅、晞月与青樱依次立在院中，海棠经风，零落如雨，漫天胭脂花萼拌散流华，拂了三人锦绣一身。

熹贵妃始终有些不放心，关切道："弘历，嫡福晋乃你的正妻，受礼部册封，至为要紧。皇子另有侧福晋，你若有中意的，可一并选了。"她略想一想，"富察氏端庄持重，高氏娇美可人。弘历，放出眼光来选。"

弘历连忙道了"是"，只听司礼太监道："熹贵妃娘娘，四阿哥，选为嫡福晋者赐如意一把，侧福晋赐荷包一个，落选的赐金回府。"

熹贵妃微微颔首，弘历满心跃跃，也不多犹疑，从司礼太监手中接过如意，走到琅嬅面前。福珈已经唇角含笑，赞道："四阿哥懂事。"

熹贵妃正欲点头，弘历已然另一手取过荷包，不容分说地塞在琅嬅手里，对着她一笑，便又闪到了晞月跟前。晞月满脸期待，笑容张到了极致。弘历满面春风，温煦道："晞月格格人如其名，东方未晞，月色映霜。"

晞月激动得都要哭出来了，一双眼珠落在如意上，伸出手就要接过。弘历微一侧身："如此美貌，合该得金赏赐。"

晞月错愕，那泪刷得落了下来。这样其实是很不吉利的，她连谢恩都来不及，还是侍女星旋懂事，拉着她行了礼。

这变故顿生，完全脱离了掌控，熹贵妃不觉变色，唤了声"弘历"，弘历笑容纯挚，假装不知："额娘，儿子按您的吩咐了呀。富察氏端庄持重，可为侧福晋；高氏娇美可人，可另嫁如意郎君。"

熹贵妃气得怔住，然而人前，她还是忍着怒意，冷静下来极力温和地道："好，你有出息了。你打算选谁为嫡福晋？"

弘历一步上前，将如意交在青樱手中："额娘，儿子想好了。如意是青樱妹妹的。"

青樱已然看得怔了，直到那如意冰凉地沉沉落在手里，才惊觉自己已是他福晋之选，还来不及想别的，心中便如蜜甜。

跟着琅嬅的侍女素练急得脸儿煞白，低声道："凭什么？您是熹贵妃安排来的呀。"

琅嬅紧紧攥着荷包，那柔丽的绸缎上是细密的绣花，鸳鸯合婚，日夜相宿，却是那样扎着手心，痛得几乎拿不住。可素日的教养再分明不过地提醒着她，便是泰山崩于眼前，她都是不能失了仪度的。她垂着脸忍耐："四阿哥选了谁就是谁。"

司礼太监欢天喜地地喊起来："恭喜青樱格格为嫡福晋，快谢恩吧。"

青樱在慌乱的欢喜里被人推着行礼，耳畔乱哄哄的，眼前是弘历的笑容。她什么也看不见了，唯有他的笑容是那样甜。她仔细看去，他的眼底是自己一样的笑靥，真好，那是欢喜对着欢喜。

那哄乱开始大声了，众人都在行礼，弘历也行礼。青樱这才懵懵懂懂地转脸去看，竟是皇帝来了。历来皇子选福晋，皇帝都不会亲至，为的就是尊卑上下有度。所以熹贵妃也很错愕，行礼问安了才小心地问：

"皇上怎么来了？可是关心弘历的喜事？"

皇帝并不似往日所见的那般如深海样难以探寻的神色，他隐然有怒气积聚在眉心，在看见青樱手里的如意时，那怒火显然更灼烈了一些。他是认得青樱的，曾几何时，年幼的青樱还唤过他"姑父"。可是此刻的皇帝眼中并无看待晚辈的慈爱，而是简短又冰冰冷冷道："不成。"

弘历大出意外，他下意识地抿紧了嘴唇不想说话，可话语还是漏了出来："皇阿玛，为何不成？青樱格格是皇额娘的侄女。"

皇帝在听到"皇额娘"三字时，眉心曲折陡深。熹贵妃侍奉皇帝多年，立刻敏锐地察觉了什么，忽然，心中的阴霾便散开了许多。皇帝的突然而至，一定是有缘由的。果然，皇帝道："正因如此才不成。皇后犯错，禁足景仁宫，非死不得出。"

起初青樱还以为自己听错了，分明方才还在和姑母顶嘴，怎么忽然她就成了阶下囚，禁足景仁宫。这般变故陡生，青樱慌得差点连手里的如意都握不住了。她登时跪倒："皇上，皇后娘娘犯了何错，受您如此严惩？"

皇帝并没有和她多言的欲望，只是淡淡道："皇后谋算皇位，朕没要她性命，已是宽容了。"青樱蒙在原地，皇帝是她的姑父，皇后是她的姑母，他们是至亲夫妻，哪怕素日没什么情分，为何会决绝如此？多年相伴，一起生儿育女的人，会走到这样的田地么？

绛雪轩里鸦雀无声，哪怕变故再大，也无人敢驳回皇帝，是苏培盛缓缓道出旨意："皇上有旨，皇三子弘时削宗籍，除玉牒，再非皇室中人。"

看来今日之事，是由皇三子弘时而起，连累了养母皇后。弘历大为不安，忙求道："皇阿玛，三哥就算有错，也不至于如此重责。您看在父子情分上开恩呀。"

皇帝正眼也不看弘历："就是因为他做出不顾父子君臣身份之事，朕才不能容忍。弘历，你要记住，天家先君臣，后父子。你不必为弘时求情。"他的目光轻漫地扫过青樱，"青樱为乌拉那拉氏之后，如今这个情形，她能不能入你府邸，你好好思量。"

弘历咬了咬嘴唇，不顾熹贵妃摇头暗示，郑重叩首："皇阿玛，青樱格格曾好好地在绛雪轩中，什么也不知道，不该无辜被牵连。而且被三哥拒婚，若今日再失名分，她一个闺阁女子该如何于世间立足？"

皇帝轻嗤一声："你在替她说话？"

　　弘历素来很畏惧这位父皇，常年察言观色之余，往往谨慎到连一句言语都不敢多说。此刻眼见得太监们要拿走青樱手中如意，他不知哪里来的勇气，膝行到青樱身前一拦："皇阿玛圣明，皇额娘有错受罚，可祸不及家人。青樱格格也是您的家人，且她人好好地在绛雪轩中，什么也不知道，不该无辜被牵连。"

　　皇帝看出弘历在害怕，他的牙齿在咯咯作响，可他居然有这般勇气违抗自己的心意，这让皇帝大出意外。熹贵妃赶忙赔笑，为弘历分说几句，力劝皇帝不要生气。皇帝只不理会。

　　再不能这般下去了。青樱咬着嘴唇，极力站起身来。她看见了晞月暗自得意的面庞，熹贵妃关切后的如释重负，弘历的急切不安和皇帝也许很快会触发的怒火。

　　青樱狠了狠心，将如意递回给弘历。弘历怎肯去接！二人正僵持，青樱一闭眼，索性往他手里一塞，朝着皇帝叩首三下："姑父。"她顾不得众人被她这声无礼的称呼惊得面目失色，满面诚挚道，"青樱无福再在您跟前侍奉，望姑父保重。但请姑父念在与姑母十数年夫妻相伴，可以稍稍厚待姑母。"

　　皇帝面上有难得的动容，连熹贵妃亦默然。那沉默太过沉重，弘历嗫嚅片刻，低低道："皇阿玛，青樱格格有她所愿，儿臣也有所愿之人，求皇阿玛成全。"

　　皇帝瞅着这个从来不大肯作声的儿子，叹了口气："乌拉那拉氏有过，她的侄女也未必贤惠。"

　　弘历颇为恻然："皇阿玛，青樱格格曾被三哥拒婚，若今日再失名分被赶出宫去，她一个闺阁女子该如何于世间立足？只怕要被逼上绝路。儿臣不忍，皇阿玛也一定不忍。"他膝行上前，"皇阿玛今日逐了三哥，禁足了皇额娘。这些人都是皇阿玛的至亲，皇阿玛固然雷厉风行，但处置了他们内心必然痛楚，就请皇阿玛不要赶走青樱格格，再增您失去亲人的伤痛吧。"

皇帝瞅着这个儿子，一个不察觉间，原来他也长成了。他忽然动了心意，当自己还是年少时，对着自己的皇父，仿佛也曾有过这样人前求恳的勇气。可那是多久以前的事了呢？久远得连自己都不记得了。人年纪大了，曾经的真心也容易淡忘了，好像不曾存在过似的。同样是乌拉那拉氏的女子，他厌恶这个皇后，却是永生永世爱恋着她的姐姐，那芳年早逝的孝敬皇后。

到底，青樱也是孝敬皇后的侄女儿啊。

风声簌簌的，落花无情亦动人。皇帝的每一呼吸，都沉重地牵动每个人的心弦。院中的三个女子，都是她们家族未来最大的希冀，那他是否要亲手断了，曾经心爱之人全族最大的希望？

他静了很久很久，终于皇帝看了看庄静娴和的琅嬅，又看了看俏丽而天真的晞月，轻声道："弘历，你需要一个怎样的福晋，自己明白。"

弘历的脸惨白下去，泛着灰败的青，他到底不敢在严父跟前太露了神色，强笑着道："富察氏端庄文静，雍容大方，堪匹嫡福晋之位。如意该交到她手中。"

熹贵妃牵一牵皇帝的衣袖，有些劝慰似的，与皇帝对视一眼，那眼中有恳求，有欣慰。皇帝看得明白，拍拍她的手背。

弘历见父皇与母妃都满意，顺势道："皇阿玛，青樱格格就算受皇额娘牵连，不得为嫡福晋，也请您保全她颜面。儿臣还是希望在自己身后，能有青樱一个容身之处，留她侧福晋之位。"

青樱感动地看着弘历，弘历深深望住她，不过一瞬，又克制地转过了目光。琅嬅迅速地将那烫手的荷包交到了青樱手中，牢牢地握住了太监从弘历手中接过的如意。她暗暗地想，这一趟总算是得到了阿玛与伯父交代的名位，只是没想到，会这般周折地到来。

皇帝见大局已定，看看一脸焦灼的晞月，草草道："高斌政绩突出，家教严恪。他的女儿高氏秀美玲珑，可入你府中侍奉。"

这似乎是一个捎带的吩咐了，晞月脸上这才有了一丝血色。熹贵妃如释重负，笑得温婉："弘历，瞧你皇阿玛多疼你，四喜临门。"

众人忙不迭跟着贺喜，也不辨那被贺之人到底是怎样的心情。皇帝其实并不将这些儿女心事太放在心上，只是站在殿中一株修竹前，颇有深意地道："弘历，翠竹超然独立，宁直不弯，卓尔如君子。朕愿你如此，才不辜负你年幼时圣祖皇帝对你的看重。"

所有的一切，到了这一刻轰然一声，尘埃落地。皇帝是什么都不会说的，却又什么都说了，在禁足了皇后，废黜了弘时之后。弘历的心情有些难辨，他是欢喜的，隐隐也有些恐惧。这条孤独的路上，在父皇身后，很快就多了他一个。

熹贵妃明白皇帝的寄望，不觉红了眼眶。她轻轻推一把全然呆住的弘历，弘历顺势拜倒："竹苞松茂，日月悠长。儿臣盼皇阿玛福寿绵长。"

与赐婚的旨意一起下来的，是弘历封宝亲王的圣旨。青樱虽然只得了亲王侧福晋之位，可到底是弘历亲自求来的，分量格外不同，也算对得住姑母的嘱托。

青樱是在宫里出入惯了的人，可第一回，她走在御花园里，觉得树影森森，红墙凄凄，如要噬人一般。天地大变，姑母本是宫里最有权势的女人，可说倒就倒了，她怎么恳求，那出入熟稔的景仁宫却再也进不去了。姑母已经折损在了这宫里，折损在了自己的夫君手里，她还要跟着跳进这富贵熔炉里么？

青樱早不记得自己是怎么回到家中的，她只恍惚记着阿玛悲切无奈的面孔，额娘欲悲还喜的泪眼。阿玛是绝不允许她退缩的，只为了姑母已倒，乌拉那拉氏仅剩了她这一个独苗般的希望。

日子恍恍惚惚的，过得混沌而飞快。想起弘历，她是甜蜜的，那样翩翩皎皎、玉树临风的一个人，真心护着自己。为着她，他那样在人前求恳，保她仅剩的颜面和尊位。《墙头马上》里，裴少俊在父威之下护不住李千金，他却可以护着自己。这样想想，自己是比李千金幸运的，也对得住这"墙头马上遥相顾，一见知君即断肠"的情分。也只有和他一块儿，才对得起他这份心意。且阿玛和额娘盼着的是自己得了弘历喜欢，他又封了亲王，指不定将来还能帮姑母一把，让她早点儿解了禁足。可她始终在怕，若是和这皇宫没有沾染，嫁个寻常百姓，或许就能延续之前十几年的无忧无虑吧。她无拘无束惯了，忽然就被逼着长大，去应对一个高高在上的皇子，一个三妻四妾的王府，一对不甚喜欢自己的帝妃公婆。人人都希望她什么都会，就好像她一落地就该是个侧福晋似的。

喜日子定在八月初二。八月初一是嫡福晋入王府的日子，她是妾室，与格格高晞月都是八月初二入府。唯一不同的是，她比高晞月早一步跨进王府的大门，以示侧福晋和格格的区别。

入府前一日，他悄悄来见她，也没有别的什么话，只是递了一个千里镜给她。这样私下相见，其实是不合礼数的。千里镜能视远为近，是难得的稀罕玩意儿。上次有时，是汤若望所献，便是宫中，也是少见。弘历这般送上，青樱心情再不好，多少也有些分散，拿在手里把玩不已。

他见她愁眉深锁，悄声说："将来进宫爬到城楼上去，拿这个就可以看到景仁宫院落里的情形。"

原来如此，她稍稍高兴一些，他是这般体贴她的心意。这么看，千里镜，果然是个好东西呢。她忙举起来看，真神奇，果然再远的事物如在眼前，清晰无比。她好奇地转着，忽然照见了他的脸，大得出奇，她不好意思起来："千里镜真是有意思。"

弘历立在她跟前，那样近，他的呼吸都调皮地拂在她面上。他靠近些，再靠近些，在她耳畔低低道："千里镜虽好，哪及我们心里近。"

她的耳根烧得通红透明。他察觉她的羞涩，忙退开些："这些日子没能来见你，让你一个人孤零零的，又要学大婚的礼数，又要担心你姑母。你放心，往后我是你的夫君，我一定会同你一起再想办法。"

她想了想，还是决定把心里的恐惧告诉他。那些不能告诉阿玛和额娘的担心与恐惧，她一五一十地、一点不漏地都说与他听。她说得很久，直到口干舌燥。他一直静静地听着，到她全都说完，才温柔道："我明白你现在心里的感觉。生在皇家，我无一日不见着这宫墙下的冰冷残酷、惊涛暗涌。但我会尽我所能地护着你，不让你再受这些苦楚。哪怕真有逃不过的风浪，我们两个在一块儿了，就也不怕。"

是这样么？本是巨浪里的一叶孤舟，现在是两叶，绑在一块儿，怎么也会安稳些吧。

他握住她的手，无比郑重："青樱，你既嫁了我，我便有一句话告诉你：你放心。"

太阳快落下去了，红霞深坠，西山暮霭处只剩得一痕淡至无影的薄虹清晖。天地间空阔苍茫，唯有彼此相依的两个人，身上落着最后的一点闪烁不定的金光，握着彼此温热的手，凭着腔子里滚烫的一口气，紧紧地，紧紧地，一心一意地依偎在一起。

她是放心的，她真心地相信，她会一生一世，永远都对他这样放心下去。

凌霄

番外二

那一日，青樱回了娘家。

嫁进王府后，弘历一直没有拘束过她。一个侧福晋，说去哪里就去哪里，从来自在。弘历是真心疼她，哪怕是在姑母被禁足后，他都一直厚待她。

那一日回娘家，实在是因为憋气，府里的侍妾一个接一个纳进来。晞月的阿玛升了江南河道总督，皇帝便下旨，以"温柔恭谨"之意，加封晞月为侧福晋，与她平起平坐。这也没什么，比之乌拉那拉一族的一蹶不振，高氏一族是冉冉升起的红日，势不可挡。

她是知道迟早会有这一日的，所以面对晞月的喜不自胜，可以浑然无事。

可她不喜欢那样拥挤的后院，翠云馆、渺云阁、闲云阁、寒云阁，每一个阁子都住满了女人，脂粉的香气，让人透不过气来。

这样贸然回府，额娘自然是惊讶的，也晓得她的任性。额娘总是有那么多的"妈妈经"要念叨："青樱啊，你以为王爷曾选你为嫡福晋就不会再纳别人了？玉格格是北国送来的贵女，筠格格和海格格是皇上赏的秀女，外官送进了婉格格，福晋有孕的时候把自己的侍女给了王爷成了绮格格。这些也不都是王爷自己能做主的。"

这样的话，新嫁那一日弘历便提醒她过。他是天潢贵胄，皇帝最看重的皇子，自然是三妻四妾。何况世风如此，农家便是丰收三载，都想着多娶一房。可事情轮到自己身上，总是高兴不起来啊。青樱满心里有些羡慕，阿玛不是就从不纳妾么？额娘的运气，比自己好。

额娘像是看穿了她的心事，略带讥讽地笑笑："你阿玛那是聪明，外头花天酒地，还不用带一个回来养在家里。你以为他从没别的女人？男人又不是泥菩萨，见了外头的女人没一个不动心的。错了，哪怕不动心，照样动身。"

照样动身。这四个字，听来真是惊心。王府比不得后宫，可那争奇斗妍也是无一日不存的。弘历周旋其间，要各个安抚，可不是劳身劳力。

再说起来，额娘便又唠叨起她得宠多年却无子嗣的事来了。青樱听了就心烦。虽然她也知道，姑母身为皇后却被禁足，自己一直没有机会救她出来。本想着要能生下长子，皇上多少会看在长孙的分儿上宽宥姑母些。

可是纵然她与弘历恩爱，子嗣上却是一直没有动静。眼看着嫡福晋富察氏的族姐诸瑛生下了长子，嫡福晋生下次子与长女，筠格格也生下了三子，她却白承了这些年的疼惜。可她又有什么办法？她与他的情意，从来又不只是为了有个孩子。

额娘看着她，就是满面忧色："乌拉那拉氏早不如从前了，一切指望全在你身上，你要惹恼了王爷可就完了。每常也别和王爷生气，多哄着他些。"

青樱便不服气："额娘，我要嫁在寻常人家还能自己做主些。嫁进了皇家是不是只能永远围着王爷，听他的，讨他喜欢。"

额娘叹了口气，默默地剥一枚青碧碧的莲蓬，剥出一颗又一颗雪白小圆子，一副认命的样子："女人啊嫁到哪里都一样，一辈子都怨着男人，哄着男人，围着男人。"

就这样一辈子么？青樱怔怔地想。

她的念头没转完，弘历便来了，见过了岳母，笑吟吟便拉着她往外走。她有些不情不愿的，可还是出去了。

莲花早过了季，成了半残的模样，凌霄却开得正好。芳草菁菁，晨光融融，青樱跷着脚躺在草上，看着藕荷色缎鞋尖上的红缨花一晃一晃，明亮耀眼。风乍起，翻起满架凌霄花的香气，似涟漪一般慢慢漾开来，柔柔的，并不似栀子那般香得浓烈迫人。

弘历哄着她："天地自在，何等难得。青樱，不许再恼我了。你是知道的，满府里这些女子，我自己选的唯有你。而且从皇阿玛到皇子乃至民间，哪有男子不多妻妾的。"

青樱是怨尤的，不仅为了自己，也是为了天下泰半的女子，不能一个夫君只一个妻子，没有妾室。可她也会害怕，会心烦，人多了是非多，姑母就是因为这样才被皇上厌弃。

弘历看她闷闷的，也是不忍心："顶多我答允你——除非是皇阿玛硬塞给我，我实在回绝不掉。往后这几年里，我再不纳妾就是。"

她不言，远远有农家夫妻搀扶着走过，她坐起身遥遥凝望，满眼都是羡慕。弘历如何不明白她的心事："你羡慕他们？"

"虽是布衣，但自由自在。"

弘历轻柔地道："你最爱江南好风景。青樱，终有一日，我们会一同到江南去。"

青樱最爱的便是杭州。江南有杭州，杭州是天堂。此心向往，恨不能立刻身至。他牢牢握住她的手："杭州好，弘历与青樱同去。若言而无信，便教这凌霄花死死缠住我，一生不得自在。"

她嗔他，有些舍不得。弘历起身，摘下一枝袅袅的凌霄花："这颜色多艳，你可喜欢？"

她最喜凌霄开得热烈，喜欢它披云似有凌云志，向日宁无捧日心的风骨。也更可怜它朝为拂云花，暮为委地樵，花开花败太容易。

这样的心思他是猜不到的，他只说："我却喜欢那句凌霄花下共流连，细雨春风忆往年。青樱，你我于春风中相见，我永志不忘。"

青樱嗤地笑了，那笑容比明艳的凌霄花还要亮。他心中蓦然一动，轻轻吻上了她的额头。

嬿婉穿着一件蓝布的衣裳，那衣裳显然是很旧了，袖口、手肘都泛着灰白。她难堪地看看自己的衣衫，哪个女子愿意自己姣好的青春便这么灰扑扑地过了，尤其是一个天生丽质的女子。可看看凌云彻，他的衣衫都打着补丁，连自己都不如，她便心疼地默默叹了口气。

这回的事，她是下定了决心，便是凌云彻不允，她也是要进宫的。否则家里可怎么办？额娘要养，弟弟也还小。凌云彻总说要相信他，会好起来的。可她再明白不过，她与他一个家道中落，一个家境贫寒，谁也帮不得谁。所以额娘才不允准他们在一块儿。也是，都是穷人，除了互相拖累，根本帮不上忙。

她低低地恳求，长长的羽睫沾了泪珠的水汽："云彻哥哥，进了宫，至少我不用听额娘啰嗦，我们还可以天天见到。而且，到了宫里，哪怕苦一点儿，我们总在一块儿。将来我们攒了银子，额娘也不能反对我们在一块儿了。"

嬿婉满脸期许的神色，凌云彻哪里再舍得说一个字拒绝她。他勉强地、微微地点了点头。嬿婉粲然笑了。她心中蓦然一动，踮起脚，轻轻吻上了他的额头。

凌霄花呀，开得正艳，那真是一年，不，是一生里最好的时候呢！

许愿

　　京郊有妙云山，素以"古刹、奇松、怪石"而闻名。重岩叠嶂，青林翠竹，甚是葱茏。日曦皓月，雾凇霞影，各有妙致，是京中百姓常游之地。供碧霞元君与送子娘娘诸位，求子最是灵验。又有财神、月老诸殿，都是香火鼎盛，深为善男信女所敬。

　　自轿中下来，举目峰峦如聚，日色明朗灿灿，白色的软云与碧色山峦缠绵相映，山顶树影被风吹到同一个方向，连枝丫也历历可见。弘历自然地握住她的手："跟着我，我们一块儿上去。"

　　青樱抿唇一笑，丽色似浮光韫珠："谁说的？说不定是我走前面，你跟着我呢。"

　　她一笑，当年初见时那种明亮俏丽，便如从不曾离开过一般。在王府共处了这些年，他其实知道她渐渐有些不快乐。那不快乐是他的缘故，也是身在帝王家的缘故。自从她姑母失宠被禁足景仁宫，乌拉那拉氏便失去了这些年来最大的倚靠。而成为皇子侧福晋的青樱，隐然已成了家族最大的指望。

可偏偏，她是永远不可能成为嫡福晋的。嫡福晋富察氏贤惠有德，出身望族，又有一双儿女。更要紧的是，富察氏是他的皇阿玛与额娘熹贵妃都认可的女子。无可动摇的地位下，他能给她的，唯有更多的陪伴与疼惜。

可惜，渐渐地，连这也难得了。府邸中的诸位侍妾，晞月是一同入府的格格，已然因父亲高斌的得势，进位为与她平起平坐的侧福晋。格格中，因生产而离世的诸瑛是富察氏的族女，福晋送来的礼物。玉妍是北国玉氏千挑万选送来的贵女，容貌冠绝一时，便是放在嫔妃堆里，也是人所莫及，自然一入府就深得他宠幸。绿筠和海兰是皇帝赏的秀女，外官送进了婉茵，富察氏遇喜时侍奉不便，把自己的侍女给了他，也封了格格。这些人虽然都不及晞月、玉妍得宠，更不及青樱得他心意，可毕竟莺莺燕燕挤了一府，他要一一顾及，待青樱总不能如最初一般。且富察氏与诸瑛、绿筠接连生子产女，最得他心的青樱却从无所出。几年下来，他也发觉了她的担忧与焦急，知道她少了立足的依凭。

他一直记得她的那双眼睛。明眸善睐都不足以形容她双眸灵动流转的光彩。如今那眼中神采渐渐黯淡下来，他怎会不明白。

去的是正殿，许愿、叩拜、添香油——做得无比虔诚。他身在皇家，见多了僧侣庙众，其实并不大相信这些。可想她若能心愿得偿，这样拜求也未尝不可。他轻轻地在她耳畔低语："这娘娘庙里供奉的碧霞元君，乃是京中求子求姻缘最灵验的地方。咱们这么诚心，想来也是一定会灵验的吧。"

她的神采一直是跳跃的烛火，被他的话语倏然点亮，唇边漾出一波明媚笑容，如春夕满地的明月光。"只要我们在一块儿就好。"

弘历跪在蒲团上，悄悄挪过去三分："你我姻缘相谐，若再有个孩儿锦上添花便更好。"

她闻言转头，向他微微一笑，脸却红了，有些着急："菩萨在上，你好歹检点些。"

弘历嬉笑："怕什么，你我是夫妻。菩萨看着我们这样才高兴，否则整天看世人愁眉苦脸许愿求拜，菩萨也愁死了。"

她雪白的一痕脖颈从淡青色的领间逸出，不知怎么也成了粉色樱花初开的晕红。弘历心中一动，拉着她的手就往外走。

出了正殿往山后转，两峰之间悬一索桥，上面密密麻麻挂满了同心锁，五颜六色的络子，结着一颗颗沉甸甸祈盼在一起的真心。有些被风吹雨打得褪了色，有些被山风卷落，掉进了深渊，又有崭新的一层又一层挂上去。

这世间，总有扑不灭的恋火。无论索桥多险，总有人前仆后继要去把真心悬系。前头便有一对少年男女牵着手站在索桥上，二人衣着朴素，想是寻常人家。那女孩子显是有些害怕，紧紧地依偎着高大的少年郎，毫不在乎旁人的眼光。那少年扶着少女的手臂，帮她系好同心锁。那少女一脸雀跃，牵着少年的袖子满脸都是笑："你说挂了同心锁，我们会永远同心吧。"

少年望着她，眼里有无限深情："不管日后如何，你我都不会分离。"

少女笑得眼睛都成了月牙儿："希望云彻哥哥心里永远只有嫚婉，此情不移，就如凌霄岁岁盛开。"

二人笑嘻嘻牵着手下了索桥，青樱贪恋地看了一眼又一眼，弘历从旁边走过来，拿着一个同心锁在青樱眼前晃了晃。

青樱喜出望外："你怎么知道……"

弘历扬着同心锁："我还猜不到你的心思么，我们也去挂个同心锁吧。"弘历小心翼翼地牵着青樱的手走上索桥，青樱只顾着弘历，不住道："你小心些。"

弘历照旧嬉皮笑脸："你怕我掉下去么？"

青樱连连点头："那不用你拉我，我就和你一起跳下去。"

弘历眼中有涟漪微漾，握住她的手便重了几分力气："自然，我没事，你才没事。"

　　青樱笃定地点头，被弘历仔细护着挂上同心锁。山风呼啸而过，似一只自由穿梭的猛兽。她皎洁的容颜像一大蓬盛放的三月樱花，灼灼的让他睁不开眼睛。她回头，贴着他的脸，满是幸福。

　　弘历紧紧搂着她，问她愿望。青樱只是俏皮地含笑不语。弘历索性道："那我不猜了，我只告诉你我的愿望。两心相同，白首不厌。"

　　青樱笑吟吟地两手各捏他一边耳垂："我的愿望和你的一样。"

　　弘历双手一摊，不揽她的腰肢了："你要和我想的不一样，我也没法子。"

　　青樱被他一唬，只觉得站在索桥上整个人摇摇晃晃的，吓得立刻揽住他脖子。弘历狡黠地笑起来，紧紧抱住了她。

　　青樱吐了吐舌头："是了是了。我都告诉你吧。我许的愿是两心未必时时相同，只要彼此不疑就好。若是做不到，我便离了你，再不理你。"

　　弘历才不在意，刮了刮她的鼻子："叫你胡说。"

　　青樱光洁的额头抵着弘历的额头，二人互相瞪着，忍不住扑哧笑了。

　　风悠然吟过，他们虔诚地相信，许下的愿望定是会成真的。

　　会成真的。

杭州

皇帝对江南向往已久，终于一偿夙愿，守着晴也是景雨也是景、烟雾蒙蒙又是一景的西湖，沉醉不能自已。

这一日，行宫里驶出一驾青帷马车，坐在车头的是一身便衣的李玉和进保，只说是奉皇帝之命送贵客出宫，便径自出去了。直到了塔下，车里的人才敢笑出声来，却是平民装束的皇帝与如懿。皇帝一袭宝蓝衣袍，碧绿丝绦系腰。如懿则是一袭淡青色镶暗紫宝相花的衣裙，青丝轻绾，略缀点翠珠花，轻扫胭脂，宛如江南寻常妇人。

马车有些颠簸，皇帝揽住了如懿："朕知道你喜欢苏杭，向往民间夫妇的生活。今日皇额娘去禅寺礼佛，你我正好偷闲出来。自从我登基，咱们就没有再这样出来过。娘子，这外头的自在天地，是你最喜欢的。"

是呢。做个老百姓多好，守着妻儿，小富即安，闲时赋诗，兴来出游。不必夙兴夜寐，无须殚精竭虑，多么舒坦。

如懿悄悄掀起帘子，贪看红尘繁华，那是世俗的热闹，带着烟火气，踏实而温暖。她欢欣道："多谢夫君记得我的喜好。高处不胜寒，我已经多年没离开过宫禁了。"

皇帝轻拥着她："所以偷得半日，与你做一回凡俗夫妻也好。"

已近黄昏，如织的游人渐渐散去。夕阳映着湖水格外温情脉脉，是旖旎的粉霞色，染着柔波的绿，二人便这样坐着，静静看着夕阳一点一点染进湖水里，成了星子般的金红碎点。如懿与皇帝上了保俶塔最高那一层，双手相牵，缓缓绕塔而行。皇帝难得这般清闲，不觉叹道："自做了皇帝，年年月月无休，每日批折子、见大臣，完了问候母后、陪伴嫔妃、教导儿女，还有无数的大事小事，没有一刻得闲。如今来江南看看，觉得做百姓比当皇帝清闲适意多了。"

如懿笑着盯着他瞧："那夫君可愿褪下龙袍，和我一起走进人间烟火，如从前一般再做一回布衣百姓？"

皇帝捏一捏她的脸颊："当然好。做个老百姓，无须殚精竭虑，只与你朝夕相对。"

如懿正要回答，皇帝的肚子咕噜一响，如懿忍不住扑哧一声笑了。皇帝捧住她的脸，笑得眼睛都眯了："笑什么？朝夕相对的人也会饥肠辘辘。"

如懿悄悄戳一戳皇帝的肚子："这回想吃什么？鸡子饭？船面？我们去寻好吃的。"

二人说笑着牵着手下山，直奔吴山而去。吴山下有无数小摊聚集，人来人往，煞是热闹，最有烟火气息。皇帝与如懿虽然早年在京城摊档厮混过两回，但哪里见过这般江南繁盛，人情热火。真真是钱塘自古繁华，参差十万人家，市列珠玑、户盈罗绮的好气象。

他们不断听到招呼声，只觉得光眼睛看，那些美食都是看不够的，恨不得多长几条舌头，每样都试一试才过瘾。

如懿一边给皇帝说着名称，一边道："南边的风味和京城不同，我小时候吃苏式点心，更甜腻些。杭州的更家常落胃。"皇帝不住地尝着，李玉一边掏铜板一边急得要哭，不住地低声哀求："主子，这摊上的东西不干净。"皇帝浑然不理，只示意李玉跟远些。如懿指着其中一家热气腾腾的铺子道："这是条头糕，里头的豆沙细腻香甜，夫君尝尝。"

皇帝看着实在诱人，忍不住抓起一块咬了一口，一边吃一边评点："有些黏牙，但比宫……家里的好吃多了。"

那摊贩听了夸奖，得意得不得了："那是！我磨的豆沙都是蒸得脱了红豆皮，再拿纱布细细绞了三遍，便是宫里都比不上。连皇帝老爷吃了都叫好呢。"

皇帝"啊"一声怔住了，如懿忍俊不禁："皇上真的来你这儿吃过啊？"

那摊贩神气活现："当然！皇帝年年让人出宫来买了带回京城呢。"

皇帝与如懿笑得打跌，李玉手忙脚乱给钱，进保左右护着，提心吊胆，忙得一头油汗。皇帝才不管他们，一径把他们丢在了后头，只顾和如懿议论。"这个酥油饼好吃，跟定胜糕不相上下。哎，杭州的小吃都好吃。""夫君，我喜欢那个葱包桧儿，说是把秦桧包在里头炸了。"

皇帝是十分认真的神气："要真是把奸臣贼子一锅炸了就能天下太平，我就起个大油锅，换一个天下太平，海晏河清。"

如懿眼里全是钦慕之情："看眼前百姓富足安乐，还不是天子夙兴夜寐的功劳，才换得这盛世景象。"

皇帝在得意中无比欣慰："总要出来了，才不算是在奏本上了解我的子民、我的天下。"

如懿朝他挤挤眼睛："有人跟着呢。"

皇帝实在厌烦跟着两个尾巴，拉一拉她的手，二人避开李玉和进保，顾不得他们连连追喊，便向人海中穿去。

二人一口气跑到苏堤处，实在累得不行，笑喘了一阵，静静坐着。湖边的雾气渐渐升起，春夜的雾温柔得像情人亲昵的手，轻而润地拂在面上。如懿靠在皇帝肩上，柔声道："我年少时跟着阿玛来杭州，就见过这样美的夜雾。"

皇帝凝视着夜雾中如锦铺开的桃花，悠然道："我们在这儿待多久了？"

不知道多久了。但这样待着，真是好。人间至乐，不过是与至爱宁静相对。

皇帝轻轻抚摸她的脸庞，语调情意沉沉："只有我们两个，真好。如懿，无论晴雨风霜，我们都在一块儿。我要与你一起看春日樱花，夏日凌霄，冬日梅花……"

如懿心中坠满了一重又一重暖意："善始善终，共看四时花开。"

皇帝握紧了如懿的手，郑重道："我答应过你的，一定会实现。"

他神色如此庄严，似是许下一生都要守护的诺言。如懿无限感动，却又被雾气湿润了眼眶："真能如此便好。只怕情缘起落，如夜雾消散。"他的声音绵绵而沉着，像一滴滴敲在心头的落雨："夜雾消散，你我情意不散。"

宫中的日子待得太久，久到她自己都不大相信这样情深意缠绵的话："那若是夜雾茫茫，你我会不会走散了？"

皇帝一根一根握住她纤细洁白的手指："不会。只要你执着我的手，永远不要松开就好。"

真的，只要这样执着手，便不会分开么？或许越是看重，就越会这样患得患失，哪怕在大婚的喜悦里，都会这般闪出偶然的郁郁。如懿用手指轻轻在他掌心比画："夫君可知一个字谜？是春雨绵绵妻独宿。"

皇帝眼里的顽意愈浓，戏道："你这么说，可是怨我冷落娇妻？我可是日日陪着你了啊。"

如懿难得这般撒娇，只是催促他快猜。皇帝素性颖慧，这点小心思自然不难猜，一一解道："妻子独宿，是夫君不在家，'春'字中的'夫'就去掉了。春雨绵绵不见'日'，'春'字中的'日'又去掉了。就是个'一'字。"他故意蹙眉，"你从哪里听来这样的字谜？"

这一问，似乎提醒如懿念起从前的往事："姑母在世时，常拿这个字谜猜着玩，我才知道她明面上叹自己失宠凄凉，心中只是求个'一'字。"

皇帝明白地道："你想景仁宫姑母了？"

她点头，又摇头，似乎自己也难明心事万千："我只是要你知道，如今我们在一块儿，你不再是独自一人在峰巅上的孤独，我会陪着你，一直陪着你。"

情话比西湖的夜澜还要柔波软漾，每一字、每一叹息都激荡在心弦之上。那一瞬间，真觉得天荒地老都可以这样待下去。无关帝后的身份，无关后宫翘首苦盼的那些身影。天地间唯有彼此倾心之人，一如年少，一如初见。皇帝的默契最懂得："都说天子是孤家寡人，我只要你陪着我，要那个一生一次心意动的人永远陪着我。"

情生意动间，她伸过手与他紧紧相拥，用拥抱的力度传递着一种唯有彼此才懂的相守。她轻声而坚定："我会，一直都会。"

真的，谁都不知道承诺有多重。一个字、一句话的火焰与悸动，是否倾尽西湖水都不能浇灭？这一句承诺，有多重呢？一段年少相许相守，有多长呢？一个心底企盼的愿望，要多久才能实现？

他收臂将她牢牢锁于怀中，吻上她的眉心："我明白你的心意，下回可不许再说这么不吉利的字谜了。"

半湖雾烟湿漉漉地弥漫。西湖夜夕水波潋滟，烟花三月如锦花木的清馨轻盈四散。她的心底是春风沉醉后的清宁安然。他是她一生的意外，在她意图叛婚之时，骤然在戏台下初逢的眉眼缠绻的艳丽少年郎，他是一心维护自己，挽自己于家族倾倒的难堪与慌乱中的皇四子，宁愿违抗父母之命也要给自己一个安稳身份的人，便这般定下了情缘十数载。

如懿温顺地低下头，心中满涨着温馨的暖意。她的额头顶着皇帝的下巴，他的胡须刺刺的。不知何时落起了雨滴，风吹落树叶上的雨水，落在二人身上，两人相拥着笑起来，忙不迭起身，抖落身上的雨水。

夕雾逐渐散去，雨水有渐停之势。皇帝无可奈何："雨停了，雾也散了，我们走吧。"

如懿望着西湖，眷恋不舍："马上就要回宫了。真舍不得离开杭州。"

皇帝好言安慰她："会再来的。如懿，朕一定会与你再来。"

杭州的光色流转、云朵飘逸，杭州的日升月落、辉虹交映，杭州的自在天地，三秋桂子，十里荷花，羌管弄晴，菱歌泛夜，醉听箫鼓，吟赏烟霞，几乎可以消磨一生一世。没有人比她更眷恋，更不舍。可再恋恋不舍，一步三回头，她终于也只得离开了。

半路上便碰到在树下哭丧着脸的李玉和进保，一壁跺脚埋怨一壁害怕不已，跟丢了主子是大罪，两人正不知要不要报官，更不知要如何面对太后的雷霆之怒。进保沮丧到了极处，擦着眼泪道："唉，还好家里人都死绝了，不用连累他们。"一抬头，如懿和皇帝已经回来了，两人喜得不知该怎么才好，就像接了个天上落下的凤凰，忙拱着二人回去了。

金莲吐艳鏡光開

《尔雅》曾云：春猎为搜，夏猎为苗，秋猎为狝，冬猎为狩。马背上得天下者，尤重骑射行围。

自康熙以来，木兰秋狝便是入八月后皇家最要紧的一桩盛事。到了乾隆登基，效仿祖制，更是盛大其事，曾道："朕之降旨行围，所以遵循祖制，整饬戎兵，怀柔属国，非驰骋畋猎之谓。"

皇帝礼重蒙古，骑猎行围，除了皇亲国戚，文武朝臣，蒙古诸部咸来拜见。皇帝携了皇后之外，也多带蒙古嫔妃，一是她们多擅骑射，二来也是向蒙古表达亲好之意。

这一年如懿刚生了五公主不久。出月的人尚在劳累中，禁不起舟车劳顿，便在圆明园中安养。诸妃见皇后不动，太后也无去避暑山庄消闲之意，自然也留下来侍奉左右。皇帝蒙古嫔妃中，颖嫔与恪常在最为得宠。新纳的忻嫔戴氏也是正得恩幸的时候，皇帝便携了她们三个往木兰围场去。

雁行左右排千骑，鱼贯联翩认五旌，固然是煊赫盛大。可在草原上的日子久了，待千里茫茫荡荡的青绿深碧转成了层林尽染的金粉暗橘，皇帝的性子也渐渐有些怠了。就像蒙古的摔跤、射箭、赛马看得久了，总是有些腻味，连和蒙古嫔妃们饮酒观歌舞也不那么有趣了。

进忠看在眼里，也是有数。这一日湄若留在避暑山庄消夏，颖嫔和恪常在正陪着皇帝在帐篷里打沙嘎取乐。皇帝喝着奶子酒，斜倚在毯上，又嚼着奶酥，忽然想起绿柳烟里的江南胜景，那种柔软，是轻漫漫地噬骨的。

出身草原贵族的年轻嫔妃们多半豪爽单纯，还不太懂得察言观色，侍奉入微。皇帝也懒得应付，打了个呵欠，顾不得她们的热闹，便往角落蜷了身子，打算趁着醉意眠一眠。忽然，一缕昆山调摇摇曳曳传来，像是酥化了的蜜糖，甜嗒嗒地滴下来，一下子便调起了他懒洋洋的三魂七魄。

是谁在唱？

他转首望去，颖嫔她们照旧嬉闹着，除了他，仿佛无人听见那幽幽袅袅的昆山调。也罢，或许除了他，也无人听得懂这情词缠绵的古老韵曲。她们喜欢马头琴，喜欢四胡和火不思[1]，更喜欢扯起了嗓子便高歌一曲。

他悄然起身，立到帐篷边。颖嫔瞧见他，他也只是摆手，就当去醒酒。他疾步出去，唯见斜阳如金粉飞撒，染得那浩浩草原都失了真色，人也成了渺然一点。

皇帝问了一声："哪儿来的昆山调？"

进忠紧随着赔笑："皇上，这是围场，哪儿来的昆山调呢？"

是啊。耳边皆是风声疾疾，哪里还寻得到那一缕缠绵如丝的昆山调呢？

可他分明是听见的，那是一句"春呵春！得和你两流连"。

---

[1] 蒙古族弹拨乐器。

皇帝呼出闷闷的叹息，身后是恪常在打赢了沙嘎的嬉笑声，宫人们也跟着欢呼。恪常在一脸笑容地迎上来，牵住他的衣袖："皇上，您看臣妾赢了，如何？"

皇帝淡淡地笑："甚好。"

这样两三日后，皇帝只当自己是听岔了，也渐渐忘却了此事。他每日行马，也有些疲倦，待到了汤泉，便要浸浴驱乏。忻嫔戴氏连着侍奉了两日，到底不惯露天的汤泉，蒙古嫔妃们伺候又不够细巧，皇帝索性叫了力壮仆妇按揉肩穴，也懒怠叫嫔妃随侍。

原野的夜色不是纯粹的浓墨深黑，不像宫里，再夜，总有不灭的华灯闪烁，连着夜空都是暧昧的暗红。此夜凉已如水，伸手而出触及的空气都是带着汤泉乳白的氤氲，温热、湿润、迷蒙。

皇帝举杯自饮，那是一种专配给泡汤泉所饮的金莲花参片酒，他就着大片的风干牛肉吞下，别有一番滋味。饮得多了，五脏六腑都是暖融融的。宫女在汤泉里不断加入新鲜的金莲花，见皇帝独自享受，便也知趣退下了。

按揉的仆妇便是此时无声无息进来的。按着素日的规矩，她们只是低头当差，为皇帝松筋骨，散倦乏。若不问话，不可言语半声。那蒙古仆妇着红衣，系着暗橘色腰带，越发显得纤腰一握。她两边各梳着一个环髻，坠着大把碎碎的蜜蜡和珊瑚珠子，耳垂下垂落硕大的蓝绿松石镶银珠耳片，遮住了半边柔白的面颊。她纤巧屈膝，跪在皇帝身后，拿了热帕子洁净双手，又在铜盆装的温水里将双手浸热，免得手凉惊着了皇帝。

那汤泉四周黄幕围绕，风吹得黄绸如浪，缓缓翻动。皇帝闭目懒言，由着仆妇轻手轻脚地按着，终于皱了皱眉头："没用饭么？"

那女子有些无措，立刻加重了手势，皇帝受用了些许，轻哼一声，便也不再言语。那女子见皇帝舒坦，便按着这个节奏，如调弦拨琴一般。皇帝忽然从汤泉里伸出手，湿淋淋地一把扯住她的手腕，睁开了眼。皇帝的声线发沉："手劲儿不对。"

那女子大惊，还来不及反应，已经被皇帝顺势扯到了跟前。她惊呼一声，那声音又媚又柔，仿佛抛到高空的一缕银丝，旋个花儿又直直坠了下来。

皇帝听得耳熟，又见她面庞，也颇吃惊："令妃，你在这儿，是为了见朕？"

嬿婉由着被皇帝抓住了手臂，半个肩膀都湿透了。那汤泉的热意被风一吹，成了彻骨的冰凉。那暗色的水红如她微颤的我见犹怜的唇，她几乎是要落泪："皇上，臣妾想您……"

皇帝为君十数载，见惯了妃嫔媵嫱咸来媚好的低柔姿态，并不放在心上。他丢开她的手，自顾自倒酒入喉，才道："既然想朕，好好儿求见就是了，打扮成这样做什么？"

嬿婉低鬟敛眉，小巧的下巴抵在胸前，是不胜柔弱之态："臣妾卑怯，羞见天颜。"

皇帝信手摸了摸嬿婉的乌黑油亮的发鬓，手指轻轻一勾："这般简素，倒像当年做宫女的时候，怪可怜见儿的。"他顿了顿，"只不过那时着青衣，更清秀些。"

嬿婉大着胆子，沿着皇帝的指尖一点点攀上去，酥酥地划过他的掌心，柔荑一扭，反握住了皇帝的手。她双眸水光流转，盈盈定在皇帝身上："皇上，臣妾情愿自己还是个宫女的时候，得您怜惜救护，能在御前为您奉上一瓶凌霄花。"

皇帝一怔，瞥见汤泉中被泡得发软的绯红、杏黄两色金莲花，不知怎地，便想起了宫中御花园里蔓延墙头的凌霄花，那些红花儿黄花儿朵朵生动。

皇帝的心忽然一软，如清风吹开了浮萍，露出一痕碧波清澈："起来吧。别跪着说话了。"

嬿婉轻巧起身，但见周遭局促，并无可坐之地。她见皇帝裸露的肩头往下浸了几分，心中明白，便背过身三两下脱了外衣，只露着脖颈间一痕殷红的绞丝串珠丝带，下头是一件玫瑰红绣水绿兰花叶的肚兜和一色的薄绸长裤。她赤足试了试水温，很快整个身子如游鱼般滑了下去，轻轻吟唱着："惹下蜂愁蝶恋，三生锦绣般非因梦幻。"

她的声音又软又滑，是手指一抹而去的滑不溜丢，酥酥麻麻地撩人心扉。皇帝的眼神越发柔软："前些日子的昆山调是你唱的？你何时学的？唱得不错。"

嬿婉一步步柔软游走到皇帝身边，隔着一握的距离不敢靠近："皇上虽然因臣妾之错疏远，但臣妾心中，始终以皇上喜好为念。"

皇帝笑了笑，沉静的面容温柔了些许。嬿婉是侍奉过皇帝的人，自然知道他这个笑容意味着什么。她左手一扬，挥起点点水珠，伸手向皇帝，皇帝也伸出手拉住她。嬿婉的脸越来越红，飞霞般的红晕染上了玉色双颊。一双多情含波目，似喜非喜，欲语还休。

皇帝淡淡道："不自己过来？"

嬿婉嘻地一笑，将脖颈间的细带轻轻一解，整个人顺势扑过去，没在了汤泉里。

水雾氤氲，樱口半衔，身体与身体痴缠久了，几欲酣眠长梦，慵慵不肯起身。待得凌云彻来换班时，才听得里头有男女的嬉笑声隐隐传来。他才从行围过来，知道一众随侍的嫔妃都不曾跟来。他已然觉得不对，可是看周围侍奉的太监和侍卫，都木着一张脸，想是蒙古各部进献的女子，抑或宫女之类，便也不敢有好奇的心思。

他眼观鼻鼻观心，只听得那声音越来越近。那男声自然是皇帝，女的却是柔软甜糯，像是新成的酒酿，如蜜，微醺。

他心头一震，根本不需要去辨别，就已经听出了那曾经最熟悉不过的声音。

那女子分明在说："这儿的金莲花都开了，宫里的凌霄花大约也开得正盛。您救护臣妾那一日，宫里的凌霄花开得正好。皇上，臣妾一生，有那一日得您一顾，便是臣妾三生之福。"

那"凌霄花"三字如雷轰击在心头。他想笑，满心却是苦涩，他与她的定情之花，原来也是她的攀恩之枝。

皇帝揽着嬿婉，她像没了骨头似的，轻飘飘倚在皇帝怀里。皇帝行一步，她飘一步。

那冰雪浇顶的感觉不过一瞬，那种难过与不忿便散了许多。他镇定下来。她就是这样的人，他已经不是第一回知道了。

皇帝笑道："你今日来，就是为了得朕眷顾？"

嬿婉软绵绵道："臣妾是来得福气的。"

倒是凌云彻心底的错愕越来越多，嬿婉是如何来的？又怎会这般巧就得了皇帝的宠幸？

他见那一双身影越走越近，几乎没过了自己的身影。他极力克制着不抬头去看，想着今晚这般汤泉承幸，李玉那里定是还不知，若是知道，怎会轻易容了嬿婉进来。颖嫔、忻嫔那边想来也会很快知道，那皇后那里……

嬿婉正与皇帝说笑，忽地看见了凌云彻，不知怎地，原本稳笃笃的心跳便漏了几拍。

他怎会在这里？方才里头的情形，他听到了几分？

她的脸腾地烧起来，几乎忘记了自己身在何处。该怎么对着眼前这个必须要讨好的男人笑？她的舌头发木，什么也说不出来。

皇帝唤了她两声，还是春婵解了她的围："小主这么病着还非偷偷跑来木兰围场。您真是……"

皇帝见她没什么精神，便也以为她只是抱病前来，也有些舍不得："是了。朕记得皇后说过，你病了。是什么病？"

春婵见嬿婉笑容勉强得张不开似的，又见凌云彻在旁，心中明镜似的，便答道："皇上，小主一直见不到您，相思成疾，本要送回紫禁城养病。可小主太过思念您，便冒死来了木兰围场，想见您一面。"

她顺势扶住了嬿婉的手臂，轻轻一托，嬿婉极力回过心神，楚楚道："臣妾一心惦念皇上，想着若不见上皇上一面，哪日撑不住，岂不终生抱憾？所以拼着一死，来了木兰围场。"

皇帝便要去传太医，嬿婉哪里肯，只得紧紧依在了皇帝身边："臣妾只是思念过甚，忧思伤肝。有皇上龙气庇体，什么病也好了。"

她恨不得黏在皇帝身上，逃也似的离开了凌云彻视线所在。也许如此，才能逃离了自己每回婉转承恩、费心媚上却被他尽数看在眼里的尴尬与不堪。

也许唯有逃离他，才是真正地逃离了过去。才能明明白白地告诉自己，能做的，唯有是皇帝的妃子，一个得宠的妃子。

皇帝毫不知情，只是挽紧了她，像是挽住一只翩翩花丛的蝴蝶，引着去了金莲花深处的行围。

番外六　人在蓬莱第几宫

粉墙花影自重重，帘卷残荷水殿风，抱琴弹向月明中。香袅金猊动，人在蓬莱第几宫。

人在蓬莱第几宫呢？玉妍痴痴地想。

她伫立在芙蓉池前，午后的风略带凉意缠绵入衣袂，牵起她芙蓉色长裙，温柔不去。

其实玉妍的容色极明丽，恍若玉山山峦上常开不败的杜鹃花，灼灼似云蒸霞蔚，照亮最暗沉的天际。这样艳的面孔，其实不适合这样粉红蛾绿的娇嫩颜色。相比之下，最明亮的石榴、品红、青葱、油绿会更适合她皎洁嫣然的面庞。

可爹爹与娘亲希望她是温婉的、柔弱的，尤其是在见到世子李尹的时候。

这回相见是李尹所约，约在后苑的芙蓉亭前。芙蓉亭前有一汪碧水，彼时秋分将至，芙蓉池早不见了芙蓉映日、莲叶青碧的时节，唯有残荷寥落立于水上，萎黄如破蒲扇一般。

她想起上一回见到李尹是在七夕，那时水中芙蓉开得最盛，深红浅红，曼妙生姿。

那时他便轻握她手，赠她一枚玉环。那是北族独有的黄玉，质地细润，色泽金黄。他将玉环郑重地放在她掌心："我以此心，赠我玉儿。愿你我有如此环，圆满不断。"

玉儿，是他对她的独有的称呼。不似爹爹与娘亲，总是唤她"阿妍"。

她喜欢他这样唤她，玉儿，玉儿。

她是明白他的心的，几乎无人不明白，这位金氏家族的长女，深得王妃青眼，更得世子爱怜，很快就会成为世子府的正妃，为世子嫔。

北族是北地大族，是中原皇帝巩固北方最重要的部族，一直以来很得皇帝看重。北族王爷的地位举足轻重，而他膝下只有这一独子，玉妍璀璨的未来，几乎是一眼望得见的。

也是，她是这样美。从及笄开始，就是北族最耀目的美人。

纳采、问名、纳吉、纳征、请期、亲迎，都可以开始了。为何他忽然要见她呢？大约，他是想她了吧。

她立在桂花树下，彼时翠叶生生，金蕊含芬，浓香几能醉人。她蓦然想起幼时学过的一首诗：南山有桂树，上与浮云齐。上巢双鸳鸯，下合连理枝。不夭亦不伤，千载当若斯。

不夭亦不伤。多好，那会是她与他情投意合的一生。

李尹很快到来，她欣喜地抬起眼。他白净清俊，眉目如画的面孔便生生撞入她的眼帘。但她很快发觉有些不妥，他的脚步有些沉，不似往日那般轻快。他的面庞有些阴郁，不似往日那般笃定自若。他长长的睫毛低低垂着，投下一抹淡淡的阴翳。

那阴影，让他显得很低沉。

气氛并不似往日那般松快。可他看她的眼神还是爱怜的，仿佛她是一块稀世珍宝，让他舍不得有片刻挪开眼。

风簌簌的，吹落金黄的桂花落雨。她低下头去，目光凝结于齐胸罗裙上所绘的并蒂芙蓉，花开两朵，相生相依，是那样欢喜的图样。

她听得他说，玉儿，我送你的玉环呢？她珍重地取出，是贴身戴着的呢。每戴一日，那思念便沉重一分。可他说，还给我吧。

她还来不及诧异，他的泪已经落下，濡湿在她的手背。

她吓坏了。世子，至高无上的世子怎会那么难过呢？

他说，玉儿，你去大清吧。嫁给大清的宝亲王，为他侍妾，做他的格格。

明明是晴媚的天气呀，却忽然滚了雷、闪了电。

她学了那么多，学诗书，学北琴，学长鼓舞，学修容色，一直都以为是为了他，是为了更好地在他身边，成为他的妻。到头来，是要将这一身，付与他人。

她根本反应不过来，泪扑簌簌地落下。

风也簌簌的，吹得池中残叶漂浮不定，身不由己似的。

他与她，都身不由己。

那是王命。北族的王爷听闻大清的宝亲王要娶妻。那宝亲王，是皇子里第一个封亲王的，几乎就是昭告天下，那是未来的太子人选。

嫁给他，就是嫁给大清未来的皇帝，入他后宫，为他妃嫔。

她本能地抗拒，可是有什么用？她是臣女，他是世子，他们的一生，只能服从于北族。而北族，是要臣服于大清。

他泪眼相对。

他说，玉儿，满蒙百年联姻，才得壮大，我们不能落于人后。

他说，玉儿，我舍不得你我之情，可舍不得也得舍。大清后宫要有北族的女子，要生下北族血统的皇子，为北族求得更荣耀稳固的地位。

他说，与其委屈她在北族做一个小小的世子嫔，不如去大清，为北族争得骄傲。

他说，玉儿，你是北族所有的希望。有你，北族便不会永远只是一个臣服于大清的部族。

到底是为北族争得骄傲，还是满足上位者的野心，她很清楚，却不愿意再去细辨。因为，她根本舍不得拒绝他。

他是世子，有他的责任。她是臣女，亦得有她的担当。

玉环脱手还他的那一刻，她的真心也从此脱了去。

她说，此生此世，勿要将此环再赠他人，只当是玉妍留给您的一个念想。

他说，此生此世，哪怕另娶旁人，心系此环，终生不忘。

她落下泪来。有他这句话，她便什么都可以去。

芙蓉亭呵，是最后一次来了。

呵，人在蓬莱第几宫呢？末了，是要她远离悠然蓬莱，去了一道修罗场。

临别是在下一个春天。

过了秋与冬，他亲自派人教她大清的规矩与礼仪，教她如何在妻妾群中自处、自保，再去争得想要的东西。他要她成为宝亲王府最艳丽的一枝北族杜鹃。

春日迟迟呵，马蹄声声。杜鹃花开满北地时，离别终是来了。

还是他，亲手将一枚平安玉扣交到她手里。玉儿，我只盼你如同此扣，永得平安。我不在之日，盼它陪你，岁岁朝朝。

她死死地将玉扣握在手心里。玉是那样凉，和她心底的温度一样。

永失所欢，便得平安又如何？

最后，他说，玉儿，你得走了，能不能对我笑一笑？

她掀起马车的帘子，心中哀痛难言，几如刀割，可对着他的请求，她实在无法拒绝。

她是爱他的，所以永远对他的要求舍不得回绝分毫。哪怕心已成齑粉，还是会忍着疼痛，对他露出最无瑕的笑容。

明快的笑意在那一瞬间照亮了如晦的风雨，她的面容欺霜赛雪，犹如晓露艳阳下的一朵白杜鹃，纯洁明净。

那是她在北族最后的笑容，真心的，挚爱的。

后来呵，她的一生，在不爱的男人身边，都不会再有这样的笑容。

车轮辘辘辗过北地细雨与熹微晨光，向南驶去。北族寒山巍峨，含翠顶雪于身后，越来越远。

她及时地掩住了眼角将要涌出的泪水。她的身上，是他和北族所有的期望。她再不能有眼泪，是为了他，去修罗场里，轰轰烈烈地厮杀一场。

她紧紧握住了玉扣，神色凄楚而坚定。

有杜鹃凄婉声声，似是在送她，每一声啼唱都是她的滴血如泣：不如归去，不如归去……

可她再明白不过了，今生今世，再也不得归去了。

番外七

萬壽長夜歲歲涼

夜风沉缓地吹拂，空气中绵密的花香软软地缠上身来，与酒意一撞，皇帝更觉得心中沉突，整个人醺醺欲睡去。

总管太监李玉的步子迈得又快又稳，一壁轻声督促着抬轿的小太监们："稳着点儿，别摔着了皇上。"

皇帝蒙眬中扶着头，含糊地问："到哪儿了？"

李玉含笑答道："皇上，到西六宫的长街了。"

皇帝轻轻"哦"了一声："是西六宫。李玉，朕仿佛有点儿醉了。"

李玉忙恭谨着："皇上安心，您一早翻了颖贵妃的牌子。奴才已经去通传了，这个时候颖贵妃已经备下了醒酒的汤药在养心殿等着您呢！"

皇帝"唔"了一声，缓缓道："停下！"

李玉满心诧异，却不敢多言，忙一甩手中拂尘，示意抬轿的太监们放落了轿辇。李玉凑上前："皇上，您喝了酒，还是让奴才们抬着您走吧。"

皇帝伸出手，李玉忙伸手扶住，皇帝道："朕觉得酒劲儿上来了。

李玉，你扶着朕走一会儿。"

李玉忙躬身道了声"是"，悄悄儿朝后脸一扬。后头跟着的四个小太监会意，便隔了十步之遥，轻悄跟在二人后头。李玉稳稳扶住皇帝的手臂缓步往前。

皇帝不说话，李玉更不敢说话，也不知皇帝想去哪里，只好默然跟着。月色澄明如清波，温柔浮溢四周，连长街两侧的朱红高墙，也失了往日的沉严肃穆，显出几分娇柔。

皇帝抬头望着月亮，似乎是自言自语："今儿的月亮真好。"

李玉忙笑："皇上是天子，今儿是您的万寿生辰，当然连月亮也要来助兴，格外亮堂些。"

皇帝微微一笑："是啊，今儿是朕的生辰，再过两天就是八月十五中秋，人月团圆，都是好日子。"

李玉见皇帝凝神望月，嘴角仍带着笑意，不知怎地，心里一突，便有些不自在起来，于是赶紧劝道："皇上，时辰不早，您今儿高兴多喝了点酒，仔细被风扑着，伤了龙体。"

皇帝摇摇头："酒酣耳热，朕不会凉着。"

李玉悄悄看了皇帝一眼，豸着胆子劝道："皇上，颖贵妃娘娘在养心殿等着您哪！"

皇帝冷淡道："让她等着。"

李玉暗暗纳罕，颖贵妃巴林氏乃蒙古贵女，入宫数载，颇得皇帝恩幸。便连皇贵妃魏氏所生的女儿七公主，也交由她抚养。尤其是乌拉那拉皇后过世之后，寻常嫔妃难得见皇帝一面，这位颖贵妃却常能陪皇帝说话，宠遇可见一斑。而今日皇帝这样抛下她不顾，却是从来未有之事。

李玉见皇帝信步往前，环视周遭一眼，忽地想起一事，心中没来由地一慌，脚下都有些跟跄了。

皇帝漫不经心地道："叫跟着的人都退下，朕见了心烦。"

李玉不敢怠慢，忙回头扬了扬拂尘，四个小太监便躬身后退下去。

李玉上前扶住皇帝的手，皇帝慢悠悠走着，兀自说："今儿是朕的生辰，朕真高兴。"

李玉忙接口："高兴高兴。"

皇帝含着笑意："朕有那么多的阿哥、公主，一个个活泼泼的，又聪明又伶俐。"

李玉道："更难得的是阿哥和公主们都有孝心，尤其是几位阿哥，特别出息。十一阿哥文采风流，写得一笔好书法，今日为皇上献上的《百寿图》，可真是十一阿哥的一片孝心；就是十五阿哥，虽然年纪小，可当真有志气，能把皇上的御诗一字不差地背下来，啧啧……真是能干。"

皇帝轻嗤一声，带了几分嘲讽之意："是啊。朕有那么多的皇子和嫔妃，个个貌美如花，聪明能干。"

李玉不知皇帝何意，只赔笑说："皇上的嫔妃们不仅貌美贤惠，而且今日万寿节都为皇上进歌献舞，当真才貌双全。"

皇帝闭上眼睛："可不是？个个都顺从着朕，体贴着朕。只有颖贵妃还直爽些。"

皇帝晃一晃头，脚步有些不稳，李玉急道："皇上，皇上您当心着。"

皇帝摆了摆手："顺从体贴自然是好，可朕怕啊，怕这顺从体贴下面是说不出口的腌臜心思，污秽手段。朕想一想，就觉得恶心。"

李玉忙笑道："皇上多虑了，后宫的小主们怎么会是这样的呢？哪怕真有一两个心术不正的，皇上圣明，也一早处置了。"

皇帝低头看着自己的影子："所以，朕喜欢年轻的女人，心眼儿干净，清透，想说什么自然会说。哪怕有点儿小心思，也藏不住。"

李玉忙忙点头："皇上说得是。"

皇帝缓步走着，李玉赔笑道："皇上，再往前就是绛雪轩，那儿没什么人住呀。"

皇帝瞥了他一眼，淡淡道："李玉，你跟了朕几十年，如今倒越发会当差了。"

李玉膝盖一软，连忙跪下："皇上恕罪，皇上恕罪。"

皇帝轻哼一声，也不理会，径自向前去。李玉跪也不是，站也不是，眼见皇帝越走越远，他咬了咬牙，夸着胆子小跑着跟了上去。

四下里的甬道太过熟悉，连每一块引他向冷宫的青石板上的花纹，他都烂熟于心。皇帝怔忡地走着，越走越快。等到了"绛雪轩"三个金漆大字前，皇帝才猛然刹住了脚步。酒意沉突涌上脑门儿，皇帝只觉得心口一阵一阵激烈地跳着，脚步却凝在了那里。

绛雪轩的海棠与梨花早就凋谢了。

可他恍惚间，觉着那花儿都还盛放着。他就在那时节，将如意亲自交到她手中，选了她为嫡福晋。

当然，这事并没有成，几经周折，她还是成了自己的侧福晋，委屈了名分。

恍惚还是帝后情睦的岁月，如懿初为皇后。过了那么长的时光，越过了那么多人，她终于走到和自己并肩的地方，成为自己的妻子，而非面容鲜妍而模糊的妾室中的一个。这是他许她的。在自己还是阿哥的时候，他太知道自己虽为帝裔，却出身寒微，连亲生父亲都隐隐看不起自己，对他避而不见。所以他有了熹贵妃这位养母，所以他拼命孝顺这位为他带来荣耀家世的养母。他费尽心力用功读书，只为争得属于自己的荣耀。

那个时候，他有出身名门贵族的嫡福晋富察氏，也有了大学士之女，温柔婉媚的高氏。那些高贵而美丽的女子，那些深受家中宠爱的女子，都是父母所赐。他在欢好之后只觉得疏离。她们跟自己的心，到底是不一样的。只有如懿，那时她还叫青樱，是他心中所念的女子，她是先帝乌拉那拉皇后的侄女。这重身份，却在后来的日子，成了她的最大的尴尬。

因着先帝乌拉那拉皇后的晚年凄凉，因为乌拉那拉皇后败在当今太后手中，所以青樱入宫后的日子，很不好过。她被冷落了好些年。可他心里还是挂念着青樱，因为他们相伴多年，深知彼此心性，又真正和自己一样，是富贵锦绣林中心底却依然孤寒之人。

所以他加倍地给予她荣耀，在她失去嫡福晋之位后，又给予她皇后之位。

曾经，也有过琴瑟相谐。而最美好的最初的时光，都停留在了翊坤宫的岁月。

那时，她与他是多么年轻。人生还有无数明灿的可能，他们都真诚地相信，可以一起走到岁月苍老的那一日。

皇帝伸出手，爱惜地抚摸在绛雪轩的大门上。

触手扬起的轻灰令皇帝忍不住咳嗽。他仔细看去，才发觉门上红漆斑驳，连铜钉都长出了暗绿的铜锈。墙头恣意生长的野草，檐角细密的蛛网，都是那样陌生而寥落。

已经很多年无人在这里选秀了。难怪，庭院深深，都会老去。

可是宫廷的冷落，他最清楚不过了。万人之上的他，坐拥天下的他，何尝不也是在年幼时受尽白眼，若不是乳母庇护，又有了熹贵妃的抚育，他何曾能有今日？

所以，他太清楚如懿的骄傲，太清楚该如何挫磨她的骄傲。

哪怕是皇后，也要屈膝在皇帝之下，俯首恭谨。

可是如懿，她有那样锐利的眼神。恰如她断发那一日，如此决绝而凄厉。

万事，终于不可再回转。

皇帝静静地伫立在门前，良久，只是默然。

月亮渐渐西斜，连月光也被夜露染上了几分清寒之意。

李玉跪在皇帝身后不远处，连膝盖都麻得没有感觉了。只依稀觉得冷汗流了一层又一层，仿佛永远也流不完一样。

他是不该看见的。就好像，皇帝也不该过来这里。

绛雪轩，那是他与她曾经最幸福的开始，也是所有悲剧的开始。在这样普天同庆的万寿节里，在即将花好月圆的中秋夜前，皇帝却在绛雪轩的门前，迟迟徘徊，不愿离去，想起了那个本该厌弃的女人。

也不知过了多久，夜露浸染了霜鬓，李玉才觉得有些凉意。他犹豫了半日，终于咬着牙膝行到皇帝跟前。李玉拼命磕了两个头，方敢极低声地说话："皇上，已经二更了。"

皇帝只是默然不动，仿佛整个人都定在了那里。

李玉眼见皇帝的袍角已被露水浸湿，心中更是惊惧，立刻俯首在地："皇上，宫中人多口杂，万一……快中秋了，您要伤了龙体，太后问起来，奴才担当不起。"

他不敢再说下去，只是叩首不已。

片刻，皇帝叹了口气。那叹息极轻微，像一阵轻风贴着墙根卷过，连李玉自己都疑心是否听错了。皇帝轻声呢喃："人月两团圆？呵，团圆？"

李玉吓得不敢抬头，终于听清皇帝说了两个字："回去。"

他挣扎着站起来，也不顾膝头酸痛，忙扶着皇帝的手去了。

墙头的野草轻悠悠地晃着，好像只有风来过。

人物小傳

乌拉那拉·如懿

潜邸侧福晋，乾隆继后。

《清史稿》记载：

皇后，乌拉那拉氏，佐领那尔布女。后事高宗潜邸，为侧室福晋。乾隆二年，封娴妃。十年，进贵妃。孝贤皇后崩，进皇贵妃，摄六宫事。十五年，册为皇后。三十年，从上南巡，至杭州，忤上旨，后剪发，上益不怿，令后先还京师。三十一年七月甲午，崩。上方幸木兰，命丧仪视皇贵妃。自是遂不复立皇后。子二：永璂、永璟。女一，殇。

四十三年，上东巡，有金从善者，上书，首及建储，次为立后。上因谕曰："那拉氏本朕青宫时皇考所赐侧室福晋，孝贤皇后崩后，循序进皇贵妃。越三年，立为后。其后自获过愆，朕优容如故。国俗忌剪发，而竟悍然不顾，朕犹包含不行废斥。后以病薨，止令减其仪文，并未削其位号。朕处此仁至义尽，况自是不复继立皇后。

从善乃欲朕下诏罪己，朕有何罪当自责乎？从善又请立后，朕春秋六十有八，岂有复册中宫之理？"下行在王大臣议从善罪，坐斩。

爱新觉罗·弘历

生于一七一一年，逝于一七九九年。清朝第六位皇帝，在位六十年。

《清史稿·高宗本纪》记载：

高宗运际郅隆，励精图治，开疆拓宇，四征不庭，揆文奋武，於斯为盛。享祚之久，同符圣祖，而寿考则逾之。自三代以后，未尝有也。惟耄期倦勤，蔽于权幸，上累日月之明，为之叹息焉。

珂里叶特·海兰

潜邸格格，乾隆登基后生下皇子永琪，由愉嫔至愉贵妃。

《清史稿》记载：

愉贵妃，珂里叶特氏。子一，永琪。

富察·琅嬅

出身满洲贵族官僚，祖父为康熙朝大学士，两位伯父均为朝廷重臣。

《清史稿》记载：

高宗孝贤纯皇后，富察氏，察哈尔总管李荣保女。高宗为皇子，雍正五年，世宗册后为嫡福晋。乾隆二年，册为皇后。后恭俭，平居以通草绒花为饰，不御珠翠。岁时以鹿羔沴毧制为荷包进上，仿先世关外遗制，示不忘本也。上甚重之。十三年，从上东巡，还跸，三月乙未，后崩于德州舟次，年三十七。上深恸，兼程还京师，殡于长春宫，服缟素十二日。

十七年，葬孝陵西胜水峪，后即于此起裕陵焉。嘉庆、道光累加谥，曰孝贤诚正敦穆仁惠徽恭康顺辅天昌圣纯皇后。子二：永琏、永琮。女二：一殇，一下嫁色布腾巴尔珠尔。

寒香见

乾隆后期宠妃，由容贵人至容妃。

《清史稿》记载：

容妃，和卓氏，回部台吉和札赉女。初入宫，号贵人。累进为妃。薨。

金玉妍

潜邸格格，乾隆登基后由嘉贵人封至嘉贵妃。

《清史稿》记载：

淑嘉皇贵妃，金佳氏。事高宗潜邸，为贵人。乾隆初，封嘉妃，进嘉贵妃。薨，谥曰淑嘉皇贵妃，葬胜水峪。子四：永珹；永璇；永瑆；其一殇，未命名。

魏嬿婉

乾隆中后期宠妃。由贵人至令嫔、令贵妃、皇贵妃。

《清史稿》记载：

孝仪纯皇后，魏佳氏，内管领清泰女。事高宗为贵人。封令嫔，累进令贵妃。乾隆二十五年十月丁丑，仁宗生。三十年，进令皇贵妃。四十年正月丁丑，薨，年四十九。谥曰令懿皇贵妃，葬胜水峪。六十年，仁宗立为皇太子，命册赠孝仪皇后。嘉庆、道光累加谥，曰孝仪恭顺康裕慈仁端恪敏哲翼天毓圣纯皇后。后家魏氏，本汉军，抬入满洲旗，改魏佳氏。子四：永璐，殇；仁宗；永璘；其一殇，未命名。女二，下嫁拉旺多尔济、札兰泰。

高晞月

乾隆重臣高斌之女，潜邸侧福晋，后为贵妃。

《清史稿》记载：

慧贤皇贵妃，高佳氏，大学士高斌女。事高宗潜邸，为侧室福晋。乾隆初，封贵妃。薨，谥曰慧贤皇贵妃。葬胜水峪。

太　后

雍正帝熹贵妃。弘历承继大统之后，尊为太后。

《清史稿》记载：

孝圣宪皇后，钮祜禄氏，四品典仪凌柱女。后年十三，事世宗潜邸，号格格。康熙五十年八月庚午，高宗生。雍正中，封熹妃，进熹贵妃。高宗即位，以世宗遗命，尊为皇太后，居慈宁宫。

苏绿筠

潜邸格格，乾隆继位后由纯嫔累进为贵妃、皇贵妃。

《清史稿》记载：

纯惠皇贵妃，苏佳氏。事高宗潜邸。即位，封纯嫔。累进纯皇贵妃。薨，谥曰纯惠皇贵妃。葬裕陵侧。子二，永璋、永瑢。女一，下嫁福隆安。

图书在版编目（CIP）数据

如懿传：典藏版．6／流潋紫著．--北京：作家出版社，2025.8. -- ISBN 978-7-5212-3070-3

Ⅰ．I247.5

中国国家版本馆 CIP 数据核字第 2024LC8009 号

如懿传 6（典藏版）

作　　者：流潋紫
插　　图：麟鲤君
书 法 字：严　忠
责任编辑：袁艺方　卓尔文
装帧设计：王　悦
出版发行：作家出版社有限公司
社　　址：北京农展馆南里 10 号　　　邮　　编：100125
电话传真：86 - 10 - 65067186（发行中心）
　　　　　86 - 10 - 65004079（总编室）
E - mail: zuojia@zuojia. net. cn
http: // www. zuojiachubanshe. com
印　　刷：唐山玺诚印务有限公司
成品尺寸：145 × 210
字　　数：390 千
印　　张：14
版　　次：2025 年 8 月第 1 版
印　　次：2025 年 8 月第 1 次印刷
ISBN 978 - 7 - 5212 - 3070 - 3
定　　价：55.00 元